LUCINDA RILEY

De zeven zussen Maan

Tiggy's verhaal

Uitgegeven door Xander Uitgevers BV
Hamerstraat 3, 1021 JT Amsterdam

www.xanderuitgevers.nl

Oorspronkelijke titel: *The Moon Sister*
Oorspronkelijke uitgever: Pan Macmillan
Vertaling: Dieuwke van der Veen, Erica Disco en Kees van Weele
Omslagontwerp: zero-media.net, Munich
Belettering: Studio Marlies Visser
Omslagbeeld: Getty Images
Auteursfoto: Lana Pinho
Zetwerk: Michiel Niesen, ZetProducties

Eerste druk 2019
Zevende druk 2020

ISBN 978 94 0161 024 7 | NUR 302

Lezers en boekhandelaren over de eerdere delen van *De zeven zussen*

'Ik kan niet genoeg benadrukken hoe prachtig deze reeks is tot nu toe. Riley weet vanaf de eerste bladzijde telkens de lezer vast te grijpen en mee te nemen in een wonderbaarlijke reis naar het verleden. Door dit te combineren met het persoonlijke verhaal van een van de zussen, wordt de lezer heen en weer geslingerd tussen vroeger en nu en zijn de boeken met hun prachtige verhalen uit voor je het goed en wel beseft.' – Valerie

'Ik kreeg het boek getipt en kon niet stoppen met lezen totdat ik het uit had. Het is een mooi geschreven, makkelijk leesbaar en spannend verhaal, vol puzzelstukjes en interessante historische context.' – Megan

'Ik zat regelmatig op het puntje van mijn stoel, hoe loopt dit af? Het liefst had ik dit boek in één ruk uitgelezen, wat goed aangeeft hoe mooi en spannend het is. De emoties worden ook heel mooi beschreven. Ik kan je vertellen dat ik niet kan wachten om de volgende boeken ook te mogen lezen! Dit boek moet je echt gelezen hebben.' – Joyce Elise

'Zo af en toe heb je een juweeltje in handen dat je niet meer weg kunt leggen. In vier dagen had ik het uit, kreeg ik heimwee en nu verlang ik naar het volgende deel!'
– Heleen, Boekhandel van der Meer

'Ik ben verkocht, het boek is in één woord GEWELDIG. Zo mooi geschreven en zo ontroerend. Een boek waarin je zelf de hoofdpersoon zou willen zijn.'
– Marij, The Readshop Express Oranjerie

'Je moet van goeden huize komen om mij 600 pagina's lang geboeid te laten blijven en dat is precies wat er gebeurde bij *Storm*. Lucinda Riley is de koningin van de taal. Ik kan niet wachten op het derde deel.' – Judith

'*Storm* is een verhaal dat je echt even moet laten bezinken. De emoties zijn zo levend beschreven dat ze voelbaar zijn. De karakters zijn heel tastbaar neergezet. Je beleeft de reis naar het verleden van Ally mee, door de ontroerende en melodische schrijfstijl van Lucinda Riley. Dit boek zal me nog lang bijblijven, met tranen in mijn ogen en een diepe zucht sluit ik deze must read.' – Moon

'Het is onmogelijk om na deze boeken direct aan weer een ander boek te beginnen omdat deze verhalen nog lang in je hoofd 'nasudderen'! Het leest inderdaad als een trein.'
– Marjan, Boekhandel Marjan Houtman

'Weer heb ik enorm genoten van de derde zus, heel mooi!!! Ik kan ze niet wegleggen. Het moet… maar ik kan niet wachten op het verhaal van CeCe!'
– Saskia, Boekhandel van Grinsven Geldrop

'Steeds weer kan ik mezelf onderdompelen in en laten meeslepen door de verhalen van Lucinda Riley. Meeslepend, verslavend en ontroerend.' – Bregje

Ook verschenen van Lucinda Riley bij Xander Uitgevers

De zeven zussen (2017)
De zeven zussen – Storm (2018)
De zeven zussen – Schaduw (2018)
De zeven zussen – Parel (2018)

De nachtroos (2018)

Lees meer over Lucinda Riley
en al haar boeken op www.lucindariley.nl

Voor Jacquelyn
Vriendin, steun en toeverlaat, en in een ander leven zus

Wees de verandering die je in de wereld wilt zien.
Mahatma Gandhi

HOOFDPERSONEN

Atlantis
Pa Salt, adoptievader (overleden)
Marina (Ma), verzorgster van de zussen
Claudia, huishoudster op Atlantis
Georg Hoffman, Pa Salts advocaat
Christian, de schipper

De zusjes D'Aplièse
Maia
Ally (Alcyone)
Star (Asterope)
CeCe (Celaeno)
Tiggy (Taygete)
Electra
Merope (afwezig)

TIGGY

INVERNESS, SCHOTLAND

NOVEMBER 2007

Egel (*Erinaceus europaeus*),
Hotchiwitchi in het Anglo-Romani.

1

'Ik zal zolang ik leef precies weten waar ik was en wat ik deed toen ik hoorde dat mijn vader was overleden.'

'Ik weet ook nog waar ik was toen ík dat bericht kreeg.'

Charlie Kinnaird staarde me met zijn doordringende blauwe ogen aan. 'En, waar wás je?'

'Ik was bij Margarets wildopvangcentrum hertenpoep aan het scheppen. Ik had graag een betere ambiance gehad, maar het is niet anders. Het doet er niet echt toe. Hoewel...' Ik moest even hard slikken en vroeg me af hoe dit gesprek, of liever gezegd dit sollicitatiegesprek, had kunnen afdwalen naar de dood van Pa Salt. Ik zat in een bedompte ziekenhuiskantine tegenover dokter Charlie Kinnaird. Het was me bij zijn binnenkomst al opgevallen dat hij direct de aandacht trok. Niet alleen omdat hij razendknap was, met zijn slanke, elegante postuur in grijs maatpak en zijn golvende, kastanjebruine haar, maar ook omdat hij simpelweg iemand was die een natuurlijk gezag uitstraalde. Om me heen hadden heel wat ziekenhuismedewerkers het drinken van hun kopje koffie gestaakt om een blik op zijn gestalte te werpen en hem eerbiedig toe te knikken als hij langskwam. Toen hij bij mij was aangekomen en me een hand gaf had ik een lichte elektrische schok gekregen. En nu zat ik tegenover hem en keek ik naar die lange vingers, die onophoudelijk met zijn pager speelden, wat een onderliggende nerveuze energie verraadde.

'Hoewel wát, Miss D'Aplièse?' moedigde hij me aan, en ik hoorde een licht brouwende, Schotse r. Hij was duidelijk niet van plan om me uit het lastige parket waarin ik mezelf had gemanoeuvreerd te bevrijden.

'Eh... ik ben er niet zeker van dat Pa echt dood is. Ik bedoel, hij ís natuurlijk wel dood, hij is er niet meer en hij zou nooit zijn dood in scène zetten of zo, want hij wist hoeveel verdriet hij zijn meisjes daarmee zou doen, maar ik voel hem gewoon de hele tijd om me heen.'

'Misschien biedt het wat troost als ik zeg dat dat een volstrekt normale reactie is,' antwoordde Charlie. 'Veel familieleden die ik spreek zeggen dat ze hun overleden geliefde nog om zich heen voelen.'

'Dat ís ook zo,' zei ik. Ik voelde me enigszins betutteld, maar bedacht dat ik met een arts sprak, iemand die dagelijks werd geconfronteerd met de dood en de treurende geliefden die hij elke dag weer achterliet.

'Wel grappig eigenlijk,' zei hij, terwijl hij de pager van het tafelblad pakte en er weer mee begon te spelen. 'Zoals ik al zei is mijn vader onlangs overleden, en ík word juist geplaagd door wat ik alleen maar nachtmerrieachtige visioenen kan noemen, namelijk dat mijn vader daadwerkelijk opstaat uit zijn graf!'

'Jullie hadden geen hechte band?'

'Nee. Hij was mijn biologische vader, maar daar hield het mee op. We hadden verder niets gemeen. Jullie duidelijk wel.'

'Ja, maar de ironie wil dat mijn zussen en ik als baby door hem zijn geadopteerd, dus er bestaat helemaal geen biologische band. Maar ik hield verschrikkelijk veel van hem. Hij was echt fantastisch.'

Charlie glimlachte. 'Zo zie je maar weer dat biologische betrekkingen geen allesoverheersende rol spelen bij de band tussen ouders en kinderen. Gewoon een loterij, nietwaar?'

'Dat vind ik niet,' zei ik, want ook al ging het om een sollicitatiegesprek, ik vond wel dat ik mezelf moest blijven. 'Ik denk dat we allemaal met een bepaalde reden met elkaar verbonden zijn, of we nu bloedverwanten zijn of niet.'

'Je bedoelt dat alles voorbestemd is?' Hij trok een cynische wenkbrauw op.

'Ja, maar de meeste mensen zullen dat niet met me eens zijn.'

'Daar hoor ik ook bij, vrees ik. Door mijn werk als hartchirurg heb ik dagelijks te maken met het hart, het orgaan waaraan we onze emoties en onze ziel toeschrijven. Helaas ben ik gedwongen om het als een enorme en bovendien vaak slecht functionerende spiermassa te zien. Ik ben erin getraind om vanuit een puur wetenschappelijk standpunt naar de wereld te kijken.'

'Volgens mij is er in de wetenschap wel degelijk ruimte voor spiritualiteit,' antwoordde ik. 'Ik heb ook een grondige wetenschappelijke opleiding genoten, maar er zijn nog zo veel dingen die de wetenschap niet kan verklaren.'

'Daar heb je gelijk in, maar...' Charlie keek op zijn horloge. 'We zijn behoorlijk afgedwaald en ik moet over vijftien minuten in de kliniek zijn. Dus als je het niet erg vindt gaan we terug naar de zakelijke kant. Wat heeft Margaret je verteld over landgoed Kinnaird?'

'Dat het een wildernis is die meer dan zestienduizend hectare beslaat en dat je iemand zoekt die kennis heeft van de inheemse dieren die het gebied zouden kunnen bevolken, met name wilde katten.'

'Dat klopt. Na het overlijden van mijn vader heb ik het landgoed geërfd. Pa beschouwde het jarenlang als zijn privéspeelplaats: jagen, schieten, vissen en de plaatselijke stokerijen leegdrinken. Hij had geen oog voor de ecologische waarde van het gebied. De eerlijkheid gebiedt me te zeggen dat het niet helemaal zijn schuld is. Zijn vader en talloze mannelijke familieleden vóór hem namen in de vorige eeuw maar al te graag het geld van houthakkers in ontvangst voor hout dat bestemd was voor de scheepsbouw. Ze stonden erbij en keken ernaar als er enorme gebieden Caledonisch bos met de grond gelijk werden gemaakt. In die tijd wisten ze niet beter, maar wij in ons verlichte tijdperk wél. Ik besef heel goed dat de klok niet volledig kan worden teruggedraaid, zeker niet tijdens mijn leven, maar ik kan niet wachten om ermee te beginnen. Ik beschik over de beste opzichter in de Hooglanden om het herbebossingsproject te trekken. We hebben het jachtkasteel waar Pa woonde, de Lodge, opgeknapt, zodat we daar betalende gasten kunnen ontvangen die op zoek zijn naar wat frisse Schotse lucht en uit zijn op een georganiseerd jachtpartijtje.'

'Oké,' zei ik, en ik probeerde een huivering te onderdrukken.

'Je bent kennelijk geen voorstander van de jacht, ook niet als het gaat om het beheersen van de populatie?'

'Ik ben tegen het doden van elk onschuldig dier. Maar ik begrijp waarom het soms nodig is,' zei ik er snel achteraan. Ik was tenslotte aan het solliciteren naar een baan op een landgoed in de Hooglanden, waar het jagen op herten vanwege de wildstand niet alleen standaardpraktijk maar ook een wettelijke verplichting was.

'Met jouw achtergrond weet je uiteraard hoe de natuur van Schotland door toedoen van de mensheid totaal uit haar evenwicht is geraakt. Er zijn geen natuurlijke vijanden meer, zoals wolven en beren, die de hertenpopulatie onder controle kunnen houden. Tegenwoordig is die taak aan ons. We kunnen die op zijn minst zo humaan mogelijk uitvoeren.'

'Ik weet het, maar als ik eerlijk ben moet ik je zeggen dat ik echt niet in staat zou zijn om te helpen bij een jachtpartij. Het is mijn gewoonte om dieren te beschermen, niet om ze te doden.'

'Ik begrijp je gevoelens. Ik heb naar je cv gekeken en vind het indrukwekkend, je bent niet alleen cum laude afgestudeerd in zoölogie maar hebt je ook gespecialiseerd in natuurbehoud.'

'Dat klopt. De technische kant van mijn studie, anatomie, biologie, genetica, het gedrag van inheemse dieren enzovoorts, is ongelooflijk waardevol voor me geweest. Ik heb een tijdje op de onderzoeksafdeling van de Servion Zoo in Lausanne gewerkt, maar kwam al snel tot de ontdekking dat ik meer geïnteresseerd was in het concreet helpen van dieren dan ze op afstand te bestuderen of in een petrischaaltje hun DNA te analyseren. Ik heb een soort aangeboren empathie voor dieren, en hoewel ik geen veterinaire opleiding heb gedaan schijn ik een gave te hebben voor het genezen van zieke dieren.' Ik haalde wat ongemakkelijk mijn schouders op, omdat ik het nogal gênant vond om over mezelf op te scheppen.

'Margaret was erg lovend over je capaciteiten. Ze vertelde me dat je de wilde katten in haar opvangcentrum hebt verzorgd.'

'Ja, ik hield me bezig met de dagelijkse opvang, maar Margaret is de echte deskundige. We hadden gehoopt dat de katten dit seizoen zouden paren, dat was onderdeel van het verwilderingsprogramma, maar nu het opvangcentrum dichtgaat en de dieren op een nieuwe plek worden ondergebracht, ben ik bang dat dat niet gaat lukken. Wilde katten zijn ongelooflijk onberekenbaar.'

'Dat hoor ik ook van Cal MacKenzie, mijn opzichter. Hij vindt het maar niks dat die katten worden geadopteerd, maar ze behoren tot de oorspronkelijke fauna van Schotland én ze zijn zeldzaam, dus ik beschouw het als onze plicht om al het mogelijke te doen om de soort te behouden. En als er volgens Margaret íémand is om die beesten aan hun nieuwe habitat te laten wennen, dan ben jij dat. Dus: heb je belangstelling om ze een paar weken te begeleiden en te zorgen dat ze gesetteld raken?'

'Dat heb ik zeker, maar als die wilde katten eenmaal op hun nieuwe locatie zijn ben ik daar niet fulltime mee bezig. Kan ik daarnaast nog iets anders doen?'

'Eerlijk gezegd, Tiggy, heb ik tot nu toe niet de gelegenheid gehad om mijn toekomstplannen voor het landgoed tot in detail uit te denken. Ik zit hier tot over mijn nek in het werk, bovendien ben ik sinds het overlijden van mijn vader bezig met het afwikkelen van zijn nalatenschap. Maar als je bij ons komt werken zou ik het fijn vinden als je het terrein kon onderzoeken op zijn geschiktheid voor andere diersoorten. Ik zat erover te denken om rode eekhoorns te introduceren, en inheemse sneeuwhazen. Verder ben ik de geschiktheid voor wilde zwijnen en elanden aan het onderzoeken en wil ik de stand van de wilde zalm in de beken en *lochs* weer op peil brengen, zalmtrappen aanleggen, dat soort zaken, om kuitschieten te bevorderen. Met de juiste hulpmiddelen is er zó veel potentieel.'

'Oké, dat klinkt interessant,' zei ik. 'Maar ik moet je wel waarschuwen dat vissen niet tot mijn specialisaties behoren.'

'Uiteraard. En ik moet jóú waarschuwen dat ik je in de huidige financiële situatie niet meer dan een basisinkomen kan bieden, plus kost en inwoning, maar ik zou je ontzettend dankbaar zijn voor elk beetje hulp dat je me kunt bieden. Hoeveel ik ook van Kinnaird houd, het is een lastig en tijdrovend project.'

'Je moet toch geweten hebben dat je Kinnaird ooit zou erven?' waagde ik.

'Dat klopt, maar ik dacht altijd dat pa een van die krakende wagens was die het langst lopen. Hij nam zelfs niet eens de moeite om een testament te laten opstellen, dus hij is overleden zonder een wilsbeschikking achter te laten. Ik ben dan wel zijn enige erfgenaam, dus het is een formaliteit, maar het betekent wel nóg een stapel papierwerk waar ik niet op zit te wachten. In elk geval is het volgens mijn advocaat tegen januari afgehandeld.'

'Hoe is hij overleden?' vroeg ik.

'Ironisch genoeg is een hartaanval hem fataal geworden en werd hij per helikopter hierheen vervoerd,' zei Charlie. 'Maar toen had hij ons reeds verlaten, opwaarts geheven op een wolk van whiskydampen, zo bleek uit de autopsie.'

'Wat zal dat akelig voor je zijn geweest.' Ik kromp bij de gedachte ineen.

'Het was een behoorlijke schok, ja.'

Zijn vingers tastten weer naar de pager en verraadden zijn diepere gevoelens van angst.

‘Kun je het landgoed niet verkopen als je het niet wilt hebben?’

‘Kinnaird verkopen nadat het driehonderd jaar in handen van de familie is geweest?’ Hij rolde met zijn ogen en grinnikte even. ‘Ik zou mijn leven lang elk spook in de familie achter me aan krijgen! Bovendien zou ik alleen al voor Zara, mijn dochter van zestien, moeten proberen om het landgoed te behouden. Ze heeft een enorme passie voor Kinnaird. Als het kon, zou ze morgen van school gaan en fulltime op Kinnaird gaan werken. Maar ze moet van mij eerst haar opleiding afmaken.’

‘O,’ zei ik, met een verbaasde blik op Charlie, en ik paste onmiddellijk mijn beeld van hem aan. Als je hem zo zag zou je echt niet denken dat hij al kinderen had, laat staan een kind van zestien.

‘Ze wordt een geweldige eigenaar van het landgoed als ze volwassen is,’ ging Charlie verder, ‘maar ze moet eerst iets van het leven zien: studeren, de wereld bereizen, en ze moet zeker weten dat dát is wat ze echt wil, zich aan het familielandgoed wijden.’

‘Ik wist op mijn vierde al wat ik wilde worden, toen ik een documentaire zag over olifanten die om hun ivoor werden gedood. Ik heb geen tussenjaar genomen maar ben direct naar de universiteit gegaan. Ik heb nauwelijks gereisd,’ zei ik, mijn schouders ophalend, ‘maar er gaat niets boven leren in de praktijk.’

‘Dat hoor ik ook steeds van Zara,’ antwoordde Charlie met een flauwe glimlach. ‘Ik heb het gevoel dat jullie het goed met elkaar zouden kunnen vinden. Eigenlijk zou ik dit alles...’ Hij gebaarde om zich heen. ‘... moeten opgeven en mijn leven aan het landgoed moeten wijden totdat Zara het beheer kan overnemen. Het punt is alleen dat het financieel gezien niet verstandig is om mijn baan op te zeggen zolang Kinnaird er niet beter aan toe is. En onder ons gezegd, ik weet niet eens of ik wel in de wieg gelegd ben voor het beroep van landheer.’ Hij keek weer op zijn horloge. ‘Oké, ik moet nu echt weg, maar als je geïnteresseerd bent kun je het beste Kinnaird bezoeken en het zelf zien. Het heeft er nog niet gesneeuwd, maar we verwachten dat er binnenkort wel wat valt. Je moet wel beseffen dat het ontzettend afgelegen ligt.’

‘In Margarets cottage woon ik ook midden in de wildernis.’

‘Vergeleken met Kinnaird ligt Margarets cottage aan Times Square. Ik zal je het mobiele nummer van Cal MacKenzie, de opzichter, en het vaste telefoonnummer van de Lodge sms'en. Als je op beide nummers een boodschap achterlaat hoort hij in elk geval een van de twee en belt hij je terug.'

'Oké. Ik...'

De pager van Charlie onderbrak mijn gedachtegang.

'Oké, ik moet er nu echt vandoor.' Hij stond op. 'Als je nog meer vragen hebt, mail me dan, en mocht je besluiten naar Kinnaird te gaan dan zal ik mijn best doen om mee te gaan. En denk er alsjeblieft serieus over na, ik heb je hard nodig. Bedankt voor je komst, Tiggy. Tot ziens.'

'Tot ziens,' zei ik, en ik keek hem na terwijl hij zich omdraaide en tussen de tafels door naar de uitgang laveerde. Ik voelde me griezelig opgetogen, omdat ik met deze man een echte connectie had gehad. Hij kwam me vertrouwd voor, het was alsof ik hem altijd al had gekend. En waarschijnlijk wás dat ook zo; ik geloof namelijk in reïncarnatie.

Ik deed even mijn ogen dicht en maakte mijn hoofd leeg om te focussen op de emoties die als eerste bovenkwamen als ik aan hem dacht. Ik schrok van het resultaat. In plaats van het warme gevoel dat ik na de ontmoeting met het vaderlijke type dat mijn toekomstige baas was verwachtte, bleek deze man effect te hebben op een heel ander deel van mijn persoon.

Nee! Ik deed mijn ogen open en stond op. Hij heeft een tienerdochter, dus hij is veel ouder dan hij eruitziet en bovendien waarschijnlijk getrouwd, sprak ik mezelf streng toe, toen ik door de felverlichte ziekenhuisgangen liep en de mistige novembermiddag in stapte. Het was maar net drie uur, maar de schemering had al bezit genomen van Inverness.

In de rij voor de bus naar het station stond ik te rillen, en ik wist niet of het van de kou of van de opwinding was. Wat ik wel wist was dat ik belangstelling had voor deze baan, ook al was het maar tijdelijk. Dus haalde ik het telefoonnummer van Cal MacKenzie dat Charlie me had gegeven tevoorschijn, pakte mijn mobieltje en draaide het nummer.

'En,' vroeg Margaret die avond toen we met onze vaste kop chocolademelk bij de open haard zaten, 'hoe ging het vandaag?'

'Ik ga donderdag naar Kinnaird.'

'Mooi.' Margarets felblauwe ogen priemden als laserstralen in haar gerimpelde gezicht. 'En wat vond je van de Laird, of Lord, zoals ze hem in het Engels noemen?'

'Ik vond hem heel... aardig. Ja, dat was hij,' bracht ik met moeite uit. 'Totaal anders dan ik had verwacht,' voegde ik eraan toe, hopend dat ik niet bloosde. 'Ik had een veel oudere man verwacht, met een kaal hoofd of een enorme buik vanwege een overvloed aan whisky.'

'*Aye*,' kraaide Margaret, die mijn gedachten had gelezen. 'Een knappe kerel, die Charlie, nou en of. Ik ken hem al vanaf zijn kindertijd, mijn vader werkte op Kinnaird voor zijn grootvader. Een fijne vent, hoewel iedereen weet dat hij een vergissing beging toen hij met die vrouw van hem trouwde. En hij was ook nog zó jong...' Margaret liet haar ogen rollen. 'Dat meisje van ze, Zara, een lief kind, hoor, alleen een beetje wild, maar die heeft geen makkelijke jeugd gehad. Nou, vertel maar eens wat Charlie allemaal heeft gezegd.'

'Hij wil dat ik niet alleen de katten ga verzorgen maar ook ga uitzoeken welke inheemse soorten op het landgoed kunnen worden geïntroduceerd. Eerlijk gezegd maakte hij geen erg... georganiseerde indruk. Het zal wel een tijdelijke baan worden, in de periode dat de katten worden ondergebracht.'

'Nou, ook al is het maar voor een tijdje, je leert een hoop als je op een landgoed als Kinnaird woont en werkt. Misschien leer je daar ook dat je niet elk schepsel dat onder je hoede valt kunt redden. Dat geldt trouwens ook voor een aantal lamzakken van de menselijke soort,' zei ze met een wrange glimlach. 'Je moet leren aanvaarden dat dieren en mensen hun eigen bestemming moeten volgen. Je kunt alleen maar je best doen, meer niet.'

'Ik zal me altijd blijven bekommeren om een dier dat lijdt, Margaret, dat weet je.'

'Dat weet ik heel goed, liefje, dat maakt je nou juist zo bijzonder. Je bent een klein opdondertje met een groot hart, maar pas op dat het met al die emotie niet voortijdig slijt.'

'Die Cal MacKenzie, wat is dat voor iemand?'

'O, hij komt over als een brombeer, maar achter dat masker is het een lieverd, die Cal. Kinnaird zit hem in het bloed en je zou een hoop van hem kunnen leren. Waar moet je trouwens anders heen als je dit niet aanneemt? Je weet dat de dieren en ik tegen de Kerst weg zijn.'

De door haar reuma gehandicapte Margaret ging eindelijk verhuizen naar het stadje Tain, zo'n drie kwartier rijden van de vochtige, vervallen cottage waar we nu woonden. Haar huis lag aan de oever van de Dornoch Firth en had de afgelopen veertig jaar met zijn acht hectare aan heuvels huisvesting geboden aan Margaret en haar bonte beestenboel.

'Ben je niet heel verdrietig omdat je hier weg moet?' vroeg ik voor de zoveelste keer. 'Ik zou dag en nacht mijn ogen uit mijn hoofd huilen.'

'Natuurlijk ben ik daar verdrietig om, Tiggy, maar aan alle goede dingen komt een eind, zoals ik je heb proberen bij te brengen. En met Gods wil komen er straks nieuwe en betere dingen. Treuren om wat voorbij is heeft geen zin, je moet omarmen wat er op je pad komt. Ik weet al heel lang dat dit stond te gebeuren, en dankzij jouw hulp heb ik hier nog een jaartje extra gekregen. Bovendien heeft mijn nieuwe bungalow radiatoren die je hoger kunt zetten en een televisiesignaal dat het altijd doet!'

Ze grinnikte en schonk me een brede glimlach. Maar met alle intuïtie waarop ik altijd zo prat ging wist ook ik niet of ze écht blij was met wat er voor haar in het verschiet lag. Hoe het ook zat, ik stond op en gaf haar een knuffel.

'Je bent fantastisch, Margaret. Ik heb zó veel van jou en je dieren geleerd. Ik ga jullie vreselijk missen.'

'Aye, nou, als je die baan op Kinnaird aanneemt, zul je mij heus niet missen. Ik zit op een steenworp afstand van het dal en ben bij de hand als je advies nodig hebt over de katten. En je moet Dennis, Guinness en Button bezoeken, anders zullen die je ook missen.'

Ik keek naar de drie schriele beestjes die voor de open haard lagen: een hoogbejaarde rode kater en twee oude honden. Alle drie als jonkies door Margaret verzorgd tot ze beter waren.

'Ik ga eerst Kinnaird bezoeken en dan neem ik een besluit. En anders wordt het met de Kerst naar huis, naar Atlantis, en eens goed nadenken. Zal ik je naar bed helpen voordat ik zelf naar boven ga?'

Die vraag stelde ik Margaret elke avond, en ik kreeg steevast hetzelfde trotse antwoord: 'Nee, ik blijf nog een tijdje bij de open haard zitten, Tiggy.'

'Mooie dromen gewenst, Margaret.'

Ik drukte een kus op haar perkamentachtige wang en ging de smalle trap met zijn ongelijke treden naar mijn slaapkamer op. Ooit was dat

Margarets slaapkamer, totdat zelfs zij besefte dat elke avond de trap opgaan een treetje te veel was. We hadden daarom haar bed naar beneden verhuisd en in de eetkamer gezet, en het was misschien wel een zegen dat er nooit geld was geweest om boven een badkamer te laten aanleggen, want die bevond zich nog steeds in het ijzig koude bijgebouwtje, op een paar meter afstand van wat nu haar slaapkamer was.

Tijdens het dagelijkse ritueel, waarbij ik mijn kleren verwisselde voor een aantal lagen nachtkleding en tussen de ijskoude lakens kroop, vond ik troost in de gedachte dat het een goed besluit was geweest om naar dit opvangcentrum te komen. Zoals ik ook tegen Charlie Kinnaird had gezegd, was ik na zes maanden onderzoek in de Servion Zoo tot de conclusie gekomen dat ik de dieren zélf wilde verzorgen en beschermen. Dus had ik gereageerd op een advertentie op internet en was ik naar een bouwvallige cottage vertrokken om een reumatische oude dame in haar wildopvangcentrum te helpen.

Vertrouw op je intuïtie, Tiggy, die zal je nooit in de steek laten.

Dat had Pa Salt zó vaak tegen me gezegd. 'Het gaat in het leven om intuïtie vermengd met een scheutje logica. Als je die twee in de juiste verhoudingen gebruikt, weet je dat vrijwel elke beslissing die je neemt goed is,' zei hij toen we een keer in zijn speciale tuin stonden te kijken naar de volle maan, die boven het Meer van Genève oprees.

Ik weet nog goed dat ik hem vertelde over mijn droom om op een dag naar Afrika te gaan, en dat ik liever daar met die fantastische dieren in hun natuurlijke habitat werkte dan wanneer ze hier achter tralies zaten.

Ik verschoof mijn tenen naar het door mijn knieën voorverwarmde plekje en bedacht hoe ver ik van dat ideaal af was. De verzorging van vier Schotse wilde katten was niet bepaald de Premier League van werken in de wildernis.

Ik deed het licht uit en bleef een tijdje liggen nadenken over vroeger. Hoe mijn zusjes me altijd plaagden omdat ik het zweverige, gevoelige typje van de familie was. Ik kon het ze niet echt kwalijk nemen, want toen ik klein was had ik zelf niet door dat ik 'anders' was, dus ik vertelde ze gewoon wat ik had gezien of gevoeld. Op een keer, ik was nog heel klein, zei ik tegen mijn zus CeCe dat ze niet in haar lievelingsboom moest klimmen, omdat ik had gezien dat ze eruit viel. Ze had me niet onvriendelijk uitgelachen en gezegd dat ze al honderden keren in die boom geklommen was en dat ik niet zo raar moest doen. Toen ze een half uur later uit de boom viel keek ze een beetje gegeneerd van me weg omdat mijn voorspelling was uitgekomen. Ik had sindsdien geleerd mijn mond te houden wanneer ik dingen 'wist'. Zoals ik ook wist dat Pa Salt niet dood was...

Als hij echt was overleden zou ik het hebben gevoeld op het moment dat zijn ziel de aarde had verlaten. Maar ik had niets gevoeld, behalve de grote schok van het bericht zelf toen mijn zus Maia me opbelde. Ik was er totaal niet op voorbereid, ik had geen enkele 'waarschuwing' gehad dat er iets ergs zou gebeuren. Dus óf wel mijn spirituele antenne had niet gewerkt, óf ik zat in de ontkenning omdat ik de waarheid niet kon accepteren.

Mijn gedachten keerden terug naar Charlie Kinnaird en het bizarre sollicitatiegesprek van die dag. In mijn buik voelde ik die ongepaste steken terugkeren, en ik zag in gedachten weer die verontrustend blauwe ogen, die slanke handen met de lange, gevoelige vingers die zo veel levens hadden gered...

Godsamme, Tiggy, beheers je, zei ik tegen mezelf. Misschien kwam het doordat in dit afgelegen gehucht de drempel niet werd platgelopen door aantrekkelijke, intelligente mannen. En ik moest niet vergeten dat Charlic Kinnaird op zijn minst tien jaar ouder was dan ik.

En toch, dacht ik toen ik mijn ogen weer dichtdeed, verheugde ik me echt op mijn bezoek aan Kinnaird.

Drie dagen later stapte ik in Tain uit een boemeltje van twee wagons en liep ik naar een gehavende Land Rover, het enige voertuig dat voor het stationnetje stond. De man op de bestuurdersplaats draaide het raampje omlaag.

'Jij bent Tiggy?' vroeg hij met een vet Schots accent.

'Ja. En jij bent Cal MacKenzie?'

'Dat ben ik. Stap in.'

Dat deed ik, maar ik had er grote moeite mee om het zware portier achter me te sluiten.

'Optillen en met een klap dichtslaan,' adviseerde Cal. 'Dit stuk blik heeft betere tijden gekend, net als de meeste dingen op Kinnaird.'

Plotseling hoorde ik geblaf achter me. Op de achterbank zat een deerhound, zo'n grote Schotse windhond. Het beest schoof naar me toe, snuffelde aan mijn haar en gaf met zijn ruwe tong een lik over mijn gezicht.

'Och, Thistle, af, jongen!' commandeerde Cal.

'Ik vind het niet erg,' zei ik, en ik reikte naar achteren om het dier achter zijn oren te krabben. 'Ik hou van honden.'

'Aye, als je hem maar niet gaat verwennen, het is een werkhond. Oké, we gaan.'

Na een paar vergeefse pogingen kreeg Cal de motor aan de praat en reden we Tain door, een volledig uit somber, grijs leisteen opgetrokken stadje. Het vervulde een regiofunctie voor de grote plattelandsgemeenschap en beschikte over de enige fatsoenlijke supermarkt in de hele streek. We lieten al snel het stedelijke gebied achter ons en reden over een kronkelweg langs zacht glooiende heuvels bedekt met bosjes hei en her en der verspreide Schotse dennen. De toppen van de heuvels waren in een dikke, grijze mist gehuld, en toen we een hoek omsloegen dook rechts van ons een meertje op, dat me in dit druilerige weer deed denken aan een grote grijze regenplas.

Thistle, die had besloten om zijn harige kop op mijn schouder te laten rusten, verwarmde mijn wang met zijn adem, maar toch rilde ik. Ik dacht terug aan de dag waarop ik, bijna een jaar geleden, op het vliegveld van Inverness was aangekomen. Ik had een strakblauwe Zwitserse lucht achtergelaten, en een Atlantis dat uitzag op bergen die bepoederd waren met de eerste sneeuw van het seizoen, om terecht te komen in een grauwe reproductie van dat beeld. In de taxi op weg naar Margarets cottage had ik me oprecht afgevraagd waar ik aan begonnen was. Een jaar later, nu ik alle seizoenen in de Hooglanden had meegemaakt, wist ik dat als de lente kwam, de hei de heuvels tot leven zou wekken met het zachtste paars dat je maar kon bedenken, en dat het meer onder een welwillend Schots zonnetje een serene blauwe glans zou krijgen.

Ik wierp een steelse blik op mijn chauffeur: een gedrongen, goedgebouwde man met blozende wangen en dunner wordend rood haar. De enorme handen die het stuur omklemden waren de handen van een man die ze als gereedschap gebruikte: nagels met rouwrandjes, vol schrammen, rode knokkels van het permanent buiten zijn. Deze man met zijn fysiek zware baan moest wel jonger zijn dan hij leek, ik schatte hem tussen de dertig en vijfendertig.

Net als de meeste mensen die ik hier had ontmoet en die, ver van de rest van de wereld, op het platteland woonden en werkten, was Cal zwijgzaam.

Maar het is een aardige man, zei mijn innerlijke stem.

‘Hoe lang werk je al op Kinnaird?’ vroeg ik, om de stilte te verbreken.

‘Al vanaf dat ik een ukkie was. Ik doe hetzelfde werk als mijn vader, grootvader, overgrootvader en betovergrootvader hebben gedaan. Zodra ik kon lopen ging ik met mijn vader mee. Maar de tijden zijn veranderd, zeker weten. En veranderingen zorgen voor de nodige problemen, nou en of. Beryl moet er niks van hebben dat een stelletje *Sassenachs* haar territorium komt binnenvallen.’

‘Beryl?’

‘De huishoudster op Kinnaird. Werkt er al veertig jaar.’

‘En Sassenachs?’

‘De Engelsen. We hebben hier al een hele hoop rijke blaaskaken van over de grens gehad die op de Lodge Oud en Nieuw kwamen vieren. Daar is Beryl niet blij mee. Jij bent de eerste gast sinds de renovatie. Die heeft de vrouw van de Laird op zich genomen, alleen gaf ze geld als water uit. Alleen al de rekening van de gordijnen liep volgens mij in de duizenden.’

‘Nou, hopelijk heeft ze voor mij niet te veel moeite gedaan. Ik ben gewend aan sobere omstandigheden,’ zei ik, want Cal moest vooral niet denken dat ik een verwend prinsesje was. ‘Je zou de cottage van Margaret eens moeten zien.’

‘Heb ik gezien, heel wat keren. Ze is een nicht van een nicht, dus we zijn in de verte familie. De meeste lui hier in de buurt trouwens.’

We waren weer in stilzwijgen vervallen toen Cal een scherpe bocht naar links maakte, langs een vervallen kapel met op een van de muren een verweerd en scheef hangend tekoopbord. De weg werd smaller en we reden inmiddels door een open landschap, en aan weerszijden van de weg stonden muurtjes van stapelstenen om de schapen en het rundvee tegen te houden.

In de verte zag ik een gebergte waarvan de toppen werden omhuld door grijze wolken. Aan beide zijden van de weg was een enkele boerderij te zien, met schoorstenen die rookpluimen uitspuugden. De schemering had onderweg snel ingezet en het wegdek bestond inmiddels voornamelijk uit kuilen. Over een vering beschikte de Land Rover kennelijk niet, wat duidelijk werd toen Cal over een aantal steile boogbruggetjes navigeerde die kolkende beekjes overspanden. Het water dat over de tuimelende stenen raasde vormde schuimende witte bubbels, een teken dat we aan het stijgen waren.

'Hoe ver is het nog?' vroeg ik, toen ik me na een blik op mijn horloge realiseerde dat we al een uur onderweg waren.

'Niet ver meer,' zei Cal, en hij nam een scherpe bocht naar rechts, waar de weg niet veel meer dan een grindpad was, met verraderlijke kuilen die zo diep waren dat de modder tegen de raampjes spatte. 'Recht voor je zie je de ingang van het landgoed.'

Een stel stenen zuilen flitste op in het licht van de koplampen. Ik vond het jammer dat ik hier niet eerder op de dag was gekomen, zodat ik me op eigen houtje had kunnen oriënteren.

'We zijn er bijna,' verzekerde Cal me, toen we zigzaggend over de oprijlaan hobbelden. Bij het nemen van een steile helling begonnen de wielen als een razende te draaien om grip te krijgen op het losse grind, dat vol plassen water stond. Eindelijk bracht Cal de wagen tot stilstand, de motor trilde nog even opgelucht na.

'Welkom op Kinnaird,' kondigde Cal aan, terwijl hij het portier openduwde en uit de wagen klauterde. Het viel me op hoe lichtvoetig hij zich ondanks zijn stevige bouw bewoog. Hij liep om de Land Rover heen om het portier aan mijn kant te openen en stak zijn hand uit om me te helpen met uitstappen.

'Nee, dat lukt wel,' protesteerde ik, en sprong vervolgens midden in een plas. Thistle was ook uit de auto gesprongen en kwam naast me staan, hij gaf me een vriendelijk likje alvorens de oprit af te snuffelen, duidelijk blij dat hij weer op vertrouwd terrein was.

Ik keek omhoog en zag de contouren van Kinnaird Lodge scherp afgetekend tegen de maanverlichte hemel. De steile daken en torenhoge schoorstenen wierpen hun schaduw over de grond. De hoge schuiframen, die vanuit de robuuste muren van leisteen naar buiten tuurden, straalden een warm schemerlicht uit.

Cal haalde mijn tas uit de kofferbak en leidde me langs de Lodge naar een achteringang.

'Personeelsingang,' mompelde hij, terwijl hij zijn laarzen aan de schraper bij de deur afveegde. 'De voordeur wordt alleen gebruikt door de Laird, zijn gezin en zijn gasten.'

'Oké,' zei ik. Binnengekomen werd ik verwelkomd door een heerlijke warmte.

'Het lijkt hier wel een oven,' klaagde Cal terwijl we door een gang liepen waar het sterk naar verf rook. 'De vrouw van de Laird heeft een of andere luxe verwarming laten aanleggen en daar kan Beryl nog niet mee overweg. Beryl!' riep hij, terwijl hij me een ultramoderne keuken binnenleidde, die door talloze spotjes werd verlicht. Ik knipperde met mijn ogen tegen het felle licht en zag een groot, glimmend kookeiland, glanzende wandkastjes en twee supergeavanceerde ovens.

'Wat chic,' zei ik.

'Aye, zeg dat wel. Je had het moeten zien toen de oude Laird nog leefde, achter de oude kasten kwam zeker honderd jaar vuil en roet en een grote muizenfamilie tevoorschijn. Maar als Beryl niet leert om met dit nieuwerwetse spul om te gaan is het allemaal voor niks. Ze heeft bijna veertig jaar op het oude fornuis gekookt, en als je deze twee apparaten wilt kunnen gebruiken, moet je computerwetenschappen hebben gestudeerd.'

Ondertussen was er een elegante, slanke vrouw binnengekomen, met sneeuwwit haar dat in een strak knotje in haar nek was getrokken. Met haar blauwe ogen, die rond een haviksneus in een lang, hoekig gezicht stonden, bekeek ze me van top tot teen.

'Miss D'Aplièse, neem ik aan?' vroeg ze, met een melodieuze stem die een licht Schots accent verraadde.

'Inderdaad, maar noemt u me alstublieft Tiggy.'

'En zeg jij maar Beryl, zo noemt iedereen me hier.'

Ik vond die naam totaal niet bij deze vrouw passen. Ik had me een moederlijk type voorgesteld, met een royale boezem, rode wangen en handen die net zo ruw en groot waren als de pannen waarmee ze elke dag toverkunsten uithaalde. In elk geval niet deze knappe, vrij streng ogende vrouw in haar onberispelijke zwarte huishoudstersuniform.

'Fijn dat ik vanavond kan blijven logeren. Hopelijk is dat niet te veel moeite nu je het toch al zo druk hebt,' zei ik bedremmeld, als een kind tegenover de directrice van de school. Beryl straalde een gezag uit dat respect afdwong.

'Heb je trek? Ik heb soep gemaakt, dat is zo ongeveer het enige wat ik risicoloos kan bereiden zolang ik het programma van de nieuwe ovens niet onder de knie heb,' zei ze, met een wrang glimlachje naar

Cal. 'Ik begrijp van de Laird dat je veganist bent. Is wortels met koriander goed?'

'Perfect, dank je wel.'

'Nou, dan ga ik jullie verlaten,' zei Cal. 'Ik heb nog twee hertenkoppen van de jacht van gisteren in de schuur liggen die gekookt moeten worden. Tot ziens, Tiggy, welterusten.'

'Bedankt, Cal, jij ook,' zei ik, terwijl ik de neiging tot kokhalzen na die opmerking onderdrukte.

'Nou, dan breng ik je nu naar je kamer,' zei Beryl nogal bruusk, en gebaarde dat ik moest volgen. Aan het eind van de gang kwamen we in een grote hal met een vloer van flagstones en een indrukwekkende open haard van natuursteen, waarboven een hertenkop hing, compleet met een reusachtig gewei. Ze voerde me over de pas beklede trap waarlangs portretten van voorouders van Kinnaird hingen naar een brede overloop en opende de deur van een grote, in beige tinten ingerichte slaapkamer. De ruimte werd gedomineerd door een enorm hemelbed met vier pilaren, waarover een rode geruite deken gedrapeerd was; een open haard werd geflankeerd door leren fauteuils met dikke kussens, en de antieke koperen lampen op de twee mahoniehouten nachtkastjes verspreidden een zachte gloed.

'Wat prachtig,' zei ik zachtjes. 'Ik heb het gevoel dat ik in een vijfsterrenhotel logeer.'

'De oude Laird sliep hier tot op de dag van zijn overlijden. Maar hij zou het hier nauwelijks herkennen, vooral de badkamer niet.' Beryl wees naar een deur links. 'Die gebruikte hij als zijn kleedkamer. Op het laatst had ik er een postoel neergezet. Het toilet was namelijk aan de andere kant van de gang, zie je.'

Beryl slaakte een diepe zucht en aan haar gezicht kon je zien dat ze terug was in het verleden, een verleden waar ze misschien wel naar terugverlangde.

'Ik had gedacht jou als proefkonijn te gebruiken voor het testen van de suite, als je dat niet erg vindt,' ging Beryl verder. 'Ik zou graag willen dat je een douche neemt en me laat weten hoe lang het duurt voordat het water warm is.'

'Graag zelfs. Waar ik nu woon is warm water een zeldzaamheid.'

'Goed dan. De eettafel is nog steeds bij de restaurateur, dus het lijkt me het beste dat ik een dienblad boven breng.'

'Wat voor jou het makkelijkst is, Beryl.'

Ze knikte en verliet de kamer. Ik ging op de rand van een bed zitten dat erg comfortabel aanvoelde en bedacht dat ik nog niet echt hoogte kreeg van Beryl. En dan deze Lodge... Een dergelijke luxe was wel het laatste wat ik had verwacht. Ik stond op en liep naar de badkamer. Die bevatte een dubbele wastafel met marmeren blad, een vrijstaand bad en een douchecabine met zo'n grote, ronde douchekop, en na al die maanden waarin ik in Margarets schilferende emaillen badkuip had moeten baden, popelde ik om daar onder te gaan staan.

'Heerlijk,' zuchtte ik, terwijl ik snel mijn kleren uittrok. Ik zette de douche aan en bleef er onfatsoenlijk lang onder staan. Na het douchen trok ik de donzige badjas aan die aan de deur hing. Ik droogde mijn weerbarstige krullen en ging terug naar de slaapkamer, waar Beryl net een dienblad op een tafeltje naast een van de leren stoelen zette.

'Ik heb wat zelfgemaakt vlierbessensap voor je meegenomen, voor bij de soep.'

'Dank je wel. Het water was trouwens onmiddellijk loeiheet.'

'Mooi. Nou, dan zal ik je niet storen bij het eten. Welterusten, Tiggy.'

En met die woorden stevende ze de kamer uit.

2

Er piepte nog geen straaltje daglicht door de gevoerde gordijnen toen ik naar de schakelaar tastte om te zien hoe laat het was. Tot mijn verbazing was het al bijna acht uur, en voor iemand die gewend was om zes uur op te staan om de dieren te voeren stond dat gelijk aan uitslapen. Ik klauterde het enorme bed uit en bij het opentrekken van de gordijnen slaakte ik een verrukt kreetje toen ik het prachtige panorama dat zich voor me uitstrekte zag.

De Lodge lag op een heuvel die uitkeek op een *glen*, een smalle vallei. De heuvel liep geleidelijk af naar een smalle, kronkelige rivier in de vlakke bodem van de vallei en vervolgde aan de overkant zijn weg naar een bergketen waarvan de toppen waren bedekt met een laagje poedersneeuw. Het beijzelde landschap lag te schitteren onder de net opgekomen zon, en ik opende het pas geverfde raam om een diepe teug zuivere Hooglandse lucht in te ademen. Het was een heerlijke geur, herfstige aarde met een vleugje turf, afgegeven door een bodem waarin bladeren en gras al bezig waren compost te vormen voor het nieuwe groen van de komende lente.

Ik popelde om naar buiten te lopen en op te gaan in dit wonder van de natuur op haar allermooist. Ik schoot snel in mijn jeans en trui, trok mijn ski-jack en boots aan, zette mijn muts op en ging naar beneden. De voordeur was niet op slot, dus ik kon naar buiten stappen en me totaal verliezen in het onaardse paradijs dat zich voor me uitstrekte en dat wonderbaarlijk genoeg nog door geen mens of menselijke bewoning was aangetast.

'Dit is allemaal van mij,' fluisterde ik terwijl ik door het ruwe, door de vrieskou knisperende gras aan de voorkant van het huis liep. Toen ik links van me geritsel hoorde zag ik een jonge ree, met hoge, spitse oren, lange wimpers en een kastanjebruin gevlekte vacht dartel tussen de bomen wegschieten. Hoewel Margarets omheinde gedeelte voor herten best wel groot was en ze de habitat van de dieren die daar herstelden zo goed mogelijk had nagebootst, was en bleef het een omsloten terrein. Hier op Kinnaird hadden de herten meer dan duizenden hectares de ruimte om vrij rond te lopen, hoewel ze, meer nog dan voor hun natuurlijke vijanden uit het verleden, beducht moesten zijn voor roofdieren van de menselijke soort.

In de natuur was niets en niemand veilig, mijmerde ik, zelfs mensen niet, de zelfverklaarde heersers van de aarde: met al onze arrogantie dachten we onoverwinnelijk te zijn. Maar hoe vaak had ik niet gezien dat de hemelse goden bij een tornado of orkaan met één keer flink blazen duizenden mensen konden wegvagen.

Halverwege de heuvel bleef ik staan, bij een snelstromend beekje dat door de regen van die nacht flink was gezwollen. Ik ademde de frisse lucht in en keek om me heen.

Zou ik hier een tijdje kunnen wonen?

Ja, ja, ja, antwoordde mijn ziel.

Maar zelfs voor míjn doen was het hier wel erg afgelegen; Kinnaird was echt een andere wereld. Mijn zussen zouden me voor gek verklaren dat ik me hier ging opsluiten, ze zouden zeggen dat ik meer met mensen moest omgaan – en dan bij voorkeur geschikte types van het mannelijke soort – maar van dat soort dingen raakte mijn hart niet in vuur en vlam. In de natuur kwam ik tot leven, werden mijn zintuigen scherper en intenser. Als ik in de natuur was, kreeg ik het gevoel dat ik boven de aarde uitsteeg en één werd met het heelal. Ik wist dat mijn diepste wezen, het deel van mij dat ik afschermde voor de rest van de wereld, hier kon groeien en tot bloei kon komen als ik 's ochtends wakker werd bij die betoverende glen, dit geschenk uit de hemel.

'Pa, wat zou je ervan vinden als ik naar Kinnaird ga?' vroeg ik aan de hemel boven me, vurig hopend op die zo belangrijke onzichtbare band met de persoon van wie ik het allermeeste hield. Maar ik praatte alwéér tegen ijle lucht, zowel letterlijk als figuurlijk, en daar werd ik heel verdrietig van.

Op een paar honderd meter van de Lodge stond ik ineens aan de rand van een rotsachtige kloof die afliep naar een dichtbebost terrein. Het was een vrij afgesloten gebied, maar toen ik omlaag klauterde om op onderzoek uit te gaan bleek het goed toegankelijk te zijn. Dit was de perfecte plek om Molly, Igor, Posy en Polson, oftewel de vier wilde katten, te huisvesten.

Ik bleef er nog een tijdje rondlopen. Deze verborgen, beboste helling bood precies het gevoel van veiligheid dat de katten nodig hadden om, als ze eenmaal gewend waren aan hun nieuwe plek, eropuit te gaan en zich uiteindelijk voort te planten. Het was maar tien minuten lopen vanaf de Lodge en de omliggende cottages, dichtbij genoeg om ze elke dag, zelfs hartje winter, te gaan voeren. Tevreden met mijn keus klom ik de helling weer op, naar het smalle, oneffen paadje dat kennelijk een toegangsweg door de glen vormde.

Achter me hoorde ik het geluid van een auto die mijn kant op tufte, en toen ik me omdraaide zag ik Cal met een opgelucht gezicht uit zijn raampje hangen.

'Daar ben je! Waar zat je nou? Beryl heeft al uren geleden ontbeten, maar toen ze naar je kamer ging om je te wekken was die leeg. Ze was ervan overtuigd dat MacTavish de Woesteling, het huisspook van de Lodge, je vannacht had ontvoerd.'

'O gossie, dat spijt me echt, Cal. Het was zo'n prachtige ochtend dat ik op onderzoek uit wilde. En ik heb de perfecte plek gevonden voor de wilde katten, daarginds.' Ik wees naar de helling.

'Dan is het niet voor niks geweest dat je Beryl met haar ontbijt in de rats hebt laten zitten. Bovendien mag ze best eens een keertje schrikken, ze kan wel wat opwinding gebruiken, als je begrijpt wat ik bedoel,' zei Cal met een knipoog, terwijl ik het portier achter me dichttrok. 'Het probleem is dat ze zich verbeeldt dat zíj de vrouwe van de Lodge is, en ik kan niet ontkennen dat dat in een hoop opzichten ook zo is. Nou, ga maar zitten, dan geef ik je een lift terug.' En met veel gehobbel vertrokken we.

'Dit zijn verraderlijke wegen als het sneeuwt,' merkte Cal op.

'Ik heb mijn hele leven in Genève gewoond, dus ik ben gewend om in de sneeuw te rijden.'

'Da's mooi, want je krijgt straks maanden achter elkaar een hoop sneeuw te zien.' Hij wees naar een spaarzaam groepje bomen. 'Kijk, voorbij dat beekje, in dat berkenbosje, zoeken de herten 's nachts een schuilplaats.'

'Dat ziet er niet uit alsof het veel bescherming biedt,' zei ik.

'Aye, en dat is precies het probleem. Het meeste natuurlijke bosgebied is verdwenen uit de glen. We zijn begonnen met herbebossing, maar al het nieuwe spul moet worden afgeschermd om te voorkomen dat de herten de nieuwe zaailingen opeten. De Laird heeft wel een enorme klus op zich genomen. Ach, Beryl, doe dat nou niet.' Er klonk een knarsend geluid toen Cal de wagen in de versnelling wilde zetten. Hij stond een paar seconden te trillen en liep toen weer soepel.

'Beryl?'

'Aye,' grinnikte Cal, 'genoemd naar de huishoudster in hoogsteigen persoon. Een ouwe taaie, deze Landy, en ondanks die kuren kun je op haar rekenen.'

Toen we terugkwamen bij de Lodge verontschuldigde ik me uitgebreid tegenover de andere Beryl voor het feit dat ik vóór het ontbijt was verdwenen. Ik voelde me min of meer verplicht om me door de boterhammen met marmite te worstelen die ze voor me had gesmeerd, 'in plaats van het ontbijt dat je hebt gemist'. En marmite was niet echt mijn favoriete broodbeleg.

'Volgens mij mag ze me niet,' zei ik zachtjes tegen Cal, toen Beryl de keuken uit ging en hij me hielp bij het wegwerken van de buikvulling.

'Ach, Tig, het arme mens is gewoon gestrest,' was Cals wijze reactie, terwijl zijn enorme kaken het brood vermaalden. 'Zo, en welke trein had je gedacht te nemen? Er gaat er een om één minuut voor half vier, maar het is aan jou.'

Het gesprek werd onderbroken toen de telefoon één keer overging. Voordat ik Cal kon antwoorden was Beryl weer in de keuken verschenen.

'De Laird wil je spreken, Tiggy. Schikt het je?'

'Natuurlijk.' Ik haalde mijn schouders op naar Cal en volgde Beryl door de achterste gang naar een kamertje dat kennelijk als kantoortje diende.

'Dan laat ik je hier achter,' zei ze, wijzend naar de handset op tafel, en deed de deur achter zich dicht.

'Hallo?' zei ik in de hoorn.

'Hallo, Tiggy. Excuses dat ik niet naar Kinnaird kon komen, ik had een paar spoedgevallen in het ziekenhuis.'

'Geen probleem, Charlie,' loog ik. Ik was wel degelijk teleurgesteld.

'En, wat vind je van Kinnaird?'

'Ik... ik heb nog nooit zo'n fantastische plek gezien. Echt adembenemend, Charlie. O, trouwens, ik heb een perfecte plek voor de wilde katten gevonden.'

'Echt?'

'Ja.' Ik legde uit waar de plek lag en waarom ik die had uitgekozen.

'Als jij denkt dat dat de juiste plek is, Tiggy, dan geloof ik dat direct. En hoe zit het met jou? Zou je met de katten mee willen naar Kinnaird?'

'Nou, ik vind het hier heerlijk,' zei ik, tegen de hoorn glimlachend. 'Niet alleen heerlijk, maar echt fantastisch.'

'En je zou er een tijdje kunnen wonen?'

'Ja,' antwoordde ik zonder te aarzelen. 'Absoluut.'

'Nou, dat is... geweldig! Vooral Cal zal daar heel blij mee zijn. Ik weet dat we het nog niet over salaris en voorwaarden hebben gehad, maar vind je het goed als ik je wat dingen mail? Zullen we starten met een proefperiode van laten we zeggen drie maanden?'

'Ja, dat is prima, Charlie. Ik zal je e-mail lezen en erop reageren.'

'Mooi. Ik verheug me erop om je de volgende keer zelf rond te leiden, maar ik hoop dat Beryl ervoor heeft gezorgd dat je je thuis voelt op de Lodge.'

'O, dat heeft ze zeker.'

'Mooi. Nou, dan stuur ik je die e-mail en als je ermee akkoord gaat om op Kinnaird te komen werken, zou je dan begin december met de katten mee kunnen reizen?'

'Dat lijkt me perfect.'

Na een beleefd afscheid eindigde ik het gesprek en vroeg ik me af of ik zojuist de beste of slechtste beslissing van mijn leven had genomen.

Nadat ik Beryl uitvoerig had bedankt voor haar gastvrijheid liet Cal me nog even rondkijken in de simpele maar charmante cottage die ik met hem zou delen. Daarna klommen we in de Land Rover en vertrokken we naar het station van Tain.

'En hoe zit het, kom je met de katten mee?' vroeg Cal botweg.

'Ja, klopt.'

'Godzijdank!' riep Cal, en gaf een klap op het stuur. 'Die katten zijn wel het laatste waar ik me mee wil bezighouden, ik heb het zo al druk genoeg.'

'Ik kom hier in december, tegelijk met de katten, dus dat betekent dat jij alvast moet beginnen met de bouw van hun verblijf.'

'Aye, en daar zal ik jouw advies dringend bij nodig hebben, Tig, maar het is geweldig nieuws dat je hierheen komt. Weet je zeker dat je tegen het isolement kunt?' vroeg hij toen we over de weg naar de uitgang hobbelden. 'Lang niet iedereen kan dat.'

Precies op dat moment besloot de zon van achter een wolk tevoorschijn te komen en de in een ijle nevel gehulde glen te verlichten.

'Nou en of, Cal,' zei ik met een glimlach, en er borrelde een gevoel van opwinding in me op. 'Ik weet dat ik dat kan.'

3

De daaropvolgende maand ging in een flits voorbij; een maand waarin Margaret en ik afscheid namen van onze geliefde dieren en ik heel wat keren verdrietig vaarwel moest zeggen. De herten, twee rode eekhoorns, egels, uilen en onze enige overgebleven ezel werden naar hun nieuwe tehuis gebracht. Bij elk dier huilde ik tranen met tuiten, Margaret was er een stuk rustiger onder.

'Dat is de natuurlijke kringloop van het leven, Tiggy, een voortdurend begroeten en afscheid nemen, en hoe eerder je daarachter komt, hoe beter,' was haar wijze raad.

Over de opvang van de wilde katten voerde ik een uitgebreide mailwisseling en telefoongesprekken met Cal, die uiteindelijk een bedrijf inhuurde om het verblijf aan te leggen.

'Ik schijn niet op een cent te hoeven kijken,' vertelde Cal me. 'De Laird heeft subsidie aangevraagd en wil per se dat de katten gaan paren.'

Uit de foto's die hij me stuurde maakte ik op dat het een super-de-luxe verblijf werd; een reeks op huisjes lijkende kooien, door smalle tunnels met elkaar verbonden en omgeven door bomen, planten en speciaal aangelegde schuilplaatsen waar de katten op onderzoek konden uitgaan. Er kwamen in totaal vier ruime hokken, zodat elke kat een eigen territorium kon opeisen en de vrouwtjes – als en wanneer ze drachtig werden – van de mannetjes gescheiden konden worden.

Op onze laatste avond samen liet ik Margaret onder het genot van een glas sherry de foto's zien. 'Lieve hemel! Daar kunnen ze een aantal giraffes comfortabel in onderbrengen, dus al helemaal een stelletje broodmagere katten,' grinnikte ze.

'Charlie is duidelijk bloedserieus met zijn fokprogramma.'

'Aye, hij is nou eenmaal een perfectionist, onze Charlie. Jammer dat zijn droom aan zijn neus voorbij is gegaan toen hij nog zo jong was. Volgens mij is hij daar nooit helemaal overheen gekomen.'

Ik spitste mijn oren. 'Waar is hij nooit overheen gekomen?'

'Ik had het niet moeten zeggen, maar ik krijg een losse tong van die sherry. Hij was ongelukkig in de liefde, zullen we maar zeggen. Zijn meisje liet hem in de steek voor een ander en van de weeromstuit trouwde hij toen met zijn huidige vrouw.'

'Heb je haar weleens ontmoet?'

'Eén keer maar, op hun bruiloft, meer dan zestien jaar geleden. We hebben een paar woorden gewisseld, maar ik mocht haar niet. Ze is heel mooi, dat wel, maar net als in sprookjes slaat uiterlijk schoon niet altijd door naar binnen, en Charlie is altijd naïef geweest als het om vrouwen ging. Hij trouwde op zijn eenentwintigste, in het derde jaar van zijn studie geneeskunde in Edinburgh,' zei Margaret zuchtend. 'Ze was zwanger van Zara, hun dochter, snap je. Ik denk dat Charlies hele leven een reactie op het gedrag van zijn vader is geweest, en dat hij is gevlucht in zijn studie en zijn huwelijk. Maar misschien is het nu Charlies beurt,' besloot Margaret, en ze sloeg haar laatste slok sherry achterover. 'En dat mag ook weleens.'

De volgende ochtend was ik op de achterbank van Land Rover Beryl druk in de weer met mijn medepassagiers Molly, Igor, Posy en Polson, die in hun reismand zaten te jammeren en te krijsen. Het was nog een hele toer geweest om ze in de auto te krijgen, en ondanks mijn dikke trui en mijn dikke werkhandschoenen zaten mijn armen en polsen vol diepe schrammen. Schotse wilde katten zijn ongeveer even groot als gedomesticeerde cyperse katten en hebben ongeveer hetzelfde kleurpatroon, maar daar houdt ook elke gelijkenis op. Ze worden niet voor niets de tijgers van de Hooglanden genoemd. Vooral Polson had de neiging om eerst te bijten en daarna vragen te stellen.

Maar hoe humeurig en venijnig ze soms ook waren, ik hield van de katten. Ze boden een sprankje hoop in een wereld waar al zo veel inheemse soorten het loodje hadden gelegd. Margaret had me verteld dat er in heel Schotland een aantal speciale fokprogramma's was gestart om te voorkomen dat de soort zich met huiskatten zou vermengen en raszuivere katten te fokken die later in het wild konden worden uitgezet. Toen ik de portieren achter het verontwaardigde gegrom dichtsloeg voelde ik de verantwoordelijkheid als bewaker van hun toekomst op mijn schouders rusten.

Alice, mijn huisegel, zat samen met mijn rugzak en de paar kleren die ik bij me had, in haar kartonnen doos op de voorstoel. Ik had haar zo genoemd omdat ze als baby in een konijnenhol was gevallen en ik haar uit de kaken moest redden van Guinness, de hond, toen die bezig was haar eruit te trekken.

'Klaar?' vroeg Cal, die achter het stuur zat te popelen om te vertrekken.

'Ja,' zei ik, naar adem snakkend, want ik moest nog terug naar de cottage voor het meest hartverscheurende moment: afscheid nemen van Margaret. 'Heb ik nog vijf minuten?'

Cal begreep het en knikte zwijgend.

Ik liep terug naar de cottage. 'Margaret? Waar ben je? Hallo?'

Ze was nergens te bekennen, dus liep ik naar buiten. Daar zat ze, op de grond, midden in haar lege kattenasiel, met naast zich Guinness en Button als haar lijfwachten. Ze zat met haar hoofd in haar handen, haar schouders schokten.

'Margaret?' Ik liep naar haar toe, ging op mijn knieën zitten en sloeg mijn armen om haar heen. 'Huil alsjeblieft niet, anders begin ik ook.'

'Ik kan er niks aan doen, *lassie*, ik heb zó hard mijn best gedaan om dapper te zijn, maar vandaag...' Ze trok haar handen van haar gezicht, zodat ik haar roodbehuilde ogen zag. 'Vandaag komt er een einde aan een tijdperk, nu de katten weggaan, én jij.'

Ze stak een knokige, reumatische hand uit, zo'n hand die in sprookjes wordt geassocieerd met boze heksen, maar deze hand stond voor het tegenovergestelde, voor vriendelijkheid.

'Je bent als een kleindochter voor me geweest, Tiggy. Je hebt mijn dieren gered en ze gezond gehouden toen ik daar zelf de kracht niet meer voor had.'

'Ik kom je heel gauw opzoeken in je nieuwe bungalow, dat beloof ik. Zo ver zitten we niet van elkaar.' Ik nam haar in mijn armen en gaf haar voor de laatste keer een knuffel. 'Ik heb het met veel plezier gedaan en ik heb zó veel van je geleerd! Dank je wel, Margaret.'

'Het genoegen was geheel aan mijn kant, Tiggy. En over leren gesproken, ga als je daar bent vooral op bezoek bij Chilly, een oude zigeuner die op het landgoed woont. Hij is een bron van kennis over kruidenmedicijnen, voor dieren en mensen.'

'Zal ik doen. Tot ziens voor nu, lieve Margaret.' Ik stond op en liep snel naar het hek, want nog even en ik zou ook gaan huilen. Cal kwam naast me staan.

'En nou zorgen dat die katten van ons een paar mooie jonkies maken, hè?' riep Margaret me na, terwijl ze nog een laatste keer zwaaide. Ik klom Beryl de Land Rover in en ging op weg naar het volgende hoofdstuk van mijn leven.

'Dit is jouw slaapkamer, Tig,' zei Cal, terwijl hij mijn rugzak op de grond liet ploffen.

Ik keek om me heen. Het kamertje had een laag plafond, dat met scheurtjes dooraderd was en bobbels vertoonde, alsof het doodop was van het ondersteunen van het dak. Het was er a) ijskoud en b) spartaans ingericht, zelfs na wat ik gewend was, maar er stond in elk geval een bed. En een ladekast, waarop ik Alice neerzette, die nog in haar kartonnen doos zat.

'Zal ik haar kooi ook hierheen brengen?' bood Cal aan. 'Haar in de woonkamer houden kan ik echt niet hebben. Als ze 's nachts ontsnapt heb je kans dat ik haar op weg naar de wc per ongeluk plattrap. Moet ze trouwens geen winterslaap houden?'

'Als ze in het wild zou leven wél, maar dat durf ik niet aan,' legde ik uit. 'Ze is sinds ik haar heb gered nog niet genoeg aangekomen, dus ze zou de winter niet overleven. Ik moet haar lekker warm houden en zorgen dat ze blijft eten.'

Even later kwam Cal het kooitje brengen. Nadat ik Alice in haar eigen huisje had ondergebracht en haar een zakje van haar favoriete kattenvoer had gevoerd, was ik zo moe dat ik me op bed liet zakken en het liefst was gaan liggen.

'Ontzettend bedankt voor je hulp, Cal. Ik had de katten nooit in mijn eentje van die helling af gekregen.'

'Aye.' Cal bekeek me van top tot teen. 'Je bent maar een petieterig elfje, hè? Ik zal je maar niet vragen om te helpen bij het hout hakken voor de winter of het repareren van een hek.'

'Ik ben sterker dan ik eruitzie,' zei ik, al gold dat leugentje alleen voor mijn fysieke kracht.

'Nou ja, je hebt vast wel andere kwaliteiten, Tig,' zei Cal, en hij gebaarde om zich heen. 'Dit huisje heeft een vrouwenhand nodig, ik heb géén idee.'

'O, we kunnen het hier best wat gezelliger maken.'
'Wil je wat eten? Ik heb nog wat hertenstoof in de koelkast.'
'Eh, nee, dank je. Ik ben veganist, misschien weet je...'
'O ja, tuurlijk.' Hij haalde zijn schouders op. 'Je zal wel moe zijn,' merkte hij op toen ik uitgebreid geeuwde.
'Ja, klopt.'
'Mocht je willen badderen, er staat een badkuip in de badkamer. Ik wacht wel tot jij als eerste het warme water hebt gebruikt.'
'Dat hoeft niet, hoor. Ik duik direct mijn bed in,' antwoordde ik. 'Trusten, Cal.'
'Trusten, Tig.'
Eindelijk ging de deur dicht achter Cal en kon ik me achterover laten vallen op een verrassend comfortabel en al prettig ingeslapen matras. Ik trok het dekbed over me heen en viel onmiddellijk in slaap.

Om zes uur werd ik wakker, gealarmeerd door de ijzige kou en mijn innerlijke wekker. Ik deed het licht aan. Buiten was het pikdonker en de ramen waren aan de binnenkant bevroren.
Ik had mijn trui en vuile jeans nog aan, dus aankleden was niet nodig. Ik trok een extra vest, mijn laarzen en mijn ski-jack aan, zette mijn muts op en ging naar de woonkamer met zijn talloze balken en zijn royale open haard. Ik greep de zaklantaarn die Cal had laten zien en zette me schrap om naar buiten te gaan. Afgaand op mijn geheugen en het licht van mijn zaklamp vond ik mijn weg naar de grote schuur, waar de koelcel met de duiven- en konijnenkarkassen voor mijn katten stond. Op een baal stro in de hoek van de schuur lag Thistle, die met zijn onmogelijk lange poten opstond om me te begroeten en zijn spitse neus in de palm van mijn uitgestrekte hand duwde. Mijn hart smolt toen ik in zijn intelligente bruine ogen keek, waar een pony van grijze vacht voor hing, wat de komische indruk van borstelige wenkbrauwen wekte.
'Kom mee, joh. Eens kijken of we voor jou ook iets te eten kunnen vinden.'
Ik pakte het eten voor de katten, zocht voor Thistle een sappig bot uit en ging naar buiten. Thistle wilde me volgen, maar ik duwde hem met tegenzin weer de schuur in.
'Een andere keer misschien, lieverd.' Ik wilde niet het risico lopen dat

ik de katten zo kort na hun verhuizing de stuipen op het lijf zou jagen.

Ik liep over het bevroren grasveld naar de helling waaraan het kattenverblijf lag. Nog nooit in mijn leven had ik zo'n diepe, inktzwarte duisternis meegemaakt, zonder ook maar een glimp van kunstlicht. Ik liet me door het licht van mijn zaklamp langs de helling naar het kattenverblijf gidsen.

'Molly?' fluisterde ik de duisternis in. 'Igor? Posy? Polson?'

Automatisch duwde ik de deurklink omlaag, tot me te binnen schoot dat er een codepaneeltje boven het slot was aangebracht, om te voorkomen dat toekomstige bezoekers ongehinderd konden binnenkomen en de katten konden storen. Ik pijnigde mijn geheugen om me de code te herinneren en probeerde wat naar ik dacht de juiste combinatie was. Bij de derde poging hoorde ik een klik en gleed het hek eindelijk open. Ik sloot het achter me.

Opnieuw riep ik de katten bij hun naam, maar ik hoorde niets, nog geen kattenpootje op een knisperend blad. Maar met vier van die royale paviljoentjes konden ze overal zijn, ze hadden zich natuurlijk verstopt en zaten misschien ergens te mokken.

'Hé jongens, ik ben het, Tiggy,' fluisterde ik in de doodse stilte, en mijn adem stootte in mistige wolkjes voor me uit. 'Ik ben hier, jullie hoeven niet bang te zijn. Jullie zijn veilig, dat beloof ik, ik ben bij jullie,' zei ik steeds maar weer, en elke keer wachtte ik even of ze op mijn stem reageerden. Dat deden ze niet, en nadat ik elk hok had doorzocht en was blijven luisteren tot ik bang was dat ik zou bevriezen, verspreidde ik het voer, ging het hek uit en liep de helling op.

'Zo, vroege vogel, waar heb jij gezeten?' zei Cal toen hij met twee koppen dampend hete thee uit het keukentje opdook.

'Bij de katten gaan kijken, maar die lieten zich niet zien. De arme stakkers zijn waarschijnlijk doodsbang, maar ze hebben in elk geval mijn stem gehoord.'

'Zoals je weet ben ik geen liefhebber van katten als zodanig. Egoïstische, asociale beesten die je krabben en vriendjes zijn met iedereen die ze te eten geeft. Nee, geef mij maar een hond als Thistle.'

'Die zag ik vanochtend in de schuur. Ik heb hem een bot uit de koelcel gegeven,' biechtte ik op, terwijl ik van mijn sterke thee nipte. 'Slaapt hij daar altijd?'

'Aye, het is een werkhond, hè, niet zo'n verwend stads juffershondje.'

'Mag hij niet af en toe in de cottage slapen? Het is vreselijk koud in die schuur.'

'Ach, Tig, wat ben je toch een softie. Die hond is het gewend,' was Cals vriendelijke vermaning, terwijl hij naar de keuken liep. 'Wil je toast met jam?'

'Heerlijk, graag,' riep ik terug, terwijl ik naar mijn slaapkamer liep om het kooitje van Alice te openen. Ik knielde voor het houten egelhuisje waar ze zich zo lekker in kon nestelen en zag twee kraaloogjes naar me kijken. Alice had bij de val in het konijnenhol een van haar dunne pootjes gebroken, en dat was nooit helemaal genezen. Ze was nog maar een paar maanden oud, maar hinkte als een hoogbejaarde rond in haar huisje.

'Goedemorgen, Alice,' fluisterde ik. 'Goed geslapen? Wil je een stukje komkommer?'

Ik ging terug naar de keuken om wat komkommer te pakken. Tegen de achterwand en op de planken van de koelkast had zich een laagje schimmel genesteld, dus die kon wel een schoonmaakbeurt gebruiken. Het aanrecht stond vol vuile pannen. Ik trok de toast uit de broodrooster en legde hem op het krappe werkblad, dat bezaaid was met zeker een week aan broodkruimels.

Echt iets voor een man, dacht ik. Ik was niet bepaald neurotisch als het om schoonmaken ging, maar deze toestand ging mijn tolerantieniveau te boven, dus mijn handen jeukten. Nadat ik Alice had gevoerd ging ik bij Cal aan het tafeltje in de hoek van de woonkamer zitten om mijn toast te eten.

'Wat geef je de katten 's ochtends meestal te eten?' informeerde hij.

'Vanochtend heb ik de duiven en een paar van de konijnen die ik had meegenomen naar binnen gegooid.'

'Nou, ik heb in de vriezer een voorraadje hertenharten voor je opgeslagen. Ik zal hem je laten zien, hij staat in een schuur achter de Lodge.'

'Dat zullen ze heerlijk vinden, Cal, bedankt.'

'Wat ik niet snap, Tig, is hoe jij als veganist elke dag met dat dode vlees kan omgaan.'

'Omdat het de natuur is, Cal. Mensen zijn ontwikkeld genoeg om weloverwogen te beslissen wat ze eten, en we beschikken over meer dan voldoende alternatieve voedselbronnen om in leven te blijven, maar dieren hebben dat niet. Alice eet vlees omdat haar soort vlees eet, en dat geldt ook voor de katten. Zo is het nu eenmaal, hoewel ik moet toegeven dat ik er niet om zit te springen om met hertenharten bezig te zijn. Ons hart is ons wezen, vind je niet?'

'Dat kun je mij beter niet vragen, ik ben een man en heb graag een stuk rood vlees tussen mijn kiezen, of dat nou orgaanvlees of een biefstuk van de haas is,' zei Cal. 'En ik waarschuw je, Tig,' hij zwaaide met zijn wijsvinger, 'mij zul je nooit ontwikkelen, ik ben een carnivoor in hart en nieren.'

'Ik zal niet proberen je te bekeren, dat beloof ik, maar ik trek een streep bij het bakken van lamskoteletten en dat soort vlees.'

'Maar jullie Fransen zijn toch allemaal gek op rood vlees?'

'Ik ben Zwitserse, geen Française, dus misschien is dát de verklaring,' pareerde ik grijnzend.

'En ik hoorde van Margaret dat je een soort wetenschapper bent, dat je een academische graad hebt, is dat zo, Tig? Dus je zou ook een hoge, goedbetaalde baan in een of ander lab kunnen krijgen in plaats van hier op een paar armetierige katten te passen! Waarom Kinnaird?'

'Ik héb ook in een lab gewerkt, bij een dierentuin, daar heb ik een paar maanden data geanalyseerd. Ik verdiende daar goed, maar ik was er doodongelukkig. En de kwaliteit van je leven is toch het belangrijkst, vind je niet?'

'Aye, dat moet ik dan maar geloven met dat zware werk en dat salaris van me!' zei Cal, met een zwaar gegrinnik. 'Nou, fijn dat je er bent, ik ben blij met je gezelschap.'

'Als je het goed vindt wilde ik vandaag voorjaarsschoonmaak houden in de cottage.'

'Ja, die kan wel een beurt gebruiken, nou en of. Bedankt, Tig. Tot straks.' En met die woorden trok Cal zijn waxjas aan en banjerde de deur uit.

Ik bracht de rest van de ochtend beneden bij de katten door, of liever gezegd zonder de katten, want hoe uitgebreid ik ook rondspeurde in hun zorgvuldig tussen de bladeren verstopte schuilplaatsen, ze waren nergens te bekennen.

'Wat een ramp zou het zijn als de dieren waar ik verantwoordelijk voor ben al in de eerste week doodgaan,' zei ik tegen Cal toen die tegen lunchtijd naar de cottage kwam voor een van zijn megaboterhammen. 'Ze raken hun eten niet aan.'

'Aye, dat zou het zeker zijn,' bromde hij, 'maar zo te zien hadden ze op zijn minst voor een paar dagen vet op hun botten. Ze settelen zich heus wel, Tig.'

'Dat hoop ik van harte. Ik moet trouwens nog wat eten en schoonmaakspullen halen, waar is de dichtstbijzijnde winkel?'

'Ik ga wel met je naar de plaatselijke winkel, dan krijg je gelijk rijles. Beryl is een wagen met een gebruiksaanwijzing.'

We reden naar de winkel heen en terug en in dat uur leerde ik Beryl te besturen en maakte ik kennis met haar rare trekjes. De winkel was een teleurstelling, ze verkochten er voornamelijk talloze varianten *shortbread* voor langskomende toeristen. Ik kon er in elk geval aardappelen, kool en wortels krijgen, wat zoute pinda's en héél veel *baked beans* voor de broodnodige proteïne.

Toen we terugkwamen ging Cal er direct vandoor. Ik zocht een tijdje vergeefs naar een bezem en een dweil, dus er zat niets anders op dan naar de Lodge te gaan en Beryl te vragen of ik wat schoonmaakspullen kon lenen. Via de binnenplaats liep ik naar de achteringang en klopte aan. Toen er geen reactie kwam ging ik naar binnen en liep ik de gang naar de keuken door.

'Beryl? Hier is Tiggy, van de cottage! Ben je daar?' riep ik.

'Ik ben boven, beste kind, om de nieuwe hulp wegwijs te maken. Ik ben over een paar seconden beneden. Wil je alvast de ketel opzetten?'

Ik deed wat Beryl me vroeg en was net op zoek naar een theepot toen ze binnenkwam, vergezeld door een jonge vrouw met een wasbleek gezicht, die een schort en rubberen handschoenen droeg.

'Dit is Alison, zij zal de Lodge spic en span houden als de gasten voor de Kerst arriveren. Nietwaar, Alison?' Beryl praatte langzaam en articuleerde elk woord nadrukkelijk, alsof het meisje slechthorend was.

'Ja, Mrs. McGurk, dat zal ik doen.'

'Goed. Nou, Alison, dan zie ik je morgenochtend klokslag acht uur. Er moet nog heel wat gebeuren voordat de Laird komt.'

'Ja, Mrs. McGurk,' herhaalde het meisje, dat duidelijk doodsbenauwd was voor haar nieuwe baas. Ze knikte als afscheid en haastte zich de keuken uit.

‘Hemeltjelief,’ merkte Beryl op terwijl ze een theepot uit een kast pakte. ‘Niet bepaald gezegend met een goed stel hersens, onze Alison, maar ík ben in deze contreien nou eenmaal niet gezegend met een ruime keus aan personeel. Maar ze kan in elk geval vanaf het boerderijtje van haar ouders naar haar werk lopen, en dat is in de winter essentieel.’

‘Woon je hier in de buurt?’ vroeg ik Beryl terwijl ze theebladeren in de pot schepte.

‘In een cottage, net aan de overkant van de glen. Je wilt zeker geen melk in je thee?’

‘Nee.’

‘Mag je wel een stuk van mijn zelfgemaakte *millionaire's shortbread*? Er zit wel boter in.’ Beryl wees naar een toastrekje met verleidelijke plakken koek met een dikke laag karamel en chocolade. ‘Het plaatselijke rundvee staat hier bij wijze van spreken voor de deur en ik kan je met de hand op mijn hart verzekeren dat er hier goed voor de koeien wordt gezorgd.’

‘In dat geval lust ik wel een stukje,’ zei ik. Ik vond het niet het moment om uit te leggen dat pasgeboren kalveren bij hun moeder werden weggehaald en dat die moeders permanent zwanger werden gehouden om een onnatuurlijke hoeveelheid melk voor menselijke consumptie te produceren, en dat ik het daar niet mee eens was. ‘Vlees en vis eet ik absoluut niet, maar bij zuivelproducten wil ik nog weleens zondigen, ik ben bijvoorbeeld dol op melkchocolade,’ bekende ik.

‘Zijn we dat niet allemaal?’ zei Beryl, en met een zweem van een glimlach reikte ze me een plak koek op een schoteltje aan. Ik had het gevoel dat hiermee een eerste stapje naar een band tussen ons was gezet. ‘En, red je het in de cottage?’

‘Nou,’ zei ik, na een hap van het verrukkelijke shortbread, ‘ik kom je eigenlijk vragen of ik een mop en bezem en misschien ook een stofzuiger van je kan lenen, zodat ik daar eens even goed kan schoonmaken.’

‘Die heb ik zeker. Mannen schijnen het heerlijk te vinden om zich als varkens in de modder te wentelen, vind je niet?’

‘Sommige mannen wel, ja, maar mijn vader was een van de netste mensen die ik heb gekend. Alles lag altijd keurig op zijn plaats en hij maakte elke ochtend zelf zijn bed op, ook al had hij – hadden wíj – een huishoudster die dat voor ons deed.’

Beryl taxeerde me eens grondig, alsof ze mijn sociale klasse wilde vaststellen. 'Dus je bent *gentry*?'

Dat woord kende ik niet. 'Wat betekent dat?'

'Sorry, Tiggy, je Engels is zo goed dat ik steeds vergeet dat je gelet op je accent Française moet zijn.'

'Ik kom uit Zwitserland, maar Frans is wel mijn moedertaal, ja.'

'Ik bedoelde dat ik me afvroeg of je van adel was,' zei Beryl, 'omdat je zei dat jullie een huishoudster hadden.'

'Nee, althans ik dacht het niet. Mijn vijf zussen en ik zijn als baby geadopteerd.'

'Is dat zo? Fascinerend. Heeft je vader je ook verteld waar je vandaan komt?'

'Helaas is hij ruim vijf maanden geleden overleden, maar hij heeft voor ons allemaal een brief nagelaten. In zijn brief aan mij heeft hij precies verteld waar hij me heeft gevonden.'

'En daar ga je naartoe?'

'Dat weet ik nog niet. Ik ben gewoon blij dat ik er ben; dat ik ben wie ik ben, blij met de fantastische herinneringen aan mijn zusjes en mijn adoptievader.'

'En je wilt niet iets doen wat dat zou kunnen verstoren,' zei Beryl.

'Nee, ik denk het niet.'

'Wie weet, misschien wil je dat op een dag wel, maar gecondoleerd met je verlies. Nou, de zwabbers en bezems staan in de kast in de gang, links van je, neem maar mee wat je nodig hebt, als je het na afloop maar weer terugbrengt.'

'Dank je, Beryl,' zei ik, geroerd door haar troostende woorden over Pa.

'En laat het maar weten als je verder nog iets nodig hebt om die cottage een beetje bewoonbaar te maken. Ik moet nu Ben, onze klusjesman, via de radio oproepen om het haardhout van Chilly aan te vullen.'

'Is dat die oude zigeuner die op het landgoed woont?'

'Dat klopt.'

'Margaret zei dat ik hem een keer moest opzoeken.'

'Nou, liefje, hij is altijd thuis. Hij staat krom van de reuma en het is me een raadsel hoe hij in die glen de winter doorkomt. Maar hij heeft nu in elk geval de blokhut die de nieuwe Laird van de zomer heeft laten bouwen. Die is geïsoleerd, dus het is er warm.'

'Wat aardig van Ch... de Laird.'

'Nou ja, ik heb wel tegen hem gezegd dat het voor Chilly's eigen bestwil is dat hij naar het dorp verhuist, dat wil de sociale dienst. Het probleem is dat hij zich elke keer als ze zijn situatie komen beoordelen schuilhoudt, dan is hij nergens te bekennen. Maar de volgende keer waarschuw ik hem niet meer,' snoof Beryl. 'Want het betekent wel dat er iedere dag iemand van ons bij hem langs moet gaan, eten moet meenemen en zijn mand met haardhout moet aanvullen. Alsof we hier nog niet genoeg te doen hebben. Maar goed, ik moet nu verder,' zei Beryl, en ze pakte haar walkietalkie.

Ik haalde een mop, bezem en stofzuiger uit de kast en sjouwde ermee over de binnenplaats, niet echt geholpen door Thistle, die opgewonden voor me uit zigzagde.

'Ha, die Tig,' kwam een stem uit de krochten van de schuur op de binnenplaats. 'Ik ben hier een paar hertenkoppen aan het uitkoken. Ga je nog een bakkie zetten?'

'Yep, maar dan moet je wel naar buiten komen om het te halen, want zolang je daarmee bezig bent krijg je mij met geen stok naar binnen,' riep ik terug.

'Bedankt, Tig, twee klontjes graag.'

'*Yes, my Lord*. Ik zet eerst even mijn emmer en bezem weg, als u dat niet bezwaarlijk vindt.' Ik maakte een reverence en ging de cottage binnen.

4

Nog twee weken en dan zou het Kerst zijn, en in de aanloop naar de zonnewende werden de dagen steeds korter. Er stond al ijs op de ramen, maar het had nog niet gesneeuwd. Het was me gelukt de cottage een stuk gezelliger te maken en dat gaf me een voldaan gevoel. Op de dag nadat ik schoonmaakspullen van Beryl had geleend kwam ze met een armvol gordijnen met een fraai bloemendessin naar me toe.

'Zoek maar uit,' zei ze. 'Deze hingen vóór de renovatie in de Lodge, en ze waren te goed om weg te gooien. Er zijn ook nog wat vloerkleden, een tikje aangevreten door de motten, maar die kunnen op die tegelvloer hier voor een beetje warmte zorgen. En zeg maar tegen Cal dat er in de schuur een oude leren stoel staat die goed bij die haard zou passen.'

'Zozo, helemaal het huisvrouwtje, hè?' grinnikte Cal toen hij de omgetoverde zitkamer zag.

Ik moet zeggen dat ik ervan had genoten om met die herinrichting bezig te zijn, ik had immers nooit een eigen huis gehad. Het was heerlijk om in de versleten fauteuil bij de grote, brandende haard te zitten terwijl Cal op de bank lag. In het begin had hij Alice genegeerd, maar inmiddels was hij ook gecharmeerd van haar geraakt; hij haalde haar regelmatig uit haar kooitje, dan krulde ze zich tevreden op in zijn handpalm. Ik had er wel moeite mee dat hij Alice zonder problemen als huisdier accepteerde maar een streep bleef trekken bij Thistle.

'Ga je met de Kerst naar je familie?' vroeg hij op een ochtend toen we samen ontbeten en het ijs rondom het raam het spectaculaire uitzicht op de glen in de diepte omlijstte.

'Ik dacht er eerst over om een paar dagen naar Zwitserland te gaan, maar nu de katten zich nog niet gesetteld hebben vind ik dat dat niet kan. Ik zou alleen maar lopen te piekeren, bovendien gaat geen een van mijn zussen dit jaar naar huis, dus het zou alleen maar heel akelig zijn om daar zonder hen en zonder Pa te zijn.'

‘Waar wonen je zussen?’

‘Maia, de oudste, is nu in Brazilië, Ally in Noorwegen, Star zit in het zuiden van Engeland, CeCe is kennelijk weer op avontuur en Electra, mijn kleine zusje... Tja, die kan overal uithangen. Ze is model. Je hebt misschien weleens van haar gehoord. De meeste mensen wel.’

‘Je bedoelt toch niet dé Electra? Die vrouw die nog langer is dan ik en altijd halfnaakt en leunend tegen een popster op de voorpagina staat?’

‘Yep, dat is ze.’

‘Wauw, Tig! Je bent me wel een pakketje vol verrassingen.’ Hij bekeek me eens goed van dichtbij. ‘Nee, je lijkt totaal niet op haar.’

‘We zijn alle zes geadopteerd, weet je nog?’ zei ik giechelend. ‘We hebben nog geen druppeltje van hetzelfde bloed.’

‘O ja, natuurlijk. Nou, zeg maar tegen Electra dat als ze een keer zin heeft haar zus op te zoeken, ik best met haar naar de kroeg wil voor een paar whisky’tjes.’

‘Ik zal het de volgende keer tegen haar zeggen,’ antwoordde ik, en veranderde maar snel van onderwerp bij het zien van zijn twinkelende ogen. ‘En wat doe jij met de Kerst?’

‘Wat ik elk jaar doe, naar mijn familie in Dornoch. Je bent van harte welkom bij ons, Tig. Je zult wel niet de hele kalkoen soldaat maken, toch?’ grinnikte hij.

‘Heel aardig van je, Cal, maar ik heb nog niet definitief besloten. Ik heb er geen prettig gevoel bij dat niemand van ons Ma, de vrouw die van kinds af aan voor ons heeft gezorgd, gezelschap houdt. Misschien moest ik haar maar eens hier uitnodigen,’ peinsde ik hardop.

‘Was je “Ma” getrouwd met je pa?’

‘Nee, maar dat had heel goed gekund. Niet in intiem opzicht,’ legde ik snel uit. ‘Pa heeft haar als nanny in dienst genomen toen we nog klein waren en ze is nooit meer weggegaan.’

‘Sorry dat ik het zeg, maar die familie van je zit wel raar in elkaar, Tig. Vergeleken met die van mij, tenminste.’

‘Ja, ik weet het, maar ik hou net zo veel van mijn zussen, en van Ma, en van Claudia, onze huishoudster, als jij van jouw familie houdt. Ik wil echt niet dat we als gezin uit elkaar vallen nu Pa dood is. Hij was de bindende factor in ons gezin,’ verzuchtte ik. ‘We probeerden altijd om met de Kerst thuis te zijn.’

'Ja, je familie is alles,' beaamde Cal. 'We kunnen ze soms niet luchten of zien, maar er hoeft maar iemand een vinger naar ze uit te steken of we verdedigen ze met hand en tand. Ik vind het prima als jij je Ma wilt uitnodigen, dan gaan we ons best doen om de Kerst zo... kerstachtig mogelijk te maken. Maar nou moet ik weer naar mijn hekken,' zei hij. Hij stond op en gaf me onder het voorbijgaan een klopje op mijn schouder.

Later die ochtend belde ik Ma op en bood haar een Schotse Kerst aan, maar ze bedankte.

'Tiggy, *chérie*, heel lief dat je aan me denkt, maar ik kan Claudia hier echt niet alleen achterlaten.'

'Claudia is natuurlijk ook van harte welkom,' bood ik aan, 'al wordt het dan wel een beetje krap.'

'Eerlijk gezegd hebben we Georg Hoffman hier al uitgenodigd. En Christian is er natuurlijk ook.'

'Goed, nou ja, als je het zeker weet,' zei ik, en ik bedacht hoe triest het was dat er dit jaar met Kerst alleen maar personeel op Atlantis was, en niemand van het gezin.

'Ik weet het zeker, chérie. Maar hoe gaat het met jou? En hoe is het met je longen?'

'Prima, Ma. Ik krijg hier bakken frisse lucht binnen.'

'Zorg wel dat je je goed inpakt. Je weet dat je longen niet goed tegen de kou kunnen.'

'Dat beloof ik, Ma. Tot ziens.'

Toen ik een paar dagen later Margaret opbelde om te horen hoe het met haar ging, nodigde ze me uit voor een kerstlunch, een aanbod dat ik gretig accepteerde. Opgelucht dat ik geen indringer op Cals familiekerstfeest hoefde te zijn, of, eerlijk gezegd, opgelucht dat ik niet tegen die berg gebraden gevogelte hoefde aan te kijken, nam ik Thistle mee voor een wandeling over het landgoed. Tot vermaak van Cal was de hond aan me gehecht geraakt, en als hij maar even niet nodig was bij de jacht volgde hij me als een tovenaarsleerling. Ik smokkelde hem soms stiekem de cottage binnen als ik wist dat Cal er niet was. Dan lag hij voor de open haard te roosteren terwijl ik de klitten en klissen uit zijn ruwe vacht borstelde en maar hoopte dat zijn baas het niet zou merken. Ik had altijd dolgraag een eigen hond gewild.

Toen ik terugkwam en de deur van de woonkamer opendeed was Cal in de hoek van de kamer bezig een kerstboompje op te zetten. Hij keek op en fronste naar Thistle, die met een smekende blik op de drempel was blijven zitten.

'Tig, ik heb al zó vaak gezegd dat hij niet naar binnen mag. Daar wordt-ie slap van.'

'Slap?' vroeg ik, terwijl ik me schuldbewust afvroeg of Cal misschien wel wist dat ik hem niet gehoorzaamde.

'Aye. Dan wordt-ie een watje. Je moet hem buiten laten.'

Met tegenzin duwde ik Thistle de binnenplaats op, fluisterde hem toe dat ik straks naar hem toe zou komen en deed de deur dicht.

'Ik dacht dat deze boom jou en de tent hier wel een beetje zou opvrolijken,' zei Cal. 'Ik heb hem uit het bos opgegraven, met wortels en al, dan kunnen we 'm daarna weer terugzetten. Kun jij misschien morgen naar Tain gaan om wat lichtjes en kerstversiering te kopen?'

Bij het zien van het boompje, dat nog een beetje scheef in zijn emmertje met aarde stond, sprongen de tranen in mijn ogen.

'O Cal, wat lief van je, dank je wel.' Ik liep naar hem toe en gaf hem een dikke knuffel. 'Ik ga morgen direct nadat ik de katten heb gevoerd naar Tain.'

'Doe dat niet te laat, want we krijgen morgen zeker weten sneeuw. Die Sassenachs in het zuiden dromen altijd van een witte Kerst, maar hier hebben we zolang ik me herinner nog geen Kerst zonder dat spul gehad.'

'Ik kan niet wachten,' zei ik met een glimlach.

Zoals Cal had voorspeld werd ik de volgende ochtend tijdens de eerste sneeuwbui van het seizoen wakker. Ik nam de reserve Land Rover, die nog logger en ouder was dan Beryl, en reed voorzichtig naar Tain.

Zo kort voor de Kerst was het in het stadje druk met mensen die kerstinkopen deden. Nadat ik mijn kerstlichtjes en versiering had gekocht zocht ik voor Cal een zachte, geruite sjaal en voor Margaret een roze wollen trui uit. Toen ik terugkwam zag ik een gehavende Range Rover voor Kinnaird Lodge staan. Beryl liep al dagen in een permanente staat van opwinding rond omdat Charlie met zijn gezin uit Inverness kwam om de Kerst op de Lodge te vieren alvorens het voor Hogmanay, zoals ze Oud en Nieuw in Schotland noemen, open te stellen voor de eerste betalende gasten.

Toen Cal thuiskwam was ons boompje versierd en verlicht, brandde er een vrolijk vuurtje in de open haard en klonken er uit Cals overjarige draagbare cd-speler kerstliederen van de cd die ik in Tain had gekocht.

'Straks komt die ouwe Kerstman zelf nog door de schoorsteen naar beneden,' grinnikte Cal toen hij zijn jas, pet en sjaal aan de kapstokhaken ophing die hij van mij naast de voordeur had moeten aanbrengen. 'Zelfs de rendieren staan voor de deur, Tig, kijk maar.'

Ik tuurde naar buiten en zag dat de zes edelherten die altijd op het grasveld bij de Lodge rondhingen zich onze kant op hadden gewaagd om ons te bekijken. Ze waren zo mak dat je ze kon voeren en Cal had me verteld dat ze op het landgoed waren verzorgd en grootgebracht tot ze volwassen waren.

'Voel je de geest van Kerst al, Tig? Wacht maar tot je een slokje van mijn bisschopswijn hebt geproefd, dan voel je hem gegarandeerd. Wat eten we vanavond?'

'Bonenstoofschotel, en anders maak je zelf maar je buit klaar,' gaf ik hem van repliek en liep naar de keuken.

'Oké, ga je gang. De vorige die je maakte smaakte prima.'

Bij de bonenschotel en een fles goedkope wijn bespraken Cal en ik hoe het ervoor stond met de katten.

'In elk geval zijn de duiven en hertenharten die ik er neerleg elke dag verdwenen, maar behalve Posy weigeren ze alle drie om zelfs maar in mijn buurt te komen. Ze moeten binnenkort door een dierenarts worden gecontroleerd, maar ik heb geen idee hoe ik dichtbij ze kan komen.'

'Tig, je kunt dieren niet met een agenda in de hand dwingen om aan hun nieuwe habitat te wennen.'

'Ik weet het,' zei ik met een zucht, 'maar ik voel zo'n enorme druk, Cal. Het paarseizoen begint in januari, maar ze zijn zo van slag dat ze nauwelijks hun eigen hok uit komen, laat staan dat ze een beetje vriendelijk met elkaar omgaan. En eerlijk gezegd weet ik niet eens of ze elkaar sowieso wel mogen. Ik heb geen enkele chemie tussen ze gezien.'

'Ik weet niet of paren iets met chemie te maken heeft. Ik heb in de bronsttijd hertenbokken wel zes hindes achter elkaar zien bestijgen. Dat noemen ze de natuur, en je kunt alleen maar hopen dat die beestjes van jou ook zin krijgen.'

'Nou, mooie fauna-adviseur ben ik,' zei ik. 'Als er tegen het voorjaar geen kittens zijn, heb ik Charlie voor mijn gevoel ontzettend teleurgesteld.'

'O, de Laird is geen monster, Tig. Ik zag hem vandaag nog op de Lodge, hij zei dat hij jou en de katten na de Kerst een keer komt opzoeken.'

'O mijn god,' kreunde ik. 'En als ze nou niet naar buiten willen komen als hij op bezoek komt?'

'Dat begrijpt-ie vast wel. Ik wil je trouwens om advies vragen, want je bent een vrouw en bovendien een echt kersttype. Ik moet iets voor Caitlin kopen, en ik heb géén idee wat.'

'Caitlin?'

'Mijn meissie. Maar als ik niet met een fatsoenlijk kerstcadeau aankom is ze dat niet lang meer. Ze woont in Dornoch.'

Ik keek hem aan en kon mijn verbazing nauwelijks verbergen. 'Je hebt een vriendin? Wauw, Cal! Waarom heb je dat nooit verteld?'

'Privéaangelegenheid, hè? Bovendien is het onderwerp nooit aan de orde gekomen.'

'Maar je bent altijd hier op het landgoed. Vindt ze het niet vervelend dat ze je bijna nooit ziet?'

'Nee hoor, het is nooit anders geweest. Ik zie haar één weekend per maand en elke eerste donderdag.'

'Hoe lang zijn jullie al bij elkaar?'

'Een jaar of twaalf,' zei hij, en schoof een grote hap eten naar binnen. 'Een paar jaar geleden heb ik haar dé vraag gesteld.'

'Jeetje! Waarom woont ze dan niet hier met jou in de cottage?'

'Om te beginnen is ze manager van een vestiging van een aannemersbedrijf in Tain, en dat is zoals je weet een uur rijden. En met dat weer hier kan ze het niet riskeren ingesneeuwd te raken. Bovendien past ze ervoor om in te trekken in dit vochtige krot. Maar als ze het nú zou zien, sinds jij er bent, dan zou ze daar misschien anders over denken,' zei hij met dat grommende lachje. 'Maar nu we het er toch over hebben, hoe zit dat met jou? Is er in jouw leven een speciaal iemand, Tig?'

'Op het lab bij de Servion Zoo werkte een man met wie ik een tijdje ben omgegaan, maar dat was niet serieus. Ik heb de ware nog niet ontmoet,' zei ik, en ik nam een flinke slok wijn. 'Jij boft dat jij dat wel hebt. Ik zou Caitlin dolgraag eens ontmoeten, Cal. Waarom nodig je haar na de Kerst niet een avondje hier uit?'

'Het punt is, Tig,' zei Cal fronsend, 'dat ik misschien weleens tegen haar heb gezegd dat ik mijn stulp deel met het type bokskampioen met een baard, dus niet met een knap meissie als jij. En je weet hoe vrouwen zijn, dat krijg ik dan mijn hele leven te horen.'

'Reden te meer om haar hier uit te nodigen, dan kan ik haar geruststellen dat ik geen bedreiging vorm. Ik zou haar in elk geval graag een keer ontmoeten omdat ze jouw "speciale iemand" is. O, en ik stel voor om een sieraad voor haar te kopen.'

'Ze is een heel praktisch type, Tig,' zei Cal aarzelend. 'Vorig jaar heeft ze een paar thermobedsokken en waterafstotende handschoenen van me gekregen. Daar was ze best wel blij mee.'

'Ik kan je verzekeren, Cal,' zei ik terwijl ik een giechel onderdrukte, 'dat elke vrouw, hoe praktisch ze ook is of zich voordoet, dolgraag een sieraad krijgt.'

Een uur later wensten we elkaar welterusten en gingen naar bed. Ik was blij met wat Cal me had verteld. Hoe modern het er in de huidige maatschappij ook aan toeging, het was mijn ervaring dat de relatie tussen een man en vrouw die onder één dak woonden altijd een tikkeltje gespannen was zolang de basisregels niet duidelijk waren. En dat waren ze na dit gesprek wel. Ik voelde me seksueel totaal niet aangetrokken tot Cal, maar voelde wel een band met hem. Het goede nieuws was dat ik, opgegroeid met vijf zussen, nu iets had waarnaar ik altijd had verlangd: een grote broer.

Op een van de houten platforms boven me zat Polson met zijn achterste naar me toe zich te wassen in de zon. Dat hij me nadrukkelijk negeerde deed er niet toe, hij was zijn hok uit gekomen en dat bood een sprankje hoop dat hij eindelijk aan het herstellen was van zijn trauma.

Ik had mijn camera bij me en nam snel een foto, voor het geval de Laird – zoals ik hem net als iedereen hier was gaan noemen – een bewijs wilde dat de katten nog in leven waren.

'Fijne Kerstavond,' zei ik tegen Polson, 'en misschien keur je mij morgen wel een blik waardig, zodat ik je kan aankijken als ik je een vrolijke Kerst wens.'

Ik klauterde de helling op en bedacht dat als katten inderdaad even arrogant en wispelturig waren als royalty, Polson de onbetwiste koning was. Toen ik opkeek zag ik een superslanke vrouw bovenaan de helling naar me staren. Ze had giraffelange benen en droeg wat Cal een 'stads' ski-jack zou noemen, met een weelderige bontkraag. Haar dikke bos witblond haar viel in het zonlicht als een aureool om haar hoofd en omlijstte een paar grote blauwe ogen en lippen die met gemak als kussens konden dienen. Wie dit ook was, ze was erg mooi. Met veel geknars kwam ze mijn kant uit. Polson vertrok onmiddellijk toen hij haar in de gaten kreeg.

'Eh, hallo,' zei ik, terwijl ik mijn pas versnelde tot ik oog in oog met haar stond, of liever gezegd, tot ik op ooghoogte stond met de buik van een vrouw die boven me uittorende op de helling. 'Het spijt me, mevrouw, maar u mag hier niet komen.'

'Is dat zo?' zei ze met een slepend accent, terwijl ze me vol minachting aankeek. 'Ik dacht het wél.'

'Op dit moment niet, want we hebben hier nog maar net wilde katten, ziet u. Ik ben bezig om ze hier te laten settelen en het zijn nogal felle beesten. Ze houden niet van vreemden en ik heb ze juist net kunnen aanmoedigen om naar buiten te komen...'

'En u bent?'

'Mijn naam is Tiggy, ik werk hier.'

'Op dit moment?'

'Ja. Het is prima als u hierboven blijft, ik bedoel, ik weet dat u dan niet veel ziet, maar de Laird is bezig om de katten te fokken, want er zijn er nog maar driehonderd van in Schotland.'

'Ik weet er alles van,' zei ze, en ik bespeurde naast een nauwelijks verborgen vooringenomenheid een licht buitenlands accent. 'Nou, ik moet er niet aan denken dat ik dat projectje van u in de war zou brengen,' zei ze met een strak glimlachje. 'Ik volg uw bevelen op en maak dat ik wegkom. Tot ziens.'

'Tot ziens,' riep ik de Claudia Schiffer-lookalike na, terwijl ze met grote passen de heuvel opliep. Mijn intuïtie zei me dat ik een vergissing had begaan.

'Ik heb vandaag bij de kattenopvang een vrouw ontmoet,' zei ik tegen Cal toen hij tegen lunchtijd thuiskwam. 'Een boomlange blondine met lippen als een Disneyprinses.'

'O, dat moet mevrouw geweest zijn,' zei Cal, terwijl hij zijn soep opslurpte. 'De vrouw van de Laird, Ulrika.'

'Shit,' fluisterde ik.

'Niks voor jou om te vloeken, Tig, zeg het eens.'

'Ik ben denk ik erg bot tegen haar geweest, Cal. Ik had net Polson zover dat hij uit zijn schuilplaats tevoorschijn kwam en toen kwam zij eraan en ging hij er als een speer vandoor. Dus zei ik tegen haar dat ze moest weggaan, daar komt het tenminste wel op neer.' Ik beet op mijn lip en wachtte op Cals reactie.

'Zo, dat zal haar in het verkeerde keelgat geschoten zijn,' merkte hij op, terwijl hij met een homp brood zijn soepkom schoonveegde en het brood in zijn mond propte. 'Dat zal de eerste keer zijn geweest dat iemand tegen haar heeft gezegd dat ze moet oprotten.'

'Jezus, Cal, ik wilde alleen maar de katten beschermen. Als ze ook maar iets van wilde dieren afweet, dan snapt ze dat toch wel?'

'Tig, het enige wild waar ze wat van afweet zijn de beesten die ze om haar lijf heeft hangen. Een echt modepopje, dat is ze. Ze heeft modellenwerk gedaan toen ze jong was.'

'Ik had direct moeten begrijpen dat zij het was,' kreunde ik.

'Wie het ook was, jij wilde niet dat de katten gestoord werden. Maak je niet dik, ze komt er wel overheen, Tig. Volgens mij kwam ze daar trouwens niet voor de katten, maar wilde ze hun oppasser eens zien. Charlie heeft haar natuurlijk over jou verteld, en naar wat ik van haar weet zit ze niet te springen om een jonge vrouw die haar territorium binnendringt. Vooral niet zo'n knapperd als jij.'

'Ha! Bedankt voor het compliment, Cal, maar ik betwijfel of ze mij als een bedreiging ziet.' Ik wees naar mijn petieterige lijf, waar de vrouwelijke vormen die daar hadden moeten ontspringen waren uitgebleven, en dat gehuld was in een oude kabeltrui, die dankzij de motten in Margarets cottage voor gelijke delen uit breisel en gaten bestond.

'Ik durf te wedden dat jij er geweldig uitziet als je je een beetje opdirkt. En dat ga je vanavond op dat feestje op de Lodge ook doen. Ik vergat nog te zeggen dat de Laird zijn vaders traditie voortzet om de *ceilidh* en de borrel in de grote hal te houden, dus die fijne slobbertrui kun je niet aanhouden.'

'Wát?!' Ik keek Cal ontsteld aan. 'Ik heb niks fatsoenlijks bij me!'

'Nou, je kunt in elk geval een bad nemen, zodat je niet naar wilde katten stinkt.'

Die avond kwam ik tot de ontdekking dat ik behalve een mottige trui alleen maar een rode ruitjesblouse en mijn 'beste' zwarte jeans bij me had. Ik trok mijn kastanjebruine haar dit keer niet in een strakke paardenstaart maar liet het loshangen en deed een likje mascara en een vleugje rode lippenstift op.

Ik was stomverbaasd toen ik de zitkamer binnenkwam. Daar zat Cal in een donkerblauw met groene kilt; aan de gesp van zijn riem hing een *sporran*, het traditionele beursje, en uit een van zijn sokken stak een mes.

'Wauw, Cal, je ziet er fantastisch uit!'

'Nou, jij hebt je ook aardig opgedoft,' zei hij. 'Oké, we gaan.'

We staken over naar de hoofdingang van de Lodge, en ik hoorde buiten al het geroezemoes van stemmen.

'Dit is de enige gelegenheid waarop wij keuterboertjes over de drempel van de hoofdingang mogen stappen,' prevelde Cal toen we binnenkwamen. Toen ik opkeek zag ik bij de trap een prachtige kerstboom met lichtjes staan. In de schouw brandde een enorm vuur, en binnenkomende gasten – de mannen in een kilt als die van Cal, de vrouwen met geruite sjerpen – werden door Beryl en Alison onthaald met bisschopswijn en hartige taart.

'Je ziet er leuk uit, Tiggy,' zei Beryl. 'Vrolijke Kerst.'

'Vrolijke Kerst,' proostte ik, en ik nam een slok wijn terwijl ik onopvallend rondkeek of ik Charlie Kinnaird en zijn vrouw zag.

'Ze zijn allebei nog boven,' zei Beryl, die mijn gedachten raadde. 'De nieuwe mevrouw heeft altijd veel tijd nodig voor haar kledingritueel. Ze bereidt zich tenslotte voor op het begroeten van haar onderdanen,' vervolgde ze met een zuinig mondje.

Beryl liep verder om andere net gearriveerde gasten te bedienen en ik liep wat rond in de hal. Het viel me op dat de meerderheid van de gasten zo te zien de pensioenleeftijd had bereikt. Tot ik een tienermeisje zag, dat behoorlijk opviel tussen al die grijze hoofden. Ze stond in haar eentje, met een glas bisschopswijn in haar hand, en keek zo verveeld als je van iemand van haar leeftijd bij zo'n evenement kon verwachten. Ik liep naar haar toe, en toen ik dichterbij kwam zag ik bekende trekken: dezelfde felblauwe ogen en gave huid als de vrouw die ik bij de kattenopvang was tegengekomen. Alleen had dit meisje kort, kastanjebruin haar met een slag erin. Met dat sweatshirt en die gescheurde jeans had ze duidelijk niet de moeite genomen zich voor het feestje van vanavond te kleden.

'Hallo,' zei ik met een glimlach. 'Ik ben Tiggy. Ik werk sinds kort op het landgoed. Ik verzorg de wilde katten terwijl die zich hier settelen.'

'Ja, pap heeft het al over je gehad. Ik ben Zara Kinnaird.' Net als haar moeder die ochtend nam ze me met die intens blauwe ogen van top tot teen op. 'Je lijkt me veel te jong om papa's fauna-adviseur te zijn. Hoe oud ben je?'

'Zesentwintig. En jij?'

'Zestien. En zijn de katten al een beetje gewend?' vroeg ze, en ze leek oprecht geïnteresseerd.

'Het heeft zijn tijd nodig, maar het komt wel goed.'

'Ik zou willen dat ik jou was, lekker de hele dag buiten met dieren werken, beter dan in een klaslokaal opgesloten zitten en saaie wiskunde en zo leren. Maar ik moet van mama en papa eerst mijn school afmaken voordat ik hier mag komen werken.'

'Zó lang duurt dat toch niet meer?'

'Nog achttien maanden. En daarna verwacht mama natuurlijk dat ik redacteur word bij *Vogue* of zo. Nou, ik dacht het niet,' snoof ze. 'Rook je?' fluisterde ze vervolgens.

'Nee, jij wel?'

'Ja, als papa en mama niet kijken. Iedereen op school rookt. Kun je niet even mee naar buiten komen? Dan kan ik er eentje opsteken, en dan zeg je dat je me hebt meegenomen om naar de hertenkoppen in de schuur te kijken, of zoiets. Het is hier binnen zó saai.'

Het laatste waar ik op zat te wachten was om in de spreekwoordelijke fietsenstalling te worden betrapt terwijl ik de dochter van de Laird aanmoedigde om te roken. Maar ik mocht dit meisje wel, dus zei ik ja en glipten we de voordeur uit. Zara graaide onmiddellijk in de zak van haar hoody naar een verfrommeld peukje en een aansteker en stak haar sigaret aan. Ze had zwartgelakte nagels en droeg zware zilveren ringen om haar vingers, wat me aan CeCe op die leeftijd deed denken.

'Papa zei dat ik met jou moest praten om te horen wat je deed in Margarets asiel,' zei ze, terwijl ze een wolk rook de ijskoude lucht in blies. 'Ben je vernoemd naar de egel in de verhalen van Beatrix Potter?' ging ze verder, zonder dat ik de kans kreeg iets terug te zeggen.

'Daar komt mijn koosnaam vandaan, ja. Het schijnt dat mijn haar alle kanten uit stond toen ik een baby was. Mijn echte naam is Taygete.'

'Wat apart, waar komt die vandaan?'

'Mijn zussen en ik zijn vernoemd naar de sterrengroep de Zeven Zusters. Kijk,' zei ik, en ik wees naar de glasheldere hemel, 'hij staat vlak bij de Gordel van Orion, dat zijn die drie sterren in één lijn die de vorm van een boog heeft. Volgens de Griekse mythologie zat Orion de zussen door de lucht achterna. Zie je ze?'

'Ik zie ze!' riep Zara kinderlijk opgewonden uit. 'Ze zijn heel klein, maar als ik heel goed kijk zie ik ze allemaal twinkelen. Ik heb altijd al belangstelling gehad voor sterren, maar ja, dat soort dingen krijg je op school niet, toch? En vond je het fijn om zoölogie te studeren? Als ik naar de universiteit moet wil ik ook zoiets gaan doen.'

'Ik vond het fijn, ja, en ik wil je er graag wat over vertellen, maar vind je niet dat we weer naar binnen moeten? Je ouders zijn je misschien aan het zoeken.'

'Nee hoor. Ze hebben vreselijke ruzie gehad. Mama weigert naar beneden te komen en papa probeert haar toch over te halen. Zoals gewoonlijk.' Zara liet haar ogen rollen. 'Ze wordt namelijk hysterisch als papa het niet met haar eens is, en dan is-ie een hele tijd bezig om haar weer een beetje rustig te krijgen.'

Hoe kort ik haar vader ook had meegemaakt, ik kon me zo'n scène moeilijk voorstellen bij iemand die zijn omgeving zo onder controle leek te hebben. Maar ik vond het niet gepast om door te vragen, dus ik vertelde Zara zo veel mogelijk over mijn studie, en daarna over mijn werk bij Margarets opvangcentrum. Haar ogen schitterden in het maanlicht.

'Wauw, dat klinkt geweldig! Nu papa hier eindelijk de baas is heb ik tegen hem gezegd dat hij een stuk grond apart moet houden voor een opvangcentrum zoals dat van Margaret. En misschien ook voor een kinderboerderij, dan kunnen de gezinnen uit de omgeving hiernaartoe komen met hun kindjes en kunnen ze leren om van het landgoed te genieten.'

'Wat een geweldig idee, Zara! En hoe reageerde hij?'

'Dat er op het moment geen geld is om ook maar íéts te doen,' verzuchtte ze. 'Ik heb tegen hem gezegd dat ik van school zou gaan en hier fulltime wilde komen werken, maar hij bleef maar doordrammen dat ik mijn school moest afmaken en daarna studeren. Margaret had toch ook niet gestudeerd? Het enige wat je nodig hebt is liefde voor dieren.'

'Dat is zo, maar een academische graad helpt wel als je carrière wilt maken.'

'Maar dit ís mijn carrière!' Zara's felblauwe ogen straalden passie uit, en ze spreidde haar armen alsof ze het hele landgoed wilde omarmen. 'Ik ben van plan om de rest van mijn leven hier te blijven. Wist jij toen je zo oud was als ik dat je met dieren wilde werken?'

'Ja.'

'Dieren zijn veel beter dan mensen, vind je niet?'

'Beter dan sommige mensen, ja, maar als Polson, een van de wilde katten, een mens was zou ik niet erg op hem gesteld zijn, dat is een echte prima donna.'

'Lijkt mijn moeder wel.' Zara giechelde. 'Ga je mee? Volgens mij kunnen we beter naar binnen gaan en eens kijken of het mijn ouwelui gelukt is naar beneden te komen.'

Onderweg terug naar de Lodge bedacht ik dat Zara het prototype van een tiener was, die ongemakkelijke positie tussen kind en volwassene.

De hal stond inmiddels vol gasten en Zara blies kussen en zwaaide naar trouwe bedienden die haar, te oordelen naar hun leeftijd, al kenden toen ze nog een baby'tje was. Ze was tenslotte hun 'prinses', de toekomstige erfgename van Kinnaird. Ik voelde een lichte steek van jaloezie toen ik naar dit meisje keek, dat op een dag dit prachtige landgoed zou erven, maar gelukkig toonde ze een oprechte passie voor Kinnaird.

Ik werd onderbroken in mijn gemijmer doordat er een kleine, tengere vrouw bij ons kwam staan. Ze had alerte blauwe ogen en een dikke bos rood haar.

'Zara, ga je ons niet even voorstellen?' vroeg ze.

Zara wendde zich tot de vrouw en kuste haar op beide wangen. 'Caitlin! Wat leuk je te zien! Tiggy, dit is Caitlin, Cals betere helft. Caitlin, dit is Tiggy, ze komt een paar maanden werken op het landgoed.'

'Aye, Cal heeft al over je verteld. En is het een beetje uit te houden met hem, daar in de cottage? Niet echt een supercomfortabele plek, hè?'

'O, het is daar prima, en je vriend heeft me echt het gevoel gegeven dat ik welkom ben. En de cottage ziet er al een stuk beter uit, ik heb echt mijn best gedaan om het voor ons tweeën gezellig te maken...'

Kop dicht, Tiggy, zei ik tegen mezelf toen ik de uitdrukking op Caitlins gezicht zag.

Zara schoot me te hulp en begon Caitlin uit te vragen over haar werk bij het aannemersbedrijf, en even later voegde Cal zich bij ons, met in elke hand een glas whisky en naast zich een slanke, aantrekkelijke vrouw, die ik voor in de veertig schatte. Cal was duidelijk niet op zijn gemak toen hij zijn verloofde en zijn huisgenote naast elkaar zag staan.

'Ik zie dat jullie al kennis hebben gemaakt. Ik had jullie al eerder aan elkaar willen voorstellen, maar ik kon Tiggy nergens vinden.' Hij glimlachte vol genegenheid naar Caitlin en sloeg zijn gespierde arm om haar frêle schouders, terwijl de whisky's vervaarlijk klotsten.

'Ja, we hebben al kennisgemaakt,' zei Caitlin. Ze beantwoordde Cals glimlach, maar haar ogen deden niet mee.

'Hoe dan ook,' vervolgde Cal, die duidelijk de conversatie weer op gang wilde brengen, 'ik heb Fiona meegetroond om haar aan Tiggy voor te stellen. Tiggy, dit is onze plaatselijke dierenarts, Fiona McDougal. Je zei laatst dat je nog iemand zocht om de katten te controleren, en dan moet je bij Fiona zijn.'

'Hoi Tiggy, leuk je te ontmoeten,' zei Fiona. Ze had een zachte, warme stem met een beschaafd Schots accent.

'Dat is wederzijds,' zei ik, dankbaar voor de afleiding.

Op dat moment vielen de gesprekken stil toen er bovenaan de trap een kleurrijke flits verscheen. Alle blikken gingen omhoog en er barstte een applaus los toen de vrouw die ik 's ochtends bij de kattenopvang had gezien in een strakke rode jurk en een geruite sjerp over haar schouder gedrapeerd aan de arm van haar echtgenoot de trap afdaalde. Charlie Kinnaird was dit keer niet in operatiepak maar droeg een smokingjasje, vlinderdas en een kilt, en was het evenbeeld van de lairds van vroeger eeuwen die op de schilderijen aan de wanden van de Lodge prijkten.

Ik hield mijn adem in toen ze de bocht van de trap bereikten. Niet vanwege haar, ook al zag ze er oogverblindend uit, maar vanwege hem. Ik bloosde van schaamte toen ik weer die felle steek voelde.

Het echtpaar bleef nog even staan alvorens verder af te dalen. De echtgenote wuifde naar de menigte beneden, alsof ze van de bejaarde Britse koningin persoonlijk les had gekregen. Charlie stond naast haar, en aan zijn schouders zag ik dat hij, net als tijdens het sollicitatiegesprek, gespannen was. Hij had een glimlach opgezet, maar ik wist dat hij zich niet op zijn gemak voelde.

'Dames en heren,' zei Charlie, en hij stak zijn hand op om aandacht te vragen. 'Allereerst heet ik u van harte welkom op onze jaarlijkse kerstbijeenkomst. Het is de eerste keer dat ik uw gastheer ben, ook al heb ik in de afgelopen zevenendertig jaar geen bijeenkomst gemist. Zoals u allen weet is mijn vader Angus afgelopen februari onverwacht in zijn slaap overleden, en voordat ik verderga wil ik graag dat u het glas whisky heft dat Beryl u heeft aangeboden en een toost op hem uitbrengt.' Charlie nam een glas van het dienblad dat Beryl hem voorhield en bracht het naar zijn mond. 'Op Angus.'

'Op Angus,' antwoordde de menigte in koor.

'Verder zou ik eenieder van u willen bedanken voor uw bijdrage aan het beheer van het landgoed in de afgelopen jaren. Velen van u weten dat ik ondanks de maanden van onzekerheid na de dood van mijn vader een visie voor de toekomst heb ontwikkeld waarmee ik Kinnaird naar de eenentwintigste eeuw wil voeren en tegelijkertijd in zijn vroegere, natuurlijke glorie wil herstellen. Dat is een zware taak, maar ik weet dat ik die met de hulp van de plaatselijke gemeenschap aankan.'

'Aye, dat kun je zeker,' riep de man naast me terwijl hij een heupflesje uit de zak van zijn jasje pakte en een flinke teug nam.

'En ten slotte wil ik mijn vrouw, Ulrika, danken voor het feit dat ze me tijdens dit zware jaar heeft bijgestaan. Zonder haar steun had ik het niet gekund. Op jou, schat.'

En weer hief iedereen zijn glas, alleen waren de glazen inmiddels leeg, dus ging Charlie snel verder.

'En natuurlijk mijn dochter Zara. Zara?' Hij keek de hal rond, en ook ik keek om me heen, maar er was geen Zara te bekennen. 'Nou ja, we weten allemaal dat Zara van jongs af aan graag op de meest ongepaste momenten verdwijnt.'

Er werd met een geamuseerd geroezemoes gereageerd.

'Wel, dan rest mij alleen nog ieder van u een vrolijke Kerst te wensen.'

'Vrolijk Kerstfeest,' riepen we in koor terug.

'En laat u nu alstublieft uw glas bijvullen, we rollen het vloerkleed op en dan zijn we over een paar minuten klaar voor de ceilidh.'

'Nou, was dat geen stimulerende toespraak?' vroeg Cal, terwijl hij Caitlins hand in zijn berenknuist nam en iets mompelde over nog een drankje halen.

'Een goeie kerel is het,' zei Fiona tegen me toen Cal Caitlin meevoerde. 'En, hoe vergaat het je hier?' Ze richtte haar aandacht volledig op mij, en ik was verrast door de intelligente blik in haar mooie groene ogen.

'Ik begin al te wennen,' antwoordde ik. 'Het is hier zó mooi dat ik soms het gevoel heb dat ik me er helemaal in kan verliezen. Het is na die drie weken isolement heel vreemd om ineens zo veel mensen om me heen te hebben.'

'Ik begrijp wat je bedoelt. Ik had zo'n zelfde ervaring toen ik vanuit Edinburgh hierheen verhuisde.'

'O? En waarom verhuisde je van de grote stad naar de Hooglanden, als ik vragen mag?'

'Ik werd verliefd op een man uit deze streek,' was haar simpele antwoord. 'Ik was bijna klaar met mijn studie diergeneeskunde aan de universiteit van Edinburgh en werkte in een praktijk hier in de buurt om ervaring op te doen toen ik Hamish ontmoette. Hij had hier vlakbij een kleine boerderij. Toen ik afgestudeerd was kreeg ik een baan bij een grote praktijk in Edinburgh aangeboden, maar mijn hart won het, dus ben ik met Hamish getrouwd en hierheen verhuisd. Ik ging bij de plaatselijke dierenartsenpraktijk werken en toen Ian, mijn partner, een paar jaar geleden met pensioen ging, heb ik de praktijk overgenomen.'

'Oké. En heb je genoeg werk?'

'Absoluut, hoewel ik hier met een heel ander soort patiënten te maken heb. Héél veel koeien en schapen en maar weinig huisdieren, zoals in Edinburgh.'

'Hou je van je werk?'

'Ik vind het heerlijk, hoewel het wat je noemt een uitdaging is als je 's nachts om drie uur bij dertig centimeter sneeuw een oproep krijgt om een koe te helpen die voor het eerst moet kalven,' grinnikte ze.

Er kwam een blonde, breedgeschouderde jongen naast haar staan.

'Hallo, mam, ik vroeg me al af waar je was.' Aan zijn heldere groene ogen, die glansden onder al die lichtjes, was duidelijk te zien dat dit Fiona's zoon was.

'Hallo, Lochie,' zei Fiona met een warme glimlach. 'Dit is Tiggy, de vrouw die de nieuwe wilde katten op het landgoed gaat verzorgen.'

'Leuk je te ontmoeten, Tiggy,' zei Lochie en stak zijn hand uit, en net op dat moment kwam Zara bij ons staan en begon Lochie hevig te blozen.

'Hai Lochie,' zei Zara. 'Da's lang geleden, waar heb je al die tijd gezeten?'

'Hai Zara.' Hij bloosde nog heviger. 'In Dornoch, aan de universiteit.

"Oké, en wat doe je nu?'

'Ik zoek een stageplaats. Die zijn er niet veel, dus nu help ik mijn vader op de boerderij.'

'Ik heb tegen hem gezegd dat hij vanavond Cal te pakken moet zien te krijgen en vragen of er hier op Kinnaird iets te doen is,' zei Fiona op scherpe toon.

'Cal zit te springen om hulp,' zei ik.

'Maar papa heeft geen cent,' verzuchtte Zara.

'Ik wil best voor niets werken, al was het alleen al om ervaring op te doen,' zei Lochie met een bijna tastbare wanhoop.

'Misschien niet helemaal voor niets, Lochie,' kwam zijn moeder tussenbeide.

'Wil jij een goed woordje voor me doen, Zara?' vroeg Lochie.

'Tuurlijk doe ik dat. Haal je een drankje voor me?'

Lochie knikte gretig en stevende naar de volgeladen tafel achter in de hal.

'Jeetje, wat is dié groot geworden!' fluisterde Zara tegen me. 'Het was zo'n klein, dik joch dat onder de puistjes zat! Ik zal hem eens een handje gaan helpen.'

'Ja, doe dat,' zei ik tegen haar rug.

'Tja, tieners hè?' zei Fiona en rolde met haar ogen. We moesten allebei grinniken.

Cal kwam terug met nog meer glazen whisky, maar ik bedankte omdat ik me plotseling duizelig voelde. Inmiddels waren Charlie en Ulrika, die rondliepen en links en rechts handen schudden, dichterbij gekomen. 'Ik ben een beetje misselijk. Het zal de alcohol wel zijn. Ik denk dat ik maar eens op huis aan ga.'

'Maar Tig, je moet hier blijven voor de ceilidh! Dat is dé gebeurtenis van het jaar! En Charlie wil je nog even groeten,' zei Cal.

'Charlie moet heel veel mensen groeten en er komt na de Kerst vast nog wel een gelegenheid om hem te spreken. Blijf jij maar hier, Cal, en amuseer je, tot straks. Fiona, het was fijn je te ontmoeten.'

'Dat geldt ook voor mij, Tiggy, en laat maar weten wanneer ik naar de katten moet komen kijken. Cal heeft mijn telefoonnummer.'

'Zal ik doen, Fiona, bedankt.' Voordat Cal me kon tegenhouden draaide ik me om en liep naar buiten, waar inmiddels een dikke mist was komen opzetten, die als een sluier van spinnenwebben rond de lichtjes in de kerstboom op het gazon zweefde. Op een paar meter afstand van de boom flikkerde nóg een lichtje, en ineens drong het tot me door dat daar iemand een sigaret stond te roken.

'Vrolijk Kerstfeest,' zei ik toen ik de roker passeerde.

'Jij ook. Eh…' De figuur kwam naar me toe, en toen hij opdook uit de mist bleek het een boomlang persoon te zijn, maar veel meer dan dat kon ik in het donker niet opmaken.

'Leuk feestje?' vroeg de man, met een zweem van een accent dat ik niet kon thuisbrengen.

'Heel leuk, ja.'

'Is Char… is de Laird er ook?'

'Ja hoor, hij ontvangt samen met zijn vrouw de gasten. Je bent nog niet binnen geweest?'

'Nee.'

'Ben jij dat, Tiggy?' Het licht van een zaklamp scheen onze kant op. 'Ik heb óveral naar je lopen zoeken.'

Charlie Kinnaird kwam op me aflopen maar bleef abrupt staan toen hij zijn lamp op de man naast me richtte.

Het bleef een paar seconden stil. 'Wat doe jíj hier?'

'Ik ben naar huis gekomen om mijn ouwe moeke te bezoeken. Ik wilde haar eens verrassen. Dat is toch niet verboden, of wel soms?'

Charlie deed zijn mond open om iets te zeggen en deed hem direct weer dicht. Hij straalde een bijna tastbare afkeer uit.

'Nou, dan wens ik jullie welterusten,' zei ik met alle gemaakte vrolijkheid die ik kon opbrengen, 'en een vrolijk Kerstfeest.' Ik draaide me om en liep zo snel mogelijk naar de cottage. Toen ik de voordeur opendeed hoorde ik de mannen nog praten, of liever gezegd snauwen.

Charlies gewoonlijk vriendelijke stem had een barsheid waarin…

Waarin wát, Tiggy?

'… haat doorklinkt,' fluisterde ik huiverend. Buiten was zich duidelijk een ruzie aan het ontwikkelen, en ik deed snel de deur dicht om de harde stemmen buiten te sluiten. Binnen was het ijskoud, het haardvuur was bijna uit, de radiatoren waren afgekoeld. Ik stookte het vuur op en bleef een tijdje ineengedoken voor de haard zitten. Ik voelde me plotseling heel eenzaam en realiseerde me voor de zoveelste keer dat dit de eerste Kerst was die ik niet samen met mijn zusjes en Pa op Atlantis doorbracht.

Ik haalde mijn mobieltje van de oplader en liep, met mijn ski-jack nog aan, naar de badkamer om te zien of de telefoonelfjes, met hun armzalige twee streepjes bereik, op bezoek waren. Dat waren ze, dus ik kon een aantal berichten van mijn zusjes lezen en een voicemailbericht van Ma ophalen. Ik voelde me direct een stuk beter.

Ik typte een tekst op mijn schermpje.

Lieverd, moge de vreugde en goede geest van Kerstmis met je zijn, liefs Tiggy.

Ik stuurde het bericht naar mijn vijf zussen en sprak een voicemailbericht in voor Ma. Toen ik even later in gezelschap van Alice, die op mijn knie lag, voor de open haard zat, hoorde ik de klok van de kapel aan de overkant van de glen het Kerstfeest aankondigen.

Bij de voordeur klonk gejammer. Thistle natuurlijk. Ik stond op om hem binnen te laten, in de wetenschap dat Cal nog in geen uren thuis zou komen. Opgetogen kwam hij naar binnen gebuiteld en toen ik me weer wilde opkrullen voor de open haard probeerde hij op mijn schoot te zitten.

'Thistle,' zei ik, terwijl ik bedolven werd onder zijn stinkende grijze vacht, 'je bent gewoon te gróót.' Toch was ik maar al te blij met zijn warmte en zijn gezelschap.

Daar zaten we dan, twee eenzame schepsels. 'Vrolijk Kerstfeest, liefje,' fluisterde ik, terwijl ik zijn zachte oren streelde en kuste. 'En jij ook, Pa, wáár je ook bent.'

5

Toen ik op Kerstochtend wakker werd voelde ik me al een stuk opgewekter. Het was die nacht blijven sneeuwen en de eerste tekenen van een roze dageraad beloofden een spectaculaire zonsopgang.

Om drie uur 's nachts had ik Cal en Caitlin horen thuiskomen. Ik wilde ze niet storen, dus pakte ik me stevig in en ging op mijn tenen de cottage uit om de katten te voeren. Het was voor mensen dan wel een vrije dag, maar de natuur had geen boodschap aan wat er op de kalender stond. Bovenaan de helling aangekomen zag ik beneden bij het verblijf een lang persoon staan, die een waxjas met opgeslagen kraag tegen de kou en een wollen muts droeg. Mijn hart begon sneller te kloppen toen het tot me doordrong dat het Charlie Kinnaird was.

'Vrolijk Kerstfeest,' zei ik zo zacht mogelijk terwijl ik de helling afliep.

Geschrokken draaide hij zich om. 'Tiggy! Ik had je niet gehoord, je hebt ook zo'n lichte tred. Jij ook een vrolijk Kerstfeest gewenst,' zei hij met een glimlach.

Dichterbij gekomen zag ik de donkere kringen onder zijn ogen en de baardschaduw onder zijn uitstekende jukbeenderen.

'Ik kwam naar de katten kijken, maar toen realiseerde ik me dat ik de toegangscode niet wist,' zei hij.

'Vier keer zeven, dan weet je het voor een volgende keer,' zei ik. 'Ik wil niet vervelend zijn, maar de katten komen maar zelden naar buiten, zelfs als ik er ben. Ze zullen jouw luchtje al hebben geroken, en dat luchtje is nieuw voor hen, dus je zult zeker een paar keer moeten komen voordat ze zich verwaardigen om tevoorschijn te komen.'

'Ik begrijp het. Cal zei dat je enorm je best hebt gedaan om ze naar buiten te krijgen, en ik zou ze niet graag storen, Tiggy. Heb je liever dat ik wegga?'

'Natuurlijk niet! Jij bent degene die ze hun mooie nieuwe tehuis hebt gegeven. Ze zijn ongelooflijk humeurig, maar als we ze zover krijgen dat ze gaan paren is het dat allemaal waard geweest.'

'Ook al zijn het niet bepaald schattige reuzenpanda's,' zei Charlie spijtig.

'Nou, dáár zou je nog eens een hoop volk mee trekken,' zei ik, glimlachend om zijn opmerking.

'Zullen we dan maar een eindje gaan wandelen in plaats van ze nog langer te storen?' stelde hij voor, nadat ik de dagelijkse porties vlees in hun hokken had achtergelaten.

'Oké.'

We klauterden de helling op en wandelden zwijgend een tijdje over het landgoed tot we bij een rotsformatie kwamen, die we beklommen om het beste uitzicht op de zonsopgang te hebben. Toen de eerste tere, zachtroze zonnestralen van achter de bergen tevoorschijn kwamen wendde ik me tot Charlie.

'Hoe voelt dat nou, dat dit allemaal van jou is?' vroeg ik.

'Wil je het echt weten?' zei hij, me aankijkend.

'Ik wil het echt weten.'

'Vreselijk. Ik draag liever de verantwoordelijkheid voor een mensenleven dan dat ik ook maar één dag de leiding heb over Kinnaird. In het ziekenhuis weet ik tenminste waar ik mee bezig ben, daar werk ik vanuit een systematische benadering waarmee ik het probleem al dan niet oplos. Terwijl ik dit hier...' Charlie gebaarde naar de wilde natuur om hem heen. '... voor het grootste deel volstrekt niet onder controle heb. Ik doe het zo goed mogelijk, ter wille van Zara en de generaties Kinnaird na mij, maar ik vraag me weleens af of deze opdracht me niet te boven gaat. Telkens als ik denk iets te bereiken komen er weer nieuwe kosten bij en duurt het allemaal nog langer.'

'Maar dat is het toch allemaal waard?' zei ik, en ik moest mijn best doen om niet een weids gebaar te maken naar het landschap om ons heen, dat in al zijn schoonheid lag te glanzen in het licht van de opkomende zon, alsof het een eigen leven leidde.

Charlie staarde me aan, volgde mijn blik en keek in de verte, over de glen, en nam het landschap dat in feite zijn koninkrijk vormde, in zich op.

'Zal ik je eens wat zeggen?' zei hij even later, en ik zag dat zijn schouders al wat minder gespannen waren. 'Je hebt gelijk. Ik moet er positief tegenover blijven staan en beseffen dat ik een bofkont ben.'

‘Ja, je boft, maar ik kan me ook heel goed voorstellen dat het je af en toe te veel wordt. Maar weet dat we met zijn allen achter je staan, Charlie, heus.’

‘Dank je, Tiggy.’ Spontaan raakte hij de mouw van mijn jack aan, en heel even hielden we elkaars blik vast. Ik keek als eerste weg en even snel als het moment was gekomen was het verdwenen.

Charlie schraapte zijn keel. ‘Hoor eens, Tiggy, ik wil mijn excuses aanbieden voor dat ongelukkige incident waarvan je gisteravond getuige was.’

‘O, geen probleem. Ik hoop dat het opgelost is.’

‘Nee, dat is het niet, en dat zal het ook nooit zijn,’ antwoordde hij kortaf. ‘Ik heb vannacht geen oog dichtgedaan, dat is ook de reden waarom ik vroeg ben opgestaan en hierheen ben gegaan. Ik dacht dat mijn brein zou opklaren bij wat frisse lucht.’

‘Wat het ook geweest is, het spijt me voor je, Charlie. Mijn vader zei altijd dat er problemen waren die je kon oplossen en problemen die je niet kon oplossen, en dat je die laatste maar moest accepteren, de deur moest dichtdoen en moest doorgaan met je leven.’

‘Je vader klinkt als een heel wijs mens. Anders dan ik,’ antwoordde hij schouderophalend. ‘Maar hij heeft gelijk. Fraser is om onbekende redenen terug op Kinnaird en ik kan daar niets tegen doen. Nou, ik moet maar weer eens terug, anders wordt Beryls uitgebreide Schotse ontbijt koud.’

‘Dat zal ze niet fijn vinden.’ Ik moest even glimlachen.

‘Zeker niet,’ beaamde hij, toen we omkeerden om ieder naar ons eigen onderkomen te gaan. ‘Wat ga je vandaag doen?’

‘Margaret heeft me uitgenodigd voor de lunch in haar nieuwe bungalow.’

‘Wil je haar mijn hartelijke groeten doen? Ik ben altijd erg op haar gesteld geweest,’ zei Charlie, toen we voor de Lodge bleven stilstaan. ‘Nogmaals vrolijk Kerstfeest, Tiggy. Bedankt voor je gezelschap. En hopelijk krijgen we nog de gelegenheid om verder te praten.’

‘Dat hoop ik ook. Vrolijk Kerstfeest, Charlie.’

Margarets bungalow was precies wat je van een nieuwe bungalow mag verwachten. We maakten goedkeurende geluidjes toen ze een demonstratie gaf van de kranen die onmiddellijk heet water produceerden, voelden aan alle radiatoren en zapten langs alle televisiezenders.

'Wat is dít gezellig, Margaret,' zei ik, toen ze me meevoerde naar een gloednieuwe, roze, met dralon beklede bank en me een whisky aanreikte. Ze zag er goed en uitgerust uit en haar twee honden en de kat lagen vredig voor de haard te slapen.

'Ik moet zeggen dat ik het niet mis, voor dag en dauw opstaan. Ik kan tot zeven uur uitslapen, wat een luxe na al die jaren! Blijf jij maar lekker zitten, Tiggy, dan ga ik voor de lunch zorgen.'

Ik nam kleine slokjes van mijn whisky en genoot van de warmte die door mijn keel omlaag stroomde. Toen Margaret klaar was nodigde ze me uit aan de kleine eettafel, die ze met kaarsen en een felrode kerstster had versierd. Ik genoot van het heerlijke notenbrood waarvan alleen Margaret het recept kende, terwijl ze zelf aanviel op een portie kalkoenborst.

'Hoe was de ceilidh op de Lodge gisteravond?' informeerde ze. 'Was Zara er ook?'

'Ik was nogal moe dus ik ben vóór het dansen weggegaan, maar ik heb Zara wel ontmoet. Wel een typje, hoor,' zei ik, en ik moest een glimlach onderdrukken. 'Maar toen ik buiten kwam hing daar een ontzettend lange vent rond. Even later kwam Charlie naar buiten en... tja,' zei ik schouderophalend, 'die leek niet erg blij hem te zien.'

'Je zegt dat-ie lang was?'

'Erg lang, ja. En hij praatte volgens mij met een Amerikaans accent.'

'Dat zal Canadees zijn geweest. Nee... onmogelijk.' Margaret legde haar vork neer en staarde voor zich uit in het kaarslicht.

'Hij heet Fraser, dat hoorde ik vanochtend van Charlie.'

'Dus toch! Wat moet die hufter hier in godsnaam? Allemachtig!' Margaret nam een teug whisky en sloeg met haar vuist op tafel. 'Ik wíst het!'

'Wat wist je?'

'O, niks, Tiggy, maar blijf bij die vent uit de buurt, die bezorgt je niks dan narigheid. Daar zit die arme Charlie niet op te wachten, zeker nu niet. Ik vraag me af of híj het weet,' peinsde Margaret hardop, duidelijk niet van plan me iets te vertellen. 'Hoe dan ook, niet meer aan denken, het is tenslotte Kerst.'

Ik knikte volgzaam, ik wilde niet dat ze van streek raakte. Na de lunch installeerden we ons op de bank en smulden van haar eigengemaakte hartige taart. We keken naar de traditionele kersttoespraak van de koningin, en daarna deed ik de afwas terwijl Margaret even een dutje deed. Ik probeerde niet aan Pa te denken, of aan het feit dat ik mijn zusjes en het gevoel van saamhorigheid tussen ons miste. We vormden een bont gezelschap zonder ook maar een druppeltje van hetzelfde bloed, maar ons Kerstfeest was altijd een warme gebeurtenis, die ons nieuwe energie gaf en waarbij we ons verbonden voelden door onze tradities. Op Kerstavond tuigden we samen de kerstboom op, en dan tilde Pa mijn zusje Star op, zodat ze als 'ster' de top van de boom kon sieren. Claudia, de huishoudster, bereidde de verrukkelijkste maaltijden, en terwijl iedereen aanviel op de vleesfondue of de gans, kreeg ik heerlijke veganistische hapjes voorgeschoteld, die ze speciaal voor mij had gemaakt. Na het eten verhuisden we met een heerlijk warm en vol gevoel naar de zitkamer, waar achter de licht besneeuwde ramen vanuit de nachtelijke hemel sterren naar ons knipoogden, en daar pakten we samen onze cadeaus uit. Op Eerste Kerstdag renden we Pa's slaapkamer binnen om hem wakker te maken, en daarna gingen we naar beneden, waar Claudia haar traditionele ontbijt van zoete ontbijtpannenkoekjes had klaargemaakt, en vervolgens maakten we een pittige wandeling. En als we terugkwamen kregen we om op te warmen een mok van Claudia's bisschopswijn.

Toen Margaret wakker was dronken we een kop thee met daarbij een plak van haar geweldige kerstcake, en ik moest en zou de rest van de cake meenemen voor Cal en mij, daar stond ze op.

'Ik denk dat ik maar eens opstap,' zei ik even later, en ik wees naar de donker wordende lucht en de eerste sneeuwvlokken die voor het raam langs vielen.

'Tuurlijk, Tiggy, rij voorzichtig, en kom gerust langs als je een keer in de stad bent.'

'Zal ik doen, Margaret,' beloofde ik, en ik gaf haar een kus. 'Dank je wel voor vandaag. Het was heel fijn.'

'Heb je trouwens Chilly al ontmoet?' riep ze me na toen ik Beryl in klauterde.

Door alle kerstdrukte was ik Chilly totaal vergeten. 'Nee, maar ik zoek hem binnenkort op, dat beloof ik.'

'Dat moet je zeker doen, liefje. Tot ziens.'

Op Tweede Kerstdag werd ik op mijn gebruikelijke tijd wakker en ik ging direct de katten voeren. Er lag een dikke laag sneeuw, en toen ik hun portie vlees naar binnen gooide kon ik het ze niet kwalijk nemen dat ze lekker in hun warme nest bleven. Ik was zowel verbaasd als blij dat Charlie me stond op te wachten toen ik hun verblijf uit kwam.

'Goedemorgen Tiggy, ik hoop dat je het niet erg vindt dat ik alweer hier beneden ben, maar ik was al vroeg wakker en het lukte me niet om weer in slaap te komen.'

'Geen probleem, Charlie,' verzekerde ik hem.

'Zullen we weer een eindje gaan wandelen? Tenzij je misschien andere verplichtingen hebt.'

'Het enige wat er in de cottage op me wacht is een stinkende oude windhond en een kreupele egel. Zelfs Cal heeft me in de steek gelaten, die is bij zijn familie in Dornoch.'

Charlie moest lachen. 'Ik begrijp het.'

We gingen op pad, en het viel me op dat hij veel positiever over het landgoed was dan de vorige dag. Hij wees op geliefde plekjes en vertelde over de geschiedenis van het landgoed.

'Vroeger stond hier een prachtig huis dat wel iets weg had van een middeleeuws kasteel, het stond pal rechts van de Lodge,' vertelde hij. 'Tot in de jaren vijftig van de negentiende eeuw woonden daar alle lairds met hun gezin. Toen kreeg mijn betovergrootvader het voor elkaar om de hens erin te zetten door met een grote dikke sigaar in zijn mond in slaap te vallen. Het huis brandde tot aan de grond toe af, en nam hem met zich mee. Hij was toen al ver in de tachtig. Je kunt de fundamenten nog zien, daar in het struikgewas naast de Lodge.'

'Wauw, jij hebt zo'n uitgebreide familiegeschiedenis, terwijl ik die helemaal niet heb.'

'Is dat een vloek of een zegen? De laatste tijd is het eerder een last, dat staat vast. Hoewel ik veel heb gehad aan het gesprek met jou gisteren, Tiggy. Ik was de afgelopen maanden bijna ongevoelig geworden voor de schoonheid van Kinnaird en zag het eerder als een verantwoordelijkheid dan als een waardevol bezit.'

'Dat is begrijpelijk, Charlie. Zo'n bezit ís ook een enorme verantwoordelijkheid.'

'Dat niet alleen,' zei hij. 'Ook het feit dat het mijn toekomstplannen nogal dwarsboomt.'

'Wat voor plannen waren dat?'

Het bleef een tijdje stil, alsof hij stond te dubben of hij me in vertrouwen zou nemen.

'Ik heb erover lopen denken om naar het buitenland te gaan, om zodra Zara van school komt als arts voor Artsen Zonder Grenzen te gaan werken. De National Health Service is een prachtig instituut, maar de mensen die ervoor werken gaan gebukt onder administratieve rompslomp en overheidsbudgetten. Ik wil de vrijheid hebben om mijn capaciteiten daar te gebruiken waar er echt behoefte aan is, op een plek waar ik echt iets beteken.'

'Ik snap precies wat je bedoelt. Ik heb er altijd van gedroomd om in Afrika met bedreigde diersoorten te werken. Niet dat ik niet dol ben op de wilde katten, uiteraard, maar...'

'Ik begrijp het,' onderbrak Charlie me met een sympathieke glimlach. 'Het is hier niet bepaald de Afrikaanse savanne. Het lijkt erop dat we eenzelfde soort droom hebben.'

'Nou ja, dromen hebben hun tijd nodig, en áls ze uitkomen is dat soms op een andere plek dan we hadden verwacht. We zullen geduld moeten hebben en ons moeten concentreren op het hier en nu.'

'Ja, daar heb je gelijk in, en over hier en nu gesproken: heb je nog kunnen nadenken over andere mogelijke diersoorten die we hier zouden kunnen introduceren?'

'Ik verwacht dat rode eekhoorns hier prima kunnen leven zodra de herbebossing wat verder is gevorderd. Ik heb onderzoek gedaan naar de wilde zalm waar je het over had, maar het lijkt vrij ingewikkeld om die hier terug te brengen, en zoals ik al zei ben ik geen visexpert, dus daar zal ik een deskundige bij moeten halen. Ondertussen zou de volgende stap de introductie van de Europese eland kunnen zijn, misschien weet ik wel iemand bij de Servion Zoo die ons daarover kan adviseren. Maar we moeten natuurlijk wel een budget hebben, ik zat zo te denken dat je misschien bij een aantal instanties subsidie zou kunnen aanvragen.'

'Vertel mij wat,' zuchtte Charlie. 'Ik heb een poging gedaan om een aanvraagformulier van het Rural Development Programme hier in Schotland in te vullen, en een paar formulieren voor subsidie van de EU, maar dat is echt een nachtmerrie. Ik heb simpelweg de tijd niet om al die gedetailleerde informatie waar ze om vragen te verzamelen.'

'Ik zou je kunnen helpen, ik heb ruimschoots de tijd.'

'Zou je dat kunnen? Heb je ervaring met dat soort dingen?'

'O ja, aan de universiteit en bij de Servion Zoo heb ik subsidieaanvragen voor onderzoeksprojecten moeten indienen. Het waren maar een paar aanvragen, maar ik weet daardoor wel mijn weg te vinden in die bureaucratie.'

'O, dat zou fantastisch zijn! Ik zit echt met de handen in het haar met die aanvragen. Ik ben óf wel in het ziekenhuis óf ik zit over juridische stukken gebogen sinds mijn vaders overlijden. Mijn vrouw dringt er voortdurend op aan dat ik Kinnaird verkoop of het in een golfbaan verander, en ik kan het haar niet kwalijk nemen.'

'Ik hoorde dat ze de renovatie van de Lodge heeft verzorgd. Dat heeft ze geweldig gedaan, het is echt prachtig geworden.'

'Inderdaad, al is het budget voor het project wel ruimschoots overschreden. Maar het is niet fair om kritiek op haar te leveren. Het was niet bepaald makkelijk en ze wilde me alleen maar helpen.'

'Maar ik weet zeker dat de Lodge straks chique gasten krijgt,' zei ik resoluut.

Charlie keek op zijn horloge. 'Ja, vast en zeker. Ik moet nu terug. Zal ik anders de aanvraagformulieren die ik al voor een deel heb ingevuld naar de cottage brengen, zodat je er een keer naar kunt kijken?'

'Wanneer je maar wilt, Charlie.'

Tegen de tijd dat ik terug was bij de cottage joeg er een bitterkoude wind door de glen, dus nadat ik had ontbeten maakte ik een haardvuur aan en nestelde me met een boek op de bank. Ik had Thistle de vorige avond binnengelaten omdat ik wist dat Cal niet zou thuiskomen, en 's ochtends stond het beest alweer op de drempel van de zitkamer. Hij wilde onmiddellijk op mijn schoot, maar ik duwde hem weg. Uiteindelijk krulde hij zich op aan mijn voeten, en zijn piepende gesnurk en het zachte gekraak van het haardvuur vormden een geruststellend achtergrondgeluid bij het lezen.

Ik schrok op toen ik stampende voeten op de buitenmat hoorde. Als dat Cal was kon ik vanwege Thistle op een uitbrander rekenen, maar in plaats daarvan keken een paar felblauwe ogen om de hoek van de deur.

'Hoi Tiggy, stoor ik je?' zei Zara.

'Helemaal niet, ik zat te lezen.' Ik ging overeind zitten. 'Leuke Kerst gehad?'

'Elke dag is leuk als ik op Kinnaird ben,' zei ze, en kwam naast me op de bank zitten. Thistle sprong onmiddellijk op haar af en legde zijn kop in haar schoot. 'Ik ben vanochtend naar Deanich Glen gereden, papa en mama hadden weer eens ruzie, dus ik was op zoek naar een rustig plekje. Ben je daar weleens geweest? Het is er te gek!'

'Nee, maar Zara, zou je dat nou wel doen, daar in je eentje heen rijden? De wegen zijn zo verraderlijk met dit weer.'

'Ik rij al vanaf mijn tiende op het landgoed rond, Tiggy! Dit is ons landgoed, weet je nog? Ik heb hier geen rijbewijs of zo nodig. Ik heb altijd een radio-ontvanger en een thermosfles bij me voor het geval er iets misgaat, ik ken de regels, oké? Ik ben Chilly zijn kerstpakket gaan brengen. Ik heb een fles whisky uit papa's voorraad gejat om het een beetje op te pimpen,' zei ze met een samenzweerderig lachje. 'We hebben samen een borreltje gedronken en een paar sjekkies gerookt. Hij is best wel maf en hij stinkt vreselijk, maar er is niemand hier zo leuk als hij. Behalve jij natuurlijk.'

'Mijn vriendin Margaret had het gisteren nog over hem, en ik zou hem graag eens opzoeken.'

'Ik kan je wel een keer meenemen, maakt niet uit wanneer. Maar dan kan ik hem misschien beter eerst iets over jou en wat je hier doet vertellen, want hij moet niet veel hebben van vreemde mensen.'

'Een beetje zoals mijn wilde katten,' zei ik met een glimlach.

'Ja, precies. Hé, als ik jou naar Chilly breng, mag ik dan in ruil daarvoor jouw katten een keer zien? Ik kan muisstil lopen, net als jij, Tiggy, echt waar, en ik zou het hartstikke leuk vinden om ze te zien. Hoe heten ze?'

Terwijl ik dat aan Zara vertelde vroeg ik me af hoe ik zo'n bezoekje ging uitleggen aan haar moeder, die ik daar had weggestuurd...

'Zal ik morgen eens kijken hoe sociaal ze zich dan gedragen? Ik ben panisch dat ze zich weer verstoppen zodra ze onbekenden ruiken.'

'Snap ik, Tiggy. Ik ben hier nog tot vlak voor oudjaar, dus we hebben nog even de tijd. En nu ik hier toch ben, ik vroeg me af of ik misschien je... assistent of zo kan zijn? Met je meelopen en zien wat je precies doet?'

'Ik ben bang dat de katten het grootste deel van mijn dagelijkse werk vormen zolang we geen andere dieren naar het landgoed hebben gehaald.'

Zara checkte de tijd op haar mobieltje. 'Ik moet ervandoor. We krijgen vanavond een lading buren te eten en ik moet van mama een jurk aan!' Ze rolde met haar ogen, stond op en ging naar de deur. 'Als je het goed vindt wip ik morgen rond twaalf uur bij je langs.'

'Je bent hier altijd welkom, Zara, tot ziens.'

'Tot ziens, Tiggy.'

Zara verscheen de volgende dag rond lunchtijd, en ik was blij dat ze er was. Cal was de hele ochtend naar een schietpartij en ik voelde me net een eenzame oude vrijster.

'Hoi Tiggy.' Vrolijk glimlachend kwam ze binnen. 'Ik ga naar Deanich Glen om Chilly zijn lunch te brengen, zal ik jou gelijk aan hem voorstellen?'

'Nou, graag!' zei ik, en ik pakte snel mijn jack, sjaal en muts. 'Jij mag de weg wijzen.'

Zodra Zara naast me in de veiligheidsgordel zat vertrokken we. Het was een frisse, heldere dag, de gure wind van de vorige dag was gaan liggen. Voorzichtig reed ik de helling af, want onder de onschuldig schitterende sneeuw lag een verraderlijk laagje ijs. Zara gaf aanwijzingen en babbelde ondertussen honderduit, over het diner van de vorige dag en dat ze er vreselijk tegen opzag om na de vakantie weer terug te gaan naar school, in de North Yorkshire Moors.

'Dat al die voorouders van me daarheen gingen wil nog niet zeggen dat het voor míj een goede school is! Het is toch belachelijk dat je op je zestiende al mag trouwen, seks hebben en roken, maar dat je op kostschool wordt behandeld als een kind van tien, en dat om half tien het licht uit moet?'

'Nog maar anderhalf jaar, Zara, voor je het weet is het voorbij.'

'Maar we zijn maar zo kort op aarde, dan is het toch zonde als je vijfhonderdveertig dagen – dat heb ik uitgerekend – moet doorbrengen op een plek die je haat?'

Diep in mijn hart was ik het met haar eens, maar de verstandige volwassene in me vond dat ik dat maar beter niet kon zeggen. 'Het leven zit vol met belachelijke regels, maar er zijn ook regels die ons moeten beschermen.'

'Heb jij een vriend, Tiggy?' vroeg Zara terwijl ze me langs een smal houten bruggetje over het riviertje stuurde, waar het water op de rotsen onder ons tot fantastische ijssculpturen was bevroren.

'Nee. Jij?'

'Min of meer. Iemand op school die ik echt leuk vind.'

'Hoe heet hij?'

'Johnnie North. Een heel knappe jongen, alle meisjes van mijn jaar zijn verliefd op hem. We hebben een paar keer in het bos afgesproken en een paar sjekkies gedeeld. Maar ja, hij is een *bad boy*, als je begrijpt wat ik bedoel.'

'Ik begrijp wat je bedoelt, ja,' prevelde ik, en ik vroeg me af waarom vrouwen altijd en eeuwig weer worden aangetrokken tot het type man dat ze gebruikt en misbruikt, terwijl de aardige types – en die zijn er volop – langs de kant zitten te wachten en zich afvragen waarom ze geen meisje kunnen krijgen.

'Nou ja, ik geloof niet dat hij echt slecht is, maar hij doet graag alsóf, om cool te lijken tegenover zijn vrienden. Als we met zijn tweeën zijn praten we best wel over belangrijke dingen,' ging Zara verder. 'Hij heeft een moeilijke jeugd gehad, weet je, en onder die buitenkant is hij echt kwetsbaar en gevoelig.'

Ik wierp een steelse blik op Zara's dromerige uitdrukking en realiseerde me dat ze met die opmerking mijn vraag van daarnet had beantwoord: elke vrouw die valt voor een slechte man denkt dat hij in wezen niet slecht is maar dat niemand hem begrijpt. En wat het ergste is: zij denkt dat ze de enige is die hem begrijpt en dus ook de enige die hem kan redden.

'We waren best wel close afgelopen semester, maar al mijn vrienden zeggen dat hij me alleen maar zijn bed in wil kr...' Zara stopte en bloosde. 'Je weet wel wat ik bedoel, Tiggy.'

'Nou, misschien hebben je vrienden wel gelijk,' antwoordde ik, verbaasd over haar openheid. Ik zou er op die leeftijd niet over gepiekerd hebben om met een volwassene over seks te praten, laat staan met een volwassene die ik nauwelijks kende. Ik bracht Beryl voorzichtig tot stilstand en voelde de banden zachtjes wegglijden over de bevroren sneeuw, tot op een paar meter afstand van een houten hut die genesteld stond in een kloof. Om ons heen verrezen de bergen in een fraaie cirkel die een zowel griezelig als indrukwekkend isolement vormde. We stapten uit en liepen naar de hut, en het voelde alsof de ijskoude lucht in elke centimeter onbedekte huid sneed. Ik trok mijn sjaal tot over mijn neus, want zelfs inademen deed pijn aan mijn longen.

'Jeetje, het vriest hier zeker tien graden. Hoe overleeft Chilly hier?'

'Daar zal-ie wel aan gewend zijn. En nu hij zijn hut heeft gaat het prima met hem. Wacht hier maar even,' zei Zara, 'dan ga ik even naar binnen om te zeggen dat er bezoek voor hem is, maar dat je niet van de sociale dienst bent.' Ze gaf me een knipoog, banjerde de sneeuw door en verdween door de deur van de hut.

Ik stapte uit en keek eens goed naar het huisje, dat uit een stevige constructie van op elkaar gestapelde massieve grenen houtblokken bestond, zoals bij de wat oudere skihutten in de bergen van Zwitserland.

Even later stak Zara haar hoofd om de hoek van de deur. 'Je mag binnenkomen,' riep ze.

Ik volgde Zara naar binnen, waar ik tot mijn opluchting werd omhuld door een verrukkelijke, rokerige warmte. Mijn ogen moesten wennen aan het donker; de enige verlichting werd gevormd door een paar olielampen en de flakkerende vlammen in de houtkachel. Zara pakte mijn hand en leidde me in een paar stappen naar een versleten leren fauteuil naast de kachel.

'Chilly, dit is mijn vriendin Tiggy.'

Een paar heldere, hazelnootbruine ogen keken me scherp aan, vanuit een gezicht dat zo vol rimpels zat dat het wel de plattegrond van een uitgedijde hoofdstad leek. De rokerige lucht bleek niet afkomstig te zijn van de kachel, maar van een lange houten pijp die uit de mond van dit nietige mannetje stak. Met zijn gladde, volkomen kale hoofd en zijn diep getaande huid deed hij me aan een monnik uit vroeger tijden denken.

Ik deed een stap naar voren en stak mijn hand uit. 'Hallo Chilly.'

Hij stak zijn hand niet uit maar bleef me aanstaren, en mijn hart begon sneller te kloppen. Ik moest mijn ogen sluiten om overeind te blijven. Voor mijn geestesoog verscheen een beeld: ik lag in een grot en keek omhoog in de ogen van een vrouw. Ze fluisterde zachtjes tegen me terwijl er van ergens vlakbij rookpluimen langs haar gezicht trokken, en ik hoestte en hoestte…

Op dat moment merkte ik dat ik ook écht stond te hoesten. Zara pakte me bij mijn arm. 'Gaat het, Tiggy? Het is hier nogal bedompt, ben ik bang.'

'Ja hoor, prima,' zei ik, en ik fixeerde mijn tranende ogen op Chilly, en hoe graag ik ook wilde, ik kon mijn ogen niet van hem afhouden.

Wie ben jij? Wat ben jij van mij?

Zijn lippen bewogen, hij mompelde iets in een vreemde taal, daarna wenkte hij me met zijn benige vinger tot ik heel dichtbij was.

'Ga zitten,' zei hij met een zwaar accent in het Engels, en hij wees naar de enige andere zitplaats, een slordig in elkaar gezet krukje naast de kachel.

'Ga je gang, ik zit graag op de grond,' zei Zara, terwijl ze een kussen van het koperen ledikant griste om niet op de kale betonnen vloer te hoeven zitten.

'Hotchiwitchi!' riep Chilly plotseling uit, en hij zwaaide met zijn klauwachtige, benige vinger naar me. Daarna gooide hij zijn hoofd achterover en begon te lachen, alsof hij ergens heel vrolijk van werd. '*Pequeña bruja*!'

'Geen zorgen, hij brabbelt altijd in een mengelmoesje van Engels en Spaans,' zei Zara zachtjes. 'Papa zegt dat hij de oude Roma-taal ook nog een beetje spreekt.'

'O,' zei ik, hoewel ik er tamelijk zeker van was dat hij me net een heks had genoemd.

Chilly had eindelijk zijn blik van me losgetrokken en zat nu zijn pijp met iets wat op mos leek te vullen. Toen hij zijn pijp had aangestoken glimlachte hij naar me.

'Spreek Engels of Spaans?'

'Engels of Frans en een klein beetje Spaans.'

Chilly klakte afkeurend met zijn tong en stak opnieuw zijn pijp aan.

'Heb je de pillen genomen die de dokter je heeft gegeven?' informeerde Zara vanaf haar kussen.

Met een mengeling van opgewektheid en minachting wendde Chilly zich tot Zara. 'Vergif! Ze willen me vermoorden met die moderne medicijnen.'

'Chilly, dat zijn pijnstillers en antibiotica voor je reuma. Die zijn goed voor je.'

'Gebruik eigen middelen,' verklaarde Chilly, en hij stak zijn kin in de richting van het houten plafond. 'En dat ga jij ook doen...' Hij wees naar mij. 'Geef je handen eens,' commandeerde hij.

Ik stak mijn handen uit met de handpalmen naar boven, en Chilly omvatte ze met een verrassend zachte aanraking. Ik voelde een tinteling in mijn vingertoppen die steeds sterker werd toen hij de lijnen in mijn hand langsging en zachtjes in elke vinger kneep. Eindelijk keek hij me weer aan.

Hij wees naar mijn handen. 'Hierin zit jouw toverkunst,' verklaarde hij. 'Jij helpt de kleine schepselen van de aarde... *los animales*. Dat is je gave.'

'Oké,' zei ik, en ik wierp een verwonderde blik naar Zara, die haar schouders ophaalde.

'Bruja-macht. Maar niet helemaal, want je bloed niet zuiver, ja? Wat doe je, Hotchiwitchi?'

'Je bedoelt wat voor werk ik doe?'

Hij knikte en ik vertelde wat ik deed. Toen ik klaar was keek hij me aan en klakte afkeurend met zijn tong.

'Zonde. Jouw kracht hier.' Hij gebaarde naar mijn handen en in de richting van mijn hart. 'Niet daar.' Hij wees naar mijn hoofd.

'O,' zei ik beledigd. 'Nou ja, mijn graad in de zoölogie helpt me wél om dierlijk gedrag te begrijpen.'

'Wat voor nut statistieken en papierwerk en die computermachines?' En weer zwaaide hij met die benige vinger naar me. 'Jij koos verkeerde weg.'

'Heb je die kalkoen nog gegeten die ik je gisteren bracht?' interrumpeerde Zara, die zag dat ik van streek was. Ze stond op, liep naar een hoek van de hut en opende een oude keukenkast, waarin een aantal gebutste blikken en een allegaartje aan serviesgoed stond.

'*Sí*. Jakkes!' Chilly maakte kotsgeluiden. 'Ouwe vogel.'

'O, nou, vandaag is het kalkoensoep,' zei Zara schouderophalend, terwijl ze een tinnen kom uit de kast pakte. Ze vulde die met soep uit de thermosfles die ze had meegenomen, pakte er wat brood en een lepel bij en zette alles op het tafeltje naast hem. 'Zo, eet dit maar op, dan haal ik ondertussen wat hout.' Ze pakte een houtmand en ging naar buiten.

Ik keek toe hoe Chilly zijn soep lepel voor lepel opslurpte alsof hij die totaal niet proefde. Hij zette de lege kom naast zich neer, veegde

zijn mond af aan zijn mouw en stak zijn pijp weer aan.
'Voel je de Geest van de Aarde, zuster?'
'Ja, die voel ik,' fluisterde ik, en tot mijn verbazing begreep ik precies wat hij bedoelde.
'Is hij echt, vraag je?'
'Ja, dat is zo.'
'Ik zal je helpen erop vertrouwen voordat je hier weggaat.'
'Ik ga nog lang niet weg van Kinnaird, ik ben er nog maar net!'
'Dat denk je!' kraaide hij.
Zara kwam binnen met een mand vol hout, die ze naast de kachel liet neerploffen. Ze haalde een stuk kerstcake uit een blik en pakte de gestolen fles whisky, die al voor een derde leeg was, en schonk wat in een tinnen beker. 'Op je gezondheid, Chilly,' zei ze, en ze zette de whisky en de cake bij hem neer. 'We moeten ervandoor.'
'En jij...' Hij wees naar me. '... komt snel terug, oké?'
Dit was geen verzoek, dit was een bevel, dus ik trok in een neutraal gebaar mijn schouders op en liep over de bevroren grond terug naar Beryl. Ik voelde me vreemd, zweverig, alsof ik een buitenlichamelijke ervaring had gehad. Wat en wie Chilly ook was, hij leek me te kennen, en ondanks zijn botte gedrag voelde ik me op een bijna griezelige manier ook met hém verbonden.
'Het probleem is dat hij erg trots is,' babbelde Zara op de terugweg. 'Hij heeft zijn hele leven voor zichzelf gezorgd en dat kan hij nu niet meer. Papa heeft zelfs aangeboden om een generator te installeren, maar dat weigert hij. Beryl vindt dat hij een last wordt en te veel tijd in beslag neemt en dat hij voor zijn eigen bestwil naar een verzorgingshuis moet.'
'Dat heeft ze me verteld,' zei ik, 'maar het punt is, Zara, nu ik hem heb ontmoet begrijp ik wel dat hij wil blijven waar hij zit. Het zou hetzelfde zijn als wanneer je een dier dat zijn leven lang in het wild heeft geleefd weghaalt uit zijn natuurlijke habitat. Als ze Chilly naar de stad afvoeren is hij waarschijnlijk binnen een paar dagen dood. En ook al zou hij per ongeluk zijn huisje in brand zetten of een hartaanval krijgen, dan nóg weet ik zeker dat hij dat liever heeft dan opgesloten zitten in een verpleeghuis met centrale verwarming. Ik zou dat in ieder geval wel hebben.'
'Ja, ik denk dat je gelijk hebt. Hoe dan ook, hij scheen je wel te mo-

gen, Tiggy. Hij nodigde je uit om nog een keer op bezoek te komen. Ga je dat ook doen?'

'O ja,' antwoordde ik. 'Dat ga ik zeker doen.'

6

De volgende ochtend stond ik volgens afspraak al vroeg op de binnenplaats. Voorzien van een mandje vlees gingen Zara en ik op pad om de katten te voeren. Het kon geen kwaad dat ik Zara bij me had, leek me, er was die nacht nog meer sneeuw gevallen en elk dier met een beetje gezond verstand zou zich zo diep mogelijk in zijn hol hebben verschanst.

'Oké,' zei ik toen we op het paadje boven het omheinde gedeelte stonden, 'van nu af aan ben je muisstil, oké?'

'*Roger, boss*,' fluisterde Zara en salueerde. We glibberden de beijzelde helling af tot aan het eerste verblijf, waar ik het hek van het slot deed en het voer naar binnen gooide.

'Molly? Polson? Posy? Igor?' riep ik, en met Zara in mijn kielzog liep ik langs de andere hokken, gooide in elk hok wat voer en praatte tegen mijn onzichtbare vrienden. Toen ik mijn hoofd schudde om duidelijk te maken dat ze niet van plan waren om naar buiten te komen, wilde Zara nog niet weg.

'Vijf minuutjes maar, alsjeblieft? Mag ik ze eens roepen?' smeekte ze fluisterend.

'Oké, waarom ook niet.' Ik haalde mijn schouders op.

Zara liep naar het dichtstbijzijnde hok. Ze klemde haar behandschoende vingers rond de ijzeren afrastering, drukte haar gezicht tegen het hek en noemde elke kat bij zijn naam. Ik volgde haar toen ze om de hokken heen liep, tegen de katten praatte en bleef wachten, en plotseling zag ik iets bewegen in de box die Posy's voorkeur genoot.

'Kijk, daar heb je Posy,' fluisterde ik, en ik wees naar de in het struikgewas verscholen box.

En ja hoor, vanuit de schemer gluurden twee goudgele oogjes naar ons.

'O mijn god!' fluisterde Zara opgewonden. Ze fixeerde haar blik op die van de kat en knipperde langzaam met haar ogen. 'Hoi Posy, ik ben Zara,' zei ze zachtjes, en tot mijn uiterste verbazing en grote vreugde deed Posy haar na en knipperde terug. Plotseling hoorden we het krakende geluid van schoenen in de sneeuw en wég was de kat.

'Verdomme! Volgens mij wilde ze net naar buiten komen,' zei Zara.

'Misschien wel,' zei ik, toen we een stukje de helling op liepen om te zien wie de kat had laten schrikken. Daar, bovenaan de helling, stond Charlie Kinnaird.

'Papa!' zei Zara overdreven fluisterend, terwijl ze naar boven klauterde, 'ik heb net een van de katten naar buiten kunnen lokken, maar toen hoorde ze jouw voetstappen en ging ze ervandoor.'

'Dat spijt me, liefje. Ik kwam ook naar de katten kijken,' fluisterde Charlie terug. 'En om jou te spreken, Tiggy. Misschien kunnen we beter naar binnen gaan, daar is het warmer en mogen we praten.' Hij glimlachte naar me en ik smolt als sneeuw voor de zon.

'Ah, híér zitten jullie!' klonk een harde stem van boven. Ik keek omhoog, en daar stond Ulrika, die over het pad naar ons toe kwam. 'Ik dacht dat die katten voor iedereen behalve jóú verboden terrein waren,' zei ze, naar mij wijzend. 'Zozo, een hele eer,' zei ze tegen Charlie en Zara toen die verder de helling op klommen, 'ík werd hier een paar dagen geleden weggejaagd.'

Zoals ze daar met haar handen op haar heupen boven me uittorende, een lange vrouw die letterlijk op me kon neerkijken, deed ze me denken aan een woedende Walkure.

'Tiggy heeft me alleen maar meegenomen omdat ik haar eindeloos aan haar hoofd heb gezeurd of ik een keer mee mocht, mama,' zei Zara, op verzoenende toon.

'O, dus de volgende keer moet ik op mijn blote knieën smeken of ik alsjeblieft mee mag.' De toon was luchtig, maar de blik waarmee ze me aankeek was kil en hard.

'Kom mee naar het huis, Tiggy, voor een koffie en een praatje,' stelde Charlie voor, en samen liepen we naar de Lodge.

'Sorry, schat, maar je zult me naar Dornoch moeten brengen, Lady Murray verwacht me om elf uur op de koffie. Een andere keer misschien, Tiggy?' zei ze koeltjes.

'Natuurlijk.'

'Ik kom als ik terug ben even bij je langs met die aanvraagformulieren, en dan kunnen we het ook even hebben over de introductie van de elanden in het voorjaar.'

'Oké. Nou, tot ziens, Zara, tot ziens, Ulrika,' zei ik, en ik blies de aftocht naar de veilige haven van mijn cottage.

'Oef,' zei ik met een zucht en ik liet me op de bank ploffen.

'Hoezo oef?' vroeg Cal, die net met een geroosterde boterham de kamer binnenkwam.

'Ulrika Kinnaird,' zei ik. 'Ik krijg het gevoel dat ze me niet erg mag.'

'Volgens mij is er niemand die ze erg mag, Tig. Vat het niet persoonlijk op. Wat zei ze?'

Cal moest lachen toen ik verslag uitbracht.

'Oeps, grote kans dat je voor de komende jaren van de kerstlijst wordt geschrapt. Ulrika wordt niet graag ergens buiten gehouden, vooral als het te maken heeft met haar man. Misschien is het gewoon onzekerheid.'

'Straks zegt ze nog tegen haar man dat hij me moet ontslaan.'

'De Laird heeft veel waardering voor je, Tiggy, maak je niet druk. Nou, ik moet ervandoor. Hare Majesteit heeft me verzocht om de oprit sneeuwvrij te maken en zout te strooien, zodat ze niet op dat kostbare kontje van haar terechtkomt.' Cal gaf me een knipoog en vertrok.

'En is de Laird nog langsgekomen voor een kop thee en een babbeltje?' vroeg Cal toen hij om acht uur thuiskwam.

'Nee, hij is niet langs geweest,' zei ik, terwijl ik Cal zijn whisky aanreikte.

'Oké, nou, misschien had-ie het druk met andere dingen.'

'Misschien, ja, maar hij had toch even hierheen kunnen lopen om dat te zeggen, het is toch niet mijlenver hiervandaan? Ik heb hier de hele dag zitten wachten.'

'Aye, en ze waren wél in de Lodge vandaag, ik zag rond drieën de auto terugkomen. Kom op, Tig, niet zo sip kijken.'

'Nou, als hij dan toch niet komt ga ik maar een bad nemen.'

In het lauwe water lag ik te peinzen of Chilly's opmerking dat ik hier niet lang zou blijven te maken had met de blonde Walkure van die ochtend.

Plotseling werd er op de deur geroffeld. 'Tig, ben je er al uit? Er is bezoek.'

'Eh, bijna.' Ik trok de stop uit het bad en stapte eruit. 'Wie is het?'

Ik wachtte met spanning op Cals antwoord. Als het Charlie Kinnaird maar niet was; ik moest er niet aan denken om in mijn oude wollen badjas de zitkamer binnen te moeten komen en naar de slaapkamer te rennen om mijn kleren te pakken.

'Het is Zara en ze is behoorlijk van streek,' fluisterde hij.

'Oké, ik kom eraan,' riep ik door de dichte deur.

Toen ik de kamer binnenkwam zat Zara daar, hevig snikkend, met haar hoofd in haar handen.

'Ik laat de dames maar even alleen.' Cal trok een wenkbrauw op en ging de kamer uit.

'Zara, wat is er?' vroeg ik, en ik ging naast haar op de bank zitten.

'Papa had beloofd dat we tot de dag voor oudjaar konden blijven, maar nu moeten we ineens vandaag weg! Ik had hier nog twee hele dagen kunnen blijven, maar nu moet ik terug naar Inverness!'

'Waarom?'

'Weet ik niet. Er kwam vanmorgen een man aan de deur en die kreeg vreselijke ruzie met papa. Ik durfde niet naar beneden te gaan, maar ik hoorde ze tegen elkaar schreeuwen. Even later kwam papa naar boven en zei dat we naar huis gaan. En ik wil niet!'

'Weet je waar die ruzie over ging? Of wie die man was?'

'Nee, dat wilde hij niet zeggen.'

Ik sloeg een arm om haar heen. 'Zara, lieverd, wat vind ik dat naar voor je. Je moet maar denken dat het echt niet lang meer duurt totdat je achttien bent, en als jij dan op Kinnaird wilt blijven kan niemand je tegenhouden.'

'Papa heeft gezegd dat ik hier de hele kerstvakantie kon blijven als ik dat wilde, maar van mama mag ik hier niet blijven. Ze vindt het hier vreselijk.'

'Misschien is dit niet haar soort leven.'

'Niks is haar soort leven, Tiggy.' Zara zuchtte, met een gezicht dat vermoeidheid en wanhoop uitdrukte. 'Ze zegt altijd dat ze pas helemaal gelukkig is als papa dit doet of dat doet. Haar meenemen op een superdure vakantie bijvoorbeeld, van geld dat-ie niet heeft, of een nieuwe auto voor haar kopen, of een schilderij dat ze mooi vindt. Ze zegt dat dat haar een goed gevoel geeft, maar als het zover is, heeft ze helemaal geen goed gevoel. Ze is gewoon een ontevreden persoon, snap je?'

Toen ik daar naast Zara zat en haar zijdezachte haar streelde, besefte ik dat ze door die puberhormonen de zaken weliswaar een tikje te dramatisch voorstelde, maar ik had genoeg van Ulrika gezien om te weten dat die geen gemakkelijk karakter had. En in een flits drong het besef tot me door dat ik als geadopteerd kind een geïdealiseerd beeld had gehad van getrouwde, biologische ouders. Ik had soms stiekem gefantaseerd dat ik zulke ouders had, ook al was ik opgegroeid onder de goede zorgen van de vrouw die door mijn adoptievader in dienst was genomen. Ik had geen ervaring met ruziënde ouders. Op Atlantis had ik Pa Salt en Ma nóóit horen bekvechten. We waren in alle rust en vrede opgegroeid, en voor het eerst moest ik erkennen hoe zeldzaam dat was. Over wat Zara nu meemaakte had ik op school heel vaak vriendinnen horen praten. Wij zusjes hadden in ons sprookjeskasteel een onrealistisch volmaakt bestaan geleid, zeker waar het onze 'ouders' betrof. Het was maar goed dat we als zussen met zijn zessen waren, en dat er tussen ons niet bepaald volmaakte harmonie heerste. Er was altijd wel een zus die ruzie had met een andere zus, en die andere zus was meestal mijn jongste zusje, Electra...

Zo zaten we daar in stilte, terwijl ik Zara's haar bleef strelen. Het duurde zo lang dat ik me begon af te vragen of ze in slaap was gevallen, maar plotseling tilde ze met een ruk haar hoofd op.

'Ik weet het al! Ik kan papa vragen of ik hier bij jou en Cal mag blijven logeren. Dan zeg ik dat jij tot het einde van de vakantie mijn hulp nodig hebt!' Haar gezicht straalde bij het idee. 'Mag dat, Tiggy? Ik beloof je dat je helemaal geen last van me hebt. Ik kan hier op de bank slapen, als Cal dat tenminste goed vindt, maar dat vindt-ie vast wel, want we kunnen heel goed met elkaar opschieten en hij vindt me aardig en...'

'Ik zou je graag hier hebben, Zara, maar je moeder kent me nauwelijks en ik betwijfel of ze haar dierbare dochter aan een onbekende toevertrouwt.'

'Nou, Beryl is op de Lodge en haar vertrouwt mama wel, en papa kent Cal al zijn hele leven en...'

'Zara, het enige wat je nu kunt doen is met je ouders praten. Als zij het goed vinden dat je hier bij Cal en mij logeert, dan hebben we je hier graag te gast.'

'Dat ga ik doen,' zei ze, 'en als ze het niet goed vinden loop ik misschien wel weg.'

'Zoiets moet je niet zeggen, Zara, dat is een dreigement, en als je wilt dat mensen je als volwassen genoeg beschouwen om je eigen beslissingen te nemen, is dat geen slimme aanpak. Waarom ga je niet terug naar de Lodge en bespreek je het met je ouders? Stel dat ze akkoord gaan, dan moet je ze wel de tijd gunnen om voordat ze weggaan bij me langs te komen en me te spreken.'

'Oké, dat ga ik doen, Tiggy, bedankt.' Zara stond op en liep naar de deur. 'Op een dag kom ik hier op Kinnaird wonen, dat zweer ik je. En dan kan zelfs mama me niet tegenhouden. Trusten, Tiggy.'

Die avond kwam noch Charlie noch Ulrika langs, en ik had niet anders verwacht. Toen ik de volgende ochtend zag dat de Range Rover niet voor de deur stond wist ik dat ze met zijn drieën naar Inverness waren vertrokken.

'Arm meissie, klem tussen al die ellende,' zei Cal, nippend aan zijn koffie. 'Disfunctionele gezinnen, hè? Mijn familie is ook niet volmaakt, maar ze zijn in elk geval normaal. Oké, ik ben weg.'

Bij de voordeur raapte hij een envelop op. 'Post voor je, Tiggy,' zei hij en overhandigde me de envelop, terwijl Thistle verlangend zijn kop om de hoek van de deur stak. 'En jij gaat met míj mee, Thistle,' zei hij, en hij werkte de hond naar buiten.

Ik opende de envelop en las het korte briefje.

Beste Tiggy, excuses dat ik zo plotseling ben vertrokken en niet langsgekomen ben. Er is een juridisch probleem opgedoken. Ik neem binnenkort contact op.
Nogmaals mijn welgemeende excuses,
Charlie

Ik had geen idee wat hij bedoelde, maar nam aan dat het te maken had met de hevige ruzie waarover Zara het had gehad.

Ik ging naar mijn slaapkamer. Door al dat gepraat over gezinnen was ik mijn eigen familie gaan missen. Uit mijn nachtkastje haalde ik de brief van Pa Salt tevoorschijn. Ik had hem al zo vaak gelezen dat hij smoezelig was geworden. Ik vouwde hem open en las hem voor de zoveelste keer, en bij het zien van Pa's elegante, krullerige handschrift voelde ik me al getroost.

Atlantis
Meer van Genève
Zwitserland

Mijn lieve, lieve Tiggy,

Het heeft weinig zin om mijn tijd te verdoen met de gebruikelijke clichés over mijn plotselinge verdwijning uit je leven. Ik weet dat je zult weigeren te geloven dat ik er niet meer ben. Maar ik ben er niet meer. Ik weet dat je mijn aanwezigheid nog steeds om je heen voelt, maar je zult toch moeten accepteren dat ik nooit meer terugkom.
Uiteraard schrijf ik deze brief aan mijn bureau op Atlantis, nu ik nog op deze aarde vertoef. Dus hoe het aan de andere kant is kan ik je niet vertellen, maar bang ben ik allerminst. Jij en ik hebben vele malen gesproken over de wonderbaarlijke hand van het lot, over lotsbestemming en over een hogere macht – voor sommigen God – die ons leven bestiert. Die heeft me als kind gered, en ik heb mijn geloof erin ondanks de moeilijke tijden die ik in mijn leven heb doorgemaakt nooit verzaakt. En dat moet jij ook nooit doen.
Aan je zusters heb ik welbewust slechts beperkte informatie verstrekt over waar ik ze heb gevonden, omdat ik hun leven niet wilde verstoren. Maar jij bent anders. Toen jouw familie je aan mij gaf, was dat onder de voorwaarde dat ik je op een dag, als ik vond dat de tijd er rijp voor was, naar hen terug zou sturen.
Jij maakt deel uit van een eeuwenoude cultuur, Tiggy, een cultuur waar tegenwoordig op wordt neergekeken. Naar mijn overtuiging is dat omdat veel mensen zijn vergeten dat ze hun wortels in de natuur hebben en niet meer weten waar hun hart en hun ziel ligt. Jij, zo werd me verteld, bent afkomstig uit een bijzondere lijn van helderzienden, hoewel de vrouw die jou aan me gaf me vertelde dat die gave vaak een generatie overslaat of soms niet volledig tot ontwikkeling komt.
Mij werd gezegd dat ik goed op je moest letten bij het opgroeien, en dat heb ik gedaan. Je veranderde van een huilerige baby in een onderzoekend kind, dat niets heerlijker vond dan in de na-

tuur en in het gezelschap van dieren te zijn. Je mocht vanwege Ma's allergie dan wel geen eigen huisdier hebben, maar elke gewonde spreeuw die je vond en alle egels die je voerde konden rekenen op jouw volledige toewijding.
Je weet het zelf misschien niet meer, maar toen je een jaar of vijf, zes was, kwam je een keer naar me toe en fluisterde in mijn oor dat je in het bos met een elfje had gepraat. Ze had je verteld dat ze Lucía heette, en jullie hadden samen blootsvoets in het bos gedanst.
Wel, zo uitzonderlijk is het niet dat een kind van die leeftijd in elfjes gelooft, maar op dat moment wist ik dat jij de gave had geërfd. Lieve Tiggy, Lucía was de naam van je grootmoeder.
Dus bij dezen vervul ik de belofte die ik heb gedaan door tegen je te zeggen dat je op enig moment in je leven naar Spanje moet reizen, naar een stad genaamd Granada. Op een heuvel tegenover het schitterende Alhambra moet je in een wijk die Sacromonte heet, naar een smal weggetje, de Cortijo del Aire, gaan, daar op een blauwe deur kloppen en naar Angelina vragen.
Daar zul je de waarheid over je biologische familie ontdekken.
En misschien vind je daar ook je eigen bestemming…
Voordat ik eindig wil ik je nog toevertrouwen dat ik het geschenk van mijn geliefde dochters niet had ontvangen als een van jouw biologische familieleden niet een bepaalde opmerking had gemaakt. Ze heeft me van de wanhoop gered en daar zal ik haar eeuwig dankbaar voor blijven.
Mijn liefde gaat uit naar jou, mijn lieve, getalenteerde dochter. Ik ben ontzettend trots op je.
Je liefhebbende vader,
Pa x

Ik haalde het vel papier uit de envelop met de informatie die op de armillairsfeer was gegraveerd. Dat armillarium, een instrument waarmee de oude Grieken de stand van de sterren en de tijd bepaalden, stond een paar dagen na Pa's dood ineens in zijn speciale tuin. Elk van de cirkels rond het instrument bevatte een van onze namen, een citaat in het Grieks en een stel coördinaten dat de plek aanduidde waar Pa ons had gevonden.

Bij het lezen van het citaat dat Pa voor mij had uitgekozen en dat mijn oudste zus Maia voor me had vertaald, waren de tranen me in de ogen gesprongen. Het paste zó goed bij me:

Blijf met beide benen op het tapijt van frisse aarde staan, maar verhef je geest naar de vensters van het universum.

Mijn zus Ally, die zeiler is en ervaring heeft met dat soort dingen, had voor elk van ons de coördinaten opgezocht. Die van mij kwamen precies overeen met wat Pa in zijn brief had gezegd. Ik had nog niet durven na te denken over wat Pa precies bedoelde met die afstammingslijn en die bijzondere gave. Maar Chilly had kennelijk geweten wie ik was en zelfs gezegd dat ik een bijzondere kracht in mijn handen had. Ik stond op en liep naar het spiegeltje boven de ladekast. Ik bestudeerde mijn trekken, mijn goudbruine ogen, donkere wenkbrauwen en olijfkleurige huid. En ja, als ik mijn haar strak naar achteren trok kon ik nog wel doorgaan voor iemand met mediterraans bloed. Maar over mijn donkere haar lag een volle, kastanjebruine gloed. Als ik op tv zigeuners zag hadden die altijd gitzwart haar, dus als er inderdaad Romabloed door mijn aderen stroomde, dan was dat volgens Chilly geen puur bloed. Maar ja, wie was er tegenwoordig nog raszuiver? Na tweeduizend jaar vermenging vormden we met zijn allen één grote smeltkroes.

Van zigeuners wist ik niets, behalve dat de meesten aan de rafelranden van de stad woonden. Ik wist dat ze een niet al te beste reputatie hadden, maar zoals Pa vaak tegen mij en mijn zusjes zei: 'Beoordeel een boek niet op zijn omslag. Een kluitje ruwe aarde kan het mooiste sieraad bevatten.'

Bovendien ging ik er altijd prat op dat ik bij elk mens van het beste uitging tot het tegendeel werd bewezen. Misschien was mijn naïviteit waar het mijn medemens betrof zelfs mijn grootste zwakte, en die kwam ironisch genoeg juist voort uit mijn sterkste eigenschap: mijn onfeilbare geloof in de goedheid van de menselijke natuur. Als ik verklaarde dat het goede altijd triomfeerde over het kwade zag ik mensen hun ogen ten hemel slaan. Om het simpel te zeggen: als het goede niet overwon, hadden alle slechteriken eerst de goede mensen en vervolgens elkaar om zeep geholpen en zou de menselijke soort niet meer bestaan.

En tot welk volk Chilly ook behoorde, ik wist zeker dat hij een goede ziel had. Hij was de eerste zigeuner die ik als zodanig had ontmoet, en toen ik de kostbare brief teruglegde in het laatje besloot ik dat ik meer wilde weten.

7

Toen ik op oudejaarsdag wakker werd verheugde ik me al op het oudejaarsfeest in het dorpshuis waar Cal me die avond mee naartoe zou nemen en waar ik op traditionele Schotse wijze het nieuwe jaar zou inluiden. Toen ik terugkwam van het voeren van de katten liep Beryl met een overbezorgd gezicht door onze woonkamer te ijsberen.

'Hoe gaat het, Tiggy?' vroeg ze.

'Goed, dank je, Beryl. En met jou?' Ze was voor haar doen erg opgewonden.

'Er hebben zich wat... ongelukkige omstandigheden voorgedaan, maar daar hoef jij je voorlopig geen zorgen over te maken.'

'Oké.'

Ik vroeg me af of die 'omstandigheden' iets te maken hadden met het plotselinge vertrek van de Kinnairds, maar ik kende Beryl inmiddels goed genoeg om te weten dat ik niet moest doorvragen.

Met veel moeite herpakte ze zich. 'Maar mijn meest acute probleem is dat Alison zich vanochtend ziek heeft gemeld. Volgens haar moeder heeft ze een zware kou gevat, maar ik zit er vreselijk mee omhoog. Vanmiddag om vier uur komen de gasten voor Oud en Nieuw, acht man nota bene, en die verwachten een complete high tea! Ik heb nog een berg ongestreken lakens liggen, ik moest alle bedden weer afhalen omdat er stof van de restauratie op gevallen was, dus elke kamer moet opnieuw gestofzuigd worden, de meubels gepoetst, de eettafel gedekt, alle haardvuren aangestoken, en dan moet het hele diner ook nog worden klaargemaakt; en ik heb de kalkoen nog niets eens geplukt...'

'Kan ik helpen?' vroeg ik, want het was zo klaar als een klontje dat Beryl zat te springen om hulp.

'Zou je dat willen doen, Tiggy? De man die de Lodge voor een week heeft geboekt schijnt een invloedrijk miljardair te zijn. De Laird rekent erop dat hij Kinnaird bij zijn rijke vriendjes aanbeveelt, en met al die toestanden van de laatste tijd kan ik hem niet teleurstellen.'

'Natuurlijk kun je dat niet. Ik ga direct met je mee naar de Lodge.'

Ook Cal, die vanuit de keuken had meegeluisterd, bood zijn diensten aan. De rest van de dag waren we volop bezig met het strijken van lakens, het opmaken van bedden, het stofzuigen van de kamers en het aanmaken van haardvuur, terwijl Beryl in de keuken stond te ploeteren. Tegen drieën dronken we samen in de keuken een kop thee, doodop.

'Ik kan jullie niet genoeg bedanken voor wat jullie allemaal hebben gedaan,' zei Beryl, terwijl we een stuk van haar warme shortbread verorberden. 'Ik weet niet wat ik zonder jullie had gemoeten. Voor vanavond is alles in elk geval klaar.'

Ik wierp een schuine blik op het eten, dat in een eindeloze hoeveelheid potten en pannen op het kookeiland en de verschillende werkvlakken stond uitgestald.

'Heb je wel iemand om je vanavond bij het serveren te helpen?' informeerde ik.

'Nee. Alison zou ook als serveerster fungeren, maar dat lukt me wel in mijn eentje.'

'Hoor eens, Beryl, ik blijf wel hier om je te helpen. Dat red je nooit in je eentje, in elk geval niet op de manier zoals de Laird het zou willen.'

'O nee, Tiggy, dat kan ik echt niet van je vragen. Het is oudejaarsdag en Cal neemt je vanavond mee naar de ceilidh.'

'Dat was hij van plan ja, maar ik kan best een andere keer gaan. Je hebt me nodig, Beryl.'

'Ja, dat is zo,' gaf ze toe. 'Alleen heeft de Laird me gevraagd de hulp in uniform te laten serveren.'

'Nou, Tig, ik kan niet wachten om jou verkleed als Frans dienstmeisje te zien!' merkte Cal met een knipoog op.

'Ik heb hier een heel naar gevoel bij,' zuchtte Beryl. 'Je bent nota bene fauna-adviseur met een academische titel, geen serveerster.'

'Misschien goed om te weten: ik heb een hele zomer als serveerster in zo'n chic *silver service*-restaurant in Genève gewerkt, daar moet je de gangen vanaf een schaal op het bord van de gast uitserveren.'

'Nou, daarmee is de zaak beklonken, maar ik ga morgen wel de Laird bellen dat hij me fatsoenlijk personeel moet laten aannemen als hij hier een vijfsterrenhotel van wil maken. Dit is niet eerlijk, tegenover jou niet en tegenover mij niet.'

'Nee, heus, ik vind het echt geen probleem. Zal ik je helpen bij de high tea? Maar dan moet ik wel snel mijn serveerstersoutfit aantrekken,' zei ik grinnikend toen ik zag dat het al half vier was.

'Nee, ga jij maar naar huis, neem een bad en rust wat uit. Het diner is om acht uur, maar ik heb je, als je het goedvindt, vanaf zes uur nodig voor de drankjes.'

'Dat is prima, Beryl.'

'Zou jij dit naar Chilly willen brengen voordat je vertrekt?' vroeg ik Cal toen we terugliepen naar de cottage, en ik drukte hem een bakje met fazantenstoofpot die ik uit een van Beryls schotels had opgeschept in handen.

'Tuurlijk. Jammer dat je niet mee kunt vanavond, maar je hebt nou wél voor altijd een plekje in Beryls hart.'

Om zes uur was ik terug op de Lodge en kreeg ik van Beryl mijn serveerstersuniform, compleet met wit schortje.

'In dat van Alison zou je verzuipen, maar ik heb dit uit een oude kast op zolder opgediept. Het ruikt naar mottenballen, maar het zou wel moeten passen,' zei ze. 'Je kunt je in de wasruimte verkleden, en ik ben bang dat je je haar naar achteren moet binden.'

Toen ik klaar was liep ik de keuken binnen. 'Hoe zie ik eruit?'

'Geweldig,' zei Beryl, die nauwelijks opkeek.

'Moet ik deze ook echt om?' vroeg ik, en ik hield een witte hoofdband met een zwarte streep omhoog.

'Dat lijkt me niet nodig. Nou, over een paar minuten is iedereen beneden, dus je zult de champagne moeten openmaken. Voor de geheelonthouders staat in die koelkast dáár sprankelend mineraalwater en vlierbessensiroop. De sterke drank staat uitgestald op het drankkastje in de grote zitkamer. Je moet er alleen nog een emmertje met ijs bij zetten.'

'Oké,' zei ik, en ik snelde weg om mijn plichten te vervullen.

Meespelen in toneelstukken had ik op school altijd heerlijk gevonden, en toen ik rondging met de champagne begon ik me al helemaal in te leven in mijn rol. Het liefst had ik bij elke gast '*yes, m'lord*, of '*thank you, ma'am*' gezegd en een snelle knicks gemaakt alvorens de volgende gast te bedienen. Vanuit mijn strategische positie bij het drankenkabinet had ik een goed zicht op de gasten: een gezelschap van welgestelden, bestaande uit vijf mannen in smoking en drie vrouwen in cocktailjurk en duur uitziende sieraden. Ze spraken Engels met elkaar, maar ik hoorde allerlei accenten, variërend van Duits tot Frans.

'Hoe loopt het daar?' vroeg Beryl toen ik de keuken binnenkwam en naar de koelkast liep.

'Prima, maar ze hebben de eerste zes flessen champagne al achter de kiezen.'

'Ik nodig ze over een minuut of twintig uit aan tafel. En nu maar hopen dat Jimmy Doedelzak niet vergeet om straks bij de voordeur het nieuwe jaar in te luiden.'

Met een vol blad champagne liep ik terug naar de grote zitkamer, en toen ik binnenkwam waren alle blikken op me gericht.

'Ah. Daar is ze! Ik dacht even dat het personeel de dozen die ik had laten bezorgen soldaat had gemaakt!'

Het hele gezelschap moest lachen. Ik nam aan dat de man die op me af liep de gastheer was. Hij was tamelijk klein, breedgeschouderd, had donkerblond haar, roofvogelachtige trekken en diepliggende groene ogen.

'Dank u,' zei hij, terwijl hij me met een goedkeurende blik van top tot teen opnam. 'Hoe heet u?'

'Tiggy.'

'Wat een bijzondere naam. Schots?'

'Nee, het is mijn roepnaam. Mijn echte naam is Taygete. Dat is Grieks.'

Tot mijn verbazing meende ik een glimp van herkenning in zijn ogen te zien.

'Juist. En klopt het dat ik een Franse tongval hoor?'

'Dat klopt, maar ik ben Zwitserse.'

'Is dat zo?' vroeg hij peinzend, terwijl hij me opnieuw bekeek. 'Wel, wel. En u werkt hier?'

Onder andere omstandigheden, bijvoorbeeld als we elkaar in een bar hadden ontmoet, had ik me kunnen voorstellen dat hij me over dat soort dingen uithoorde, maar in deze omgeving, waar hij de gastheer en ik duidelijk de bediende was, voelde dat vreemd aan.

'Ja, maar gewoonlijk niet in deze functie. Ik val vanavond in omdat het dienstmeisje ziek is. Ik ben fauna-adviseur op het landgoed.'

'Ah, juist. En u weet zeker dat we elkaar nooit eerder hebben ontmoet?'

'Absoluut,' zei ik. 'Ik vergeet nooit een gezicht.'
'Waar blijft die champagne?' riep een van de gasten.
'Ik kan maar beter gaan,' zei ik met een beleefd glimlachje.
'Natuurlijk. Overigens, mijn naam is Zed. Leuk je te hebben ontmoet, Tiggy.'

Om twee uur 's nachts kwam ik thuis, nauwelijks in staat de ene voet voor de andere te zetten en met de conclusie dat serveersters vreselijk ondergewaardeerd werden.

'Geef mij maar leeuwen en tijgers om te verzorgen,' kreunde ik. Ik kleedde me uit, trok mijn thermopyjama aan – Cals kerstcadeau– en liet me op bed vallen.

Het goede nieuws was dat het diner als een tierelier was verlopen. Het was Beryl en mij gelukt om met z'n tweeën een succesvolle avond te organiseren, die naadloos van het ene onderdeel in het andere overging. Met een dankbaar gevoel deed ik mijn ogen dicht, mijn hartslag ging omlaag, maar de slaap wilde niet komen. Ik zag steeds maar weer Zeds groene ogen, die me – maar misschien verbeeldde ik het me – de hele avond hadden gevolgd. Vlak voor middernacht, nadat ik nog meer champagne en whisky naar binnen had gebracht, had Beryl een stukje steenkool in mijn hand gedrukt.

'Ga maar naar de voordeur, Tiggy. Hier heb je een eierwekker, die is op elf uur negenenvijftig en vijftig seconden gezet. Als hij afgaat klop je zo hard als je kunt op de voordeur. Drie keer. Jimmy Doedelzak staat er al.'

'En wat doe ik hiermee?' vroeg ik, terwijl ik het stuk steenkool bekeek.

'Als de deur opengaat begint Jimmy te spelen en geef jij dat aan degene die de deur opent. Duidelijk?'

'Volgens mij wel. Maar...'

'Ik leg het later wel uit. En nou wegwezen!'

Dus voegde ik me bij Jimmy Doedelzak, die na te veel whisky's lichtelijk op zijn benen stond te zwaaien, wachtte tot mijn wekker ging en klopte keihard op de voordeur. Toen de klanken van de doedelzak door de heldere vrieslucht schalden ging de deur open en verscheen Zed in de deuropening.

'Gelukkig nieuwjaar,' zei ik, en ik gaf hem het stukje steenkool.

'Dank je wel, Tiggy,' zei hij, glimlachte naar me, boog voorover en kuste me op mijn wang. 'Jij ook gelukkig nieuwjaar.'

Ik was daarna samen met Beryl druk bezig geweest in de keuken met opruimen, dus ik had Zed niet meer gezien. Maar nu ik erover nadacht vond ik het merkwaardig intiem gedrag tegenover een totaal onbekende, vooral als die onbekende als dienstmeisje was vermomd...

Om zeven uur werd ik in een doodstille cottage wakker. Ik sprong direct uit bed. Beryl had me verzekerd dat ze de brunch van twaalf uur in haar eentje aankon, maar ik ging na het voeren van de katten toch maar even naar de Lodge om te kijken of ik een handje kon helpen.

'Alleen de gastheer is al op. Ik heb hem koffie gebracht in de grote zitkamer,' zei Beryl.

'Oké. Weet je zeker dat ik niet hoef te blijven?'

'Nee. Alison is van haar ziekbed verrezen en is de tafel aan het dekken in de eetzaal. Het zal na jouw professionele optreden van gisteravond een hele tegenvaller zijn voor de gasten,' vervolgde ze. 'Je weet wat ze zeggen: alle waar is naar zijn geld, dus wie weinig betaalt krijgt... Alison!'

'Ach, Beryl, het arme kind was echt vreselijk verkouden. Maar als je zeker weet dat ik niks kan doen, dan ga ik Chilly zijn lunch brengen.'

'Is er nog koffie, Beryl?' vroeg Zed, die met een leeg kopje in zijn handen de keuken binnenkwam. Hij droeg een lichtgroene coltrui en jeans en oogde fris als een hoentje.

'Natuurlijk.' Beryl pakte het kopje aan en terwijl ze koffie schonk richtte Zed zijn blik op mij.

'Goedemorgen, Tiggy. Hoe gaat het?'

'Goed, dank je.' Ik voelde de warmte naar mijn wangen stijgen, echt belachelijk.

'Mooie dag, nietwaar?'

'Ja. Het is hier altijd mooi als de zon schijnt.'

'Ik ben nooit eerder in Schotland geweest, maar ik geloof dat ik verliefd geworden ben,' zei hij, terwijl hij me nog steeds aanstaarde.

'Hier is uw koffie, meneer.'

Met haar feilloze timing kwam Beryl me redden. Zed moest zijn blik van me losrukken om zijn kopje aan te pakken.

'Zo,' zei hij, 'om twaalf uur een brunch, daarna misschien een rondleiding over het landgoed? Mijn gasten zullen wel wat frisse lucht kunnen gebruiken.'

'Natuurlijk. Cal zal u en de gasten graag meenemen in de Land Rover,' antwoordde Beryl.

'Uitstekend,' antwoordde hij, en ik bespeurde een licht maar onmiskenbaar Duits accent. 'En als mijn gasten binnen dertig minuten niet op zijn, heeft u mijn volledige toestemming om een glas ijswater in hun gezicht te gooien.' Hij gaf ons een formeel knikje en verliet de keuken.

'Is Cal al terug uit Dornoch?' vroeg Beryl gespannen.

'Toen ik van huis ging nog niet, nee.'

'Wil je dan met het toestel van de Lodge het nummer van zijn ouders bellen en zorgen dat hij hier om twee uur is? En nuchter genoeg om onze gasten rond te rijden zonder dat ze verongelukken in de glen.' Beryl wees het nummer aan op een lijst boven het toestel. 'Ik moet me nu met Alison bezighouden.'

Terwijl ik het nummer draaide moest ik denken aan een Engels tv-programma over een excentrieke man die met twee man personeel een hotel runt. Ik kon me niet aan het gevoel onttrekken dat Cal en ik tegen wil en dank tot de cast waren gaan behoren.

Ik kreeg Cals moeder aan de lijn, die me beloofde dat ze Cal ondanks de pittige *hoolie* van de vorige avond onmiddellijk van zijn bed zou lichten, en ging naar het kantoortje om mijn e-mails te checken.

Er was een heel lief mailtje van mijn oudste zus Maia in Rio, die me gelukkig nieuwjaar wenste en hoopte dat al mijn dromen zouden uitkomen. In veel opzichten was Maia de zus met wie ik het meest gemeen had. Ook zij was een dromer, en waarschijnlijk had zij het van ons allemaal het moeilijkst gehad met Pa's dood. Maar nu, een half jaar later, leidde ze een nieuw leven, in Brazilië, en elk woord dat ze schreef straalde haar energie uit.

Ik schreef een kort mailtje terug, wenste haar hetzelfde en zei dat we eens een bijeenkomst van alle zussen zouden moeten organiseren. Dan konden we samen een bloemenkrans in zee werpen op de plek nabij het Griekse eiland waar ons zusje Ally, naar ze achteraf besefte, getuige was geweest van Pa's begrafenis. Op het moment dat ik de e-mail wilde verzenden klonk de ping van een binnenkomend bericht.

1 januari 2008
Beste Tiggy,

Allereerst een gelukkig nieuwjaar gewenst! Nogmaals excuses voor het feit dat ik niet kon langskomen voor een babbeltje, zoals ik had beloofd. Ik hoop ergens in de komende twee, drie weken tijd te hebben om naar Kinnaird te komen. Ik heb inmiddels de aanvraagformulieren al zo veel mogelijk zelf ingevuld en naar je toegestuurd.
Verder wil ik je bedanken omdat je tijdens Zara's verblijf op Kinnaird zo aardig voor haar bent geweest. Ik weet dat ze lastig is, dat zijn alle pubers, dus ik heb grote waardering voor je geduld. Ze doet je de hartelijke groeten en zegt dat ze je snel hoopt te zien. Net als ik.

Hartelijke groeten,
Charlie

Nu ik toch achter de computer zat stuurde ik maar gelijk een mailtje over de Europese eland naar mijn contact bij de Servion Zoo en vroeg hem een geschikt tijdstip voor een telefoongesprek voor te stellen. Vervolgens ging ik naar de keuken, die totaal verlaten bleek. Ik nam aan dat Beryl de gasten aan het bedienen was, dus schepte ik zelf wat *kedgeree* in een tupperwarebakje en vertrok.

'Waar heb je je al die tijd verstopt, Hotchiwitchi?' klonk een dwingende stem vanuit de leren stoel toen ik de deur opendeed.

'Gelukkig nieuwjaar, Chilly,' zei ik, terwijl ik het rijstgerecht overschepte in zijn kom. 'Ik heb Beryl geholpen op de Lodge.'

'Zozo.' Hij keek me nadrukkelijk aan toen ik hem de kom en een lepel aanreikte. 'Je vindt het daar fijn, hè?' Hij liet een kakelend lachje horen, net een oude heks.

'Welk jaar is het?' vroeg hij, terwijl hij zijn eten naar binnen schrokte.

'2008.'

Hij staarde in de houtkachel, zijn lepel bleef tussen zijn mond en de kom hangen.

'Die rijke kerels gaan zwaar boeten dit jaar,' zei hij, en hij ging door met eten.

‘Welke rijke kerels?’
‘Maakt niet uit, jij bent arm, net als ik, maar die lui zijn graaiers… maar ze lopen straks tegen de lamp. Al wat van de Laird gehoord?’
‘Ik kreeg vandaag een mailtje van hem.’
‘De Laird zit in de problemen. Wees voorzichtig met die man.’
‘Zal ik doen.’
‘Al die lui daar in het huis. Na regen komt zonneschijn… als je dat maar onthoudt, Hotchiwitchi.’
‘Wat is een *hotchiwitchi*, Chilly?’
‘Een egel, dat is jouw naam in Roma-taal.’ Hij haalde zijn schouders op toen ik hem geschokt aankeek. Hoe kon hij nou weten…
‘Je komt van ver weg. *España…*’
Ik spitste mijn oren. En hoe kon hij dát nou weer weten?
‘Dat heeft mijn vader me ook geschreven, in een brief die hij kort voor zijn overlijden aan me schreef. Hij zei dat ik daarheen moest gaan en…’
Maar Chilly zat inmiddels te knikkebollen, dus ik maakte van de gelegenheid gebruik om wat haardhout te halen in de naburige grot. De zon stond inmiddels boven de bergen en lichtte met zijn tere vingers het zuivere wit van de glen op. Bij dat mystieke schouwspel zou je zomaar de band met de realiteit kunnen verliezen. Toen ik daar zo stond met mijn arm om een mand vol hout geklemd, zag ik in een flits een ruw, witgepleisterd plafond boven me en hoorde ik een stem waarvan ik zeker wist dat ik hem kende.
‘Kom maar, kleintje, ik zal voor je zorgen tot je groot bent.’
‘Breng haar wel naar ons terug…’
Ik werd opgetild, het plafond kwam dichterbij, maar bang was ik niet, want het waren veilige armen die me vasthielden.
Ik stond even te wankelen toen ik terug was in het hier en nu en me realiseerde dat ik, met beide benen op de grond, in mijn eentje in een ijskoude grot stond.
Toen ik terugliep naar Chilly’s hut wist ik absoluut zeker dat een van de stemmen die ik had gehoord, de stem van Pa Salt was.

‘Ik heb nieuws voor je, of liever gezegd, twee nieuwtjes,’ zei Cal die avond tijdens het eten.
‘Wat voor nieuws?’

'Nou, het eerste is dat Caitlin en ik gisteravond de datum hebben vastgesteld. Het wordt juni.'

'Wauw, Cal! Fantastisch! Maar dan heb je niet veel tijd meer om te plannen.'

'Aye, maar Caitlin is de bruiloft al twaalf jaar aan het plannen, dus die had tijd zat.'

'Gefeliciteerd, Cal, ik ben heel blij voor je. En je moet haar echt binnenkort hier te eten vragen. Ik heb haar maar heel even gesproken, op Kerstavond, en ik zou haar dolgraag nog eens ontmoeten.'

'Zal ik doen, Tig. Maar nou we over een paar maanden getrouwd zijn heeft ze een preek tegen me afgestoken dat ik de Laird om salarisverhoging moet vragen, én een assistent. Deze baan wordt mijn dood of gaat me mijn rug kosten als ik zo in mijn eentje doorga.'

'Wat dacht je van de zoon van de dierenarts, Lochie? Dat leek me een heel aardige jongen.'

'Ja, dat is-ie, en op het terrein weet hij ook van wanten. Ik zal wel een belletje naar de Laird plegen, en als ik zijn oké krijg zal ik eens met die jongen gaan praten.'

'En met nee neem je geen genoegen, hoor!'

'Dat doe ik zeker niet. Ik sta morgen vroeg op om die mannen op te halen voor een schietpartij, en ik heb vanmiddag al gekeken waar de herten zich verstoppen. Als de klant érgens moe van wordt is het wel van urenlang door de glen banjeren zonder een hert te zien.'

'Net goed voor die bloeddorstige kerels,' zei ik bits. 'Ik zal al mijn krachten aanwenden om te zorgen dat die herten zich goed verstoppen.'

'Als je 't maar laat, Tig, anders blijven ze me aan mijn kop zeuren. Ze willen naar huis met een trofee, dan kunnen ze die aan hun vrouw laten zien, want onder die mooie kleren van ze zijn het net grotbewoners. Nou ja, met een beetje geluk kan ik het een en ander schieten en sta ik morgenavond een paar hertenkoppen te koken,' zei hij met een knipoog.

'Zo kan-ie wel weer, Cal. Ik weet dat het nou eenmaal zo gaat en dat de hertenstand onder controle moet blijven, maar daarom hoef je het er nog niet in te wrijven.'

'Dan komt hier mijn tweede nieuwtje, om je weer een beetje op te beuren.'

'En dat is?'

'Nou, lassie, het schijnt dat de gastheer van het feestje hier – een zekere Zed – vandaag niet mee kon met de rondleiding, dus hij heeft voorgesteld dat als ik morgen de rest van het gezelschap met geweer en al op sleeptouw neem, jij hem een privérondleiding geeft.'

Ik trok een bedenkelijk gezicht. 'Hij kan toch beter een dag wachten, zodat hij met jou mee kan? Jij kent Kinnaird veel beter dan ik.'

'Volgens mij is hij meer geïnteresseerd in de gids dan in de flora en fauna. Hij wilde per se dat jij hem zou rondrijden.'

'En als ik dat niet wil?'

'Tig, waar zit je verstand? Het is maar een paar uur en we weten allebei dat de Laird een reputatie wil opbouwen van de gastheer die het zijn gasten in alles naar de zin maakt. Die man moet bulken van het geld. Wat hij voor die week huur voor die vriendjes van hem heeft betaald is meer dan jij en ik samen in een jaar verdienen. Bekijk het eens van de positieve kant, misschien heb je straks wel een miljardair aan de haak geslagen.'

'Leuk hoor.' Ik griste Cals bord weg voordat hij kon zien dat het bloed naar mijn wangen steeg.

'En doe je het? Beryl wil het weten.'

'Oké,' riep ik zuchtend vanuit de keuken terwijl ik de kraan openzette.

'Je kunt dat serveersterspakje van gisteravond aantrekken,' zei hij grinnikend.

'Zo is het genoeg, Cal, alsjeblieft!'

8

Zoals me was verzocht stond ik de volgende ochtend om tien uur bij de Lodge. Beryl was in de keuken bezig twee enorme zalmen te kruiden, die kennelijk voor het diner van die avond waren bestemd.

'Morgen, Tiggy,' zei ze met een gespannen glimlach. 'Klaar om de gids te spelen? Hij wacht op je in de grote zitkamer.'

'Als ik maar niet verdwaal, Beryl. Ik heb nog nooit zonder Cal naast me het hele landgoed rondgereden.'

'O, dat zal niet gebeuren. Bovendien heb je je walkietalkie bij je, voor het geval dat. In die mand daar zit een thermosfles met koffie en een blik shortbread.'

'Dank je.'

'Nou, je kunt maar beter gaan. En kom direct terug als het hard gaat sneeuwen.'

'Dat zal ik doen.'

Ik verliet de keuken en liep de gang door naar de grote zitkamer. Het stonk er naar alcohol en verschaalde sigarenrook. Zed zat voor de open haard, met een laptop op het lage tafeltje voor hem.

'Aha, ik zie dat mijn chauffeur is gearriveerd,' zei hij glimlachend. 'Dat is maar goed ook, want ik stond net op het punt mijn laptop uit het raam te smijten. De enige betrouwbare internetverbinding is in Beryls kantoortje, en ik zou niet graag haar territorium binnendringen.'

'Dat vindt ze vast geen probleem.'

'Interessante vrouw, iemand die je het niet te lastig moet maken, als je het mij vraagt,' merkte hij op. 'Ik betwijfel of ik haar goedkeuring wegdraag.' Hij stond op en liep naar me toe.

'O, dat doe je zeker, ze zei op oudejaarsavond nog tegen me dat ze je een echte heer vond.'

'Dan kent ze me nog niet.' Hij grinnikte toen hij de uitdrukking op mijn gezicht zag. 'Ik maakte maar een grapje, Tiggy. Oké, zullen we dan maar?'

We gingen naar buiten. Ik legde de walkietalkie en de mand met koffie en koek op de achterbank van Beryl en klom achter het stuur, en toen Zed zich naast me had geïnstalleerd liet ik hem zien hoe hij het passagiersportier moest dichttrekken.

'Volgens mij wordt het tijd dat de eigenaar in vervoer voor zijn gasten investeert,' zei hij toen we met veel gerammel op weg gingen. 'De dames kwamen gisteren met een pijnlijk achterste terug van hun rondleiding.'

'Dat staat beslist op zijn lijstje, maar zoals je weet heeft hij de Lodge nog maar net opengesteld voor gasten. Is alles tot nu toe wel comfortabel genoeg geweest?'

'Uiterst comfortabel, op deze auto na.' Hij keek me met een schuine blik aan. 'Jij bent taaier dan je eruitziet, hè?'

'Ik ben behoorlijk gewend aan het buitenleven, dat klopt.'

'En wat doet een meisje uit Zwitserland in de wildernis van Schotland?'

Ik vertelde dat zo summier mogelijk, terwijl ik Beryl voorzichtig de grootste glen in navigeerde. 'Kijk,' zei ik, en ik greep de verrekijker van de achterbank en reikte die aan, 'daarboven, tegen de heuvel, onder dat groepje bomen, daar zie je een kleine kudde hindes.'

Zed nam de verrekijker van me aan, volgde mijn wijsvinger en focuste zijn blik op het besneeuwde groepje bomen.

'Ja, ik zie ze.'

'Veel van die hindes zijn zwanger, dus die blijven uit de buurt van de mannetjes, die we straks aan de zuidkant van de glen zien. Die liggen zich in de zon te koesteren, terwijl de vrouwtjes in de schaduw liggen te bibberen.'

'Echt iets voor mannen, die zoeken het warmste plekje voor zichzelf uit,' zei Zed grinnikend, en gaf de verrekijker terug.

'Ik vrees dat er met al die sneeuw niet veel te zien is in deze tijd van het jaar. Je zou een keer 's zomers moeten terugkomen, als de glen tot leven is gekomen. Dan is het hier echt prachtig.'

'Dat kan ik me voorstellen, maar ik ben meer een stadsmens.'

'Waar woon je?'

'Ik heb onderkomens in New York, Londen en Zürich, en ik heb een boot liggen in Saint-Tropez, voor de zomer. Ik reis veel.'

'Je klinkt als een drukbezet mens.'

'Ja, vooral de afgelopen paar maanden waren hectisch.' Hij slaakte een diepe zucht. 'Is dit alles?' vroeg hij even later, toen we verder over het landgoed reden, waar niet veel te zien was doordat alles was bedekt onder sneeuw of ijs.

'Verderop in de glen staan de Schotse hooglanders, dat zijn grappige beesten. En als we geluk hebben, krijgen we misschien een steenarend te zien.'

'Of misschien ook niet. Ik denk dat ik genoeg heb gezien, Tiggy. Waar ik behoefte aan heb is een rustige lunch met een glas wijn bij een knisperend haardvuur. Weet je hier in de buurt een pub of restaurant?'

'Ik ben bang van niet. Sinds ik hier ben heb ik nog niet buiten de deur gegeten of gedronken, en bij Kinnaird is niets "in de buurt".'

'Dan maar terug naar het basiskamp, alsjeblieft. Ik zit hier te bevriezen. Als ik geweten had dat de auto geen verwarming had, had ik mijn skipak aangetrokken.'

'Oké.' Ik haalde mijn schouders op en keerde de Land Rover in een glibberige manoeuvre. 'Beryl kan vast wel iets voor je in elkaar flansen.'

'Ik zal eerlijk tegen je zijn, Tiggy, mijn belangstelling ging vandaag niet uit naar het landschap.'

Ik voelde zijn doordringende blik op me gericht terwijl ik over het gladde spoor op de weg terugreed en tot mijn grote ergernis voelde ik mijn wangen weer knalrood worden.

Bij de Lodge aangekomen liep ik achter Zed aan, die de keuken binnenmarcheerde en een verbaasde Beryl aansprak. Die was duidelijk net klaar met het geven van een lesje *pie* maken aan Alison, die het pasteitje in de door Beryl voorgeschreven vorm aan het kneden was en onder het meel zat.

'Het is gewoonweg te koud buiten, Beryl,' zei Zed. 'Bovendien heeft die Land Rover geen verwarming. Achteraf gezien hadden we mijn auto moeten nemen, maar daar is het nu te laat voor. Ik zou graag het vuur in de open haard aangestoken willen zien, en wat sandwiches voor ons tweeën in de grote zaal. O, en twee glazen van de cabernet sauvignon die ik heb meegenomen.'

'Ik moet eigenlijk weer aan het werk,' mompelde ik.

'Maar je kunt toch wel een korte lunchpauze nemen, Tiggy? Bovendien wil ik niet in mijn eentje eten.'

Ik wierp een wanhopige blik op Beryl, die me nadrukkelijk negeerde.

'Daar heeft u gelijk in, meneer. Gaat u maar naar de grote zitkamer, dan breng ik de sandwiches en de wijn. Neem jij meneer mee, Tiggy, en wil je dan de open haard aansteken? Ik ben er over een paar minuten.'

Dit was geen verzoek, dit was een bevel, dus nam ik Zed mee naar de grote zitkamer en volgde Beryls instructies op.

'Dit lijkt er meer op,' zei Zed, die zich in een stoel installeerde en zijn handen bij het vuur warmde. 'Jammer dat we geen bisschopswijn hebben. Ik heb graag een glas bij de lunch om op te warmen als ik de berg opga. Ski jij, Tiggy?'

'Ik ben Zwitserse, uiteraard ski ik.'

'Ik zou je graag eens meenemen naar een chalet in Klosters. De ultieme ski-ervaring: je skiet naar buiten en je skiet naar binnen, dan ben je met lunchtijd binnen en kan de chef met zijn Michelinster je verwennen met zijn superieure *veau scaloppini*. Waar ben je trouwens naar school gegaan?' vroeg hij plotseling.

Ik noemde de naam van mijn school, waarop Zed instemmend knikte. 'De beste. Je zult wel vloeiend Frans spreken.'

'Dat is mijn moedertaal, maar mijn zusjes en ik zijn ook in het Engels opgevoed. En jij?'

'Duits, maar ik heb vanaf de wieg ook Engels leren spreken, evenals Russisch en Frans. Ik hoor overal en nergens thuis, zoals ik ook overal huizen heb. Met andere woorden: ik ben een wereldbewoner, hét voorbeeld van de eenentwintigste-eeuwse mens,' verklaarde hij. Op dat moment kwam Alison binnen met een dienblad met een fles witte wijn en twee glazen.

'Zet daar maar neer,' zei hij op bevelende toon. 'We schenken het zelf in.'

Het meisje zei niets terug, maar maakte een merkwaardige beweging die waarschijnlijk een knicks moest voorstellen, en dribbelde de kamer uit.

Ik keek toe hoe Zed het etiket op de fles inspecteerde, een scheutje in zijn glas schonk, snoof, een slokje nam, goedkeurend knikte en vervolgens mijn glas volschonk.

'Perfect voor bij de lunch. Fris, knisperig, mooie neus, maar ook een pittige afdronk. Santé.'

'Santé.'

We tikten onze glazen tegen elkaar. Zed nam een flinke slok, ik nipte uit beleefdheid aan mijn glas, ik was niet gewend om te drinken bij de lunch. Ik zat wat in het vuur te staren en voelde weer zijn blik op me gefixeerd.

'Je ziet er niet echt Zwitsers uit, Tiggy.'

'Dat komt doordat ik net als mijn zussen geadopteerd ben.'

En weer dat vreemde knikje van herkenning. 'En waar kom je oorspronkelijk vandaan?'

'Spanje. Tenminste, dat denk ik. Mijn vader is vorig jaar overleden en in zijn brief die ik via zijn advocaat kreeg schreef hij dat hij me daar had gevonden.'

'Je bent een heel bijzondere vrouw, Tiggy.' Zijn groene ogen schitterden in het licht van de open haard. 'Veel van die meisjes op zo'n dure Zwitserse kostschool zullen rijke prinsesjes zijn geweest, maar jij… jij bent dat beslist niet.'

'Volgens mij is geen van mijn zusjes zo opgevoed.'

'Ook al kreeg je altijd het beste van het beste?'

'We hebben een heel bevoorrecht bestaan geleid, dat klopt, maar ons is wel altijd de waarde van dingen bijgebracht, en we hebben geleerd wat werkelijk belangrijk is in het leven.'

'En dat is?' vroeg hij, terwijl hij zijn glas weer volschonk en het mijne bijvulde, wat niet echt nodig was.

'Een goed mens zijn, daar komt het op neer. Nooit iemand beoordelen op basis van zijn of haar positie, want, zoals Pa altijd zei, het leven is een loterij, sommige mensen winnen en sommige mensen verliezen.'

'Daar ben ik het in principe uiteraard mee eens,' antwoordde Zed met een knikje, terwijl hij me met die priemende blik bleef aanstaren. 'Anderzijds, ergens voor moeten vechten, wat weten jij en ik daar nu eigenlijk van? Ik heb mijn leven lang over geld kunnen beschikken, net als jij. Of we dat nu prettig vinden of niet, we hebben altijd de zekerheid van een vangnet gehad, dat ons beschermt als we vallen. Dus we kunnen dan wel leven alsof we niets hebben, de angst die werkelijke armoede veroorzaakt zullen we nooit echt kennen.'

'Dat is zo, maar we kunnen op zijn minst empathie tonen, en dankbaar zijn, en onze bevoorrechte positie gebruiken om goed te doen,' was mijn repliek.

'Ik bewonder je altruïsme. Bovendien breng je het in de praktijk door hier te werken en voor de dieren te zorgen, waarschijnlijk ook nog voor een grijpstuiver.'

'Yep,' beaamde ik.

'Ik moet je waarschuwen, Tiggy, dat je goede bedoelingen onderweg zoek kunnen raken.'

'Dat zal nooit gebeuren,' zei ik resoluut.

'Zo, dus jij bent het zich opofferende, sober levende geitenwollensokkentype?' Hij nam een slok wijn en bleef me maar aanstaren.

'Helemaal niet! Ik doe werk waar ik van houd op een plek waar ik van houd, dat is mijn enige drijfveer, en schuldgevoel heb ik totaal niet. Ik leef van wat ik verdien, en dat is het.' Ik kreeg het gevoel dat hij me iets wilde laten toegeven wat totaal niet bestond. 'Ik ben gewoon... wie ik ben,' zei ik schouderophalend.

'Misschien vind ik je daarom juist zo fascinerend.'

Ik zag zijn hand slinks mijn kant opgaan, maar goddank werd er hard op de deur geklopt. Ik stond op om open te doen.

'Jullie lunch,' zei Beryl, die met een dienblad in haar handen binnenkwam, naar het tafeltje voor de open haard beende en het blad neerzette.

'Fijn, dank je wel,' zei ik.

'Ja, dank je, Beryl.' Zed glimlachte naar haar. 'Heel aardig van je, en het spijt me bijzonder dat ik je dagschema in de war heb gebracht.'

'Dat is geen enkel probleem, meneer, daar ben ik hier voor. Wilt u dat ik de sandwiches serveer?'

'Nee, dat zal Tiggy en mij vast wel lukken. Ik moet jou – en de Laird – complimenteren voor jullie uitstekende keuze op het gebied van personeel,' zei hij, met een knikje in mijn richting. 'Tiggy en ik hebben veel gemeen.'

'Als u tevreden bent, ben ik het ook,' antwoordde Beryl diplomatiek. 'Eet smakelijk,' zei ze en ging de kamer uit.

Zed glimlachte. 'Zij doet zich ook anders voor dan ze is.'

'Een sandwich?' Ik legde er een op een bord en reikte het hem aan.

'Graag.'

'En wat doe jíj eigenlijk?' vroeg ik.

‘Ik run een groot communicatiebedrijf.’

‘O. Ik heb geen idee wat ik me daarbij moet voorstellen.’

‘Dat heb ik soms zelf ook,’ grinnikte Zed. ‘Zie het maar als een paraplu waaronder televisie, internet, mobiele telefoons en satellieten vallen, dat wil zeggen alles wat het menselijk ras in staat stelt om te communiceren.’

‘Je bent zakenman?’

‘Klopt.’ Hij nam een grote hap van zijn garnalensandwich en knikte bevestigend. ‘Ik moet bekennen dat mijn verblijf hier de laatste dagen me heeft doen beseffen hoezeer ik aan een pauze toe was. Het grootste deel van mijn leven ben ik onderweg en vlieg ik van hot naar her de wereld over.’

‘Klinkt opwindend.’

‘Van buitenaf kan alles opwindend lijken, totdat je er zelf middenin zit. Snelle wagens, eersteklas reizen, de beste hotels, wijnen, maaltijden… maar na een tijdje wordt het allemaal gewoon.’ Hij wees naar het uitzicht op de bergen. ‘Maar als je hier bent, ga je de dingen wel in perspectief zien, nietwaar?’

‘Ja, zoiets kan gebeuren als je in de natuur bent. Ik woon hier permanent, dus ik zie heel wat perspectief,’ zei ik vriendelijk glimlachend. ‘Ik neem de dag zoals hij komt, probeer in het nu te leven en ervan te genieten.’

‘Mindfulness,’ mompelde Zed. ‘Een levenscoach heeft me daar ooit eens een boek over laten lezen. Het is beslist niet iets wat me makkelijk afgaat. Maar hoe zou dat ook kunnen als je de ene dag in het vliegtuig stapt en de volgende dag in een ander land uitstapt? Ik moet daar mee aan de slag, me met de toekomst bezighouden en niet in een waas van goede voornemens blijven hangen.’

‘Maar je leefstijl is toch je eigen keus?’

‘Ja, dat is zo.’ Hij keek me aan alsof ik hem de sleutel tot het leven zelf had aangereikt. ‘Ik bedoel, ik heb geld genoeg, ik zou het bedrijf kunnen verkopen en… gewoon ophouden met werken.’

‘Dat kun je doen.’ Ik keek op mijn horloge. ‘Nou, ik moet nu echt weg, ik heb nog wat werk te doen.’

‘Moet dat echt? Je hebt je wijn nauwelijks aangeraakt.’

‘Ik wil niet achter het stuur in slaap vallen. Ik hoop dat de tour vanochtend niet al te teleurstellend was.’

'O nee, niet in het minst.' Hij bekeek me weer toen ik opstond en naar de deur liep.

'Tiggy?'

'Ja?'

'Morgen vertrek ik, maar mag ik zeggen dat het een genoegen was je te ontmoeten?'

'Wederzijds,' zei ik. 'Tot ziens.'

'Tot ziens.'

'Je hebt het druk gehad, kleine Hotchiwitchi. Ik ruik een man,' zei Chilly, toen ik later op de dag zijn lunch in zijn tinnen kom overschepte.

'Alsjeblieft,' zei ik, zijn opmerking negerend, en ik zette zijn kom op het tafeltje naast hem.

'Pas op met die man, hij is niet wat-ie lijkt.' Chilly zweeg even, hield zijn hoofd schuin, bekeek me eens kritisch. 'Of misschien juist wél,' zei hij met een kakellachje. 'Ruik je gevaar, Hotchiwitchi? Zou wel moeten.'

'Is dat zo? Volgens mij ruik ik helemaal niks. Ik ken hem nauwelijks.' Ik raakte al gewend aan Chilly's dramatische uitspraken die nergens op sloegen, maar ik vond het wel interessant dat hij de aanwezigheid van een man had aangevoeld. En ook het enigszins ongemakkelijke gevoel dat ik, als ik eerlijk tegenover mezelf was, in Zeds aanwezigheid had gehad.

'Zo, en nou hier gaan zitten en vertellen wat je pappie heeft gezegd over waar je vandaan komt,' zei hij toen ik een kop van zijn altijd walgelijk sterke koffie naast hem neerzette.

'Nou, hij zei dat ik naar een stad genaamd Granada moest gaan, daar ligt tegenover het Alhambra een wijk die Sacromonte heet. En daar moet ik op een blauwe deur kloppen en naar een zekere Angelina vragen.'

Ik dacht even dat Chilly een soort beroerte kreeg, want hij klapte dubbel en maakte rare geluiden. Maar toen hij weer rechtop ging zitten zag ik dat de tranen over zijn wangen stroomden, maar ik kon uit zijn uitdrukking niet opmaken of hij lachte of huilde.

'Wat? Wat is er?'

Hij zei binnensmonds iets in het Spaans en veegde in een fel gebaar zijn tranen weg met zijn vuisten.

'Wat? Wat is er?'

'De wind heeft jou hierheen geblazen. Na al die jaren ben je hier, zoals was voorspeld.'

'Wat was je voorspeld?'

'Dat jij hier zou komen en dat ik je naar huis breng. Ja, kleine Hotchiwitchi, jij bent geboren in een grot in Sacromonte, en ik wist het al...' zei hij, hartstochtelijk knikkend. 'De zeven grotten van Sacromonte... Sacromonte...'

Steeds maar weer herhaalde hij dat woord, zijn uitgemergelde bovenlichaam wiegend, zijn armen om zijn borst geklemd. Ik voelde me plotseling heel raar en bibberig, want ik herinnerde me de beelden waarin ik werd opgetild en steeds dichter bij het plafond van een grot kwam.

'Dat is... jouw thuis,' fluisterde Chilly. 'Waarom bang zijn? Familie herkent elkaar, jij bent hierheen gestuurd. Ik help je, Hotchiwitchi.'

'Die buurt... Sacromonte, waarom is die zo bijzonder?'

'Omdat het ónze plek is. Een plek die bij ons hoort.' Hij priemde met zijn wijsvinger naar het koperen ledikant. 'En ook dáárom.'

Ik keek naar het bed, maar kon behalve een felgekleurde gehaakte deken niets bijzonders ontdekken.

'Dát, meisje.' Hij verhuisde zijn wijsvinger naar een gitaar die tegen de muur stond. 'Breng eens hier, dan laat ik het zien,' commandeerde hij.

Ik pakte de gitaar en legde die in zijn gespreide armen. Hij streelde het instrument bijna zoals een moeder haar kind streelt. Het was een oude gitaar, met andere verhoudingen dan die ik kende. Het donkere hout was hoogglanzend gepoetst, de rand om het klankgat was ingelegd met matglanzend parelmoer.

Chilly's kromgetrokken vingers klemden zich rond de hals van de gitaar. Hij trok het instrument voor zijn borst en zwiepte met zijn vingers over de snaren, en de rokerige ruimte vulde zich met holle dissonanten. Hij gaf nog een zwiep, friemelde aan de snaren, testte met één hand het geluid en regelde met zijn andere hand moeizaam de spanning van de snaren.

'¡*Ahora*!' zei hij, na nog één keer losjes tokkelen. Zijn gelaarsde voet tikte een gestaag ritme, zijn vingers gleden over de snaren, zijn voet stampte sneller en sneller. De intense vreugde van de muziek leek zijn handen te bevrijden van de reuma, zijn vingers gingen steeds sneller, ze volgden het tempo dat zijn voet aangaf, tot de hut zich vulde met de dwingende cadansen van een onmiskenbaar en uniek geluid.

Flamenco.

En toen begon Chilly te zingen. Met een gebarsten stem, een stem die even vermoeid en versleten was als de snaren waarop hij zo vingervlug tokkelde. Langzaam maar zeker loste het slijm dat zich na jaren pijproken had verzameld op en kwam er een diepe, sonore stem tevoorschijn.

Ik deed mijn ogen dicht, mijn voet tikte met de maat mee. De hut vulde zich met het ritme van de muziek, een ritme dat ik zo goed als mezelf kende, en door die eindeloze, steeds maar weer herhaalde beat voelde ik een onweerstaanbare drang om op te staan en te dansen.

Mijn armen gingen uit zichzelf omhoog, ik stond op, mijn lichaam en ziel reageerden op de fantastische muziek die Chilly liet horen, en door een magische kracht binnen in me wisten mijn handen en voeten precies wat ze moesten doen. Ik danste.

Nog een laatste klap op de snaren, een '*¡Olé!*' van Chilly, en toen was het stil.

Nog buiten adem van inspanning opende ik mijn ogen. Zwaar hijgend zat Chilly over zijn gitaar gebogen.

'Chilly, gaat het?'

Ik voelde zijn pols, die snel maar regelmatig was.

'Zal ik wat water voor je halen?'

Eindelijk tilde hij zijn hoofd een beetje op en keek me met een heldere blik aan.

'Nee, Hotchiwitchi, je mag wat whisky voor me halen,' zei hij grinnikend.

9

Toen ik wakker werd de volgende ochtend bedacht ik hoe bijzonder de vorige dag was geweest. Ik realiseerde me dat mijn bezoekjes aan Chilly inmiddels een onwerkelijk karakter kregen, en wat Zed betreft: ik had niet eerder meegemaakt dat ik zo veel aandacht en complimentjes kreeg van een man; ik wist niet goed hoe ik daarop moest reageren. Hij was beslist fysiek aantrekkelijk, maar er was iets met die man, en dan dat vreemde, familiaire gedrag van hem... Ik kon er maar niet de vinger op leggen.

'Het lijkt wel of hij me kent,' fluisterde ik tegen mezelf. Een van mijn grote problemen was dat ik vrij naïef was waar het mannen betrof. Ik had maar een paar relaties gehad, waar ik elke keer met het volste vertrouwen in was gestapt, met als gevolg dat ik meer dan eens was bedrogen. Ik had dan ook besloten een volgende aanbidder ruimschoots vóór het hand-in-handstadium aan een aantal diepte-interviews te onderwerpen. Ik was voor frigide uitgemaakt omdat ik had geweigerd een paar seconden na een ontmoeting met iemand het bed in te duiken. Het kon me niet schelen. Liever uitgescholden worden voor frigide dan de volgende ochtend walgend van mezelf wakker worden. Ik was gewoon niet geschikt voor onenightstands, ik zag meer in 'liefde voor altijd', en zo was het nu eenmaal.

Ik ging de helling af naar het kattenverblijf en gooide hun ontbijt in hun hokken. Ik keek omhoog naar drie van de katten die zich in de zon hadden geïnstalleerd en genoot van de warmte op mijn gezicht. Na een tijdje tegen de katten te hebben gebabbeld beklom ik de helling, liep naar de Lodge en ging door de achterdeur naar binnen.

'Beryl?' riep ik vanuit de gang.

Ze was niet op haar vaste plek in de keuken, maar uit de braadpannen in de gootsteen en de geur van bacon leidde ik af dat er een warm ontbijt werd geserveerd. Ik pakte alvast Chilly's lunch uit de koelkast en liep de gang weer in.

Ze was waarschijnlijk boven bedden aan het verschonen, dus ik besloot om 's middags terug te komen en te vragen of ik haar computer mocht gebruiken om de zeven grotten van Sacromonte op te zoeken.

Net toen ik wilde vertrekken hoorde ik een stem achter me. 'Tiggy.'

'Hoi Beryl.' Ik draaide me om. 'Je zult wel opgelucht zijn dat iedereen weg is en de rust is weergekeerd,' zei ik.

'Ja, zo stond het er gisteravond voor, maar...' Ze dempte haar stem. '... toen ik vanochtend wakker werd was er een e-mail van de Laird. Zed heeft kennelijk besloten om hier voorlopig te blijven. De andere gasten zijn vertrokken, maar hij is er nog en houdt al een tijd mijn kantoortje bezet.'

'Zed heeft besloten om te blijven?' vroeg ik suf.

'Ja, het schijnt dat hij een sabbatical wil nemen, even een tijdje weg van alles, aldus de Laird.'

'O god.' Ik fluisterde het meer tegen mezelf dan tegen Beryl. 'Nou, dan kom ik een andere keer wel vragen of ik mag internetten.'

'Trouwens,' zei Beryl toen ik al bij de deur was, 'Zed zei vanochtend dat zijn besluit om te blijven te maken had met iets wat jij gisteren tegen hem hebt gezegd.'

'Is dat zo? Geen flauw idee wat dat kan zijn. Nou, ik ben naar Chilly. Tot ziens.'

Onderweg naar Chilly vroeg ik me af wat ik ervan vond dat Zed langer bleef, en dat veroorzaakte een vaag, onrustig gevoel in mijn buik.

'Vroeg, jij,' mompelde Chilly toen ik aanklopte en mezelf binnenliet. Hoe hij dat wist was me een raadsel, want een klok had Chilly niet.

'Ik maakte me zorgen om je na gisteren, daarom kom ik even kijken of het wel goed met je gaat.'

'Geen zorgen, meisje. Gisteren mijn beste dag in jaren.'

'Chilly, die buurt, Sacromonte, die grotten, ben jij daar óók geboren?'

'Nee, ik ben Catalaan, geboren op het strand in Barcelona, onder een wagen.'

'Maar hoe weet je dat dan van Sacromonte?'

'Mijn overgrootmoeder is daar geboren. Ze was een heel sterke bruja. Neven, nichten, tantes, ooms... Heel veel familie daarvandaan.'

'Wat is een bruja?'

'Een wijze vrouw, iemand die dingen ziet. Micaela, ze heeft jouw grootmoeder ter wereld gebracht. Zij vertelde me dat jij zou komen. En dat ik je naar huis zou sturen. Ik was ietepietig jochie en speelde gitaar voor jouw grootmoeder. Zij werd heel beroemd.'

'Waarmee?'

'Dansen natuurlijk! Flamenco!' Hij begon met zijn handen een ritme te klappen. 'Zit in ons bloed.' Hij pakte zijn pijp en stak hem weer aan. 'We waren in Sacromonte bij het grote feest in het Alhambra. Zij een kind, net als ik.' Chilly kakelde verrukt. 'Na vijfentachtig jaar wachten ik denk Micaela vergist zich, dat jij niet zou komen, maar hier jij bent.'

'Maar hoe weet je dat ik het echt ben?'

'Ook als jouw *papá* geen brief had geschreven, ik zou het weten.'

'Hoe dan?'

'Ha ha ha!' Chilly klapte in zijn handen en sloeg met zijn vuist tegen de zijkant van zijn stoel. Hij deed me denken aan Repelsteeltje, en het had me niks verbaasd als hij was opgestaan en een gek dansje rond een kookpot had uitgevoerd.

'Wat is er?'

'Jij hebt haar ogen, haar gratie, maar jij bent knap! Zij was lelijk, behalve als ze danste. Dan was ze mooi.' Hij wees naar het oude koperen ledikant. 'Daaronder alsjeblieft, pak de trommel en ik laat je je grootmoeder zien.'

Ik stond op om zijn bevel op te volgen. Wat een belachelijke situatie, dacht ik, ik zit hier in de ijskoude wildernis van Schotland bij een stokoude maffe zigeuner, die me vertelt dat mijn komst hier is voorspeld. Ik ging op mijn knieën voor het bed zitten en haalde een roestige koekjestrommel tevoorschijn.

'Ik laat je zien.'

Ik legde het blik op zijn schoot en met veel moeite trok hij met zijn reumatische vingers het deksel los. Toen het openging vielen er zwartwitfoto's op zijn knieën en op de grond. Ik raapte de foto's op en gaf ze aan hem.

'Nou, dit is mij. Ik heb in La Estampa in Barcelona gespeeld... Ik was knap, sí?'

Ik bestudeerde de foto en zag een Chilly van zo'n zeventig jaar geleden, met donker haar, en onder het traditionele overhemd met ruches een soepel lijf. Hij hield zijn gitaar tegen zijn borst geklemd en richtte zijn blik op de vrouw die voor hem stond, in een flamencojurk, armen boven haar hoofd, een enorme bloem in haar glanzende donkere haar.

'Jeetje, wat is ze mooi! Is dat mijn grootmoeder?'

'Nee, dat was mijn vrouw, Rosalba. Ja, ze was *muy linda*... zó mooi! We zijn met eenentwintig getrouwd... De andere helft van mijn hart,' zei Chilly, en greep naar zijn borst.

'Waar is ze nu?'

Chilly's uitdrukking werd somber, hij keek omlaag. 'Ze is niet meer. Verdwenen in burgeroorlog. Slechte tijd, Hotchiwitchi. De duivel kwam in hart en ziel van onze eigen mensen.'

'Chilly, wat naar voor je.'

'Dat is het leven,' fluisterde hij, terwijl hij met zijn vieze duim het gezicht van zijn arme vrouw streelde. 'Ze praat nog met me, maar haar stem is zwakker want ze reist steeds verder weg.'

'Ging je daarom weg uit Spanje? Ik bedoel, nadat je je familie had verloren?'

'Sí. Daar niets meer voor mij, dus ik ging verder, beter het verleden achter je laten.'

'En toen kwam je hier terecht.'

'Na heel veel reizen in Engeland, ja.' Hij had zijn aandacht weer bij de stapel foto's, en wat niet belangrijk was belandde weer op de grond. Ik raapte ze weer op, foto's van gitaristen en dansers in allerlei bars en clubs, maar wat al die foto's gemeen hadden was de extase op het gezicht van elke kunstenaar, voor altijd vastgelegd.

'¡*Aquí*! Dit is ze.'

Chilly wenkte me dichterbij en ik zag de zoveelste foto van een flamencovoorstelling. Op de voorgrond was een kleine danseres te zien, met haar handen boven haar hoofd, maar in plaats van de traditionele sierlijk vallende flamencojurk droeg ze een strakke broek en een gilet. Ze had een bleke huid, zwart haar, sluik van de olie, en midden op haar voorhoofd een krul.

'La Candela! De vlam die brandt in het hart van al onze mensen. Zie je dat, Hotchiwitchi? Kijk naar haar ogen... Jóúw ogen.'

Ik tuurde naar de ogen van deze kleine vrouw, maar het was een zwart-witfoto, dus die stipjes hadden evengoed blauw of groen kunnen zijn.

'Dat is ze! Lucía Amaya Albaycín, jouw *abuela*, La Candela, de beroemdste danseres uit haar tijd. Ze was geboren in Sacromonte en Micaela's handen hebben haar verlost...'

En opnieuw zag ik een flits flikkerend kaarslicht tegen een witgepleisterd, ovaal plafond, terwijl ik werd opgetild...

'Zo, Hotchiwitchi, ik ga je het verhaal van je familie vertellen. We beginnen in 1912, het geboortejaar van jouw grootmoeder, Lucía...'

MARÍA

SACROMONTE, GRANADA, SPANJE

MEI 1912

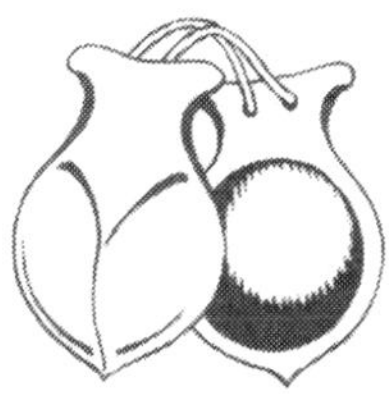

Spaanse castagnetten (*castañuelas*)
Een percussie-instrument dat wordt gebruikt bij het dansen van de *zambra*, de *seguiriyas* of de *Sevillana*, in de flamencostijl.

10

Het was buiten griezelig stil, alsof zelfs de vogels in de olijfbosjes onderaan de steile kronkelpaden tussen de grotten hun adem inhielden. Het gekreun van María echode tegen de wanden van de grot en werd versterkt door de ongewone stilte.

'Waar ís iedereen?' vroeg ze Micaela.

'Op de bruiloft van Paco en Felicia, weet je nog?' antwoordde Micaela. De bruja had haar lange zwarte haar in een praktisch knotje getrokken, een vreemd contrast met de elegante jurk met ruches.

'O ja, natuurlijk...' mompelde María, terwijl Micaela een koele doek op haar bezwete voorhoofd legde.

'Nog even, *querida*, maar je moet nóg een keer persen. De baby heeft je hulp nodig.'

'Ik kán het niet,' kreunde María, terwijl er weer een wee door haar lichaam trok. 'Ik ben uitgeput.'

Micaela hield haar hoofd schuin. 'Luister, María,' zei ze. 'Hoor je dat? Ze gaan de *alboreás* dansen. Luister naar het ritme en pérs!'

María hoorde het langzame, regelmatige slaan op de *cajón*, de traditionele handtrommel, en wist dat het ritme al snel in een extatische explosie zou ontladen. De gitaren kwamen erbij, en toen de dans begon trilde de vloer onder de twee vrouwen van het gestamp van honderd voeten.

'¡*Dios mío*!' krijste ze. 'Dit kind wordt mijn dood!' Ze begon weer te kreunen terwijl de baby zich verder een weg door haar lichaam duwde.

'Het kindje wil eruit, het wil dansen, net als zijn *mamá*. Luister, ze zijn voor jullie tweeën aan het zingen. Het is de *alba*, het begin van een nieuw leven!'

Op het moment dat de lucht zich vulde met de glorieuze klanken van de flamencogitaar en de alboreás zijn hoogtepunt naderde, maakte de baby haar entree in de wereld.

'Het is een meisje,' zei Micaela, terwijl ze met een mes de navelstreng doorsneed en handig de nageboorte wegwerkte. 'Ze is heel klein, maar ze lijkt gezond.' Ze draaide de baby om en gaf een paar tikken op de minuscule billetjes. De baby opende met een zacht kuchje haar mondje en zette het vervolgens op een krijsen.

'Hier,' zei Micaela, terwijl ze behendig het kind in een doek wikkelde alsof ze een stuk vlees inpakte. 'Helemaal van jou. Moge de Maagd haar zegenen met gezondheid en geluk.'

'Amen.' María keek neer op het kleine gezichtje. De grote ogen, de volle lippen en het mopsneusje leken haar veel te groot in verhouding tot het kleine hoofdje. De handjes waren tot vuistjes gebald en stompten boos in de lucht terwijl de longetjes op volle kracht werkten. Twee resolute voetjes trapten zich los uit het laken en voegden zich bij de armpjes in hun eerste verkenning van de vrijheid nadat ze uit de moederschoot waren bevrijd.

'Een kind met temperament. Ze heeft de kracht, de *duende*, ik voel het.' Micaela knikte in de richting van de baby terwijl ze María een paar lappen gaf om het bloeden te stelpen, en waste haar handen in de al bloederige waskom. 'Ik laat jullie hier, dan kunnen jullie elkaar leren kennen. Ik zal tegen José zeggen dat hij een dochter heeft, en ik weet zeker dat hij dan snel terugkomt van het feest om haar te zien.'

Micaela vertrok. María zuchtte en klemde de baby tegen haar borst om het gekrijs te stoppen. Geen wonder dat de bruja zo'n haast had met de bevalling, heel Sacromonte was present op de bruiloft waar iedereen al maanden naar uitkeek. De bruid was de kleindochter van wijlen Chorrojumo, de zigeunerkoning. De brandewijn zou rijkelijk vloeien op een feest dat een koning waardig was. María wist dat haar man nog eerder naakt op zijn muilezel door de straten van Granada zou rijden dan dat hij wegliep van het feest om zijn vrouw en pasgeboren dochtertje te zien.

'We moeten het samen rooien, kleintje,' fluisterde ze toen de baby eindelijk rustig lag te sabbelen en de stilte weer neerdaalde in de grot. 'Je hebt pech, je bent als meisje geboren.' Ze snakte naar water en met de baby tegen zich aan geklemd stommelde ze uit bed. Micaela was zó overhaast vertrokken dat ze de mok van haar patiënt niet had bijgevuld. Duizelig van de dorst en de inspanning liep María naar de keuken. Ze greep de kan met water, bracht die naar haar mond en dronk. Ze keek naar buiten door de kleine opening die uit de voorkant van de grot was gehouwen. Het was een prachtige, heldere avond, met fonkelende sterren die een volmaakte wassende maan omlijstten.

'Licht,' fluisterde ze, en ze drukte een kus op het donzige kruintje van haar baby. 'Ik noem je Lucía, kleintje.'

Met de baby in één arm geklemd en de waterkan in haar andere hand ging María terug naar bed, waar ze eindelijk, doezelig geworden door het verre ritme van de flamencogitaren, in een uitgeputte slaap viel.

Tien jaar later, 1922

'Waar heb jij gezeten, ondeugend kind?' María stond met haar handen op haar heupen voor de grot van de familie Albaycín. 'Alicia zei tegen haar mamá dat je vandaag alweer niet op school was.'

'Alicia is een valse stiekemerd en ze moet zich met haar eigen zaken bemoeien.' Lucía's ogen flitsten van woede.

María zag dat haar dochter haar houding na-aapte en met haar handen op haar smalle heupjes stond.

'Niet zo brutaal, *pequeña*! Ik weet waar je bent geweest. Tomás heeft je bij de fontein zien dansen voor muntjes.'

'Nou en? Er moet hier toch íémand geld verdienen?' Lucía drukte een paar peseta's in María's hand en beende met een ruk van haar lange zwarte haar langs haar moeder de grot in.

María keek naar het geld in haar hand. Het was voldoende om groenten te kopen op de markt, en zelfs nog een bloedworst voor José's avondeten. Maar dat maakte de brutale houding van het kind niet goed. Haar tien jaar oude dochter ging haar eigen gang en trok zich niets aan van anderen. Als je dat tengere postuurtje zag schatte je haar hoogstens zes, maar dat fragiele omhulsel bevatte een licht ontvlambare en temperamentvolle persoonlijkheid, die volgens haar vader alleen maar bevorderlijk was voor haar uitzonderlijke flamencotalent.

'Ze is geboren bij de klanken van de alboreás! De geest van de duende leeft in haar,' zei José die avond, toen hij zijn dochter op de muilezel hees om haar mee te nemen naar het centrale plein van de stad, waar ze op de klanken van zijn gitaar zou dansen. José wist dat de stampende voetjes en het gedraai van zijn dochter drie keer zo veel opleverden als de fooien die hij zelf meestal kreeg in de omringende bars.

'Niet te laat terugkomen!' riep María haar man na, toen de muilezel over het kronkelige pad naar beneden klikklakte. Ze ging weer op haar hurken op de stoffige, harde aarde voor de grot zitten en ging verder met haar werk, het weven van manden van espartogras, dat sinds de oogst had liggen te drogen. Ze leunde even met haar hoofd tegen de wand en genoot van de milde warmte van de zon op haar gezicht. Als ze haar ogen opendeed en omlaagkeek zag ze in het dal onder haar de Darro stromen, gezwollen door de voorjaarsdooi in de Sierra Nevada. Aan de overkant van de vallei, hoog boven haar, zag ze het Alhambra, dat met zijn eeuwenoude torens, oprijzend uit het donkere geboomte, door de ondergaande zon in een warmoranje gloed werd gezet.

'We leven nauwelijks beter dan ezels, maar we kunnen in elk geval genieten van schoonheid,' prevelde ze voor zich uit. Toen ze daar zo zat te werken voelde ze een kalmte over zich komen, ondanks de permanente angst dat José Lucía gebruikte om de kost voor het gezin te verdienen. Hij was te lui om een gewone baan te nemen en vertrouwde liever op zijn kostbare gitaar en het talent van zijn dochter. Soms kregen ze een aanbod van een rijke *payo*, een niet-zigeuner, om in een van die grote huizen in Granada op te treden. Dat had Lucía alleen maar gesterkt in haar illusies van grootsheid, ze begreep niet dat payos uit een andere wereld kwamen, een wereld die zo onbereikbaar was dat ze niet eens hoefde te hopen dat ze die ooit zou betreden.

Maar Lucía scheen het heerlijk te vinden. María kon zich niet anders herinneren dan dat haar dochtertje een of ander ritme aan het slaan was. Al toen ze nog maar een hummeltje was en in haar kinderstoel met haar metalen lepel zat te eten, was ze constant met haar voetjes aan het roffelen. Het kind zat geen moment stil. María herinnerde zich nog goed de keer dat Lucía, nog geen negen maanden oud, zichzelf aan een tafelpoot omhooghees en zonder hulp haar eerste wankele stapjes deed. Het was alsof er een breekbaar porseleinen popje opstond en ging lopen. Als María haar mee naar buiten nam, deinsden de inwoners van Sacromonte angstig terug.

'Een duivelskind,' hoorde ze een buurvrouw eens tegen haar man fluisteren, en eerlijk gezegd was die gedachte ook weleens bij María opgekomen als haar oren voor de zoveelste keer tuitten van Lucía's driftbuien. Wanhopig zoekend naar wat rust had María uiteindelijk ontdekt dat het enige wat haar dochter stil kreeg de flamencogitaar van haar vader was. Als hij speelde, klapte en stampte ze met haar voetjes mee. En toen María een keer ter voorbereiding op een *fiësta* haar *alegrías* aan het oefenen was, keek ze omlaag en zag ze dat het poppige postuurtje van haar tweejarige dochtertje haar bewegingen imiteerde. Met dat trots geheven kinnetje, de handjes die sierlijk langs het lijfje bewogen en de driftig stampende voetjes had Lucía de essentie van de dans begrepen.

'Díos mio,' had José, zijn vrouw stomverbaasd aankijkend, gefluisterd. 'Wil jij net als je mamá leren dansen, querida?' vroeg hij aan het kind.

Lucía had haar vader met haar doordringende blik aangekeken. 'Sí, papá, ik dáns!'

Acht jaar na dat moment bestond er geen enkele twijfel dat Lucía met haar wonderbaarlijke gave María's talent als flamencokunstenares – ze werd als een van de besten in Sacromonte beschouwd – had overtroffen. Lucía kon zo veel roffels per minuut produceren dat María ze ondanks de smeekbeden van haar dochter niet kon tellen. Haar *braceo*, de kunst om de armen steeds in de juiste positie te plaatsen, was vrijwel foutloos. Maar bovenal straalde er uit Lucía's ogen een licht dat werd gevoed door een innerlijke, onzichtbare vlam, wat haar dans naar een hoger niveau bracht.

Op de meeste avonden, als er witte rookpluimen uit de schoorsteen van de talloze grotten kwamen, zinderde het op de Sacromonte van het getokkel van gitaren, de diepe mannenstemmen van de *cantaors*, en het geklap en gestamp van de dansers. Het maakte niet uit dat de meeste bewoners van de berg arm waren en honger leden, ze wisten dat de geest van de flamenco hen erbovenop zou helpen.

En meer dan wie ook was Lucía de belichaming van die geest. Als ze met de rest van het dorp danste op een fiësta in een van de grote gemeenschappelijke grotten die voor dat soort evenementen waren bestemd, bleven de andere dansers staan en verbaasden en verwonderden ze zich over de duende die Lucía bezat. Het was een kracht die je niet kon verklaren, een kracht die rechtstreeks uit de ziel kwam, die de toeschouwer hypnotiseerde omdat hij het hele scala aan menselijke emoties omvatte.

'Ze is te jong om te weten dat ze hem heeft,' zei José op een avond, nadat Lucía had gedanst voor een groep toeschouwers die zich voor hun grot had verzameld. Ze waren afgekomen op de stampende voeten en de flitsende ogen van een kind dat werkelijk bezeten leek. 'Dat maakt haar extra bijzonder.'

'Mamá, kan ik je helpen met de manden?' vroeg Lucía haar een paar dagen later.

'Als je daar met je drukke bestaan tijd voor hebt, ja,' zei María glimlachend, ze gaf een tikje naast zich op het stoepje en gaf haar dochter een bosje espartogras. Zo zaten ze een tijdje te werken, maar María werd op zeker moment overvallen door vermoeidheid, haar vingers gingen steeds langzamer. Ze was om vijf uur opgestaan om in de aangrenzende grot die als stal diende, de muilezel, de kippen en de geiten te voeren. Vervolgens had ze een vuurtje aangelegd onder de ijzeren kookpot om haar man en vier kinderen een schraal ontbijt van maïspap te kunnen voorzetten. En doordat ze ook nog water had gehaald uit de grote reservoirs onderaan de Sacromonte en het langs de steile, met hobbelige keitjes geplaveide steegjes van het dorp naar boven had moeten slepen, had ze pijn in haar rug.

Maar nu had ze tenminste dat zeldzame, vredige gevoel, zoals ze hier, met haar dochtertje naast zich, rustig zat te werken. Want ze had zó vaak omhooggekeken naar het majestueuze Alhambra, dat met zijn grootsheid en zijn vorstelijke locatie symbool stond voor het onrecht dat ze in haar leven onderging, een leven van permanente strijd. Tegelijkertijd voelde ze zich getroost omdat ze tussen haar eigen volk woonde, die kleine gemeenschap die verscholen tegen de berghelling leefde. *Gitanos* waren ze, Spaanse zigeuners, wier voorouders buiten de stadsmuren van Granada waren verbannen, zodat ze zich gedwongen zagen om in het meedogenloze gesteente van de berg een thuis voor zichzelf uit te houwen. Ze waren de armsten der armen, de minsten van de minsten, het volk waarop payos minachtend en vol wantrouwen neerkeken. Die kwamen alleen naar de gitanos voor hun dans, hun ijzerhandeltje, of voor brujas als Micaela, de medicijnvrouw die door payos werd geraadpleegd als ze dringend hulp nodig hadden.

'Mamá?'

'Ja, Lucía?'

Lucía wees naar het Alhambra. 'Op een dag dans ik daar voor duizenden mensen.'

María zuchtte. Als een van haar andere kinderen zo'n opmerking had gemaakt had ze hem een draai om de oren gegeven. Maar nu knikte ze langzaam.

'Daar twijfel ik niet aan, querida. Daar twijfel ik geen moment aan.'

Later die avond, toen Lucía eindelijk was gaan slapen op het matrasje dat in de kleine, uitgehouwen holte geklemd lag tussen de rotswand en het bed van haar ouders, ging María met haar man voor de grot zitten.

'Ik maak me zorgen over ons meisje. Haar hoofd zit vol malle dromen door wat ze heeft gezien in de huizen van die payos waar jullie hebben gedanst,' zei ze.

'Wat is er mis met dromen, *mi amor*?' José doofde zijn cherootsigaar en vermorzelde die onder de hak van zijn laars. 'Dankzij onze dromen houden we dit miserabele bestaan vol.'

'José, ze heeft geen enkel besef van wie ze is, waar ze vandaan komt en wat dat betekent. En als jij haar al zo jong meeneemt naar de andere kant...' María gebaarde in de richting van de stadsmuur van Granada, zo'n kilometer verderop. '... dan krijgt ze het alleen maar hoog in de bol. Zo'n leven zal Lucía nooit kunnen leiden.'

'Wie zegt dat?' Zijn ogen lichtten furieus op in de donkere huid die hij van zijn voorouders, volbloed gitanos, had geërfd. 'Veel van onze mensen zijn rijk en beroemd geworden met hun talent, María. Waarom zou dat met Lucía niet kunnen gebeuren? Ze heeft er spirit genoeg voor. Toen ik als gitarist in Las Ramblas optrad heb ik de grote danseressen Pastora Imperio en La Macarrona ontmoet. Die woonden als payos in grote huizen.'

'Dat zijn er twee op de tienduizend, José! De rest moet gewoon zingen en dansen en zich op allerlei manieren uitsloven om elke dag brood op de plank te krijgen. Ik maak me zorgen dat Lucía straks teleurgesteld is als haar grote droom in duigen valt. Het kind kan niet eens lezen en schrijven! Ze weigert naar school te gaan, en dat jij haar daarin niet stimuleert helpt ook niet echt.'

'Wat moet ze nou met woorden en getallen als ze de gave heeft? Mens, je begint een akelig oud wijf te worden dat niet eens meer kan dromen. Ik ga beter gezelschap opzoeken. *Buenas noches*.'

María keek haar man na toen hij opstond en op zijn dooie gemak het donkere, zanderige pad af kuierde. Ze wist dat hij naar een van die drankholen ging die in de talloze verborgen grotten waren gevestigd en het daar met zijn vrienden tot in de kleine uurtjes op een drinken zou zetten. Hij was de laatste tijd wel vaker de hele nacht weggebleven, ze vroeg zich af of hij een nieuwe minnares had. Zijn ooit strakke lijf was snel verouderd door het verstrijken van de jaren, de brandewijn en het zware leven dat ze leidden, maar José was nog altijd een knappe man.

Ze herinnerde zich nog levendig het moment dat ze hem voor het eerst zag. Zij was een kind van ongeveer dezelfde leeftijd als Lucía nu, hij een grote, sterke jongeman van zestien. Hij stond voor de ingang van de grot van zijn ouders op zijn gitaar te tokkelen; zijn donkere krulhaar glansde als mahoniehout onder het zonlicht, en toen ze langsliep krulden zijn volle lippen zich tot een lome glimlach. Ze was ter plekke verliefd geworden, ook al had ze slechte dingen gehoord over 'El Liso', de Gladde Jongen, zijn bijnaam vanwege zijn gitaarspel. En, zoals ze later tot haar verdriet had moeten constateren, vanwege zijn reputatie met vrouwen. In een aura van triomf was hij op zijn zeventiende naar Barcelona getrokken, waar hij was aangenomen om in Las Ramblas te spelen, een wijk waar het wemelde van de beroemde flamencobars.

María wist zeker dat ze hem nooit meer zou zien, maar vijf jaar later was hij terug, met een gebroken arm en geel wordende blauwe plekken op zijn knappe gezicht. Volgens plaatselijke roddels had hij om een vrouw gevochten, volgens andere geruchten was zijn contract met de flamencobar ontbonden vanwege zijn drankgebruik en had hij met blotevuistgevechten zijn magere kostje moeten verdienen. Wat ook de reden was geweest, María's hart was sneller gaan kloppen toen ze op weg naar de Alcaicería, de grote markt waar ze groente ging kopen, voorbij de grot van zijn familie kwam. Daar stond hij op de drempel te roken.

'*Hola*, kleine schoonheid,' riep hij haar na. 'Ben jij niet dat meisje dat als beste van het dorp de alegrías danst? Kom eens even babbelen en een zieke man gezelschap houden.'

Verlegen liep ze naar hem toe. Hij speelde gitaar voor haar en nam haar mee naar het olijvengaardje achter de grot. Hij klapte een *palmas* voor haar, sloeg zijn arm om haar middel, trok haar naar zich toe, en op het onhoorbare ritme van hun hart voerden hun lichamen een sensuele dans uit. Ademloos en in een dromerige stemming omdat ze voor het eerst in haar leven was gekust, kwam ze die avond thuis.

'Waar heb jíj gezeten?' vroeg Paola, haar moeder, die op haar had gewacht.

'Nergens, mamá,' antwoordde María, die haar moeder voorbijliep omdat Paola haar blosjes niet mocht zien.

'Ik kom er nog wel achter, juffie!' zei Paola met een zwaaiend wijsvingertje. 'En ik weet dat het met een man te maken heeft.'

María wist maar al te goed dat Paola en haar vader Pedro elke omgang tussen haar en José ten strengste zouden afkeuren. José's familie, de Albaycíns, leefde in armoede, terwijl zij, een Amaya, uit een rijke familie kwam, althans naar gitanonormen. Haar ouders hadden al hun oog laten vallen op de zoon van een neef. Paola had uit haar zeven zwangerschappen maar één levend kind ter wereld gebracht en er moest hoognodig een erfgenaam voor de hoefsmederij van Pedro komen.

María wist dat en was tot nu toe een zorgzame en plichtsgetrouwe dochter geweest, maar sinds José permanent achter haar aan zat waren haar goede bedoelingen met de snelheid van ontsnappende vlinders gevlogen. Ze raakte steeds sterker onder de betovering van José, en toen hij weer eens zowel haar lichaam als zijn gitaar beroerde was ze eindelijk gezwicht en 's nachts stiekem haar grot uitgegaan en lag ze met hem in het olijvenbosje aan de voet van de berg Valparaíso. Het was een extreem warme zomer, de smederij van haar vader produceerde walmende hitte, maar ook María zelf had de hele zomer lang het gevoel dat haar lichaam en geest in brand stonden. Het enige waaraan ze overdag kon denken was de koele nacht die voor haar lag en José's lichaam dat zich om het hare kronkelde.

Haar vaders woede had een abrupt einde gemaakt aan hun nachtelijke afspraakjes. Ze waren altijd heel voorzichtig geweest, maar iemand in Sacromonte had hen gezien en was gaan roddelen.

'Je hebt je familie te schande gemaakt, María,' tierde haar vader, nadat hij zijn dochter en haar minnaar naar hun grot had gesleurd om ze te confronteren met hun oneerbare gedrag.

'Het spijt me, papá,' zei María, 'maar ik hou van José.'

José ging op zijn knieën zitten, smeekte haar vader om vergeving en vroeg meteen om haar hand.

'Ik hou van uw dochter, *señor*. Ik zal heel goed voor haar zorgen, gelooft u me.'

'Nee, jongen, dat doe ik niet. Je reputatie is je vooruitgesneld, en nu heb je ook nog eens die van mijn dochter verwoest! Ze is pas vijftien!'

María zat voor de grot terwijl haar vader en José haar toekomst bespraken. De zwaarste straf vond ze misschien nog wel de aanblik van haar moeders gezicht, strak van teleurstelling en vernedering. De kuisheid van een *gitana* was heilig, het was haar enige bruidsschat.

Een week later vierde het dorp een inderhaast gearrangeerd verlovingsfeest, een maand later een grootse bruiloft, die volgens de traditie drie dagen duurde. Op de avond van de laatste dag klom María, getooid in een blauw met fuchsiarode jurk met lange sleep en oranjerode granaatappelbloesems in haar haar, achter haar kersverse echtgenoot op een muilezel en reed ze, gevolgd door heel Sacromonte, naar de grot van haar familie voor de slotceremonie van de avond.

María herinnerde zich nog hoe ze had gesidderd van angst bij het vooruitzicht van de *tres rosas*-ceremonie. José's gezicht boven haar, zijn adem die naar alcohol stonk toen hij haar kuste en vervolgens besteeg. Buiten klonk rauw gelach, María's hart raasde even snel als de roffelende handen op de cajón.

'Het is gebeurd!' brulde José toen hij van haar af rolde en haar moeder riep. María bleef liggen wachten tot Paola binnenkwam en een witte zakdoek tegen haar intieme delen drukte. Ze wist dat de drie bloesems niet zouden verschijnen.

'Maak geen énkel geluid, dochter,' fluisterde Paola indringend. Bij het flakkerende kaarslicht haalde ze een klein mesje uit haar zak en drukte dat in het zachte vlees van haar dochters dijbeen. María onderdrukte een kreet toen er bloed drupte op de zakdoek die haar moeder onder het wondje hield.

'Je hebt met vuur gespeeld, querida, en daar zul je je leven lang de gevolgen van dragen,' fluisterde Paola fel, en de zakdoek voor zich uit houdend ging ze de grot uit. Toen ze de zakdoek ter inspectie in het rond zwaaide barstte het dorp uit in gejuich en applaus.

'Zo, echtgenote,' zei José, die kort daarna met in één hand een fles brandewijn en in de andere een sigaar was binnengekomen. 'Zullen we drinken op onze verbintenis?'

'Nee, José, ik lust geen brandewijn.'

‘Maar dít lust je wel, hè?’ José grijnsde, liet zijn broek op de grond vallen en ging weer naast haar liggen, onder de veelkleurige gehaakte deken waar ze een maand lang aan had gewerkt.

Een uur later, toen María door alle spanningen van de afgelopen dagen was weggedoezeld, hoorde ze José opstaan en zich aankleden.

‘Waar ga je naartoe?’

‘Ik ben nog iets vergeten. Ga jij maar slapen, mi amor, ik ben zo terug.’

Toen María in de ochtendschemering haar ogen opende was José nog niet terug.

María was op weg naar de stinkende openbare latrine van de grotbewoners. Ze zuchtte. Mocht ze destijds – achttien jaar geleden alweer – hebben gedacht dat José net zo veel van haar hield als zij van hem, dan was dat romantische idee al lang geleden vervlogen. Met bitterheid bedacht ze dat José had geweten dat dit huwelijk hem alleen maar voordeel kon opleveren. Haar ouders waren rijk genoeg om als huwelijksgeschenk een nieuwe grot, zij het veel hoger tegen de berg, en een uitzonderlijk mooie set ijzeren keukengerei voor hen te kopen.

Hun eerste kind was met acht maanden te vroeg geboren, althans dat moest ze van haar moeder zeggen, maar het had niet langer dan zes maanden geleefd. Haar tweede en derde zwangerschap waren in de tweede maand in een miskraam geëindigd. Daarna was eindelijk Eduardo gearriveerd en stortte María zich op het moederschap. Nu kon ze tenminste met andere vrouwen praten over middeltjes tegen koliek, verhoging en de diarree die heel Sacromonte, oud en jong, als een ware epidemie trof zodra de winter kwam en daarmee de regens, en de modder langs de smalle, onverharde paadjes omlaag stroomde en de beerputten overliepen. Het maakte haar niet uit dat haar man zelden thuis was of dat er geen peseta’s in de trommel zaten die in een afgesloten houten kast achter een schilderij van de Gezegende Maagd verstopt stond. Ze had in elk geval de belofte van haar vader dat er voor baby Eduardo een toekomst in zijn smederij was weggelegd, en van Paola kreeg ze groente toegestopt, genoeg om moeder en zoon in leven te houden.

‘Meer krijg je niet,’ zei haar moeder er steevast bij. ‘Die rat van een echtgenoot van je zou elke peseta die ik jou geef aan brandewijn uitgeven.'

María moest glimlachen toen ze terugliep naar huis. Ze zag in gedachten Eduardo voor zich. Zo'n goede jongen, zestien en al aan de zijde van zijn grootvader werkend. Wat haar andere twee zoons betrof, er bestond geen enkele twijfel dat die naar hun vader aardden. Ze hadden allebei de wilde trekjes die karakteristiek waren voor volbloed gitanos. Carlos was al bijna vijftien en verdiende de kost met blotevuistgevechten. Hij zou dat nooit toegeven, maar toen hij steeds vaker 's ochtends met een opgezwollen gezicht en zijn jonge lijf vol blauwe plekken thuiskwam, wist zijn moeder genoeg. Felipe, nu dertien, was als klein kind ziekelijk, hij had een zachtaardig karakter maar stond sterk onder de invloed van zijn oudere broer, die hij aanbad. Felipe was een talentvol gitarist, van wie zijn vader hoge verwachtingen had, maar in plaats van die aanleg verder te ontwikkelen liep hij als een lammetje achter Carlos aan en zocht hij bij alles wat hij deed Carlos' goedkeuring. Om zichzelf te troosten verplaatste María haar gedachten naar de kleine Lucía, op wie ze al haar hoop had gevestigd toen ze na drie onvruchtbare jaren opnieuw zwanger was geworden.

'Het wordt een meisje,' had Micaela gezegd toen María in de derde maand bij haar op bezoek ging. 'Het zal een heel bijzonder kind zijn, met veel talenten.'

María wist inmiddels hoe waar die woorden waren. Als bruja, of 'heks', zoals de onwetende payos zo iemand zouden noemen, had Micaela het derde oog, en ze had het nog nooit mis gehad. Wie in Sacromonte wilde weten wat de toekomst bracht, vertrouwde op Micaela, maar als ze iets zei wat ze liever niet hoorden, werd dat minder gewaardeerd.

Maar het lag aan María zelf dat ze Micaela's woorden verkeerd had geïnterpreteerd. Ze had aan 'bijzonder' en 'talenten' de betekenis gegeven die ze zelf wilde: nóg een vrouw in huis, met talent voor het huishouden en het opvoeden van kinderen, een dochter die lief en zacht was en haar in de laatste jaren van haar leven zou bijstaan.

'Dat is het probleem met waarzeggers en hun voorspellingen,' mompelde María terwijl ze zich bij het flakkerende kaarslicht uitkleedde en zorgvuldig haar geborduurde bolero, schort, blauwe rok en petticoat opvouwde en haar nachtpon aantrok. Je kon niet zeggen dat ze foute voorspellingen deden, maar de ontvanger van de boodschap kon er alle kanten mee op en hem uitleggen zoals dat in zijn straatje paste.

Ze had gehoopt dat een van haar kinderen de gave van haar overgrootmoeder had geërfd. Zij was vóór Micaela de bruja van het dorp geweest, en de gave kwam in María's familie voor. Ze had altijd gedroomd dat Micaela zich over haar kind zou buigen en zou zeggen: ja, dít is het kind dat op een dag de volgende bruja wordt. Dan zou iedereen op bezoek komen, omdat ze wisten dat haar baby de gave had en tot de machtigste man of vrouw van de gemeenschap zou opgroeien.

Terug in de keuken schepte María wat water uit een ton en waste ze haar gezicht. Ze liep op haar tenen naar de slaapkamer van de jongens, die links van haar lag en door een gordijn van de keuken was gescheiden. Ze trok het gordijn opzij en hield de flakkerende kaars voor zich uit. Onder de dunne deken kon ze nog net de frêle gestalte van Felipe onderscheiden. Hij had recent een longziekte gehad en ademde nog zwaar. Naast hem op het stromatras sliep Eduardo, met zijn arm nonchalant over zijn gezicht geslagen. María onderdrukte een zucht van ergernis toen ze zag dat Carlos nog niet thuis was.

Ze liep over de aarden vloer naar haar eigen slaapkamer achter in de grot. Lucía lag vredig te slapen op haar matrasje. Bij het laatste beetje kaarslicht loodste María zichzelf onder de deken. Ze kneep met haar vingers het laatste restje vlam uit, legde haar hoofd op het harde, met stro gevulde sloop en staarde in de zwarte duisternis. Het was een warme avond, maar in de stinkende, bedompte grot lag María te huiveren van de kou. Ze verlangde naar José's armen, die haar zouden kunnen omhelzen en haar angst voor de toekomst wegnemen. Maar die sterke armen begeerden geen vrouw met een lichaam dat na vijf zwangerschappen en gebrek aan goede voeding was verslapt. María wist dat ze er met haar drieëndertig jaar ouder uitzag dan ze was.

'Waar dient het allemaal toe?' vroeg ze aan de hemel en de Gezegende Maagd. Toen er geen antwoord kwam deed María haar ogen dicht en viel ze in slaap.

11

'Waarom moet ík altijd helpen met koken?' pruilde Lucía de volgende ochtend, toen María haar meetrok naar de keuken. 'Papá en Carlos en Felipe zitten buiten gitaar te spelen en te roken en wíj moeten al het werk doen!'

Bij de gedachte aan wat haar die dag nog allemaal te doen stond voelde María zich al tot in haar botten vermoeid.

'Koken is vrouwenwerk, Lucía. Je weet heel goed dat het nou eenmaal zo is.' María reikte Lucía een zware gietijzeren pan aan. 'De mannen gaan eropuit om geld te verdienen, wij zorgen voor het huis. En nu ophouden met klagen en die worteltjes schrappen.'

'Maar ik verdien toch óók geld! Als ik met papá in een café dans neemt hij de munten aan van de klanten en drinkt hij brandewijn met ze, maar ik moet nog steeds groente schillen! Waarom moet ik het allebei doen? Op een dag woon ik niet meer in een grot alsof ik een beest ben, maar in een mooi groot huis met een vloer die niet van aarde is en een slaapkamer die helemaal voor mij alleen is,' verklaarde Lucía terwijl ze vol walging om zich heen keek. 'Waarom kunnen wíj niet zo'n apparaat hebben waarmee je dingen klaarmaakt? Ik heb het een keer gezien in de keuken van een rijke *señorito* toen papá en ik bij hem thuis een voorstelling gaven. En ze hadden een vrouw die voor hen kookte. Later krijg ik ook zo'n apparaat.' Lucía gooide de groente in de pan die boven het vuur stond te borrelen. 'En ze hadden als familie een eigen waterkraan!' zei ze, terwijl ze het laatste worteltje tegen zich aan klemde voordat ze het bij de rest in de pan gooide. 'Stel je eens voor hoe het zou zijn om rijk te zijn!'

'Een beetje voortmaken, jij,' onderbrak María haar en stopte een kan in haar handen. 'En nu ga je water halen.'

'Dat kan een van de jongens toch wel doen? Het is zó'n eind lopen en ik ben moe.'

'Niet te moe om aan één stuk door te babbelen,' mopperde haar moeder. 'En nou wegwezen!'

‘Op een dag heb ík een kraan helemaal voor mij alleen!’ Lucía had weer het laatste woord.

‘En op een dag val ík dood neer van vermoeidheid,’ mompelde haar moeder.

Uit de slaapkamer van de jongens kwam een rochelend gehoest, en even later kwam Felipe naar buiten gesloft, de slaap uit zijn ogen wrijvend.

‘Wat hebben we als ontbijt, mamá?’ prevelde hij binnensmonds. ‘Alweer pap?’

‘Ja, en ik heb weer een pepermuntdrankje voor je borst gemaakt, querido.’

Felipe trok een vies gezicht toen hij ging zitten en de waterige maïspap begon op te lepelen. ‘Ik lust geen pepermuntdrankje.’

‘Maar het is goed voor je ademhaling, dus drink maar op, anders moeten we Micaela erbij halen en dan krijg je iets wat nog sterker is.’

Felipe zette grote ogen op van schrik en dronk met grote tegenzin de mok met het drankje leeg.

‘Waar hangt je broer Carlos uit?’ vroeg María. ‘Eduardo zei dat hij hem vandaag wilde meenemen naar de smederij. Carlos is oud genoeg om tegelijk met zijn broer het vak te leren.’

Felipe trok zijn schouders op en ging verder met zijn ontbijt. Hij vermeed de blik van zijn moeder, en María wist dat hij zijn broer nooit zou verraden.

Als op afroep kwam Carlos de grot binnenkuieren, met een gezicht dat gesierd was met een blauw oog. ‘Hola, mamá,’ zei hij nonchalant, en liet zich naast zijn broer op een kruk vallen.

María hurkte naast hem en voelde voorzichtig aan de huid rond het blauwe oog.

‘Wat moet dit voorstellen, Carlos? Met wie heb je gevochten?’ vroeg ze indringend.

Hij trok zijn hoofd weg. ‘Het is niks, mamá, maak je toch niet zo dr…’

‘Was het weer eens om geld? Ik ben niet gek, Carlos, ik weet donders goed wat er in die verlaten grotten boven op de berg gebeurt.’

‘Gewoon een ruzietje met Juan om een meisje, geloof me, mamá.’

Met samengeknepen ogen zette María Carlos’ ontbijt voor hem neer. Ze was af en toe wanhopig, want wát ze ook zei of deed, haar gezin trok zich er niets van aan, behalve haar geliefde Eduardo.

‘Heb je het nieuws al gehoord, mi amor?’ María’s man was binnengekomen. Hij deed zijn *calañés*, de sombrero waarmee hij zich tegen de felle ochtendzon beschermde, af.

‘Wat voor nieuws?’

‘Er wordt in juni een flamencowedstrijd gehouden in het Alhambra.’ Hij ging naast zijn zoons zitten en keek nauwelijks naar Carlos’ blauwe oog.

‘Ja, en?’

‘Het is open voor amateurs! Het heet de Concurso de Cante Jondo en wordt georganiseerd door de grote componist Manuel de Falla, en er mogen geen beroepsdansers van boven de eenentwintig meedoen. Omdat ik me al jaren geleden heb teruggetrokken als beroeps mag ik me aanmelden.’

‘Ik ook,’ mompelde María.

‘Ja, natuurlijk mag je dat, maar snap je niet dat dit dé kans is voor Lucía? Iedereen komt, Antonio Chacón zit in de jury, en het gerucht gaat dat La Macarrona ook komt dansen, hoewel ze niet officieel mag meedingen.’

‘Wil je zeggen dat je Lucía wilt laten meedoen?’

‘Natuurlijk!’

‘Maar José, het kind is tien jaar!’

‘En danst al als een koningin.’ José voerde een kleine palmas uit en klapte zachtjes in zijn handen om zijn opwinding te uiten.

‘Ze zullen vast wel voorschriften hebben voor de deelname van kinderen, José, anders nemen alle trotse ouders hun kleine Macarrona mee om haar kunsten aan de jury te laten vertonen,’ zei María met een zucht.

‘Misschien, ja, maar ik vind wel een manier om haar talent aan de wereld te tonen. Je moet een jurk met een heel opvallende sleep voor haar naaien,’ zei José, terwijl hij een van zijn eeuwige cherootsigaren opstak, zodat de rook boven de keukentafel kringelde. De jongens voelden dat er onenigheid tussen hun ouders broeide; ze slokten snel hun ontbijt weg en vertrokken.

‘We hebben nauwelijks geld voor eten, laat staan voor een nieuwe jurk voor Lucía!’ zei María verontwaardigd.

‘Dat geld vind ik wel, dat zweer ik je,’ antwoordde José. ‘Dit is onze enige kans.’

'Beloof me alsjeblieft dat je niet gaat stelen, José. Zweer het me,' smeekte María.

'Natuurlijk, dat zweer ik op mijn vaders naam. En hou ik me niet altijd aan mijn belofte?' Hij wierp haar een glimlach toe en sloeg een arm om haar middel, maar ze maakte zich los uit zijn greep, pakte haar half afgemaakte mand en liep met een vermoeide pas naar de stal, waar ze haar materiaal bewaarde, bij de magere ezel en de geit. In het harde bestaan dat het gezin leidde handhaafde María één regel waaraan José en haar zoons zich strikt moesten houden: nooit en te nimmer mochten ze stelen. Veel gezinnen in Sacromonte namen in hun wanhoop hun toevlucht tot zakkenrollen op de markt. Ze werden na een tijdje roekeloos, werden opgepakt en in de plaatselijke gevangenis gesmeten of kregen van een onbarmhartige payorechter een straf die in geen enkele verhouding stond tot het gepleegde misdrijf. Rechtvaardigheid of genade bestond er nauwelijks voor gitanos.

Tot dan toe had María geloofd dat haar man en drie zoons zich aan hun belofte hielden, maar de opgewonden blik van José maakte duidelijk dat hij nergens voor zou terugdeinzen om aan geld voor Lucía's jurk te komen.

Ze ging naar buiten en keek naar het Alhambra; ze moest denken aan de recente opmerking van haar dochter dat ze daar op een dag zou dansen. Er kwam een gedachte bij haar boven. Ze zuchtte. Ze wist wat haar te doen stond. De tranen sprongen in haar ogen, maar ze herpakte zich en ging weer naar binnen, waar José zichzelf voor een tweede keer opschepte.

'Ik ga mijn flamencojurk op maat maken voor Lucía,' zei ze.

'Echt waar? Zou je dat voor je dochter willen doen?'

'Als ik jou daarmee uit de gevangenis kan houden, José, ja, dan wil ik dat doen.'

'Mamá, heb je het al gehoord? Ik ga in het Alhambra dansen, precies zoals ik zei!'

Lucía zette haar kleine voetjes stevig in de aarde en voerde met snelle, roffelende pasjes een *zapateado* uit. 'Papá zegt dat er duizenden mensen naar me zullen kijken en dat ik word ontdekt en dat ze me dan meenemen naar Madrid of Barcelona en dat ik een ster word!'

'Ik heb het gehoord, ja, en het is heel spannend nieuws.'

'Ga jij dan ook dansen, mamá? Papá doet ook mee en hij zegt dat ik stiekem het podium op moet gaan als hij begint te spelen, omdat ik eigenlijk te jong ben om mee te doen. Wat een goed plan, hè?'

'Ja, maar Lucía, het moet wel geheim blijven.' María drukte een vinger tegen haar lippen. 'Als ook maar íémand erachter komt wat je vader van plan is, zullen ze je proberen tegen te houden. Begrijp je dat?'

'Sí, mamá, ik zal niets zeggen,' fluisterde het meisje. 'En nu moet ik gaan oefenen.'

Twee dagen later zette María de schaar in haar flamencojurk; haar prachtige, dieprode jurk met de zwart-witte ruches die ze er stuk voor stuk met de hand op had genaaid. Ze wist nog hoe gelukkig ze zich in haar jonge jaren voelde in deze jurk; hoe haar lichaam een verandering onderging als het liefdevol werd gesteund door haar korset en de tere katoenen mouwen haar schouders licht beroerden. Het was alsof ze haar eigen hart uitsneed, alsof ze afscheid nam van de dromen uit haar jeugd: een gelukkig, liefdevol huwelijk, tevreden kinderen en een welvarende toekomst die ze samen met haar knappe echtgenoot tegemoet danste.

De schaar deed zijn werk, en strook na strook van de sleep dwarrelde neer tot er nog maar een klein, door José aangegeven, reepje overbleef.

Toen ze klaar was verzamelde María de restjes van het hart en de ziel van haar jurk. Ze had elke met veel moeite opgenaaide strook nog kunnen gebruiken om de zoom of tailleband van een rok op te fleuren, maar ze pakte de schaar weer op en knipte en knipte tot er niet meer dan een hoopje katoenen snippers over was. Die veegde ze in haar mand, liep naar het vuur en wierp ze in de vlammen.

Op de bloedhete juniochtend van de eerste dag van het Concurso de Cante Jondo – het concours voor flamencozang – telde Sacromonte ruim twintig maal zo veel inwoners als gewoonlijk. Gitanos die vanuit heel Spanje naar Granada waren gekomen maar niet meer in de grot van vrienden of familie terechtkonden, kampeerden op de smalle kronkelpaden tussen het fijnmazige netwerk van grotten of in de olijfboomgaarden onderaan de berg.

María kreeg een paar Barcelonese neven en nichten van José te logeren, en zo vet als hun Catalaanse accent was, zo groot was hun eetlust. Ze had een grote pan van haar beroemde *puchero a la gitanilla* gekookt, een stevige stoofpot van vlees, groente en kikkererwten, een gerecht waarvoor ze met veel tegenzin haar oudste kip de nek had omgedraaid.

Direct na het ontbijt gingen de Barcelonese familieleden op weg, met in hun kielzog Felipe, die popelde om de lange wandeling te maken: de berg af, het dal door, de Darro over en dan de steile berghelling naar het Alhambra op.

'Goed op jezelf passen, Felipe, en niet te laat thuiskomen,' zei María, die hem hielp bij het omwikkelen van zijn felblauwe sjerp. Hij kronkelde zich los toen ze wat stof van zijn gilet wilde afvegen.

'Genoeg, mamá,' mopperde hij, en zijn schriele wangetjes werden rood van schaamte omdat zijn twee kleine nichtjes geamuseerd toekeken.

María keek ze na toen ze samen met andere jongeren uit het dorp naar beneden slenterden, stuk voor stuk op hun paasbest gekleed, laarzen glanzend gepoetst, het haar glimmend van de olie.

'Ons dorp is nog nooit zo populair geweest,' merkte José op toen hij zich langs een gezin van zes moest manoeuvreren dat hun kamp had opgeslagen op het zanderige pad voor hun grot. 'En dan te bedenken dat de meeste van die lui hier ooit zijn weggegaan en zwoeren dat ze nooit meer zouden terugkomen. Toen spuugden ze op ons, maar nu roepen ze om het hardst dat ze terug willen,' zei hij vergenoegd, toen hij langs haar naar binnen ging.

Jij bent ook ooit weggegaan en weer teruggekomen...

Maar nu moest ze vooral genieten; dit weekend zou Sacromonte het middelpunt van het flamenco-universum zijn. En omdat flamenco het universum van de gitanos was, leek het wel of elk lid van hun volk van heinde en ver hierheen was gereisd om deel van dat universum uit te maken. Elke grot spuwde permanent rookwolken uit, want elke gastvrouw wilde zorgen dat de buik van haar gasten permanent gevuld was. Overal hing de duffe lucht van ongewassen lijven en de stank van de tientallen logerende ezels, die met neergeslagen ogen van de hitte in de schaduw van de olijfbomen stonden en met hun lange oren vliegen wegsloegen. Steeds als María water ging halen werd ze tegengehouden door bekenden die ze in geen jaren had gezien, en steeds werd haar dezelfde vraag gesteld: 'Wanneer kunnen we je zien dansen?'

Als ze zei dat ze zich niet had aangemeld voor de wedstrijd waren ze verbijsterd. 'Maar je móét meedoen, María! Jij hoort bij de besten!'

In het begin verzon María slappe excuses, dat ze was gestopt met dansen, dat ze het te druk had met haar gezin, maar dan kreeg ze reacties als 'Niemand heeft het te druk om te dansen! Dansen zit je leven lang in je bloed!' dus daar was ze maar mee gestopt. Zelfs haar moeder – die als een van de rijkere inwoners van Sacromonte haar neus optrok voor flamenco omdat het volgens haar een van de manieren was waarop gitanos hun lichaam aan payos konden verkopen – had verbaasd gekeken toen María vertelde dat ze zich niet had ingeschreven.

'Jammer dat je je passie voor dansen kwijt bent. Net als een hoop andere dingen trouwens,' had Paola minachtend snuivend gezegd.

Toen heel Sacromonte onder gitaarspel en met stampende voeten de slingerpaadjes afdaalde, stierf het geroezemoes weg. María keek de kleurrijke processie een tijdje na en probeerde iets van hun opgetogenheid te voelen, maar haar ziel had zich ervoor afgesloten. José was tegen de ochtend stinkend naar goedkope parfum zijn bed in gerold. Carlos had ze sinds de vorige dag rond lunchtijd niet meer gezien, maar gelukkig had Eduardo haar die ochtend met wat klusjes geholpen.

'Ik moet er ook vandoor,' zei José, die uit de grot opdook en er goed uitzag in zijn witte overhemd met ruches, zwarte lange broek en sjerp. 'Je weet wat je te doen staat met Lucía. Kom niet te laat,' zei hij. Hij sloeg zijn gitaar over zijn schouder en haastte zich achter de anderen aan.

'¡*Buena suerte*!' riep ze hem na, maar hij draaide zich niet om.

'Gaat het wel goed met je, mamá?' vroeg Eduardo. 'Hier, neem een beetje water, je ziet er zo moe uit.'

'Dank je.' Ze glimlachte dankbaar naar haar zoon, pakte de mok van hem aan en dronk hem in één keer leeg. 'Heb jij Carlos gezien?'

'Een tijdje terug, ja. Hij zat beneden aan de bar met een paar vrienden.'

'Komt hij vanavond ook?'

'Wie zal het zeggen?' Eduardo haalde zijn schouders op. 'Hij was te dronken om te praten.'

'Hij is pas vijftien.' María zuchtte. 'Ga jij je vader maar inhalen, Eduardo. Ik moet hier blijven om Lucía te helpen met aankleden.'

'Ze wacht al op je in jullie slaapkamer.'

'Mooi.'

'Mamá...' Eduardo aarzelde even. 'Denk je dat het een goed plan is van papá? Mijn zusje is nog maar net tien. Ze zeggen dat er vanavond meer dan vierduizend mensen komen. Ben je niet bang dat ze zich belachelijk maakt? Of papá? Of ons allemaal?'

'Eduardo, er is niets belachelijks aan jouw zusje, en we moeten allebei maar geloven dat papá weet wat hij doet. Nou, ik zie je straks wel in het Alhambra, als ik klaar ben met Lucía.'

'Sí, mamá.'

Eduardo vertrok en María ging weer naar binnen. Ondanks het felle middaglicht was het in de keuken schemerig.

'Lucía? Tijd om je aan te kleden,' riep ze, toen ze het gordijn opende en de donkere slaapkamer in stapte.

'Ja, mamá.'

María tastte naar de kaars en de lucifers naast het bed. Lucía klonk anders dan anders.

'Ben je ziek?' vroeg ze, toen ze zag dat haar dochtertje opgekruld op haar matras lag.

'Nee...'

'Wat is er dán?'

'Ik... ik ben bang, mamá. Er komen zó veel mensen. Kunnen we niet met zijn tweetjes hier blijven? Dan kan je misschien die lekkere cakejes maken en dan kunnen we daar een heel bord van opeten en als papá terugkomt kunnen we zeggen dat we onderweg verdwaald zijn!'

Bij het licht van de kaars waren Lucía's ogen groot en strak van angst. María trok haar op haar knie.

'Querida, je hoeft echt niet bang te zijn,' zei ze met een lieve stem, en ze begon haar dochter uit te kleden. 'Het maakt geen verschil voor hoeveel mensen je danst. Doe maar gewoon je ogen dicht en verbeeld je dat je bij ons in de keuken voor mij en papá en je broers danst.'

'Maar als de duende nou niet komt, mamá? Als ik die nou niet voel?'

María reikte naar de miniatuurflamencojurk die ze voor haar dochter had gemaakt en trok die over haar hoofd. 'Die komt echt wel, querida, zodra je eenmaal het getrommel van de cajón en je vaders gitaar hoort, vergeet je alles om je heen.' Ze sloot het laatste haakje op het frêle ruggetje van haar dochtertje. 'Zo. Sta eens op, dan gaan we je eens goed bekijken.'

Ze tilde haar dochter van haar knie. Lucía draaide in het rond, en als een gulzige haai zwiepte de sleep achter haar aan. María had haar de afgelopen weken geleerd hoe ze ermee moest omgaan, want ze moest er niet aan denken dat haar dochter een flater zou slaan door voor een duizendkoppig publiek over haar sleep te struikelen. Maar zoals dat ging bij alles wat met dansen te maken had, nam Lucía de sleep moeiteloos op in haar bewegingen. Ze zwierde de sleep handig opzij toen ze zich naar haar moeder omdraaide.

'Hoe zie ik eruit, mamá?'

'Als het prinsesje dat je bent. Kom, we moeten gaan. Stop je sleep goed weg onder je cape, anders zien ze hem.' María boog zich voorover en duwde haar neus tegen die van Lucía. 'Klaar?' vroeg ze, en nam haar dochter bij de hand.

'Klaar.'

María zadelde Paca, de muilezel, en tilde Lucía op de rug van het dier. Ze zorgde ervoor dat de sleep goed verstopt was. Ze voegden zich bij het staartje van de lange stoet die nog steeds de berg af kronkelde, en hoe dichter ze bij het Alhambra kwamen – met een vanwege de steile helling hijgende Paca – hoe opgetogener Lucía leek te worden; vanaf haar hoge zetel wuifde ze links en rechts naar vrienden en buren. Een oudere vrouw barstte in gezang uit, het lichte junibriesje droeg haar schorre stem verder, en María en Lucía klapten en zongen mee met de zingende massa.

Twee uur nadat ze waren vertrokken arriveerden ze bij de Poort der Gerechtigheid. Mensenmassa's stroomden naar binnen door de ingang, die de vorm van een sleutelgat had en toegang gaf tot het hoofdplein van het Alhambra. María hielp Lucía van de ezel af en bond het dier vast aan een cipres, waar Paca genoeglijk begon te grazen op het stukje gras onder de boom.

Het was al bijna zes uur, maar de zon brandde nog fel en belichtte de oeroude, ingewikkeld bewerkte reliëfs aan de muren. Overal stonden kooplui hun waren uit te venten, water, sinaasappels, geroosterde amandelen. María hield haar dochter stevig bij de hand toen ze op het lawaai van honderden gitaren en stampende voeten afliepen. Achter het Plaza de los Aljibes, waar het concours zou plaatsvinden, lichtten de hoge rode muren van het Alhambra op als een adembenemende achtergrond. María trok Lucía mee naar de Poort van de Wijn, waar ze

José zouden ontmoeten. Toen ze omlaagkeek zag ze dat de betegelde vloer was bedekt met lavendelbloesem, misschien moest daarmee de stank van al die zwetende, samengepakte lijven worden gemaskeerd.

'Ik heb dorst, mamá, kunnen we gaan zitten en wat drinken?' Lucía liet zich op de grond zakken, terwijl María haastig haar mand doorzocht naar de tinnen fles die ze had meegenomen. Op het moment dat ze naast haar dochter hurkte steeg er een golf van gejuich op, het teken dat de volgende deelnemer het podium had betreden.

'Moet je hem zien! Die had toch allang dood moeten zijn?' hoorde ze iemand zeggen. En terwijl de menigte naar voren deinde en ze haar dochter omhoogtrok voordat die onder de voet werd gelopen, zag ze de kleine hoogbejaarde man met zijn gitaar op het podium staan.

'El Tío Tenazas!' riep iemand in de massa voor hen. Het werd doodstil toen de man zijn gitaar stemde. Zelfs vanaf deze afstand kon María zien dat zijn handen hevig trilden.

'Hij was vroeger heel beroemd,' fluisterde haar buurman.

'Iemand zei dat hij twee dagen heeft gelopen om hier te komen,' zei een andere buurman.

Lucía trok aan haar moeders rok. 'Mamá, ik zie niks!' De man naast hen tilde haar op.

De oude man tokkelde langzaam op zijn gitaar en begon met een verrassend krachtige stem te zingen, en degenen die hadden staan fluisteren en giechelen hielden onmiddellijk hun mond. María werd teruggeworpen in de tijd, dit lied had ze als kind haar grootvader horen zingen, een indringend *cante grande* waar ze vaak naar had geluisterd. El Tenazas bezong het verdriet om het verlies van zijn grote liefde, en net als bij de andere toeschouwers sneed elk woord María door de ziel.

Uit de herhaalde kreten '¡*Otra*! ¡*Otra*!' bleek dat El Tenazas enorm succes had bij deze menigte, het meest veeleisende publiek dat je je kon indenken.

'Hij heeft de duende, mamá,' fluisterde Lucía toen ze weer op de grond werd gezet. Op dat moment greep iemand María bij haar schouder. Ze draaide zich om, het was José.

'Waar zat je nou? Ik zei toch dat we elkaar bij de Poort van de Wijn moesten treffen? Kom mee, we zijn na de volgende cantaor aan de beurt.'

'We zaten vast in de menigte,' antwoordde María, die in de dichte massa moeite had om Lucía's hand vast te houden toen haar man hen in de richting van het podium loodste.

'Nou, dank de goden maar dat je er bent, anders was het allemaal voor niks geweest. Verstop je achter die cipres en maak haar haar in orde,' commandeerde José, terwijl de menigte de volgende artiest met gejoel verwelkomde. 'Ik moet gaan,' zei hij, en hij nam de handjes van zijn dochter in de zijne. 'Nou, mijn kleine Lucía, wacht tot de vierde maat, zoals we hebben gerepeteerd. Als ik "¡Olé!" roep, loop je hiervandaan rechtstreeks het podium op.'

'Zie ik er goed uit, papá?' vroeg Lucía, toen María de cape van haar schouders haalde en de sleep aan de achterkant van haar jurk loshaakte.

Maar José stevende al naar de zijkant van het podium.

María's hart bonsde op de maat van de muziek toen ze vaststelde dat haar man niet goed bij zijn hoofd moest zijn geweest door alleen al te denken dat dit plan zou werken. Ze keek naar haar kleine meisje en wist dat als Lucía's zenuwen het zouden begeven en het kind in paniek van het podium af zou rennen, hun gezin het lachertje van Sacromonte, nee, van de hele gitanogemeenschap zou zijn.

Gezegende Maagd, bescherm mijn geliefde dochter…

Veel te snel sloot de cantaor zijn gemengd ontvangen optreden met een buiging af, en een paar seconden later kwam José met grote stappen het podium op.

'Had ik maar schoenen, mamá, dan zouden mijn roffels veel harder zijn,' verzuchtte Lucía.

'Je hebt geen schoenen nodig, querida, je hebt de duende in je voeten.' Toen José begon te spelen duwde María haar dochter naar voren. 'Lópen, Lucía!' riep ze, en ze keek haar dochter na toen die als een pijl uit een boog door de menigte schoot, met haar sleep over haar kleine armpje geslagen.

'¡Olé!' schreeuwde José, die na de vierde maat even stopte.

'¡Olé!' herhaalde de massa, terwijl Lucía op het podium sprong en parmantig over het toneel paradeerde. Onmiddellijk klonken er kreten van afkeuring. 'Haal dat kind van het podium af en leg haar terug in de wieg!' riep iemand.

Tot haar afgrijzen zag María een lange man het trapje naar het podium beklimmen om haar dochter tegen te houden. Lucía had net haar openingspositie ingenomen, met haar armen boven haar hoofd; en toen was daar het geluid van die bijzondere, kleine voetjes die een betoverend, meeslepend ritme stampten, terwijl de danseres in dezelfde positie bleef staan. De lange man wilde het podium op lopen en haar beetpakken, maar een andere man hield hem tegen, net op het moment dat Lucía aan een cirkel begon, nog steeds met roffelende voeten en nog steeds in de beginpositie. Toen ze weer met haar gezicht naar het publiek stond begon ze synchroon met haar voeten een palmas te klappen. Ze danste met geheven kin en haar blik naar de hemel gericht.

'¡Olé!' riep ze, terwijl haar vader weer begon te spelen.

'¡Olé!' viel het publiek in, terwijl Lucía met haar voetjes het ritme bleef slaan. José keek toe hoe zijn dochter zich naar het midden van het podium bewoog en als een vorstin haar hoofd draaide. Het publiek, diep onder de indruk, werd doodstil. Lucía's ogen glansden onder de schijnwerper die inmiddels op haar was gericht, en María besefte dat haar kind zolang ze danste onbereikbaar ver weg was.

José's zang begeleidde Lucía, en zijn stem – gewoonlijk niet zijn sterkste kant – steeg krachtig omhoog vanaf de berg.

Met een zucht van uitputting keek María voorbij het podium naar het enorme Alhambra. Overvallen door duizeligheid liet ze zich op haar knieën vallen.

Ze besefte dat ze haar man en dochtertje kwijt was.

Onder gejuich dat maar niet leek te stoppen kwam ze een paar minuten later bij.

'Gaat het, *señora*? Hier.' Iemand naast haar reikte een veldfles met water aan. 'Drink wat, het is ook zó warm.'

María nam een slokje en kwam geleidelijk aan weer bij zinnen. Ze bedankte de vrouw en kwam wankelend overeind.

'Wat is er gebeurd?' vroeg ze, nog een beetje versuft.

'Dat meisje heeft me toch een oproer veroorzaakt! Ze noemen haar La Candela, omdat ze zo fel brandt.'

'Ze heet Lucía,' fluisterde María, toen ze zich weer wat beter voelde. Ze ging op haar tenen staan en zag dat haar dochter stond te praten met een vrouw in een rijkversierde flamencojurk. De vrouw zat op haar knieën voor haar dochter.

'Wie is dat?' vroeg María aan de vrouw naast haar.

'Dat is La Macarrona zélf! Ze buigt voor het nieuwe koninginnetje.'

La Macarrona stond op, nam Lucía's hand in de hare en kuste die. Er steeg opnieuw een gejuich op toen de vrouw en het kind nog een keer bogen, en daarna nam La Macarrona Lucía bij de hand en gingen ze samen het podium af.

'Wie is dat?' hoorde María om zich heen zeggen toen María zich een weg naar het podium baande om haar dochter mee te nemen.

'Ze komt uit Sevilla... Madrid... Barcelona...'

'Nee hoor, ik heb haar hier in Granada zien dansen, bij de fontein.'

Aan de zijkant van het podium stond een zeker twintig rijen dikke menigte. Ergens midden in die mensenmassa moest haar dochter staan, maar María kon haar niet zien, ze zag alleen een welwillend glimlachende José. Ze bedacht dat ze bereid was een moord te doen om haar dochter te vinden, en op dat moment bukte José en tilde hij Lucía op zijn schouders.

'Ze is veilig, ze is veilig,' hijgde María, terwijl ze samen met de menigte naar het triomfantelijk lachende meisje staarde.

'Mamá?'

'Eduardo! *Gracias a Dios*,' zei ze, en de tranen van opluchting liepen over haar wangen toen haar oudste zoon haar omhelsde.

'Wat een enorm succes!' zei Eduardo zachtjes. 'Iedereen heeft het hier over Lucía. Laten we haar en papá gaan feliciteren.'

'Ja, natuurlijk.' María veegde met haar handen over haar betraande ogen en maakte zich los uit Eduardo's omhelzing. 'En ze moet mee naar huis, ze zal wel doodmoe zijn.'

Het duurde nog een tijdje voordat ze zich door de menigte rond Lucía hadden geworsteld. Inmiddels stond de volgende artiest al op het podium, maar aan de zijkant had zich al een eigen aanhang van vader en dochter gevormd.

'Gefeliciteerd, querida. Ik ben heel trots op je.'

Lucía zat nog op haar vaders schouders, haar sleep slingerde langs zijn lichaam. Ze wierp een blik omlaag, naar haar moeder.

'Gracias, mamá. De duende is wel gekomen,' fluisterde ze toen María zich uitstrekte om haar dochter te kunnen verstaan.

'Had ik het niet gezegd?' zei María en ze pakte de hand van haar dochter. José negeerde haar en bleef met het opgewonden publiek om hem heen praten.

'Je had gelijk, mamá.'

'Ben je moe, querida? Kom je met mamá mee naar huis? Je mag naast me in bed slapen.'

'Natuurlijk is ze niet moe!' Met een felle ruk van zijn hoofd wendde José zich tot María. 'Nee hè, Lucía?'

'Nee, papá, maar...'

'Je moet blijven en je kroning bijwonen!' zei José, en hij sloeg een glas brandewijn achterover dat iemand uit de menigte hem aanreikte. '¡*Arriba*!'

'¡Arriba!' echode de menigte.

'Lucía, wil je met mij mee naar huis?' vroeg María zachtjes.

'Ik... ik moet denk ik bij papá blijven.'

'Dat moet je, ja. Een hoop mensen willen je ontmoeten en ze willen dat we nog een keer optreden.' José zond een waarschuwende blik naar zijn vrouw.

'Dan neem ik nu afscheid, querida. Ik hou van je,' fluisterde María, en ze liet de hand van haar kind los.

'Ik ook van jou,' antwoordde Lucía, terwijl haar moeder Eduardo bij de arm nam en wegging.

Toen María de volgende ochtend wakker werd klopte ze werktuiglijk op de plek naast haar. Goddank voelde ze daar een warm lijf, dat als gewoonlijk lag te snurken als een varken. Ze draaide zich om, keek omlaag en zag Lucía, nog aangekleed, opgekruld en diep in slaap op haar matrasje liggen.

María sloeg een kruis. Ze kon nauwelijks geloven dat ze door de thuiskomst van haar man en dochter heen had geslapen, maar ze was doodop geweest van de terugtocht en de spanningen van de afgelopen dag. Ze keek naar Lucía en glimlachte. Vandaag zou er ongetwijfeld een eindeloze stoet bezoekers langskomen die meer wilden weten over La Candela, zoals La Macarrona haar de vorige avond officieel had gedoopt. En ze wilden haar natuurlijk zien dansen, en zij zou zich als de moeder van Lucía koesteren in de roem van haar talentvolle dochter. 'Ik bén ook trots,' fluisterde ze tegen zichzelf, bijna om zichzelf gerust te stellen dat ze niet jaloers was, maar ook omdat ze haar hart vasthield voor de toekomst van haar kleine meisje, en van haar huwelijk...

Uiteindelijk hees ze zich uit bed en kleedde zich aan. Ze rook de zure stank van haar eigen zweet, maar voor water halen en wassen was er geen tijd meer. Ze keek even om de hoek van het gordijn bij de jongens en zag dat alleen Eduardo daar lag.

Ze deed haar best om niet in paniek te raken. Je kon ervan op aan dat er bij de helft van de gezinnen in Sacromonte een familielid was gaan slapen waar hij neerviel. De drie Catalaanse neven van José lagen op de keukenvloer, met hun laarzen nog aan, één neef had zijn gitaar tegen zich aan geklemd, een tweede omarmde een brandewijnfles. Voorzichtig stapte ze over hen heen naar buiten om de dieren te voeren en aanmaakhoutjes voor het ontbijt te verzamelen.

Het was een stralende ochtend, de vallei lag frisgroen onder een korenbloemblauwe hemel. De wilde *lantana's* stonden in bloesem, hun roze, gele en oranje knoppen staken fleurig af tegen het gras, en de lucht was gevuld met het bedwelmende aroma van wilde munt en salie. Het was stil in het dorp, de meeste bewoners sliepen uit na de inspanningen van de vorige dag. Ze hadden nóg een competitiedag voor de boeg, dus straks zou de processie nog eens zijn pelgrimstocht door het dal naar het Alhambra maken.

'*Buenos días*, mamá.' Eduardo verscheen in de keuken toen María de waterige maïspap in de kookpot stond te roeren.

'Buenos días. Je hebt gezien dat allebei je broers er niet zijn?'

'Ja. Ik heb ze gisteravond wel gezien, in het Alhambra, maar...'

'Maar wát, Eduardo?'

'O, niks, mamá. Ze komen vast wel thuis als ze honger krijgen.' Hij pakte zijn kommetje pap en ging buiten op de stoep zitten. De twee lichamen op de keukenvloer bewogen zich even.

María bracht de rest van de ochtend door met het vullen van talloze kommen pap tegen de kater van de familieleden en het diverse keren op- en aflopen van de berg om water te halen. Tegen lunchtijd was er nog altijd geen spoor te bekennen van Felipe en Carlos, en toen José zich opmaakte om te vertrekken smeekte ze hem om links en rechts rond te vragen.

'Hou toch eens op met dat getob, vrouw. Het zijn volwassen mannen, die redden zich wel.'

'Felipe is pas dertien, je kunt hem moeilijk een man noemen.'

'Mag ik vandaag mijn jurk weer dragen?' vroeg Lucía, die inmiddels in de keuken was verschenen en haar sleep een triomfantelijke zwier gaf. Haar gezicht zat vol vegen van iets wat op chocolade leek, haar voeten hadden de kleur van de aarden vloer.

'Nee. Kom, ik help je bij het uittrekken, we willen toch niet dat je jurk kapotgaat, hè? En als iedereen weg is, zet ik jou én de jurk in de tobbe en krijgen jullie allebei een flinke poetsbeurt,' zei María glimlachend.

'Houd hem maar aan, *mi princesa*, dan weet iedereen dat jij het bent als ze je zien,' commandeerde José.

'Gaat ze weer met jou naar het Alhambra?' vroeg María. 'Je bent toch veel te moe om die hele tocht nóg een keer te maken, querida?' vroeg ze Lucía.

'Natuurlijk is ze dat niet!' antwoordde José voor zijn dochter. 'Ze is gisteravond door La Macarrona zelf tot de nieuwe koningin gekroond! Begrijp je niet dat ze zich vandaag nog even in haar succes wil koesteren in plaats van thuis te blijven bij jou? Ja toch, Lucía?' Hij wendde zich tot Lucía en knipoogde naar haar.

'Mag ik mee, mamá? Want weet je, ze gaan vanavond de winnaars aankondigen.'

'Waar jij niet bij zult horen,' mompelde María. Ze nam snel Lucía's gezicht af met een vochtig doekje en deed een paar pogingen om haar zwarte haar glad te strijken, maar er was geen tijd meer om het met olie in te smeren en er een nette vlecht in te draaien. Zo gauw ze maar kon kronkelde Lucía zich uit haar moeders greep en ging ze ervandoor, haar wilde zwarte krullen dansten achter haar aan.

'Kom, Lucía, ik ga de muilezel zadelen en dan rij jij naar het Alhambra om je bewonderaars te groeten,' zei José en stak zijn hand uit. Zijn dochtertje liep huppelend naar haar vader en pakte zijn hand.

'Kom alsjeblieft niet te laat thuis met Lucía,' riep María hem vanaf de ingang van de grot na, terwijl de drie neven de keuken uit gestrompeld kwamen en om haar heen de grot uit liepen om achter José aan te gaan.

Zoals ze al had verwacht kwam er die dag een stroom bezoekers langs bij María. Iedereen had het nieuws gehoord over het meisje dat de geest van de duende bezat. Zelfs wanneer María zei dat Lucía niet thuis was, konden sommige bezoekers het niet laten om even in de kamers achterin te gluren of ze zich daar had verstopt.

María schaamde zich dood, ze had nog geen tijd gehad om de bedden op te maken, en de slaapruimtes stonken naar tabak, zweet en verschaalde alcohol.

'Morgen is ze er,' verzekerde ze het bezoek, 'en ja, het kan zijn dat ze dan beneden bij de grote grot gaat dansen.'

Zelfs Paola verwaardigde zich de berg op te komen om haar dochter en kleindochter te bezoeken.

'Ik hoor dat je dochter een hele show heeft opgevoerd,' merkte ze op, terwijl ze slokjes water uit een tinnen beker nipte en haar voorhoofd afveegde. Het was een drukkend warme dag.

'Dat heeft ze, ja.'

'Je overgrootmoeder, de bruja, zei altijd dat er een bijzonder kind in de familie zou komen. Misschien is dat Lucía wel.'

'Misschien wel.'

'Nou ja, we hebben nog even de tijd om te zien of die voorspelling uitkomt, want Lucía mag pas officieel werken als ze wat ouder is. Niet dat dat voor een hoop gezinnen hier een belemmering is. Hopelijk is dat bij jullie wel het geval,' zei Paola, met een felle blik naar haar dochter.

'José wil dat ze een ster wordt, en dat wil Lucía ook,' liet María zich ontglippen. Ze zuchtte, ze was anders dan gewoonlijk niet op haar hoede geweest.

'Maar jíj bent haar moeder! Jíj bepaalt wat er onder je eigen dak gebeurt. Heus, María, soms denk ik dat je zo timide als een muisje bent geworden sinds je met José bent getrouwd. Hij slaat je toch hopelijk niet, hè?'

'Nee,' loog María, want dat gebeurde af en toe, als José te veel had gedronken. 'Hij probeert te doen wat het beste is voor zijn dochter.'

'En hoe hij het beste zijn eigen rottige zakken kan vullen,' snoof Paola. 'Heus, ik begrijp nog altijd niet wat je in die man zag, meer dan wat hij tussen zijn benen heeft hangen. En dan te bedenken dat wij zo goed als klaar waren met het regelen van een goed huwelijk met de neef van je vader. Maar goed, je hebt je eigen lot bepaald, ik had ook niet anders verwacht, en nu kun je je leven lang spijt hebben als haren op je hoofd.' Ze zweeg even om haar woorden tot María te laten doordringen. 'Ik ben hier trouwens om te zeggen dat jij morgen met je gezin, mét Lucía, naar ons moet komen. We hebben een hoop familie uit Barcelona op bezoek vanwege het festival, en die willen mijn beroemde kleindochter ontmoeten. Ik zorg voor een uitgebreide maaltijd, dan krijgen jullie tenminste weer eens fatsoenlijk te eten.' Paola wierp een blik op het zielige hoopje wortels en een enkele kool, restjes die de maaltijd van die avond moesten vormen.

'Sí, mamá,' antwoordde María bedrukt.

Haar moeder stond op van de kruk. 'Klokslag één uur,' zei ze, en statig verliet ze het vertrek.

María bleef nog even zitten. Ze vroeg zich af hoe een leven dat zo vol verwachting was begonnen in dit bestaan had kunnen ontaarden. Een bestaan waarin ze voor haar gevoel had gefaald, als echtgenote en als moeder. Haar ogen vulden zich met tranen, maar ze veegde ze met een ruw gebaar weg. Ze kon het alleen zichzelf kwalijk nemen.

'Hola, María.'

Ze keek op en zag Ramón, haar buurman, bij de deur aarzelen. María en hij waren als kind bevriend geweest; hij was een lieve, rustige en attente jongen, met een karakter dat misschien gevormd was door zijn plaats als jongste in een gezin met negen luidruchtige broers en zussen. Hij was met een nicht uit Sevilla getrouwd, en ze hadden samen de grotwoning naast María en José gebouwd. Julia was twee jaar geleden bij de geboorte van hun derde kind in het kraambed gestorven, en Ramón was nu een weduwnaar die een aantal hongerige mondjes te voeden had.

'Kom binnen,' gebaarde María glimlachend.

'Ik kom een paar sinaasappels brengen.' Hij stak haar het mandje toe en bij de aanblik van de geurige, glanzende ronde vruchten liep het water María in de mond.

'Gracias, maar hoe kom je daaraan?' vroeg ze, bedenkelijk fronsend.

'Daar hebben de payos ons van de week mee betaald,' mompelde hij, terwijl hij het fruit overhevelde naar haar mand. 'Ze zeiden dat de winst op de oogst te klein was om ons in peseta's uit te betalen.' Hij haalde zijn schouders op. 'Maar ik klaag beslist niet. De boer biedt me vast en eerlijk werk, het hele jaar door. Hoewel ik het sinaasappels eten wel een beetje beu ben.'

'Nou, dank je wel.' Ze pakte de stevigste vrucht uit de mand. Ze begon hem te schillen, en direct ontsnapte de heerlijk frisse geur. Ze stopte een stukje in haar mond en beet erop, het verse sap spoot eruit en droop langs haar kin. 'Wat is het toch oneerlijk dat ze hier overal groeien maar dat we ze zelf niet kunnen betalen.'

'Het leven kan oneerlijk zijn, zoals we allebei hebben ervaren.'

'Kan ik je wat water aanbieden? Ik heb niets anders in huis op dit moment.'

'Sí, María, gracias.'

Ze reikte hem een tinnen beker aan. 'Waar zijn je meisjes?' vroeg ze.

'Naar de competitie, met hun grootouders uit Sevilla. Het lijkt wel of iedereen naar Granada is gekomen. En jouw gezin?'

'José en Lucía zijn daar al…'

'Ik hoorde van een vriend dat ze gisteravond gedanst heeft,' onderbrak Ramón haar. 'En dat ze een sensatie was.'

'Ja, dat was ze. Eduardo is water gaan halen, en Carlos en Felipe heb ik nog niet gezien.'

'Nou, dan kunnen we even rustig zitten. Je ziet er moe uit, María.'

'Vandaag is iedereen in Sacromonte moe, Ramón.'

'Nee, María, je lijkt vermoeid tot in je ziel.'

Ze voelde zijn vriendelijke, oprecht bezorgde blik op haar gericht en kreeg een brok in haar keel.

'Waar maak je je zorgen om?' vroeg hij.

'Ik zou willen weten waar mijn zoons zijn, ik wil weten dat ze veilig zijn.' Ze hief haar hoofd op en keek hem aan. 'Als jouw kinderen groter zijn zul je dat begrijpen.'

'Maar ik hoop wel dat ze dan nog steeds naar hun papá luisteren.'

'Dat hoop ik ook voor jou. Nou, ik moet eens verder.'

Toen María wilde opstaan stak Ramón zijn hand uit. 'Als je ooit mijn hulp nodig hebt, zeg het alsjeblieft. We zijn nog steeds vrienden, sí?'

'Sí, gracias, maar alles is in orde. En dankzij jou kan ik de bezoekers die Lucía vast nog komen opzoeken versgeperst sinaasappelsap aanbieden.'

'En dankzij jou, María, kon ik naar mijn werk blijven gaan nadat mijn vrouw overleed, in de wetenschap dat mijn kinderen in goede handen waren.'

'Als buren helpen we elkaar, Ramón.'

María keek hem na toen hij op zijn gemak de grot uit liep. Ze zag het jongetje voor zich dat hij ooit was. Wáár María ook was in het dorp, steevast dook daar Ramón op. Hij had vaak gevraagd of hij haar op zijn gitaar mocht begeleiden als ze danste. Ze had altijd geweigerd, want een erg goede gitarist was hij niet.

Ze begon aan de sinaasappels, en ze kon het niet laten om af en toe even haar tanden in een sappig partje te zetten, en vroeg zich af of Ramón ooit verliefd op haar was geweest.

'María Amaya Albaycín,' sprak ze zichzelf streng toe, 'je bent een zielig oud mens dat zich aan het verleden vastklampt!'

12

'José, wakker worden! We moeten bij mijn ouders lunchen, en waar zijn de jongens? Heb je ze gisteren in het Alhambra gezien? José!' Instinctief stak María haar hand op, ze had hem graag wakker geslagen uit zijn dronken roes. Aan de stand van de zon zag ze dat het al bijna twaalf uur was, en ze was dodelijk ongerust over Carlos en Felipe. Ze liet haar hand zakken en begon aan hem te schudden, eerst zachtjes, maar harder toen hij niet bewoog.

'Wat is er, mens?' gromde José toen hij eindelijk wakker werd. 'Mag een man na de grootste triomf van zijn leven geen fatsoenlijke nachtrust hebben?'

'Dat mag hij, als hij zijn vrouw vertelt of hij zijn kinderen de afgelopen twee dagen heeft gezien.'

'Ligt Lucía soms niet gezond en wel naast je?' mompelde hij, en met een slappe arm gebaarde hij naar het opgekrulde figuurtje op het matras naast het bed.

'Je weet best dat ik het niet over Lucía heb,' ging María door, die moed ontleende aan de woorden van haar moeder de vorige dag. 'Waar zijn Carlos en Felipe?'

'Dat weet ik niet, ja? Jij bent hun moeder, het is jouw taak om te weten waar ze uithangen, of niet soms?'

María negeerde hem en richtte haar aandacht op Lucía, die duidelijk net zo diep in slaap was als José tot dan toe was geweest. Ze tilde het meisje op en droeg haar naar de keuken.

'Kom, Lucía, wakker worden. Je grootouders verwachten ons over een uur.'

'Mamá?' Lucía zweefde nog tussen slapen en waken toen María haar op haar knie zette en met een vochtig doekje haar vuile gezichtje waste.

'Hebben ze je gisteravond soms weer chocolade toegestopt?' mopperde ze, terwijl ze met bruuske gebaren de wangen en mond van haar dochtertje schoonveegde.

'¡*Ay*! Ja.' Lucía glimlachte terwijl haar moeder haar flamencojurk uittrok, waarvan de sleep nu vol aangekoekte modder zat. 'Ik hoefde alleen maar voor mensen te dansen, en dan kreeg ik munten en chocolade.'

'En vandaag moet je voor je grootouders dansen, maar niet híérin,' zei María, en ze zette haar blote dochtertje op de grond, rolde de jurk op en legde die in de houten kist die ze voor vuile was gebruikte. 'Hier.' Ze gaf Lucía een schoon hemdjurkje, dat had tenminste nog wat fijn borduurwerk aan de hals en de zoom, zodat de goedkope stof niet zo opviel. 'Trek deze maar aan.'

'Maar mamá, die droeg ik toen ik zes was! Dat is een babyjurk!'

'En kijk eens, hij past je nog steeds,' zei María geruststellend. Ze was vastbesloten dat haar dochter, die na de lunch ongetwijfeld in het middelpunt van de belangstelling zou staan, haar niet te schande zou maken. Ook al had haar echtgenoot dat wel gedaan en waren haar zoons nergens te bekennen…

'Zo, en nu ga ik je haar borstelen en vlechten. En stilzitten terwijl ik bezig ben, dan krijg je daarna een glas vers sinaasappelsap.'

'Sinaasappelsap? Hoe kom je daaraan, mamá?'

'Dat gaat je niks aan.'

Toen ze klaar was met Lucía's haar en het kind met een beker sinaasappelsap naar buiten had gestuurd, ging María aan de slag met haar eigen toilet. Dat bestond uit even poedelen met water uit de ton die Eduardo had bijgevuld en het aantrekken van een schone witte bloes. Ze wreef kostbare amandelolie in haar lange zwarte haar, moest dat zonder hulp van een spiegel in een knotje in haar nek draaien, en veranderde de losse, zachte haartjes aan de zijkant in twee glanzende krullen die haar wangen streelden.

'We moeten het hebben over wat er gisteravond is gebeurd.' José kwam de keuken binnen gestevend.

'Straks, na de lunch bij mijn ouders. Hier, ik heb je beste gilet geborsteld,' zei ze.

'Wat ik je wilde vertellen is dat Lucía en ik… aanbiedingen hebben gehad om te komen werken.'

'Die je uiteraard hebt afgeslagen omdat ze minderjarig is.'

'Je denkt toch niet dat iemand zich daar iets van aantrekt? Als Lucía in bars danst en daarmee klanten binnenhaalt, vinden ze daar echt wel wat op.'

'En waar komen die aanbiedingen vandaan?'

'Sevilla, Madrid en Barcelona. Ze willen Lucía, María, en we zouden wel gek zijn om ze af te wijzen,' zei José terwijl hij het gilet over zijn vieze, stinkende overhemd aantrok.

María bevroor.

'Je hebt die aanbiedingen toch zeker niet geaccepteerd, hè?'

'Ik... We hebben het er later nog wel over. Waar is mijn ontbijt?'

María beet op haar tong en gaf hem een kommetje pap. Ze had de rest van het sinaasappelsap verstopt, die zou hij in één keer opdrinken. Terwijl haar man buiten op het stoepje ging zitten en een sigaar opstak bij zijn ontbijt, ging María op zoek naar Eduardo, die zich aan het aankleden was.

'Heb je gisteravond je broers gezien?'

'Vroeg in de avond, ja.'

'Keken ze naar de competitie?'

'Ik heb ze wel gezien in de massa, ja.' Eduardo vermeed nerveus haar blik.

'En waar zijn ze nu dan?'

'Dat weet ik niet, mamá. Zal ik kijken of ik iets te weten kan komen?'

'Wat houd je voor me achter?' María keek haar zoon scherp aan.

'Niks...' Eduardo bond een gestippelde rode sjaal om zijn nek. 'Ik zal eens links en rechts gaan informeren.'

'Blijf niet te lang weg, we moeten straks naar je grootouders,' riep ze hem na toen hij wegging.

De grotwoning van haar ouders lag onderaan de berg, wat betekende dat ze de hoogste sociale klasse hadden bereikt. De grot had een houten voordeur, kleine vensters met luiken en een betonnen vloer die haar moeder met felgekleurde kleden had bedekt. De keuken had een echte gootsteen, die ze uit de bron vlakbij konden vullen, en een apart vuur om op te koken. De meubels van plaatselijk grenenhout had haar vader zelf gemaakt. Toen María de keuken binnenkwam zag ze dat de tafel bijna bezweek onder pannen met eten.

'María, je bent er! En mijn kleine Lucía!' riep Paola, en ze tilde direct het meisje op haar arm. 'Mensen, hier is ze!' riep ze, en ze ging de woonkamer ernaast binnen. María volgde haar moeder en staarde wezenloos naar een massa gezichten die ze niet herkende, maar ze was in elk geval opgelucht dat het Paola kennelijk nog niet was opgevallen dat haar man en zoons er niet waren.

Lucía werd omringd door familieleden, in leeftijd variërend van piepjong tot stokoud, en in de holle ruimte tuitten María's oren van de kakofonie van begroetingen.

'Natuurlijk gaat ze voor ons dansen, straks, na de lunch misschien,' kondigde Paola aan.

María ging haar vader begroeten, die op zijn vaste plek zat. 'Hoe gaat het met u, papá?'

'Het gaat goed, querida. En zoals je ziet is je moeder in haar element,' antwoordde Pedro met een knipoog. 'Maar ík zal blij zijn als dit allemaal achter de rug is en we tot de orde van de dag kunnen overgaan.'

'En hoe gaan de zaken, papá?'

'Goed, heel goed,' knikte hij bevestigend. 'Mijn potten en pannen zijn in trek bij de payos en ik ben een tevreden mens. En jouw jongen, Eduardo, zal op een dag de zaak van zijn oude opa overnemen en misschien zelfs binnen de stadsmuren gaan wonen. Ik heb tegen je moeder gezegd dat we genoeg geld hebben om daar zelf een huisje te kopen, maar dat wil ze niet. Hier zit ze bovenaan de ladder en daar zouden we onderaan zitten.' Hij hief zijn brede handpalmen naar het plafond.

'Wij gitanos blijven graag bij elkaar in de buurt, nietwaar, papá?'

'Ja, misschien doen we dat wel te veel. Dat is ook de reden waarom de payos ons niet mogen; ze kennen ons en onze gewoontes niet, en daarom zijn ze bang voor ons. Nou ja,' zei hij met een milde glimlach. 'het is niet anders. Waar is José?'

'José is onderweg, papá.'

'Behandelt hij je goed, querida?'

'Ja,' loog ze.

'Mooi, mooi. Ik zal tegen hem zeggen dat hij een zoon heeft om trots op te zijn. Er is hier trouwens iemand die je moet ontmoeten. Herinner je je neef Rodolfo nog? Jullie speelden als kind met elkaar en nu heeft hij net als jij zelf een kind, een jongetje van Lucía's leeftijd. De jongen heeft een gave.' Hij gebaarde naar een lange man die vlakbij stond. 'Rodolfo! Herinner je je nicht María nog?'

'Maar natuurlijk!' zei Rodolfo. Hij kwam met grote stappen op hen aflopen. 'Je bent nog even mooi als altijd,' zei hij, en begroette María met een handkus.

'Die fijne manieren heeft je neef zeker in Barcelona geleerd,' grinnikte Pedro. 'Geef je nicht eens een stevige omhelzing, *hombre*!'

Dat deed Rodolfo, en terwijl ze stonden te praten kwam een jongetje dat niet veel groter was dan Lucía naar hem toe en klemde zijn armen om zijn vaders been. Hij had heldere, hazelnootkleurige, diepliggende ogen en de donkere huid van een volbloed gitano; zijn haar stond in rare plukjes overeind. María vond hem er wat vreemd uitzien.

'Ik weet dat ik niet knap ben, señora, maar ik ben wel slim,' zei het joch, terwijl hij omhoogkeek en haar doordringend aanstaarde.

María bloosde en vroeg zich af hoe hij haar gedachten kon raden.

'Chilly, niet zo onbeleefd. Dit is María, je achternicht.'

'Hoe kan ze nou mijn nicht zijn als ze zo oud en verdrietig is?' vroeg hij aan zijn vader.

'Zo is het genoeg,' antwoordde zijn vader, en hij gaf een tikje op de kruin van zijn zoon. 'Luister maar niet naar hem, hij moet nog leren zijn gedachten voor zich te houden.'

'Dit is de jongen over wie ik je vertelde, onze kleine *brujo*,' zei Pedro. 'Hij heeft me net verteld dat ik voor mijn zestigste kaal zal zijn. Bof ík even dat ik nog tien jaar haar tegoed heb!'

'Waarom ben je zo verdrietig?' vroeg Chilly weer, en hij bleef María aanstaren. 'Wie heeft jou pijn gedaan?'

'Ik...'

'Een van je zoons zit in de problemen, señora, in grote problemen,' zei de jongen, heftig knikkend.

'Genoeg, heb ik gezegd, Chilly!' Rodolfo plantte zijn hand voor de mond van zijn zoontje. 'En nu ga je je moeder opzoeken en je gitaar vragen. Je moet na de lunch spelen, dus hup, oefenen jij.' En met een klapje op Chilly's achterste stuurde Rodolfo zijn zoontje weg.

'*Perdón*,' zei Rodolfo, zwetend van gêne, 'hij is nog te jong om te weten wat hij zegt.'

María's hart bonsde als een razende tegen haar ribben. 'Klopt het meestal wat hij zegt?'

Pedro, die zag hoe geschokt María was, raakte even zijn volle bos haar aan. 'Over tien jaar zullen we het weten!'

'Excuses, papá, ik moet mamá gaan helpen.' Ze knikte naar Rodolfo en ging de kamer uit, snelde de keuken door en ging naar buiten om José te zoeken. Die was nergens te bekennen. Ze kon haar man dus niet vertellen wat de kleine brujo tegen haar had gezegd.

'Wat moet ik doen...' zei ze zachtjes en speurde het pad af om te zien of José er al aankwam.

Maar ze hebben het nooit mis, María, zei haar innerlijke stem.

Ze ging weer naar binnen en vond een tijdje afleiding door haar moeder te helpen bij het serveren van de lunch aan de vele gasten: enorme schalen met stoofschotels van pittige bonen met worst, vergezeld van eiertortilla's en knapperige *patatas a la pobre*, gerechten waarvan ze op elke willekeurige andere dag zou hebben gesmuld, maar nu kreeg ze geen hap door haar keel. Na te hebben gecontroleerd of Lucía wel genoeg had gegeten, ging ze weer naar buiten om te zien of haar man er al aankwam. Geen spoor van José, maar Eduardo kwam naar haar toe gerend.

'Wat voor nieuws heb je over je broers?' vroeg ze, en ze hield Eduardo tegen om te voorkomen dat zijn ouders met hun scherpe blik hem konden zien.

'Mamá,' zei Eduardo hijgend, die voorover klapte om weer op adem te komen, 'geen goed nieuws. Ik was er al bang voor toen ik ze zaterdagavond in het Alhambra zag. Ze deden mee met een bende die de zakken van het publiek rolde. Ze zijn allebei op heterdaad betrapt, maar Carlos kon ontsnappen. Ik ben naar de vader van een van de jongens gegaan en die vertelde me dat ze allemaal in de gevangenis zitten. Overmorgen worden ze veroordeeld.'

'En Carlos? Waar is die nu?'

'Die zal zich wel verstopt hebben,' zei Eduardo, zijn schouders ophalend.

'¡Dios mío!' María begroef haar gezicht in haar handen. 'Mijn kleine Felipe! Wat moeten we doen, zeg jij dat eens!'

'We kunnen niets doen, mamá. Hij zal de straf die hij krijgt moeten ondergaan.'

'Maar je weet hoe ze ons gitanos behandelen in hun payogevangenissen! Ze slaan ze, misbruiken ze...'

'Het was kruimeldiefstal, dus misschien krijgen ze maar een korte straf. En Felipe zal misschien een lesje leren.'

'En anders zorg ík daar wel voor!' María's dodelijke angst was overgegaan in woede. 'En misschien ziet hij nu in hoe dom en gevaarlijk het is om zijn grote broer als een schaduw te volgen. Weet jij wat de straf is voor zo'n misdaad?'

'Nee, maar misschien moeten we met grootvader praten. Hij heeft ervaring met payos en misschien kent hij iemand die ons kan helpen.'

'Je grootvader is hoefsmid, geen payorechter! Mijn arme, arme Felipe! Hij is pas dertien, hij is nog een kind.'

'Ja, maar misschien is er een wet die zegt dat kinderen niet naar een gevangenis voor volwassenen mogen.'

'Maar als ze hem nou voorgoed bij me weghalen? Daar heb ik weleens van gehoord,' zei María wanhopig, en ze begon handenwringend te ijsberen.

'Mamá, probeer nou een beetje rustig te blijven. Ik zal proberen uit te vinden wanneer ze moeten voorkomen, en misschien kun jij dan naar de rechtbank gaan en om gratie smeken, en zeggen dat Felipe onder invloed stond van andere...'

'Van zijn bróér, ja! Ga maar gauw, en probeer ook je vader op te sporen.' María keek Eduardo na toen hij wegrende. Ze herpakte zich toen ze haar moeder hoorde aankomen.

'Waar zat je al die tijd, dochter? Waar is José?'

'Hij kan hier elk moment zijn, mamá, dat verzeker ik je.'

'Dat hoop ik maar, want iedereen zit te wachten tot Lucía gaat dansen, en José moet haar natuurlijk begeleiden. De familie moet straks weer naar huis.' Paola wees naar het grasveld voor de grot, dat direct aan de rivier lag. Daar stond een aantal woonwagens geparkeerd, met daartussen een aantal rustig grazende muilezels. Er had zich al een grote groep mensen rond een geïmproviseerde dansvloer verzameld, en er kwamen nog meer mensen over het pad hun kant uit.

'Wat moet dit voorstellen, mamá?'

'Niets,' zei Paola, die nog het fatsoen had om te blozen. 'Ik heb alleen tegen wat vrienden en buren gezegd dat Lucía hier na de lunch zou dansen.'

'Je bedoelt dat je in het hele dorp hebt rondgebazuind dat je hier je eigen privéshow zou geven,' mopperde María. 'Nou, dat zal zonder José niet gaan.'

'Misschien kunnen we wel zonder José. Er is hier iemand die misschien voor hem kan invallen, ik zal hem eens halen.'

'Mamá, abuela wil dat ik ga dansen, maar papá is er niet.' Lucía was naast haar komen staan. 'Ze wil dat híj me begeleidt.'

María volgde Lucía's wijsvingertje door de zich verzamelende menigte en kwam uit bij Chilly, de jongen die de verontrustende voorspellingen had gedaan. Hij droeg een gitaar die een paar maten te groot voor hem leek.

'Híj?' María keek haar dochter fronsend aan.

'Hij heeft gisteravond bij het Concurso gespeeld. Hij heeft wel talent, maar ik wil dat papá voor me speelt.'

'María?' Een zachte hand pakte haar bij haar schouder, en toen ze zich omdraaide stond Micaela naast haar.

'Gefeliciteerd met je dochters succes. Je zult wel trots zijn,' zei ze, terwijl Chilly bij hen kwam staan. Micaela woelde even door het haar van de jongen. 'En deze knul… heeft evenveel talent, op zíjn manier. Hij heeft mijn gave.'

'Ik weet het,' mompelde María, die de jongen nauwelijks durfde aan te kijken, uit angst dat hij weer iets zou zeggen wat ze niet kon verdragen.

'Lucía, ik ga nu voor je spelen, sí?' zei Chilly.

'Nee, gracias, ik wacht op mijn papá. Hij is de enige die weet hoe hij voor mij moet spelen,' antwoordde Lucía uit de hoogte.

'Chilly zal in de toekomst nog heel vaak voor je spelen,' verklaarde Micaela. 'En…'

María draaide zich om naar de bruja en zag dat haar ogen wegrolden. Dat gebeurde altijd als ze naar de geesten luisterde.

'… deze jongeman…' Micaela tikte Chilly op zijn schouder. '… zal op een dag jouw kleindochter weer thuisbrengen.'

'Míjn kleindochter?' vroeg María confuus.

'Nee, háár kleindochter.' Micaela wees naar Lucía. 'Weet je nog wat ik zei, kleine brujo,' zei ze tegen Chilly. 'Ze komt vast en zeker. O, wat is het toch warm! Eens kijken of ik ergens wat water kan vinden.' En daar ging Micaela, en Lucía keek haar moeder verbijsterd aan.

'Ik ben toch te jong om een kleinkind te hebben, mamá?'

'Ja, Lucía, natuurlijk ben je daar te jong voor. Nou, wil je dat Chilly voor je speelt of niet? Er komen steeds meer mensen en die worden ongeduldig.'

'Het zou me een eer zijn voor u te spelen, *señorita*,' zei Chilly met een glimlach die het gat toonde waar zijn melktanden hadden gezeten.

'Dat moet dan maar,' zei Lucía met een zucht. 'Zal ik een *bulerías* dansen, mamá?'

'Die lijkt me wel geschikt.'

'Kun jij die spelen?' vroeg Lucía argwanend aan Chilly.

'Ik kan alles spelen, señorita. Kom maar.' Hij pakte Lucía's hand. 'We gaan het nu doen, want mijn familie moet ook nog terug naar huis reizen.'

Tot María's verrassing volgde Lucía hem zonder tegensputteren. Het grasveld stond inmiddels vol toeschouwers toen de twee miniartiesten hun plaats op de verhoging innamen. Men had iemand kunnen opduikelen om cajón te spelen en Chilly ging op een krukje naast hem zitten, terwijl Lucía midden op het podiumpje ging staan en haar openingspositie innam.

'¡Olé!' riep ze.

'¡Olé!' antwoordde het publiek.

Chilly begon te spelen. Hij keek onafgebroken naar Lucía om haar ritme te volgen. Toen haar voetjes begonnen te stampen keek María gefascineerd toe. Of het nu de bijna tedere begeleiding door de jongen was, die met zijn spel elke beweging van Lucía leek te voorvoelen, óf Lucía's zelfvertrouwen nu ze de afgelopen dagen zo was opgehemeld, maar María had de indruk dat haar dochter nog nooit zo goed had gedanst.

De menigte stond als gehypnotiseerd en schreeuwde aanmoedigende kreten naar de jeugdige artiesten. '¡*Vamos ya*! ¡Olé!' riepen ze.

Lucía eindigde haar dans met zo'n donderend gestamp dat het houten platform bijna versplinterde.

María juichte toen Lucía een buiging maakte en met een genadig vorstinnegebaartje naar haar gitarist wees.

'Wie is dat joch dat voor onze dochter speelt?' zei een stem achter haar.

'Dat is mijn achterneefje, José. Wat een talent, hè?'

José negeerde haar opmerking. 'Waarom begeleidt híj Lucía?'

'Omdat jij er niet was om dat te doen.'

José liet een boer en sloeg een zware arm om de schouder van zijn vrouw om in evenwicht te blijven. Ze zag en rook dat hij had gedronken. Hij maakte aanstalten om naar het geïmproviseerde podium te lopen, maar María greep hem bij zijn gilet.

'Nee, José! Ik moet je dringend spreken. Heb je Eduardo gesproken?'

'Nee, niet gezien. Laat me los.'

'Pas als je naar me luistert. Laten we een plek zoeken waar we ongestoord kunnen praten.'

'Kan het niet wachten?'

'Nee, dat kan het niet! Kom mee hierheen.'

Ze gingen achter een van de wagens staan.

'Nou, mens, wat heb je voor belangrijks te vertellen?'

'Je zoon Felipe zit in een cel in de stadsgevangenis. Hij en Carlos zijn gisteravond bij het concours door de politie op zakkenrollen betrapt. Eduardo vertelde me dat er nóg drie jongens uit het dorp zijn gepakt. Ik hoorde dat ze een dezer dagen worden veroordeeld. Carlos heeft weten te ontsnappen, maar onze arme Felipe...'

María slaakte een gesmoorde snik. Eindelijk had ze José's volledige aandacht.

'Nééé...!' kreunde José en verborg zijn hoofd in zijn handen. Totaal vertwijfeld keek hij op en staarde zijn vrouw aan. 'Ik heb een hoop fouten gemaakt, maar het enige wat ik nooit heb gedaan is stelen. Ik dacht dat ik dat er bij mijn jongens ook had ingehamerd. Dios mío, ik kan het bijna niet geloven!'

'Wat gaat er nu gebeuren, José, weet jij dat?'

'Nee, maar misschien kunnen degenen die zoiets al eens hebben meegemaakt ons dat vertellen.'

'Ja, misschien. Eduardo is op zoek naar Carlos en probeert meer over Felipe te weten te komen.'

'Dit is allemaal de schuld van Carlos. Als ik die jongen te pakken krijg...' gromde José. 'Hij heeft zich natuurlijk in de grotten verstopt. Hij is waarschijnlijk banger voor wat ík hem straks aandoe dan voor de politie! Ik ga direct het hele dorp afzoeken en ik kom niet terug voordat ik die kleine *malparido* te pakken heb.'

'Sla hem niet, José. Hij is natuurlijk doodsbang en...'

'Ik ben zijn vader en hij krijgt wat hem toekomt. Wat hij verdient!' schreeuwde José, die stond te trillen van woede.

María keek haar man na, die met grote stappen wegliep en het op een rennen zette toen hij op het kronkelende pad omhoog uit het zicht verdween.

'Was Lucía niet geweldig?' Paola had haar dochter inmiddels gevonden in de menigte en kneep haar handen samen van bewondering. 'Onze neven en nichten waren stomverbaasd. Je zult wel trots zijn.'

'Dat ben ik ook, mamá.'

'Dat is niet aan je te zien, je ziet zo bleek als een doek. Wat is er?'

'Niets. Ik ben gewoon moe van het weekend.'

'Moe? Je bent drieëndertig en je gedraagt je als een oude vrouw. Misschien moet je eens bij Micaela langs voor een drankje, dan komt het licht weer terug in je ogen. Nou, kom maar mee om je familie te groeten voordat ze vertrekken.'

María volgde haar moeder naar de groep karren en wagens die hun familieleden huiswaarts moest brengen, naar Barcelona, soms nog verder. Alle neven en nichten feliciteerden haar met Lucía en hoopten dat María binnenkort met haar gezin op bezoek zou komen. María knikte en glimlachte werktuiglijk, maar haar keel zat dichtgesnoerd, zodat ze nauwelijks in staat was iets te zeggen.

'Tot ziens, señora.' Chilly trok aan haar rok en wenkte haar omlaag. 'Maakt u zich geen zorgen, er komt hulp. U zult niet alleen zijn,' fluisterde hij. Hij gaf een klopje op haar arm, zoals een ouder dat bij een kind zou doen, klom op een wagen en ging naast zijn vader zitten.

Ook al stond ze van de schok en de vermoeidheid te wankelen op haar benen, María bleef bij haar ouders en Lucía staan om de stoet wagens uit te wuiven tot die nog maar een stipje in de verte was.

Op de een of andere manier kon ze de energie opbrengen om haar moeder bij het opruimen te helpen. Lucía zat ondertussen bij haar opa op de knie op haar duim te zuigen en naar verhalen van vroeger te luisteren. Toen María naar huis wilde en haar dochter ophaalde, was ze diep in slaap.

'Te veel opwinding voor de kleine, denk ik,' zei Pedro met een glimlach toen hij Lucía in haar armen tilde. 'Ze vertelde me dat ze heel veel aanbiedingen heeft gekregen om in cafés in Barcelona te dansen, maar ik hoop dat jullie daar pas op ingaan als ze veel ouder is.'

'Natuurlijk, papá.'

'Voel je je wel goed, *mi hija*? Je ziet er anders uit dan normaal.' Haar vader veegde zachtjes een lok van het haar van zijn dochter uit haar gezicht. Het gebaar was van zo'n tederheid dat María zich het liefst in zijn armen had gestort, hem alles had verteld en zijn hulp en advies had gevraagd, maar ze wist dat José haar dat nooit zou vergeven. Híj was het hoofd van haar gezin.

Toen ze thuiskwamen ging Lucía, die inmiddels weer wakker was, buiten demonstratief haar zapateado oefenen, kennelijk hopend op nog meer lof van passerende dorpsbewoners. Ze was duidelijk al verslaafd aan aandacht. María zocht afleiding in allerlei karweitjes in afwachting van de terugkeer van José en Eduardo met mogelijk nieuws over haar vermiste zoons. Ze wist dat het dorp inmiddels zou gonzen van de geruchten.

Het begon al te schemeren toen ze José zag aankomen, en met een zucht van opluchting zag ze Carlos een eindje achter zijn vader aan sjokken.

'Naar binnen jij.' José duwde zijn zoon de grot binnen. Carlos struikelde over de drempel en viel. José kwam achter hem aan en haalde al uit om hem een schop te geven.

'Néé!' schreeuwde María, en ging tussen haar zoon en haar man in staan. 'Zo moet je niet reageren, José, ook al verdient hij nog veel erger. Hij moet helder blijven, zodat hij ons kan vertellen waar Felipe is.'

'O, ik weet heel goed waar onze jongen is. Felipe zit in de stad in een cel, zoals Eduardo je al heeft verteld.' José boog zich over Carlos en hees zijn in elkaar gedoken zoon omhoog. 'En terwijl zijn kleine broertje in de gevangenis zat, had dit exemplaar zich verstopt in de stal van zijn vriend Raúl, als een geitje dat bang is voor de slacht. Het kwam niet eens bij hem op om naar huis te gaan en zijn vader en moeder te vertellen wat er met Felipe is gebeurd!'

'Vergeef me, vergeef me, mamá, papá. Ik was bang, ik wist niet wat ik moest doen,' zei Carlos toen hij overeind kwam. María zag de blik van het kind dat hij ooit was.

'Je vond het belangrijker om je eigen ellendige hachje te redden, en ik zou je eigenlijk naar de stadsgevangenis moeten slepen om je daar af te leveren, zodat je samen met je broertje en de andere jongens wordt gestraft. Dat zou je verdiende loon zijn, lafaard!'

'Nee, papá! Ik zal nooit meer zo stom zijn. Die andere jongens hadden het bedacht, dat zweer ik, en Felipe en ik bedachten dat we mamá konden helpen zodat ze eten kon kopen en een mooie jurk voor Lucía.'

'Hou die vuile bek van je,' snauwde José. 'En stop met die smoesjes, want jij en ik weten maar al te goed dat jij al het geld dat je gestolen hebt naar binnen had gegoten. In de hele geschiedenis van de Albaycíns is er nog nooit iemand in de gevangenis terechtgekomen. Ook al gingen we bijna dood van de honger, we zouden nog eerder in de vuilnisbakken van de payos graaien dan zo diep zinken. Je hebt de naam van de Albaycíns te schande gemaakt! Ik voel er nog het meeste voor om jou op straat te zetten. Verdwijn uit mijn ogen.'

'Ja, papá. Het spijt me zó, mamá.'

'Als je nog één keer zoiets uithaalt, geeft je eigen vader je aan bij de politie!' brulde José toen Carlos wegsloop en achter het gordijn van zijn slaapkamer verdween.

'Wat is er, papá? Waarom schreeuwde je zo tegen Carlos?' Lucía was de keuken binnengekomen.

'Het is niets, querida,' troostte María haar dochter. 'Weet je wat, ga jij maar je vriendinnetje Inés van hiernaast opzoeken. Misschien kun je haar en haar zusjes een paar dansen laten zien,' moedigde ze haar dochter aan, en ze duwde Lucía zachtjes naar buiten.

José liet zich met zijn hoofd in zijn handen op een kruk zakken. 'Ay, María, ik schaam me zó verschrikkelijk.'

'Ik weet het, José, maar wat doen we als een van die andere jongens de naam van Carlos noemt als ze worden verhoord?' vroeg María.

'Dat is wel het laatste waar ik me druk over maak, het onderlinge eergevoel van de gitanos zal hem wel redden. Dios mío, vergeleken bij de wilde trekken van die jongen ben ik een lammetje. Misschien kan de liefde van een goede vrouw hem temmen.' José stak een hand uit naar zijn vrouw en gaf haar een flauw glimlachje. 'Jíj bent een goede vrouw, María. Dat zou ik veel vaker moeten beseffen, vergeef me.'

María pakte José's uitgestoken hand en heel even beleefden ze een zeldzaam moment van intimiteit.

'En wat doen we nu?' vroeg ze.

'We wachten tot Eduardo terugkomt. Een van de andere ouders is vanochtend naar de gevangenis gegaan, maar hij mocht van de bewakers niet naar binnen om zijn zoon te zien. De gevangenis zit volgepakt met lui die geprofiteerd hebben van de drukte bij het Alhambra. Een andere bende heeft een payostel met een mes bedreigd, ze hadden hun rijtuig in een hinderlaag laten lopen en hun geld en sieraden gestolen.'

'Als Felipe wordt veroordeeld, hoe lang krijgt hij dan?'

'Dat hangt van de rechter af. Het wordt morgen druk in de rechtszaal.'

Een uur later kwam Eduardo terug, en meer nieuws dan wat José had verteld had hij niet. Hij maakte een verwilderde indruk en leek twee keer zo oud geworden, maar hij was opgelucht dat Carlos inmiddels was gevonden en weer thuis was. Toen de kinderen hadden gegeten en naar bed waren – Carlos had van José alleen in zijn kamer moeten eten, bij kaarslicht – haalde María haar manden tevoorschijn en ging ze aan het werk.

'Dat hoeft vanavond niet, Mia.'

Ze keek op, verbaasd dat José zijn koosnaampje voor haar gebruikte, dat had hij in geen maanden gedaan. 'Ik word rustig als ik iets omhanden heb. Moet jij vanavond niet met je vrienden uit?'

'Nee. We moeten het over Lucía hebben.'

'We hebben voor vandaag genoeg gepraat, vind je niet?'

'Dit kan niet wachten.'

María zette de mand neer en zag dat haar man zich op zijn vaste plek in de keuken installeerde. 'Vertel het dan maar direct.'

'Ik heb een hoop aanbiedingen gehad.'

'Dat zei je, ja.'

'Serieuze aanbiedingen, die aardig wat geld in het laatje zouden brengen.'

'En zoals ik al tegen je heb gezegd moet jij die aanbiedingen afwijzen.'

'En zoals ik gisteren tegen jóú heb gezegd valt er wel iets te regelen. Ik ben degene die als gitarist wordt ingehuurd. Dan verschijnt Lucía plotseling op het podium, net zoals ze dat bij het Concurso deed. Iedereen is bereid om de risico's voor lief te nemen als ze Lucía's talent aan een breder publiek kunnen presenteren.'

'En hun eigen zakken te vullen, terwijl ze mijn kind illegaal laten werken en jou maar een schijntje betalen terwijl júllie in de problemen komen.'

'Nee, María, mijn vroegere baas in Barcelona heeft me het drievoudige van mijn loon aangeboden als ik Lucía bij me heb. Met dat bedrag kun jij elke dag van de week een fatsoenlijk maal voor ons gezin koken!'

'Ja, maar zonder jou en Lucía, José. Barcelona is een heel eind weg.'

'Mia, vind je niet dat we het moeten proberen? Wat voor leven hebben we hier nou helemaal? Zonen die zó uit zijn op geld dat ze bereid zijn om te stelen! Lege potten en pannen, tot op de draad versleten kleren!' José stond op en begon te ijsberen. 'Je hebt Lucía zien dansen, je weet wat ze kan. Onze dochter is uniek en wij zijn ten einde raad.'

'Zijn we zo wanhopig dat we dit gezin uit elkaar laten vallen, zó wanhopig dat mijn echtgenoot en dochter weggaan en wij zonder jullie achterblijven?'

'Als alles goed gaat kun je over een paar weken met de jongens naar Barcelona verhuizen.'

María had niet verwacht dat José haar zou voorstellen om direct mee te gaan, maar dat de mogelijkheid hen achter te laten bij hem was opgekomen vond ze schokkend.

'Nee, José! Lucía is te jong, punt uit. Barcelona is een grote stad, een en al dieven en zwervers, dat weet je best.'

'Ja, dat weet ik, ik ken de stad goed, en daarom kies ik liever voor Barcelona dan voor de aanbiedingen uit Madrid en Sevilla. Daar ken ik mensen, Mia, daar kan ik onze dochter beschermen.'

María zag een licht in zijn ogen dat ze in jaren niet had gezien, en ze realiseerde zich dat het hier niet alleen om Lucía ging, maar ook om José. Hij had een nieuwe kans gekregen om te schitteren, om zijn eigen gefrustreerde dromen alsnog te laten uitkomen. In een flits drong de waarheid tot haar door. Ze kneep haar ogen tot spleetjes. 'Je hebt al ja gezegd, hè?'

'Hij ging vandaag weg, dus hij wilde antwoord.' José vroeg met een smekende blik om begrip.

Het werd stil in de keuken. Uiteindelijk zuchtte María; ze keek hem aan terwijl haar ogen zich vulden met tranen.

'Wanneer vertrekken jullie?'

'Over drie dagen.'

'Weet Lucía het?'

'Ze was erbij en heeft me gesmeekt om ja te zeggen. De Bar de Manquet is een van de beste flamencocafés in Barcelona. Het is een fantastische kans voor ons... Voor háár. Dat begrijp je toch wel?'

'Het is niet eens bij haar opgekomen om het aan haar moeder te vragen,' fluisterde María. 'En wat als Felipe naar de gevangenis moet?

Laat jij je zoon daar dan in zijn eentje wegrotten? En Carlos heeft de leiding van een vader nodig, José.'

'In de korte tijd die nodig is om Lucía's reputatie in Barcelona te vestigen kun jij prima moeder én vader zijn. Dit zou voor ons allemaal het begin van een heel nieuw leven kunnen betekenen, María,' drong José aan.

'Het besluit is dus al genomen.' María stond op en ging met haar rug naar haar man staan. 'Dan valt er niets meer te zeggen.'

José stond op en liet een hand over de rug van zijn vrouw glijden. 'Kom, Mia, laten we naar bed gaan. Het is al een tijd geleden sinds we...'

Omdat jij er nooit bent als ik in mijn eentje in slaap val.

Maar omdat een gitana haar echtgenoot zijn huwelijkse rechten nooit mocht ontzeggen, nam ze met tegenzin zijn uitgestoken hand en volgde hem de slaapkamer in. Ze ging naast hem liggen en voelde hem aan de katoenen rok rukken die haar intieme delen bedekte. Terwijl hij haar besteeg en haar zachte vlees binnendrong, lag ze te wachten tot hij klaar was en er weer rust en vrede zou heersen.

Het duurde niet lang voordat hij grommend van haar af rolde. Met haar rok nog boven haar middel lag ze een tijdje in het duister te staren.

Wat is er van je geworden, María, vroeg ze zichzelf.

Niets, antwoordde haar vermoeide ziel.

13

‘Een máánd?’ Vol afgrijzen keek María José en Eduardo aan. ‘Hebben jullie de rechter niet uitgelegd dat hij pas dertien is? Dios mío! Het is nog een kind, en nu wordt hij samen met de rest van dat geboefte opgesloten, enkel en alleen omdat hij achter zijn broer aan is gelopen!’

‘Dat hebben we geprobeerd, mamá,’ legde Eduardo uit, ‘maar het was een gekkenhuis in de rechtszaal, er moesten zó veel mannen worden berecht, we konden niet dichterbij komen om voor hem te pleiten. Ze hadden de hele bende tegelijk laten voorkomen. De aanklacht werd voorgelezen en binnen een paar seconden had de rechter het vonnis geveld.’

‘Dat is toch onrechtvaardig!’

‘Gitanos krijgen geen rechtvaardige behandeling, die krijgen alleen maar straf,’ zei José, terwijl hij naar de keukenkast liep, waar hij een fles anijsbrandewijn met snel slinkende inhoud bewaarde. ‘Het had nog erger gekund, de dieven vóór hem kregen zes maanden.’ Hij trok de kurk van de fles en nam een grote slok. ‘In de ogen van payos zijn we bij voorbaat schuldig.’

‘Mijn arme zoon,’ zei María. De tranen stroomden over haar wangen, maar daar trok ze zich niets van aan.

‘Nu maar hopen dat hij van deze ervaring een lesje heeft geleerd. En jij...’ bulderde José toen een schaapachtig kijkende Carlos uit de slaapkamer opdook. ‘Kijk eens wat je je moeder hiermee hebt aangedaan.’

‘Vergeef me,’ zei Carlos smekend. Hij liep naar María en spreidde zijn armen om haar te omhelzen. Ze keerde zich van hem af.

‘Mag ik hem dan op zijn minst bezoeken?’ vroeg ze, terwijl ze met een ruw gebaar haar tranen wegveegde.

‘Ja, ik heb de bezoektijden opgeschreven,’ antwoordde Eduardo, het enige gezinslid dat kon lezen. Hij gaf het briefje aan zijn moeder. ‘Ik ga wel met je mee.’

‘Wat is er met Felipe gebeurd?’ Lucía kwam binnen. ‘Iemand vertelde me net dat hij in de gevangenis zit. Is dat echt waar?’

'Ja, dat is echt waar,' zei José. 'Hij heeft iets heel slechts gedaan, hij heeft tijdens het Concurso geld gestolen en daar wordt hij voor gestraft. Jíj zou nooit stelen, hè, prinsesje van me?'

'Dat hoef ik niet, papá, want jij en ik gaan onze familie rijk maken met zingen en dansen!'

'Wat bedoelt Lucía daarmee?' vroeg Eduardo.

'Dat mag jíj aan je zoons vertellen, José.' María veegde haar neus aan haar schort af terwijl Carlos en Eduardo in verwarring toekeken.

En terwijl zijn opgewonden dochtertje inmiddels op haar vaders knie was gaan zitten, vertelde José zijn zoons over zijn plannen.

'En als ik weg ben zorgen jullie voor je moeder, anders krijg je met mij te maken.'

Staand in haar armzalige keukentje wenste María één seconde dat zíj degene was die ervandoor ging naar Barcelona. Het nieuws over Felipe was het dorp al rondgegaan, en hoe talentvol haar dochter ook was, de vernedering die zij als moeder van Felipe voelde viel op geen enkele manier te compenseren.

Nadat Carlos zijn slaapkamer weer was binnengeslopen en José had aangekondigd dat hij vóór zijn vertrek nog wat 'dingen te regelen' had, ging Eduardo met zijn moeder op het stoepje voor het huis zitten. Hij pakte haar hand, en het viel haar op hoe eeltig en vol met littekens zijn jonge huid al was door het ruwe werk in zijn grootvaders smederij.

'Ik zorg voor je, mamá, als papá weg is.'

María wendde zich tot haar zoon, vatte zijn gezicht in haar handen en schonk hem een zwak glimlachje. 'Dat weet ik, prachtzoon van me. En daar dank ik God voor.'

'Tot ziens voor nu, Mia.' José nam María's hand in de zijne en kuste haar vingertoppen.

'Hoe kan ik weten of jullie allebei veilig en wel zijn gearriveerd?' vroeg ze. Ze stonden bij de ezelkar van José's neef, waarop de bagage van José en Lucía was geladen. De gitaar van José bezette de ereplaats.

'Ik zal zo snel mogelijk een boodschap meegeven aan een reiziger die deze kant op komt. Lucía, neem afscheid van je moeder.'

'*Adiós*, mamá,' zei Lucía plichtmatig, en toen María haar dochter stevig omhelsde was het overduidelijk dat Lucía popelde om te vertrekken.

'Jammer dat je vóór je vertrek je zoon niet meer hebt kunnen bezoeken in de gevangenis,' zei ze zachtjes tegen José.

'Dat zou pas vrijdag kunnen en ik heb mijn baas beloofd dat Lucía en ik er donderdag zijn. Het is maar een maand, María. Voordat je het weet is het voorbij, en dit zal Felipe een lesje leren dat hij nooit vergeet.'

'Als hij het al overleeft,' mompelde María, die zag dat José in een triomfantelijke sfeer wilde vertrekken in plaats van met negatieve gedachten over zijn gedetineerde zoon.

'Zo.' José trok Lucía uit haar moeders armen, alsof hij bang was dat ze haar niet zou laten gaan, en tilde zijn dochtertje op het ruwhouten bankje voor in de wagen. 'We moeten ervandoor.' Hij klom op de kar, naast zijn neef Diego, die de teugels vasthield. 'Stuur met iedereen die naar Barcelona gaat nieuws mee. Zeg maar dat ze naar de Bar de Manquet moeten gaan om de nieuwe ster te zien! ¡Vamos!'

Diego sloeg de leidsels tegen de achterhand van de ezel, en daar gingen ze. Er waren inmiddels wat buurtbewoners naar hun grot gekomen om de reizigers uit te wuiven, dus María, die zwaar op de stevige arm van Eduardo leunde, deed haar best om er geen emotionele vertoning van te maken.

'Adiós, mamá, en je moet komen om me te zien dansen in Barcelona! Ik hou van je!' riep Lucía terwijl de kar ratelend op gang kwam.

'Ik ook van jou, querida!' María bleef zwaaien tot de reizigers niet meer dan stipjes waren.

'Gaat het een beetje, mamá?' informeerde Eduardo terwijl ze naar binnen liepen. 'Misschien is het beter als ik je meeneem naar grootmoeder en dat je daar een tijdje blijft. Het zal een zware dag voor je zijn.'

'Ze komen terug,' zei María, maar die woorden moesten van heel ver komen. 'En ik wens ze het succes dat ze verdienen.'

'Ik moet nu naar mijn werk. Carlos komt mee om te zien of hij van een stuk ijzer een pan kan maken.' María's middelste zoon trok gelaten zijn schouders op.

Ze keek de twee jongens na en troostte zichzelf met de gedachte dat op een stuk metaal slaan heel wat beter was dan een mens in elkaar slaan bij een blotevuistgevecht.

'Zo,' zei ze tegen zichzelf, 'nu ben ik alleen. Wat ga ik nu doen?'

Enigszins van slag keek ze om zich heen. Haar dag begon meestal zonder man en kinderen, het verschil was dat drie van de vijf gezinsleden vanavond niet thuis zouden komen.

Maar er is ook goed nieuws, hield ze zichzelf resoluut voor. Misschien zouden Lucía en José werkelijk zo veel geld verdienen dat ze als gezin naar Barcelona konden verhuizen, ook al zou dat betekenen dat ze het enige thuis dat ze kende moest verlaten. Misschien bood dat de frisse start die ze nodig hadden.

'Ik vraag me af hoe jij je nog durft te vertonen in het dorp, María,' mopperde Paola de vrijdag daarop, toen María zich klaarmaakte om naar Granada te gaan en haar zoon in de gevangenis te bezoeken. 'Je zoon heeft jouw en mijn gezin te schande gemaakt. Laten we hopen dat de payoklanten van je vader niet te weten komen dat hij onze kleinzoon is en hun klandizie beëindigen.'

'Het spijt me vreselijk, mamá,' zuchtte María, 'maar wat gebeurd is, is gebeurd en we moeten er maar het beste van maken.'

In de straten van Granada heerste de gebruikelijke ochtenddrukte vanwege de markt. María en Eduardo moesten voortdurend opzijspringen voor karren die hoog opgetast waren met vijgen, citroenen en sinaasappels, die een heerlijk frisse geur in de stoffige lucht verspreidden. Ze voegden zich bij de lange rij bezoekers voor de gevangenispoort en bleven in de brandende zon staan wachten.

Eindelijk mochten ze naar binnen, en zo fel als het zonlicht buiten was, zo bedompt en vochtig was het binnen. De lucht van ongewassen en rottende lijven was zo sterk dat María haar zakdoek tegen haar neus hield. De cipier, die hen met een kaars bijlichtte, leidde hen langs talloze trappen naar beneden.

'Het lijkt wel of de gevangenen hier levend begraven worden,' fluisterde María toen ze de man door een nauwe gang volgden over een vloer die nat was van iets wat wel rioolwater leek.

'Uw zoon zit daar,' zei de bewaker en hij wees naar een enorme cel. María kon achter de tralies alleen maar een massa lichamen ontdekken die lagen of stonden waar ze maar een plekje hadden gevonden.

'Felipe!' schreeuwde ze. Een paar gevangenen kwamen overeind maar keken weer weg.

‘Felipe! Ben je daar?’

Het duurde even voordat Felipe verscheen en zich een weg baande door de massa. Toen María eindelijk door de metalen tralies heen zijn handen kon vastgrijpen begon ze te huilen.

‘Hou je het een beetje vol, *hermano*?’ vroeg Eduardo, met gesmoorde stem.

‘Het gaat goed, hoor,’ zei Felipe schor, maar hij zag er allesbehalve goed uit. Zijn smalle gezichtje was doodsbleek, zijn lange zwarte krullen waren zo ruw afgeknipt dat er littekens op zijn kale hoofd zaten. ‘Niet huilen, mamá, het is maar een maand, ik red het wel.’ Zijn lip trilde. ‘Vergeef me, mamá, ik wist niet wat ik deed. Ik besefte het niet. Zó stom! Je zult vast een mes door mijn hart willen steken voor de schande die ik over de familie heb gebracht.’

‘Het komt goed, querido, mamá is er voor jou, en ik vergeef je.’ Ze kneep in zijn hand, die ondanks de bittere kou klam aanvoelde. ‘Krijg je hier wel te eten? Waar slaap je? Er zal toch wel meer ruimte zijn, om...’ Haar stem brak toen haar zoon zijn hoofd schudde.

‘Ik slaap waar ruimte is, en ja, we krijgen één keer per dag eten...’ Hij omklemde zijn borst toen hij door een rochelende hoest werd overvallen.

‘Ik zal een fles tonicum van Micaela voor je meenemen voor die hoest. O, mijn jongen, ik...’

‘Alsjeblieft, niet huilen, mamá. Ik heb dit mezelf aangedaan. Ik kom gauw thuis, dat beloof ik.’

‘Heb je nog iets nodig, broertje?’ Eduardo, die zag hoe overstuur zijn moeder was, nam het over.

‘Er is hier voor alles een zwarte markt, en wat er hier wordt uitgedeeld wordt door de sterkste mannen verdeeld onder de gevangenen,’ bekende Felipe. ‘Alles wat je maar mag meenemen... Wat brood en kaas en misschien wat warme kleren.’ Hij rilde onwillekeurig.

‘Natuurlijk,’ zei Eduardo. De bewaker zei dat hun tijd erop zat. ‘Hou je taai, en we zien je volgende week weer. God zij met je,’ fluisterde hij terwijl hij zijn dodelijk bezorgde moeder meevoerde.

In de weken daarna ondernam María de ellendige reis naar de gevangenis in haar eentje. En bij elk bezoek leek haar zoon nog erger verzwakt.

‘Het is hier ’s nachts zó koud,’ fluisterde hij, ‘en de deken die je me hebt gegeven hebben ze direct gestolen. Ik had de kracht niet om tegen die man te vechten…'

'Felipe, het is nog maar twee weken, dan is het achter de rug en kun je een nieuw begin maken, sí?'

'Sí, mamá.' Hij knikte vermoeid, en zijn tranen lieten een spoor achter op zijn vuile wangen. María's hart kromp ineen toen ze zijn piepende ademhaling hoorde.

'Hier is het drankje voor je ademhaling, Felipe. En hier, snel opeten voordat iemand het ziet.' Ze stopte hem een stuk brood toe en keek toe hoe hij de helft wegschrokte en de andere helft onder zijn dunne hemdje verstopte.

Weggaan na afloop van het bezoekuur was een van de zwaarste dingen die María ooit had meegemaakt. Ze huilde de hele weg terug en wilde dat ze José bij zich had om mee te praten. Ze wilde haar andere zoons niet belasten.

'Ik hou het vol, al was het alleen maar voor Felipe,' zei ze tegen zichzelf toen ze terugkwam in haar stille grotwoning. Ze had de moed nog niet kunnen opbrengen om Felipe te vertellen dat zijn vader en zusje naar Barcelona waren vertrokken.

'¡Hola!'

Ramón stond bij de ingang van haar woning. 'Stoor ik?'

'Nee hoor,' zei María schouderophalend. 'Iedereen is… van huis.'

'Ik heb iets voor je meegebracht,' zei hij, en hield een mand voor zich uit.

'Nog meer verse sinaasappels?' vroeg ze met een flauwe glimlach.

'Nee, het zijn koekjes die mijn moeder heeft meegenomen, maar het zijn er te veel voor ons.'

María wist dat de madeleines zo verrukkelijk waren dat íédereen zich daar ongans aan kon eten.

'Dank je wel.'

'Hoe gaat het met Felipe?'

'Hij heeft het zwaar,' antwoordde ze, en nam een hap van een koekje, in de hoop dat ze zich door de suiker wat minder slap zou voelen.

'Dat zal best. Nou, ik ga weer, maar als ik iets voor je kan doen, laat het alsjeblieft weten.'

'Dat zal ik doen, dank je,' zei ze dankbaar.

Ramón knikte haar gedag en vertrok.

Elke dag tijdens die hete en droge julimaand klampte María gitanoreizigers aan. Niet alleen als ze in de stad was, maar ook in Sacromonte, bij reizigers die de stadsmuren achter zich hadden gelaten. Niet één had nieuws uit Barcelona. Toen ze bij Micaela Felipes drankjes ging halen vroeg ze haar om raad.

'Je zult ze sneller terugzien dan je denkt,' was het enige wat Micaela haar kon vertellen.

De enige troost was dat na elke dag die verstreek Felipes thuiskomst een dag dichterbij was.

Toen eindelijk de langverwachte dag was aangebroken stond María angstig en opgewonden samen met andere moeders voor het gevangenisgebouw. De hekken gingen open en daar kwam een verzameling onooglijke, verwaarloosde mannen van allerlei slag naar buiten gestroomd.

'Mi querido, Felipe!' María rende op haar zoon af en klemde hem tegen haar borst. Ze voelde dat hij vel over been was, zijn kleren hingen als vodden om zijn lijf, en hij stonk zo vreselijk dat het maagzuur naar haar keel steeg. Het geeft niet, dacht ze, en ze nam zijn schriele arm in de hare. Hij is vríj!

Hoewel ze Paca had meegenomen, was de tocht naar huis loodzwaar. Toen ze eindelijk de kronkelige weg over de steile helling hadden bereikt echode Felipes zware gehoest door de hobbelige straatjes van Sacromonte. María moest hem steunen omdat hij nauwelijks zelfstandig op de muilezel kon zitten.

Eenmaal thuis ontdeed María Felipe van zijn kleren en haalde ze met een warme doek teder en voorzichtig de laag vuil van zijn lichaam. Daarna bracht ze hem naar bed en trok de dekens strak om hem heen. Wat er van zijn kleren restte wemelde van de luizen en legde ze opzij om later te verbranden.

Al die tijd dat María hem verzorgde lag Felipe in bed, met gesloten ogen en een zwoegende borst; hij zei nauwelijks iets.

'Wil je iets eten?' vroeg ze.

'Nee, mamá, ik wil alleen maar slapen.'

Die nacht echode Felipes gehoest door de hele grot, en toen María 's ochtends opstond zag ze dat Eduardo en Carlos in de keuken lagen te slapen.

'We zijn verhuisd, mamá, omdat Felipe zo hard hoest,' zei Eduardo, toen María hem een paar stukken platbrood gaf. 'Mamá, Felipe is erg ziek. Hij heeft koorts, en dat hoesten...' Hij schudde wanhopig zijn hoofd.

'Ik ga hem nu verzorgen, gaan jullie maar naar de smederij.'

Felipe voelde gloeiend aan, en haastig ging María naar haar kruidenkastje, maakte een mengsel van gedroogde wilgenbast, spirea en moederkruid klaar, omvatte Felipes hoofd en voerde hem lepeltje voor lepeltje de kruidenthee. Een paar seconden later braakte hij die weer uit.

Ze bleef de hele dag bij hem zitten, depte zijn gloeiende hoofd met een vochtige doek, goot druppeltjes water tussen zijn lippen, maar de koorts zakte niet.

Tegen zonsondergang hoorde María hem worstelen om adem te halen, zijn borst ging heftig op en neer.

'María, is Felipe ziek? Ik hoorde zijn gehoest door de muren heen,' kwam een stem vanuit de keuken. María keek om het gordijn heen en daar stond Ramón, met twee sinaasappels in zijn hand.

'Misschien wordt hij hiervan beter?' Hij wees naar het fruit.

'Gracias, maar ik denk dat daar meer voor nodig is. Ik zou Micaela moeten laten komen om hem een drankje te geven, maar ik durf niet bij Felipe weg te gaan en de jongens zijn nog niet terug van hun werk.' María schudde haar hoofd. 'Dios mío, ik denk dat hij er heel slecht aan toe is.'

'Maak je geen zorgen, ik ga Micaela wel halen.'

Voordat ze hem kon tegenhouden was Ramón verdwenen.

Een half uur later verscheen Micaela, met een gezicht dat een en al bezorgdheid uitdrukte.

'Laat me met hem alleen, María,' beval ze. 'Er is hier maar plaats voor twee.'

María gehoorzaamde en ging naar de keuken om voor haar andere zoons een dunne soep van aardappels en een wortel klaar te maken, maar ze had moeite om zich te concentreren.

Na een tijdje kwam Micaela met een ernstig gezicht de keuken binnen.

'Wat heeft hij?'

'Felipe heeft een longziekte. Die moet hij in die vochtige cellen hebben opgelopen, want de ziekte is al vergevorderd. Breng hem maar hier in de keuken, daar heeft hij meer lucht.'

'Wordt hij beter?'

Micaela gaf geen antwoord. 'Hier, probeer hem wat papavertinctuur te laten innemen. Dat helpt hem in elk geval in slaap te vallen. Als er morgenochtend geen verbetering is, moet je overwegen hem naar een payoziekenhuis in de stad te brengen. Zijn longen vullen zich met vocht en dat moet verwijderd worden.'

'Dát nooit! Geen enkele gitano komt ooit levend het ziekenhuis uit! En moet je zien wat de payos mijn arme jongen al hebben aangedaan.'

'Dan stel ik voor dat je een kaarsje opsteekt voor de Maagd en gaat bidden. Het spijt me, querida, ik kan weinig meer doen.' Ze omklemde María's handen. 'Hij is te ver heen om door mij geholpen te worden.'

Toen Eduardo en Carlos thuiskwamen van de smederij droegen ze Felipe naar de keuken en legden hem op zijn matras. María huiverde toen ze zag dat zijn kussen vol vlekken van opgehoest bloed zat. Ze haalde een schoner kussen van haar eigen bed en legde dat voorzichtig onder zijn hoofd. Hij bewoog nauwelijks.

'Zijn huid lijkt wel blauw, mamá,' zei Carlos nerveus, en hij keek María aan met een blik die smeekte om geruststelling. Die kon ze niet geven.

'Zal ik naar beneden rennen en onze grootouders halen?' vroeg Eduardo. 'Misschien weten zij wat we moeten doen.' Hij ijsbeerde door de keuken, terwijl zijn broer vechtend om adem op de grond lag.

'Was papá hier maar,' zei Carlos op scherpe toon.

María stuurde de jongens naar buiten en knielde naast Felipe.

'Mamá is hier, mi querido,' fluisterde ze, terwijl ze zijn voorhoofd depte. Even later vroeg ze haar jongens om zakken stro uit de stal te halen zodat hun broer meer steun had en wat makkelijker kon ademen.

In de loop van de nacht werd Felipes ademhaling steeds onregelmatiger, hij leek niet eens de kracht meer te hebben om te hoesten en zijn longen schoon te krijgen. Ze stond op en liep naar buiten, waar haar twee andere zoons nerveus stonden te roken.

'Eduardo, Carlos, ga je grootouders halen. Ze moeten onmiddellijk komen.'

Ze begrepen het en hun ogen vulden zich met tranen. 'Ja, mamá.' Ze gaf de jongens een olielampje mee zodat ze sneller vooruitkwamen en hurkte weer naast Felipe.

Zijn oogleden trilden, hij opende heel even zijn ogen en focuste zijn blik op haar. 'Ik ben bang, mamá,' fluisterde hij.

'Ik ben bij je, Felipe. Mamá is hier.'

Hij liet een zwak glimlachje zien en zei geluidloos: '*Te amo*.' Een paar seconden later sloot Felipe voor de laatste keer zijn ogen.

María en haar gezin gingen in de rouw, en iedereen die naar Barcelona reisde kreeg het bericht mee dat José en Lucía naar huis moesten komen. Felipes lichaam werd in de stal neergelegd, nadat de dieren daar waren weggehaald, zodat familieleden en dorpsgenoten de laatste eer konden bewijzen. Felipes lichaam was omringd met witte lelies en felrode granaatappelbloesems, hun sterke geur voegde zich bij de lucht van de wierook en kaarsen die naast het lichaam stonden te branden. María zat er dag en nacht, vaak in gezelschap van anderen, die haar hielpen bij het verdrijven van de geesten. Micaela kwam de traditionele bezweringsformules uitspreken die de ziel van Felipe moesten beschermen zodat die, bevrijd van alle ketenen, naar de hemel kon opstijgen. Steeds maar weer vroeg María vergiffenis voor de keren dat ze haar zoon had afgevallen. Uit angst de geesten te storen raakte niemand het lichaam aan.

Degene die haar bijna constant gezelschap hield was Carlos, die bittere tranen huilde om zijn broer. María wist dat hij doodsbang was dat Felipe zou terugkomen om hem de rest van zijn dagen te achtervolgen. Hij ondernam twee keer de pelgrimstocht naar de abdij van Sacromonte, op de top van de berg, om voor de ziel van zijn broertje te bidden. Misschien zag hij het als een mogelijkheid om even te ontsnappen aan het uur na uur in de hitte en stank zitten, maar María wilde zijn daad van de positieve kant bekijken.

Het gewone leven van elk lid van de familie werd opgeschort, de traditie eiste dat niemand mocht eten, drinken of zich wassen totdat Felipe te ruste was gelegd.

Op de derde dag, toen María dacht dat ze zou flauwvallen van de dorst, de honger, de shock en de doordringende stank van rottend vlees, kwam Paola naast haar zitten en reikte haar dochter een beetje water aan.

'Je moet drinken, mi hija, anders lopen we binnenkort achter jouw kist.'

'U weet dat dat niet mag, mamá.'

'Ik weet zeker dat Felipe het zijn moeder zou vergeven als die een slokje water drinkt terwijl ze over hem waakt. En nu drinken.'

María gehoorzaamde.

'Al iets uit Barcelona gehoord?' informeerde Paola.

'Nee.'

'Dan vraag ik je nu dringend om Felipe zonder de aanwezigheid van José te ruste te leggen. Afgezien van al het andere, is die stank verschrikkelijk...' Paola trok rimpels in haar neus. 'Die lucht trekt al vliegen aan en zal ziektes verspreiden.'

'Sst, mamá.' María legde haar vinger tegen haar lippen, bang dat Felipe zou horen hoe er over zijn stoffelijke resten werd gesproken, alsof het niet meer dan een homp vlees in ontbinding betrof. 'Ik kan onze zoon niet begraven zonder dat zijn vader erbij is. Dat zou José me nooit vergeven.'

'En ík zeg dat jij hem niet zou moeten vergeven dat hij ervandoor ging terwijl zijn zoon in de gevangenis werd gesmeten. Je moet Felipe morgen begraven, María, punt uit!'

Haar moeder vertrok en María volgde haar de stinkende stal uit en strompelde de keuken binnen. Ze besefte zelf ook dat ze de begrafenis niet langer kon tegenhouden.

Ze stond zichzelf een glimlachje toe toen ze om zich heen keek. Het leek wel of het hele dorp met geschenken was langsgekomen: eten, brandewijn, snoepgoed. Nu had ze tenminste iets om na de begrafenis aan te bieden. Ze stak een kaars aan en knielde onder de verbleekte afbeelding van de Gezegende Maagd. Ze bad de Maagd om vergeving, wendde zich af en vroeg vervolgens vergiffenis aan de geesten in de Opperwereld. Daarna ging ze naar buiten, waar ze Eduardo en Carlos lusteloos rokend aantrof.

'Willen jullie het dorp rondgaan en zeggen dat de begrafenis morgen plaatsvindt?'

'Ja, mamá, we gaan direct. Ik neem het lage pad, neem jij het hoge pad, hermano,' stelde Eduardo voor.

'Jongens...' Ze hield ze nog even tegen. 'Denken jullie dat jullie vader boos zal zijn?'

'Als hij boos is heeft hij het verdiend,' antwoordde Eduardo kortaf. 'Hij had nooit mogen weggaan.'

Onder de bedwelmende geur van de lelies waarmee de muilezels waren versierd, kronkelde de begrafenisstoet zich omhoog langs de met cipressen en bloeiende cactussen bezaaide berg. María liep voor de kist, die haar vader samen met haar zoons van restjes eikenhout uit zijn werkplaats in elkaar had getimmerd. Uit de rij rouwenden klonk een droevig gejammer op. Het was de stem van haar moeder, die een treurzang aanhief. Haar stem was rauw van ouderdom en emotie, maar toen de menigte ging meezingen klonk haar stem boven alles uit. María liet haar geluidloze tranen lopen; ze kwamen terecht op de droge aarde.

De begrafenisplechtigheid vormde een vreemd mengsel van een traditionele rooms-katholieke begrafenis en een ritueel waarbij Micaela onverstaanbare woorden mompelde om de ziel van Felipe en de nabestaanden te beschermen.

María liet haar blik over de vallei gaan, en daarna omhoog, naar het Alhambra, dat in zijn duizendjarige geschiedenis van zo veel bloedvergieten getuige was geweest. Om de een of andere reden was ze altijd bang geweest voor dat immense fort, en nu begreep ze waarom. Op die plek was het doodvonnis over haar zoon geveld.

14

Toen María de volgende ochtend wakker werd had ze het gevoel dat het laatste kruimeltje energie uit haar weggezogen was. Ze zorgde ervoor dat haar zoons op tijd naar hun werk gingen. Carlos stond als eerste op. Als er al iets goeds uit Felipes dood was voortgekomen, dan was dat het feit dat Carlos' schuldgevoel – althans op dit moment – een ander mens van hem had gemaakt.

Ze schonk zichzelf wat sinaasappelsap in uit de verse voorraad die Ramón de vorige dag had afgeleverd en ging op het stoepje zitten. Af en toe een slokje nemend dacht ze na. Ooit hadden ze een gezin van zes gevormd, nu waren ze met zijn drieën. Dat Felipe nooit meer terugkwam zou ze moeten aanvaarden, maar haar man en dochter... Ze knipperde in het felle zonlicht haar tranen weg, overvallen door de angst dat ook die twee niet meer dan geestverschijningen in haar verbeelding zouden worden.

'Waar zijn jullie?' vroeg ze de hemel. 'Zend me alsjeblieft een bericht.'

Later die dag deed ze haar rouwsluier voor, pakte twee van de kostbare eieren van haar kippen en nam ze mee naar Ramón.

'Ik wil dat je de werkgever van mijn man in Barcelona schrijft,' zei ze. Ramón was een van de weinige gitanos die kon schrijven, en voor een geschenk in de vorm van eten of hout was hij graag bereid om een brief op te stellen. 'Kijk, deze heb ik voor je meegenomen.' Ze hield hem de eieren voor.

Ramón legde zijn handen over de hare en schudde zijn hoofd. 'María, van jou zou ik nooit ook maar enige betaling kunnen aannemen, en nu al helemaal niet.' Hij pakte zijn schrijfspullen en gebaarde naar María dat ze bij hem aan de keukentafel moest komen zitten. 'Ten eerste, kan deze man lezen?'

'Dat weet ik niet, maar het is een stadsmens, een zakenman, dus we moeten maar aannemen dat hij dat kan.'

'Begin dan maar.'

'Beste directeur van Bar de Manquet,' dicteerde María. 'Naar ik meen hebt u enkele weken geleden aan Señor José Albaycín de positie van gitarist aangeboden, toen u hem en mijn dochter Lucía bij de competitie in Granada ontmoette. Als hij nog steeds in uw café werkt, zou u dan alstublieft tegen hem willen zeggen dat zijn vrouw een dringend bericht voor hem heeft...'

Ramón keek met een blik van sympathie op van zijn brief en hield zijn pen even boven het papier.

'Nee.' Ze aarzelde, want plotseling besefte ze dat ze zich hiermee tot de werkgever van José en Lucía richtte, die niet erg gecharmeerd zou zijn van een smeekbede van een echtgenote om zijn werknemers onmiddellijk naar huis te sturen. 'Dank je wel, maar ik moet een andere manier bedenken om José rechtstreeks te bereiken.'

'Ik begrijp het, María,' zei hij, en hij stond op. 'Vraag het gerust als ik iets voor je kan doen.'

'Ik heb besloten om papá en Lucía zelf in Barcelona te gaan zoeken. Ik heb geen rust zolang ze niet weten wat er met Felipe is gebeurd.'

Over de keukentafel heen bestudeerde María de reactie van haar zoons.

'Mamá, ik weet zeker dat een van de reizigers met wie we een bericht hebben meegegeven ze gauw zal vinden,' zei Eduardo.

'Niet gauw genoeg. Bovendien gaat het om een bericht dat alleen een echtgenote en moeder kan overbrengen.' María nam een hap van de stoofschotel die haar moeder aan de jongens had meegegeven. Ze wist dat ze elk beetje energie dat ze kon verzamelen nodig zou hebben.

'Maar je kunt niet alleen gaan. We gaan met je mee,' zei Carlos. Hij stootte zijn broer aan, die onzeker knikte.

'Nee. Het bedrijf van je grootvader heeft de laatste tijd al genoeg geleden onder jullie afwezigheid. Bovendien moeten jullie hier blijven voor het geval ik je vader onderweg misloop en hij hier niemand aantreft.'

'Dan blijf ik hier en gaat Carlos met je mee,' stelde Eduardo voor.

'Ik zei nee,' herhaalde María. 'Carlos mag al van geluk spreken dat hij werk heeft en we hebben het geld dat hij verdient hard nodig.'

'Mamá, dat is toch belachelijk!' Eduardo sloeg met zijn lepel tegen zijn bord. 'Een vrouw kan zo'n reis niet zonder begeleiding maken. Dat zou papá nooit goedvinden.'

'Ik ben nu het hoofd van de huishouding, en wat er wel of niet mag bepaal ík,' antwoordde María fel. 'Ik vertrek morgen vóór zonsopgang. Ik ga met de trein, Ramón zegt dat dat heel gemakkelijk is. Hij heeft me verteld wat ik moet doen en waar ik moet overstappen.'

'Heeft een of andere geest bezit genomen van je verstand, mamá?' vroeg Carlos.

María stond op en verzamelde de borden. 'Integendeel, Carlos. Ik heb eindelijk mijn verstand terug.'

Ondanks de voortdurende protesten van haar zoons dat in elk geval een van hen moest meegaan, stond María de volgende dag vóór zonsopgang op. Ze pakte een zak met water in, en wat eten dat nog over was van de begrafenis. Op advies van Ramón wikkelde ze een zwart tafelkleed als een cape om zich heen en bedekte ze de zwarte krullen die haar als gitana zouden verraden met een zwarte sjaal. Zo zouden ze haar voor een weduwe aanzien, zodat ze in elk geval respect zou afdwingen en met rust zou worden gelaten.

Ramón had aangeboden haar op zijn ezelwagen naar het station te brengen. Hij had zijn muilezel al voor de wagen gespannen en zat op haar te wachten.

'Klaar, María?'

'Klaar.'

Toen ze over de smalle wegen naar de stad reden begon de zon maar net aan zijn tocht langs de hemel en waren de cactussen langs de weg nog getooid met druppels ochtenddauw. Ze reden onder de stadspoort door en doorkruisten de nu al drukke straten van Granada, en María vroeg zich af of ze niet echt haar verstand had verloren. Maar deze reis móést ze gewoonweg maken.

Bij het station heerste een enorme drukte. Ramón bond de ezel vast en ging mee naar binnen om te helpen bij het kopen van een kaartje. Hij bleef bij haar op het afgeladen perron tot de trein het station binnen tufte.

'Vergeet niet om in Valencia uit te stappen,' waarschuwde hij, terwijl hij haar in een derdeklascoupé hielp. 'Er is daar een fatsoenlijk pension, het Casa de Santiago, vlak naast het station, daar kun je overnachten voordat je de volgende ochtend doorreist naar Barcelona. Het is niet duur, maar...' Hij drukte een paar munten in haar hand. '*Vaya con Dios*, María. Pas goed op jezelf.'

Voordat ze kon protesteren blies de stationschef op zijn fluitje en stapte Ramón uit.

Het was een warme, zonnige dag, en aan beide zijden van de spoorbaan lagen olijf- en citrusgaarden. Op de toppen van de Sierra Nevada lag een poederig laagje sneeuw, dat lag te schitteren tegen de strakblauwe hemel.

'Kun je het geloven,' fluisterde ze tegen zichzelf, plotseling opgetogen, 'dat ik mijn leven lang nog niet buiten Granada ben geweest?'

Wat haar er ook toe gebracht had om deze reis te ondernemen, María was blij dat ze die stap had genomen. Voor het eerst van haar leven zag ze iets van de wereld.

Ze stapte 's middags uit in Valencia en bracht de nacht door in het pension dat Ramón had aangeraden, maar deed nauwelijks een oog dicht en hield uit angst voor dieven haar tas stevig tegen zich aan geklemd.

De volgende ochtend, toen de zon al boven de bergen uitkwam, stapte ze in haar volgende trein. Haar achterste deed pijn van de harde zitting en ze had een klamme huid van de geïmproviseerde rouwkleding, maar ze ervoer een merkwaardig gevoel van vrijheid. Achter de dorpjes die ze passeerden zag ze af en toe een glimp van de oceaan, en ze meende de frisse, ziltige geur van de zee te ruiken.

In de loop van de dag realiseerde María zich dat ze Barcelona naderden, want bij elke halte vulde de trein zich met Catalaans sprekende reizigers. Sommige woorden herkende ze, andere niet. Laat in de middag zag ze eindelijk het silhouet van de stad aan de horizon opdoemen.

¡Dios mío, wat een enorm grote stad!' zei ze ademloos. 'Hoe vind ik jullie hier ooit?'

Rechts van haar lag een schiereiland, door de zee omsloten als door een glinsterend blauw schort. De huizen van de bewoners van deze grote stad strekten zich uit tot ver over de vlakte, die aan één kant door een bergketen werd beschermd. In het silhouet van de stad priemden torenspitsen als puntige zwaarden de hemel in.

María stapte uit op het drukke station en baande zich een weg naar buiten. Ze kwam terecht in een brede straat, waar het wemelde van trams en voortdurend claxonnerende auto's. Ze voelde zich de boerenvrouw uit de provincie die ze ook was toen ze payovrouwen zag met rokken die hun enkels en een deel van hun scheenbeen bloot lieten, die jongensachtig kort geknipt haar hadden, en vuurrode lippen die met een felrood potlood leken te zijn ingekleurd. Ze zag gebouwen met op de benedenverdieping winkels met glazen deuren en etalages met levensgrote poppen in vrouwenkleren.

'Wat is dit voor een plek?' mompelde ze toen er achter haar auto's begonnen te toeteren.

'¡*Oye*! Opzij! U veroorzaakt een file!'

Door al die herrie en het geschreeuw brak het koude zweet haar uit. Ze werd een beetje duizelig en ging snel in de schaduw van een onmogelijk hoog gebouw staan. Aan een oudere voorbijganger met een donkere huid, van wie ze dacht dat het iemand van haar eigen volk was, vroeg ze de weg naar de Barrio Chino. De man sprak Catalaans maar gebaarde in de richting van de zee, dus besloot María die kant op te gaan.

Een hele tijd later, toen ze in de eindeloze achterstraatjes met hun keien was verdwaald en bijna de hoop had opgegeven, kwam ze uit op een boulevard die aan zee lag. Ze hijgde van de dorst, haar laatste beetje water had ze kort daarvoor opgedronken, maar de aanblik van een aantal armetierige hutjes op het strand gaf haar weer hoop. Ze stak over en liep het witte zand op, en toen ze dichterbij kwam hoorde ze het zachte getokkel van een flamencogitaar.

Ze bukte zich om een handjevol zand op te rapen en moest grinniken toen de korrels tegen haar handpalm kriebelden. Verderop zag ze lachende payogezinnen picknicken, terwijl hun kinderen in de golven spartelden. 'Wat zou ik dát graag kunnen,' mompelde ze, maar ze wist dat ze grote kans liep om te verdrinken als ze dat probeerde; ze had nooit leren zwemmen.

Ze wendde zich af van het vrolijke tafereel en ging af op het geluid van de muziek en de bouwseltjes, die haar vertrouwder voorkwamen. Het waren vaak niet meer dan aan elkaar getimmerde blikken platen en houten planken. Uit elk dak stak een scheefhangende schoorsteen waaruit dikke rook opsteeg. Toen ze dichterbij kwam rook ze de doordringende lucht van rottende groente en overstromende riolen.

Ze strompelde het smalle, zanderige voetpad tussen de hutten over, en voor het eerst van haar leven voelde ze zich bevoorrecht omdat ze in een grot woonde. De krotwoninkjes waren nauwelijks zo groot als haar keuken, en als ze ergens stiekem door de open ingang naar binnen keek, zag ze een gezin op de grond gehurkt eten of kaarten.

Duizelig en hijgend van de dorst ging María na een tijdje gewoon maar ergens zitten en liet ze haar pijnlijke hoofd op haar knieën rusten.

'Hola, señora.'

Ze keek op en zag een klein, vies jongetje, dat haar vanaf de ingang van een krot observeerde. 'Bent u ziek?' vroeg hij in het Catalaans.

'Nee, maar heb je een beetje water voor me?' vroeg ze, ten einde raad, en om duidelijk te maken wat ze bedoelde hijgde ze overdreven en wees ze naar haar tong.

'Sí, señora, ik begrijp het.'

Het joch verdween naar binnen en kwam terug met een koffiekopje dat afkomstig leek uit een poppenservies. María was teleurgesteld maar dronk in één teug het koele vocht op, dat smaakte als een godendrank.

'Gracias,' zei ze. 'Mag ik nog wat?'

De jongen rende naar binnen om het minuscule kopje opnieuw te vullen, en weer dronk María het in één keer leeg en gaf ze het kopje terug. Hij giechelde en herhaalde het ritueel een aantal keren, alsof het een spelletje was.

'Waar is je familie?' vroeg ze, toen ze weer een beetje bijgekomen was.

'Die zijn niet hier, ze zijn aan het werk.' Hij gebaarde naar de grote stad achter hen. 'Er is niemand hier, alleen ik. *Chapas* spelen?'

Ze glimlachte en knikte. Hij haalde een paar kleurige kroonkurken uit zijn zak en samen tikten ze die over het zand weg om te zien wie het verst gooide. Ze moest een lachje onderdrukken toen ze besefte hoe belachelijk haar situatie was: helemaal naar Barcelona gereisd en hier zat ze met een onbekend jochie chapas te spelen, zoals ze dat vroeger met haar eigen kinderen had gedaan.

'Stefano!'

María keek verbaasd op. Een forse, in het zwart geklede vrouw keek beschuldigend op haar neer, alsof ze een kinderrover was.

'Stefano! Waar zat je al die tijd, ik heb je overal gezocht! En wie is dat?'

María legde de situatie uit en verontschuldigde zich.

'Hij zei dat er niemand op hem paste,' zei ze, terwijl ze opstond en het zand van haar rok veegde.

'Die jongen is altijd zoek,' zei de vrouw, afkeurend klakkend. 'Hup naar binnen, jij,' commandeerde ze de jongen.

'Waar kom je vandaan?' Tot María's opluchting sprak de vrouw het dialect van de gitanos.

'Uit Sacromonte.'

'Ah, Sacromonte!' Ze haalde binnen twee krukjes en reikte María er een aan. 'Waar is je man? In de stad, op zoek naar werk?'

'Nee, hij is hier al en ik ben hier om hem te zoeken.'

'Een echtgenoot die op de loop is! Dat probleem ken ik. Ik ben Teresa, en hoe heet jij?'

'María Amaya Albaycín.'

'Amaya zeg je? Wel, wel, ik heb familie die Amaya heet!' Teresa sloeg zich op haar enorme dij. 'Ken je Leonor en Pancho?'

'Ja, die wonen twee straten bij me vandaan. Leonor heeft net een baby gekregen, een jongetje. Ze heeft nu zeven kinderen,' vertelde María.

'Dan moeten jij en ik wel bloedverwanten zijn,' zei Teresa glimlachend. 'Welkom! Je hebt vast wel trek na zo'n lange reis. Ik haal een kop soep voor je.'

Opgelucht vanwege zo veel geluk en de Gezegende Maagd dankend voor het uitgebreide netwerk van gitanos dat zich over heel Spanje uitstrekte, slokte María de dunne soep op, die vreemd en ziltig smaakte.

'Waar werkt je man?'

'In de Bar de Manquet, in de Barrio Chino.'

'Wat doet hij daar?'

'Hij is gitarist, en hij heeft mijn dochter bij zich, ze danst. Weet jij waar het is?'

'Sí.' Teresa knikte en wees achter haar. 'De Barrio Chino begint hier direct achter, maar pas op als je daar 's avonds naartoe gaat. De bars zitten vol dronken havenarbeiders en zeelui. Het is geen plek voor een vrouw alleen.'

'Maar mijn man zei dat daar het hart van de flamenco was, en dat het een heel gerespecteerde buurt is.'

'De *cuadros* die daar optreden zijn inderdaad de beste in Spanje, mijn zoons gaan er vaak naartoe, maar dat wil nog niet zeggen dat het een respectabel deel van de stad is,' zei Teresa met opgetrokken wenkbrauwen. 'Als mijn zoons maar éven het geld ervoor hebben gaan ze ernaartoe. Ze hebben me eens verteld dat er een vrouw danst die een vlo wil opsporen en daarom haar kleren uittrekt!'

'Nee toch!' María was verbijsterd.

'Dit is Barcelona, niet Sacromonte. Hier kun je echt alles doen voor de kost.'

María's hoofd vulde zich met beelden van de kleine Lucía die op zoek naar een denkbeeldige vlo haar kleren uittrok. 'Nou, ik moet ze direct gaan zoeken. Ik heb ze namelijk heel droevig nieuws te melden.'

'En wat voor nieuws is dat?'

'Onze zoon is onlangs gestorven. Ik heb geprobeerd om hem via reizigers die naar Barcelona gingen een bericht te sturen, maar ik heb nog niks teruggehoord.'

Teresa sloeg een kruis en legde een kleine, dikke hand op María's magere arm. 'Het spijt me dat te horen. Hoor eens, blijf jij hier bij Stefano, dan kijk ik of een van mijn zoons vanavond met je naar de Barrio Chino kan gaan.'

Ze hees zichzelf overeind en María bleef achter in de claustrofobische, zanderige steeg, en elke vezel in haar lichaam snakte ernaar om weer thuis, in de veilige omgeving van Sacromonte, te zijn.

Ze had inmiddels korte metten gemaakt met de fantasieën die ze voorheen over hun Barcelonese familie had gekoesterd. Ze had ze zich voorgesteld als wonend in mooie huizen met stromend water en grote keukens, net als de payos in Granada. Maar deze mensen leefden eerder als krioelende ratten, en het losse zand was een metafoor voor hun onzekere pad tussen leven en dood. En ergens tussen al die mensen waren haar man en dochter...

Teresa kwam al snel terug in gezelschap van een graatmagere jongeman met een zorgvuldig ingevette snor.

'Dit is Joaquin, mijn jongste zoon. Hij heeft aangeboden om je vanavond naar de Bar de Manquet te brengen. Jij kent die bar toch, hè?'

'Sí, mamá. Hola señora.' Joaquin maakte een lichte buiging en bekeek haar rouwkleding.

'En jij kunt hier vannacht blijven slapen, als je wilt,' stelde Teresa haar gerust. 'Al kan ik je alleen een matras op de vloer aanbieden.'

'Gracias,' antwoordde María. 'Kan ik me ergens wassen?'

'Aan het eind van deze rij,' wees Teresa.

María liep de lange rij krotten langs en sloot zich aan bij de rij vrouwen die bij de openbare latrines stonden te wachten. Binnen stonk het nog erger dan het rottende lichaam van haar arme zoon, maar er hing een doffe, gebarsten spiegel aan de muur en er stond een ton met water waarmee ze haar handen en gezicht kon wassen. Ze plensde wat water in haar gezicht en veegde de vuile vegen eraf. Bang om ook maar een druppel van het water binnen te krijgen vermeed ze angstvallig haar mond. Ze trok zich niets aan van haar rouwkleding en schudde haar haar los, pakte een kam en staarde naar haar spiegelbeeld.

'Je hebt het in je eentje tot hier geschopt, María,' zei ze tegen zichzelf. 'Nu moet je je gezin gaan zoeken.'

Toen ze terugkwam bij Teresa's woninkje had zich daar een aantal mannen en vrouwen verzameld om haar te verwelkomen. Dat moest dus familie zijn, maar ze herkende niemand. Iemand had anijsbrandewijn meegenomen, iemand anders een fles manzanilla, en er werd een toost uitgebracht op het droevige overlijden van haar zoon. Toen het ging schemeren was er een gitarist verschenen, en María besefte dat ze een spontaan georganiseerde wake bijwoonde met mensen die ze nooit eerder had ontmoet. Zo ging dat bij gitanos, en die avond was María er blij om.

'Moeten we nog niet weg?' fluisterde ze tegen Joaquin, die zijn hoofd schudde. 'Nee, de Barrio komt pas laat tot leven.'

Eindelijk gaf hij haar een knikje en kondigde hij het nog altijd uitdijende gezelschap aan dat hij María meenam om haar man te gaan zoeken. Toen ze op weg gingen schoot de gedachte door haar heen dat niemand had gezegd dat hij Lucía of José had gezien.

María was niet gewend aan alcohol en toen ze achter Joaquin aan door het zand strompelde, had ze spijt van het glas wijn dat ze om maar mee te doen had aangenomen. Ze hoorde het dreunende geluid van de flamenco aan de overkant van de straat en bij de gedachte dat ze José zou zien draaide haar maag zich om.

Aan de rij lichtjes in de verte en de onophoudelijke stroom mensen was te zien waar ze naartoe moesten. Joaquin zei niet veel en had, anders dan zijn moeder, een zwaar Catalaans accent. Ze staken over en Joaquin voerde haar mee in een doolhof van hobbelige steegjes met aan weerskanten talloze bars. Stoelen werden buiten gezet, vrouwen in strakke jurken stonden buiten het eten en de muziek van hun bar aan te prijzen, en het gitaargeroffel kwam steeds dichterbij. María volgde Joaquin naar een pleintje met in elk pand een bar.

'Daar is de Bar de Manquet,' bromde Joaquin, en hij wees naar een café waar voortdurend mensen naar buiten kwamen. Vanbinnen kwam de stem van een cantaor die een melancholiek lied zong. Dit was duidelijk geen chic publiek, de mensen rond María waren gitanos of gewone arbeiders, die goedkope wijn en brandewijn dronken. Toch stond hier veel meer publiek buiten dan bij alle andere cafés.

'Gaan we naar binnen?' vroeg Joaquin.

'Sí,' knikte María. Ze wilde hem in de drukte niet kwijtraken.

Binnen was het een enorm kabaal, alle plaatsen aan de tafeltjes en de bar waren bezet, de zaak was stampvol.

'Weet jij wie de baas van dit café is?' vroeg María, met een blik op het podiumpje achter in het café, waar de cantaor zat. Een paar jonge vrouwen in flamencojurken zaten aan de bar te roken en met payoklanten te praten.

'Als u een drankje voor me bestelt, ga ik het vragen,' stelde Joaquin voor.

María bestelde van haar slinkende voorraad peseta's een brandewijn voor Joaquin. Terwijl hij in rap Catalaans met de barkeeper stond te praten, hoorde ze achter zich een gejuich opgaan. Ze draaide zich om en zag een danseres met elegante pasjes het podium betreden.

'Hij zegt dat de baas straks terugkomt,' schreeuwde Joaquin in haar oor, terwijl hij haar een glas water aanreikte.

'Sí, gracias.' María ging op haar tenen staan om over de hoofden heen naar de danseres te kijken. En weer steeg er gejuich op toen een danser met veel bravoure het podium op kwam.

'Señores y señoras,' riep een man. 'Handen op elkaar voor La Romerita en El Gato!'

De menigte barstte in gejoel uit toen El Gato zijn hand tegen de wang van zijn partner legde. Ze glimlachte naar hem en de twee knikten naar de gitarist.

Toen het paar in beweging kwam liep er een rillinkje langs María's ruggengraat. De voeten van de vrouw gaven een ritme aan, ze stak haar armen boven haar hoofd, terwijl El Gato een hand langs haar rug liet glijden.

María herinnerde zich de tijd dat zij en José jong waren en samen dansten, en haar ogen vulden zich met tranen toen ze terugdacht aan wat voorgoed voorbij was. Dit was een allesbehalve indrukwekkend café met een doodgewoon publiek, maar ze had zelden zulke goede dansers gezien. Een paar minuten lang liet ze zich met de rest van het publiek meeslepen door de passie en virtuositeit die op het podium werd vertoond, en toen het danspaar boog en het podium verliet om ruimte te maken voor de volgende artiest, stak María haar handen in de lucht en applaudisseerde ze.

'Geweldig.' Ze wendde zich enthousiast tot Joaquin, maar die stond niet meer naast haar. In paniek keek ze om zich heen. Hij stond aan de bar te roken en met iemand te kletsen. Haar blik viel op La Romerita, die zich de attenties van mannelijke klanten liet welgevallen, en dwaalde terug naar het podium, waar de volgende schoonheid met grote, fonkelende ogen een zambra uitvoerde. Dit was net zo'n briljante danseres als La Romerita vóór haar. Toen ze nog eens wat beter keek meende ze in de trekken van de vrouw iets bekends te zien.

'Juana la Faraona!' zei ze zachtjes. Een nicht van José, die jaren geleden naar Barcelona was vertrokken en voor José's eerste contract met een bar hier had gezorgd. Als íémand wist waar haar man en dochtertje waren, was het deze vrouw wel. Ze was tenslotte familie.

Nadat Juana onder daverend applaus van het podium was afgedaald, haalde María diep adem en worstelde ze zich door de menigte om de vrouw aan te spreken.

'Perdón, Juana, mijn naam is María Amaya Albaycín. Ik ben de vrouw van José en de moeder van Lucía.'

Juana keerde zich naar haar om en bekeek María van top tot teen met haar prachtige ogen. María had zich nog nooit zo slonzig en sjofel gevoeld als nu, naast dit exotische wezen. Met haar flamencohakken torende Juana boven haar uit, en ondanks het dunne laagje zweet op haar gladde huid zat de zwarte krul midden op haar voorhoofd nog perfect op zijn plaats.

'Hola, María,' zei ze. 'Iets drinken?' Ze reikte María de fles manzanilla aan die in het hoekje voor dansers op de bar stond.

‘Nee, dank je. Ik ben hier om José en Lucía te zoeken, ik heb nieuws voor ze. José had gezegd dat ze hier zouden gaan werken.’

‘Ze zijn hier geweest, ja, maar ze zijn vertrokken.’

‘Weet je waar ze naartoe zijn gegaan?’

‘Naar Villa Rosa. De manager daar, Miguel Borrul, bood meer geld.’

‘Hoe ver is dat?’

‘Niet ver, maar...’ Juana wierp een blik op de klok aan de muur. ‘... ik betwijfel of je ze daar nog vindt. Het meisje danst er vroeger op de avond om niet door de nachtpolitie te worden betrapt.’

‘Weet je waar ze wonen?’

‘O ja, drie deuren bij mij vandaan.’ Juana legde uit hoe ze daar moest komen.

‘Dank je.’ María draaide zich om en wilde weggaan.

‘Waarom wacht je niet tot morgen?’ Het leek of Juana haar een waarschuwende blik toewierp. ‘Het is laat, misschien slapen ze al.’

‘Nee, ik ben van heel ver gekomen om ze te zoeken, ik ga nú.’

Juana trok haar schouders op en bood María een sigaret aan, maar die bedankte. ‘Je dochter heeft veel talent, María, ze zal het ver brengen, als haar vader tenminste niet al op deze leeftijd alle passie uit het meisje haalt. Succes!’ riep ze María na toen die naar de uitgang liep. Ze keek nog even om zich heen of ze Joaquin zag, maar die was nergens te bekennen, dus vertrok ze maar.

Het was al na middernacht, maar het krioelde op straat van de dronken mannen die wellustige blikken naar María wierpen en obscene opmerkingen maakten. Zo goed en zo kwaad als het ging volgde ze Juana’s aanwijzingen. Het zou maar vijf minuten lopen moeten zijn, maar ze was kennelijk een verkeerde hoek afgeslagen en ze kwam terecht in een nauwe, doodlopende steeg. Toen ze zich omdraaide doemde het silhouet van een man op, die haar weg blokkeerde.

‘Hola, señorita, wat kost dat, *follar*?’ Hij wilde haar beetpakken, maar ze dook weg, zodat de man met een smak tegen de muur viel.

‘¡Dios mío! Hoe kan José zijn dochter in zo’n buurt laten wonen?’

Het gebouw waar ze moest zijn stond aan de overkant, aan net zo’n smal steegje. Zwaar ademend van de spanning klopte María op de voordeur, met als enige resultaat dat iemand vanuit een naburig raam naar haar schreeuwde.

‘Wegwezen! We slapen!’

María wilde per se naar binnen en voelde aan de deur; die gaf mee.

Bij de zwakke vlam van de enige olielamp die de ruimte verlichtte zag ze dat ze in een hal stond. Vóór haar leidde een steile houten trap omhoog.

'Eerste verdieping tweede deur links, zei Juana,' mompelde ze hijgend, terwijl ze zo geruisloos mogelijk de trap op liep. De verdieping werd nauwelijks verlicht door de lamp, maar ze vond de juiste deur en klopte vol schroom aan. Geen reactie. Ze klopte nog eens, maar was bang de andere bewoners wakker te maken en pakte de deurknop, die ze moeiteloos kon omdraaien.

Er hingen geen gordijnen voor het raam van het kamertje, dat verlicht werd door een straatlantaarn. En daar, op een matras op de grond, herkende ze de geliefde en vertrouwde gestalte van haar slapende dochtertje.

María moest tranen van opluchting wegslikken. Ze liep op haar tenen naar het matras en liet zich op haar knieën zakken. 'Lucía, mamá is hier,' fluisterde ze. Lucía sliep altijd als een blok, maar María wilde het kind niet laten schrikken. Ze streelde de verwarde haarbos van haar dochter en sloeg haar armen voorzichtig om haar heen. Lucía verspreidde een ongewassen lucht, en het matras stonk nóg erger, maar dat gaf allemaal niet. Ze had in deze enorme stad, onder volk waarbij de inwoners van Sacromonte heilige boontjes leken, haar dochter gevonden.

'Lucía.' María schudde haar dochter heel licht wakker. 'Het is mamá, ik ben hier.'

Eindelijk verroerde Lucía zich en opende ze haar ogen.

'Mamá?' Ze keek eens goed naar María, schudde haar hoofd en deed haar ogen weer dicht. 'Droom ik?'

'Nee, ik ben het echt! Ik ben jou en papá komen zoeken.'

Lucía zat onmiddellijk rechtop. 'Ben je het echt?'

'Sí.' María pakte haar dochters hand en drukte Lucía's vingertjes tegen haar wang. 'Voel je het?'

'Mamá!' Lucía wierp zich in de armen van haar moeder. 'Ik heb je zó gemist!'

'En ik heb jóú gemist, mi querida. Daarom ben ik je komen zoeken. Gaat het goed met je?'

'O ja, heel goed.' Lucía knikte. 'We werken in de beste bar van heel

Barcelona. Iedereen noemt het de kathedraal van de flamenco. Stel je voor!'

'En je vader? Hoe gaat het met hem? En waar ís hij eigenlijk?' María keek om zich heen in het piepkleine kamertje, waar maar net ruimte was voor Lucía en haar matras.

'Misschien is hij nog in Villa Rosa. Hij brengt me altijd naar bed en dan gaat hij weer terug om te spelen. Het is niet ver.'

'Hij laat je hier alleen achter?' María was diep geschokt. 'Dus iedereen kan hier 's nachts binnenkomen en jou meenemen!'

'Nee, mamá. Papá's vriendin past op me als hij er niet is. Ze slaapt hiernaast. Ze is heel aardig. En knap,' voegde Lucía eraan toe.

'En waar slaapt papá?'

'O.' Lucía aarzelde. 'Daar ergens.' Ze maakte een onzeker gebaar naar de deur.

'Nou,' zei María, terwijl ze de brok in haar keel probeerde weg te krijgen, 'nu ik toch al de lange reis hierheen heb gemaakt, kan ik maar beter gaan kijken of hij al terug is.'

'O nee, dat denk ik niet, mamá. Blijf alsjeblieft bij me. Het is al laat en je kan lekker naast me op mijn matras komen liggen en dan kunnen we elkaar knuffelen.'

Maar María was al opgestaan.

'Sst,' zei ze. 'Ik ben zó terug.'

Toen ze weer buiten stond slaakte María een gesmoorde kreet van ontzetting. Lucía kon zich vergissen, maar dat betwijfelde ze. Ze zette zich mentaal schrap en liep op haar tenen naar de aangrenzende deur, draaide zo zacht mogelijk de deurknop om en duwde de deur open. Bij het zwakke licht van dezelfde straatlantaarn zag ze een koperen ledikant, waarop haar man met een vrouw van hoogstens achttien jaar lag, allebei naakt. José's arm lag losjes over de strakke buik van de vrouw, vlak boven het zwarte wollige dons dat haar vrouwelijkheid bedekte.

'José, hier is María, je vrouw. Ik ben je hier in Barcelona komen opzoeken.'

Ze sprak met een normaal volume. Het zou haar een zorg zijn of alle straatbewoners tegen haar gingen tieren dat ze stil moest zijn.

Het meisje deed als eerste haar ogen open. Ze ging overeind zitten en staarde María aan, knipperend met haar ogen om in het donker haar silhouet te ontwaren.

'Hola,' zei María, die met flinke stappen op het bed afliep. 'En jij bent?'

'Dolores,' piepte de vrouw, terwijl ze pogingen deed om het dunne laken over haar naakte lichaam te trekken.

María moest bijna lachen; dit was net een klucht.

'José!' Dolores begon aan José te schudden. 'Word wakker! Je vrouw is hier!'

Toen er eindelijk beweging kwam in José, sprong Dolores uit bed en greep ze haar nachthemd. Toen ze het haastig over haar hoofd aantrok, ving María een glimp op van de volle borsten, de slanke heupen en het welgevormde achterste.

'Ik laat jullie wel even alleen,' zei Dolores, en als een bedeesd hertje sloop ze op haar tenen naar de deur.

Dit meisje was nauwelijks meer dan een kind, zag María toen ze haar liet passeren.

'Hij zei dat hij weduwnaar was,' zei Dolores, die haar schouders ophaalde en de deur achter zich dichttrok.

'Zo.' María ging met haar armen over elkaar aan het voeteneind staan. 'Weduwnaar, hè? Dan moet ik de geest zijn die je komt achtervolgen.'

José was inmiddels klaarwakker en staarde vol minachting en afschuw naar María.

'Wat doe jíj hier?'

'Dat kan ik net zo goed aan jou vragen.' María wees naar de lege plek naast José.

'Het is niet wat het lijkt, María, dat zweer ik. De kamer van Lucía en mij is te klein voor ons tweeën, en Dolores was zo vriendelijk om...'

'Hou toch eens op met dat gelieg, lafaard! Ik ben dan wel een bedrogen echtgenote, maar je denkt toch niet dat ik achterlijk ben! Ik weet al jarenlang dat jij er andere vrouwen opna houdt, maar als elke goede gitana-echtgenote met kinderen koos ik ervoor dat te negeren. Ik...' María moest even op adem komen toen de vulkaan van woede die jarenlang had gesluimerd eindelijk tot uitbarsting kwam. 'En terwijl jij hier bij dat kind lag, lag je dochter nota bene hiernaast te slapen! Respectloos zwijn dat je bent!' María spuugde naar hem. 'Je bent een smeerlap, mijn ouders hadden van meet af aan gelijk. Je deugt voor geen cent!'

José hield wijselijk zijn mond toen María doorraasde. Uiteindelijk begon hij te praten.

'Vergeef me, María. Ik ben een zwak mens, ik laat me snel verleiden. Maar ik hou van je en ik zal altijd van je blijven houden.'

'Hou toch je kop!' María stond te trillen van woede. 'Jij weet niet wat liefde is. Jij geeft alleen maar om jezelf. Je hebt Lucía gebruikt om terug te komen en vanwege jóúw ambitie ligt mijn dochtertje nu in haar eentje in een vies kamertje in een vieze stad!'

'Dat zie je verkeerd, María. Lucía vindt het hier geweldig! Ze is een groeiende groep bewonderaars aan het verzamelen en leert in Villa Rosa flamenco van de besten van de besten.' José zwaaide met zijn wijsvinger. 'Nee, je kunt míj niet de schuld geven van Lucía's ambitie. Vraag het haar zelf, ze zal het bevestigen.' Er verscheen een spottend glimlachje op zijn gezicht. 'Nou, hier ben ik dan, je hebt me opgespoord. Wat wil je?'

Een echtscheiding... was het eerste wat door María heen schoot. Ze negeerde het, want geen enkel gitano-echtpaar kon zijn huwelijk op legale wijze beëindigen. Ze haalde diep adem om rustig te worden.

'Ik ben hier gekomen om je te vertellen dat Felipe op 17 juli, toen hij maar net een dag uit de gevangenis was, aan een longziekte is gestorven.' Ze speurde José's gezicht af naar een reactie. En aan het schuldgevoel in zijn bloeddoorlopen ogen zag ze dat hij het al wist.

'Ik heb aan elke reiziger die naar Barcelona ging een bericht meegegeven dat jij en Lucía onmiddellijk naar huis moesten komen. Maar dat heb je niet gedaan.' Er welde een snik in María's keel op. 'En uiteindelijk begon het lichaam van onze jongen te stinken en moest ik hem begraven zonder dat zijn papá en zijn zusje erbij waren.'

Zodra ze het bericht had overgebracht aan de man wiens zaad haar zoon tot leven had gewekt, loste María's woede op. Haar woede maakte plaats voor verdriet, dat in verwrongen snikken en tranen van wanhoop naar buiten kwam. Ze liet zich op de grond zakken en opnieuw werd ze overweldigd door de immense droefheid om het verlies van haar geliefde zoon.

Ze voelde ruwe handen om haar schouders en een paar minuten lang klampte ze zich daaraan vast, alleen al omdat ze die armen eindelijk om zich heen kon voelen.

'Mia, ik vind het zó vreselijk. Onze kleine Felipe... dood...'

Door de mist van emoties heen zag María ineens weer de schuldige blik van José voor zich. Ze maakte zich los uit zijn omarming en keek hem aan.

'Je wist het al, hè?'

'Ik...'

'¡Dios mío! Stop toch eens met liegen. Onze zoon ligt in zijn graf! En jij wist dat?'

'Ja, ik wist het, maar pas vijf dagen na zijn dood, dus toen nam ik aan dat je hem inmiddels had begraven.'

María moest slikken en haalde diep adem. 'En ook al had je de begrafenis gemist, het kwam niet bij je op om terug te gaan naar Sacromonte om je treurende vrouw en kinderen bij te staan?'

'María, ik hoorde het bericht precies op de dag waarop we volgens ons contract met Villa Rosa zouden beginnen. Je hebt geen flauw benul wat voor een eer dat is voor Lucía en mij. Als we toen waren weggegaan en de mensen die ons zó hadden vertrouwd hadden laten zitten, dan was het gedaan geweest met onze toekomst.'

'Ook als je zou hebben gezegd dat je naar huis moest omdat je zoon was overleden?' María kon nauwelijks woorden vinden om haar ongeloof te uiten.

'Ja. Je weet net zo goed als ik dat gitanos de reputatie hebben dat ze onbetrouwbaar zijn. Ze zouden gedacht hebben dat ik stond te liegen.'

'José, het zijn óók gitanos, dus ze zouden het echt wel hebben begrepen.' María schudde haar hoofd. 'Jíj was degene die het niet begreep.'

'Vergeef me, ik heb een vergissing begaan. Ik dúrfde gewoon niet weg te gaan nu we na al die jaren eindelijk een plaatsje in de kathedraal van de flamenco hadden veroverd. En dan het geld dat we voor ons gezin konden verdienen, de roem die Lucía zou verwerven...'

'Er valt geen enkel excuus te bedenken, José, en dat weet je heel goed.' Ze ging staan en keek op haar man neer. 'Voor je laatste overspel kan ik je nog vergeven, maar hiervoor nooit. Ik hoop alleen dat je overleden zoon dat wel kan.'

Bij die woorden huiverde José en sloeg hij een kruis.

'Heb je het Lucía al verteld?' vroeg María.

'Nee. Zoals ik al zei was het onze eerste dag bij Villa Rosa en ik wilde haar niet van streek maken met dat vreselijke nieuws.'

'Zo. Ik ga nu hiernaast slapen, bij mijn dochter. En morgenochtend vertel ik haar dat haar broer dood is.' María liep naar de deur. 'Je vriendin mag als ze wil weer bij je in bed komen.' Ze knikte naar José en ging de kamer uit.

'Felipe is er niet meer?' Lucía zette grote ogen op van ongeloof. 'Waar is hij dan?'

'Hij is nu een engel, Lucía, hij heeft vleugels gekregen en daar is hij mee naar de Gezegende Maagd gevlogen.'

'Net zoals die engelen in de abdij van Sacromonte?'

'Ja.'

'Maar die zijn toch van steen, mamá? Felipe is niet van steen.'

'Nee, maar ik weet zeker dat hij nu langs de hemel vliegt, en misschien heeft hij jou al zien dansen in Villa Rosa.'

'Of misschien is hij wel een duif, mamá. Er lopen altijd een hoop duiven op het plein voor Villa Rosa. Of een boom,' mijmerde ze. 'Micaela zegt dat we van alles kunnen zijn als we terugkomen. Maar ik zou niet graag een boom zijn, want dan kan ik alleen met mijn armen zwaaien en niet met mijn voeten roffelen.'

Terwijl haar kind zo zat te praten kamde María zachtjes Lucía's vochtige haar. Ze had het gewassen in een kom met water uit een fontein op het pleintje en daarna geduldig van luizen ontdaan. Ze zuchtte. Het was niet verwonderlijk dat haar kind een warrig beeld van het hiernamaals had als je bedacht dat Spaanse gitanos eeuwen geleden gedwongen waren geweest om zich tot het rooms-katholicisme, de nationale godsdienst, te bekeren, maar dat geloof hadden vermengd met hun eigen zekerheden en vormen van bijgeloof.

'Wát hij ook is, mamá, ik hoop dat hij gelukkig is,' vervolgde Lucía.

'Ik ook, querida.'

'Dus het duurt nog heel veel jaren voordat ik hem weer zie, hè, mamá?'

'Ja, dat is zo, en het is heel verdrietig dat hij niet meer bij ons is en we zullen hem allemaal vreselijk missen.'

'Mamá,' zei Lucía, die kennelijk vond dat het tijd werd voor een ander onderwerp, 'kom je vanavond naar Villa Rosa om me te zien dansen?'

'Natuurlijk kom ik, querida. Maar ik heb gisteravond met papá gesproken, en ik denk dat je misschien nog een tikje te jong bent om hier in Barcelona te dansen als je mamá er niet is.'

'Maar ik heb papá toch? En je zou bij ons kunnen logeren.'

'Mis je Sacromonte dan niet? En Eduardo en Carlos?' vroeg María, terwijl ze in een regelmatig gebaar het haar van haar dochter bleef kammen.

'Soms wel, maar ik mis vooral jou. Papá kookt niet, snap je, en zijn vriendin Dolores ook niet, maar ik krijg in het café zo veel sardientjes als ik maar wil. En ik ben gek op sardientjes,' vertelde Lucía vrolijk glimlachend. 'En ik leer zó veel, mamá. Er danst daar een payovrouw, La Tanguerra, als je díé de tango en de bulerías ziet dansen...! En er is nóg een gitana, La Chicharra, en die wil een vlo vangen en dan kleedt ze zich helemaal uit tot haar onderrok! En Señor Miguel heeft een dochter die castagnetten speelt. Zij heeft me geholpen toen ik dat wilde leren. Klikklik, doen ze.' Met haar kleine vingertjes imiteerde Lucía het gebaar. 'Je slaat er de maat mee, net als met je voeten. En herinner je je Chilly nog? Die woont hier ook! We zijn nu vriendjes, ook al is hij een beetje raar, en soms treden we samen op in de bar.' Lucía vertelde het in een opgewonden stortvloed van woorden, tot ze even op adem moest komen.

María liet al die verhalen bezinken. 'Dus je wilt niet mee terug naar Sacromonte?'

'Nee, mamá, ik wil dat jij en Eduardo en Carlos hier bij mij en papá komen wonen.'

'Eduardo en Carlos werken allebei voor je grootvader, Lucía. Bovendien is ons thuis in Sacromonte.'

Toen José die middag aanklopte en zei dat het tijd was om naar Villa Rosa te vertrekken, zei María dat ze maar moesten gaan en dat zij later zou komen. Ze zwaaide ze uit en liet zich daarna op het stinkende matras van haar dochter zakken. Ze was er die ochtend zó van overtuigd geweest dat ze haar kind mee naar huis kon nemen. Maar nu ze getuige was geweest van Lucía's passie en vastbeslotenheid realiseerde ze zich dat dat gewoon niet kon. Het kind was voor dansen in de wieg gelegd, en als María haar tegen haar wil zou meenemen zou Lucía niet alleen ontroostbaar zijn omdat haar toekomst werd gedwarsboomd, maar zou zij zich als moeder schuldig voelen omdat ze haar die kans had ontnomen.

Om vijf uur kwamen José en Lucía terug om vóór de voorstelling van die avond nog een uurtje te rusten. María wachtte hen op bij de ingang van het flatgebouw.

'We moeten praten,' zei ze tegen José, die buiten bleef staan om zijn cherootsigaar op te roken terwijl Lucía voor hen uit de trap op rende.

'Wat heb je me te zeggen?'

María keek toe hoe José, die na de hevige emoties van de vorige avond zijn snoeverige stijl weer terug had, de sigaar onder zijn laars uittrapte.

'Je hebt je heilige belofte tegenover mij gebroken. We kunnen niet langer als man en vrouw leven.'

'Alsjeblieft, María, niet zo overhaast. Het is een zware tijd geweest...'

'En het wordt er beslist niet beter op als we blijven doen alsof we nog bij elkaar zijn.'

'Alles wat ik doe, doe ik voor ons gezin en om Lucía's enorme talent te ontwikkelen, maar dat schijnt niet tot je door te dringen.'

'Ik ga niet verder met je in discussie, José,' zei María zuchtend. 'Het enige wat ik wil is een eind en een nieuw begin. En hoewel elke vezel in mijn lijf ernaar verlangt om Lucía mee naar huis te nemen, zodat ze als gewoon kind kan opgroeien in het gezin waar ze thuishoort, weet ik dat dat niet kan. Ze moet haar kansen grijpen. Daarom smeek ik je om voortaan beter voor onze dochter te zorgen en haar zo goed mogelijk te beschermen. Ik moet er maar op vertrouwen dat je dat doet, meer kan ik niet doen.'

'Je kunt me vertrouwen, María, dat zweer ik.'

'Je bent een vrij man, José. Maar vertel Lucía nooit en te nimmer de waarheid over ons. Voor haar moeten we altijd man en vrouw en haar vader en moeder blijven.'

'Zoals je wilt,' zei José.

'En nu ga ik even een tijdje bij Lucía zitten voordat jullie naar Villa Rosa gaan. Ik ga naar haar kijken als ze danst en daarna ga ik terug naar Sacromonte.' María haalde diep adem en ging op haar tenen staan om José een laatste kus te geven. 'Ik dank je voor het kostbare geschenk van mijn kinderen.'

Ze draaide zich om en ging naar binnen om met haar dochter te praten.

TIGGY

LANDGOED KINNAIRD,
DE SCHOTSE HOOGLANDEN

JANUARI 2008

Schotse wilde kat
(*Felis silvestris grampia*)
Ook bekend als de tijger van de Hooglanden.

15

Mijn hoofd schoot omhoog toen ik weer bij mijn positieven kwam. Ik verplaatste mijn gewicht en voelde mijn rugspieren protesteren omdat ik zo lang rechtop had gezeten op de kruk met drie poten. Het was inmiddels donker en het rook muf in de kamer; het vuur in de houtkachel moest een tijdje terug al uitgegaan zijn. Ik haalde mijn mobieltje uit de zak van mijn spijkerbroek en gebruikte het licht van het schermpje om mijn weg naar de olielamp te vinden en die weer aan te steken. Ik zag dat Chilly in zijn stoel lag te slapen, zijn hoofd hing opzij. Het was me niet helemaal duidelijk wanneer we in slaap waren gevallen, maar ik wist wel dat ik vooraf een andere wereld was binnengegaan: een wereld vol armoede, wanhoop en sterfte. Toch barstten de beelden die Chilly aan mijn geestesoog had laten verschijnen ook van de kleur en passie.

'Een wereld die deel van mij uitmaakt, van mijn verleden,' fluisterde ik. Ik schudde mijn hoofd even omdat ik voelde dat ik weer moest aar den, dat ik weg moest uit de droomachtige wereld die ik steeds leek te betreden als ik door de deur van Chilly's huisje kwam. Misschien kon hij het zich wel permitteren om daar permanent te vertoeven, maar ik niet. En op dit moment had ik het gevoel dat ik er elk moment in kon verdrinken. Nadat ik de houtkachel weer had aangemaakt en hout had gehaald dat Chilly vannacht kon gebruiken, maakte ik een pot sterke koffie voor hem en zette die naast zijn stoel neer.

Terwijl ik van bovenaf naar zijn gegroefde gezicht keek, probeerde ik me hem voor te stellen als de jongen die hij ooit was geweest en die gitaar had gespeeld voor Lucía, zijn nichtje...

'Dat betekent,' zei ik ademloos, 'dat je in de verte ook familie van mij bent.' Mijn stem haperde. Hoe was het mogelijk dat ik hier, midden in de Schotse Hooglanden, een familielid had gevonden? Was het wel waar wat hij me verteld had?

'Dag, Chilly,' mompelde ik, en ik bukte me om een kus op zijn voorhoofd te drukken, maar hij verroerde zich niet.

Ik liep de hut uit, de bittere kou in, en ging met een licht gevoel in mijn hoofd van de rook van de houtkachel en Chilly's pijp terug naar de cottage.

'Waar heb jij de hele dag uitgehangen?' Cal keek me verwijtend aan toen ik binnenkwam en mijn jas aan het haakje hing. 'Toch niet aan de zwier geweest met onze speciale gast, hoop ik?'

Ik was nog nooit zo blij geweest om zijn stevige, geruststellende gestalte in het lage vertrek te zien. 'Ik was bij Chilly. Hij, eh... voelde zich niet zo lekker.'

'Het is dikke mik tussen jullie, hè? Je zult wel een gewillig slachtoffer zijn om tegenaan te praten.' Grinnikend voegde hij eraan toe: 'Hij stopt je hoofd zeker vol met sprookjes en verhalen over zijn verleden?'

'Hij is een interessante man. Ik luister graag naar hem,' zei ik afwerend.

'Dat is hij zeker, maar als ik jou was zou ik niet in zijn praatjes trappen, lassie. Tegen mij heeft hij een keer gezegd dat ik in een vorig leven een grizzlybeer was en mijn prooien besloop in de Hooglanden.' Hij schoot in de lach, maar nu hij zo boven me uittorende, kostte het weinig verbeeldingskracht om te geloven dat hij écht ooit een beer was geweest. Tot op de dag van vandaag maakte hij nog steeds jacht op kwetsbare prooien.

'Kom op, Tig. Kijk niet zo dromerig. Het wordt tijd dat je het loslaat, en ik heb een nieuwtje dat je wel weer met beide benen op de grond zal zetten.'

'Wat dan?' Ik liep naar de keuken, op zoek naar iets te eten. Sinds het ontbijt had ik niets meer gegeten.

'Je *lover* wil dat je morgen om tien uur naar de Lodge komt.'

'Wat? Hoezo?'

'Dat moet je niet aan mij vragen. Hij wil je meenemen naar een bijzondere plek.' Cal bleef bij de keukendeur staan, terwijl ik een dik stuk brood afsneed en besmeerde met margarine.

'Dat ga ik natuurlijk niet doen. Ik ben hier om te werken. Ik kan niet zomaar op stap gaan, naar God mag weten waar, alleen omdat onze teerbeminde gast dat wil. Trouwens, wat zou de Laird daarvan zeggen? Of Beryl?'

'Och, Beryl vindt het prima. Die is allang blij als hij haar niet voor de voeten loopt en ze de ramen in de grote zitkamer open kan zetten om al die sigarenrook er eens uit te laten. *His Lordship* houdt niet van kou, zegt hij.'

'Jezus, Cal.' Ik slikte een mondvol brood door. 'Ik voel me net een prostituee! Ik ben hier als fauna-adviseur, niet als escortdame! Sorry, maar ik doe het niet. Ik ga nu naar de Lodge om tegen Beryl te zeggen dat ik het heel druk heb met, eh... een onderzoek naar elanden. Of zoiets.' Ik trok de koelkast open om te kijken wat er te eten was. Dat was niet zo veel, dus sloeg ik de deur gefrustreerd weer dicht.

'Kom op, Tig, het is niks voor jou om je zo op te winden. Binnenkort is hij weer weg, en laten we wel wezen, je hebt hier nou niet bepaald je handen vol, toch?'

'En wiens schuld is dat? Ik ben hier al bijna een maand en heb nog steeds geen fatsoenlijk gesprek met Charlie kunnen voeren over de toekomst. Ik ben het gewend om druk bezig te zijn, Cal. Ik heb helemaal geen zin om de gastvrouw uit te hangen voor een rijke rare snuiter die denkt dat ik alles uit mijn handen laat vallen om hem op zijn wenken te bedienen.'

'Wat heb je toch? Maak je niet zo druk.' Hij wees naar twee flessen rode wijn op het aanrecht. 'Kijk. Die heeft Beryl gestuurd als bedankje voor onze hulp op oudejaarsdag. Ik ga er een opentrekken. Zo te zien kun jij vanavond ook wel een borreltje gebruiken.'

'Er is niets in huis voor het avondeten. Ik ben vandaag niet naar de winkel geweest omdat ik bij Chilly was en... O jee.' Ik zuchtte, want de tranen sprongen me in de ogen. 'Sorry, ik ben vanavond niet helemaal mezelf.'

'Dat zie ik,' zei Cal zacht, terwijl hij de fles net zo makkelijk ontkurkte als hij de stop uit een bad zou trekken, en twee wijnglazen uit een kastje pakte. 'Kijk eens aan.' Hij hield me een tot de rand toe gevuld glas voor. 'Pak aan en ga lekker in bad, dan maak ik het avondeten klaar.'

'Ik zei toch al dat er niks in huis is...'

'Hup.' Hij duwde me in de richting van de badkamer. 'In bad, jij.'

Tegen de tijd dat ik een half uur later weer tevoorschijn kwam, een stukje kalmer, dreef er vanuit de keuken een heerlijke geur naar me toe.

'*Tatties and neeps* – oftewel aardappels en knolraap – en het geheime sausje van mijn oma,' legde Cal uit, terwijl hij twee borden op de tafel kwakte. 'Voor mezelf heb ik er kip in gedaan, maar ik zweer dat er bij jou geen vlees of iets van zuivel in zit.'

'Dank je.' Dankbaar zette ik mijn lepel in het dampende bord met groenten, overgoten met een rijkgevulde bruine saus.

Hij schonk mijn glas wijn bij en ging tegenover me zitten.

'Dit is echt heel lekker,' zei ik na een paar happen.

'Het verbaast je misschien, maar voordat jij kwam, kon ik mijn eigen potje ook wel koken. Vertel eens, wie heeft je zo van streek gemaakt? Alleen Zed, of kwam het ook door Chilly?'

'Door beiden.'

'Nou, je hebt al gezegd wat je vindt van die miljardair die denkt dat jouw gezelschap te koop is, dus laten we het maar over die maffe zigeuner hebben.'

'Jij zult hem wel voor gek verklaren, Cal. Dat is hij waarschijnlijk ook, en je zult het ook wel gek vinden dat ik hem geloof, maar...'

'Nou?'

'Volgens hem heeft hij als kind te horen gekregen dat hij mij op een dag de weg naar huis zou wijzen. Hij zegt ook dat hij weet wie mijn grootmoeder was. Vandaag heeft hij me van alles over haar verteld.'

'Juist. En jij gelooft hem?'

'Ik denk het wel. Een aantal dingen die hij zei, heeft mijn vader me ook geschreven in zijn brief, en... Het slaat helemaal nergens op, maar... Ik weet het niet. Waarschijnlijk ben ik gewoon in de war en uitgeput van de emoties. Ik heb altijd geloofd dat er meer is, iets spiritueels, bedoel ik dan. Maar wat er vanmiddag is gebeurd, ging zelfs mij nogal ver. Ik weet gewoon niet of ik kan vertrouwen op wat hij zegt.'

'Ik begrijp het.' Hij knikte en gebaarde dat ik verder moest vertellen.

'Het komt erop neer... Ik durf het bijna niet te zeggen, maar ik zit in een geloofscrisis. Ik zeg altijd tegen mensen dat ze op het universum moeten vertrouwen, dat ze in een hogere macht moeten geloven. En nu zit ik in zak en as omdat ik bang ben dat Chilly's verhalen niet meer zijn dan de levendige fantasie van een oude, eenzame man. Snap je?'

'Ja, ik snap het.' Hij schoof zijn bord aan de kant. 'Ik zal je een gratis advies geven. Ik maak er dan wel grapjes over dat Chilly knettergek is, maar ik kan niet zeggen dat hij kwaad in de zin heeft. Mijn vader heeft me verteld dat de mensen hier in de buurt vroeger vaak naar

Chilly toe gingen. Met hun dieren, voor zijn geneeskrachtige kruiden en om hun eigen toekomst door hem te laten voorspellen. Ik heb nog nooit gehoord dat hij iemand kwaad heeft gedaan. Nu hij oud is, wil niemand nog iets te maken hebben met hem en zijn rare fratsen, maar hij is een goed mens. En als iemand de gave heeft om in de toekomst te kijken en om te genezen, dan is hij het wel. Bovendien is het wel duidelijk dat hij erg op je gesteld is. Hij zou je nooit willen kwetsen, Tig. Dat meen ik.'

'Dat weet ik wel, maar stel nou dat hij ze echt niet meer allemaal op een rijtje heeft? Misschien wil hij gewoon geloven dat er een bepaalde band tussen ons is, dat ik het meisje ben over wie hij vroeger gehoord heeft. Dat ik op een bepaalde manier écht familie van hem ben.'

'Zo te horen ben je bijna bang om hem te geloven. Je weet hoe cynisch ik kan zijn, maar zelfs ik zie niet in waarom hij tegen je zou liegen. Vergeet niet dat hij een zigeuner is en dat duizenden mensen erop vertrouwen dat zigeuners een zesde zintuig hebben. Trouwens, als je pa het ook tegen je gezegd heeft, waarom zou je er dan aan twijfelen?'

'Omdat ik inderdaad bang ben,' fluisterde ik. 'Misschien omdat het allemaal zo dichtbij komt. Ik bedoel, mijn biologische familie, waar ik vandaan kom... Het is allemaal nogal overweldigend.'

'Je hoeft me niet te vertellen wat Chilly over je familie heeft gezegd, maar ik vind dat je zelf op onderzoek moet uitgaan.'

'Ja, maar ik kan toch niet zomaar weg van mijn werk? Wat daar nog van over is, tenminste.' Ik sloeg mijn ogen ten hemel en nam nog een grote slok wijn.

'De Laird zal binnenkort wel met je komen praten. Je moet gewoon geduld hebben.'

'Wat ook al zo bizar was, een van de eerste dingen die Chilly tegen me zei, was dat ik binnenkort zou vertrekken. Ik bedoel, met de katten komt het nu wel goed. Charlie zou veel beter iemand kunnen aannemen om jou te helpen met het onderhoud van het landgoed.'

'Nu je het zegt, Lochie begint over een paar dagen al. Ik heb de Laird gebeld en die vond het goed.'

'Wat fijn om te horen! Lochie lijkt me daar de aangewezen persoon voor.'

'Nou ja, de Laird was het er alleen mee eens omdat Lochie als stagiair subsidie van de overheid oplevert, maar ik ben allang blij. Goed, het is wel duidelijk dat je erdoorheen zit. Waarom ga je vanavond niet vroeg naar bed?'

'Om nog een schoonheidsslaapje te kunnen doen voor Zed, bedoel je? Misschien moet ik mijn mooiste lingerie ook maar aantrekken en mijn teennagels lakken.'

'Aye.' Hij stond op. 'Je punt is duidelijk, en ik ben het met je eens. Ik ga naar de Lodge om tegen Beryl te zeggen dat je het morgen te druk hebt, oké?'

'Dan voel ik me weer schuldig tegenover haar. Ik bedoel, zij kan er ook niks aan doen, en ze is al zo gespannen...'

'Maak je maar niet te druk, lassie. Ik regel het wel.' Hij liep al naar de deur. 'Duik jij nou maar je bed in.'

Tot mijn opluchting viel ik in een droomloze slaap en voelde ik me een stuk rustiger toen ik de volgende ochtend wakker werd. Tijdens het voeren van de katten bedacht ik dat ik toch een keer de gang naar de Lodge zou moeten maken. Niet alleen om aan te dringen bij mijn contactpersoon over de elanden, die nog steeds niet op mijn mail had gereageerd, maar ook om Sacromonte en Lucía Albaycín op het internet op te zoeken. Pas dan zou ik zeker weten of Chilly de waarheid sprak.

'Voel je je al wat beter?' vroeg Cal toen ik terugkwam.

'Ja. Sorry van gisteravond. Ik was mezelf niet helemaal, maar nu gaat het wel weer. Bedankt dat je zo lief voor me was.'

'Doe niet zo raar. Hoor eens, waarom ga je zo niet met mij mee? Ik ga de herten in de grote vallei tellen.'

'Zodat je de groep morgen kunt uitdunnen?'

'Ja, maar het kan geen kwaad dat je weet welke schuilplaatsen ze graag opzoeken, toch? En op die manier ben je vanochtend veilig als his Lordship er geen genoegen mee neemt dat Beryl nee zegt.'

'Dus je hebt het aan haar doorgegeven?'

'Jazeker, en ze was het met me eens. Over tien minuten vertrek ik, dan kunnen we Chilly's lunch ook meenemen. Trouwens, het ziet ernaar uit dat ík met onze gast opgescheept zit, niet jij. Gisteravond toen ik wegging uit de Lodge vroeg hij of ik aan een geweer kan komen zodat hij hier schietoefeningen kan doen.'

In gedachten nog bij de informatie die ik van Cal had gekregen, hulde ik me zoals gewoonlijk in een hoop laagjes om de kou te trotseren.

Buiten floot ik naar Thistle, die uit de schuur kwam sjokken en zich met zijn slungelige lichaam tevreden op de achterbank van Beryl hees. Gewapend met verrekijkers reden we langzaam naar de grote vallei. Zo nu en dan stopte Cal om naar een bomencluster te wijzen, waaronder de hertenbokken en hindes de luwte opzochten, in aparte groepen aan weerszijden van de vallei.

'Later op de dag zoeken ze hoger terrein op om te grazen, dus 's ochtends vroeg is het beste moment om ze te tellen.' Hij wees naar een berkenbosje aan de overkant van het bevroren beekje dat door de vallei kronkelde. 'Hoeveel staan er daar, Tig?'

Ik richtte mijn verrekijker op het bosje, waar zeven edelherten dicht bij elkaar stonden, en keek nog eens goed. En nog eens…

'Cal, moet je kijken!'

'Wat?'

'Mijn hemel! Volgens mij zag ik net een witte hertenbok, daar, aan de linkerkant.'

Hij tuurde met zijn eigen verrekijker door het raampje aan mijn kant.

'Zie je hem? Hij staat tussen die twee in, net iets bij de rest vandaan, achteraan.'

'Ik zie niks, Tig.' Na een tijdje liet hij zijn verrekijker zakken en schudde zijn hoofd. 'Dat krijg je ervan als je te lang naar de sneeuw staart. Dan lijkt het wel of die gaat bewegen en vreemde vormen aanneemt.'

'Nee! Ik weet zeker dat ik hem gezien heb!' Zonder zijn reactie af te wachten duwde ik het portier open en sprong naar buiten. Eenmaal naast het smalle pad zakte ik tot aan mijn knieën weg in de sneeuw en leek de houten brug wel een ijsbaan. Nadat ik de brug was overgestoken en nog maar een meter of veertig bij het bosje vandaan was, keek ik weer door de verrekijker. Maar de edelherten hadden vast het geknars van mijn voetstappen gehoord, want ze waren tussen de bomen verdwenen.

'Verdomme!' vloekte ik zachtjes. 'Ik weet zeker dat ik het goed heb gezien.'

Eenmaal terug bij de auto zag ik dat Cal zijn armen over elkaar geslagen had. Hij trakteerde me op een van zijn speciale fronsen, waaruit bleek dat hij me maar maf vond. 'Heb je hem nog gezien?'

'Nee, de hele roedel was weg.'

'Je meent het.' Het sarcasme droop van zijn stem toen we wegreden. 'Dat komt er nou van als je te veel met onze zigeunervriend optrekt. Straks denk je nog dat je een eenhoorn ziet, mafkees.'

Een paar minuten later, bij de hut van Chilly, stak Cal zijn hand naar me uit om te voorkomen dat ik uit zou stappen. 'Gezien de omstandigheden lijkt het me beter als ik hem vandaag zijn eten ga brengen. Wacht jij hier maar.'

Terwijl Cal weg was, deed ik mijn ogen dicht en trok het beeld van een wit edelhert aan mijn geestesoog voorbij. 'Ik heb hem écht gezien,' fluisterde ik tegen mezelf. 'Ik weet het zeker.' Thistle legde zijn kop op mijn schouder alsof hij met me meeleefde, en ik gaf hem afwezig een aai.

Na een paar minuten was Cal weer terug en vertelde dat Chilly er goed uitzag en naar mij had gevraagd.

Op weg naar huis hoorden we een ronkend geluid boven ons hoofd en toen ik opkeek, zag ik een helikopter over de vallei scheren. 'Wauw, ik heb hier nog nooit een helikopter gezien.'

'Waarschijnlijk een traumahelikopter die een arme stumper naar het ziekenhuis in Inverness brengt. Het was vannacht ruig op zee, hoorde ik op het weerbericht.'

Toen we bij de cottage aankwamen, zagen we de helikopter echter op het gazon voor de Lodge staan.

'Dan zal hij wel voor his Lordship zijn gekomen,' zei Cal terwijl we uitstapten. 'Misschien moet hij het dorp in om een fles van de beste cognac en nog meer sigaren in te slaan.'

Vijf minuten later zaten Cal en ik op te warmen met een kop koffie en werd er op de deur van onze cottage geklopt.

'Dat belooft niet veel goeds,' mompelde Cal voordat hij opendeed.

'Is Tiggy er?' klonk een bekende, afgemeten stem.

'Ja,' zei Cal bruusk. 'Ik zal haar wel even roepen. Tig? Bezoek voor je.' Schouderophalend draaide hij zich naar me om. 'Als je me nodig hebt, ben ik in de schuur.'

'Hallo, Tiggy.' Zed stapte naar binnen terwijl Cal vertrok, ondanks de smekende blikken die ik hem toewierp. 'Zo te zien ben je precies op tijd terug.'

'Waarvoor?'

'Een rondvlucht in de omgeving. En daarna een lunch in een tentje dat ik ken in Aviemore. Dat is een skioord, op ongeveer een half uur vliegen hiervandaan.'

'Ik... Bedankt, maar ik moet helaas weer aan het werk.'

'Je hebt toch wel lunchpauze? Om drie uur ben je weer terug, beloofd.'

Wat Beryl ook als reden had gegeven waarom ik niet kon, het was kennelijk aan dovemansoren gericht geweest.

'Goed, trek dit maar aan.' Hij overhandigde me een zwarte draagtas van Chanel.

'Wat is dit?' piepte ik.

'Een paar dingetjes die ik voor je heb uitgekozen en met de helikopter hierheen heb laten komen. Ik dacht dat je waarschijnlijk niet al je kleren hier zou hebben. Ga je nu maar omkleden, dan kunnen we gaan.'

Van de schrik wist ik geen woord uit te brengen, dus leek het me het beste om me terug te trekken in de slaapkamer en even tot mezelf te komen. Nadat ik de deur achter me had dichtgedaan, liet ik me op het bed zakken met de draagtas tussen mijn benen. Ik kon mijn nieuwsgierigheid niet bedwingen, gluurde in de tas en haalde er een paar pakketjes uit, allemaal prachtig verpakt in wit vloeipapier met een kleine witte camelia erop bevestigd. In het eerste pakje dat ik opende zat een crèmekleurige trui, ongeveer in dezelfde stijl als mijn eigen kabeltrui vol gaten, maar dan van het zachtste kasjmier. In het volgende pakje zat een prachtig gesneden zwarte wollen broek; het derde en grootste pakje bevatte een adembenemend crèmekleurig gewatteerd ski-jack, en in het laatste pakje zat een zwarte kasjmieren muts met een bijpassende sjaal en wanten.

Ondanks alles liet ik mijn vinger over de trui gaan en keek er verlangend naar. Die trui kon van mij zijn, als ik...

Tiggy, beheers je!

Vol zelfverachting omdat ik het jammer vond om de kleren weer in te pakken, haalde ik diep adem en ging weer naar Zed toe – ofwel mijn persoonlijke versie van Richard Gere in die film, *Pretty Woman*. 'Bedankt dat je dit allemaal voor me gekocht hebt, maar ik kan het niet aannemen.'

'Waarom niet?'

Er gingen een miljoen antwoorden door me heen, allemaal even onbeschoft. Ik hield me in, want ik wist dat Charlie de inkomsten goed kon gebruiken. Dus zei ik zwakjes: 'Het kan gewoon niet.'

'Mooi zo.' Tot mijn verbazing klapte hij in zijn handen en keek me vrolijk aan. 'Je bent zojuist geslaagd voor de eerste test! Nu kan ik met zekerheid stellen dat je anders bent dan alle andere vrouwen die ik ooit heb ontmoet.'

'Serieus?' Er borrelde woede in me op. 'Nou, fijn dat je zo blij bent dat ik ben geslaagd voor een test waarvan ik niet eens wist dat ik eraan meedeed. Kan ik nu weer aan de slag?' Ik draaide me om.

Hij deed een stap naar voren en pakte mijn arm zachtjes beet. 'Tiggy, ik zie dat je boos bent. Het spijt me, achteraf zie ik in dat het stom van me was. Maar... Nou ja, je kunt je gewoon niet voorstellen hoe het voor mij is.'

'Nee, dat kun je wel zeggen.'

'Ik bedoel, de vrouwen die ik leer kennen... Dit klinkt vast als een luxeprobleem, maar ik weet nooit of ze mij nou leuk vinden, of dat ze uit zijn op wat ik te bieden heb.'

En ik weet niet of ik jou wel zo leuk vind.

'Yep, dat is een luxeprobleem,' zei ik. 'Een groter luxeprobleem kan ik niet bedenken.'

'Ik wilde gewoon zeker weten dat je je niet laat omkopen.'

'Nou, nu weet je het. Ik moet ervandoor.'

'Ja, natuurlijk. Ik zal de helikoptervlucht afzeggen. Dat was een belachelijk idee, maar ik wilde samen met jou weg van Kinnaird om elkaar beter te leren kennen. Het was goed bedoeld. Vergeef me.'

'Natuurlijk. Bedankt voor het aanbod.'

Hij liep naar de deur, maar draaide zich daar om.

'Wil je misschien... Ik bedoel, de helikopter is er nu toch al. Wil je misschien een rondvlucht maken over het landgoed? Geen addertjes onder het gras, dat beloof ik. En ik zorg ervoor dat je om twee uur weer terug bent.'

Eigenlijk zou ik niets liever willen. Het leek me geweldig om dit alles vanuit de lucht te bekijken. Maar...

'Eh... nee, bedankt, Zed. Ik heb een bloedhekel aan helikopters. Ik moest in zo'n ding vliegen toen we vanaf La Môle naar de boot van mijn vader in Saint-Tropez gingen en ik werd er alleen maar misselijk van. Wil je me nu excuseren? Ik moet echt aan het werk.' Met die woorden liep ik naar de voordeur en hield die voor hem open.

Eindelijk begreep hij de hint en droop met gebogen hoofd af, als een ondeugend schooljongetje.

16

De volgende ochtend toen ik de voordeur opendeed, trof ik een enorme bos bloemen en een aan mij geadresseerde envelop op de buitenmat aan. Ik raapte alles op en liep weer naar binnen om de brief te openen.

Daar haalde ik het vel papier uit de envelop en bekeek het sierlijke handschrift, geschreven met een vulpen.

Kinnaird Lodge
5 januari 2008

Lieve Tiggy,

Een kleinigheidje om nogmaals mijn excuses aan te bieden voor de lompe, onnadenkende manier waarop ik het gisteren heb aangepakt. Kunnen we alsjeblieft opnieuw beginnen?

Zed

'Hmpf!' brieste ik tegen Thistle, en ik ging op weg naar de Lodge.

'Goedemorgen, Tiggy,' zei Beryl toen ik de keuken in kwam, waar ze ontbijtspek stond te bakken. 'Gaat het goed met je?'

'Prima, bedankt. Ik kom Chilly's eten halen. O, en is het kantoor toevallig vrij? Ik moet mijn mail checken.'

'Jawel, maar onze gast eigent zich de computer meestal vanaf negen uur toe, dus ik zou maar opschieten als ik jou was.'

'Bedankt.' Ik liep de gang in naar het kantoor en deed de deur stevig achter me dicht. 'Goed,' mompelde ik, terwijl ik naar Google ging en 'Lucía Albaycín' intikte. Het wieltje begon tergend langzaam te draaien en het kostte de computer duidelijk moeite om me in contact te brengen met wat misschien mijn verleden was.

Uiteindelijk werden de zoekresultaten geladen en ontvouwden ze zich als een moderne perkamentrol op het scherm. De eerste link die ik aanklikte was van Wikipedia, wat wel moest betekenen dat Lucía beroemd was en dat Chilly's verhaal dus niet compleet uit de lucht gegrepen kon zijn. Aan de andere kant kon deze Lucía ook wel een beroemde paardentrainer uit Zuid-Amerika zijn.

Precies op het moment dat de site werd ingeladen en ik een verleidelijke glimp opving van een zwart-witfoto waarbij haar naam en de helft van haar voorhoofd te zien waren, hoorde ik de deur achter me opengaan. Snel drukte ik op 'afdrukken' en klikte het scherm weg.

'Goedemorgen, Tiggy. Wat ben jij al vroeg uit de veren.'

Voordat ik me kon omdraaien, voelde ik al twee handen op mijn schouders. Ik huiverde.

'Zit je nou te rillen?' vroeg hij.

'Ja, ik zal wel verkouden worden,' loog ik, en ik stond op.

'Ben je nog lang bezig? Ik moet dringend een mail versturen.'

'Nee, ik hoef alleen iets af te drukken, daarna ben ik klaar.'

'Dan ga ik alvast ontbijten.'

Toen ik het papier uit de printer onder het bureau haalde, zag ik tot mijn opluchting een korrelige foto van de vrouw over wie Chilly me had verteld, en het opschrift erboven: Lucía Albaycín – flamencodanseres.

Ik brandde van nieuwsgierigheid, maar wist me in te houden om meteen alles te lezen. In plaats daarvan verliet ik het kantoor en ontsnapte via de achterdeur. Ik trof Cal precies op het moment dat hij wilde vertrekken en sprong naast hem in Beryl.

'Wat doe jij hier?'

'Zed ontlopen en een lift krijgen naar Chilly.' Ik hield de tupperwaredoos in mijn handen omhoog. 'En ik vroeg me af of we misschien weer langs dat bosje komen waar ik gisteren...'

'Je weet heel goed waar ik langs kom op weg naar Chilly,' verzuchtte hij. 'Je ziet spoken. Als er een witte hertenbok rondloopt op Kinnaird, dan zweer ik dat ik naakt door de sneeuw ga rennen met alleen een haggis voor mijn edele delen!'

'Daar verheug ik me dan al op,' zei ik. 'Want ik meen het, Cal. Ik weet wat ik gezien heb.'

'En dat hert was zeker met de elfjes in de vallei aan het dansen.' Cal liet een aanstekelijke lach horen terwijl het achterportier van Beryl openging en ik me omdraaide om Lochie in te zien stappen.

'Goedemorgen, allebei.' Hij sloeg het portier achter zich dicht.

'Hallo, Lochie. Leuk je weer te zien.'

'Hoi Tiggy.' Hij schonk me een hartelijke glimlach en we gingen op weg naar de vallei.

Cal was zo vriendelijk om bij het bosje te stoppen zonder dat ik hem eraan hoefde te herinneren, en ik sprong uit de auto omdat ik wist dat hij nog meer te doen had en niet onder de indruk was van wat hij als een waanidee beschouwde.

Ik stak de brug over en richtte mijn verrekijker op het bosje, maar de herten waren al naar hoger terrein getrokken.

'Iets gezien?' vroeg Cal toen we wegreden.

'Nee, maar kunnen we morgen misschien eerder gaan?' smeekte ik hem. 'Voordat ze de heuvel op gaan om te grazen?'

'Doen we. Al is het maar om jou ervan te overtuigen dat je spoken ziet,' gaf hij toe. 'Kom, dan breng ik je naar Chilly, want ik en Lochie hier moeten herten tellen en hekken repareren.'

'Misschien is het beter als jij Chilly zijn eten weer brengt. Jou zal hij minder snel overhalen om te blijven,' zei ik toen we bij de hut aankwamen. 'Zeg maar dat ik morgen bij hem op bezoek kom!' riep ik hem door het raampje na. 'Doe hem de groeten van me.'

Die middag rommelde ik in de keukenkastjes, op zoek naar ingrediënten voor een curry die ik al eeuwen geleden beloofd had voor Cal te maken. De laatste tijd had hij veel geduld met me gehad en ik vond dat ik hem moest bedanken. Aangezien er bijna niets in huis was, sprong ik in de reserve Land Rover om naar Tain te scheuren en boodschappen te doen.

'Hoi Cal,' zei ik die avond toen hij thuiskwam. 'Goede dag gehad?'

'Heel goed. Lochie is een pareltje, veel sterker dan hij eruitziet en hij weet nog wat hij doet ook.'

'Wat fijn.'

Zonder er verder nog woorden aan vuil te maken, liep Cal naar de badkamer. Tot mijn verbazing hoorde ik hem de kraan opendraaien. Normaal gesproken liet hij mij altijd eerst in bad gaan – zo hoffelijk was hij wel.

Misschien is hij wel in de hertenpoep gevallen, dacht ik, terwijl ik in de keuken ging kijken hoe het met de curry stond.

Toen hij na een kwartier nog niet terug was, klopte ik op de badkamerdeur en kwam me een aangename walm aftershave tegemoet. 'De curry is over tien minuten klaar, oké? Ik heb hem eindelijk voor je gemaakt, zoals beloofd.'

De deur ging open en Cal kwam tevoorschijn in zijn badjas, fris geschoren. 'Tig, ik heb toch wel gezegd dat dit mijn avond met Caitlin is? Ik ga straks naar Dornoch.'

'Dat is waar ook! Het is me helemaal ontschoten. Geeft niets, curry's zijn de volgende dag zelfs nog lekkerder. Ik bewaar wel wat voor je, voor morgen.'

'Bedankt. Sorry hoor.'

'Je hoeft geen sorry te zeggen.' Ik liep achter hem aan naar zijn slaapkamer, waar hij zich ging aankleden. 'Binnenkort moet je Caitlin echt eens uitnodigen voor het eten. Het lijkt me leuk om haar weer eens te zien.'

'Zal ik doen.' Hij deed zijn slaapkamerdeur voor mijn neus dicht en kwam tien minuten later weer tevoorschijn in een geruit hemd en een schone spijkerbroek, waarin hij er heel anders dan anders uitzag.

'Slaap je vannacht hier?' vroeg ik, al had ik het gevoel dat ik als een moederkloek om hem heen drentelde.

'Als het zo helder blijft wel, ja. Dag, Tig.' Hij trok zijn jas aan. 'Geen gekke dingen doen als ik weg ben.'

'Ha!' zei ik opstandig tegen Alice terwijl ik haar te eten gaf. 'Dat mocht hij willen. Reken maar dat ik Thistle zo binnenlaat.' Ik deed de deur open om de hond te roepen, en de vrieskou sloeg me in het gezicht. 'Kom maar, schat,' moedigde ik de hond aan.

'Wat een hartelijk welkom,' zei een menselijke stem toen Thistle naar voren spurtte, op de voet gevolgd door een man.

'Hallo, Zed,' zei ik moedeloos. 'Zoek je iets?'

'Ja. Iemand om deze uitstekende fles châteauneuf-du-pape mee te delen, op een ijskoude winteravond. Wat ruikt het hier lekker.' Hij snoof. 'Krijg je bezoek? Ik zag Cal net vertrekken.'

'Nee, ik had gewoon zin in curry,' antwoordde ik, niet in staat om een geldige reden te bedenken – zonder onbeschoft te zijn dan – om

Zed niet te vragen om binnen te komen. 'Kom verder, dan drinken we wat.'

Hij stapte over de drempel, maar Thistle ging pontificaal voor me staan met zijn nekharen overeind. Er kwam een dreigend gegrom uit zijn keel.

'*Scheiße*, hou dat beest bij je!' Zed deinsde terug.

'Stil maar, Thistle. Het is al goed.' Ik legde mijn hand op de rug van de hond. 'Ik weet niet wat hem bezielt. Normaal gesproken is hij juist heel rustig en braaf...'

'Hij is duidelijk niet goed afgericht,' kapte hij me af.

'Thistle,' fluisterde ik de hond in zijn oor toen hij bleef grommen. 'Als je niet ophoudt, moet je naar buiten.'

Het voelde als verraad aan mijn trouwe beschermer, maar omdat ik bang was dat Cal of Charlie klachten zou krijgen over het gedrag van de hond, werkte ik hem toch naar buiten terwijl Zed de cottage binnenkwam. Op het moment dat ik de deur achter ons dichttrok, bedacht ik al wat een ongelukkige ruil dit was. Ik probeerde me af te sluiten voor het gejank van buiten.

Zed liep achter me aan naar de keuken en ik gaf hem de stokoude, verbogen kurkentrekker, waarvoor je bijna gestudeerd moest hebben om er een fles mee te ontkurken. Ik zag hem ermee worstelen voordat hij de robijnrode vloeistof in twee glazen schonk.

Nadat hij eraan had geroken en de wijn had laten walsen, nam hij een slok, hield zijn hoofd naar achteren en klokte met de wijn in zijn mond alvorens die door te slikken. 'Goede wijn,' verkondigde hij. 'Volgens mij zou die perfect bij een curry passen.'

'Was dat een hint? In dat geval kun je wel wat krijgen, maar ik moet je wel waarschuwen dat het een veganistische curry is. Trouwens, Beryl heeft vast al iets heerlijks voor je klaarstaan in de Lodge.'

'Beryl is vanavond vrij, dus die halvegare dienstmeid is vanavond ingeschakeld om soep voor me op te warmen,' was Zeds geringschattende reactie. 'Zelfs jouw curry klinkt me nog beter in de oren.'

'Nou, bedankt. Ach, je mag best een beetje proeven. En ik sterf van de honger.'

'Kan ik iets doen?'

'Het vuur zal wel opgepookt moeten worden.' Toen hij de keuken uit liep, kwam het bij me op dat hij waarschijnlijk niet eens wist hoe je een vuur moest oppoken. Daar had hij vast een mannetje voor.

'Op welke universiteit heb jij gezeten?' vroeg ik, bij gebrek aan een beter gespreksonderwerp, toen we aan tafel gingen.

'Op de Sorbonne in Parijs. Een paar avonden geleden besefte ik pas waarom je naam me zo bekend voorkwam. Ik zat daar tegelijk met je zus, Maia.'

'Echt?'

'Ja. We hebben zelfs een tijdje iets met elkaar gehad. Niets serieus, maar ik weet nog wel dat ze vertelde over haar vijf adoptiezussen die allemaal een vreemde naam hadden. Na mijn afstuderen had zij nog een jaar te gaan en zijn we elkaar uit het oog verloren.'

'Tegen mij heeft ze nooit iets over je gezegd, maar dat zou ze ook niet snel doen. Ze is nogal gesloten.'

'Dat weet ik nog, ja. Wel een lieve meid. En beeldschoon, natuurlijk.'

'Ja, daar staat ze binnen ons gezin om bekend.'

'En waar sta jij om bekend?'

'O, ik ben de mafketel.' Ik grijnsde erbij. 'Mij noemen ze de zweverige van het stel.'

'Bedoel je dat je een heks bent?'

'Als dat al zo is, dan is mijn magie net zo wit als de sneeuw buiten. Dat is deels het probleem bij mij. Ik ben altijd bang om mensen te kwetsen,' zei ik nadrukkelijk.

'Fris mijn geheugen eens even op. Klopt het dat Electra ook een zus van je is?'

'Mijn zusje, ja, de jongste. Wil je soms zeggen dat je haar ook kent?'

'Onze paden hebben elkaar weleens gekruist in New York, op benefietgala's en zo.'

'Ze gaat vaak naar dat soort dingen. Jij ook?'

'Vroeger wel. Ik vond het leuk, dus waarom niet?'

'Aan dat soort dingen heb ik juist een hekel.' Ik trok een gezicht. 'Grote ruimtes vol met mensen die elkaar een kus in de lucht geven, puur om gefotografeerd te worden en in de bladen te komen.'

'Ho eens even, Tiggy.' Hij stak zijn hand op. 'Je kunt niet iedereen over één kam scheren.'

'Toch wel. Electra is tegenwoordig maar oppervlakkig en dat heeft volgens mij alles te maken met het wereldje waarin ze verkeert.'

'Misschien ligt het niet aan de locatie, maar aan het gezelschap,' opperde hij.

'Terwijl mijn leven nu juist helemaal om de locatie draait, en niet om het gezelschap.' Ik glimlachte.

'Nou ja, precies zoals jij een hekel hebt aan feestjes met beroemdheden, zou ik de eenzaamheid hier niet aankunnen. Ik geef toe dat ik me snel verveel en het geduld heb van een duivel, niet van een engel. Op Kinnaird moet ik al mijn angsten onder ogen komen: beperkt internet, het dichtstbijzijnde dorp op kilometers afstand, en geen sociale contacten of mensen om me heen. Op jou na natuurlijk, Tiggy. Gelukkig ben jij uitstekend gezelschap.'

'Bedankt, ook al klinkt het zo alsof je heel erg moet afzien op Kinnaird. Ik bedoel, echt primitief leef je hier niet, toch? De Lodge is prachtig en er is wel internet, ook al hapert de verbinding soms.'

'Je hebt gelijk,' gaf hij toe, 'ik ben een verwend nest. Vertel eens, hoe gaat het met je vader? Maia was altijd vol lof over hem.'

'Jammer genoeg is hij afgelopen juni gestorven. We waren allemaal dol op hem en het verlies was een grote klap.' Deze ene keer weerhield ik mezelf ervan om te vertellen dat ik het gevoel had dat hij niet echt dood was. Ik kon me niet voorstellen dat Zed ook maar een greintje spiritualiteit bezat.

'Wat erg voor je. Mijn vader is een tijdje terug ook overleden,' zei hij zacht. 'De officiële lezing is dat hij kanker had. Maar aangezien hij verder nog nooit een dag ziek was geweest, is hij, kort nadat hij had gehoord dat hij niet lang meer te leven had, er met zijn jacht opuit gegaan en heeft zelfmoord gepleegd.'

'O, wat vreselijk. Gecondoleerd.'

'Waarschijnlijk was het maar beter zo. Hij was al heel oud – de negentig gepasseerd – en heeft een goed leven gehad. Tot aan het einde toe heeft hij op zijn kantoor in New York kunnen werken.'

'Wat voor bedrijf had hij?'

'Lightning Communications, het bedrijf dat ik geërfd heb. Ik werkte al jaren voor hem en dacht dat ik goed voorbereid was, maar het is heel anders als je zelf de eindverantwoordelijkheid hebt.'

'Hoe heette je vader?'

'Kreeg. Onze achternaam is Eszu. Misschien heb je weleens van hem gehoord. Hij stond vaak in de kranten, op foto's van sociale aangelegenheden, of hij gaf zijn mening op tv. Hij was een markant figuur, dat zeker. Wat deed jouw vader?'

'Dat weet ik niet precies. Hij was vaak op reis toen we nog jong waren, maar hield zaken en privé altijd strikt gescheiden. Als hij op Atlantis was, mijn ouderlijk huis in Genève, dan wilde hij ons zijn onverdeelde aandacht geven.'

'Als ik mijn moeder moet geloven, nam mijn vader mij voor het eerst mee naar kantoor toen ik nog een baby was. Sindsdien ben ik amper nog weggeweest.' Hij glimlachte bedroefd. 'Vooral de afgelopen maanden moest er veel geregeld worden.'

'Dat kan ik me voorstellen. Leeft je moeder nog?'

'Jammer genoeg niet, ook al was ze dertig jaar jonger dan mijn vader. Hij noemde haar altijd zijn kindbruidje. Ze zijn gescheiden toen ik een tiener was, en er werd een rechtszaak aangespannen om te bepalen bij wie ik zou gaan wonen. Mijn vader won, zoals altijd – al is het me niet helemaal duidelijk waarom hij zo hard voor me gevochten heeft, want daarna heeft hij me naar een kostschool gestuurd. Mijn moeder is verongelukt tijdens het skiën toen ze in de veertig was. Heel tragisch. Vergeef me, Tiggy. Ik heb geen idee waarom ik je dit allemaal vertel, maar bedankt voor het luisteren.' Hij legde zijn hand op de mijne. 'En bedankt voor het eten. Het was onverwacht lekker.'

'Geen dank. Ik kook graag. Toen ik nog klein was, bracht ik vaak uren in de keuken door met Claudia, onze huishoudster. Zij heeft me veel lekkere gerechten met groenten leren maken.'

'Huishoudster?' Zed glimlachte.

Ik besefte dat ik weer door de mand was gevallen. 'Zullen we het ergens anders over hebben?'

'Natuurlijk.' Hij leunde naar voren. 'Vertel eens, wat is je droombaan?'

'Ik heb altijd al naar Afrika gewild, om daar met de wilde dieren te werken.'

'In welke hoedanigheid?'

'Voornamelijk als wildconservator, daarin heb ik me gespecialiseerd tijdens mijn studie zoölogie. Al heb ik een tijdje geleden ingezien dat ik ook graag zelf voor de dieren wil zorgen.'

'Als dierenarts, bedoel je?'

'Misschien.'

‘Wildconservator klinkt veel sexyer.’

‘Het gaat me er niet om of het sexy klinkt, Zed. Ik wil mezelf alleen zo nuttig mogelijk maken.’ Ik stond op om de tafel af te ruimen.

‘Nou, sexy ben je zo ook al.’ Hij stond ook op en liep achter me aan naar de keuken. Daar pakte hij de kommen uit mijn handen, zette ze neer en sloeg zijn armen om me heen. ‘Mag ik je zoenen?’

Voordat ik kon reageren, raakten zijn lippen de mijne al. Geschrokken probeerde ik me van hem los te maken.

‘Goedenavond, allebei.’ Cal stond in de deuropening en zag er door de lading sneeuw op zijn muts uit als de verschrikkelijke sneeuwman. De stevige greep op mijn rug verdween onmiddellijk. ‘Stoor ik?’ vroeg Cal onschuldig.

‘Nee!’ Snel liep ik naar hem toe. ‘Zed ging net weg, toch?’

‘Hopelijk niet omdat ik er ben? Sorry dat ik stoor, maar ik had de reserve Land Rover gepakt en die heeft het begeven. Ik heb een paar kilometer terug moeten lopen. Een warme chocolademelk zou er nu wel in gaan. Wil je ook?’ vroeg hij aan Zed, terwijl hij zijn druipende jas uittrok.

‘Nee, dank je.’ Zed leek de hint te begrijpen. ‘Goed, dan ga ik maar. Bedankt voor de curry, Tiggy. Fijne avond nog.’ De deur sloeg met een klap achter hem dicht.

‘Godallemachtig! Gelukkig kwam jij precies op het juiste moment binnen!’ Ik plofte neer op de bank, tegelijkertijd geschrokken en opgelucht.

‘Nou, ik ben blij dat er toch nog voordelen aan zitten dat mijn avond met mijn liefje in het water is gevallen,’ zei Cal wrang, terwijl hij voor de haard ging staan. ‘Dus die verleidingspoging was niet gewenst?’

‘Nee, niet bepaald,’ zei ik, nog steeds overstuur. ‘Hij pakte me opeens beet!’

‘Hij valt op je, dat is een ding dat zeker is.’

‘Ik voelde me net zo opgejaagd als een hert tijdens een jachtpartij.’

‘Nu ben ik er weer om je te beschermen. Ik ga droge kleren aantrekken, maar morgenochtend hebben we het er wel over, oké?’

‘Oké. Bedankt, Cal.’

Die nacht deed ik geen oog dicht. Ik zag steeds voor me dat Zed mijn raam probeerde open te wrikken met een koevoet zodat hij alsnog zijn gang met me kon gaan.

‘Kom op, Tiggy,’ sprak ik mezelf de volgende ochtend toe toen ik mijn bed uit strompelde. ‘Hij probeerde je alleen te zoenen, niet te verkrachten. Hij is het duidelijk gewend om het voortouw te nemen.’

Maar stel dat Cal niet precies op dat moment was binnengekomen?

‘Je ziet er beroerd uit,’ zei Cal toen ik hem in de keuken aantrof, bij de fluitketel.

‘Zo voel ik me ook,’ verzuchtte ik. ‘Het liefst zou ik hier blijven zitten met alle gordijnen dicht, zodat ik zeker weet dat hij me niet kan zien.’

‘Je hebt jezelf heel wat op de hals gehaald, femme fatale die je bent.’

‘Het is niet grappig, Cal. Echt niet. Ik weet niet waarom, maar ik ben bang voor hem.’

‘Nou, als hij eenmaal snapt dat hij jou niet kan inpalmen, glibbert die ouwe hagedis vast wel terug naar de donkere kerker waar hij uit is komen kruipen.’

Nadat Cal was vertrokken, ging ik naar buiten en zag dat er een dik pak sneeuw lag na de hevige sneeuwval van gisteravond, dus besloot ik met Beryl de Land Rover naar de katten te gaan. Als het hier al zo erg was, zou de sneeuw in de vallei tot boven mijn knieën komen. Begrijpelijkerwijs lieten de katten zich niet zien, dus reed ik terug naar de cottage, maakte de haard aan en ging met de afgedrukte pagina’s over Lucía Albaycín in de leunstoel bij het vuur zitten. Deels omdat ik zo veel mogelijk over haar wilde lezen voordat ik vandaag naar Chilly ging, deels omdat ik daardoor niet aan Zed zou hoeven denken.

En ja hoor, de Wikipediaversie van Lucía’s jeugd en opkomst als beroemdheid kwam sterk overeen met wat Chilly me had verteld. Aangezien hij niet kon lezen en waarschijnlijk nog nooit een computer had gezien, betwijfelde ik of hij op internet had gespiekt. Ik las verder tot aan het punt waar ze ging dansen in de Bar de Manquet in Barcelona en besloot daar op te houden. Het was beter om het van Chilly zelf te horen, maar nu wist ik tenminste dat ik kon controleren of zijn verhaal klopte – en dat we familie van elkaar waren.

‘Zo,’ zei ik tegen mezelf in de spiegel, ‘het ziet ernaar uit dat je echt zigeunerbloed hebt.’ In veel opzichten, dacht ik terwijl ik naar de Lodge ging om Chilly’s lunch te halen, verklaarde dat een hoop. Op weg naar de hut ging ik nog een keer naar het bosje om het witte edelhert te zoeken, maar het lag er verlaten bij, dus ging ik verder.

Toen ik de deur van het huisje opendeed, zat Chilly voor de verandering niet in zijn stoel. In plaats daarvan lag hij te slapen en was het ijskoud binnen. Op mijn tenen liep ik naar het bed, in de wetenschap dat hij nog leefde, te horen aan het gekreun en gemompel dat uit het bed opsteeg. 'Chilly? Gaat het wel?' Ik keek hem van bovenaf aan.

Hij deed één oog half open, keek me boos aan en wuifde me weg met zijn hand. Daarna begon hij te hoesten; een hol gereutel diep vanuit zijn borstkas. Het hoesten ging maar door, tot het klonk alsof hij stikte.

'Kom overeind zitten, Chilly,' zei ik lichtelijk in paniek. 'Misschien helpt dat.'

Hij had het te druk met hoesten om me tegen te houden, dus sloeg ik mijn arm om zijn schouders en sjorde hem samen met zijn hoofdkussen omhoog. Hij was zo licht en slap als een lappenpop en toen ik zijn voorhoofd aanraakte, bleek hij te gloeien van de koorts.

Net als Felipe, ging er door me heen.

'Chilly, je bent ziek. Die hoest klinkt vreselijk. Ik laat een dokter komen.'

'Nee!' Met een bevende vinger wees hij naar de ladekast. 'Gebruik kruiden. Ik zeg welke en jij kookt ze,' raspte hij.

'Serieus? Dit lijkt me het moment om fatsoenlijke medische hulp in te schakelen.'

'Doe wat ik zeg, of ga weg!' Zijn ogen, die al bloeddoorlopen waren van de koorts, keken me vurig aan. Er volgde weer een hoestbui en ik bracht hem een glas water en liet hem voorzichtig drinken.

Volgens de aanwijzingen van Chilly pakte ik steranijs, karwij, tijm en eucalyptus uit de ladekast, stak de gaspit aan en deed water en de ingrediënten in een pan. Toen het mengsel stond te pruttelen, viste ik een schone doek uit de lade, bevochtigde die en drukte hem tegen zijn voorhoofd, net zoals Ma bij mij had gedaan wanneer ik als kind ziek op bed lag.

'Als kind had ik zware astma,' vertelde ik hem. 'Ik had altijd vreselijke hoestbuien.'

'Nog een ziekte op komst voor jou,' mompelde hij, en zijn ogen draaiden weg in hun kassen, zoals wel vaker gebeurde als hij een spiritueel moment had.

Hij dommelde in en ik bleef naast zijn bed zitten, piekerend over wat hij zojuist had gezegd en hopend dat hij gewoon een verkoudheid bedoelde. Ook kwam het bij me op dat het allemaal leuk en aardig was om over mijn kennelijk beroemde grootmoeder te horen, maar wie was mijn moeder geweest? Als Lucía Albaycín op latere leeftijd een grote ster was geworden, was ze vast ook rijk geweest. Was ik dan niet uit financiële overwegingen afgestaan?

De kruiden en specerijen – waardoor de hut geurde naar een soort ontsmettingsmiddel – hadden het water troebel en bruin gemaakt. Ik haalde de pan van het vuur en schonk het brouwsel in Chilly's emaillen beker. 'Chilly, het is klaar. Wakker worden, dan kun je het opdrinken.' Het duurde even voordat ik hem wakker kreeg, maar het lukte me de beker aan zijn lippen te zetten en hij nam kleine slokjes tot de beker leeg was.

'Komt wel goed nu, Hotchiwitchi.' Glimlachend gaf hij een klopje op mijn hand en sloot zijn ogen weer. Ik besloot nog een uurtje af te wachten of zijn drankje ervoor zorgde dat de koorts zakte. Zo niet, dan zou ik Cal via de radio vragen een dokter te bellen.

Het sneeuwde weer en de vlokken die buiten op de vensterbank bleven liggen zorgden ervoor dat er nog minder licht door de raampjes naar binnen viel. Voor de zoveelste keer vroeg ik me af hoe Chilly hier al die jaren overleefd had, in zijn eentje. Zelf zou hij zeggen dat hij niet alleen was, dat de bomen, de wind en de vogels met hem praatten en hem gezelschap hielden.

Het was interessant dat de meeste mensen die ik kende niet tegen stilte konden. Zij verdreven de stilte met muziek, de tv of door te kletsen. Ik deed dat nooit, want op die manier kon je de stilte horen, die natuurlijk helemaal geen stilte was, maar een kakofonie van natuurgeluiden: zingende vogels, boomblaadjes die ritselden in de bries, de wind en de regen... Met mijn ogen dicht luisterde ik. Ik hoorde zacht getik van de sneeuwvlokken tegen de ruiten, als elfjes die probeerden binnen te komen.

Op een gegeven moment moet ik ook in slaap zijn gevallen, uitgeput door de nacht ervoor, want voordat ik het wist, voelde ik een hand op mijn arm.

'Koorts is weg, Hotchiwitchi. Geef me meer en jij kunt gaan.'

Het begon al te schemeren en toen ik aan Chilly's voorhoofd voelde, dat net zo koel was als dat van mezelf, zag ik dat zijn ogen weer helder waren en dat hij me aankeek met iets wat veel weghad van genegenheid. Hij kuchte en ik hoorde nog steeds een diep gereutel in zijn borst.

'Dat zal ik doen, maar die hoest klinkt me niet goed in de oren, Chilly,' zei ik terwijl ik opstond en naar de ladekast liep. 'Zo te horen heb je een inhaler nodig, en misschien antibiotica.'

'Mensenmedicijnen zijn vergif!' zei hij voor de zoveelste keer.

'Mensenmedicijnen hebben al talloze levens gered. Kijk maar eens hoe oud we tegenwoordig allemaal worden.'

'En ik dan?' Hij sloeg zwakjes tegen zijn borst, als een stokoude Tarzan. 'Ik ook, zonder mensenmedicijnen!'

'Dat is waar, maar we weten allemaal dat jij bijzonder bent.' Ik stak het gas weer aan om het stinkende brouwsel op te warmen.

Chilly bleef stil, wat ik niet van hem gewend was.

Uiteindelijk zei hij: 'Jij bent ook bijzonder, Hotchiwitchi. Dat zul je zien.'

Ik trotseerde de dwarrelende sneeuw buiten en vroeg me af of het me zou lukken om thuis te komen of dat ik hier vannacht vastzat. Ik verzamelde wat hout om het vuur aan te maken en haalde de radio uit de Land Rover. Toen het brouwsel klaar was, zette ik de beker aan Chilly's lippen zodat hij kon drinken.

Hij wilde mijn hulp niet en nam de beker van me over. Zijn greep was nog een beetje onvast, maar het was duidelijk dat hij zich stukken beter voelde dan daarstraks.

'Ga naar huis voor het donker. Slecht weer.'

'Ik laat mijn radio bij jou achter, Chilly. Kun je daarmee overweg?'

'Nee. Neem mee. Als mijn tijd erop zit, is dat zo.'

'Chilly, als je zo begint, kan ik je echt niet achterlaten.'

Hij grijnsde om de uitdrukking op mijn gezicht en schudde zijn hoofd. 'Hotchiwitchi, het is mijn tijd nog niet. Als dat wel zo is...' Opeens pakte hij mijn hand beet. 'Jij weet het.'

'Zeg dat nou niet, Chilly. Alsjeblieft. Als je het echt zeker weet, kan ik maar beter gaan voordat het echt donker wordt. Morgen kom ik meteen weer naar je toe. Of je nou wilt of niet, ik laat de radio bij je achter. Druk gewoon op een van de knoppen, dan krijg je antwoord van mij of van Cal. Beloofd?'

'Ja.'

Buiten was er nu echt een sneeuwstorm aan de gang en met bonkend hart manoeuvreerde ik Beryl door het sneeuwgordijn. Ik zette de auto stil en probeerde te zien waar de weg lag en waar de beek, dichtgevroren en bedekt met sneeuw. Als ik uit de koers raakte, zou het bevroren water het gewicht van de Land Rover niet kunnen dragen.

'Shit!' Terwijl mijn hart steeds sneller begon te slaan, besloot ik om te keren en bij Chilly te wachten tot de storm was gaan liggen, maar ik besefte al snel dat dat ook niet kon, omdat de beek misschien maar een paar centimeter links van me lag en ik er achteruit in zou kunnen rijden.

'En dan heb je ook nog eens je radio bij Chilly achtergelaten, dom wicht,' sprak ik mezelf toe, klappertandend van de kou en de angst.

Net toen ik op het punt stond me erbij neer te leggen dat ik langzaam dood zou vriezen, zag ik in de verte een paar felle koplampen opdoemen. Vijf minuten later stond Zeds gloednieuwe Range Rover naast mijn auto. Opgelucht en bang tegelijk zag ik de bestuurder uitstappen en naar me toe lopen.

'Godzijdank!' riepen Cal en ik in koor uit toen hij het portier opentrok.

'Waarom heb je de radio niet gebruikt?' Hij droeg me zo'n beetje naar de warmte van de nieuwere auto en zette de verwarming vol aan.

'Die heb ik bij Chilly achtergelaten,' zei ik terwijl hij een huiveringwekkend staaltje straatjekeren liet zien en we ervandoor gingen, met de ruitenwissers op de hoogste stand. 'Hij was ziek.'

'Jezus, Tig! Je weet toch dat de eerste regel hier is dat je altijd de radio bij je hebt! Weet je wel hoe ongerust ik was toen je niet reageerde? Je had daar wel dood kunnen gaan! Het is een wonder dat ik je gevonden heb in dit weer!'

'Sorry.' Mijn verkleumde handen en voeten begonnen te tintelen nu er weer wat warmte doorheen stroomde.

'Toen je niet terugkwam, heb ik Zed gesmeekt me zijn chique nieuwe auto te lenen. Dat stuk staal heeft je leven gered.'

'Morgen ga ik hem wel bedanken,' zei ik. 'En jij ook bedankt, Cal,' voegde ik eraan toe, terwijl hij me de auto uit hielp en de cottage in. 'Het spijt me echt heel erg.'

Later, toen Cal mijn bed volstapelde met dekens en me een kop *hot toddy* – de Schotse variant van grog – en een warme kruik kwam brengen, bedacht ik hoe erg ik met hem geboft had. Of beschermengelen nou wel of niet bestonden, het zag ernaar uit dat ik mijn eigen beschermer had, gewoon hier op aarde.

17

Tot mijn opluchting hield ik aan mijn avond in de sneeuwstorm alleen een koutje over, dat uiteindelijk overging in flink hoesten en niezen.

'Chilly had weer gelijk,' zei ik een paar dagen later aan het ontbijt tegen Cal. 'Hij zei al dat ik ziek zou worden. Hoe gaat het met hem?'

'Och, hij voelt zich weer kiplekker. Al maakte hij zich wel zorgen om jou.'

'Het gaat wel,' zei ik, ook al voelde ik me nog steeds futloos, waarschijnlijk door al dat gehoest en genies. 'Is met jou alles goed? Je bent zo stil, de afgelopen dagen.'

'Nee, Tig, ik loop te balen. De Laird had beloofd vandaag op bezoek te komen en heeft net weer afgezegd. Ik had een lijst zo lang als mijn arm, van dingen die ik met hem wilde bespreken. Bijvoorbeeld dat ik Beryl wil inruilen.'

'Ik neem aan dat je de auto bedoelt, niet de huishoudster?' vroeg ik glimlachend.

'Ha! Dat is niet om te lachen, Tig. Als ik je die avond niet had gevonden, had je wel dood kunnen gaan aan onderkoeling, omdat Beryl geen verwarming heeft. Hier in de cottage is het ook altijd stervenskoud. Caitlin vindt dat ik moet vragen om fatsoenlijke centrale verwarming. Tot nu toe is het beetje budget dat er is in dat protserige huis gepompt, om *her Ladyship* en de gasten te plezieren. Dat is niet eerlijk tegenover het personeel.'

'Cal MacKenzie, uw plaatselijke vakbondsvertegenwoordiger,' merkte ik wrang op.

'Voordat ik verderga met de reparaties, ga ik Charlie bellen om een afspraak te maken voor een telefonisch overleg. Ik laat hem niet weer onder zijn verantwoordelijkheden uit komen.'

'Kun je hem dan misschien meteen vragen wat hij wil dat ik doe? Ik heb niets omhanden behalve de katten voeren. En laten we wel wezen, dat zou Lochie ook best kunnen doen.'

'Ja, maar ik wil niet dat je door mij op straat komt te staan, Tig.' Met die woorden vertrok hij.

Een half uur later maakte ik de haard aan en nestelde me samen met Thistle op de bank; ik las een boek, Thistle lag luid te snurken. Het viel me op dat hij zwaarder ademhaalde dan anders en in zijn slaap een paar keer hoestte.

'Hopelijk heb ik je niet aangestoken.' Ik aaide over zijn oren om hem op zijn gemak te stellen.

Er werd hard op de deur geklopt en Thistle sprong meteen van de bank en begon te grommen.

'Achter!' droeg ik hem op, en hij kwam met tegenzin achter me staan. 'Zit!' voegde ik er nog aan toe terwijl ik de deur opendeed en Zed daar zag staan. 'Hoi,' zei ik, in de wetenschap dat ik hem op zijn minst een bedankje verschuldigd was. 'Kom binnen.'

'Is het veilig?' vroeg hij, want Thistle bleef zachtjes grommen.

'Ik zal hem aanlijnen,' beloofde ik, want na wat er de vorige keer gebeurd was, wilde ik de hond niet naar buiten laten. Ik pakte de riem van het haakje naast de deur en maakte die aan zijn halsband vast. 'Kom mee, Thistle.' Ik sleepte hem mee naar de bank.

'Allereerst,' zei ik terwijl ik ging zitten, 'wil ik je bedanken omdat je Cal de Range Rover hebt geleend om mij te komen redden. En ook voor deze.' Ik wees naar de bloemen op de vensterbank, die een paar dagen geleden voor de deur hadden gestaan. 'Daar ben ik echt van opgefleurd.'

'Echt? Dat is fijn om te horen.' Hij liet zich langzaam in de stoel naast de haard zakken en hield Thistle angstvallig in het oog. 'Maar goed, ik hoorde dat de Laird vandaag toch niet naar Kinnaird komt? Wat jammer. Ik keek ernaar uit om hem te zien.'

'Ik ook,' gaf ik toe. 'Ik heb heel wat met hem te bespreken, en Cal ook.'

'Het is vast lastig als je baas er zo vaak niet is.'

'Ja, soms wel, maar Charlie heeft er ook nog een baan naast, hij werkt als hartchirurg in Inverness. Dus voor hem valt het ook niet mee.'

'Als mijn vader me iets geleerd heeft, is het wel dat je nooit moet proberen overal tegelijk te zijn. Je kunt je beter op één ding concentreren en daar al je energie in steken,' mompelde Zed.

'Op dit moment heeft Charlie weinig keus. Hij kan zijn patiënten toch niet zomaar in de steek laten?'

'En zijn werknemers dan? Sinds ik hier ben, is het me wel duidelijk geworden dat er te weinig personeel is en dat dit schip zo goed als stuurloos is, zonder kapitein aan het roer. Ik bedoel, ik ben dan wel op Kinnaird, maar ik ben minstens zes uur per dag, en soms langer, bezig om via de telefoon of de mail met mijn personeel te overleggen.'

'Voor Charlie ligt dat wat lastiger, als hij bezig is met een openhartoperatie.' Ik hoorde zelf hoe afwerend het klonk.

'Mee eens. Dus moet hij knopen doorhakken, en snel ook. Een paar dagen geleden heb ik in de boekhouding van het landgoed gezien dat er enorme verliezen worden gedraaid. In feite is het landgoed bankroet.'

'Hoe kun jij nou in de boekhouding kijken?' vroeg ik geschrokken.

'Via internet is alles te vinden, als je maar weet waar je moet zoeken. Het is een naamloze vennootschap, die geregistreerd is bij Companies House.'

'O,' zei ik, al verklaarde dit nog steeds niet waarom hij de boekhouding had bekeken.

'Hoe lang loopt je contract hier nog?'

'Drie maanden, maar Charlie zegt dat het vrijwel zeker verlengd wordt.'

'Juist. Alleen vraag ik me na het bekijken van de boekhouding en de lening die hij heeft afgesloten om de Lodge opnieuw in te richten af hoe hij volgende maand de energierekening gaat betalen, laat staan het salaris van zijn werknemers.' Hij leunde naar me toe. 'Tiggy, laat ik er maar niet omheen draaien. Er komt een vacature vrij binnen mijn bedrijf waar ik het met je over wil hebben.'

'O, nou, ik vrees dat ik niets afweet van communicatie en technologie en dat soort dingen.'

'Dat weet ik, en dat is ook niet de bedoeling. Dat is mijn pakkie-an. De afdeling die ik pas heb opgezet, wordt gefinancierd door het liefdadigheidsfonds van Lightning Communications.'

'Wat wil dat zeggen?'

'Het komt erop neer dat ik iets wil terugdoen voor de wereld. Om eerlijk te zijn had mijn vader niet zo'n beste reputatie. De meeste mensen in de zakenwereld zagen hem als een oplichter, en ik durf te wedden dat er inderdaad wel wat list en bedrog nodig is om net als hij met niets te beginnen en zo veel te bereiken. Maar nu ik de leiding heb, is daar allemaal geen sprake meer van. Ik ben mijn vader niet, en ik wil dat de media een veel positiever beeld van me krijgen. Jij en onze gesprekken hebben me op een idee gebracht: wat is er nou beter dan een liefdadigheidsfonds op te richten? Kort gezegd wil ik dat jij de afdeling Wildbeheer voor me gaat runnen.'

'Ik... Mijn hemel! Maar...'

'Laat me alsjeblieft eerst uitpraten voordat je iets zegt. Mijn accountant heeft me ervan verzekerd dat er genoeg geld voor is. Donaties aan goede doelen zijn fiscaal aftrekbaar, dus het budget is er zeker. Sterker nog, het gaat om miljoenen, die jij naar eigen inzicht zou kunnen besteden. Jij zou de projecten uitkiezen en natuurlijk de woordvoerder van het goede doel worden, omdat jij de enige bent die weet waar ze het over heeft. Bovendien ben je erg fotogeniek.' Glimlachend vormde hij een rechthoekig kader met zijn handen, waardoor hij naar me keek. 'Ik zie de eerste foto al voor me in de presentatie bij de bekendmaking. Daarop kijk jij naar een giraffe, ergens op de Afrikaanse savanne.' Hij sloeg op zijn dijen. 'Mooi of niet? Dus wat denk je ervan, Tiggy? Spreekt het idee je aan of niet?'

Of het idee me aansprak?! Miljoenen te besteden hebben, waar ik maar wilde in de wereld, om de toekomst van zeldzame diersoorten veilig te stellen en kwetsbare dieren te beschermen? Een podium krijgen om me echt uit te kunnen spreken over dierenleed? Olifanten die worden opgejaagd om hun slagtanden, nertsen die worden gefokt voor hun bont, tijgers die worden neergeschoten om als een trofee te worden uitgestald...

'Tiggy? Luister je wel?'

Ik belandde met een schok weer in de werkelijkheid en staarde naar Zed, aan de andere kant van de salontafel. 'Dat klinkt geweldig,' zei ik ademloos. 'Ik bedoel, echt geweldig!'

'Mooi, ik ben blij dat je er zo over denkt.'

'Maar waarom ik? Ik ben maar... Nou ja, op dit moment ben ik de kattenoppas maar.'

'Taygete D'Aplièse,' grinnikte hij, 'ik heb jou ook online opgezocht. Toevallig weet ik dat je een belangrijke prijs in de wacht hebt gesleept met je afstudeerscriptie over zoölogie. Er heeft een foto in de *Tribune de Genève* gestaan, van jou met je trofee. Daarna kreeg je meerdere topfuncties aangeboden en koos je voor de Servion Zoo, maar na zes maanden ben je weer vertrokken en naar Schotland gekomen.'

Dit voelde als een inbreuk op mijn privacy, maar ik begreep wel waarom hij me had nagetrokken. 'Ja, maar dat wil niet zeggen dat ik genoeg ervaring heb om zo'n groot project aan te kunnen.'

'Weet je wat jouw probleem is? Dat je niet inziet wat je kunt, of hoe je daar gebruik van kunt maken. Je bent zesentwintig jaar en pas anderhalf jaar geleden afgestudeerd. De afgelopen maanden heb ik een hoop mensen ontslagen die mijn vader veel te lang in dienst heeft gehouden. Alle nieuwe mensen die voor me werken zijn jong, net als jij, en niet vastgeroest. De wereld verandert, Tiggy, en ik heb mensen om me heen nodig die op de toekomst gericht zijn, die de energie, gedrevenheid en passie hebben om succesvol te worden, net als hun baas.'

Ik keek hem aan en vroeg me af of hij weleens overwogen had om motivatiespreker te worden. Mij had hij in elk geval al bijna overtuigd.

'Je had het erover dat je het liefst in Afrika zou willen gaan werken,' vervolgde hij. 'Dat zou zeker binnen de taakomschrijving passen. Groot wild is sexy, dat trekt veel media-aandacht. Goed, je zou af en toe op en neer moeten reizen naar mijn hoofdkantoor in Manhattan, maar ik zorg ervoor dat je first class kunt reizen, een salaris van zes cijfers krijgt, een woning en een auto van de zaak, met verwarming.' Hij grinnikte.

'Jeetje, ik sta echt even met mijn mond vol tanden. Ik kan het niet bevatten. Maar nogmaals, waarom ik?'

'Vergeet niet dat je prestaties op de universiteit en bij de Servion Zoo je een van de geschiktste jonge kandidaten maken. Dit is geen vriendendienst, hoe graag ik je ook mag. Het is een serieus voorstel, al verwacht ik er wel veel voor terug.'

'Dat zal best,' zei ik, waarbij ik probeerde de ironie uit mijn stem te weren. 'En het is een prachtkans,' moest ik toegeven, 'maar...'

'Je hebt tijd nodig om erover na te denken.'

'Inderdaad.'

'Dat geeft niet, die kun je krijgen.' Hij stond op. 'Volgens mij kunnen wij heel goed met elkaar samenwerken.' Toen hij aanstalten maakte om naar me toe te lopen begon Thistle weer te grommen, dus hield hij zich in. 'Denk er maar eens over na, dan praten we verder als jij er klaar voor bent.'

'Dat zal ik doen,' beloofde ik. 'Bedankt voor deze kans.'

'Een fijne dag, Tiggy.'

'Jij ook.'

Die avond, toen ik in mijn ijskoude slaapkamer in de cottage in bed lag, moest ik er ondanks het enorme nadeel dat Zed mijn baas zou worden steeds aan denken hoe het zou zijn op de vlaktes van Afrika, en aan hoeveel dieren ik met al dat geld zou kunnen redden.

De volgende ochtend was ik heel vroeg wakker en liep ik naar de keuken, waar Cal een geroosterde boterham naar binnen stond te proppen voordat hij weg moest.

'Goedemorgen. Ik wilde net je katten te eten gaan geven. Heb je zin om mee te gaan en ze zelf gedag te zeggen?'

'Ja, ik hoest al een stuk minder nu ik een paar dagen binnen ben gebleven, en ik kan wel wat frisse lucht gebruiken. Hoe gaat het met ze?'

'Ze zijn nog net zo eenkennig als anders. We gaan met Beryl, want ik wil kijken waar de herten aan het schuilen zijn voor de sneeuw. Morgen staat er een grote jachtpartij gepland, waar je liefje ook aan meedoet. Hopelijk levert dat een paar centjes op, zodat we een nieuwe Beryl kunnen aanschaffen. Vandaag heeft de Laird eindelijk tijd voor telefonisch overleg.'

Thistle, die nog steeds liep te hoesten, klauterde op de achterbank en we gingen ervandoor.

Tot mijn grote genoegen kwamen de katten tevoorschijn om me te begroeten, alsof ze me hadden gemist.

'Weet je, ik betwijfel of ze dit jaar nog gaan paren. Als ze dat ooit al gaan doen,' mompelde ik terwijl ik het vlees binnen de omheining gooide.

'Het is niks voor jou om zo negatief te doen, Tig.'

'Ik moet realistisch zijn, en ik vraag me echt af of ik hier wel nodig ben.' We stapten weer in Beryl.

'Nou, ik weet wel iets om je op te vrolijken.'

'Wat dan?'

'Dit is helemaal in jouw straatje. Je zult wel lachen als je het hoort, zeker uit mijn mond.'

'Zeg het dan,' drong ik aan, terwijl hij Beryl zonder aansporing van mij tot stilstand bracht bij het berkenbosje en er zijn verrekijker op richtte.

'Nou, die avond dat ik jou ging zoeken, sneeuwde het echt heel hard. Zo erg had ik het nog nooit meegemaakt. Ik kwam ongeveer tot waar we nu zijn en durfde niet goed verder te rijden omdat de beek zo dichtbij was. Zelfs al ken ik de weg hier op mijn duimpje, toch raakte ik gedesoriënteerd. Totdat – niet lachen nou – de sneeuwvlokken op de voorruit samen leken te smelten tot een gestalte. En...' Hij haalde diep adem. 'Toen zag ik een witte hertenbok staan.' Hij wees door het raampje. 'Hij staarde me aan en ik zag zijn ogen schitteren in het maanlicht. Daarna draaide hij zich om en rende voor me uit, maar af en toe bleef hij staan en keek hij om, alsof hij wilde controleren of ik hem wel volgde. Dat deed ik. Een paar minuten later zag ik de contouren van Beryl, onder de sneeuw bedolven, met jou erin. Het hert bleef nog een paar tellen staan, maar toen ik uit wilde stappen, was hij ineens spoorloos verdwenen.' Hij bleef zijn verrekijker op het bosje gericht houden. 'Het leek wel of hij me naar jou toe leidde.'

'Wauw,' zei ik ademloos, maar toen keek ik hem achterdochtig aan. 'Je houdt me toch niet voor de gek, hè?'

'Was het maar waar. Het punt is dat ik dat kreng nu net zo graag wil zien als jij. Anders ga ik ook nog in sprookjes geloven.'

Ondanks zijn gekscherende toon merkte ik dat hij echt aangedaan was door wat hij had meegemaakt. Ergens was ik blij dat ik misschien mijn grootste criticus had kunnen overtuigen, maar ik was vooral onder de indruk omdat dat mythische wezen misschien wel mijn leven had gered.

'Ik heb het je niet eerder verteld, maar zonder dat hert, of wat daarop leek in elk geval, had ik je nooit gevonden,' gaf hij toe. 'Zullen we er even heen lopen? Misschien komt je vriend wel tevoorschijn om zijn meisje te begroeten.'

Dat deden we, en we liepen gebukt achter een rij struiken door, zodat de herten ons niet zouden zien aankomen. Zo vroeg in de ochtend stonden ze nog samengedromd onder de karige beschutting van de bomen, maar toen we een kwartier later terugliepen naar de relatief warme auto, hadden we alleen gewone edelherten gezien.

'Wat zeg je ervan als we elke ochtend naar het bosje gaan?' stelde Cal voor.

'Ik wil niets liever. Hij moet daar ergens zijn.'

'Tig, ik begin je eindelijk te geloven.'

Later die middag hoorde ik tot mijn verbazing een berichtje binnenkomen op mijn mobiele telefoon. Ik rende naar de badkamer, waar ik het toestel meestal tegen het raampje aan zette in de hoop een signaal op te vangen, en zag dat het een bericht van Star was. Het kwam erop neer dat CeCe in Thailand was gefotografeerd met een kerel die werd gezocht wegens beursfraude en dat de foto in de kranten was verschenen.

'Shit!' Ik vroeg me af hoe dit had kunnen gebeuren en voelde me schuldig omdat ik niet vaker contact hield met mijn zussen. Het lukte me te reageren en ook CeCe te sms'en om te vragen of het wel goed met haar ging, voordat het signaal weer wegviel.

Omdat ik behoefte had aan afleiding besloot ik Beryl te pakken om Chilly een bezoekje te brengen, samen met Thistle.

Chilly lag weer in bed, met zijn ogen dicht, in plaats van dat hij op zijn favoriete plekje naast de houtkachel zat. Bang dat hij weer koorts had, of erger nog, liep ik naar het bed toe.

Terwijl ik dat deed, vlogen zijn ogen open. 'Weer beter, *missy*?'

'Jawel, maar Thistle hoest nogal veel. Heb jij misschien kruiden om hem te helpen?'

Hij keek even naar Thistle, die voor de houtkachel was gaan liggen. 'Nee Hotchiwitchi, jij moet hem zelf genezen. Gebruik jouw eigen handen, daar zit jouw kracht. Dat heb ik al eerder gezegd.'

'Maar ik weet niet hoe, Chilly.'

Hij nam mijn handen in zijn verweerde handen en zijn ogen draaiden weg. 'Nog even, dan ga je, maar dan kom je naar huis.'

'Goed dan, ik moet toch terug.' Ik sloeg geen acht op wat hij gezegd had en was ongewoon geïrriteerd omdat hij maar in raadsels bleef spreken. Ik wilde gewoon een middeltje tegen de hoest van Thistle. 'Wat bedoelde hij er nou weer mee dat ik ga?' mompelde ik tegen de hond, terwijl we over het ijs terugliepen.

Toen ik thuiskwam, was het weer gaan sneeuwen. Dus maakte ik de haard aan, legde Thistle ervoor, knielde naast hem en probeerde mijn handen te gebruiken, zoals Chilly had gezegd. Ik legde ze op Thistles keel en borst, maar daardoor dacht hij dat ik hem wilde aaien en rolde hij zich op zijn rug, met zijn poten in de lucht. Hoewel ik al vaak te horen had gekregen dat ik er aanleg voor had om dieren te genezen, was het duidelijk een ander verhaal als ik dat bewust probeerde.

Toen Cal thuiskwam, smeekte ik hem om Thistle binnen te laten slapen. 'Hij is zichzelf niet helemaal. Dat hoestje moet jou toch ook zijn opgevallen. Kunnen we hem niet een paar nachten in de warmte laten slapen?'

'Hij redt zich wel. In deze tijd van het jaar vatten zowel mensen als dieren nou eenmaal soms kou. Het is ook niet goed voor hem om de hele tijd van warm naar koud te gaan, en andersom.'

'Ik ben naar Chilly gegaan om te vragen of hij een middeltje voor hem had,' hield ik vol, 'maar ik ben met lege handen weer vertrokken.' Over mijn eigen zinloze pogingen om de hond te behandelen begon ik maar niet, anders zou Cal nog denken dat ik helemaal de weg kwijt was. 'Zou je het erg vinden als ik Fiona naar hem laat kijken?'

Hij liep naar Thistle toe om hem achter zijn oren te krabben en gaf toe: 'Aye, dat kan geen kwaad. Hij moet toch op controle.'

Ik bood hem wat groentesoep aan en ging tegenover hem zitten om mijn eigen kom leeg te eten. 'Cal, ik heb je advies nodig.'

'Brand maar los. Maar als het over relatiegedoe gaat, ben ik niet de aangewezen persoon om je advies te geven.'

'Het heeft te maken met de rest van mijn carrière.'

'Brand maar los, dan.'

Dus vertelde ik hem over het aanbod van Zed, en hij floot toen hij het budget hoorde.

'Je kunt je wel indenken hoe aanlokkelijk het klinkt, zeker aangezien alles hier op Kinnaird nu zo... onzeker lijkt te zijn.'

'Zeker, zeker, maar Zed dan? Ik krijg toch het gevoel dat je jezelf in het hol van de leeuw begeeft.'

'Hij zei dat ik vaak vanuit Afrika zou werken.'

'De vraag is hoe vaak je baas dan langskomt in dat privévliegtuig dat hij altijd wel klaar zal hebben staan. Aan de andere kant ben ik het met je eens dat je hier niet tot je recht komt, Tig.'

'Ik moet elke keer denken aan wat Chilly zei toen ik hem voor het eerst zag. Vandaag zei hij het weer.'

'Wat dan?'

'Dat ik niet lang op Kinnaird zal blijven, dat ik binnenkort weer wegga.'

'Och, let maar niet te veel op hem. Hij heeft het hart op de juiste plaats, maar hij wordt met de dag brozer.'

‘En dat zegt de man die me pas heeft verteld dat hij zich naar mij toe heeft laten leiden door sneeuwvlokken die veranderden in een wit hert!’

‘Daar zeg je wat, maar bij belangrijke beslissingen kun je je beter niet door hem laten beïnvloeden.’

‘Nee, maar dat valt niet mee.’

‘Ik denk dat we er niet meer omheen moeten draaien. Wat vind je nou van Zed, behalve dan dat hij schatrijk is en je zojuist je droombaan heeft aangeboden?’

‘Heel eerlijk? Ik vind hem maar een engerd.’

‘Dat is geen goed nieuws als hij je baas wordt, vind je wel? Dan is hij helemaal niet meer te houden, want hij zal er wel voor zorgen dat jullie nauw moeten samenwerken. Als je die baan aanneemt, moet je daar tegen kunnen.’

‘O god, ik weet het.’ Ik huiverde. ‘Waarom moet alles altijd zo ingewikkeld zijn?’

‘Nou, je wilde mijn mening, dus die zal ik je geven. Zed is het gewend om te krijgen wat hij hebben wil. Op dit moment ben jij dat. Volgens mij gaat niets hem te ver, zelfs als dat betekent dat hij een liefdadigheidsinstelling moet opzetten zodat hij jou een baan kan aanbieden. Goed, nu weet je hoe ik erover denk, en dat spijt me.’ Hij stond op. ‘Tijd voor een warm bad en mijn bed. Trusten, Tig.’

De volgende ochtend hoestte Thistle nog steeds en belde ik Fiona, de dierenarts, die er binnen een uur was.

Nadat ze Thistle had onderzocht, keek ze me glimlachend aan. ‘Volgens mij is het niets ernstigs. Ik zal hem een antibioticakuurtje voorschrijven en een steroïdeninjectie geven om zijn luchtwegen te openen, daarmee moet het opgelost zijn. Zo niet, bel me dan nog een keer, dan kunnen we in de praktijk nog wat onderzoekjes doen. Mijn intuïtie geeft me in dat het wel los zal lopen.’

‘Bedankt, Fiona,’ zei ik dankbaar. ‘Over intuïtie gesproken, het zit zo...’

‘Ja?’ vroeg ze, terwijl ze de injectie toediende.

‘Nou, ik ben er niet voor opgeleid, maar ben er altijd best goed in geweest om zieke dieren te verzorgen. In de toekomst zou ik me meer daarop willen richten. Maar dan met natuurlijke methodes.’

'Op holistische wijze, bedoel je?'

'Nou, ja, maar bestaat zoiets wel voor dieren?'

'Zeker wel. Ik ken meerdere dierenartsen die reguliere en alternatieve methodes combineren in hun praktijk. Het leek me altijd al leuk om een paar cursussen te volgen, maar eerlijk gezegd ben ik er nooit aan toegekomen. Als je echt besluit dat je die kant op wilt, zou ik graag met je samenwerken.'

'Jeetje, echt waar?'

'Natuurlijk.' Ze glimlachte. 'Hoe dan ook,' zei ze terwijl ze haar dokterstas weer inpakte, 'daar moeten we het later maar eens over hebben. Nu moet ik snel naar een ziek kalf toe.'

Nadat ze was vertrokken, bleef ik met Thistle op mijn schoot in het vuur zitten staren. 'Leeuwen en tijgers of jou, schapen en koeien.' Ik drukte mijn gezicht in zijn vacht. Hoewel ik de gedachte om Zeds aanbod af te wijzen amper kon verdragen, wist ik nu al dat ik geen keus had. Toch moest ik voordat ik de knoop doorhakte mijn zus mailen. Ik wilde Maia niet overstuur maken door over een vriendje van vroeger te beginnen, maar als iemand iets wist over de relatie die zij met Zed had gehad, was Ally het wel. Later die dag sloop ik het kantoor in en stuurde haar snel een mailtje.

Lieve Ally,

Het spijt me dat ik de laatste tijd zo weinig van me heb laten horen. Er is hier maar één computer met internet die we allemaal moeten delen, en de mobiele ontvangst is al bijna net zo belabberd! Ik hoop dat jij en mijn neefje (ik zou er wel 'of nichtje' aan willen toevoegen, maar iets zegt me dat het een jongetje wordt) gelukkig en gezond zijn.
Raad eens? Er logeert nu een gast in het hoofdverblijf hier; hij heet Zed Eszu. Blijkbaar kent hij Maia van de universiteit en hadden ze 'iets' met elkaar. Ik wil dit niet bij haar aankaarten omdat het misschien gevoelig ligt, maar ik dacht dat jij wel zou weten wat er tussen die twee is voorgevallen, aangezien jullie zo close zijn. Hij is een ongewone man (!) en doet nogal zijn best om me beter te leren kennen. Hij heeft me zelfs een baan aangeboden! De vraag is alleen waarom.

Hoe dan ook, ik moet ervandoor om edelherten te tellen, maar mail me alsjeblieft zo snel mogelijk terug als je iets weet.
Een dikke knuffel aan jou, die kleine van je, en de tweelingbroer die je pas hebt gevonden (ik hoop dat ik hem snel kan ontmoeten!).

Tiggy xxx

'Zo,' zei ik toen ik opstond en weer koers zette naar de cottage, met Thistle aan mijn zijde. 'Nu maar eens zien wat mijn grote zus over Zed te zeggen heeft, vind je niet?'

18

'Trouwens,' zei Cal op de terugweg van het berkenbosje, na de vierde ochtend op rij dat we voor dag en dauw de wacht hadden gehouden op zoek naar de witte hertenbok, 'gisteravond vertelde Beryl dat de vrouw van de Laird een tijdje op Kinnaird wil komen logeren. Kennelijk vindt ze het irritant dat onze gast zo lang blijft.'

'Dan zijn we het daarover tenminste eens,' zei ik vanuit de grond van mijn hart.

'Wel vreemd, want haar hele huwelijk is ze hier volgens mij nog niet meer dan een paar nachten geweest. Dus zal ze de Lodge wel zo ingericht hebben omdat ze er zelf wil gaan wonen.'

'Nou, Zed vindt het vast niet erg om de Lodge met haar te delen, Ulrika lijkt me precies zijn type.'

'Als hij op oudere vrouwen valt,' zei Cal vals. 'Zin om morgen weer de wacht te houden bij het bosje?'

'Absoluut. Als we maar lang genoeg volhouden, zien we dat witte hert wel, Cal. Dat garandeer ik je.'

Het duurde nog drie ijskoude ochtenden voordat het zover was.

Eerst dacht ik dat ik hallucineerde; ik was al een hele tijd naar de sneeuw aan het staren en zijn witte vacht vloeide perfect over in het witte landschap om hem heen. Zijn grote gewei had dezelfde lichtbruine kleur als de bomen waar hij langzaam tussen vandaan kwam. Maar nu stond hij alleen, een eindje bij de andere edelherten vandaan, op misschien een paar meter afstand van mij.

'Pegasus,' fluisterde ik, alsof die naam altijd al op het puntje van mijn tong had gelegen. En toen, alsof hij zijn naam herkende, hief hij zijn kop en keek me aan.

Er verstreken vijf kostbare seconden, waarin ik dacht dat ik misschien nooit meer zou kunnen ademhalen. Pegasus knipperde langzaam en ik knipperde terug, in een moment van verstandhouding.

'Jezus!'

Pegasus schrok en verdween tussen de bomen.

Ik kreunde gefrustreerd en keek boos naar Cal, die net zijn verrekijker had laten zakken en mij aanstaarde alsof hij zojuist daadwerkelijk Jezus had gezien.

'Hij bestaat echt!' fluisterde hij overdreven hard.

'Ja, en jij hebt hem weggejaagd,' zei ik vermanend. 'Maar hij komt nog wel terug, daar ben ik van overtuigd.'

'Weet je zeker dat jij hem ook hebt gezien?'

'Absoluut,' zei ik.

'Mijn god.' Cal slikte moeizaam en knipperde met zijn ogen. Ik besefte dat hij elk moment een paar traantjes kon laten. 'We kunnen maar beter tegen de Laird zeggen wat hij hier heeft rondlopen. Vragen wat we met dat hert moeten doen. Als dit bekend wordt, moet hij in elk geval beschermd worden tegen stropers. Ik zou niet weten wat de kop van een witte hertenbok waard is, maar dat is het hem juist, zoiets is onbetaalbaar.'

'Jeetje.' Ik huiverde bij de gedachte. 'Kan dit voorlopig niet tussen ons blijven?'

'De Laird moet het weten, Tig. Per slot van rekening is het zijn grond, en zijn hert, als je het nagaat. Hij zou nooit een dier in gevaar brengen, dat beloof ik je. Ik moet hem vragen of ik een uitkijkpost bij het bosje mag bouwen. Voor het geval dát zullen we onze Pegasus vierentwintig uur per dag moeten observeren, en daar is mankracht voor nodig. Als dit uitlekt, is dat hert net zo kwetsbaar als een pasgeboren baby die naakt in de sneeuw ligt.'

Dus pleegde hij een telefoontje naar Charlie en bouwde met de hulp van Lochie en Ben, de klusjesman, een eenvoudige maar effectieve uitkijkpost van hout en waterdicht doek, waar Pegasus' beschermers beschut zouden zitten tegen de ijskoude wind.

De week daarop maakte ik er een gewoonte van om elke ochtend om vijf uur op te staan en met een thermoskan koffie de nachtdienst over te nemen van ervaren en betrouwbare oud-medewerkers van Kinnaird, om te wachten tot Pegasus zou komen. Het leek wel of hij aanvoelde dat ik er was, want je kon er de klok op gelijk zetten dat hij uit het mistige donker opdoemde en we samen de zon konden zien opgaan. De rode en paarse lichtstrepen kleurden de lucht en zijn witte vacht alsof het een schilderij was, voordat hij zich weer terugtrok in de beschutting van het bosje.

Charlie had om foto's gevraagd en op een sneeuwachtige ochtend in de vierde week van januari lukte het ons een paar kiekjes van Pegasus te maken, voordat hij weer verdween in het verblindend witte landschap.

'Ik zal de foto's laten ontwikkelen, dan denkt de Laird tenminste niet dat we ons maar dingen inbeelden. En ikzelf ook niet.' Dat laatste voegde Cal er grijnzend aan toe.

Ik vergezelde hem naar het piepkleine postkantoortje in de buurt waar ze van alles deden, van foto's ontwikkelen tot sleutels bijmaken. Onder het genot van een kop koffie wachtten we tot het filmpje was ontwikkeld, en daarna stortten we ons op de foto's die nog plakkerig waren van de machine.

'Aye, hij is echt,' zei Cal, die de beste foto van Pegasus voor mijn neus hield.

'Dat is hij zeker.' Met mijn vingers volgde ik het elegante silhouet van het dier in de sneeuw. 'Denk aan je belofte, Mr. Mackenzie,' plaagde ik Cal.

Ik stopte de ingevulde aanvraag voor een beurs in een envelop om naar Charlie te sturen en schreef hem een kort briefje. 'Hopelijk gaat het goed met je,' mompelde ik terwijl ik de envelop op de post deed.

Later op Kinnaird zat ik me net af te vragen of ik Zed moest trotseren om mijn mails te kunnen lezen in het kantoor – want ik had nog steeds geen reactie ontvangen op de mail die ik Ally had gestuurd – toen ik Beryl het huis uit en op mij af zag komen.

'De Laird belde net. Hij heeft zojuist gehoord dat Zara er weer tussenuit is geknepen op school. Daar heeft ze een handje van, en meestal komt ze dan hierheen. De Laird wacht vierentwintig uur af of ze naar Kinnaird komt, voordat hij de politie belt. Als ik er niet ben en Zara naar jou toe komt, laat je het me dan weten?'

'Natuurlijk. Je lijkt je niet al te druk te maken.'

'Dat komt wel als ze er morgen rond deze tijd nog niet is. O, en ik moest van Zed doorgeven dat hij je graag wil zien. Hij denkt dat je hem ontloopt.'

'O nee hoor, ik heb het gewoon druk gehad.'

'Nou ja, dat wilde ik alleen even doorgeven,' zei ze. 'Laten we hopen dat Zara hier snel komt opdagen.'

Die avond ging Cal naar Caitlin toe, voor het eerst sinds zijn poging van een paar weken geleden. Omdat Lochie en zijn vader vanuit de uitkijkpost de wacht hielden over Pegasus, ging ik vroeg naar bed. Ik moet meteen in slaap zijn gevallen, want ik werd wakker omdat er iemand op mijn raam klopte. Mijn eerste gedachte was dat Zed een wanhoopspoging deed om mij te zien, maar toen ik uit bed kroop, de bijtende kou in, en het gordijn iets opzijschoof om stiekem naar buiten te gluren, verscheen Zara's gezicht achter de ijsbloemen.

'Lieve help, Zara. Je moet wel half bevroren zijn! Kom binnen,' zei ik door het raam, en ik gebaarde naar de voordeur. 'Hoe ben je hier in vredesnaam gekomen?' vroeg ik toen ik opendeed.

'Ik ben vanaf het station in Tain meegelift naar de poort en ben verder komen lopen. Het gaat wel, hoor,' voegde ze eraan toe toen ik haar zag rillen en haar in de stoel bij de haard duwde.

'Je had me moeten bellen.' Ik stookte het vuur op en pakte Zara's handen om die tussen de mijne op te warmen.

'Je hebt hier toch geen bereik. En trouwens, ik wilde niet dat er nog iemand zou weten dat ik hier ben.' Nerveus keek ze om zich heen. 'Waar is Cal? In bed?'

'Nee, hij is bij Caitlin in Dornoch. Zara, je vader heeft Beryl al gebeld. Ik moet hun op zijn minst laten weten dat je veilig bent.'

'Nee! Alsjeblieft, Tiggy. Ik moet gewoon even alleen zijn om na te denken. Vierentwintig uur, meer vraag ik niet.'

'Ik...'

'Als je het niet belooft, ga ik wel ergens anders heen.' Ze stond op.

'Oké, oké, voorlopig zeg ik niks,' gaf ik toe. 'Gaat het echt wel goed met je?'

'Niet echt, nee.'

'Kan ik je ergens mee helpen?' Ik liep naar de keuken om warme chocolademelk te maken.

Zara kwam achter me aan en ging tegen het deurkozijn geleund staan. 'Misschien... Jij bent de enige volwassene die ik vertrouw, maar zeg alsjeblieft niets tegen de anderen. Ik heb gewoon wat tijd nodig om alles op een rijtje te zetten, oké?'

'Ik voel me gevleid, maar je kent me amper.'

'Dank je,' zei ze toen ik haar de chocolademelk aangaf en we weer bij de haard gingen zitten.

Terwijl ze haar handen aan de mok zat te warmen, zei ik: 'Zo, dus het zal wel iets te maken hebben met een jongen?'

'Ja, dat klopt. Hoe wist je dat?'

'Intuïtie,' antwoordde ik schouderophalend. 'Is het die Johnnie over wie je het met Kerst had?'

'Ja!' Meteen sprongen de tranen haar in de ogen. 'Ik dacht echt dat hij me leuk vond, weet je? Ook al hadden alle andere meiden me gewaarschuwd, ik geloofde hem toen hij zei dat het met mij anders was.'

Haar lichaam leek in elkaar te krimpen toen haar schouders begonnen te schokken. Ik nam de mok van haar over, ging op mijn knieën voor haar zitten en hield haar handen vast.

'Ik voel me gewoon zo stom,' vervolgde ze. 'Ik ben net zo triest als al die andere meiden die ik altijd uitlachte als ze zich lieten gebruiken door een jongen. Nu ben ik het zelf, en...'

'Wat is er gebeurd? Wil je dat aan me vertellen?'

'Jij zult me ook wel stom vinden. Ik bedoel, ik kende zijn reputatie, maar ik heb niet naar de verhalen geluisterd omdat ik dacht dat ik anders was... dat het anders was tussen óns. Ik hield van hem, Tiggy, en ik dacht dat hij ook van mij hield. En dat het daarom goed was.'

'Dat wat goed was?' Ik had wel een idee wat ze bedoelde, maar ik moest het uit haar mond horen.

'Ik... Nou ja, hij zeurde er maar over door dat we pas echt een stel zouden zijn als we het deden. Dus hebben we het gedaan. En toen... En toen...' Ze kreeg het weer te kwaad.

'Ja?'

'De volgende ochtend heeft hij me gedumpt, per sms! Die idioot durfde het niet eens recht in mijn gezicht te zeggen! Hij is precies zoals die andere meiden al zeiden, maar in één ding geïnteresseerd. Daarna hoorde ik dat hij het aan al zijn vrienden heeft verteld. Toen ik de kantine in kwam voor het avondeten, begon iedereen te giechelen en naar me te wijzen. Het was zo vernederend. De volgende ochtend, vanochtend dus, had ik geen les, dus ben ik in de trein gestapt en hierheen gekomen. Ik kan me daar niet meer vertonen! Nooit meer,' benadrukte ze, voor het geval ik nog niet overtuigd was.

'O, Zara, wat vreselijk voor je,' zei ik meelevend toen ik haar weer ineen zag krimpen van schaamte. 'Geen wonder dat je bent weggelopen. Dat had ik vast ook gedaan.'

'Echt?' Ze keek op.

'Ik denk het wel. Maar moet je horen, dit is niet jouw schuld. Hij heeft iets ergs gedaan, jij niet.'

'Lief dat je dat zegt, maar ik heb wel iets ergs gedaan. Ik heb me door hem laten ontmaagden op het terrein van een katholieke school! We krijgen elke dag wel een preek over onkuisheid. Als de monniken dit wisten, zou ik de rest van mijn leven een triljoen weesgegroetjes moeten bidden! En dan zou ik geschorst worden.'

'Híj zou geschorst moeten worden,' mopperde ik. 'Waarom zijn het altijd de vrouwen die in dit soort situaties de schuld krijgen? Jij zit in zak en as, terwijl die Johnnie van jou rondparadeert als... als een dekhengst op een boerderij!'

Ze leek verbaasd omdat ik zo fel reageerde. 'Inderdaad! *Go, girl*! En trouwens, hij is "mijn" Johnnie niet. Al kwam hij hier op handen en voeten naartoe gekropen om me te smeken hem terug te nemen, dan nog zou ik hem precies vertellen waar hij zijn... hengst voortaan kan steken!'

We moesten allebei giechelen en ik was blij dat ze weer wat opgewekter leek.

'Zara, heb je het hier al met je moeder over gehad?' probeerde ik. 'Die zal het vast wel begrijpen. Zij is ook jong geweest...'

'O god, nee zeg! Met mijn moeder kan ik nergens over praten, laat staan over seks! Die zou alleen maar boos worden omdat ik het verknald heb!'

'Oké, ik begrijp het, maar ik moet je vader echt laten weten waar je bent. Volgens Beryl belt hij de politie als je morgenochtend nog niet bent komen opdagen. Dat kun je er nu echt niet bij hebben.'

'Wacht dan alsjeblieft tot morgenochtend,' smeekte ze me.

'Oké,' gaf ik na een lange aarzeling toe. 'Je kunt op de bank slapen.'

De volgende ochtend toen ik wakker werd, was Zara al weg en lag er een handgeschreven briefje op de deken op de bank.

Sorry Tiggy, ik heb nog wat tijd voor mezelf nodig. Maak je om mij maar geen zorgen, ik red me wel.

Z xx

'Shit!' Snel kleedde ik me aan en rende naar de Lodge.

'Beryl, daar ben je,' zei ik toen ik haar in de keuken aantrof. Mijn ademhaling kwam met horten en stoten, mijn hart ging tekeer.

'Wat is er, lieverd?'

Ik legde haar de situatie in het kort uit.

'Jou valt niets te verwijten. Je hebt gedaan wat jou het beste leek.'

Het verbaasde me dat Beryl me gerust probeerde te stellen. 'Bedankt, maar ik moet Charlie bellen. Mag ik de vaste telefoon gebruiken?'

'Natuurlijk.'

Charlies mobiel werd meteen doorgeschakeld naar de voicemail, dus probeerde ik zijn vaste nummer. Omdat ik niet verwachtte dat hij daar wel zou opnemen – als zijn mobiel uitstond, was hij vast in het ziekenhuis – duurde het even voordat ik de buitenlands klinkende vrouw kon plaatsen die na twee keer overgaan opnam. Ulrika, natuurlijk. De moed zonk me in de schoenen.

Zij klonk ongeveer net zo verheugd om mij te horen als andersom, maar gezien de omstandigheden moest ik haar wel vertellen dat Zara naar Kinnaird was gekomen. Ik moest de telefoon een eindje bij mijn oor vandaan houden omdat ze dramatisch begon te snikken – vermoedelijk van opluchting – maar uiteindelijk wist ze zich te herpakken. 'Ik heb vannacht geen oog dichtgedaan! Zo kan ik niet autorijden, maar ik kom er zo snel mogelijk aan,' zei ze voordat ze de hoorn op de haak gooide.

Met een diepe zucht besefte ik dat ik Ulrika nog niet had verteld dat Zara alweer vertrokken was. Ik kon alleen maar hopen dat zij eerder dan haar moeder zou terugkomen.

Nu al doodsbang voor de terugkeer van de Walkure sjokte ik terug naar de keuken om Beryl te vertellen hoe het gesprek was verlopen.

'Hopelijk heeft ze je bedankt. Je hebt gedaan wat je kon, en nu is het aan de Kinnairds om hun familieproblemen op te lossen.'

Terwijl ik kleine slokjes nam van de sterke thee die Beryl me had voorgezet, verwonderde ik me erover dat de baan waarvan ik had gevreesd dat die te weinig opwinding met zich mee zou brengen uit leek te lopen op een drama van Tsjechoviaanse proporties.

'Nu ik hier toch ben, is het kantoor toevallig vrij?' vroeg ik.

'Ja, his Lordship is in de grote zitkamer aan het bellen en wenst niet gestoord te worden.'

'Fijn, bedankt.'

Ik liep het kantoor in en logde in op mijn e-mailaccount. Er was eindelijk een reactie van de elandenman die zei dat hij naar Kinnaird kon komen om een beter beeld van het terrein te krijgen en die een datum over ongeveer een maand voorstelde. Mijn hart maakte een sprongetje toen ik zag dat er ook een mail van Ally was.

Lieve Tiggy,

Wat ontzettend fijn om iets van je te horen. Ik ben blij dat je nieuwe baan zo goed bevalt. Door het raam hier kijk ik uit op een sneeuwlandschap en een deels bevroren fjord – bij jou zal het niet veel anders zijn. Ik word almaar dikker en ben blij dat ik nog maar een paar weken te gaan heb voordat de baby komt. Mijn vader Felix komt elke dag bij me op bezoek (dan drink ik warme chocolademelk en hij aquavit!) en gisteren heeft hij een wiegje voor me meegebracht waar zijn vader Pip nog in heeft geslapen. Toen ik dat zag, besefte ik pas echt dat ik straks een kindje krijg.
Maar goed, genoeg over mij. Je vroeg me naar Zed Eszu. Nou ja, hij en Maia hebben inderdaad iets met elkaar gehad toen ze nog studeerden. O, Tiggy, ik wil niemands vertrouwen beschamen, maar het is allemaal heel slecht afgelopen. Daarnaast heeft mijn lieve Theo hem een paar keer ontmoet tijdens het zeilen en om eerlijk te zijn vond hij hem maar een arrogante kwal. Sorry. Ik weet vrijwel zeker dat hij Electra ook kent... Kennelijk heeft hij een voorkeur voor de D'Aplièse-zussen.
Ik moet je ook vertellen dat toen ik Pa's boot afgelopen zomer bij Delos zag, ik ook het jacht van Kreeg Eszu herkende, dat ernaast lag. Ik heb het je niet eerder verteld omdat ik nog steeds niet weet of het toeval was of dat er meer achter zat. Maar dat zijn wel een heleboel toevalligheden over vader en zoon, vind je niet?
Je schreef niet of je in romantisch opzicht iets met Zed hebt, maar pas alsjeblieft goed op jezelf. Ik weet niet of hij wel zo'n goed mens is. Misschien kun je beter wel met Maia praten, want die kent hem goed – veel beter dan ik.
Wat een vreemd jaar is dit voor ons allemaal, nu we moeten wennen aan een leven zonder Pa. Laten we maar snel een datum

prikken voor dat reisje om met alle zussen een krans te leggen op de plek waar ik Pa's boot voor het laatst heb gezien. Volgens mij zou het ons allemaal goeddoen om elkaar te zien en echt afscheid te nemen van Pa.

Een dikke kus en een knuffel uit het sneeuwachtige Noorwegen!
Ally xx

Ik drukte de mail af om er later nog eens in alle rust naar te kunnen kijken, al had Ally's bericht alleen maar bevestigd wat ik al wist. Daarna stond ik op en ging er als een haas vandoor, voordat Zed tevoorschijn kwam omdat hij wilde ontbijten.

Twee uur daarna hoorde ik een auto gierend tot stilstand komen op de binnenplaats. Nog eens tien minuten later stond ik net op het punt om Chilly zijn lunch te brengen toen er hard op de voordeur werd gebonkt.

Nog voordat ik daar aankwam, stormde Ulrika al naar binnen. 'In godsnaam, Tiggy! Beryl vertelde net dat Zara hier gisteravond al was! Waarom heb je ons niet meteen gebeld?'

'Het spijt me ontzettend, Ulrika. Ik...'

'En nu is ze kennelijk weer verdwenen,' kapte ze me af, en ik zag dat ze stond te trillen van woede. 'Ik heb al een paar dringende berichten ingesproken voor Charlie, maar die belt niet terug. Typisch. Zijn dochter raakt vermist en hij belt niet eens terug.'

Op dat moment kwam Cal de cottage binnen. 'De Land Rover is weg. Zitten de sleutels nog in de pot?'

'Weet ik niet, ik heb er niet aan gedacht om te kijken.'

'Denk je dat Zara hem heeft meegenomen?' wilde Ulrika weten.

'Aye.' Hij liep naar de pot op het dressoir. 'De sleutels zijn weg.'

'Het wordt steeds erger!' riep ze uit. 'Zara heeft nog nooit een fatsoenlijke rijles gehad, ze heeft alleen maar rondgereden op het landgoed! Stel dat ze een ongeluk veroorzaakt? Of wordt aangehouden door de politie? Hier kan alleen maar ellende van komen.'

Er werd weer op de deur van de cottage geklopt, en we schrokken allemaal.

Cal ging opendoen.

'Dus hier zijn jullie,' zei de lange man, Fraser, die ik voor het laatst had gezien op Kerstavond buiten de Lodge. Bij binnenkomst moest hij bukken om zijn hoofd niet aan het deurkozijn te stoten.

'Voor deze ene keer zijn jullie misschien wel blij me te zien,' zei hij tegen Cal, terwijl hij een rukje gaf aan de meisjeshand die hij vasthield en Zara over de drempel struikelde. 'Ik heb haar langs de kant van de weg gevonden, waar ze probeerde een band te verwisselen van die stokoude wagen waar ze in reed. Natuurlijk had ze geen idee hoe dat moest. Ik had het wel voor haar kunnen doen, maar het leek me beter om haar hierheen te brengen zodat ze een beetje kon ontdooien. Als ik haar niet had gevonden, had ze daar wel dood kunnen gaan.'

'Zara, godzijdank ben je in orde!' De Walkure liep naar de twee toe. 'Heel erg bedankt.' Ik zag Fraser en Ulrika oogcontact maken en zwakjes glimlachen voordat Ulrika haar aandacht weer op haar dochter richtte. 'Waar zat je nou, schat? We waren doodongerust.' Ze omhelsde Zara, die zich zo stijf als een plank hield in de armen van haar moeder. Over Ulrika's schouder keek ze me aan alsof ze me wilde smeken haar te helpen. Het probleem was alleen dat ik niet wist hoe.

'Ze moet snel in een warm bad.' Ulrika wreef vruchteloos over de armen van haar dochter. 'Daar hoeven we in deze bouwval niet op te rekenen, hè? En in de Lodge kunnen we natuurlijk ook al niet terecht.'

'Jullie kunnen wel mee naar mijn cottage,' bood Fraser aan. 'Ik heb centrale verwarming en warm water in overvloed.'

'Dank je, dat doen we dan maar.'

'Mam, ik...'

'Jou wil ik even niet horen, dametje!' beet Ulrika haar toe, waarop Zara haar mond hield.

'Goed,' zei Fraser. 'Dan gaan we maar.'

Toen ze waren vertrokken – zonder dat Zara nog een woord had gezegd – deed Cal de deur dicht en draaide zich naar mij om. 'Ik weet niet hoe het met jou zit, maar ik lust na al die opwinding wel een glaasje whisky uit mijn kerstpakket. Wil je ook?'

'Nou, graag. Ik ben er nog steeds van ondersteboven. Die arme Zara.' Mijn hart maakte een raar sprongetje en ik liet me op de bank zakken.

'Kijk eens aan, Tig.' Hij gaf me een glas en we lieten de glazen klinken voordat we de whisky achteroversloegen. Door de alcohol begon mijn hart te stuiteren, maar uiteindelijk kwam het weer tot bedaren en begon ik me wat rustiger te voelen.

'Op moeder en dochter, die weer veilig bij elkaar zijn,' zei Cal.

'Wie is die Fraser eigenlijk? Dat wil ik al vragen sinds ik hem met Kerst heb gezien.'

'Hij is de zoon van Beryl.'

'Beryls zóón?' piepte ik. 'Waarom heeft ze dat in vredesnaam niet tegen mij gezegd?'

'Het is… ingewikkeld. Er is veel oud zeer, als je begrijpt wat ik bedoel, en het is niet aan mij om je daarover te vertellen. Laten we het erop houden dat ze niet blij is dat hij terug is uit Canada, net als iedereen op Kinnaird. God weet wat hij hier komt doen, al heb ik wel een vermoeden.' Hij tikte tegen zijn neus.

'Dus Fraser woont niet bij zijn moeder?'

'Nee, niet na wat hij geflikt heeft. Maar goed, je weet dat ik niet van roddelen houd, dus zullen we er maar over ophouden? Fraser weet zelf het beste waarom hij terug is, en ik kan niet wachten tot hij weer vertrekt. Nu ga ik nog maar wat kuilen in de weg dichten. Ik zie je straks wel weer.'

Net toen ik me na de lunch op de bank had genesteld om een dutje te doen, omdat ik nog moe was door mijn verkoudheid en de vroege ochtenden met Pegasus, werd er weer op de deur geklopt.

'Hoi Charlie, kom binnen.' Mijn hartslag ging weer omhoog nu hij zo onverwacht voor me stond.

'Hoi Tiggy. Beryl zei dat Ulrika vanochtend bij je is geweest om te vragen waar Zara was.'

Toen hij binnenkwam en bleef staan, vielen me de donkere kringen onder zijn ogen en de scherpe contouren van zijn gezicht op. Zo te zien was hij afgevallen sinds ik hem voor het laatst had gezien.

'Met Zara is alles in orde, Charlie. Ze is samen met Ulrika vertrokken zodat ze een warm bad kon nemen.' Daarna vertelde ik dat zijn dochter Beryl – de Land Rover – had meegenomen en een lekke band had gekregen.

'Wie heeft haar dan gevonden?'

'Die man, Fraser. Hij heeft haar teruggebracht naar Kinnaird.'

'Juist.' Zijn gezicht betrok. 'Waar zijn ze nu? In de Lodge?'

'Nee, ze zijn naar de cottage van Fraser gegaan.'

'Aha,' zei hij na een lange aarzeling. 'Dan kan ik ze maar beter daar gaan zoeken.'

'Misschien wel, ja.' Ik kreeg de neiging om sorry te zeggen omdat ik zag hoezeer dit hem aangreep, maar dat leek me niet gepast.

'Bedankt dat je gisteravond voor Zara hebt gezorgd.' Hij liep achteruit naar buiten.

'Geen probleem. Volgens mij moest ze gewoon even stoom afblazen.'

'Oké. Toch bedankt, Tiggy.' Met een strak glimlachje vertrok hij weer.

19

De volgende ochtend werd ik bij zonsopgang wakker met wat aanvoelde als een kater. Mijn hart ging tekeer en bij het inademen kreeg ik een beklemd gevoel op mijn borst. 'Gewoon stress, dat is alles,' hield ik mezelf voor terwijl ik me aankleedde om naar Pegasus toe te gaan.

Ik liet de uitkijkpost links liggen en ging op mijn hurken in de varens zitten om dichter bij de herten te kunnen zijn. Daar sloot ik mijn ogen en dacht terug aan Chilly's woorden over de kracht in mijn handen. Met mijn ogen nog steeds dicht stak ik mijn armen voor me uit en concentreerde me erop om Pegasus naar me toe te roepen.

Toen ik me een beetje onnozel begon te voelen deed ik mijn ogen open. Het verbaasde me niet dat Pegasus niet op magische wijze was gearriveerd. Maar toen ik opstond, hoorde ik een paar centimeter bij me vandaan een bekend zuchtje.

'Pegasus!' fluisterde ik. Ik draaide me om en voelde dat er een brede grijns om mijn lippen speelde.

Bij wijze van reactie snoof hij even. Daarna knabbelde hij nog wat aan de varens voordat hij naar de rest van de roedel kuierde.

Toen ik terugkwam bij de cottage zag ik Cal op de binnenplaats staan praten met een man die ik niet herkende. Zo te zien ging het er nogal verhit aan toe. Ik liep de cottage in en zette de ketel op het vuur.

'Wie was dat?' vroeg ik toen Cal binnenkwam.

'Och, Tig. Ik heb geen idee hoe het is uitgelekt,' verzuchtte hij.

'Wat bedoel je?'

'Het nieuws over jouw Pegasus, natuurlijk. Die kerel daarbuiten is van de plaatselijke krant. Hij heeft geruchten gehoord...'

'Die jij natuurlijk hebt ontkend.'

'Natuurlijk, maar ik kan hem niet wegsturen. Hij heeft het volste recht om hier te komen, net als iedereen in Schotland.'

'Hij heeft tenminste geen idee waar hij Pegasus kan vinden. Dat is zoeken naar een speld in een hooiberg.'

'Klopt, maar een ervaren stroper heeft zo door waar de herten het liefst grazen. Ik kan maar beter naar de Lodge gaan om met Charlie te overleggen wat we gaan doen. Als iemand een verklaring moet afleggen aan de pers, is hij het wel. Tot straks.'

'Is goed.' Ik nam een hap van mijn toast en merkte dat mijn hoofd tolde.

'Tiggy? Ben je thuis?' klonk er een uur later een stem van achter de deur.

'Ook dat nog,' mompelde ik zachtjes. Ik baalde ervan dat het de afgelopen dagen zo druk was in de cottage. 'Ik kom eraan,' riep ik, en ik stond op van de bank om Zed te begroeten.

'Goedemorgen, Tiggy,' zei hij met een brede glimlach. 'Dat is een tijd geleden, zeg.'

'Tja, ik heb het druk gehad op het landgoed,' zei ik zo opgewekt mogelijk.

'Ik begrijp het. Nou, ik kom vragen of je nog over mijn aanbod hebt nagedacht. Je zei dat je tijd nodig had om erover na te denken, en die heb ik je gegeven,' bracht hij me in herinnering. 'Ik wil zo snel mogelijk met dit project beginnen en je weet dat ik jou graag aan het roer wil zien. Als dat niet kan, moet ik een ander zoeken.'

'Natuurlijk, dat begrijp ik. Het spijt me dat ik er zo lang over doe, maar ik heb het echt druk gehad. En het is een belangrijke beslissing.'

'Uiteraard.' Op dat moment geeuwde hij, wat ik niets voor hem vond. 'Sorry, ik heb vannacht amper een oog dichtgedaan. De Laird en zijn vrouw kwamen gisteravond vragen of zij en hun dochter een nachtje konden blijven. Die twee hadden een nogal langdurige woordenwisseling in hun slaapkamer, naast die van mij. Die dochter van hen klonk ook nogal overstuur. Ik hoorde haar huilen. Ze was zeker van school weggelopen?'

'Dat klopt, maar het komt wel weer goed met haar en...'

'Maar ja, Tiggy...' Hij deed een stap naar voren en ik een naar achteren. 'Ik begrijp dat dit een belangrijke beslissing voor je is, maar ik vrees dat ik uiterlijk aan het eind van de week een antwoord van je nodig heb.'

'Het spijt me echt. Ik heb het zo druk gehad...'

'Dat snap ik. Maar gezien wat ik vannacht door de muren van mijn slaapkamer heb opgevangen, raad ik je aan om nog eens goed over mijn aanbod na te denken. Zo te horen is Kinnaird op sterven na dood.' Hij knikte, glimlachte even en vertrok.

Een paar minuten daarna kwam Cal terug. 'Ik heb de Laird gesproken en die vindt ook dat we de aanwezigheid van Pegasus zo lang mogelijk geheim moeten houden, voordat we met een officiële verklaring naar buiten komen.'

'Weten we al wie zijn mond voorbij heeft gepraat?'

'Volgens Lochie had ouwe Arthur van het postkantoor het de vorige keer dat hij hier was over de foto's van het hert,' zei hij grimmig. 'Het was vast geen kwade opzet, maar het ziet ernaar uit dat die verslaggever het op die manier heeft gehoord. Je kunt je wel indenken dat zo'n roddel zich hier als een lopend vuurtje verspreidt. Maar goed, ik ga er weer vandoor.'

'Pas goed op jezelf, schat,' fluisterde ik naar Pegasus, terwijl er een huivering van angst door me heen ging.

'Verdomme!' vloekte Cal de volgende ochtend, geheel tegen zijn aard in, toen we een paar voertuigen de binnenplaats op hoorden rijden. Uit een van de auto's was al een cameraman gestapt, die nu het idyllische uitzicht over de vallei stond te filmen.

'Heeft u hier de leiding?' vroeg een van de mannen aan Cal toen we naar buiten gingen.

'Nee,' zei hij, 'maar hoe kan ik u helpen?'

'Tim Winter, *Northern Times*. Het is ons ter ore gekomen dat er misschien een witte hertenbok op het landgoed rondloopt.' De journalist haalde een schrijfblokje uit zijn zak. 'Kunt u dat bevestigen?'

'Zoals gezegd ben ik hier niet de baas, maar ik betwijfel of u zoiets hier in de buurt zult zien. Ik weet er in elk geval niets van af,' loog Cal gladjes.

'Mijn bron weet anders vrij zeker dat er hier een gespot is. Volgens hem zijn er foto's van het hert gemaakt. Die gaat hij later vandaag naar me mailen.'

'Die zou ik dan graag eens zien,' reageerde Cal met een uitgestreken gezicht. Ik was onder de indruk van zijn acteertalent, want ik wist dat hij inwendig kookte van woede.

Er stapte nog een verslaggever naar voren om zichzelf voor te stellen. 'Ben O'Driscoll, *STV North*. Misschien kunt u ons vertellen waar de edelherten normaal gesproken rondhangen? Dan kunnen we zelf een kijkje nemen.'

'Aye, dat kan ik wel doen.' Cal knikte welwillend. 'Meestal staan ze rond dit tijdstip daar, halverwege de heuvel.' Hij wees in de tegenovergestelde richting van waar Pegasus graasde en ik onderdrukte een giechel toen hij de journalisten een uitvoerige routebeschrijving gaf.

Daarna stapten ze allemaal weer in hun auto's en busjes en gingen er haastig vandoor.

'Daarmee hebben we tenminste een beetje tijd gewonnen, Tig,' verzuchtte Cal toen we terugliepen naar de cottage. 'Ik zal Lochie via de radio opdracht geven om de Land Rover een eind bij het bosje vandaan te parkeren en de uitkijkpost met nog meer sneeuw te bedekken. We willen ze niet op ideeën brengen, toch?' Hij pakte de radio en drukte de knop in om Lochie aan de lijn te krijgen. 'Als ze niks kunnen vinden, gaat het ze hopelijk vervelen en gaan ze achter andermans vuile was aan. Lochie? Kun je me horen? Ik wil dat je de Land Rover verplaatst.'

Met een zucht liet ik het instrueren van Lochie aan Cal over en ging naar mijn slaapkamer om Alice te voeren.

Er werd op de deur van de cottage geklopt en mijn maag maakte een buiteling toen ik vlak voor het opendoen Charlies bleke gezicht door het ruitje zag.

'Hoi,' zei ik toen hij de woonkamer binnenkwam.

'Hoi.' Op zijn beurt wierp Charlie me een gespannen glimlachje toe. Hij zag er vreselijk uit – ik had de hele nacht geen oog dichtgedaan, maar hij duidelijk ook niet.

'Hoe gaat het met je?' vroeg hij, puur uit beleefdheid.

'Het gaat wel. Maar wat belangrijker is: hoe gaat het met Zara?'

'Niet zo best. Het liep gisteravond nogal hoog op toen we zeiden dat ze terug naar school moet. Uiteindelijk heeft ze zichzelf opgesloten in haar slaapkamer. Ze weigert er nog steeds uit te komen. Maar goed,' verzuchtte hij, 'Zara is jouw probleem niet. Vertel eens over die witte hertenbok. Te oordelen naar het aantal auto's en busjes op het landgoed is het nieuwtje uitgelekt. Cal zegt dat jij hem ook in levenden lijve hebt gezien.'

'Dat klopt. In het echt is hij nog veel mooier dan op de foto's die we je gestuurd hebben.'

'En hij is geen hersenspinsel van jou en Cal?'

'Nee, Charlie. Maar nu moeten we er alles aan doen om hem te beschermen.'

'Nou, ik kan wel zorgen dat we wat extra hulp krijgen, maar jezus!' Hij haalde een hand door zijn haar. 'Wat een rommeltje is het allemaal toch.'

Hij zag er zo verloren uit dat ik het liefst naar hem toe zou lopen om hem eens een stevige knuffel te geven. En om met mijn armen nog steeds om hem heen te gaan zitten en te vragen wat er precies was gebeurd sinds de vorige keer dat ik hem had gezien. Maar ik wist dat dat niet kon, dat zou niet gepast zijn. Dus bood ik hem maar het universele wondermiddel aan – een kopje thee.

'Bedankt, maar ik kan niet blijven. Ik moet terug naar de Lodge om te proberen Zara uit haar slaapkamer te krijgen. Heb jij nog tips? We weten nog steeds niet wat er is gebeurd. Ze zegt geen woord. Heeft het iets met een jongen te maken?'

'Eh... Nou, het is een kwestie van gekrenkte trots,' zei ik voorzichtig, in de wetenschap dat hij dit geheim niet van mij moest horen. 'Misschien scheelt het als je aanbiedt dat ze een paar dagen thuis mag blijven om haar wonden te likken. Waarschijnlijk gaat ze zich al snel vervelen als ze thuiszit, zonder iets omhanden. Dan wil ze haar vriendinnen zien en is ze bang dat ze iets mist.'

'Ja, je zult wel gelijk hebben.' Opgelucht keek hij me aan. 'Dat zal ik proberen. Het is gewoon zo jammer dat ze in deze moeilijke fase van haar leven het gevoel heeft dat ze haar moeder niet in vertrouwen kan nemen.'

'Misschien komt dat nog wel als ze wat ouder is.'

'Dat betwijfel ik helaas.' Na een korte aarzeling voegde hij eraan toe: 'Moet je luisteren, Tiggy. Het spijt me dat ik de laatste tijd niets van me heb laten horen. Ik had veel aan mijn hoofd. Mag ik je vragen om nog even geduld met me te hebben? Ik wil je echt niet kwijt als werknemer.'

Maar ik heb het gevoel dat ik jou wel kwijt ben, dacht ik.

'Natuurlijk mag dat. Het voelt alleen alsof ik misbruik van je maak, nu ik alleen twee keer per dag een paar katten te eten geef en daar nog voor betaald krijg ook.' Ik haalde mijn schouders op.

'Nergens voor nodig. Je wilt niet weten hoeveel tijd het me heeft bespaard dat jij die aanvraagformulieren voor me hebt ingevuld. En misschien komen er nog wel meer aan.'

'Ik heb een afspraak gemaakt met die elandenman, maar maak je daar nog maar even niet druk om. Doe gewoon wat je moet doen, dan proberen wij Pegasus hier te beschermen.'

'Dank je, Tiggy. Je bent geweldig.' Ik zag hem een stap naar me toe doen, zich bedenken en weer achteruit stappen. 'Oké, ik laat binnenkort weer wat van me horen,' zei hij. 'Tot ziens.'

'Dag, Charlie.'

Een uur later was ik nog steeds in de wolken omdat Charlie me geweldig had genoemd toen ik zijn aftandse Range Rover langs mijn raam zag stuiven, op de voet gevolgd door Ulrika's veel chiquere Jeep, allebei op weg om het landgoed te verlaten.

'In godsnaam, beheers je!' sprak ik mezelf streng toe. Maar toch keek ik de Range Rover na tot die nog maar een stipje aan de horizon was.

De twee dagen daarna probeerde ik Zed weer te ontlopen omdat ik nog steeds niet wist wat ik met zijn aanbod aanmoest. Dat was niet zo moeilijk, want ik was vaak weg om de wacht te houden bij Pegasus.

'Goed,' zei ik tegen mezelf, 'voordat je een beslissing neemt, moet je je grote zus maar eens bellen om haar om raad te vragen.' Nadat ik het vuur nog wat had opgestookt voor als Cal thuiskwam, liep ik naar de Lodge.

Jammer genoeg stond Zed bij Beryl in de keuken, met zijn armen over elkaar geslagen. 'Wat heb ik nou gehoord, is er een witte hertenbok gezien op Kinnaird?' vroeg hij aan mij.

'Wat een raar verhaal, hè?'

'Ach, in januari is het komkommertijd,' viel Beryl me bij.

'Waar rook is, is vuur, maar... ik heb vooral een antwoord nodig van jou, Tiggy. Zullen we morgen samen hier lunchen zodat we het erover kunnen hebben?'

'Ik... Oké.' Ik besefte dat ik hem niet langer kon afwimpelen.

'Mooi zo. Beryl, over een kwartiertje moet ik naar New York bellen, via de vaste lijn. Dan wil ik niet gestoord worden, goed?'

'Natuurlijk, sir.'

Toen we de deur van de grote zitkamer achter Zed hoorden dichtgaan, slaakte Beryl een zucht. 'Wanneer gaat die rotvent nou eens weg?' mopperde ze.

'Liever vandaag dan morgen,' fluisterde ik terug. 'Zeg, Beryl, mag ik voordat Zed de telefoon opeist de vaste lijn even gebruiken om mijn zus te bellen? Ik moet haar dringend spreken, maar ze woont in Brazilië, dus ik zal de kosten vergoeden.'

'Doe niet zo mal. Als je bedenkt hoeveel Zed betaalt om hier te logeren, kan er vast wel een telefoontje naar het buitenland van af. Schiet maar op, voordat hij begint te klagen dat de lijn bezet is.'

'Bedankt, ik zal het kort houden.' Ik liep door de hal naar het kantoor, deed de deur achter me dicht en nam de hoorn van de haak, terwijl ik me afvroeg wat ik tegen Maia moest zeggen.

De telefoon bleef maar overgaan. In Rio was het al middag, dus hopelijk was ze niet weg.

'*Oi*,' klonk de bekende zachte stem van mijn oudste zus.

'Oi, Maia.' Bij het horen van haar stem moest ik glimlachen. 'Met Tiggy.'

'Tiggy! Wat fijn om je stem te horen! Hoe gaat het? Waar ben je?'

'Nog steeds midden in de wildernis in de Schotse Hooglanden, met mijn dieren. En jij?'

'Ik heb het druk met Engelse les geven in de favela, en Valentina houdt me ook flink bezig. Het is me een raadsel hoe Ma ons allemaal onder de duim hield, terwijl ik al moeite heb met een kind van zes. Het lijkt wel of ze nooit moe wordt.' Ondanks haar geklaag hoorde ik de warmte in haar stem. 'Hoe gaat het met je?'

'Goed, hoor. Ally heeft me aangeraden om jou te bellen. Over ene Zed Eszu.'

Aan de andere kant van de lijn bleef het lang stil.

'Juist,' zei ze uiteindelijk.

'Nou,' ploeterde ik voort, 'hij heeft me een baan aangeboden. O, Maia, het is een prachtkans.' Ik legde uit wat het werk inhield en hoeveel geld ik volgens Zed aan het goede doel zou kunnen besteden. 'En dat is nog exclusief mijn salaris en de secundaire arbeidsvoorwaarden. Wat denk jij ervan?'

'Van het aanbod? Of van Zed?'

'Allebei, denk ik.'

'O, Tiggy.' Ik hoorde Maia diep zuchten. 'Ik weet niet wat ik moet zeggen.'

'Wat het ook is, zeg het alsjeblieft.'

'Voordat ik dat doe, wil ik graag weten of jij en Zed... Nou ja, hebben jullie een verhouding? Of is het strikt zakelijk tussen jullie?'

'Van mijn kant is het zakelijk, maar wat hem betreft... Eerlijk gezegd ben ik daar niet zo zeker van.'

'Schenkt hij je veel aandacht?'

'Yep.'

'Schrijft hij je brieven, neemt hij cadeaus voor je mee en stuurt hij je bloemen?'

'Yep.'

'Komt hij onuitgenodigd bij je aan de deur?'

'Yep.'

'Dus in wezen stalkt hij je?'

'Ja. Cal, mijn huisgenoot, noemt hem zelfs mijn stalker.'

'Juist. Dus denk je dat hij je deze baan aanbiedt omdat jij daar de aangewezen persoon voor bent? Of gebruikt hij dit als een lokkertje om jou te kunnen krijgen?'

'Dat is het 'm nou juist, dat weet ik niet. Een beetje van allebei, misschien.'

'Nou, Ally zal al wel gezegd hebben dat ik geen grote fan ben van Zed, dus ik weet niet of ik een objectief antwoord kan geven. Ik kan alleen maar zeggen dat hij alles wat hij nu bij jou doet, ook bij mij heeft gedaan. Het leek wel of hij er alles voor overhad om me te krijgen, alsof hij jacht op me maakte. Maar toen hij me eenmaal had, toen ik stom genoeg voor zijn charmes bezweek, was het nieuwtje er voor hem al snel af.'

'Wat erg. Je vindt het vast pijnlijk om hierover te praten.'

'Nu ben ik eroverheen, maar destijds... Ach ja, misschien ligt het bij jou wel anders. Het kan zijn dat hij veranderd is, dat hij volwassen is geworden. Maar nu ik erover nadenk, weet ik vrijwel zeker dat hij weleens tegen me gezegd heeft dat ik na mijn studie een baan als vertaler zou kunnen krijgen bij het bedrijf van zijn vader. Uiteindelijk heeft hij amper de moeite genomen om afscheid te nemen toen hij een jaar voor mij afstudeerde aan de Sorbonne.'

'O god,' zei ik. 'Ally zei al dat hij het misschien op de D'Aplièse-zussen gemunt heeft. Dat zou best eens kunnen kloppen.'

'Tja, het is wel vreemd dat Ally de boot van zijn vader afgelopen zomer naast de Titan heeft zien liggen, in Griekenland. En nu duikt zijn zoon ineens op in de Schotse Hooglanden, waar jij heel toevallig aan het werk bent.'

'Ik denk dat dat gewoon een ongelukkig toeval is,' zei ik. 'Hij leek heel verbaasd toen hij mij leerde kennen en erachter kwam wie ik was.'

'Tiggy, vind je Zed leuk? Ik bedoel, in romantische zin?'

'Nee. Echt niet.' Ik ging zachter praten. 'Ik vind hem nogal een rare. Hij komt heel arrogant over, maar toch heb ik medelijden met hem. Vergeet niet dat hij zijn vader heeft verloren, in dezelfde tijd dat wij Pa zijn kwijtgeraakt.'

'Dat heeft hij vast aangegrepen om een band met jou op te bouwen. We weten allemaal hoe zachtaardig je bent. Jij zou de duivel nog het voordeel van de twijfel gunnen, en dat is hem vast ook opgevallen.' Ik hoorde hoe verbitterd ze klonk. 'Sorry, Tiggy, let maar niet op mij. Die baan klinkt fantastisch en ik snap dat je die graag wilt aannemen. Over Zed als baas kan ik in professioneel opzicht niets zeggen. Maar kijk op persoonlijk vlak alsjeblieft uit. Hij heeft er alles voor over om te krijgen wat hij wil, en zo te horen heeft hij zijn zinnen nu op jou gezet.'

'Waar het mij om gaat: denk je dat hij diep vanbinnen een goed mens is?'

Pas na een tergende stilte gaf ze antwoord. 'Nee, Tiggy, ik ben bang van niet.'

'Oké. Bedankt voor je eerlijkheid en het spijt me als dit nare herinneringen bij je naar boven heeft gehaald.'

'O, dat geeft echt niet. Het is al zo lang geleden. Alleen wil ik niet dat jij ook zo gekwetst wordt als ik. Maar goed, jij voelt dingen zelf heel goed aan, dus je moet zelf beslissen.'

'Ja. Maar goed, ik kan maar beter ophangen, want ik bel je via de vaste lijn van mijn baas en onze... gezamenlijke vriend wil naar New York bellen.'

'O, oké. Ik vond het heel fijn om je te spreken. Laat nog eens wat van je horen, hè?'

Ik hing op en hoopte maar dat ik haar niet overstuur had gemaakt. Ik kon merken dat Zed niet zomaar even in Maia's leven was geweest, maar haar diep had gekwetst.

In een impuls, nu Zed er toch niet was en de computer vrij was, ging ik het internet op om vacatures te bekijken. Als ik die baan niet aannam, was het gezien de onzekere situatie op Kinnaird goed mogelijk dat ik iets anders zou moeten zoeken.

Er verschenen wat vacatures in beeld die Google geschikt leek te vinden en ik scrolde erdoorheen.

'Assistent-hoogleraar in Dierlijke Immunologie en Landschapsecologie, Zuid-Georgia, VS.'

Dat sprak me niet aan, zelfs niet als ik genoeg ervaring had gehad om assistent-hoogleraar te worden, wat niet zo was.

'Zoölogisch assistent, gespecialiseerd in zeehonden en zeevogels, Antarctica.'

Geen denken aan, Tiggy. Alsof Schotland nog niet koud genoeg is.

'Wildconservator gezocht in wildreservaat in Malawi.'

Dat klonk nog eens interessant.

Ik stuurde snel een mailtje en voegde mijn cv toe. Pas nadat ik op 'verzenden' had geklikt, besefte ik dat ik mijn adres op het cv niet had veranderd van Zwitserland in Kinnaird, maar ik wist toch dat Ma alle post meteen zou doorsturen naar Schotland.

Nu ik wist dat ik in elk geval één goed alternatief voor de toekomst had, werd ik de volgende ochtend een stuk geruster wakker. Nadat ik de katten had gevoerd, bleef ik halverwege de heuvel even staan om naar de geluiden in de vallei te luisteren. Zelfs geen fluisterend briesje verstoorde de totale stilte. Ik wist inmiddels dat die griezelige stilte vaak voorafging aan een sneeuwstorm. Daar waren de katten het kennelijk mee eens, want ze waren me niet komen begroeten. Terwijl ik naar de Lodge banjerde om eten te halen voor Chilly, vroeg ik me af wat ik vandaag tijdens die gevreesde lunch tegen Zed zou zeggen. Of liever gezegd, hoe ik het zou aanpakken om hem 'nee' te verkopen.

'Jij in New York? Nooit,' zei ik tegen mezelf. 'Je zou het daar vreselijk vinden, in een glazen kantoortje in een wolkenkrabber. Manhattan is waarschijnlijk net zo groot als dit landgoed, maar dan tjokvol met gebouwen.'

Zed zei wel dat je vaak op reis zou kunnen...

'Nee, Tiggy,' sprak ik mezelf toe. 'Wat er ook gebeurt, hoe hij je ook probeert over te halen, je moet nee zeggen. Het is gewoon niet goed. En daarmee uit.'

'Ben je weer ziek, Chilly? Moet ik iemand bellen?' vroeg ik eenmaal in zijn huisje, omdat hij weer in bed bleek te liggen.

'Niet slechter dan gisteren, of dan morgen.' Hij deed zijn ogen open toen ik dichterbij kwam. 'Jij gaat, ik niet.'

'Chilly, soms kraam je wel een hoop onzin uit.'

'Zeg tegen Angelina dat ik je de weg naar huis heb gewezen, zoals beloofd.'

Zijn ogen vielen weer dicht, maar ik ging naar hem toe en pakte zijn hand.

'Ik ga nergens heen, Chilly,' zei ik zacht.

'Je gaat naar huis. En daarna...' voegde hij er met een zuchtje aan toe, '... ik ook.'

Ik smeekte hem nog een paar minuten om uit te leggen wat hij bedoelde, maar hij deed alsof hij sliep of was echt ingedut, want hij zei niets meer. Ik gaf hem een kus op zijn voorhoofd en aangezien het duidelijk was dat hij niet zou reageren, kon ik alleen maar zijn lunch neerzetten bij het gasstelletje zodat hij die later kon opwarmen, en zachtjes afscheid van hem nemen.

'Hallo, Beryl,' groette ik toen ik een uur later de keuken in kwam.

'Je bent een beetje vroeg voor de lunch. Zed zei dat hij je rond enen verwachtte.'

'Dat klopt, maar eerst wil ik de computer nog even gebruiken, als die vrij is.'

'Toevallig wel, want onze gast is weer eens eindeloos aan het bellen in de grote zitkamer. 's Morgens belt hij naar China en het oosten, 's middags en 's avonds naar New York en het westen. Soms vraag ik me af wat hij hier doet, hij zet amper een voet buiten de deur en doet alleen een uurtje per dag schietoefeningen in het bos. Eerlijk gezegd vlieg ik hier af en toe tegen de muren op.' Ze ging de wortel op het aanrecht driftig te lijf met een mes.

'Wat rot voor je. Hopelijk gaat hij er snel weer vandoor en heb jij de Lodge weer voor jezelf, zodat je weer wat lucht krijgt,' probeerde ik haar op te beuren.

‘En wie komt er dan weer, zodra het hier vrij is? Ze is weer terug, vanmorgen heb ik ze zien paardrijden toen ik op weg hierheen was. Ze grijnsden naar me, zo brutaal als wat.’ Ze hakte nog eens in op de wortel.

‘Wie bedoel je?’

‘O, niemand.’ Ze haalde een tissue uit haar schortzak en snoot haar neus. ‘Let maar niet op mij. Deze tijd van het jaar is altijd zo deprimerend, vind je niet?’

‘Ja. En Beryl... als je iemand nodig hebt om mee te praten, dan ben ik er voor je.’

‘Dank je, lieverd.’

Nadat ik de deur van het kantoor achter me had dichtgedaan, ging ik achter het bureau zitten en logde in bij Hotmail. Er waren twee mailtjes – een van Charlie en een van Maia.

Die van Charlie las ik als eerste.

Hoi Tiggy, bij voorbaat sorry voor de eventuele tikfouten want ik heb (weer eens) haast. Ik bedacht me dat ik nooit mijn excuses heb aangeboden omdat het maar net goed met je is afgelopen in de sneeuw. Als ‘Beryl’ er niet zo slecht aan toe was, was het misschien heel anders gelopen. En ik zou het mezelf nooit hebben vergeven als jou iets was overkomen. Het spijt me ook dat ik je laatst niet fatsoenlijk gedag heb gezegd voordat ik wegging. Ik had je nog willen bedanken omdat je Zara hebt geholpen – en omdat je tegen mij hebt gezegd hoe ik haar moest aanpakken. Je advies heeft gewerkt: toen we eenmaal thuis waren, vroeg ze zelf of ze weer naar school mocht. Sindsdien hebben we geen slecht nieuws meer over haar gehoord, dus nu is het duimen dat de rust is wedergekeerd. Het was fijn om je te zien en je te spreken – al was het maar kort – en ik kijk ernaar uit om je snel weer te zien. Hopelijk heb ik dan positief nieuws over de toekomst van het landgoed.
Pas goed op jezelf.

Charlie x

Even stond ik mezelf toe om te genieten van dat kusje op het einde en de warmte en bezorgdheid die uit de mail spraken. Eenzaam en triest

als ik was, drukte ik de mail zelfs af om later nog eens te kunnen lezen.
Daarna las ik de mail van Maia.

Lieve Tiggy,

Sinds ons gesprek heb ik veel nagedacht en ik maak me zorgen om jou en onze rare 'stalker'. Die baan klinkt geweldig, maar denk er alsjeblieft goed over na.
Ik heb lang gewikt en gewogen of ik je deze bijlage wel moest sturen, maar ik vind dat je dit moet zien voordat je een beslissing neemt. Hij is al van een jaar geleden, maar...
Alsjeblieft geen hekel aan me krijgen!
Hopelijk zie ik je in de zomer weer.

Tot snel,
Maia xx

Ik scrolde omlaag en opende de bijlage. Daar zag ik een foto van de man die momenteel in de grote zitkamer op me zat te wachten. Hij had zijn arm om de schouder van mijn zusje Electra geslagen en het onderschrift luidde:

Zed Eszu en Electra genieten van elkaars gezelschap op een vernissage in Manhattan. Het afgelopen anderhalf jaar worden ze zo nu en dan samen gespot in de stad en het is de vraag of ze nu officieel een stelletje zijn of ons in het duister laten tasten.

'Precies de bevestiging die ik nodig had,' mompelde ik terwijl ik de foto afdrukte, het vel papier opvouwde en het in de achterzak van mijn spijkerbroek stopte.

Nadat ik mijn gedachten op een rijtje had gezet, haalde ik diep adem en liep naar de grote zitkamer.

'Tiggy.' Zed stond op uit zijn stoel bij de haard en liep naar me toe. Het was drukkend warm in de kamer. 'Lang geleden dat ik jou voor mezelf heb gehad. Het lijkt wel of je me uit de weg ging.' Hij gaf me op elke wang een kus.

'Nee hoor. Ik heb het gewoon heel druk gehad.'

‘Omdat die witte hertenbok hier is gezien, bedoel je?’

‘Ik… Dat zijn maar praatjes.’

‘Kom op nou, Tiggy. We weten allemaal dat je dat beest hebt gezien, dat Cal er foto’s van heeft gemaakt en dat de media die op de een of andere manier in handen hebben gekregen. Als ik Charlie Kinnaird was, zou ik het van de daken schreeuwen. Op die manier weet ik zeker dat hij veel toeristen naar het landgoed kan trekken. Waar wacht hij nog op?’

‘Dat zou Charlie nooit doen. We moeten juist alles op alles zetten om het hert te beschermen en dat lukt niet als er honderden mensen op het landgoed rondlopen. Om nog maar te zwijgen over het gevaar van stropers. Dat dier is zo zeldzaam dat het bijna een mythisch wezen is. Vergeet niet dat dat mijn werk is, en mijn opdracht hier: het beschermen van wilde dieren.’

‘Natuurlijk. Maar zou het niet geweldig zijn als we een foto van jou en dat hert hadden voor de lancering van ons goede doel? Vergeet die giraffe maar,’ zei hij grinnikend. ‘Die zijn helemaal passé, zoals ze dat zeggen. Als je weer naar het hert toe gaat, mag ik dan mee met mijn camera? Volgens mij is hij in het berkenbosje gespot. Daar zag ik de oude Range Rover gisteren geparkeerd staan toen ik zelf op pad was om hem te zoeken.’

‘Zed, we moeten praten,’ zei ik streng, geschrokken omdat hij leek te weten waar Pegasus was.

‘Natuurlijk. Je zult wel meer willen weten over de arbeidsvoorwaarden. Ik heb mijn oog laten vallen op een loft in Chelsea die je volgens mij wel zal bevallen als je naar Manhattan komt en even geen leeuwen aan het redden bent in Afrika. De champagne staat al koud.’ Hij wees naar een zilveren ijsemmer op de drankkast. ‘Zal ik die opentrekken?’

Vol ongeloof staarde ik hem aan. Hij ging er kennelijk al helemaal van uit dat ik de baan zou aannemen.

‘Nee, want…’

‘Je hebt je bedenkingen,’ zei hij meteen. ‘Daarom heb ik een overzicht voor je gemaakt van je functieomschrijving en natuurlijk je salaris. Hier.’ Hij gaf me een mapje.

‘Bedankt voor de moeite, maar ik vrees dat ik de baan niet kan accepteren. Je kunt me niet op andere gedachten brengen.’

Met gefronst voorhoofd keek hij me aan. ‘Mag ik vragen waarom niet?’

'Omdat...' Alle antwoorden die ik van tevoren had bedacht verdwenen als sneeuw voor de zon toen hij me bleef aanstaren. '... ik het hier naar mijn zin heb.'

'Kom op, Tiggy. Je kunt vast wel iets beters verzinnen.' In zijn ogen zag ik een kille blik glinsteren.

'In mijn hart ben ik een natuurmens en hier voel ik me thuis.'

'Als je even in dat mapje zou kijken, zou je zien dat ik aanbied dat je één keer per maand first class naar een Europese bestemming kunt vliegen. En ook dat ik ervan uitga dat je minstens zes maanden per jaar in Afrika doorbrengt. Zeker in het begin, wanneer je nog een goede bestemming moet zoeken voor de vijfentwintig miljoen dollar die je tot je beschikking hebt.'

Vijfentwintig miljoen...

'Dat klinkt allemaal geweldig, maar ik ben pas zesentwintig en heb alleen ervaring als fauna-adviseur. Die zakelijke kant is niets voor mij.'

'Daarom krijg je ook een ervaren team om je heen. Zoals ik al zei, hoef jij alleen projecten uit te kiezen en een boegbeeld te zijn voor de hele onderneming. We regelen een stylist, een nieuwe garderobe, een coach voor het spreken in het openbaar...'

Ik bleef gewoon staan, terwijl Zed er maar over doorging hoe hij me wilde kneden en me tot zijn eigendom wilde maken. Op het moment dat dat tot me doordrong, begonnen zijn gezicht en lichaam te veranderen. Hij transformeerde in een enorme groene, slijmerige hagedis en zijn gevorkte tong schoot steeds naar buiten als hij iets zei. Uiteindelijk hield hij zijn mond en veranderde weer van een reptiel in een mens.

'Eh... juist. Bedankt, echt waar. Ik voel me vereerd, maar wat je ook zegt, het antwoord blijft nee.'

'Komt het echt door deze plek, door Kinnaird, dat je hier wilt blijven?'

'Ja, ik vind het hier heerlijk.'

'Nou, dan staat mijn besluit vast.' Hij sloeg op zijn dij. 'Ik ga het landgoed kopen. Dat ben ik al een paar dagen aan het overwegen. Charlie zal er vast wel mee akkoord gaan. We weten allemaal hoe wanhopig hij is. Hij zal maar wat blij zijn als deze zorg hem uit handen wordt genomen.'

'Wil je Kinnaird kopen?' vroeg ik vol afgrijzen.

'Waarom niet? Het is fiscaal aftrekbaar. We kunnen teambuilding-uitjes organiseren voor mijn personeel in de buitenlucht en misschien een deel van de grond gebruiken om een golfbaan met achttien holes aan te leggen. Ik kan de Lodge uitbreiden tot een compleet hotel en de oude stallen verbouwen tot winkeltjes waar streekproducten worden verkocht. Kort gezegd kan ik het landgoed klaarmaken voor de eenentwintigste eeuw. En jij kunt hier blijven om me daarbij te helpen.'

Ik was zo geschokt dat ik alleen maar als een goudvis naar adem kon happen.

'Dus,' vervolgde hij glimlachend, 'wat je ook beslist, het ziet ernaar uit dat je voor mij gaat werken. Laten we nu die champagne maar opentrekken.'

'Sorry, maar ik moet ervandoor.'

'Waarom? Heb ik iets verkeerds gezegd?'

'Ik... Dit is allemaal heel gul van je en ik waardeer het echt, maar ik kan niet voor je werken. Of het nou hier is of in New York.'

'Waarom niet? Ik dacht dat het wel klikte tussen ons.'

'Nou, het zit zo.' Ik viste de afdruk uit mijn achterzak. 'Ik heb het met Maia over je gehad, en zij heeft me dit gestuurd.' Ik gaf hem het vel papier en keek toe terwijl hij het uitvouwde.

Hij keek naar de foto en toen weer naar mij.

'Dat is mijn zusje, Electra,' zei ik.

'Dat weet ik ook wel. Alleen begrijp ik niet waarom je zo fel reageert.'

'Eerst heb je een relatie met Maia, dan ga je achter Electra aan, en nu ben je hier bij mij! Sorry, maar dat vind ik gewoon... raar.'

'Tiggy, doe nou niet zo naïef. Jij weet toch ook wel dat de media een onschuldige vriendschap kunnen opblazen tot de grootste romance sinds die tussen Richard Burton en Elizabeth Taylor. Ik heb je zelf verteld dat ik Maia en Electra ken. En ja, met Maia heb ik een relatie gehad, maar met Electra was het puur vriendschappelijk. Zoals je weet heeft ze momenteel een vriend, dus heb ik haar al maanden niet meer gezien. Trouwens, jullie zijn allemaal beeldschone vrouwen die zich in dezelfde kringen bewegen als ik. Zo simpel is het.'

'Ik beweeg me helemaal niet in dezelfde kringen als jij. Nu niet, nooit niet. Goed, ik ga ervandoor en het lijkt me beter als we elkaar niet meer zien.'

'Je bent toch niet jaloers op je zussen?'

'Natuurlijk niet!' Mijn stem schoot omhoog uit pure frustratie omdat hij het nog steeds niet begreep. 'Zoals jij op mij en mijn zussen gefixeerd bent, dat is gewoon griezelig. Dag, Zed.'

Ik liep de kamer uit, half in de verwachting dat hij achter me aan zou komen en blij dat Beryl in de keuken was om me te beschermen en dat Cal nu waarschijnlijk thuis zat te lunchen. Eenmaal buiten stormde ik over de binnenplaats, trok de deur van de cottage open en sloeg die achter me dicht. 'Shit!' riep ik, terwijl ik overwoog voor de zekerheid de bank voor de deur te schuiven.

'Waar is de brand?' Cal kwam de keuken uit met een enorme punt met vlees gevulde pastei.

'Ben jij hier het komende uur nog?' hijgde ik.

'Als het nodig is wel. Hoezo?'

'Omdat ik Zeds aanbod net heb afgeslagen. Daar was hij op zijn zachtst gezegd niet zo blij mee. Hij zei dat hij dit landgoed wil opkopen zodat ik alsnog voor hem moet werken. En toen heb ik hem een foto laten zien van hem met een van mijn zussen uit een tijdschrift, en hij heeft ook iets gehad met mijn andere zus, en... Jeetje, volgens mij is hij echt gestoord!'

'Ho even, Tig, dit gaat me te snel. Zei je nou dat hij Kinnaird wil kopen?'

'Dat zei hij net. O, Cal!' De tranen sprongen me in de ogen. 'Hij had het erover dat hij een golfbaan wil aanleggen en winkels en...'

Hij liet zich in een stoel zakken. 'De Laird zou het landgoed toch nooit verkopen? Toch zeker niet aan iemand als Zed.'

'We kunnen allebei wel raden hoe blut Charlie en het landgoed zijn. Zelfs al halen we de maximale subsidie binnen, dan wordt het nog kantje boord.'

'Jezus,' zei hij ademloos, 'dat zou echt het einde van een tijdperk betekenen. Om nog maar te zwijgen van mijn droom om met Caitlin te trouwen en een cottage voor onszelf te kopen.'

'Het ergste is nog wel dat Zed dit landgoed gewoon als een speeltje ziet. Misschien wil hij het alleen kopen om mij dwars te zitten.'

'Denk je echt dat je een paar miljoen waard bent, Tig?' plaagde hij me, en ik bloosde, waardoor de spanning een beetje uit de lucht verdween.

'Zo bedoelde ik het niet. Maar het voelt alsof hij het op mij voorzien heeft, wat ik ook doe.'

'Inderdaad, hij lijkt wel erg op je gefixeerd. En zei je nou dat hij ook iets met twee van je zussen heeft gehad?'

'Ja, en Maia had geen goed woord voor hem over. Jeetje, Cal, ik heb zojuist nee gezegd tegen het aanbod om vijfentwintig miljoen dollar naar eigen inzicht te kunnen besteden. En als hij Kinnaird koopt, moet ik hier weg. Dan kan ik niet anders.'

'Zo'n vaart zal het wel niet lopen.' Hij schudde zijn hoofd. 'Misschien moet je er eens met Charlie over praten.'

'Misschien wel.' Ik haalde mijn schouders op. 'Maar goed, vanmiddag ga ik maar eens naar Tain om Margaret een bezoekje te brengen. Vanavond hou ik de wacht bij Pegasus. Zed weet waar hij is. Je denkt toch niet...'

'Jezus! En ik heb hem leren schieten. Zou je nog wel naar buiten gaan, Tig? Er is een sneeuwstorm op komst,' zei Cal met zijn zware Schotse accent, terwijl hij door het raam van onze cottage naar de onschuldig ogende blauwe lucht keek. De middagzon wierp een glinsterend laagje over het dikke pak sneeuw dat hier de hele winter lag. Het leek wel een tafereeltje van een kerstkaart.

'Ja! We kunnen het risico niet nemen, Cal. Dat weet je.'

'Volgens mij gaat zelfs de verschrikkelijke sneeuwman vanavond niet naar buiten,' bromde Cal.

'Je had beloofd dat we de wacht zouden houden,' smeekte ik hem. 'Luister, ik neem de radio mee en neem contact met je op als er problemen zijn.'

'Tig, denk je nou echt dat ik een *wee* lassie als jij alleen een sneeuwstorm in laat gaan, terwijl er misschien een stroper met een jachtgeweer rondloopt? Doe niet zo gek.' Op zijn verweerde gezicht stond irritatie te lezen, maar hij gaf zich al snel gewonnen. 'Een paar uurtjes dan. Daarna sleep ik je aan je haren mee naar huis. Ik wil niet op mijn geweten hebben dat je weer onderkoeld raakt, begrepen?'

'Dank je,' zei ik opgelucht. 'Volgens mij is Pegasus in gevaar. Dat... weet ik gewoon.'

De sneeuw had zich dik opgehoopt rondom de uitkijkpost waar we zaten en het zeil dat erboven gespannen was bezweek bijna onder het gewicht. Ik vroeg me af of het helemaal zou instorten en we levend begraven zouden worden onder al die sneeuw boven ons.

'We gaan, Tig,' zei Cal. 'Ik ben tot op het bot verkleumd en het wordt nog een hele toer om terug te rijden. De storm is wat gaan liggen, dus we moeten zo snel mogelijk naar huis zien te komen.' Hij slurpte nog een laatste keer van de lauwe koffie en stak mij de thermoskan toe. 'Drink maar op, dan maak ik de voorruit sneeuwvrij en zet ik de verwarming alvast aan.'

'Oké,' verzuchtte ik, want ik wist dat tegenstribbelen geen zin had. In de ruim twee uur dat we op de uitkijk hadden gezeten, hadden we niets gezien dan de sneeuw die met bakken uit de lucht kwam.

Cal liep weg naar Beryl, die achter een uitstekende rots in de vallei achter ons stond geparkeerd. Ik tuurde door het piepkleine venster van de uitkijkpost en nam nog een slok koffie, voordat ik de petroleumlamp doofde en naar buiten kroop. Een zaklamp was niet nodig, want het was weer opgeklaard en aan de hemel boven me fonkelden nu duizenden sterren en kon ik de Melkweg duidelijk zien. De wassende maan, die nog twee dagen te gaan had tot het volle maan zou zijn, scheen op me neer en verlichtte de smetteloos witte sneeuwdeken op de grond.

De absolute stilte die altijd volgde op een vers pak sneeuw was net zo diep als het glinsterende sneeuwdek dat mijn voeten en het grootste deel van mijn kuiten opslokte.

Pegasus.

In gedachten riep ik hem en ik liep langzaam naar de bomen, terwijl ik het hert in gedachten smeekte om zich te laten zien zodat ik naar huis kon om te slapen, in de wetenschap dat hij in elk geval nog één nachtje veilig was.

Uit het niets dook hij op; een mystieke verschijning die zijn kop naar de maan ophief en zich omdraaide, met zijn diepbruine ogen op mij gericht. Aarzelend liep hij naar me toe, en ik volgde zijn voorbeeld.

'Lieve Pegasus,' fluisterde ik, en meteen daarna zag ik vanuit het berkenbosje een schaduw op de sneeuw vallen. Een schaduw met een geweer in de aanslag.

'Nee!' doorbrak ik de stilte. De gestalte stond achter het hert, met zijn geweer klaar om te vuren. 'Stop! Rennen, Pegasus!'

Het hert draaide zich om en zag het gevaar, maar besloot in plaats van te vluchten op mij af te rennen. Er klonk een schot, en nog twee, en ik voelde plotseling een scherpe pijn in mijn zij. Mijn hart maakte een raar sprongetje en begon zo snel te kloppen dat ik er duizelig van werd. Mijn knieën verslapten en ik zakte in elkaar op de sneeuwdeken.

Het werd weer stil. Ik probeerde uit alle macht bij bewustzijn te blijven, maar kon me niet meer verzetten tegen het duister – zelfs niet voor hem.

Een tijdje later deed ik mijn ogen open en zag ik boven me een bekend, dierbaar gezicht.

'Tiggy, lieverd, het komt wel goed. Blijf bij me, oké?'

'Ja, Pa, natuurlijk,' fluisterde ik, terwijl hij me over mijn haar streelde, net als wanneer ik als klein meisje ziek was. Ik deed mijn ogen dicht, in de wetenschap dat ik veilig in zijn armen lag.

Toen ik weer wakker werd, voelde ik dat iemand me van de grond tilde. Ik keek om me heen, zoekend naar Pa, maar boven me zag ik alleen het gezicht van een paniekerige Cal, die me naar een veilige plek probeerde te dragen. Ik keek om naar het berkenbosje en zag het witte hert uitgestrekt liggen, met bloedrode druppels in de sneeuw eromheen.

Op dat moment wist ik dat hij er niet meer was.

20

'Goedemorgen Tiggy, hoe voel je je?'

Ik dwong mezelf mijn ogen te openen om te zien wie er tegen me praatte, want de stem kwam me niet bekend voor.

'Hallo.' Een verpleegster keek glimlachend op me neer.

Het kostte me enorm veel inspanning om me voor de geest te halen wat er was gebeurd met...

'Pegasus,' fluisterde ik, en ik voelde dat mijn onderlip trilde en ik tranen in mijn ogen kreeg.

'Probeer je maar niet te druk te maken, liefje.' De verpleegster, die felrood haar had en een vriendelijk gezicht vol sproeten, legde haar mollige hand op de mijne. 'Het was even schrikken, maar je hebt het er gelukkig heelhuids van afgebracht. De dokter komt zo bij je. Ik neem even je temperatuur en je bloeddruk op, maar ik mag je helaas geen vast voedsel geven tot de arts daar toestemming voor geeft.'

'Maakt niet uit, ik heb toch geen trek,' zei ik terwijl de herinneringen aan gisteravond me overspoelden.

'Lust je dan misschien een lekker kopje thee?'

'Graag.'

'Een van de assistentes komt het je zo brengen. Mond open, alsjeblieft.' Ze legde de thermometer onder mijn tong en trok de band om mijn bovenarm strak. 'Je temperatuur is prima, maar je bloeddruk is nog een beetje aan de hoge kant, al is hij sinds gisteravond wel gezakt. Het zal wel door alle consternatie komen,' zei ze met een geruststellende glimlach. 'Je vriend Cal zit in de wachtkamer. Zal ik hem naar binnen sturen?'

'Ja.' Bij de gedachte aan Cal en de manier waarop hij zich gisteravond weer over me ontfermd had, kreeg ik het alweer bijna te kwaad.

'*Môgge*,' zei hij toen hij een paar minuten later binnenkwam. 'Fijn om te zien dat je weer bij kennis bent. Hoe voel je je?'

'Radeloos. Is Pegasus...' Ik beet op mijn lip. '... omgekomen?'

'Ja, Tig. Het spijt me, ik weet hoeveel hij voor je betekende. Misschien moet je jezelf voorhouden dat hij nu net als de Pegasus uit de mythes vleugels heeft en naar de hemel vliegt.'

'Ik zal het proberen,' zei ik met een zwak glimlachje. Het was niets voor Cal om zo zoetsappig uit de hoek te komen, dus ik was hem dankbaar dat hij het probeerde. 'Dat vind ik een mooie gedachte, maar ik voel me verantwoordelijk. Hij vertrouwde me, Cal. Hij kwam naar me toe, zoals altijd, en daarom is hij doodgeschoten.'

'Je hebt gedaan wat je kon – wij allemaal.'

'Nee, je begrijpt het niet! Ik schreeuwde nog dat hij weg moest rennen, maar in plaats daarvan rende hij naar me toe. Als hij niet tussen mij en die stroper had gestaan, was ik er nu niet meer geweest. Hij heeft mijn leven gered, echt waar.'

'Dan ben ik hem dankbaar. Ook al is het een groot verlies voor ons en voor de natuur, ik zou het nog veel erger vinden als jij er niet meer was. Is de dokter al bij je geweest?'

'Nee, maar de verpleegster zei dat hij eraan komt. Ik hoop dat hij dit allemaal van me af haalt.' Ik wees naar de slangetjes en de piepende machine waaraan ik gekoppeld was. 'Zodat ik weer naar huis kan.'

'Sommige mensen zijn niet zo te spreken over de gezondheidszorg hier, maar die traumahelikopter was er al binnen een half uur nadat ik gebeld had.'

'Dat verklaart al dat lawaai,' zei ik. 'Ik dacht dat ik dat gedroomd had.'

'Niet dus. Ik ben er met de auto achteraan gegaan en ik betwijfel of er nog iets aan jou is wat niet is onderzocht met een scan of een röntgenfoto. De dokter zei dat de uitslag vanmorgen bekend zou zijn.'

'Ik kan me er echt niet veel van herinneren, alleen een hoop lawaai en felle lichten. In elk geval heb ik nergens pijn.'

'Dat verbaast me niks, met de hoeveelheid pijnstillers die ze in je gepompt hebben. Als je wat aangesterkt bent, wil er een rechercheur met je praten. Ik heb hem alles verteld wat ik weet, maar ik was er natuurlijk niet bij toen er werd geschoten.'

'Een rechercheur? Wat moet die in vredesnaam van mij?'

'Er heeft iemand in het wilde weg op je geschoten, Tig. Zoals je zelf al zei, had je wel dood kunnen zijn.'

‘Maar dat was een ongeluk. We weten allebei dat hij het op Pegasus gemunt had.’

‘Toch gaan ze voorlopig uit van opzet.’

‘Dat is belachelijk, al hoop ik wel dat ze erachter komen wie hem gedood heeft. Stropen is ook strafbaar, zeker als het om zo’n zeldzaam dier gaat.’

‘Heb je gezien wie het was?’

‘Nee, jij?’

‘Ik ook niet. Tegen de tijd dat ik aankwam, had die schoft zich al uit de voeten gemaakt.’

We waren allebei een tijdje stil en dachten terug aan het gesprek dat we gisteren hadden gevoerd over Zed, maar durfden geen van beiden onze gedachten onder woorden te brengen.

‘Wil je dat ik iemand voor je bel? Een van je zussen misschien? Of die vrouw die je Ma noemt?’ vroeg hij.

‘God, nee. Tenzij de dokter tegen jou heeft gezegd dat ik dit niet ga overleven.’

‘Nee, zeker niet. Volgens hem heb je veel geluk gehad. Als je het over de duivel hebt.’

Een man die amper ouder leek dan ik was door het gordijn binnengekomen. ‘Hallo, Tiggy. Ik ben dokter Kemp. Hoe voel je je?’

‘Prima.’ Ik knikte en voelde mijn hart een sprongetje maken van angst voor de uitslag.

De arts keek even op de monitor en richtte daarna zijn aandacht weer op mij. ‘Het goede nieuws is dat de röntgenfoto’s van gisteravond er allebei goed uitzien en bevestigen wat we al dachten. De kogel is door de zijkant van je ski-jack gegaan en heeft een gat gemaakt in de drie truien die je droeg, maar je hebt er alleen een vleeswond aan overgehouden. We hebben de wond niet eens hoeven hechten. Er zit alleen een flinke pleister op.’

‘Mag ik dan naar huis?’

‘Nog niet, vrees ik. Toen je met de helikopter werd binnengebracht, vertelde het traumateam dat je hartslag alle kanten op ging en dat je bloeddruk erg hoog was. In eerste instantie dachten we dat je een hartaanval had. Daarom hebben we je aan een monitor gekoppeld. Op de ecg die we hebben gemaakt is te zien dat je een hartritmestoornis hebt. Dat wil zeggen dat je hartslag zichzelf niet kan reguleren. Soms heb je last van tachycardie, dan klopt het hart sneller dan gewoonlijk. Heb je de laatste tijd last gehad van hartkloppingen of een versnelde hartslag?'

'Ik... Ja, wel een beetje,' gaf ik toe.

'Hoe lang al?'

'Dat kan ik me niet herinneren, maar ik voel me goed.'

'Het is altijd goed om uit te zoeken of er geen onderliggende aandoening is. Dat willen we dan ook doen.'

'Met mijn hart is er vast niets aan de hand, dokter,' zei ik stellig. 'Als kind had ik zware astma en had ik vaak last van bronchitis. In het ziekenhuis zijn er veel tests gedaan en mijn hart werd altijd gecontroleerd.'

'Dat is een hele geruststelling, maar voor de zekerheid wil het team van Cardiologie een angiografie maken. Over een poosje word je opgehaald. Kun je in een rolstoel zitten, denk je?'

'Jawel,' antwoordde ik bedrukt. Ik had een bloedhekel aan ziekenhuizen en toen ik tien minuten later in een rolstoel door de gang werd geduwd, bedacht ik dat ik het eens was met Chilly en dat ik in zijn plaats ook het liefst in mijn vertrouwde omgeving zou sterven.

De angiografie was pijnloos, maar wel onaangenaam, en binnen een half uur lag ik weer in bed met een kom waterige soep; het enige op het menu dat ook maar in de verste verte veganistisch was.

'Wat zeg je ervan om nu even met die rechercheur te praten, Tig?' spoorde Cal me aan. 'Die arme kerel hangt hier al sinds de kleine uurtjes rond.'

Nadat ik had ingestemd, werd de man naar binnen geleid. Hij stelde zichzelf voor als rechercheur McClain, was in burger en had een nuchtere, vriendelijke uitstraling. Hij ging naast mijn bed zitten en pakte er een notitieblokje bij.

'Hallo, Miss D'Aplièse. Mr. Mackenzie heeft al een verklaring afgelegd en me verteld wat er volgens hem gisteravond is gebeurd. Uw jas en truien zijn in beslag genomen voor forensisch onderzoek. Het heeft echt maar een haartje gescheeld. Uit het hert is een kogel verwijderd, maar op de plaats delict wordt nog naar de huls gezocht. Aan de hand van de huls en de kogel kunnen we precies vaststellen wat voor type geweer het was. Jammer genoeg heb ik ook een verklaring van u nodig, aangezien u de enige getuige bent van de schietpartij. Als het u op een gegeven moment te veel wordt, zeg het dan. Ik begrijp dat dit nogal ingrijpend voor u is.'

Ik haalde diep adem en concentreerde me erop om dit af te handelen zodat ik hopelijk ontslagen zou worden en vanavond weer in mijn eigen bed zou liggen. Ik nam precies door wat er gebeurd was en de rechercheur stelde af en toe vragen om de details duidelijk te krijgen.

'Dus u hebt de schutter niet gezien?' vroeg hij.

'Niet echt. Alleen zijn schaduw op de sneeuw.'

'Denkt u dat het een man was?'

'Ja,' zei ik. 'De schaduw was in elk geval erg lang, al zegt een schaduw niet echt iets over hoe lang iemand is, hè? Het klinkt vreemd, maar volgens mij droeg hij een ouderwetse deukhoed. Zo zag het er tenminste uit bij die schaduw. Maar toen zag ik Pegasus op me afrennen.'

'Pegasus?'

'De witte hertenbok. Ik noemde hem Pegasus.'

'Tig had een goede band met het hert, rechercheur,' legde Cal uit toen ik tranen in mijn ogen kreeg.

'Nu zou ik willen dat dat niet zo was, want dan had Pegasus nog geleefd.'

'Goed, zo is het wel genoeg. U hebt ons erg goed geholpen.'

'Kunt u een zaak aanspannen tegen de stroper?' wilde ik weten.

'Ja, maakt u zich daar maar niet druk om. Als we die idioot te pakken krijgen, zorg ik ervoor dat hij op elk kleinigheidje wordt afgerekend. Zo te horen heeft het hert een kogel voor u opgevangen, dus misschien kunnen we er zelfs poging tot moord van maken. Maar ik moet u wel waarschuwen dat de pers er al lucht van heeft gekregen.' McClain zuchtte. 'Slecht nieuws gaat als een lopend vuurtje, zeker gezien het feit dat het hert al de nodige media-aandacht heeft gekregen. Er hangen een paar verslaggevers rond bij de ingang van het ziekenhuis. Als u naar huis mag, stel ik voor dat u probeert via een zijdeur weg te komen. Ik raad u aan om alle vragen te beantwoorden met "geen commentaar", oké?'

'Oké, bedankt.'

'Goed, dan wil ik u nog vragen uw verklaring door te lezen. Als alles klopt, wilt u dan op elke pagina een paraaf zetten en onderaan een handtekening?'

Dat deed ik en toen ik hem de pagina's teruggaf, probeerde ik te voorkomen dat mijn handen trilden. Het opnieuw beleven van het hele verhaal had me volkomen uitgeput.

'Hier is mijn kaartje, voor het geval dat u de komende dagen nog iets te binnen schiet. Ik heb uw contactgegevens, dus ik zal u nu in alle rust laten herstellen. We laten het u nog weten als de huls is gevonden en binnenkort neemt slachtofferhulp contact met u op. Denk alstublieft goed na, Miss D'Aplièse. Ook al herinnert u zich nog maar het kleinste detail, dat kan ervoor zorgen dat we die idioot kunnen arresteren. Tot die tijd wens ik u veel beterschap toe, en bedankt voor uw hulp.'

Toen hij weg was, voelde ik mijn oogleden zwaar worden. Net op het moment dat ze dichtvielen, ging het gordijn weer open.

'Hoe voel je je?'

Ik deed mijn ogen open en zag dokter Kemp op me neerkijken. 'Prima.' Ik probeerde er zo alert mogelijk uit te zien. 'Mag ik nu naar huis?'

'Nog niet, ben ik bang. Dokter Kinnaird, het hoofd van de afdeling Cardiologie, komt nog naar je toe. De uitslag van de angiografie zal morgenochtend wel binnenkomen. Ik vrees dat het nog wel even duurt voordat hij er is, want hij is momenteel aan het opereren. Trouwens, hij wenst je veel beterschap,' voegde hij eraan toe. 'Jullie kennen elkaar blijkbaar.'

'Ja,' zei ik ademloos, terwijl mijn hart weer oversloeg. 'Ik werk voor hem. In zijn andere leven op het landgoed, bedoel ik dan.'

'Juist.' De arts keek me verward aan en ik besefte dat hij waarschijnlijk niets van Charlies privéleven wist.

Door het raam zag ik de lucht al donker worden. 'Mag ik vanavond naar huis?'

'Nee, hij zal eerst de uitslag van de angiografie af willen wachten en misschien nog wat onderzoekjes willen doen. Nog één ding, Tiggy. Volgens Cal hier ben je geen Brits staatsburger, maar heb je de Zwitserse nationaliteit.'

'Ja, dat klopt.'

'Dat is geen probleem, Zwitserse staatsburgers vallen ook onder de National Health Service, maar zo te zien sta je nog niet in ons systeem. Ben je in het Verenigd Koninkrijk ingeschreven bij een huisartsenpraktijk?'

'Nee.'

'Goed, dan hebben we je paspoort en het nummer van je zorgverzekering nodig en moet je een paar formulieren invullen om te zorgen dat je je zorgkosten in het vervolg vergoed krijgt. Als je dat nummer niet bij de hand hebt, kun je het terugvinden op je loonstrookje.'

'Juist.' Ik keek naar Cal. 'Het spijt me, maar mijn paspoort ligt in de lade van mijn nachtkastje, samen met mijn loonstrookjes.'

'Is er haast bij, dokter?' wilde hij weten. 'Het is drie uur rijden, heen en terug.'

'Eigenlijk wel,' zei de arts. 'Jij zult ook wel weten hoe de bureaucratie bij de NHS werkt. Kan iemand anders die spullen misschien komen brengen?'

'Nee, ik zal het zelf moeten doen. Tenzij je Zed hier aan je bed wilt, Tig.' Cal trok een gezicht naar me.

Ik keek van zijn vermoeide gelaatstrekken naar de klok en zag dat het al na vier uur 's middags was. De rechercheur was meer dan twee uur bij me geweest. Ik nam een besluit en zei tegen Cal: 'Waarom ga je niet naar huis om wat te slapen? Als ik toch niet voor morgen weg mag, kun je dan misschien terugkomen met mijn paspoort en loonstrookjes. Hopelijk mag ik dan ook meteen mee naar huis.'

'Weet je zeker dat je het hier vannacht wel in je eentje redt?'

'Dat komt wel goed, echt waar. Jij ziet er beroerder uit dan ik.'

'Nou, bedankt. Maar je hebt gelijk, ik moet hoognodig in bad.'

'Dan ga ik maar,' zei de arts. 'Tot morgen, Tiggy. Slaap lekker.'

'Het spijt me enorm, Cal. Hier zat je nou echt op te wachten, terwijl er al zo veel gaande is op Kinnaird.'

'Alsof jij erop zat te wachten om door een kogel geschampt te worden. Oké, ik ga ook maar eens. In elk geval mag ik nu eens in een spiksplinternieuwe Range Rover rijden. Zed heeft me die van hem geleend toen hij hoorde dat je met de traumahelikopter was afgevoerd.'

'Wat aardig van hem,' zei ik met tegenzin, terwijl ik dacht aan wat er gisteren tussen ons was voorgevallen.

'Aye.' Hij fronste zijn voorhoofd. 'Of misschien voelde hij zich schuldig. We weten allemaal dat de scheidslijn tussen haat en liefde maar dun is en dat je hem uitgerekend gisteren hebt afgewezen. Bovendien is de kop van een wit hert een prachtige trofee voor aan de muur. De ultieme trofee zelfs, zeker voor een man als Zed. Je denkt toch niet dat hij op je geschoten heeft?'

'Jezus, Cal.' Mijn hart sloeg weer over. 'Ik zou het echt niet weten.'

'Sorry als ik je van streek heb gemaakt, maar door wat jij me hebt verteld en door wat ik zelf heb gezien, denk ik dat hij het niet gewend is om afgewezen te worden. Nu weet ik tenminste dat je veilig bent.'

'Dat hoop ik dan maar,' zei ik ademloos. 'Zou je nog wat spulletjes voor me mee kunnen nemen? Mijn rugzak en mijn tas – die liggen volgens mij op mijn bed – een spijkerbroek, een shirt, een trui en, eh... wat schoon ondergoed. Mijn kleren zijn in beslag genomen en ik heb geen zin om hier in mijn ziekenhuishemd te moeten vertrekken.'

'Natuurlijk. Nou, haal jezelf geen problemen meer op de hals als ik weg ben, hè?'

'Kijk dan naar me. In deze toestand lukt zelfs mij dat niet.'

'Jij kan alles, Tig.' Hij gaf me een kus op mijn voorhoofd. 'Morgenochtend kom ik weer. Als je nog iets nodig hebt, moet je Beryl maar bellen in de Lodge en dan geeft zij het wel aan me door.'

'Dank je. Eén vraagje nog.' Ik zette me schrap voor het antwoord. 'Waar is Pegasus heen gebracht?'

'Voor zover ik weet hebben ze hem laten liggen, omdat hij deel uitmaakt van de plaats delict.'

'Ik zou gewoon heel graag afscheid willen nemen.'

'Ik zal het navragen en dan laat ik het je weten. Dag, Tig.' Hij zwaaide nog even en vertrok.

Opeens voelde ik me heel erg alleen. Cal had iets waardoor ik me heel veilig en geborgen voelde. Bovendien wist hij me altijd aan het lachen te maken. We hadden in korte tijd echt een bijzondere band opgebouwd en ik vroeg me af of we in een vorig leven familie van elkaar waren geweest.

'Hallo, Tiggy,' zei een andere verpleegster, die naar mijn bed toe liep. 'Ik ben Jane en ik moet je weer even lastigvallen om je temperatuur op te nemen.' De thermometer werd in mijn mond gestoken. 'Aye, dat ziet er goed uit. Geen pijn, toch?' vroeg ze toen ze een rode plastic map van mijn voeteneinde pakte.

'Nee.'

'Mooi zo, dan kun je straks hopelijk van het infuus af. Er is bezoek voor je. Voel je je daar goed genoeg voor?'

'Hangt ervan af wie het is.' Mijn hart sloeg weer over bij de gedachte aan Zed die achter het gordijn vandaan zou komen.

'Ze heet Zara en zegt dat ze een goede vriendin van je is.'

'O, haar wil ik heel graag zien.'

Een paar tellen later verscheen Zara's pientere gezicht tussen de gordijnen. 'Tiggy, arme schat. En Pegasus… Mijn god! Waarom heb je me niet over hem verteld?'

'Sorry, hij moest geheim blijven.'

'Nou, dat is hij nu zeker niet meer. In de auto hoorde ik een bericht over de schietpartij op het plaatselijke nieuws. Hoe voel je je?'

'Het gaat wel. Ik kan alleen niet wachten tot ik naar huis mag.'

'Wie denk je dat het gedaan heeft?'

'Ik heb echt geen idee. Ik heb alleen een schaduw gezien,' zei ik, want ik had geen zin om alles weer op te rakelen. 'Hoe gaat het met jou? Je vader zei dat je weer naar school gaat.'

'Ja, maar we hebben nu weekendverlof. Toen mama me kwam ophalen, heb ik meteen gevraagd of ik naar jou toe mocht.'

'Gaat het een beetje op school?'

'Ja, het gaat wel. Johnnie heeft me een berichtje gestuurd omdat hij me wilde zien. Hij zei dat het hem speet, en zo. Ik heb gezegd dat hij de pot op kan.' Ze giechelde.

'Goed zo.' Ik stak mijn hand uit en gaf haar zwakjes een high five.

'Komt het echt wel weer goed met je?'

'Joh, dat komt helemaal in orde. Morgen zal ik wel weer weg mogen,' verzekerde ik haar, zonder erbij te vermelden dat haar vader me hier hield. 'Hoe gaat het thuis?'

'Waardeloos. Ik zit nog liever op school dan thuis bij mijn moeder. Papa is altijd in het ziekenhuis, of anders in zijn studeerkamer om met zijn advocaat te praten.'

'Zijn advocaat?'

'Over het landgoed, geloof ik.' Ze krabde aan haar neus. 'Hij ziet eruit alsof hij veel aan zijn hoofd heeft. Maar goed, ik kan maar beter gaan. Mama wacht op me. We gaan dit weekend naar Kinnaird, dat zal wel fijn zijn. Al vind ik die Zed maar een rare snuiter, ik hoop dat hij snel weer vertrekt. Dag, Tiggy.' Ze bukte zich om me een dikke knuffel te geven. 'Bedankt voor alles. Je hebt heel goed voor me gezorgd.' Met die woorden kwam ze weer overeind en liep de kamer uit.

Ik bleef liggen en werd me ervan bewust hoe pijnlijk mijn zij aanvoelde nu de pijnstillers uitgewerkt raakten. Ik deed mijn ogen weer dicht omdat de gebeurtenissen van de afgelopen twee dagen hun tol begonnen te eisen.

'Hoi Tiggy, hoe voel je je?'

Een paar minuten later deed ik mijn ogen open en zag ik Ulrika een stoel bij het bed trekken.

'Wel oké, bedankt dat je het vraagt.'

Ze ging zitten en leunde naar me toe. 'Mooi zo. Ik vind het heel erg wat er gebeurd is. Hopelijk wordt de dader snel gepakt.'

'Dat hoop ik ook.'

'Sorry voor mijn slechte timing, maar ik wilde je even spreken.'

Mijn hart klopte in mijn keel toen ik me bewust werd van de pulserende woede onder haar beheerste uiterlijk. 'Waarover?'

'Om te beginnen over je invloed op mijn dochter. Ze is helemaal weg van je. Vergeet niet dat ík haar moeder ben.'

'Ja, natuurlijk. Het spijt me, ik...'

'En dan is er mijn man nog. Het is me van het begin af aan al duidelijk dat je je zinnen op hem hebt gezet. Geloof me, je bent niet de eerste.'

'Dat is helemaal niet waar!' zei ik vol afgrijzen. 'Charlie en ik zijn collega's, hij is mijn baas!'

'Denk maar niet dat ik niet op de hoogte ben van jullie ochtendwandelingetjes en gesprekjes buiten, tijdens Kerst. Ik kan je wel vertellen dat dit nergens heen gaat. Charlie zal me nooit verlaten, nooit.'

'Nee, Ulrika.' Radeloos schudde ik mijn hoofd. 'Je ziet het helemaal verkeerd.'

'Dat denk ik niet. Iedereen kan zien dat je gek op hem bent.'

'Dat is echt niet...'

'Tiggy, ik vraag je om mijn gezin met rust te laten. Je mag denken wat je wilt over mijn huwelijk en mijn relatie met mijn dochter, maar dat doe je dan maar ergens anders.'

Het duurde een paar tellen voordat het tot me doordrong wat ze bedoelde. 'Wil je dat ik ontslag neem? Dat ik wegga van Kinnaird?'

'Ja. Dat lijkt me het beste, jou niet?' Haar staalblauwe ogen boorden zich in die van mij en ik sloeg mijn ogen neer. 'Denk er maar eens over na. Jij zult ook wel inzien dat dit het beste is voor iedereen. Beterschap,' zei ze stijfjes, waarna ze opstond en achter het gordijn verdween.

Ik liet me weer in mijn kussen zakken en voelde een schok door me heen gaan. Geen wonder dat ik last had van hartkloppingen, dacht ik moedeloos. Te uitgeput om ook maar te kunnen nadenken over wat ik nu moest doen, deed ik mijn ogen dicht en dwong mezelf om weer te gaan slapen, want mijn hart ging nu echt tekeer. Ik deed een paar hazenslaapjes, steeds gestoord door de verpleegkundigen die mijn temperatuur kwamen opnemen. Toen ik voor de zoveelste keer indommelde, hoorde ik een bekende mannenstem.

'Tiggy? Ik ben het, Charlie.'

Hém kon ik nu echt niet onder ogen komen, dus deed ik alsof ik sliep.

'Ze is duidelijk onder zeil, en slaap is nu het beste voor haar,' hoorde ik hem tegen de verpleegster fluisteren. 'Zeg maar dat ik bij haar langs ben geweest en dat ik morgenochtend zo snel mogelijk weer kom. Haar waarden zijn nu in orde, maar als er vannacht problemen zijn, piep me dan op. De adenosine die ik heb voorgeschreven zou alles rustig moeten houden. Dien haar nog maar een dosis toe wanneer je de volgende metingen doet.'

'Ja, dokter Kinnaird. Geen zorgen, bij mij is ze in goede handen,' reageerde de verpleegster voordat het gordijn achter hen dichtging en hun voetstappen wegstierven.

Ik vroeg me af waarom hij me nog meer medicijnen had voorgeschreven. Misschien voor de spier die de klap van de kogel had opgevangen toen die door mijn jas drong. Ademhalen deed een beetje pijn, maar dat kwam vast omdat ik zo beurs was.

Ik doezelde weer weg en werd een tijdje later wakker gemaakt door de verpleegster die voor de laatste keer mijn waarden kwam opmeten.

'Het is maar goed dat we je infuus er nog niet uitgehaald hebben, want de arts heeft nog iets voorgeschreven,' zei ze terwijl ze me een vloeistof toediende via een injectiespuit die ze aan het infuus had bevestigd. 'Rust maar lekker uit. Als je iets nodig hebt, kun je op het belletje drukken.'

'Dat zal ik doen. Bedankt.'

Ik werd uit mijn gebroken nachtrust gehaald door de ochtendzuster, die weer wat metingen wilde doen.

'Het zal je wel goeddoen om te horen dat alles er vanochtend een stuk beter uitziet,' zei ze terwijl ze de gegevens noteerde. 'Over een poosje wordt er thee rondgebracht,' voegde ze er nog aan toe voordat ze wegging.

Ik ging rechtop zitten en bedacht dat ik me inderdaad beter voelde. Mijn hart deed niet meer zo raar en ik voelde me helder genoeg om na te denken over het gesprek met Ulrika van gisteravond.

Hoe kon ze nou zeggen dat ik achter haar man aan zat? Hoe durfde ze te beweren dat ik geprobeerd had Zara te beïnvloeden! Ik wilde haar alleen maar helpen! Waar haalde ze het recht vandaan om mij te ontslaan!

Daarna nam ik mijn opties door. De eerste was tegen Charlie zeggen wat er gebeurd was, maar ik wist dat ik nooit aan hem zou durven toegeven dat zijn vrouw had gezegd dat ik gek op hem was.

Komt dat soms omdat ze gelijk heeft, vroeg mijn innerlijke stemmetje me.

Diep vanbinnen wist ik best dat ik me van begin af aan tot Charlie aangetrokken had gevoeld. Ik bracht graag tijd met hem door en vond hem absoluut een knappe man...

Heel eerlijk gezegd had Ulrika me gewoon door.

'Ze heeft gelijk,' kreunde ik.

De thee werd gebracht en terwijl ik van de lauwe, waterige vloeistof nipte, vroeg ik me af wat ik moest doen.

Ik dacht aan Zed, die nog steeds op Kinnaird was, en aan het feit dat iemand in het wilde weg op me geschoten had. Bovendien bleek uit wat zowel Zed als Zara me verteld had dat de toekomst van het landgoed ongeveer net zo stabiel was als mijn hartslag.

'Misschien zit ik over een week toch zonder werk,' mompelde ik. 'Ik kan maar beter de eer aan mezelf houden.'

'Jij gaat...' had Chilly gezegd.

Dat deed het 'm.

Tegen de tijd dat ik mijn thee op had, wist ik dat ik maar één mogelijkheid had. Namelijk doen wat Ulrika me had gevraagd en weggaan van Kinnaird. Tijdens het wachten op Cal maakte ik een plan. Toen de verpleegster terugkwam om het infuus te verwijderen, vroeg ik haar om pen en papier. Ik schreef een briefje aan Cal en pende een officiële ontslagbrief neer voor Charlie. Bij gebrek aan een envelop vouwde ik beide briefjes in elkaar en schreef Cals naam er in hoofdletters op. Voorlopig verstopte ik alles onder mijn kussen.

Cal kwam om negen uur aan en zag er een stuk frisser uit. Mijn rugzak liet hij in een hoek vallen. 'Môgge. Hopelijk heb ik alles waar je om vroeg. Ik had nooit gedacht dat ik nog eens een graai in jouw ondergoed zou doen!' Hij schaterde het uit. 'Maar goed, hoe voel je je?'

'Stukken beter, bedankt,' zei ik opgewekt. 'Vandaag laten ze me vast wel gaan. Volgens de verpleegster zien mijn waarden er goed uit.'

'Dat is prachtig nieuws, dat kon ik wel gebruiken. Op Kinnaird wemelt het van de journalisten die een foto willen maken van onze dierbare Pegasus.'

'O god, ligt hij nog steeds waar hij is... gevallen?'

'Nee, dat is het vreemde juist. Nadat de politie de kogel uit zijn zij had gehaald, hebben Lochie en Ben de technische recherche geholpen een tent over hem heen te plaatsen, omdat de plaats delict beschermd moest worden. De *lads* hebben de hele nacht de wacht gehouden, maar raad eens? Toen ze vanochtend in de tent keken, was het lichaam verdwenen. Weg.' Hij knipte met zijn vingers. 'Zomaar.'

'Zeg alsjeblieft dat hij niet is meegenomen om een trofee van hem te maken!' jammerde ik.

'Tenzij er bij allebei de mannen iets in hun thermoskan koffie is gedaan en ze zo diep in slaap zijn gevallen dat ze niet hebben gehoord dat er een groot voertuig aankwam en dat er een enorme hertenbok uit de tent werd gesleept, lijkt me dat sterk.' Hij wiebelde met zijn vinger naar me. 'En nog een raar feitje dat jij wel zal kunnen waarderen: eerst lag er bloed om hem heen. Toen de politie vanmorgen in de tent keek, was het hert niet alleen verdwenen, maar was de sneeuw waar hij had gelegen spierwit.'

'Alsof hij nooit bestaan heeft...' fluisterde ik.

'Dat dacht ik ook al. Raar, hè?'

'Op dit moment vind ik alles raar. Zweer je dat je dit niet verzint om mij op te beuren?'

'Dat zou ik nooit doen, Tig. Vraag het zelf maar na op Kinnaird, als je me niet gelooft. Trouwens, deze heeft Beryl meegegeven.' Hij gaf me een tupperwaredoos vol millionaire's shortbread. 'Ze zegt dat je dit zo lekker vindt. Natuurlijk moest ik je ook beterschap wensen van haar, net als van iedereen.'

'Ook van Zed?'

'Die heb ik niet gezien, dus dat durf ik niet te zeggen.' Hij haalde zijn schouders op. 'Ik heb de sleutels van zijn Range Rover bij Beryl afgegeven en ben er snel weer vandoor gegaan.'

'Sinds hij er is, is alles op Kinnaird in de soep gelopen,' verzuchtte ik. 'Hopelijk krijgt hij dat zelf ook door en gaat hij weg. Zou je het heel erg vinden om even een kop thee te gaan drinken, zodat ik me kan wassen en omkleden? Misschien voel ik me dan weer een beetje meer mens.'

'Geen punt, dan kan ik meteen een ontbijtje bestellen in het restaurant. Ik heb geen tijd gehad om te eten voordat ik vertrok.'

'Neem je tijd,' zei ik, terwijl ik uit bed stapte. 'Cal?'

'Ja?'

'Bedankt voor alles. En... het spijt me echt.'

'Doe niet zo gek.' Hij glimlachte naar me. 'Tot zo.'

Ik voelde me schuldig omdat ik op het punt stond om Cal weer de schrik van zijn leven te bezorgen, maar wist ook dat er niks anders op zat, dus kwam ik snel in actie. Ik trok de plakkertjes waarmee ik aan de hartmonitor verbonden was van mijn borst, pakte mijn rugzak en kwakte die op het bed om de inhoud te bekijken. Tot mijn genoegen zag ik dat mijn paspoort en portemonnee erbij zaten, al ontbrak mijn mobieltje wel. Laat maar zitten, dacht ik, dan moet ik maar een nieuwe kopen als ik er ben.

Het briefje voor Cal liet ik achter op het kussen en ik droeg mijn rugzak naar het dichtstbijzijnde toilet en deed de deur op slot. Haastig trok ik de spijkerbroek en trui aan die Cal voor me had ingepakt en draaide mijn haar in een knot boven op mijn hoofd.

Toen ik klaar was, tuurde ik om de deur van het toilet heen, want ik wist dat ik nog langs de verpleegkundigenbalie moest, verderop in de gang. Tot mijn opluchting zat er niemand. Ik deed de deur wagenwijd open, liep schaamteloos naar buiten en verliet de afdeling. Daarna bedacht ik dat de rechercheur me had verteld dat er pers rondhing bij het ziekenhuis en ging ik op zoek naar een zijuitgang, die ik uiteindelijk ook vond.

Eenmaal buiten stapte ik in een van de wachtende taxi's. 'Naar het vliegveld van Inverness, alstublieft,' zei ik tegen de chauffeur.

'Komt voor elkaar, mevrouw.' Hij startte de motor en we gingen ervandoor.

Bij de ticketbalie op het kleine vliegveld vroeg de beambte waar ik naartoe wilde.

'Genève,' zei ik, want ik wilde niets liever dan vertroeteld worden door Ma en mijn favoriete bonenstoofschotel van Claudia eten. Maar terwijl de vrouw iets intikte op haar toetsenbord, verscheen het witte gewelf van een grot voor mijn geestesoog.

Zeg tegen Angelina dat ik je de weg naar huis heb gewezen...

'Wacht even,' zei ik. 'Het spijt me, mijn Engels is niet zo goed,' loog ik om geen modderfiguur te slaan. 'Ik bedoelde niet Genève, maar Granada... in Spanje!'

'Juist,' verzuchtte de vrouw. 'Dat wordt iets ingewikkelder.'

Een uur en drie kwartier later maakte het vliegtuig naar London Gatwick vaart op de startbaan en voelde ik een enorme last van mijn schouders vallen. Vlak voordat we tussen de wolken zouden verdwijnen, keek ik omlaag naar de grijze stad en het besneeuwde landschap daaromheen en blies er een kusje naartoe.

'Je had gelijk, lieve Chilly. En ik beloof dat ik haar zal vertellen dat jij me naar huis hebt gestuurd.'

21

Heel wat uren later raakten de wielen van het vliegtuig de landingsbaan op de luchthaven van Granada. Gelukkig had ik de hele vlucht vanaf Gatwick geslapen en dus nog eens ruim drie uur liggen soezen. Terwijl ik de vliegtuigtrap afdaalde, drong de geur van warmte, citrusvruchten en vruchtbaar land mijn neusgaten binnen. Hoewel het nog maar begin februari was, zag ik dat het hier zelfs zo laat op de avond nog tien graden was, wat na mijn winter in de vrieskou tropisch aanvoelde. Nadat ik door de paspoortcontrole was en mijn bagage had opgehaald, ging ik naar de informatiebalie om te vragen naar een hotel in Sacromonte.

De vrouw overhandigde me een kaartje.

'Gracias. Eh… zou u misschien even kunnen bellen om te vragen of ze een kamer voor me hebben?'

'Geen telefoon in hotel, señorita. Er is altijd wel een kamer vrij. Geen zorgen.'

'Goed, bedankt.'

In het winkelgedeelte van de luchthaven liep ik naar een geldautomaat om euro's op te nemen en daarna ging ik buiten op zoek naar de taxistandplaats.

'Waarnaartoe, señorita?' vroeg de chauffeur.

'Sacromonte, *por favor*, señor,' zei ik in mijn beste school-Spaans.

'U gaat naar flamencoshow?'

'Nee, naar een hotel, Cuevas el Abanico.' Ik gaf hem het kaartje dat ik van de vrouw achter de informatiebalie had gekregen.

'Ah, sí, *comprendo*!'

We gingen er met een rotgang vandoor en ik vond het jammer dat het zo donker was en dat ik niet kon zien waar ik was. Er lag in elk geval geen sneeuw, dacht ik terwijl ik mijn trui uittrok in de vochtige warmte. Het duurde twintig minuten om de stad te bereiken. Granada had een bruisend centrum, te oordelen naar het aantal mensen op straat, al was het al elf uur 's avonds. Daarna sloeg de taxi links af naar wat eerder een smalle steeg dan een weg leek en begonnen we aan een rit omhoog.

'Wij hier stoppen, u lopen, señorita. Rechtdoor.' De chauffeur wees naar een open poort in een dikke muur. 'Vijf minuten naar hotel.'

'*Muchas* gracias, señor.' Ik betaalde hem, hees mijn rugzak op mijn rug en keek naar het kronkelende pad voor me, slechts verlicht door hier en daar een ouderwetse lantaarn, en aan één kant afgescheiden door een lage stenen muur. Ik hoorde dat de taxi in zijn achteruit werd gezet en de heuvel af reed. Me bewust van de kloppende wond in mijn zij begon ik te lopen.

Ik nam een bocht en daar, boven me, aan de andere kant van de vallei, zacht verlicht in zijn oeroude schoonheid, verrees het Alhambra.

Bij de aanblik kreeg ik tranen in mijn ogen en ik wist zeker, heel zeker, dat ik hier eerder was geweest. Als betoverd bleef ik staan. Alles eromheen was zo donker dat het paleis wel in de lucht leek te zweven.

'Daar heeft Lucía gedanst...' mompelde ik, verbluft omdat ik nu eindelijk met eigen ogen zag wat tot nu toe alleen in mijn verbeelding had bestaan.

Ik vervolgde mijn tocht over het smalle pad dat om de berg heen slingerde. Eén kant bestond uit woningen van wit steen die uit de rotsen erachter waren gehouwen. De kleurrijke luiken waren gesloten voor de nacht. Er brandde maar weinig licht en ik kon alleen maar bidden dat de vrouw bij de informatiebalie zich niet had vergist en dat het hotel niet gesloten was in de winter.

'In dat geval moet ik maar slapen waar ik neerval,' hijgde ik toen ik mijn hart voelde protesteren.

Gelukkig doemden er na de volgende bocht lichten op, plus een bordje waaruit bleek dat dit het hotel was dat ik zocht. Ik duwde de smeedijzeren poort open en liep erdoorheen.

'*¿Le puedo ayudar?*'

Toen ik naar links keek, zag ik een vrouw aan een tafeltje op het terras zitten. Ze rookte een sigaret en keek me wantrouwend aan.

'Eh... hebt u nog een kamer voor me?'

'Sí, señorita.' Ze stond op en wenkte me mee naar de deur. 'Ben je Brits?' vroeg ze in het Engels.

'Eigenlijk kom ik uit Zwitserland, dus ik spreek ook Frans.'

'Laten we het maar bij Engels houden, oké? Ik ben Marcella, de eigenaresse van dit hotel.' Toen ze glimlachte, werden de rimpels in haar gezicht nog dieper. Pas bij de receptie besefte ik dat het hotel was opgebouwd uit een reeks grotten van wit gesteente. Ze haalde een sleutelbos tevoorschijn en voerde me mee door een kamer waar een aantal banken stond met daarop plaids in kleurrijke patronen. Achterin opende ze de deur naar een andere grot, met een schattig houten bedje in het midden.

'De badkamer.' Ze wees naar een smalle deuropening, afgeschermd door een gordijn, met daarachter een toilet en een piepkleine douche.

'Dit is perfect,' zei ik glimlachend. 'Gracias.'

Ik liep weer met haar mee naar de kleine receptie en gaf haar mijn paspoortgegevens in ruil voor de sleutel.

'Heb je honger?' vroeg ze.

'Nee, dank je. Ik heb in het vliegtuig al iets gegeten. Maar een glas water zou er wel ingaan.'

Ze verdween naar een kleine keuken en kwam terug met een glas en een plastic flesje water. 'Welterusten,' zei ze toen ik naar mijn kamer liep.

'Gracias.'

Na een kattenwasje, zoals Ma dat noemde, omdat ik met mijn wond niet durfde te douchen, stapte ik in wat een heel comfortabel bed bleek te zijn. Toen ik eenmaal lag, keek ik naar het plafond. Dat was identiek aan het gewelf dat ik al zo vaak aan mijn geestesoog voorbij had zien trekken.

'Ik ben er echt,' fluisterde ik vol ontzag, voordat ik als een blok in slaap viel.

Toen ik wakker werd zag ik tot mijn verbazing op de wekkerradio op een kist naast mijn bed dat het al tien uur was geweest. In de grot drong geen spoortje daglicht door.

Ik kuchte omdat er een stofje in mijn keel vloog, en het geluid galmde door het vertrek. Wat moest Felipe een afgrijselijke geluiden hebben gemaakt toen hij op sterven lag, in een grot precies zoals deze...

Om te beginnen haalde ik de EHBO-doos die ik op het vliegveld had aangeschaft uit mijn tas. Met een van pijn vertrokken gezicht trok ik de pleister van mijn zij. De wond trok een beetje, maar het viel mee als je bedacht wat ik mezelf gisteren allemaal had aangedaan. Ik maakte de wond schoon met wat steriele gaasjes, deed er ontsmettende gel op en plakte hem af met een nieuwe pleister. Gerustgesteld dat ik aan de beterende hand was en niet zou sterven aan wondkoorts op de plek waar ik geboren was, ging ik me wassen en deed de katoenen jurk aan die ik in de taxfreewinkel had gekocht. Ik trok mijn trui eroverheen en maakte het geheel af met de lage pumps die ik ook maar had aangeschaft, ter vervanging van de zware sneeuwschoenen die ik had gedragen op de avond dat Pegasus stierf.

'Nou, Tiggy.' Grinnikend keek ik omlaag naar de gebloemde jurk. 'Zo ga je wel in je omgeving op.'

Ik liep mijn kamer uit en de receptie in. De geur van sterke, versgemalen koffie kwam me tegemoet uit het keukentje dat aan de receptie grensde.

'Buenos días, señorita. Goed geslapen?'

'Ja, dank je.' Ik vroeg me af of Marcella – met haar lange gitzwarte lokken en olijfkleurige huid – zelf ook een zigeuner was.

'Volgens mij is het warm genoeg om buiten te ontbijten,' zei ze.

'Sí.' Ik liep achter haar aan de zon in en stond even als een mol te knipperen om mijn ogen aan het felle licht te laten wennen.

'Ga zitten,' zei Marcella, 'ik breng je zo het ontbijt.'

Ik hoorde haar amper, want mijn aandacht was getrokken door wat er achter de smeedijzeren poort voor het terras lag. Ik liep erheen, duwde de poort open en stak het smalle pad voor het hotel over zodat ik over de muur kon leunen om zowel de pracht van de groene vallei onder me als het majestueuze Alhambra boven me in me op te nemen. Bij daglicht zag ik pas goed hoe de vaaloranje muren afstaken tegen het groene gebladerte eromheen.

'Nu begrijp ik dat María dit het mooiste uitzicht van de hele wereld noemde,' verzuchtte ik. 'Volgens mij is het dat ook echt.'

Tijdens het ontbijt van brood met heerlijke soorten jam en een glas verse jus d'orange las ik de brief van Pa Salt nog eens door.

'Je moet zoeken naar een blauwe deur,' mompelde ik in mezelf.

'Ben je toerist? Naar Alhambra?' vroeg Marcella, die me nog wat koffie inschonk.

'Eigenlijk ben ik hier om mijn familie te zoeken.'

'Hier in Sacromonte? Of in Granada?'

'In Sacromonte. Ik weet zelfs precies bij welke deur ik moet aankloppen.'

'Ben je gitana?'

'Dat denk ik wel, ja.'

Met samengeknepen ogen nam ze me op. 'Je hebt payobloed, maar misschien ook wel wat gitanobloed.'

'Heb je weleens gehoord van een familie die Albaycín heet?'

'Natuurlijk! De familie Albaycín was een van de grootste in Sacromonte, in de tijd dat wij hier allemaal nog woonden.'

'Wonen de zig... de gitanos hier niet meer?'

'Sommigen wel, maar de meeste grotten zijn nu leeg. Veel van ons zijn verhuisd naar moderne appartementen in de stad. Ze houden zich niet meer aan de oude gebruiken. Jammer, maar waar. Tegenwoordig is Sacromonte net een spookstad.'

'Ben jij een zigeuner?'

'Sí, onze familie woont hier al driehonderd jaar,' antwoordde ze trots.

'Waarom heb je dit hotel geopend?'

'Omdat nu alleen nog toeristen komen die naar de flamencoshow in Los Tarantos willen, of die een museum willen bezoeken of willen zien hoe we vroeger leefden, in de grotten hierboven. Ik denk bij mezelf, deze straat heeft een van de mooiste uitzichten van de wereld. Te mooi om geen gebruik van te maken.' Ze glimlachte. 'Trouwens, ik hoor hier thuis.'

'Je spreekt erg goed Engels. Waar heb je dat geleerd?'

'Op school en de universiteit. Toen mijn vader en moeder stierven, heb ik hun appartement verkocht. Van de opbrengst kocht ik het oude huis van mijn familie terug en liet het verbouwen tot wat ze noemen een boetiekhotel.'

'Dat heb je prachtig gedaan. En over het uitzicht heb je gelijk, dat is adembenemend. Hoe lang ben je al open?'

'Pas een jaar. Het komt langzaam op gang, maar alles heeft tijd nodig en ik heb al veel boekingen binnen voor de zomer.'

'Ik vind het hier nu al heerlijk,' zei ik glimlachend.

'Waar woont je familie?'

'Er is me verteld dat ik op zoek moet naar een blauwe deur aan de Cortijo del Aire en naar ene Angelina moet vragen. Heb je weleens van haar gehoord?'

'Heb ik van haar gehoord?' Ze knipperde vol ongeloof. 'Natuurlijk! Zij is de laatste bruja van Sacromonte. Ben je familie van haar?'

'Volgens mij wel, ja.'

'Nu is ze oude vrouw, maar ik weet nog dat vroeger altijd mensen in de rij voor haar deur stonden voor haar kruidenmiddeltjes en toekomstvoorspellingen. Niet alleen gitanos, ook veel payos. Nu komen niet meer zo veel mensen, maar als je iets wilt weten over je toekomst, moet je bij Angelina zijn.'

'Woont ze hier in de buurt?'

'Señorita, ze woont hiernaast!'

Er ging een huivering door me heen bij haar woorden, die ze kracht bijzette door naar de heuvel aan haar linkerzijde te gebaren. 'Heeft haar grot een blauwe deur?'

'Sí, jazeker. Mijn gasten gaan vaak naar Angelina als ik vertel over haar gaven. Zo wij helpen elkaar.'

'Ik had nooit gedacht dat ik haar zo makkelijk zou vinden.'

'Als iets voorbestemd is, kan het leven soms heel makkelijk zijn.' Marcella nam me op met haar bruine ogen. 'Het moeilijkste aan deze reis was misschien nog wel de eerste stap.'

'Ja,' zei ik, verrast omdat ze me zo goed aanvoelde. 'Dat klopt helemaal.' Toen ik haar aankeek, viel er iets op zijn plaats in mijn hoofd. 'Ik heb gehoord dat mijn voorouders naast een man woonden die Ramón heette. Was dit zijn grot?'

'Ja!' Ze klapte verrukt in haar handen. 'Ik ben de achterachternicht van Ramón. Mijn betovergrootmoeder was zijn zus! Natuurlijk heb ik hem nooit ontmoet, maar ik heb wel gehoord dat Lucía Albaycín hier op haar flamenco oefende.' Ze wees naar het pad buiten de poort. 'Mijn grootmoeder weet ook nog. Lucía was de beroemdste flamencodanseres ter wereld! Heb je weleens van haar gehoord?'

'Ja. Als de persoon die me over haar verteld heeft gelijk had, was ze mijn grootmoeder.'

'¡Dios mío!' riep ze vol ontzag uit. 'Dans jij ook? Je hebt zelfde figuur als zij.'

'Als kind heb ik wel op ballet gezeten, maar niet professioneel. Ik... ik denk dat ik dan maar beter naar Angelina toe kan gaan, toch?'

'Wacht nog maar uurtje. Net als de meeste gitanos is ze een avondmens en staat ze niet voor de lunch op.' Ze gaf een klopje op mijn hand. 'Ik vind het heel dapper dat je hierheen gekomen bent, señorita. De meeste gitanos van jouw leeftijd willen vergeten waar ze vandaan komen, omdat ze zich schamen.' Ze trok één wenkbrauw op en liep de poort uit.

Ik bleef zitten waar ik zat in de zon en dacht na over wat de vrouw me zojuist had verteld. Het was bijna niet te bevatten. Ik had verwacht dat ik Angelina zou moeten opsporen – als ik haar ooit al zou kunnen vinden – niet dat ze hier pal naast zou blijken te wonen.

Misschien is je leven de afgelopen tijd al ingewikkeld genoeg geweest en kon je wel een meevaller gebruiken, Tiggy.

Ik stond op en deed de poort weer open, ging linksaf en deed een paar stappen het kronkelende pad op. Voor de deur van de naburige grot bleef ik staan. Hij was inderdaad helderblauw en er ging weer een huivering door me heen.

Daarbinnen is je leven begonnen, zei het stemmetje in mijn binnenste.

Ik draaide me om naar het uitzicht en stelde me María en Lucía voor die op de drempel van hun huis manden hadden zitten vlechten, terwijl het in het dorp een aanhoudend kabaal was met al die inwoners. Nu hoorde ik alleen het gefluit van vogels in de olijfboomgaarden op de heuvel onder me.

'Een spookstad,' zei ik, verdrietig omdat het hier zo uitgestorven was, al probeerde ik geen al te romantisch beeld te krijgen van hoe het was geweest om zo lang geleden in Sacromonte te wonen, zonder enige voorzieningen. Toch had de moderne tijd er ironisch genoeg voor gezorgd dat het kloppend hart uit deze gemeenschap was verdwenen.

Ik ging op het muurtje zitten en staarde naar het Alhambra. Totdat Marcella zo verbaasd had gereageerd omdat ik op zoek was gegaan naar mijn afkomst, was het niet eens bij me opgekomen dat ik me misschien zou moeten schamen voor mijn zigeunerbloed. Omdat Chilly zo positief was over de cultuur waar hij – en ik kennelijk ook – uit voortkwam, had ik het juist een voorrecht gevonden om daar deel van uit te maken. Maar nu besefte ik dat ik makkelijk praten had: ik had in mijn leven nog nooit met vooroordelen te maken gehad. Ik werd overal geaccepteerd, door mijn neutrale Europese uiterlijk en Zwitserse paspoort. Terwijl de mensen die vroeger op deze heuvel woonden in feite verbannen waren uit de stad en niet werden geaccepteerd door de maatschappij waarin ze leefden.

'Waarom?' mompelde ik in mezelf.

Omdat we anders zijn en ze ons niet begrijpen. Daarom zijn ze bang voor ons.

Ik stond op en liep nog iets verder het pad op, tot ik een bordje zag hangen van een museum, aan de muur bij een smalle trap naar boven. Al na een paar treden voelde het alsof er een strakke band om mijn borst werd gesnoerd. Mijn lichaam was de gevolgen van de schietpartij duidelijk nog niet te boven, dus liep ik langzaam terug naar het hotel en ging in de zon zitten tot de pijn afnam.

'Angelina's deur is open,' zei Marcella toen ze twintig minuten later terugkwam met een mand vol eieren. 'Dat betekent zij is wakker. Hier.' Ze haalde drie eieren uit haar mand en gaf die aan mij. 'Geef maar aan haar, namens mij,' spoorde ze me aan.

'Oké.'

Ik ging naar mijn kamer, haalde snel een borstel door mijn haar en nam een paar tabletten ibuprofen in tegen de pijn in mijn zij en mijn borst.

'Goed.' Ik pakte de eieren op. '*Courage, mon brave*,' mompelde ik terwijl ik de poort met mijn voet openduwde en de paar meter de heuvel af liep naar de blauwe deur. Die stond open en met mijn handen vol kon ik mijn aanwezigheid niet kenbaar maken door te kloppen.

'Hallo? ¿Hola?' sprak ik tot de duisternis binnen.

Uiteindelijk kwam er een man naar de deur, met de indrukwekkendste krulsnor die ik ooit had gezien. De volle bos zilvergrijs haar op zijn hoofd paste er perfect bij. Hij was goed gebouwd en zijn bruine huid – zwaar gerimpeld door jaren onder de Andalusische zon – omlijstte een paar chocoladekleurige ogen. In zijn hand hield hij een bezem, die hij voor zich uit stak alsof hij hem als wapen wilde gebruiken.

'Is Angelina er?' vroeg ik.

'Geen consult tot zeven uur 's avonds,' zei hij in het Engels met een zwaar accent.

'Nee, señor, ik kom niet voor een consult. Ik ben gestuurd om Angelina te zoeken. Misschien ben ik familie van haar.'

De man keek me aan en haalde zijn schouders op. 'No comprendo, señorita.' Met die woorden deed hij de deur voor mijn neus dicht.

Ik legde de eieren voorzichtig op het stoepje voor de deur en klopte aan. 'Ik heb eieren,' wist ik in het Spaans uit te brengen, 'van Marcella.'

De deur ging weer open en de man bukte zich om de eieren op te rapen. 'Gracias, señorita.'

'Mag ik alstublieft binnenkomen?' Ik was niet zo ver gekomen om me te laten wegjagen door een oude man met een bezem.

'Nee, señorita.' Hij probeerde de deur dicht te doen, maar ik stak mijn voet ertussen.

'Angelina?' riep ik. 'Ik ben Tiggy. Chilly heeft me gestuurd.' Maar de man won de strijd en sloeg de deur weer voor mijn neus dicht. Met een zucht liep ik terug naar het hotel, op zoek naar Marcella.

'Was ze er niet?' Verward keek ze me aan.

'Volgens mij wel, maar er deed een man open die me niet binnen wilde laten.'

'Ah, Pepe is nogal overbezorgd, per slot van rekening is hij Angelina's oom,' legde ze uit. 'Misschien moet je nog eens aankloppen.'

Ik was nog niet eens bij de poort toen Pepe de bocht omkwam. Zonder een woord te zeggen nam hij mijn hand in zijn grote hand en glimlachte. 'Jij bent het echt... Jij bent nu vrouw.' In zijn bruine ogen welden tranen op.

'Het spijt me, i-ik weet niet...' stamelde ik.

'Ik ben Pepe, jouw *tío*, jouw oudoom,' zei hij voordat hij me in zijn armen sloot. Daarna trok hij me over het pad mee naar de blauwe voordeur. 'Perdón, señorita,' zei hij, en daarna mompelde hij nog iets in het Spaans. 'Ik wist niet dat jij het was!'

'Spreek je Engels?'

'Natuurlijk! Ik zeg alleen "no comprendo" als toeristen te vroeg aankloppen.' Hij grinnikte. 'Nu breng ik jou naar Angelina, jouw nicht.'

In de deuropening stond een kleine vrouw met een volle bos goudblond haar dat aan de wortels grijs werd. Ze was net zo tenger als ik en ging gekleed in een kaftan met een rood met blauw patroon tot aan haar voeten, die in comfortabel uitziende leren sandalen waren gestoken. Haar blauwe ogen fonkelden naar me van achter lange, zwarte wimpers en haar eyeliner was net zo dik aangebracht als haar getekende wenkbrauwen.

'Hola,' zei ik terwijl ik haar onderzoekend opnam.

'Hola, Erizo.' Ze glimlachte en kreeg tranen in haar ogen. 'Jij hier,' zei ze in houterig Engels. 'Jij weer thuis.' Daarna spreidde ze haar armen en liet ik me omhelzen.

Ze barstte op mijn schouder in snikken uit en ik kon alleen maar meedoen. Na afloop veegden we allebei de tranen uit onze ogen en hoorde ik Pepe achter ons luidruchtig zijn neus snuiten. Ik draaide me naar hem om en hij sloeg zijn armen om ons heen. Mijn hart ging tekeer en ik was duizelig toen mijn blik afgleed van mijn oudoom naar de vrouw die ik had moeten zoeken. Uiteindelijk maakten we ons allemaal van elkaar los en werd ik naar een betegeld binnenplaatsje vlak bij de grot geleid, waar een heleboel planten in potten stonden. Ik rook munt, salie, venkel en lavendel toen Pepe naar een gammele houten tafel en vier al even aftandse stoelen wees. We gingen allemaal zitten en het viel me op hoe soepel Pepe en Angelina zich bewogen, hoewel ze duidelijk niet meer de jongsten waren.

Angelina nam mijn hand in de hare en gaf er een kneepje in. 'Mijn Engels oké, maar langzaam praten,' raadde ze me aan. 'Hoe jij ons gevonden?'

Ik probeerde zo duidelijk mogelijk te vertellen over de brief van Pa Salt, mijn verhuizing naar Kinnaird en mijn ontmoeting met Chilly.

Angelina en Pepe klapten verrukt in hun handen en wisselden in rap Spaans een paar woorden met elkaar.

'Doet mijn hart goed te horen, oude magie werkt nog,' zei Angelina.

'Dus je kent Chilly?'

'Alleen van naam. Micaela, die voor mij zorgt als kind, zij zegt tegen hem hij zal jou naar huis sturen. Ik voel Chilly is oud en ziek. Zijn dagen zijn geteld. Sí?'

'Sí,' fluisterde ik, al vond ik het vreselijk dat ik dat ook wist. Ik had meteen al door dat ik mijn gedachten niet kon afschermen voor deze vrouw. Hoe sterk de gave van Chilly ook mocht zijn, die viel in het niet bij die van Angelina. Ik voelde nu al de spanning – haar kracht – om haar heen, en die wakkerde mijn eigen gave aan.

'Natuurlijk, jouw bloed is verdund door payovoorouders, maar...' Ze nam me onderzoekend op. 'Ik voel jij hebt gave. Ik leer jou, zoals Micaela mij leert.' Ze glimlachte naar me en van die glimlach ging zo veel warmte uit dat ik een brok in mijn keel kreeg. Alles aan haar was zo... vitaal. Ze keek nog eens goed naar me en nam mijn hand in haar zachte hand. 'Jij bent ziek, Erizo. Wat is gebeurd?'

Zo beknopt mogelijk vertelde ik over de nacht dat Pegasus was gestorven.

Ik zag haar ogen wegdraaien en terwijl ze mijn hand bleef vasthouden leek ze haar oren te spitsen, alsof ze naar iets in de verte luisterde. 'Dat wezen is gestuurd voor jou beschermen,' zei ze. 'Hij is jouw gids en zal aannemen veel gedaantes in jouw leven. Begrijp je?'

'Ik denk het wel, ja.'

'Alles gebeurt met reden, Erizo, toeval bestaat niet. Dood is niet einde, maar begin.' Ze begon mijn handpalm nauwgezet te bekijken. 'Pepe,' zei ze, 'ik heb *la poción* nodig.' In rap Spaans legde ze uit wat erin moest, waarbij ze de ingrediënten op haar vingers aftelde.

Pepe trok zich even terug terwijl Angelina me bleef aanstaren. 'Pequeño Erizo... egeltje...'

'Zo noemde Chilly me ook!' riep ik uit. 'Alleen gebruikte hij het woord "hotchiwitchi".' Ik glimlachte.

Pepe kwam terug met een glas dat was gevuld met een smerig uitziend brouwsel.

'Zal helpen wond in jouw hart en ziel genezen,' zei Angelina, terwijl Pepe het glas voor me neerzette.

'Wat is het?' wilde ik weten.

'Niet belangrijk,' zei Pepe. 'Angelina zegt jij moet opdrinken.'

'Oké.' Ik pakte het glas op en aarzelde toen ik de vreemde, penetrante geur rook.

'Drink maar,' moedigde Angelina me aan.

'Hoe lang jij blijft?' vroeg Pepe zodra ik de laatste slok van het misselijkmakende goedje achter mijn kiezen had.

'Daar heb ik nog niet over nagedacht. Ik ben gewoon in het vliegtuig gestapt en hierheen gekomen. Ik had niet verwacht dat ik jullie zo makkelijk zou vinden.'

'Nu jij hier bent, jij moet maar tijdje blijven. Angelina jou veel leren.'

Ik keek van mijn oudoom naar mijn nicht. 'Hebben jullie mijn vader en moeder weleens ontmoet?'

'Natuurlijk,' zei Pepe, 'hebben jaren naast elkaar gewoond. Wij bij jouw geboorte.' Hij wees naar de buitenwand van de grot. 'Daarbinnen, jij bent geboren.'

'Hoe heette mijn moeder?'

'Isadora,' zei Pepe ernstig, en Angelina liet haar hoofd hangen.

'Isadora…' proefde ik de naam op mijn lippen.

'Erizo, hoeveel jij weet van jouw verleden?' vroeg Angelina.

'Chilly heeft me het meeste verteld van wat er gebeurd is voordat Lucía naar Barcelona ging. En over María die haar en José daar ging zoeken. Willen jullie alsjeblieft vertellen wat er daarna is gebeurd?'

'Ja, maar eerst verder waar Chilly was gebleven,' zei Angelina. 'Jij moet hele verhaal horen. Duurt veel uren om alles te vertellen.'

'Ik heb alle tijd van de wereld.' Glimlachend besefte ik dat dat echt zo was.

'Jij moet weten waar jij vandaan komt om zien waar jij heen moet, Erizo. Nu jij energie hebt om te concentreren, ik zal beginnen.' Ze legde een vinger tegen mijn pols en knikte. 'Oké. Is beter.'

'Fijn,' antwoordde ik, en ik merkte dat ik me inderdaad beter voelde. Mijn hart ging niet meer zo tekeer en ik voelde me ongewoon rustig.

'Goed, jij weet al Lucía blijft bij haar papá, voor dansen in Barcelona, en haar mamá gaat terug naar Sacromonte?'

'Ja.'

'Lucía meer dan tien jaar weggebleven, voor vak leren. Zij danst op veel plekken, maar komt met José altijd terug naar Barcelona. Dus ik begin op moment dat Lucía eenentwintig was. Dat was in… even denken… 1933…'

LUCÍA

BARCELONA, SPANJE

AUGUSTUS 1933

Flamencowaaier (*abanico*)
Gebruikt bij het flamencodansen en ook in
de geheime taal van het flirten.

22

'Kom, Lucía. Het is tijd om te dansen.'

'Ik ben moe, papá. Misschien kan iemand anders vanavond in mijn plaats gaan.'

José keek naar zijn dochter die op het oude matras in haar piepkleine kamertje lag te roken. 'Moe zijn we allemaal, *chiquita*, maar er moet toch geld verdiend worden.'

'Dat zeg je al elke dag van mijn leven. Misschien wordt het vandaag anders en ga ik een keer níét werken.' Ze tikte de as van haar sigaret op de vloer. 'Wat schiet ik ermee op? Ik ben naar Cádiz en Sevilla geweest en op tournee door alle provincies, en ik heb zelfs met de grote Raquel Meller gedanst in Parijs, maar we wonen nog steeds in dit stinkende krot!'

'We hebben nu wel een eigen keuken,' bracht hij haar in herinnering.

'Wat hebben we daaraan? We koken nooit.' Ze stond op, liep naar het open raam en gooide haar peuk naar buiten.

'Ik dacht dat je leefde voor het dansen, Lucía.'

'Dat is ook zo, maar de eigenaars van de bars beulen me af alsof ik een havenarbeider ben. Soms moet ik wel drie keer op een avond optreden zodat zij hun zakken kunnen vullen! Trouwens, het publiek wordt met de dag kleiner omdat ze me niet meer willen. Ik ben eenentwintig – geen kind meer, maar een vrouw die vastzit in een kinderlichaam.' Om haar woorden kracht bij te zetten liet ze haar handen langs haar lichaam gaan. Met haar smalle taille, platte borst en ranke ledematen was ze amper langer dan een meter twintig.

'Dat is niet waar. Het publiek is dol op je.'

'Papá, de mannen die naar het café komen willen borsten en heupen zien. Ik lijk wel een jongetje.'

'Dat maakt juist deel uit van je charme, dat maakt La Candela uniek! De mensen komen zich niet aan je borsten vergapen, maar aan je voetenwerk en je passie. Hou op jezelf te beklagen, kleed je aan en ga mee naar de bar. Ik wil je aan iemand voorstellen.'

'Aan wie dan? De zoveelste impresario die beweert dat hij een ster van me gaat maken?'

'Nee, een beroemde zanger die pas een album heeft opgenomen. Ik zie je daar.'

Toen de deur achter hem dichtviel, sloeg Lucía met haar vuist tegen de muur. Ze draaide zich weer naar het open raam toe en staarde naar de drukke, gloeiend hete straten onder haar. Elf jaar was ze hier nu, dansend alsof haar leven ervan afhing.

'Zonder familie, zonder leven...'

Toen ze omlaagkeek, zag ze een jong stel staan zoenen onder haar raam. 'En zonder vriendje,' voegde ze eraan toe terwijl ze nog een sigaret opstak. 'Dat zou papá niet leuk vinden, hè? Jullie zijn mijn vriendjes,' zei ze tegen haar voeten, die zo klein waren dat ze kinderschoenen moest dragen.

Ze trok haar nachtjapon uit en liet zich in haar wit met rode flamencojurk glijden, die stonk naar het zweet dat tijdens het dansen van haar lichaam gutste. De ruches aan de witte mouwen konden de gele vlekken niet verhullen en de sleep was smerig en hing aan flarden, maar er was maar net genoeg geld om de jurk één keer per week naar de wasserette te brengen, op maandag – en vandaag was het zaterdag. Ze had een hekel aan de weekenden. Als ze zo stonk, voelde ze zich geen haar beter dan een prostituee.

'Was mamá hier maar,' verzuchtte ze, terwijl ze voor de gebarsten spiegel ging staan en haar lange, ravenzwarte haren in een vlecht draaide. Ze herinnerde het zich nog goed, die keer dat haar moeder hier naast haar op het matras had gezeten en voorzichtig haar haren had geborsteld. 'Ik mis je, mamá.' Ze omrandde haar ogen met kohlpotlood en bracht een kleurtje op haar wangen en lippen aan. 'Misschien moet ik nog maar eens tegen papá zeggen dat we terug moeten naar Granada omdat ik rust nodig heb, maar dan zal hij wel weer zeggen dat we niet genoeg geld hebben om die reis te maken.' Ze tuitte haar lippen naar haar spiegelbeeld, schudde haar sleep uit en ging in de houding staan. 'Ik lijk wel zo'n pop die ze in souvenirwinkels verkopen! Misschien wil een rijke payo me wel adopteren om met me te spelen!'

Ze liep het appartement uit en door de smalle steeg naar de hoofdstraat van de Barrio Chino. Winkeliers, bartenders en hun klanten zwaaiden en floten omdat ze haar herkenden.

Niet zo verwonderlijk, aangezien ik hier vast al in elke bar heb opgetreden, dacht ze bij zichzelf. Toch fleurde ze op door de aandacht en de mensen in de bars die hun glas naar haar hieven en riepen: 'La Candela! ¡*La Reina*!' Om gratis drank en gezelschap hoefde ze hier tenminste niet verlegen te zitten.

'Hola, chiquita,' hoorde ze iemand achter haar roepen en toen ze zich omdraaide zag ze Chilly zich een weg door de menigte banen. Hij was al gekleed in zijn zwarte pantalon en gilet, klaar voor het optreden van vanavond. Zijn overhemd met ruches hing een stukje open omdat het in augustus zinderend heet was.

De afgelopen jaren was Chilly een goede vriend geworden. Samen met Lucía maakte hij deel uit van José's cuadro – haar vaders groepje flamencoartiesten dat samen optrad in de talloze bars in de Barrio Chino. Terwijl Chilly en José gitaar speelden en zongen, danste Lucía samen met Juana la Faraona, de nicht van haar vader. Het volwassen, wulpse lichaam van de oudere vrouw vormde een contrast met Lucía's jeugdigheid en energie. Het was Juana geweest die een jaar geleden had voorgesteld om nog een danseres in hun groepje op te nemen.

'We hebben geen derde danseres nodig,' had Lucía meteen geprotesteerd. 'Ben ik soms niet goed genoeg? Verdien ik niet genoeg peseta's voor jullie allemaal?'

Ondanks de bezwaren van zijn dochter had ook José gedacht dat ze meer boekingen binnen konden halen met nog een jonge, voluptueuze danseres erbij. Rosalba Ximénez, met haar kastanjebruine haar en groene ogen, kon niet tippen aan Lucía's passionele bulerías, maar ze danste de alegrías sensueel en elegant. Omdat ze zich bewust was van Lucía's vijandigheid had ze vooral toenadering gezocht tot de rustigere Chilly, en Lucía was alleen maar jaloerser geworden naarmate ze doorkreeg dat Rosalba haar jeugdvriend langzaam om haar vinger wond.

Maar Chilly was inmiddels een volwassen man en was zonder acht te slaan op Lucía's gemok een maand geleden met Rosalba getrouwd. De bruiloft had het hele weekend geduurd en de hele Barrio Chino had meegefeest.

'Je ziet er beter uit dan gisteren,' zei hij toen hij haar had ingehaald.

'Heb je het drankje ingenomen dat ik voor je gemaakt heb?' Chilly was de vaste brujo van hun cuadro. Hij was altijd kruidenmiddeltjes aan het brouwen voor de leden en Lucía vertrouwde blind op zijn vaardigheden en inzichten.

'Ja, dat klopt. Volgens mij heeft het geholpen, want vandaag heb ik weer wat meer energie.'

'Gelukkig maar, al zou het nog beter zijn om niet zo veel van jezelf te vergen.' Hij staarde haar aan op die manier waardoor ze altijd het gevoel kreeg dat hij recht in haar ziel keek. Ze wendde haar blik af en gaf geen commentaar, dus nam hij het woord weer. 'Ga je naar de Bar de Manquet?'

'Ja, ik heb daar afgesproken met papá.'

'Dan loop ik met je mee.' Samen wandelden ze verder onder de zinderende zon. Aangezien het weekend was, zaten de bars al barstensvol havenwerkers en arbeiders die hun salaris kwamen uitgeven aan bier en brandewijn. 'Wat is er, Lucía?' vroeg hij zacht.

'Niets,' zei ze ontwijkend, want ze wilde niet dat haar jammerklachten ook Rosalba's oren zouden bereiken.

'Ik weet dat dat wel zo is, ik zie dat je hart leeg is.'

'Sí, Chilly. Je hebt gelijk,' gaf ze toe. 'Mijn hart is... verveeld, maar bovenal eenzaam.'

'Dat begrijp ik, maar...' Hij bleef staan en pakte haar handen beet. Zijn ogen draaiden omhoog en ze wist dat hij een visioen kreeg. 'Er zal iemand in je leven komen, o ja. Heel snel al.'

'Puh! Dat heb je al zo vaak gezegd.'

'Dat klopt, maar ik zweer dat het bijna zover is.' Bij de Bar de Manquet gaf hij haar op elke wang een zoen. 'Succes, chiquita. Dat zul je nodig hebben.' Met een knipoog liep hij verder de straat in.

In de Bar de Manquet was het zoals altijd een drukte van belang en Lucía baande zich onder luid applaus een weg door de menigte naar de tafel van hun cuadro, achterin bij het podium. Haar vader zat er al, met zijn hoofd geconcentreerd naar voren gebogen, te praten met een man die met zijn rug naar haar toe zat.

'Het vaste recept, Lucía?' vroeg Jaime, de bartender.

'Sí, gracias. Hola, papá, zoals je ziet heb ik mezelf hier toch naartoe gesleept. ¡*Salud*!' Ze hief het glaasje anijsbrandewijn en sloeg het in één keer achterover.

‘Ah, de koningin is gearriveerd,’ reageerde José. ‘En kijk eens wie je komt bewonderen.’

‘La Candela! Eindelijk ontmoeten we elkaar.’ De andere man stond op en maakte een buiginkje voor haar. ‘Ik ben Agustín Campos.’

Het eerste wat Lucía aan hem opviel, was dat hij niet boven haar uittorende, zoals de meeste mannen. Zijn kleine maar elegante gestalte was in een keurig maatpak gestoken, zijn zwarte haar netjes opzij gekamd. Zijn huid was bleker dan van de meeste gitanos en Lucía durfde er haar nieuwe castagnetten om te verwedden dat hij payobloed in zich had. Hij had flaporen, maar in zijn amandelkleurige ogen lag een warme blik.

‘Hola, Señor Campos. Ik heb gehoord dat uw gitaaropnamen in heel Spanje beroemd zijn.’

‘Zeg maar Meñique, dat doet iedereen.’

‘Meñique,’ herhaalde Lucía glimlachend. ‘Pink?’

‘Ja, die bijnaam heb ik als kind gekregen en aangezien ik sindsdien niet veel ben gegroeid past hij nog steeds bij me, vind je niet?’

‘Zoals je ziet, kan ik daarover meepraten,’ zei ze giechelend, betoverd door zijn eerlijkheid en gebrek aan arrogantie. De meeste gitaristen – vooral de succesvolle – waren onuitstaanbaar. ‘Wat doe je hier in Barcelona?’

‘Een nieuwe plaat opnemen voor de Parlophone Company. Nu ik hier toch ben, wilde ik naar de Barrio Chino om mijn oude vrienden te bezoeken en misschien nieuwe vrienden te maken.’ Hij liet zijn blik over haar lichaam gaan. ‘Ik zie dat La Candela fel brandt.’

‘Nee, haar licht is aan het doven omdat ze uitgeput is van avond na avond dezelfde dansen doen voor hetzelfde publiek. Maar jij, Meñique, komt op elke grammofoon die ik hoor.’

‘Laten we nog een drankje nemen.’ Hij knipte met zijn vingers om de barman te seinen.

Toen José zijn dochter haar sombere bui van daarnet te boven zag komen, deed hij snel een dankgebedje.

Esteban Cortes, de eigenaar van de Bar de Manquet, kwam naar hun tafeltje en nadat hij Lucía had begroet met een zoen op elke wang richtte hij zich tot Meñique. ‘Tijd om je kunsten te vertonen, hombre. Laat Barcelona maar eens zien wat we hier gemist hebben!’

Terwijl Meñique het podium betrad, begon het publiek te joelen en daarna viel er een verwachtingsvolle stilte. Lucía bleef aan haar tafeltje zitten, inmiddels met een glas manzanilla, en wapperde zichzelf koelte toe met haar waaier.

Ze zag Meñique zijn gitaar stemmen en zijn lange, slanke vingers de eerste akkoorden van een *guajira* aanslaan. Dat amuseerde haar; het was de opvallendste en ingewikkeldste stijl binnen de flamencomuziek. Zelfs haar vader had moeite om het te spelen, en alleen de meest zelfverzekerde gitaristen waagden zich eraan.

Toen het ritme van de cajón werd ingezet en Meñique met een lage, zachte stem begon te zingen, kon Lucía haar ogen niet van hem afhouden, van zijn vingers die de snaren razendsnel maar toch vederlicht beroerden. Opeens keek hij op en zocht haar in de menigte. Toen hun ogen elkaar vonden, voelde ze haar lichaam reageren. Haar hartslag paste zich aan het ritme van de muziek aan, en er liep een straaltje zweet langs haar nek.

Met een zwierig gebaar sloot hij af, terwijl er zich een glimlachje om zijn lippen vormde.

Ze merkte dat ze teruglachte en dat er een heldere gedachte in haar hoofd opkwam.

Chilly had gelijk. Ik zal je krijgen, Meñique. Jij wordt van mij.

Later die avond, toen het publiek in de bar tevreden was, gingen de flamencoartiesten naar boven voor een spontane *juerga* in een privézaaltje.

'Dios mío,' zei Meñique toen hij met Lucía binnenkwam en zag dat het zaaltje stampvol zat.

'Vandaag krijgen we hier in de Barrio Chino ons salaris, en dan komen we allemaal samen om voor elkaar te dansen en te zingen,' legde ze uit.

'Kijk, daar is El Peluco.' Meñique wees naar een oude man die statig rechtop zat in een stoel, met een gitaar op schoot. 'Niet te geloven dat hij nog rechtop kan zitten en spelen, met al die brandewijn die hij achteroverslaat.'

'Ik heb hem nog nooit ontmoet, maar misschien speelt hij in de Villa Rosa, verderop in de straat,' zei Lucía schouderophalend. 'Kom, bestel eens een glas brandewijn voor me.'

El Peluco was al in de weer met zijn gitaar en zong wat Lucía herkende als een van de oude liedjes die haar grootvader had gezongen toen ze jong was.

'Ik moet je aan hem voorstellen, hij is een legende,' murmelde Meñique in haar oor toen de oude man beloond werd met een luid applaus en een andere man zijn plaats innam. 'El Peluco!' Meñique zwaaide naar hem.

'Ah, het jonge talent uit Pamplona.' El Peluco zwaaide terug en kwam bij hem staan.

'Brandewijn voor u, señor.' Meñique bood hem een glas aan. Nadat ze hadden geproost, wendde hij zich tot Lucía. 'En dit is La Candela! Nog een jong talent.'

Lucía voelde El Peluco's halfdichte ogen op haar gericht.

'Dus jij bent degene over wie ik al zo veel heb gehoord. Wat een klein ding ben jij.' El Peluco lachte, sloeg zijn brandewijn achterover en boog zich naar Meñique toe. 'Niet bepaald vrouwelijk. En alleen een vrouw kan de flamenco dansen. Misschien licht ze de boel gewoon op,' fluisterde hij luid, alvorens een klinkende boer te laten.

Lucía hoorde hem, precies zoals zijn bedoeling was geweest. Er borrelde woede in haar op en ze kende maar één manier om die te uiten. Ze was nog steeds blootvoets na haar optreden van eerder en haar voeten begonnen tegen de vloer te stampen. Haar armen kwamen langzaam tot boven haar hoofd en de ruggen van haar handen raakten elkaar en namen de vorm van een roos aan, zoals ze van haar mamá had geleerd. Al die tijd staarde ze in de ogen van de man die haar had uitgemaakt voor een bedrieger.

Toen de andere aanwezigen doorkregen wat er gebeurde, vormde er zich een cirkel om Lucía en werd de cantaor het zwijgen opgelegd. Meñique en José zorgden voor het ritme en begonnen de oeroude coupletten van een *soleá* te neuriën terwijl Lucía's voeten op de grond bleven roffelen. Nog steeds met haar blik op de man die haar beledigd had, riep ze de duende op en danste alleen voor hem.

Uiteindelijk liet ze zich uitgeput op de vloer zakken. Ze knikte naar haar publiek, dat een goedkeurend gebrul liet horen, stond op en trok de dichtstbijzijnde stoel tot vlak naast El Peluco. Ze klauterde erop zodat ze hem in de ogen kon kijken. 'Waag het niet me ooit nog een bedrieger te noemen.' Met een priemende vinger wees ze naar zijn bolle neus. 'Begrepen, señor?'

'Señorita, ik zweer op mijn eigen leven dat ik dat nooit meer zal doen. Jij bent... *magnífica*!'

'Wát ben ik?' Ze zwaaide nogmaals met haar vinger.

El Peluco sloeg zijn blik op naar de hemel, alsof hij steun zocht, en maakte een buiging. 'De koningin!'

Iedereen in het zaaltje begon te juichen om zijn antwoord en omdat Lucía haar hand uitstak zodat hij die kon kussen.

'Zo,' zei ze tegen Meñique toen hij haar van de stoel af hielp. 'Nu kan ik ontspannen.'

De volgende ochtend werd Lucía zoals altijd wakker met hoofdpijn, veroorzaakt door te weinig slaap en veel te veel brandewijn. Haar vingers tastten de vloer naast haar matras af naar haar sigaretten. Ze stak er een op en keek naar de rook die naar het plafond kringelde.

Er is iets veranderd, dacht ze, want zelfs ondanks haar kater voelde ze zich niet zo somber als anders omdat er weer een nieuwe dag was aangebroken.

Meñique!

Ze rekte zich eens lekker uit, met haar sigaret boven haar hoofd, en vroeg zich af hoe het zou zijn als die gevoelige, beroemde vingers háár aanraakten.

Daarna ging ze rechtop zitten en kreeg de logica de overhand. 'Doe niet zo belachelijk,' vermaande ze zichzelf. 'Meñique is een ster, een droomprins. Heel Spanje kent hem en hij hoeft maar met zijn vingers te knippen om elke vrouw te krijgen die hij wil.'

Maar misschien wilde hij háár gisteravond wel, en zij had daar gretig mee ingestemd, ware het niet dat haar vader aan het eind van de avond als een moederkloek om hen heen had gehangen.

'Zie ik je morgen weer, Lucía?' had Meñique gevraagd nadat haar vader duidelijk had gemaakt dat het tijd was om naar huis te gaan.

'Morgenavond moet ze in drie cafés dansen, Meñique,' had José hem in herinnering gebracht.

'Misschien kan ik haar dan begeleiden in de Villa Rosa?'

Het verzoek was in de lucht blijven hangen toen José zijn dochter mee naar huis had getroond.

Die avond ging Lucía naar de Villa Rosa waar ze moest optreden, maar van Meñique was geen spoor te bekennen.

'Misschien maar beter ook,' mompelde ze, al gierde de teleurstelling door haar heen toen ze het podium beklom. 'Mijn jurk stinkt vanavond nog erger dan gisteren.'

Later sjokte ze met haar vader over straat naar de Bar de Manquet, met haar gebruikelijke horde bewonderaars achter hen aan. Daar, buiten het café, stond Meñique te wachten.

'Buenas noches, señorita, señor. Ik ben helaas wat aan de late kant, maar zoals gezegd zou ik Lucía vanavond graag begeleiden,' zei hij toen ze gedrieën naar binnen liepen. 'Ik heb het aan de manager gevraagd en die vindt het goed, als jullie er geen bezwaar tegen hebben.'

'Sí, papá, dat zou ik heel graag willen,' drong Lucía bij haar vader aan.

'Ik... Natuurlijk, als de manager en mijn dochter dat willen,' gaf José toe, maar Lucía zag de donderwolken zich samenpakken in zijn ogen.

Die avond stelde Meñique haar tot het uiterste op de proef. Nadat hij bedrieglijk langzaam was begonnen, stampte hij plots met zijn voet, riep: '¡Olé!' en zette een reeks *arpeggio's* in die zelfs Lucía's voeten amper konden bijbenen. Het publiek klapte, juichte en stampte met hun voeten terwijl de twee jonge talenten – de een met zijn vingers en de ander met haar voeten – elkaar probeerden af te troeven. Lucía transformeerde in een dansende wervelwind vol vuur en passie totdat Meñique de snaren voor de laatste keer aansloeg, hoofdschuddend opstond en een buiging voor haar maakte. Onder een daverend applaus verlieten ze samen het podium om brandewijn te drinken, weggespoeld met een heleboel water.

'Moet jij altijd winnen?' fluisterde hij in haar oor.

'Altijd.' Ze keek hem fel aan.

'Morgen samen lunchen? In het Cafè de l'Òpera, zonder je chaperon.' Hij knikte naar José, die verderop aan de bar omringd werd door bewonderaars.

'Hij is nooit voor drie uur wakker.'

'Mooi. Nu moet ik ervandoor. Ik heb beloofd op te treden in de Villa Rosa.' Hij pakte haar hand en drukte er een kus op. 'Buenas noches, Lucía.'

De volgende dag zat Meñique al buiten aan een tafeltje te wachten toen Lucía bij het café aankwam.

'Vergeef me,' zei ze terwijl ze tegenover hem plaatsnam en een sigaret opstak. 'Ik heb me verslapen.' Ze haalde haar schouders op.

In werkelijkheid was ze een uur bezig geweest om elke jurk, blouse en rok te passen die ze bezat, maar ze had ze allemaal oud en al minstens tien jaar uit de mode bevonden. Uiteindelijk had ze genoegen moeten nemen met een zwarte pantalon en een rode blouse, met een zwierige rode sjaal om haar hals geknoopt.

'Je ziet er betoverend uit.' Hij stond op om haar op elke wang een kus te geven.

'Lieg niet tegen me, Meñique. Ik ben geboren met het lichaam van een jongetje en het gezicht van een lelijke oma, daar kan jij noch ik iets aan veranderen. Maar ik kan tenminste wel dansen.'

'Ik kan je verzekeren dat je niet het lichaam van een jongetje hebt, Lucía.' Hij liet zijn blik even op de contouren van haar kleine, pronte borsten rusten. 'Zullen we sangria bestellen omdat het zo'n warme dag is? Het is heel verfrissend.'

'Dat is een drankje voor payos,' zei ze met gefronst voorhoofd. 'Maar als het lekker is, waarom niet?'

Hij bestelde een kan sangria en schonk een beetje voor haar in een glas.

Voorzichtig nam ze een slok, liet die door haar mond wervelen en spuugde hem uit op de stoep. 'Bah, wat zoet!' Met haar vingers knipte ze naar de ober. 'Breng me eens wat zwarte koffie om die vieze smaak weg te spoelen.'

'Zo te horen is je temperament al net zo vurig als je drang om te dansen.'

'Sí, daar komt de duende bij mij vandaan.'

'Jullie Andalusiërs zijn ook allemaal hetzelfde. Volkomen losgeslagen,' zei hij geamuseerd.

'En jij bent een bleke señor uit Pamplona. Klopt het dat je mamá een payo is?'

'Jazeker. Dankzij haar ben ik naar school gegaan en kan ik lezen en schrijven.'

'En nu de payos je hun peseta's geven in ruil voor je gitanomuziek, ben je een van hen?'

'Dat niet, maar ik zie er geen kwaad in om onze flamencocultuur te delen met een publiek buiten onze eigen gemeenschap. En inderdaad, de payos zijn degenen die geld hebben. De wereld, ook onze danswereld, verandert. Dit,' hij gebaarde naar de vele *cafés cantantes* in de straat, 'raakt uit de tijd. De mensen willen een voorstelling! Lichten, kostuums… een orkest op een groot podium in een theater.'

'Denk je dat ik dat niet weet? Ik heb vier jaar geleden met Raquel Meller opgetreden in het Palais du Paris.'

'Dat schijnt een groot succes geweest te zijn. Wat is er misgegaan?'

'La Meller was er niet blij mee dat het Los Albaycín Trio – ik, La Faraona en mijn vader – een grotere hit was dan zijzelf. Wist je dat ze La Faraona een klap op haar neus heeft gegeven?' vroeg ze giechelend. 'Ze beschuldigde haar ervan dat ze bewust probeerde de show te stelen.'

'Typisch La Meller. Haar ego is groter dan haar talent.'

'Sí, daarom zijn we vertrokken en in de cafés in Montmartre gaan werken, wat veel leuker was. Die manier van leven paste bij me, maar we verdienden amper geld, dus zijn we weer hier terechtgekomen. Zo gaat dat altijd bij mij. Ik krijg een grote kans en denk: ja, nu gaat het gebeuren! En dan glipt het allemaal door mijn vingers en ben ik weer terug bij af.'

'Niet overdrijven, Lucía. Binnen de flamencowereld ben je beroemd – of berucht, zou je kunnen zeggen.'

'Maar daarbuiten niet.' Ze maakte een handgebaar om de wijde wereld aan te duiden. 'Niet zoals jij, of La Argentinita.'

'Mag ik je eraan herinneren dat die een paar jaartjes ouder is dan jij?' vroeg hij met een vriendelijke glimlach.

'Ze had zowat mijn grootmoeder kunnen zijn, en toch heeft ze net weer in een film gespeeld!'

'Op een dag, pequeña, word jij ook een ster op het witte doek, let maar op.'

'O, kun je nu ook al de toekomst voorspellen, net als mijn vriend Chilly?'

'Nee, maar ik zie je ambitie. Die brandt in je, als een vuur. Zullen we nu iets bestellen?'

'Het vaste recept,' verkondigde Lucía uit de hoogte tegen de wachtende ober. 'Weet je, ik dans al bijna net zo lang als La Argentinita, en wat heeft dat me opgeleverd? Terwijl zij door heel Europa reist in haar bontmantels en haar rijtuigen, zit ik hier met jou sardientjes te eten.'

'Gracias voor het compliment.' Hij trok één wenkbrauw op. 'En wat ga je nu doen?'

'Carcellés heeft een tournee door de provincies voor ons geregeld.'

'Carcellés? Wie is dat?'

'De zoveelste dikke impresario die het geld opstrijkt van ons harde werk.' Ze haalde haar schouders op. 'Dus ik sta straks in bars op het platteland op te treden, met vee als publiek, terwijl La Argentinita het podium op mag voor duizenden toeschouwers.'

'Lucía, je bent veel te jong om al zo verbitterd te zijn,' zei hij bestraffend. 'Ga je die tournee doen?'

'Ik zal wel moeten. Als ik nog veel langer hier in de Barrio Chino blijf, overleef ik het niet,' zei ze dramatisch terwijl ze nog een sigaret opstak. 'Weet je wat ik ook zo frustrerend vind?'

'Nou?'

'Je herinnert je Vicente Escudero toch nog wel? Die danser? Die heeft me aanbevolen bij de beroemde manager van La Argentinita, Sol Hurok. Hij wilde me meenemen naar New York! Stel je voor!'

'Waarom ben je dan niet gegaan?'

'Papá zei dat gitanos geen water mogen oversteken. Kun je geloven dat hij zo'n aanbod heeft afgeslagen?' Ze sloeg hard met haar vuist op tafel, zodat het ijs in hun waterglazen rinkelde. 'Daarna heb ik een maand niet met hem gepraat.'

Omdat Meñique inmiddels wel merkte hoe temperamentvol Lucía was, nam hij aan dat ze niet overdreef. 'Nou, je hebt zelf tegen me gezegd dat je al eenentwintig bent, dus strikt genomen ben je de baas over je eigen lot. Al denk ik wel dat je vader gelijk had over New York.'

'Vind jij dan ook dat hij bang moet zijn om water over te steken door een of ander bijgeloof van de gitanos?'

'Nee, maar het was wel verstandig om jou hier verder tot rijping te laten komen. De Barrio Chino brengt de beste flamencodansers ter wereld voort. Blijf kijken en leren, mijn Lucía. Met de juiste lessen en begeleiding zul je opbloeien.'

'Ik heb geen les nodig! Ik improviseer elke avond! Behandel me niet zoals papá doet, want je bent amper ouder dan ik!'

Het eten werd gebracht en Meñique keek toe terwijl Lucía de sardientjes naar binnen schrokte om zo snel mogelijk weer een sigaret te kunnen opsteken. Hij wist dat ze zat te mokken om wat hij gezegd had en het was wel duidelijk dat ze het in zich had om een enorme diva te worden. Maar iets aan haar fascineerde hem zoals geen enkele andere vrouw ooit had gedaan. Hij wilde haar.

'Kom ook naar Madrid, als je kunt. Daar is een breder publiek, en ik woon er ook.' Glimlachend stak hij haar boven tafel zijn hand toe.

Verbaasd en een beetje bang keek ze ernaar.

Toen zijn vingers haar hand vonden en zich eromheen sloten, voelde hij haar licht huiveren en zichzelf vermannen.

'Ik... Waar in Madrid zou ik dan dansen?' vroeg ze in een poging haar gedachten bij het gesprek te houden.

'Er zijn veel grote theaters die producties opvoeren met een cast en een voltallig orkest. Ik zal je naam laten vallen bij de mensen die ik ken, maar probeer in de tussentijd te onthouden dat het geld en de roem niet het doel is, maar de kunst op zich.'

'Dat doe ik nu al.' Met een zucht liet ze het gevoel van zijn hand op de hare op zich inwerken als een balsem voor haar ziel. Zwakjes glimlachte ze naar hem. 'Ik ben slecht gezelschap, sí? Ik zit alleen maar te klagen.'

'Dat begrijp ik best, Lucía. Net als ik wanneer ik gitaar speel, leg jij je hart en ziel in je optredens. Ik vind ook dat je carrière op een dood spoor zit en dat je talent het verdient om door de hele wereld gezien en erkend te worden. Ik zweer dat ik er alles aan zal doen om je te helpen. Voorlopig moet je gewoon geduld hebben en op mij vertrouwen, oké?'

'Oké,' gaf ze toe, terwijl Meñique haar hand naar zijn lippen bracht en er een kus op gaf.

De daaropvolgende maand trokken Lucía en haar groep in een wagen door de Spaanse provincies; langs de kust naar de dorpjes rondom de grote stad Valencia, tot aan Murcia waar de gotische kathedraal het aanzicht van de stad bepaalde. Daarna verder naar het zuiden, waar ze de toppen van de Sierra Nevada in de verte zag lonken; een verleidelijke glimp van haar echte thuis.

Avond aan avond danste ze voor een uitgelaten maar klein publiek en ging ze daarna met de andere muzikanten en dansers om een kampvuur zitten om wijn of brandewijn te drinken en naar Chilly's mystieke verhalen over andere werelden te luisteren. Sommige nachten, als ze in de wagen lag, hielden alleen Meñiques bemoedigende woorden haar op de been.

Ik moet blijven leren, dacht ze. Dus in plaats van na haar eigen optreden de bar te verlaten om buiten te gaan roken, bleef ze kijken naar de vlekkeloze techniek en elegantie van Juana la Faraona. 'Aan vuur en geestdrift ontbreekt het me niet, maar ik moet leren om vrouwelijk te zijn,' mompelde ze in zichzelf bij het zien van La Faraona's elegante armen, de gracieuze manier waarop ze haar sleep optilde en de sensuele welving van haar lippen. 'Misschien gaat Meñique dan wel van me houden.'

'Papá, Juana zei dat we volgende week in Granada optreden,' zei Lucía toen ze na hun optreden terugliepen naar hun kampeerterrein in Almería. 'Dan gaan we toch wel op bezoek bij mamá, Carlos en Eduardo?' Omdat hij niet reageerde, porde ze hem met haar vinger. 'Papá?'

'Het lijkt me beter als je alleen gaat,' merkte José uiteindelijk op. 'Ik ben niet meer welkom in Sacromonte.'

'Hoe bedoel je? Natuurlijk wel!' zei ze vermanend. 'Je hebt daar een vrouw, kinderen en een heleboel familie. Ze zullen juist blij zijn om ons te zien.'

'Lucía, ik...'

Ze zag dat José midden in de sinaasappelboomgaard bleef staan. 'Wat, papá?'

'Je moeder en ik zijn alleen op papier getrouwd. Begrijp je dat?'

Ze zette haar handen in haar zij. 'Wat denk je dan? Door de jaren heen heb ik zo veel "tantes" gehad dat ik wel een *idiota* zou zijn als ik het niet begreep. Ik dacht dat je daar afspraken over had gemaakt met mamá.'

'De waarheid is dat je moeder daar geen afspraken over wilde maken. Ze haat me, en Carlos en Eduardo haten me misschien ook wel. Die voelen zich vast in de steek gelaten omdat ik jou heb meegenomen om je een kans te geven.'

Vol afgrijzen keek ze haar vader aan. 'Geef je mij nou de schuld?'

'Natuurlijk niet. Jij was nog maar een kind en ik moest een keuze maken.'

Lucía dacht terug aan de laatste keer dat ze haar moeder had gezien in Barcelona, nu elf jaar geleden. Ze herinnerde zich met name hoe voorzichtig ze haar haren had geborsteld. Daarna, nadat María haar had zien dansen in de Villa Rosa, hadden ze buiten afscheid van elkaar genomen. Ze wist nog dat haar moeder toen huilde.

'Wat er ook tussen jullie gebeurd is, ik moet naar haar toe, papá.'

'Ja.' José draaide zich bij haar vandaan en sjokte met hangende schouders verder naar de wagen.

Een week later ging Lucía door de stadspoort naar Sacromonte. De lucht was strakblauw, de witte rook uit de grotten tegen de heuvel trok in pluimen omhoog en de vallei lag er zo laat in de zomer nog net zo groen bij als in haar herinnering.

Ze keek omhoog naar het Alhambra en dacht terug aan die avond dat ze als een dief in de nacht het podium op was geslopen in de grote Cante Jondo-wedstrijd en voor een publiek van duizenden mensen had gedanst.

'Dat heeft papá voor me mogelijk gemaakt,' stelde ze zichzelf gerust terwijl ze over de stoffige kronkelpaadjes naar haar ouderlijk huis liep. Ze glimlachte naar een oude man die een sigaar zat te roken op zijn drempel. Hij keek minachtend terug, alsof ze de eerste de beste payo was. Terwijl ze verder liep, dacht ze na over haar vaders bekentenis dat hij zijn vrouw en zoons in de steek had gelaten. Hoewel ze hem ergens verachtte omdat hij haar al die jaren had voorgelogen, kon ze niet ontkennen hoeveel die avond in het Alhambra voor haar had betekend en hoe hard hij de afgelopen elf jaar aan haar carrière had gewerkt.

'Hun huwelijksproblemen gaan mij niets aan,' hield ze zichzelf voor toen ze opkeek en rook uit de schoorsteen van haar moeders grot zag komen. Vlak bij de grot slaakte ze een zuchtje van verwondering omdat er een glanzende blauwgeschilderde deur in de ruw uitgehouwen ingang was geplaatst en de grot nu twee glazen vensters had, met daaronder bloembakken vol felrode bloemen.

Bij de drempel bleef ze nerveus staan. Die deur maakte dit moment opeens heel formeel en ze vroeg zich af of ze moest aankloppen. 'Dit is ook jouw huis,' zei ze tegen zichzelf, en ze pakte de deurknop om de deur open te zwaaien.

In de keuken, aan de oude houten tafel waar nu een mooi kanten kleed op lag, zat haar moeder. Op een paar streepjes grijs in haar haren na zag María er nog precies hetzelfde uit. Naast haar zat een jongetje met zwarte krullen van een jaar of tien dat moest lachen omdat haar moeder hem kietelde.

María keek op naar haar ongenode gast en het duurde even voor het tot haar doordrong en ze naar adem happend opstond, met haar hand voor haar mond geslagen. 'Lucía? Ik... Ben jij het echt?'

'Ja, mamá, ik ben het.' Ze knikte onzeker. 'Wie is dat?'

'Dat is Pepe. Ga maar buiten spelen met je gitaar, querido,' zei ze tegen het jongetje, dat met een glimlach naar Lucía vertrok.

'Dios mío, wat een schok!' Met gespreide armen liep María op haar af om haar dochter te omhelzen. 'Mijn Lucía is terug! Wil je wat sinaasappelsap? Ik heb net een voorraadje geperst.' Ze liep naar een rij nieuwe keukenkastjes tegen de muur. In het midden stond een gietijzeren gootsteen, met een kan water ernaast.

'Gracias.' Ze merkte dat haar moeder zich opgelaten voelde, maar ook dat het haar beter leek te vergaan dan de vorige keer dat ze hier was. Het schitterende zonlicht uit de vallei viel door de ramen naar binnen in de grot, die duidelijk onlangs nog wit was geschilderd.

'Vertel eens hoe het met je gaat. Wat kom je hier doen? Ik wil alles horen!' María lachte verrukt en gebaarde dat Lucía in een schommelstoel van prachtig houtsnijwerk mocht gaan zitten.

'Onze groep is hier in de buurt op tournee. Gisteravond hebben we in Granada opgetreden in een café aan het Plaza de las Pasiegas. Er was veel publiek.'

'Waarom heb ik daar niets van gehoord?' vroeg María met gefronst voorhoofd. 'Ik had er alles voor overgehad om je te zien dansen, querida mía.'

Lucía kon wel raden waarom haar vrienden en buren niet hadden verteld dat haar man en dochter in de buurt waren, maar ze zei er niets over. 'Ik weet het niet, mamá. Maar o, wat ben ik blij om hier te zijn!'

'En ik ben blij om jou te zien.'

'Zijn Eduardo en Carlos ook thuis?'

'Vandaag is het een feestdag en ze zijn het aan het vieren met de rest van Sacromonte. Maar als je vannacht blijft slapen, kun je ze morgenochtend zien.'

'Zo lang kan ik niet blijven, mamá. Vanavond moeten we weer verder.'

María keek haar even teleurgesteld aan. 'Ach, wat maakt het ook uit. Je bent er nú toch.' Ze pakte een stoel en ging bij haar dochter zitten. 'Wat ben je gegroeid.'

'Dat valt wel mee, maar wat doe je eraan?' Ze haalde haar schouders op.

'Ik bedoelde dat je een vrouw bent geworden. Een prachtige vrouw.'

'Mamá, ik weet dat elke moeder hoort te zeggen dat haar dochter mooi is, maar dat ben ik niet. Het is niet anders. Dus...' Ze keek om zich heen in het vertrek. 'Gaat het goed met je? De grot ziet er een stuk comfortabeler uit dan in mijn herinnering.'

'Met mij gaat het goed, ja. Al moet ik je helaas wel vertellen dat je grootouders in de zomer allebei zijn bezweken aan een uitbraak van tyfus.'

'O, wat verdrietig.' In werkelijkheid kon Lucía zich hen amper herinneren.

'Gelukkig ging het voor hun overlijden heel goed met de zaak van je grootvader, dankzij de hulp van je broers. Ze zijn allebei heel gul geweest voor hun mamá. Carlos heeft al die nieuwe meubels en de keuken voor me gemaakt. Weet je nog dat hij als kind altijd al bezig was om stukjes hout te bewerken?'

Dat wist Lucía niet meer, maar ze knikte toch.

'Tussen ons,' vervolgde María, 'je grootvader was de wanhoop nabij omdat Carlos zo slecht was in het werk in de smederij, maar het viel hem ook op dat hij een passie had voor hout. Hij gaf Carlos wat grenen planken en stelde voor dat hij zou proberen een tafel te maken. Het blijkt dat je broer een getalenteerd meubelmaker is, en nu staan zowel gitanos als payos in de rij om zijn meubels te kopen. Binnenkort opent hij zelfs een winkel in de stad om zijn waren tentoon te stellen, kun je dat geloven? Zijn vrouw Susana gaat in de winkel staan.'

'Aha.' Lucía kon amper bijhouden wat haar moeder allemaal vertelde. 'En waar wonen ze?'

'Ze hebben een huis gebouwd in een grot naast die van je grootouders, in dezelfde tijd als Eduardo en Elena. Zij hebben Cristina en haar oudere broer Mateo en binnenkort krijg ik nog een derde kleinkind...'

'Rustig aan, mamá! Het begint me te duizelen van al die namen!'

'Neem me niet kwalijk. Het is ook zo'n schok om je weer te zien. Ik kwebbel maar door en...'

'Ik begrijp het. We zijn allebei nerveus. Het is ook zo lang geleden.' Lucía pakte de hand van haar moeder en haar gezicht werd zachter. 'Het is heerlijk om je te zien en ik ben blij dat het zo goed gaat met jou en mijn broers sinds we vertrokken zijn.'

'In het begin niet. De eerste jaren waren heel zwaar. Maar genoeg daarover.' María glimlachte stralend. 'Vertel eens wat meer over jou.'

'Mamá, eerst wil ik zeggen dat ik eindelijk weet wat er gebeurd is tussen jou en papá.' Haar eerdere voornemen dat het huwelijk van haar ouders haar niets aanging verdween als sneeuw voor de zon. 'Hij heeft toegegeven dat hij je hier heeft achtergelaten en mij tegen jouw wil heeft meegenomen.'

'Waar twee vechten, hebben twee schuld.'

'In dit geval niet, denk ik. Ondanks alles ben ik boos omdat ik jarenlang heb gedacht dat je niets om me gaf en me afvroeg waarom je niet bij me op bezoek kwam. Nu begrijp ik het.'

'Lucía,' fluisterde María, en haar stem brak. 'Sinds ik je daar achterliet, heb ik je elke dag gemist en voor je gebeden, geloof me. Elk jaar, in de maand dat je geboren bent, heb ik een pakketje naar je vader gestuurd om aan jou te geven. Die heb je toch hopelijk wel ontvangen?'

'Nee,' zei Lucía mat. 'Papá heeft me nooit iets gegeven.'

Omdat María zag dat de ogen van haar dochter zich vernauwden en er een grimmige uitdrukking op haar gezicht verscheen, zei ze snel: 'Ach, misschien zijn ze kwijtgeraakt tijdens die lange reis. Je vader heeft gedaan wat hem het beste leek. Voor jou.'

'En voor hemzélf,' siste Lucía. 'Wat is er nou echt gebeurd, mamá? Ik herinner me nog maar een paar dingen uit die tijd, zoals die keer na het Concurso toen papá tegen Carlos schreeuwde en hij op de vloer lag te huilen, hier.' Ze wees de plek aan. 'Daarna zijn we naar Barcelona vertrokken en een heleboel weken later kwam je vertellen dat mijn broer Felipe naar de hemel was gegaan, naar de engelen.'

María deed haar ogen dicht toen de herinneringen zich weer aan haar opdrongen. Met horten en stoten vertelde ze haar dochter over de tragische omstandigheden rondom de dood van Felipe.

'Die payogevangenis is zijn dood geworden. Een dag na zijn vrijlating is hij overleden. Daarom ben ik naar Barcelona gegaan, om jou en je vader in te lichten.'

Lucía pakte de hand van haar moeder beet. Haar donkere, getaande huid was ruw van het harde werken. Daarna liet ze haar hoofd hangen en begon te huilen. Pas nu ze hier was, drong het verlies van haar kindertijd en haar broer ten volle tot haar door.

'Mamá?' vroeg een stemmetje.

Verrast keek Lucía op en veegde de tranen uit haar ogen.

Pepe was de keuken weer in gekomen, met zijn gitaar in zijn armen geklemd. 'Waarom huilen jullie?' vroeg hij toen hij dichterbij kwam.

Lucía keek eens wat beter naar Pepes gezicht en zag zijn grote, donkere ogen, sterke jukbeenderen en de volle bos zwart haar. 'Is dit... Is h-hij...' stamelde ze.

'Ja, Lucía.' María knikte plechtig en veegde haar eigen tranen weg. 'Dit is je broertje. Pepe, zeg je *hermana* eens gedag.'

'Hola,' zei hij met een verlegen grijns. Hij leek sprekend op José.

'Leuk je te ontmoeten, Pepe.' Lucía wist een glimlachje op te brengen.

'Je bent nog kleiner dan mamá zei. Ik dacht dat jij mijn grote zus was, maar ik ben langer dan jij!'

'Ja, je hebt gelijk, en je bent nog brutaal ook.' Ondanks alles moest Lucía grinniken.

'Als jij hier bent, is papá er dan ook? Mamá zegt dat hij gitaar speelt, net als ik,' zei Pepe. 'Ik wil een liedje voor hem spelen dat ik net heb geleerd.'

'Ik...' Lucía wierp een blik op haar moeder. 'Ik vrees dat papá niet kon komen.'

'Pepe, ga jij de kippen even voeren, dan kunnen we daarna eten,' droeg María hem op.

Toen de jongen met tegenzin weer naar buiten ging, keek Lucía hem verwonderd na. 'Hoe...' begon ze.

'Nadat ik jou in Barcelona had achtergelaten bij je vader, ging ik weer terug naar Granada. Pas twee maanden later besefte ik dat ik me niet alleen door het verdriet zo ziek voelde, maar dat je vader een afscheidscadeautje bij me had achtergelaten. Pepe is mijn redding geweest, Lucía. Je zou hem eens moeten horen op de gitaar. Op een dag wordt hij nog beter dan José.'

'Weet papá hiervan?'

'Nee. Toen ik uit Barcelona vertrok, wist ik dat ik hem moest loslaten.'

'Ja, zodat hij zijn *picha* kon steken waar hij maar wilde,' mopperde Lucía, die de woede jegens haar vader weer de kop op voelde steken.

'Sommige mannen hebben zichzelf niet in de hand, zo simpel is het.'

'Nou, hij heeft zijn lesje nog niet geleerd, mamá.'

Daarna schoten ze allebei in de lach, want wat moesten ze anders?

'Hij heeft ook zijn goede kanten, Lucía. Dat zou jij toch moeten weten. Is hij gelukkig?'

'Dat weet ik niet. Hij speelt gitaar, hij drinkt, hij...'

'Tja,' kapte María haar dochter af. 'Hij is wie hij is, net als wij allemaal. Een deel van mij zal altijd van hem blijven houden.'

Toen Lucía haar moeder zag zuchten, wist ze dat ze de waarheid sprak.

'Heb alsjeblieft geen hekel aan hem,' smeekte María haar. 'Hij wilde jou een kans geven.'

'En zichzelf ook,' mompelde Lucía, 'maar ik zal proberen geen hekel aan hem te hebben. Voor jou.'

'Ik heb verse soep gemaakt voor de lunch. Wil je ook?'

'Lekker, mamá.'

Nadat Lucía de hele kom naar binnen had gelepeld, vroeg ze om nog een portie en zei dat ze niet meer zo lekker had gegeten sinds ze elf jaar geleden bij haar moeder was weggegaan. María straalde van genoegen toen ze Pepe en Lucía aan haar tafel zag zitten, samen etend als een echt gezin. Na afloop gingen de twee vrouwen buiten zitten.

'Weet je nog dat je altijd wilde dat ik hielp met manden vlechten?' vroeg Lucía.

'Ja, en jij wist er na een paar minuten altijd wel met een smoesje onderuit te komen.'

'Wat is het hier rustig en mooi.' Lucía liet haar blik over de vallei gaan. 'Dat was ik helemaal vergeten. Misschien besefte ik toen niet goed wat ik hier had.'

'Dat beseffen we allemaal pas als het er niet meer is, querida. Ik heb geleerd dat je pas gelukkig kunt worden als je probeert in het moment te leven.'

'Dat zou mij maar zwaar vallen, mamá. Ik ben altijd met de toekomst bezig!'

'Wij zijn heel verschillend, jij en ik; jij bent altijd al veel ambitieuzer geweest dan ik. Ik wilde een huis, een gezin en een echtgenoot. Tja.' Ze glimlachte. 'In elk geval heb ik twee van de drie gekregen.'

'Dans je nog steeds? Daar was je altijd zo goed in.'

'Voor mijn plezier wel, maar ik word oud. Ik ben een abuela met twee kleinkinderen.'

'Je kunt niet veel ouder dan veertig zijn! Veel dansers in Barcelona zijn de vijftig of zestig al gepasseerd. Dus je bent hier gelukkig?' viste Lucía.

'Ja, ik geloof het wel.'

Een uur later, toen Lucía naar Pepes gitaarspel zat te luisteren in de zitkamer die volgens María was gemaakt van de oude stal, hoorde ze een mannenstem in de keuken.

'Hola, mi amor. Ik heb iets lekkers meegebracht voor na de stoofschotel vanavond.'

Lucía hoorde haar moeder hun gast het zwijgen opleggen en toen ze de keuken in liep, zag ze Ramón, hun buurman, met zijn arm om haar moeders schouder geslagen. María deed blozend een stap bij hem vandaan.

'Hola señor, hoe gaat het?' vroeg Lucía.

'Prima, bedankt,' antwoordde hij stijfjes, met het schaamrood op zijn kaken.

Ze begon bijna te giechelen. 'Hoe gaat het met je dochters, Ramón?'

'Goed, heel goed.'

'Twee van hen zijn getrouwd en een week geleden hebben we de verloving van Magdalena nog gevierd, nietwaar, Ramón?' moedigde María hem aan.

'Ja, ja, dat klopt.' Hij knikte.

'Hoe gaat het met je sinaasappels?'

'Goed, dank je, Lucía.'

'Ramón heeft nu zelf een kleine boomgaard,' bleef María het woord voor hem doen. 'Zijn ouders zijn een paar maanden na elkaar gestorven en na de begrafenis heeft Ramón een paar munten gevonden die in hun schoorsteen verstopt waren. Wie weet hoe lang ze daar al lagen, maar door het feit dat ze in al die jaren niet gesmolten waren, geloofde Ramón dat het een geschenk van de Heilige Maagd was. Dus heeft hij er een sinaasappelboomgaard van gekocht.'

'Inderdaad.' Nerveus keek hij naar Lucía, alsof hij haar reactie afwachtte.

'Gracias, Ramón, omdat je voor mijn moeder hebt gezorgd toen ik er niet was. Je bent haar vast erg tot steun geweest.' In een verzoenend gebaar legde ze haar hand op de zijne.

'Het was me een genoegen, señorita.' Hij glimlachte opgelucht.

Toen hij weg was, draaide María zich naar haar dochter toe en wapperde met haar handen om de rode kleur van haar wangen te krijgen. 'Wat zul je wel niet van me denken?'

'Ik heb geleerd dat het leven zwaar is, mamá. En jij hebt je laten troosten toen hij er voor je was. Daar is niets mis mee.'

'Ik... We... Ramón en ik lopen niet te koop met onze... vriendschap. Geloof me, ik zou je vader nooit publiekelijk vernederen.'

'Mamá, in de Barrio Chino heb ik alles al gezien. Niets – en toch zeker niet de behoefte aan troost – kan mij nog choqueren.'

'Gracias, Lucía.' María pakte de handen van haar dochter beet en kneep erin. 'Je bent een schat van een vrouw geworden.'

'Ik hoop dat ik jouw gezonde verstand en de hartstocht van papá heb geërfd. Dat is een mooie combinatie, sí?' Ze keek naar de zon die begon aan zijn nachtelijke buiging voor het Alhambra. 'Zo, ik kan maar beter aan de wandeling terug naar de stad beginnen. Vanavond vertrekken we naar Cádiz.'

'Kun je niet nog iets langer blijven, querida?'

'Dat gaat niet, mamá. Maar nu we weer herenigd zijn, zweer ik dat ik vaker op bezoek zal komen. Misschien kom ik hier zelfs wel een keer op vakantie.'

'Laat het de volgende keer van tevoren weten, dan organiseer ik een feest zodat je heel de familie kunt zien. Mijn deur staat altijd voor je open.'

'Wat zal ik tegen papá zeggen over... zijn zoon?'

'Als je het kunt opbrengen, denk ik dat het beter is als je er niets over zegt. Ik wil het hem op een dag persoonlijk vertellen.'

'Natuurlijk. Adiós, mamá.' Terwijl ze haar moeder omhelsde, voelde ze tranen in haar ogen prikken. Voordat die een weg naar buiten vonden, liep ze de grot uit en daalde het stoffige pad van haar kindertijd af.

23

'Ik heb nieuws voor je,' zei Carcellés toen ze samen voor zijn favoriete bar in de Barrio Chino zaten.

Lucía keek naar de impresario die hun tournee door de provincies voor hen had geregeld. Zijn gezicht was rood door een teveel aan brandewijn en zijn buik puilde over zijn broek met strak aangetrokken riem heen. De rook van hun sigaretten kringelde omhoog in de donkerder wordende lucht.

'Wat dan?'

Hij schonk voor hen allebei nog wat brandewijn in. 'Het Teatro Fontalba in Madrid organiseert een eerbetoon aan de actrice Luisita Esteso. Ik zet jou tussen twee andere optredens in. Het wordt tijd dat je je talent laat zien in de hoofdstad.'

Lucía, die inmiddels wel gewend was aan de buitensporige beloftes waarmee Carcellés haar probeerde te paaien, maar waar vaak niets van terechtkwam, staarde hem ongelovig aan. 'Neem je me mee naar Madrid?'

'Sí, Lucía. Je past er perfect tussen. De grote Meñique heeft zelfs aangeboden om je te begeleiden. Wat zeg je daarvan?'

'¡Dios mío!' Ze stond op om hem te omhelzen, maar stootte tegen de schragentafel zodat de brandewijn alle kanten op stroomde. 'Wat een geweldig nieuws!'

'Fijn dat je er blij mee bent. Het gaat maar om één avond en er worden maar vijf minuten voor je ingelast, maar die vijf minuten zijn voor jou, en je moet de mensen in Madrid maar eens laten zien wat je kunt.'

'Dat zal ik doen, beloofd. Gracias, señor.'

'Heb je het al gehoord, papá?' Lucía stormde José's slaapkamer in.

Hij lag in zijn eentje op bed te roken. 'Over Madrid? Ja, dat heb ik gehoord. Maar je krijgt er niet voor betaald, dat begrijp je toch wel?'

'Wat maakt dat nou uit? Ik mag optreden voor meer dan duizend mensen. Dat is toch geweldig?'

'Ik hoorde dat Meñique je gaat begeleiden.'

'Ja, dus je hoeft niet mee. Carcellés vergezelt me in de trein en eenmaal daar zal Meñique voor me zorgen.'

'Daar ben ik juist bang voor,' bromde hij terwijl hij zijn sigaret uitdrukte op een halfvol flesje bier.

'Ik ben nu een grote meid, papá. Vergeet niet dat ik al eenentwintig ben. Voordat je het weet, ben ik weer terug.' Snel ging ze weer naar haar eigen kamer, voordat hij haar goede humeur kon bederven. Ze trok haar flamencojurk uit en liet zich poedelnaakt op het matras vallen, met haar armen en benen gestrekt, om na te denken. Uiteindelijk kwam er een idee in haar op.

'Ja!' Ze sprong van haar bed en liep naar de hoek waar haar kleren op een hoop lagen. Terwijl ze erin begon te zoeken, wist ze al precies wat ze zou aantrekken zodat ze dit optreden – en haar – nooit meer zouden vergeten.

'Zowel Madrid...' zei ze ademloos, toen ze vond wat ze zocht, '... als Meñique!'

'Gaat het wel, pequeña?' fluisterde Meñique in haar oor toen ze twee weken later samen in de coulissen van het enorme podium stonden te luisteren naar het daverende applaus voor El Botato, die zijn beroemde *farruca* met komische acrobatische sprongen danste.

'Sí, maar ik ben nerveus, Meñique. Dat ben ik nooit voordat ik moet dansen.'

'Dat is juist goed. De adrenaline zal je optreden alleen maar meer diepgang geven.'

'Hier heeft nog nooit iemand van me gehoord.' Ze beet op haar lip. 'Stel dat ze me uitjouwen?'

'Na vanavond zal iedereen je naam kennen.' Hij gaf een zacht duwtje tegen haar schouder. 'Ga nou maar.'

Lucía betrad het podium onder een mager applaus. De felle schijnwerpers brandden in haar ogen en ze had het warm onder haar kriebelende, zware mantel. Meñique kwam haar een paar tellen later achterna, waarop het publiek begon te juichen en klappen.

'Mamá,' fluisterde ze toen ze haar danshouding aannam, 'deze dans is voor jou.'

Vanaf de zijkant zag Meñique het piepkleine figuurtje zich naar het midden van het podium slepen. Toen hij de eerste noten speelde voordat hij ging zingen, zag hij Lucía's kin omhoogkomen en haar neusgaten zich opensperren. Op het moment dat het ritme opzwepender werd, ontdeed ze zich in één vloeiende beweging van haar mantel en smeet die weg over het podium. Het publiek hapte collectief naar adem toen ze zagen dat dat piepkleine vrouwtje een zwarte pantalon met hoge taille en een gesteven wit overhemd droeg, als van een mannelijke danser. Haar haren waren ingevet en naar achteren getrokken in een middenscheiding; met haar zwart omrande ogen keek ze het publiek uitdagend aan.

Daarna begon ze te dansen. Eventueel verontwaardigd gefluister stokte al na een paar tellen, want het publiek was volkomen in de ban van het kindvrouwtje dat met haar wonderbaarlijke voetjes zo veel ritmes wist aan te slaan dat zelfs ervaren handen haar niet konden bijhouden. Toen het publiek besefte dat Lucía dezelfde farruca danste als El Botato – een dans die aan mannen voorbehouden was – werden ze wild en begonnen ze te juichen en fluiten om die merkwaardige aanblik. Meñique was zo geboeid door haar transformatie tot een dansende wervelwind vol energie dat hij bijna vergat de zang van het volgende couplet in te zetten.

Wat is ze puur… Dit is nou waar het om draait bij flamenco, dacht hij.

Inmiddels was het publiek als één man opgestaan en klapte iedereen mee op het ritme dat Lucía eindeloos bleef aanslaan met haar voeten, tot Meñique zich afvroeg of ze door zou gaan tot ze erbij neerviel. Het was hem een raadsel waar ze met dat kleine lichaam van haar de energie vandaan haalde om dit tempo zo lang vol te houden.

'¡Olé!' riep ze toen ze nog een laatste keer stampte en een diepe buiging maakte.

Het publiek was door het dolle heen en Lucía maakte de ene buiging na de andere.

Meñique liep naar voren om zelf ook zijn applaus in ontvangst te nemen. 'Het is je gelukt, pequeña, je hebt het gedaan,' fluisterde hij, terwijl hij haar maar bleef meetrekken in zijn buigingen.

'Heb ik het echt gedaan?' vroeg ze toen Meñique haar uiteindelijk meetroonde van het podium, de coulissen in, waar al een menigte stond te wachten om haar te verwelkomen.

'Je hebt een perfect debuut gemaakt in Madrid.'

'Ik kan me er niets van herinneren.'

Meñique zag de verdwaasde blik in haar ogen en voelde dat ze zwaar op zijn arm steunde. Hij loodste haar door de menigte mee naar zijn kleedkamer en deed de deur ferm achter hen dicht. 'Neem maar even de tijd om tot jezelf te komen.' Hij ging in een stoel zitten en gaf haar een glas brandewijn.

'Gracias.' Ze sloeg het drankje in één keer achterover. 'Na afloop kan ik me nooit herinneren hoe het ging. Heb ik het goed gedaan?'

Hij zag dat het een oprechte vraag was en dat ze niet naar complimentjes viste. 'Je was niet zomaar goed, Lucía, je was... ongelofelijk!'

Er werd hard op de deur geklopt en daarachter klonken stemmen.

'Is La Candela klaar om de loftuitingen van haar aanbidders in ontvangst te nemen?'

'Jazeker.' Ze stond op, draaide zich naar de spiegel toe en pakte een doek om haar bezwete gezicht af te deppen.

'Eerst nog even dit.' Hij sloeg zijn armen om haar heen en kuste haar.

'Hoe bedoel je, "papá komt vandaag"?' Het was een paar dagen later en Lucía zat naast Meñique in zijn comfortabele bed. 'Hij zou volgende week pas komen! Ik red me prima in mijn eentje, hier in Madrid.'

'Lucía, je vader behartigt je belangen al sinds je een klein meisje was. Dit moment van triomf wil je hem toch niet ontzeggen? Trouwens, hij is je gitarist. Alleen hij weet hoe hij het beste voor je kan spelen.'

'Nee!' Ze pakte zijn vingers en kuste die. 'Déze zijn voor mij het beste. En niet alleen op de gitaar...'

Meñique voelde iets in zich roeren toen ze haar naakte lichaam tegen hem aan drukte. 'Ja, pequeña, maar de komende twee maanden sta ik al ergens anders onder contract, dat weet je.'

'Zeg dat dan af.' Haar hand kroop onder het laken. 'Ik wil dat je mij begeleidt in het Coliseum.'

'Nounou.' Hij pakte haar ellebogen beet. 'Je ster is dan wel rijzende, maar voor divagedrag is het nog een beetje te vroeg. Je vader neemt jullie cuadro met zich mee. Het is veel beter als je eigen gitaristen en zangers je begeleiden, mensen die je kent en vertrouwt, dan dat je zomaar iemand toegewezen krijgt.'

'Het was juist zo fijn om van hem af te zijn,' klaagde ze. 'In die tijd hier met jou… Hier voel ik me een vrouw, geen kind, zoals papá me behandelt.'

'Een vrouw ben je zeker, Lucía.' Hij begon haar borsten te strelen.

Deze keer weerde zij hém af. 'Als papá er is, mag ik dan hier bij jou blijven?'

'Wel als ik in Madrid ben natuurlijk, maar nu je eindelijk goed verdient door je contract met het Coliseum kun je je een appartement veroorloven met de rest van het cuadro.' Hij stapte uit bed en begon zich aan te kleden.

'Wil je me hier niet meer hebben?'

'Jawel, maar ik kan er niet altijd voor je zijn.'

'Vind je je carrière belangrijker dan mij?'

'Mijn carrière is net zo belangrijk als jij,' corrigeerde hij haar. 'Nu moet ik naar een bespreking over mijn nieuwe plaat. Tot straks.'

Ze liet zich achterovervallen in de kussens, woedend omdat zowel haar geliefde als haar vader haar plannen dwarsboomde. Sinds haar succes in het Teatro Fontalba had ze van de vrijheid kunnen proeven en dat wilde ze niet zonder slag of stoot opgeven. Zeker niet nu ze met Meñique de geneugten van de slaapkamer had ontdekt.

'Ik hou van hem!' schreeuwde ze in het lege appartement, terwijl ze met haar hand op het matras sloeg. 'Waarom laat hij me hier alleen achter?' Ze stapte uit bed, pakte haar sigaretten en ging op de vensterbank zitten om er eentje op te steken. Onder haar lag een brede door bomen geflankeerde laan waar het wemelde van de mensen en automobielen. Op vierhoog kon ze het lawaai alleen horen als ze het raam openzette. Dat deed ze ook, en de rook van haar sigaret kringelde omhoog naar de ochtendzon.

'Ik vind het hier geweldig!' schreeuwde ze naar beneden. 'Ik wil niet weg! Hoe durft hij te zeggen dat ik een andere woning moet zoeken?!' Ze gooide de peuk uit het raam en liep naakt door het appartement om water te koken voor de sterke koffie die ze elke ochtend dronk. Net als Meñique was zijn appartement klein, keurig en georganiseerd. 'Hij kookt zelfs voor me!' mopperde ze terwijl ze een kopje van een plank pakte. 'Ik wil hem niet kwijt!'

Met haar koffie liep ze naar de woonkamer en krulde zich op in een stoel om ervan te drinken. Ze keek naar zijn gitaren, die netjes op een rij tegen een van de muren stonden. Hij was anders dan alle gitanos die ze kende, omdat hij een payomoeder had en was grootgebracht in Pamplona, in het uiterste noorden van Spanje. Zijn familie had in een huis gewoond – een echt huis! – en hij was opgegroeid tussen de payos. In vergelijking met zijn beheerste elegantie voelde zij zich soms net een wild dier. Hij zag de payos niet als vijand, zoals zij had geleerd, maar slechts als een ander ras.

'Ik ben beide, dus moet ik beide culturen omarmen, Lucía. En het zijn de payos die ons het succes zullen brengen waarnaar we zo verlangen,' had hij op een avond gezegd toen ze de draak met hem stak omdat hij een payokrant zat te lezen. 'Zij hebben de macht en het geld in handen.'

'Ze hebben mijn broer vermoord,' had ze naar hem geschreeuwd. 'Hoe kan ik hen dat ooit vergeven?'

'Gitanos vermoorden ook gitanos en payos ook payos,' had hij haar met een optimistisch schouderophalen in herinnering gebracht. 'Ik vind het heel erg van je broer, dat had nooit mogen gebeuren, maar met vooroordelen en verbitterdheid bereik je niets, Lucía. Je moet ze vergeven, zoals de Bijbel ons voorschrijft.'

'Ga je nu de priester uithangen?' was ze tegen hem uitgevallen. 'Zeggen dat ik de Bijbel moet lezen? Kleineer me niet zo. Je weet dat ik niet kan lezen.'

'Dan leer ik het je.'

'Dat is nergens voor nodig!' Toen hij zijn arm om haar heen wilde slaan, had ze die van zich afgeschud. 'Mijn lichaam en mijn ziel, meer heb ik niet nodig.'

Toch wist ze diep vanbinnen dat Meñique gelijk had. Het publiek dat in de voorverkoop kaartjes kocht om haar te zien optreden bestond niet uit gitanos maar uit payos, en dankzij hun geld had ze zo'n hoog weeksalaris aangeboden gekregen.

Lucía stond op. 'Hij behandelt me al net zoals papá!' schreeuwde ze naar de gitaren. 'Alsof ik een onbenullige kleine gitana ben die nergens wat van begrijpt. En toch neemt hij me elke nacht drie keer om zijn lusten te bevredigen! Mamá had gelijk, mannen zijn allemaal hetzelfde. Nou, ik zal hem leren!'

Ze haalde uit en schopte tegen een van de gitaren. De snaren snerpten toen het instrument omviel. Daarna keek ze naar de keurig geordende boekenplank en veegde alle boeken in één keer op de grond. In de slaapkamer trok ze voor het eerst in dagen weer de flamencojurk aan die Meñique van haar af had gepeld. Ze raapte haar schoenen van de grond, liep naar de deur en beende het appartement uit.

Nadat Meñique zijn appartement overhoopgehaald had aangetroffen, toog hij met een zucht naar het Coliseum, waar Lucía die middag moest repeteren.

Hij zag José bij de artiesteningang staan roken; de rest van het cuadro was binnen.

'Is Lucía al in het theater?' vroeg hij.

'Nee, ik dacht dat ze bij jou was,' antwoordde José. 'Niemand heeft haar gezien.'

'*Mierda*,' vloekte Meñique zacht. 'Vanmorgen toen ik wegging was ze nog in het appartement. Waar kan ze heen zijn gegaan?'

'Zeg jij het maar.' José kon zijn woede amper in toom houden. 'Jij zou op haar passen.'

'Je weet net zo goed als ik dat Lucía niet te houden is, zeker niet als ze boos is.'

'Volgende week moet ze hier al beginnen! We zouden vandaag gaan repeteren! Laat ze na al die moeite zo'n kans nou echt schieten?'

In gedachten nam Meñique alle mogelijkheden door. 'Kom maar mee, ik denk dat ik wel weet waar ze is.'

Een half uur later kwamen ze aan op het Plaza de Olavide, een plein vol cafés en bars. Midden op het plein stond Lucía, en om haar heen had zich een hele groep mensen gevormd. Twee gitaristen hadden zich bij haar aangesloten en toen Meñique zich een weg door de menigte baande hoorde hij het gerinkel van munten die om haar heen op de grond werden geworpen. Met zijn armen over elkaar bleef hij staan kijken hoe ze danste. Na afloop deden hij en José mee aan het uitbundige applaus en zag hij haar de munten oprapen en naar het publiek gebaren dat de voorstelling voorbij was.

'Hola, Lucía.' Hij liep naar haar toe. 'Wat doe je hier?'

Ze raapte de laatste munten op, rechtte haar rug en keek hem uitdagend aan. 'Ik had honger en ik had geen geld voor de lunch, dus ben ik hierheen gegaan om wat te verdienen. Zullen we nu gaan eten?'

Hoewel het Lucía tegenviel dat haar vader in Madrid was, was ze wel blij om de rest van het cuadro te zien. 'Chilly, heb je mijn drankje meegenomen?' vroeg ze zonder acht te slaan op Rosalba, die naast hem stond.

'Zo te zien bevalt Madrid je goed,' reageerde hij met een sluw glimlachje. 'Ben je gelukkig?'

'Dat ben ik nooit, maar ja, Madrid heeft wel zo zijn voordelen.'

De dagen daarna vond het cuadro een appartement in de stad en organiseerde José audities om hun groep uit te breiden met gitaristen, zangers en dansers. Na een paar lange middagen in het lege theater hadden ze hun nieuwe leden gevonden.

Sebastian was een gitarist die voor iedereen drankjes en sigaretten meenam, al bleek al snel dat zijn vingers net zo geoefend waren in het zakkenrollen van payos als in gitaarspelen. Hij beloofde op het rechte pad te blijven, maar had wonder boven wonder altijd wel een paar peseta's om te delen.

Sebastians broer Mario, die de bijnaam *El Tigre*, de tijger, had, was soepel en mannelijk en stortte zich op elke dans alsof het een stier was die getemd moest worden. Hij was de enige danser die volgens Lucía kon tippen aan haar tomeloze energie. Daarnaast werden er nog twee jonge danseressen aangenomen, uitgekozen door Lucía, simpelweg omdat zij het minst opvallend waren.

'Zo, dochter.' José hief het glas na hun eerste doorloop met het orkest. 'Morgen begint het Cuadro Albaycín in het Coliseum.'

'En ik ook,' fluisterde ze toen ze zijn glas aantikte.

De maanden daarna werd Lucía steeds beroemder. De mensen stonden in de rij voor de kassa van het Coliseum; iedereen wilde de betoverende jonge gitana zien die in herenkleding danste.

Eindelijk was Lucía Amaya Albaycín een ster.

Hoewel ze de zee en de cultuur van Barcelona miste die zo bij haar als gitana paste, vond ze het heerlijk in Madrid, met zijn statige witte gebouwen en brede lanen. Er hing een dringende, hartstochtelijke sfeer, zeker nu er dagelijks bijeenkomsten werden gehouden door de politieke partijen van de payos om zieltjes te winnen. De meeste van hen waren ontzet omdat de republikeinen afgelopen november de verkiezingen hadden gewonnen. Telkens als Meñique haar probeerde uit te leggen waarom al die mannen zo schreeuwden, begon ze te lachen en zoende ze hem op zijn mond om hem het zwijgen op te leggen.

'Ik ben het beu, al die payos die met elkaar overhoopliggen,' zei ze dan. 'Laten we liever kijken hoe een payo het doet tegenover een stier!'

'Wat een zwijnenstal is het hier,' had Meñique gezegd toen hij voor het eerst in haar kamer in het appartement van het cuadro kwam. De borden die hoog opgestapeld waren in de gootsteen lagen vol met graten van sardientjes en andere rottende etensresten. Haar vuile kleren lagen nog precies waar ze die dagen geleden van zich af had laten vallen.

'Ja, maar het is mijn zwijnenstal, en ik ben hier gelukkig.' Ze had hem een kus gegeven.

Soms had Meñique het gevoel dat hij een wild dier probeerde te temmen, andere keren had hij de neiging om het kwetsbare meisje dat Lucía ook kon zijn in bescherming te nemen. Hoe ze zich ook gedroeg, hij was volkomen van haar in de ban.

Het punt was alleen dat dat nu ook voor de rest van Madrid gold. Als ze samen de stad in gingen was het niet Meñique, de beroemde gitarist, die iedereen wilde ontmoeten, maar Lucía.

'Hoe voelt het nou om de beroemdste gitanadanseres in heel Spanje te zijn?' vroeg hij op een ochtend toen ze in zijn appartement in bed lagen.

'Het is wat ik altijd al had verwacht.' Achteloos haalde ze haar schouders op en stak een sigaret op. 'Ik heb hier lang op moeten wachten.'

'Sommige mensen wachten een leven lang maar krijgen het alsnog niet.'

'Ik heb dit verdiend, elke seconde ervan,' zei ze fel.

'Dus nu ben je tevreden?'

'Natuurlijk niet!' Ze legde haar hoofd tegen zijn schouder en hij rook de olie waarmee ze haar haren gladmaakte. 'La Argentinita heeft de hele wereld veroverd! Ik alleen Spanje. Er is nog heel veel te doen.'

'Dat zal best, pequeña,' verzuchtte hij.

'Had ik al gezegd dat ik gevraagd ben om in een film te dansen? Van een payofilmmaker, Luis Buñuel. Hij schijnt erg goed te zijn. Zal ik het doen?'

'Natuurlijk! Dan wordt je talent voorgoed vereeuwigd, zodat er nog generatieslang naar gekeken kan worden, ook nog na je dood.'

‘Ik ga nooit dood,’ kaatste ze terug. ‘Ik blijf eeuwig leven. Zo, querido, we moeten ons allebei aankleden om met mijn nieuwe payovrienden te gaan lunchen in een van hun chique restaurants. Ik ben de eregast! Kun je het geloven?’

‘Van jou geloof ik alles, Lucía. Eerlijk waar,’ zei hij terwijl ze hem het bed uit sleurde.

MADRID

JULI 1936, TWEE JAAR LATER

24

‘Wat is er gebeurd?’ Lucía stak een sigaret op en leunde achterover tegen de kussens, in het zonlicht dat door het raam van haar kamer naar binnen stroomde.

‘Er is een staatsgreep gepleegd in Marokko,’ zei Meñique zonder op te kijken van zijn krant. ‘Het schijnt dat hier ook elk moment een opstand kan uitbreken. Misschien kunnen we beter uit Spanje vertrekken nu het nog goed gaat.’

‘Een opstand? Waartegen zouden mensen in opstand moeten komen?’ vroeg ze met gefronst voorhoofd.

Hij zuchtte diep. Hoewel hij zijn best had gedaan om uit te leggen hoe precair de situatie in Spanje was, had Lucía geen greintje politiek besef. Haar dagen waren gevuld met dansen, roken, de liefde bedrijven en naar hartenlust sardientjes eten, in die volgorde van importantie.

‘Franco wil Spanje veroveren met zijn legers,’ zei hij geduldig. ‘Hij wil Spanje veranderen in een fascistische staat, net als de nazi’s in Duitsland doen.’

‘Politiek is zo saai, Meñique, wie boeit dat nou?’ Ze geeuwde en toen ze zich uitrekte, stootte haar vuistje tegen zijn gezicht.

‘Het boeit míj. En het zou jou ook moeten boeien, pequeña, want dit heeft invloed op alles wat we doen. We zouden kunnen overwegen om eerder naar Portugal te gaan. Daar moet je binnenkort toch optreden. Ik ben bang dat als er onlusten uitbreken, dat vooral in Madrid zal zijn. Het kan er gewelddadig aan toegaan.’

‘Ik kan niet naar Portugal zolang ik nog in het Coliseum moet dansen. De mensen staan in ellenlange rijen om kaartjes te kopen. Die mag ik niet teleurstellen.’

‘Als er niets verandert, vertrekken we meteen daarna. Hopelijk is het dan nog niet te laat,’ mompelde hij terwijl hij uit bed stapte.

‘Mij doen ze niks, ik ben het lievelingetje van Spanje,’ riep ze hem na. ‘Misschien word ík wel tot koningin gekroond!’

Meñique sloeg zijn ogen ten hemel en zocht zijn hemd en pantalon tussen de rommel in de kamer. Wat haar roem betrof kon hij haar helaas geen ongelijk geven. Niet alleen was ze een doorslaand succes in Madrid; sinds ze de hoofdrol had geaccepteerd in de duurste Spaanse film die ooit was gemaakt, was ze in heel Spanje een bekende naam.

'Ik ga naar mijn appartement om even tot rust te komen.' Hij gaf haar een zoen. 'Tot straks.' Met die woorden liep hij haar kamer uit en de gemeenschappelijke hal van het appartement door, waar hij struikelde over een kop koffie van een dag oud die Lucía midden op de vloer had laten staan. 'Om gek van te worden,' mopperde hij, terwijl hij met zijn zakdoek de gemorste koffie opveegde.

Niet alleen leefde Lucía in haar eigen chaotische wereldje, ook was het steeds maar de vraag wie er nu weer bij haar woonden. Soms waren dat vrienden of familie, andere keren fans die om haar heen hingen. Misschien kwam het door de manier waarop ze was opgegroeid; eerst in een groot gezin in Sacromonte, daarna jarenlang in de hechte gemeenschap van de Barrio Chino. Ze leek voortdurend mensen om zich heen nodig te hebben.

'Ik ben bang om alleen te zijn,' had ze een keer toegegeven. 'De stilte jaagt me angst aan.'

Nou, hem niet. Nu hij tweeënhalf jaar met Lucía samen was, koesterde hij de stilte juist.

Toen hij de rust van zijn eigen appartement betrad, slaakte hij een zucht van verlichting en vroeg zich niet voor het eerst af hoe het met hen verder moest. Het was duidelijk dat heel Spanje – en vooral Lucía zelf – erop zat te wachten dat hij met haar trouwde. Toch had hij de grote vraag nog steeds niet gesteld. Ze waren al tal van keren uit elkaar geweest na een uitbarsting van Lucía omdat een aanzoek maar uitbleef. Als hij dan bij haar wegging, voelde hij zich opgelucht omdat hij uit de dollemansrit van hun relatie, haar carrière en haar buitensporige manier van leven was gestapt. 'Ze is onuitstaanbaar!' zei hij dan tegen zichzelf. 'Alleen een heilige zou met haar kunnen leven!'

Maar dan, na een paar uur van de rust waarnaar hij gesnakt had, kalmeerde hij weer. Nog enkele uren later begon hij naar haar te verlangen en ging hij terug om haar op zijn blote knieën om vergiffenis te smeken. 'En ja, je krijgt een ring van me,' zei hij dan als Lucía voor hem stond met ogen die vuur schoten. Daarna bedreven ze de liefde, gretig, hartstochtelijk, allebei opgelucht omdat de pijn van hun breuk voorbij was. De rust keerde terug, tot Lucía's geduld weer opraakte en het van voren af aan begon.

Waarom hij die verbintenis niet kon aangaan, wist hij zelf niet. Net zoals het een raadsel voor hem was waarom hij nooit definitief met haar kon breken. Was het de rauwe seksuele aantrekkingskracht die hij voelde bij de gedachte aan haar? Of kwam het omdat ze hem zo opwond als hij haar zag optreden? Het kwam door alles aan haar, was de enige conclusie die hij kon trekken. Ze was gewoon… Lucía. Soms had hij het gevoel dat ze samen gevangenzaten in een eeuwigdurende *paso doble* waaruit ze nooit zouden kunnen ontsnappen.

'Dit is geen liefde, het is een verslaving,' mompelde hij terwijl hij zijn aandacht bij het componeren van een melodie probeerde te houden. Zijn concentratie was ver te zoeken en dat, dacht hij, was het volgende probleem: aan zijn relatie met Lucía had hij zijn handen vol, waardoor hij weinig tijd overhield voor zijn eigen carrière. Toen ze het aanbod had gekregen om in Lissabon op te treden, had ze niet eens gevraagd of hij mee wilde – daar was ze klakkeloos van uitgegaan.

'Misschien kan ik beter hier blijven,' zei hij tegen zijn gitaar. 'Haar laten gaan.' Daarna keek hij uit het raam naar de alarmerende aanblik van gewapende soldaten die beneden over straat marcheerden. Als er echt een burgeroorlog uitbrak in Spanje, was het gevaarlijk om van elkaar gescheiden te worden. Bovendien had Lucía's samenraapsel van dansers en muzikanten geen flauw benul van de echte wereld, buiten de flamenco. Waarschijnlijk zouden ze in de cel belanden, of voor een vuurpeloton, omdat ze iets verkeerds hadden gezegd.

Maar was dat wel zijn probleem? Als dat zo was, had hij het daar zelf naar gemaakt.

Hij gaapte. Vannacht hadden ze nog tot in de kleine uurtjes doorgefeest, na het uitverkochte optreden van Lucía. Hij legde zijn gitaar voorzichtig op tafel, ging languit op de bank liggen en sloot zijn ogen. Maar ook al was hij nog zo uitgeput, hij kon de slaap niet vatten. Daarvoor was het gevoel dat er iets naars stond te gebeuren veel te sterk.

'Wat is al dat kabaal buiten?' vroeg Lucía toen hij de volgende avond haar kleedkamer in het Coliseum binnenkwam.

'Dat is zwaar geschut.' Toen hij even naar het gerommel luisterde, sloeg de angst hem om het hart. 'Ik ben bang dat de opstand is begonnen.'

'Het theater is nog leeg, en ik moet al bijna op. Ik dacht dat de voorstelling vanavond uitverkocht was.'

'Het is niet veilig op straat, Lucía. Verstandige mensen blijven nu thuis. Een groot deel van de mensen die er wel waren, is alweer vertrokken. Misschien moeten we het optreden afzeggen en naar huis gaan nu het nog kan. Per slot van rekening is dit ons laatste optreden en vertrekken we morgen al naar Lissabon.'

'Ik heb nog nooit van mijn leven een optreden afgezegd en dat ga ik ook nooit doen! Al heb ik alleen de schoonmakers als publiek.' Nu ze daar stond, volledig in de make-up, zag ze er nog feller uit dan anders. 'Geen enkel payoleger weerhoudt mij ervan om te dansen!'

Terwijl ze het zei, deed een zware explosie ergens in de stad het theater op zijn grondvesten schudden. Er viel een handjevol gips op Lucía's gitzwarte haar en ze greep Meñique paniekerig vast. '¡Ay, Dios mío! Wat gebeurt er toch allemaal?'

'Ik denk dat de nationalisten proberen de macht te grijpen in de stad. Het garnizoen is heel dicht bij het theater. Ik meen het, Lucía. We kunnen beter nu vertrekken en naar Lissabon gaan zolang het nog kan.'

De rest van het gezelschap stroomde de kleedkamer binnen, met angstige gezichten.

'Misschien is het al te laat om te vertrekken,' zei José, die hem gehoord had. 'Ik keek net naar buiten en er rennen overal mensen. Het is chaos!' Uit gewoonte sloeg hij een kruisje.

Chilly baande zich een weg door de gespannen mensen en pakte Lucía's handen beet. Op zijn gezicht stond de angst duidelijk te lezen. 'Rosalba is alleen in het appartement. Je weet dat ze vandaag thuis is gebleven omdat ze haar enkel heeft verzwikt. Ik moet naar haar toe, ze verkeert misschien in groot gevaar!'

'Dat kun je niet doen.' Sebastian, de gitarist, pakte zijn arm beet om hem tegen te houden. 'Rosalba is een verstandige vrouw, die blijft wel binnen. Je kunt beter hier blijven, dan kun je morgenochtend naar haar toe.'

'Ik moet nu naar haar toe! Pas vannacht goed op jezelf en als God het wil zien we elkaar weer in dit leven.' Chilly gaf Lucía een kus op elke wang en rende toen snel de kleedkamer uit.

Het cuadro bleef staan, geschokt door zijn plotselinge aftocht.

Meñique schraapte zijn keel. 'We moeten een schuilplaats zoeken. Weet iemand of hier een kelder is?'

Er dook een vrouw met een bezem in de deuropening van de kleedkamer op, met een gespannen uitdrukking op haar gezicht.

'Señora, kunt u ons helpen?'

'Sí, señor. Ik zal jullie naar de ingang van de kelder brengen. Daar kunnen we schuilen.'

'Goed,' zei Meñique, terwijl het gezelschap in de kleedkamer steeds meer in paniek begon te raken door het geratel van geweerschoten. 'Neem allemaal mee wat je nodig hebt om het jezelf zo comfortabel mogelijk te maken. We gaan zo met u mee, señora.'

Nadat ze hadden gered wat er te redden viel, ging de vrouw met de bezem het cuadro voor naar de deur van de kelder. Uit een bezemkast had ze twee dozen met kaarsen en een paar lucifers gepakt.

'Is iedereen er?' riep Meñique in de hal.

'Waar is papá?' Lucía speurde de groep paniekerig af.

'Hier ben ik, querida.' De stem kwam van de trap naar de concertzaal. 'Ik heb proviand ingeslagen in de bar in de foyer.'

'Doorlopen!' drong Meñique aan toen een volgende klap de muren deed schudden en de lampen in de hal flikkerden en uitgingen. Haastig werden er kaarsen aangestoken en rondgedeeld.

'Nu dalen we af in *el infierno*,' grapte José, die op de trap naar beneden een fles aan zijn lippen zette.

'Hoe kan het hier zo koud zijn, terwijl het boven zo warm is?' vroeg Lucía aan niemand in het bijzonder, terwijl ze het zich zo gemakkelijk mogelijk maakten in de vochtige kelder.

'Hier zijn we tenminste veilig,' zei Meñique.

'En Chilly dan?' El Tigre was zo onrustig dat hij begon te ijsberen. 'Die is naar buiten gegaan, misschien is hij wel dood!'

'Chilly is een brujo,' stelde Juana hem gerust. 'Zijn zesde zintuig zal hem beschermen.'

'Ay, misschien wel, maar wij dan? Wij zitten hier straks in de val als het gebouw boven ons instort!' jammerde Sebastian.

'En misschien is er niet genoeg brandewijn voor iedereen.' José zette zijn flessen met een klap op de vloer.

'Dit was het dan,' zei El Tigre hoofdschuddend. 'We gaan hier dood en worden vergeten.'

'Nooit!' Lucía beefde. 'Ik zal nooit vergeten worden!'

'Hier, señorita, u moet warm blijven.' De bezemdame trok haar dunne schort uit en sloeg die als een sjaal om Lucía's blote schouders.

'Gracias, señora, maar ik weet een betere manier om warm te blijven.' De helft van haar zin werd overstemd door een explosie die vlak boven hen leek te gebeuren. 'Señores y señoras,' schreeuwde ze boven het lawaai uit, terwijl ze haar armen ophief. 'Terwijl die *estupidos* payos deze prachtige stad in de as leggen, gaan wij gitanos dansen!'

Van alle herinneringen die Meñique later aan zijn Lucía zou overhouden, bleven die aan de uren dat ze gevangenzaten in de kelder van het Teatro Coliseum tijdens het begin van de teloorgang van Spanje hem het helderst voor de geest staan.

Ze maande het doodsbange cuadro om op te staan en stond erop dat de mannen hun gitaar pakten en dat de vrouwen zouden gaan dansen. Terwijl het leger werd aangevallen door de nationalisten, werd het geluid van de wapens overstemd door een dozijn gitanos die hun eeuwenoude kunst met elkaar vierden, met een dame met een bezem als enig publiek.

Om vier uur 's nachts werd het stil in de stad en stortte het cuadro, onder invloed van de angst, opwinding en de alcohol die José had meegenomen, ter aarde en viel in slaap.

Meñique werd als eerste wakker, versuft door het teveel aan brandewijn. Het duurde even voordat hij doorhad waar hij was – het was pikdonker – en daarna tastte hij de vloer af naar de kaarsen die hij gisteravond onder zijn jasje had gelegd. Toen hij er een aanstak, zag hij dat iedereen nog sliep. Lucía's hoofd lag tegen zijn schouder. Voorzichtig verplaatste hij haar zodat ze op zijn jasje kwam te liggen, pakte de kaars en zocht gedesoriënteerd naar de trap naar de kelderdeur. Het kostte hem al zijn moed om die open te duwen, in de wetenschap dat het misschien niet zou lukken en dat iedereen in de kelder dan ten dode opgeschreven was, levend begraven onder de puinhopen van het theater boven hen.

Gelukkig ging de deur zonder moeite open en kon hij zo de hal naar de kleedkamers in wandelen. Het enige teken van het geweld van gisteravond was het gips dat van het plafond naar beneden was gestort.

Na een dankgebedje liep hij verder naar de artiesteningang. Die deed hij langzaam open, en hij gluurde naar buiten.

Het stof van de vele explosies was nog niet neergedaald en in de normaal gesproken zo bruisende stad hing een griezelige stilte. Toen hij opkeek, zag hij dat het gebouw aan de overkant was getekend door kogels en granaten; de ramen lagen aan diggelen. Hij onderdrukte een snik. Voor hem was het duidelijk dat dit het begin van het einde was van het door hem zo geliefde Spanje.

Verdwaasd keerde hij terug naar de kelder en keek naar het cuadro dat vredig lag te slapen.

'Ik heb dorst,' zei Lucía toen hij haar voorzichtig wakker schudde. 'Waar zijn we?'

'We zijn veilig, pequeña, dat is het belangrijkste. Ik ga boven in de bar kijken of ik water kan vinden.'

'Laat me niet alleen.' Ze klampte zich aan hem vast en klauwde haar nagels in zijn huid.

'Ga dan mee om me te helpen.'

Samen liepen ze de trap naar het theater op en gebruikten het licht van hun kaarsen om hun weg te vinden in de coulissen, naar de verlaten concertzaal en de bar.

Lucía stapelde chocolaatjes boven op de kratten die Meñique had gevuld met kannen water.

'Allemaal gratis.' Ondanks alles leek ze verwonderd en blij omdat ze het dure snoepgoed zomaar in haar mond kon proppen.

'Je weet toch dat je zo veel chocolade kunt kopen als je wilt?'

'Ja, maar daar gaat het niet om.' Ze haalde haar schouders op.

In de kelder ontwaakte ook de rest van het gezelschap en werd besproken hoe het nu verder zou gaan met hen en met Spanje.

'We moeten zo snel mogelijk naar Lissabon,' zei Lucía. 'Hoe komen we daar?'

'Belangrijker nog, hoe komen we aan de papieren om over de grens te mogen?' wilde Meñique weten.

'En hoe kom ik bij het appartement om het geld te halen dat ik onder de vloerplanken heb verborgen?' kreunde José.

Uiteindelijk besloten ze dat Meñique en José zouden proberen naar hun appartementen te gaan om te halen wat ze nodig hadden, zodat de rest hier kon blijven, waar het relatief veilig was.

'Ik ga mee,' verkondigde Lucía. 'Ik kan niet in Lissabon aankomen zonder mijn garderobe.'

'Daar is geen ruimte voor. Nee, jij blijft hier en gedraagt je. Alleen José en ik gaan hier weg, oké?'

'Oké,' klonk het in koor.

Meñique en José gingen de straat op, en José zag waar Meñique al eerder getuige van was geweest. 'Wat hebben ze gedaan?' zei hij vol afgrijzen, terwijl ze zich door een straat haastten waar een paar verdwaasde inwoners het ook hadden aangedurfd om naar buiten te gaan. 'En aan welke kant staan wij?'

'Aan onze eigen kant, José. Kom, dan gaan we naar het appartement.'

De hemel dankend dat ze maar een paar straten verderop woonden ging José de papieren van het cuadro halen, zijn zak peseta's en twee van Lucía's jurken, terwijl Meñique aan een gelijksoortige missie in zijn eigen appartement begon.

Nadat hij zo veel mogelijk had ingepakt, keek hij uit het raam en zag dat het beneden op straat nog steeds rustig was. In een opwelling pakte hij zijn autosleutels en vertrok in de richting van het appartement van Chilly en Rosalba, op tien minuten rijden. Nog geen driehonderd meter verder zag hij de eerste wegversperring al die het leger had opgeworpen. Verscheurd door de gedachte dat hij niet kon controleren of zijn vrienden veilig waren, maar in de wetenschap dat Lucía in het theater op hem wachtte, keerde hij snel om en reed naar het appartement van de Albaycíns, biddend dat hij daar wel kon komen. Toen hij aan kwam rijden, sjokte José de trap af met alles wat hij kon dragen, en dat stapelden ze samen op de achterbank.

'Waardevolle spullen kun je het beste in je kleren verstoppen, voor het geval dat we worden aangehouden.'

Dat deed José, maar de grote zak peseta's zette hij tussen zijn benen op de passagiersstoel. 'Zelfs ik kan dat ding niet in mijn broek kwijt.' Hij rolde met zijn ogen.

Ze vertrokken, maar al na een paar meter zagen ze een militair voertuig uit een zijstraat komen. Er werd een hand opgestoken en Meñique bracht de auto tot stilstand.

'Buenos días, *compadre*. Waar gaat u naartoe?' vroeg een agent in uniform nadat hij uit het voertuig was gestapt en op hen af was komen lopen.

'Naar het theater om onze familie op te halen. Die is daar gestrand tijdens de onlusten van gisteravond,' legde Meñique uit.

De man tuurde de auto in en zijn kraaloogjes vielen op de zak geld tussen José's benen. 'Uitstappen, nu!'

Beide mannen gehoorzaamden, terwijl de soldaat zijn wapen op hun borst richtte.

'Geef me de sleutels. Uw auto wordt gevorderd door het leger. En nu wegwezen.'

'Maar... mijn dochter is Lucía Albaycín!' probeerde José nog. 'Ze heeft haar jurken nodig voor het optreden van vanavond.'

'Vanavond wordt er niet opgetreden,' zei de soldaat. 'Vanaf zonsondergang geldt er een avondklok.'

'Maar de auto... Mijn moeder is oud en ziek...'

De soldaat prikte met de loop van het geweer in José's borst. 'Kop dicht, gitano! Ik heb geen tijd voor discussies. Doorlopen, anders schiet ik je ter plekke neer.'

'Kom, José,' zei Meñique. 'Gracias, *capitán. Viva la república*.' Hij nam José bij de arm en sleurde hem bij de auto vandaan. Omkijken in de richting van de soldaat durfde hij pas toen ze veilig de hoek om waren.

Eenmaal daar liet José zich snikkend op zijn knieën vallen. 'Alles wat we hadden! Het is allemaal weg!'

'Onzin! We hebben het er levend vanaf gebracht.'

'Twintigduizend peseta's, twintigduizend...'

'Die verdien je wel weer terug, het honderdvoudige ervan. Sta op, dan gaan we terug naar het theater om te bedenken hoe we Spanje uit kunnen komen.'

Terug in de kelder dromde iedereen zich om hen heen.

José snikte nog steeds ongecontroleerd. 'Ik had het moeten laten liggen,' jammerde hij, 'of het op de bank moeten zetten.'

'Maak je er maar niet te druk om,' zei El Tigre. 'Morgen is de peseta net zo veel waard als een zandkorrel op het strand.'

Lucía pakte Meñiques hand. 'Heb je mijn jurken meegenomen?'

Met gefronst voorhoofd keek hij haar aan. 'Nee, maar ik heb wel geprobeerd om Chilly te zoeken.'

Lucía bond in. 'Heb je hem gevonden?'

'Het was niet mogelijk om bij zijn appartement te komen. Er zijn te veel soldaten op de been. We kunnen alleen onze eigen ontsnapping voorbereiden en hopen dat Chilly ons later achterna kan komen naar Lissabon.'

'Rijden de treinen nog?'

'Zelfs als dat zo is, hebben we geen geld om naar Portugal te reizen.'

'Hier is vast wel een kluis,' merkte Sebastian op. 'In het kantoor. Dat is altijd zo.'

'Hoe weet jij dat?' vroeg Lucía argwanend.

'Dat zegt mijn intuïtie,' hield hij zich van de domme.

'Als er een kluis is, hoe kunnen we daar dan in komen?'

'Ik denk dat mijn intuïtie me ook dan niet in de steek zal laten, señorita.'

Sebastian werd naar boven gestuurd met de bezemvrouw, die Fernanda bleek te heten en precies wist waar de kluis zich bevond. De anderen bespraken wat hun de beste manier leek om de gehavende hoofdstad te ontvluchten.

'En hoe moet het met de mensen die achterblijven?' vroeg Lucía zich hoofdschuddend af. '¡Ay! Ons land richt zichzelf te gronde. Hoe moet het nou met mamá? Met mijn broers en hun gezinnen?'

'Als het ons lukt om te ontsnappen, kunnen we hen misschien wel daarheen halen.'

Fernanda kwam terug met Sebastian, die glunderend een dikke stapel bankbiljetten en een grote handvol munten uit zijn zakken toverde. 'Jammer genoeg ziet het ernaar uit dat ze gisteren nog geld naar de bank hebben gebracht, maar er is in elk geval ruim voldoende om treinkaartjes te kopen.'

'De vraag is alleen waarnaartoe. En hoe.'

Fernanda mompelde iets in Lucía's oor.

'Ze zegt dat haar broer buschauffeur is. Hij heeft zelf de sleutels van de bus, want hij moet 's ochtends altijd vroeg beginnen, als er verder nog niemand wakker is.'

Het hele gezelschap staarde naar Fernanda, die knikte.

'Waar woont hij?' vroeg Meñique.

'Hiernaast. Zal ik tegen hem zeggen dat hij zijn bus moet halen?'

'Zo makkelijk zal dat misschien niet gaan,' verzuchtte Meñique. 'Het is chaos in de stad en het leger heeft het busstation misschien al bezet.'

'Nee, nee, señor. De bus staat om de hoek geparkeerd, bij de halte.'

'Dan ga ik graag met je mee om te vragen of je broer ons naar de grens wil brengen.'

'Alleen tegen betaling.' Ze keek naar het hoopje munten en bankbiljetten op de keldervloer.

'Geld hebben we genoeg, zoals je ziet.'

'Dan breng ik je naar hem toe.'

Meñique en Fernanda vertrokken en kwamen binnen een half uur weer terug.

'Hij doet het,' kondigde Meñique aan. 'Hij komt met de bus naar de artiesteningang om ons op te halen.'

Er steeg gejuich op en Fernanda werd overladen met knuffels en zoenen.

'Er waakt iemand over ons,' zei Lucía glimlachend tegen Meñique.

'Tot nu toe wel, maar we hebben nog een lange weg te gaan.'

Fernanda gebaarde dat ze allemaal naar de artiesteningang moesten komen toen de bus kwam voorrijden. Ze stapten in, maar hun aanvankelijke opwinding omdat ze een uitweg hadden gevonden, werd al snel getemperd door de aanblik van hun belegerde hoofdstad.

'Weet je de weg naar de grens?' vroeg Meñique aan de broer van Fernanda, die Bernardo bleek te heten.

'Vertrouw mij maar, señor, ik kan er zelfs geblinddoekt naar toe rijden.'

'Als hij naast het theater woont, waarom is zijn zus dan gisteravond niet naar hem toe gegaan?' mompelde Meñique toen hij naast Lucía ging zitten.

'Misschien had Fernanda wel de tijd van haar leven op de avond dat Madrid onder vuur kwam te liggen.' Ze glimlachte.

De passagiers in de bus vielen al snel stil toen Bernardo – die een lange grijze baard en krullen onder zijn chauffeurspet had – gestaag doorreed en de bus behendig om de hopen puin en gapende kraters in de brede wegen manoeuvreerde.

'Het elegante Madrid op de knieën gedwongen door het geweld van een paar eenlingen.' Meñique schudde zijn hoofd. 'Zelfs al vindt mijn socialistische kant dat de nationalisten verslagen moeten worden, wie had dit ooit kunnen voorzien?'

'Wat betekent socialistisch?' wilde Lucía weten. Ze had zich opgekruld, lag met haar hoofd op zijn knie en deed haar ogen dicht omdat ze het tafereel buiten niet kon aanzien.

'Nou, dat is ingewikkeld. In deze oorlog zijn er twee kanten.' Hij streelde haar haren. 'Aan de ene kant heb je de socialisten, mensen zoals wij, die hard werken en willen dat het land op een eerlijke manier bestuurd wordt. En dan heb je nog de nationalisten, die willen dat de koning weer aan de macht komt in Spanje.'

'Ik mocht de koning wel. Ik heb een keer voor hem gedanst.'

'Dat weet ik, pequeña. Maar goed, de nationalisten worden aangevoerd door een man die Franco heet. Hij is goed bevriend met Hitler in Duitsland en met Mussolini in Italië. Ik heb gehoord dat Franco wil bepalen wie we aanbidden, hoe we werken en hoe we ons leven leiden.'

'Ik zou me nooit door iemand de les laten lezen,' fluisterde ze.

'Als hij de macht over ons leger krijgt, net als in Marokko, dan ben ik bang dat zelfs jij niet op kunt tegen een man als Francisco Franco,' verzuchtte hij. 'Ga nu maar slapen.'

In Bernardo's bekwame handen denderde de bus door. Hij kende de stad duidelijk op zijn duimpje en Meñique vroeg zich af welke engel hem en zijn zus op hun pad had gebracht. Ze hadden zich geen onschuldiger vervoersmiddel kunnen wensen om de grens mee over te steken. Al snel waren ze de stad uit en reden ze door een uitgestrekt landelijk gebied. Bernardo meed de dorpen en steden en koos voor alle zekerheid voor een slingerende route door weilanden en bossen.

Het schemerde al toen ze eindelijk aankwamen in het grensstadje Badajoz. Daar wemelde het van de voertuigen en had zich al een lange rij gevormd voor de grenspost, die zich als een slang door de hoofdweg kronkelde. Er waren auto's en rijtuigen met muilezels die doodmoe een complete huisraad moesten vervoeren, en er waren veel mensen te voet. Vrouwen droegen hun kleine kinderen, mannen hun dierbaarste bezittingen.

'Waarom duurt het zo lang?' vroeg Lucía ongeduldig. 'Zien ze niet dat we erlangs moeten?' Ze stond op, liep naar voren en drukte op de claxon. Die schalde door de straat, zodat de mensen die voor hen liepen verschrikt opkeken.

'Pequeña, alsjeblieft, heb een beetje geduld. Laten we niet te veel aandacht op onszelf vestigen.' Meñique trok haar weer naast zich.

Het was al na middernacht toen ze bij de grens aankwamen en Bernardo kalmpjes de papieren van de busmaatschappij aan de douanier liet zien die de bus in was gestapt.

‘Waarom willen jullie naar Portugal?’ vroeg hij aan de passagiers.

‘Om te dansen, natuurlijk!’ Lucía stond op en liep heupwiegend naar voren.

‘Het spijt me, señora. We hebben opdracht gekregen om vandaag alleen mensen met de Portugese nationaliteit toe te laten.’

‘Dan moet ik maar met een Portugese man trouwen. Met u misschien, señor?’ Glimlachend keek ze hem aan.

‘We zijn hier omdat het cuadro van Lucía Albaycín een contract heeft om in Lissabon te gaan werken,’ voegde Meñique er haastig aan toe, met een blik op José, die snel het contract tevoorschijn haalde.

De jonge douanier staarde naar Lucía, met een blik van herkenning. ‘Ik heb uw film gezien,’ zei hij blozend.

‘Gracias, señor.’ Ze maakte een elegante kniebuiging.

‘Ik zal u toelaten, maar de anderen moeten omkeren.’

‘Maar señor, hoe kan ik nou optreden zonder mijn gitaristen, dansers en zangers?’ Ze klapte in haar handen en zei tegen het cuadro: ‘Laat de señor eens wat zien!’

José, Sebastian en Meñique pakten hun gitaren onder hun stoelen vandaan en begonnen meteen te spelen, terwijl Juana ging zingen.

‘Ziet u wel?’ Ze draaide zich weer naar de grenswachter toe. ‘Het Teatro da Trindade in Lissabon wacht op ons! Hoe kan ik die geweldige stad nou teleurstellen?’ Ze schudde haar hoofd. ‘Maar nee. Nu moet ik met mijn vrienden in Spanje blijven. Zonder hen kan ik niet gaan. Keer maar om, chauffeur.’

Bernardo startte de motor en Lucía liep terug naar haar zitplaats.

‘Goed dan, ik laat jullie wel door.’ De wachter wiste het zweet van zijn voorhoofd. ‘Maar ik noteer dat jullie gisteren al zijn aangekomen, anders krijg ik problemen met mijn baas.’

‘O! Señor!’ Lucía draaide zich weer om en glimlachte hem stralend toe, waarna ze een kus op zijn wang drukte. ‘Wat ontzettend vriendelijk van u. Wij zijn u dankbaar, en Portugal ook. Kom deze week maar naar de artiesteningang, dan krijgt u kaartjes voor de voorstelling.’

‘Mag mijn moeder dan ook mee? Die vond uw film prachtig.’

‘¡Sí! Breng uw hele familie maar mee.’

De jongeman liep blozend de bus uit en Bernardo sloot de deuren.

‘Rijden, Bernardo!’ drong Meñique aan toen hij een tweede wachter met een platte pet op hun nieuwe vriend af zag lopen.

Vijf of zes kilometer voorbij de grens stuurde Bernardo de bus een weiland in, maakte een scherpe bocht naar links en kwam tot stilstand voor een kleine boerderij, waar hij op het stuur in elkaar zakte.

Fernanda stond op om zich over hem te ontfermen. 'Bernardo zegt dat het genoeg is geweest en dat hij niet verder kan rijden. We gaan hier overnachten.'

'Is hij ziek?' vroeg Meñique bezorgd.

'Nee, hij zegt dat hij te oud wordt voor al die opwinding.'

'Waar zijn we?' Lucía ging rechtop zitten en keek een beetje versuft om zich heen.

'Bij het huis van onze neef,' zei Fernanda.

Iedereen stapte uit de bus, terwijl een slaperig uitziende man van middelbare leeftijd en zijn vrouw en kinderen in de deuropening verschenen en verbaasd naar de vrouwen keken, die nog steeds hun flamencojurken droegen. Bernardo legde de situatie uit aan zijn neef en hoewel het al bijna één uur 's nachts was, zat het hele gezelschap al snel in de boerderij aan een maaltje van vers brood, kaas en olijven uit hun eigen olijfgaard.

'Het lijkt wel een feestje, al weet ik dat het dat niet is,' zei Lucía tegen niemand in het bijzonder. Ze stak een sigaret op, terwijl de rest nog verder at.

José zat er stilletjes bij, ongetwijfeld nog steeds aangedaan door het verlies van zijn dierbare peseta's.

Uiteindelijk nestelde het cuadro zich op een paar dekens in het open veld rondom een klein kampvuur. In Meñiques armen staarde Lucía naar de heldere sterren aan de zwarte nachthemel. 'Hier zou je bijna gaan geloven dat wat er gisteravond in Madrid is gebeurd maar een nare droom was,' verzuchtte ze. 'Dat alles nog bij het oude is.'

'Laten we bidden dat we op een dag weer terug kunnen.'

'Zo niet, dan gaan we gewoon bij Fernanda's neef op de boerderij wonen en kan ik dansen tijdens het olijven plukken. We hebben het gered.'

'Dat is waar.'

'Op Chilly na, natuurlijk.' Ze beet op haar lip. 'Zullen we hem nog terugzien?'

'Dat durf ik niet te zeggen. We kunnen alleen maar bidden voor hem en Rosalba.'

'Wat zal er volgens jou gebeuren in Spanje?'

'Dat weet alleen God, pequeña.'

'Zal het in de rest van het land ook zo gaan? Zo ja, dan moet ik een manier bedenken om mamá en mijn broers daar weg te krijgen. Ik kan hen niet achterlaten.'

'Laten we het per dag bekijken, goed?' Hij streelde haar haren en gaf een kus op haar kruin. 'Buenas noches, Lucía.'

De volgende middag kwamen ze aan in Lissabon, verfomfaaid en uitgeput door de lange reis.

'We moeten ergens onderdak zien te vinden. Ik kan Señor Geraldo niet onder ogen komen nu ik eruitzie en stink als een varken,' verkondigde Lucía. 'Wat is het beste hotel in Lissabon?' Die laatste vraag was gericht aan Bernardo, die een onuitputtelijke bron van informatie bleek te zijn, omdat zijn moeder Portugese was.

'Het Avenida Palace.'

'Dan gaan we daar logeren,' zei ze.

'Maar we hebben geen geld,' bracht José haar in herinnering.

'Daarom moet ik me ook wassen en naar de man toe gaan die ons heeft aangenomen. We moeten hem om een voorschot vragen.'

José sloeg zijn ogen ten hemel, maar tien minuten later kwam de bus tot stilstand voor een reusachtig hotel. De imposante entree werd geflankeerd door twee portiers in een uitgestreken rood uniform.

'Wacht hier, dan ga ik naar binnen.' Lucía daalde het trapje af, met Meñique haastig in haar kielzog. Ze beende langs de portiers heen en over de marmeren vloer van de lobby naar de receptie. 'Ik ben Lucía Albaycín,' zei ze tegen de geschrokken receptioniste. 'Mijn cuadro en ik zijn hier om op te treden in het Teatro da Trindade, en we hebben een paar kamers nodig.'

De vrouw wierp één blik op het straatschoffie in haar smerige flamencojurk en haalde meteen de manager erbij. 'Er staan zigeuners bij de receptie,' mompelde ze, terwijl ze hem meetrok naar de balie.

De manager beende op Lucía af, klaar om haar de les te lezen, keek nog eens goed en begon te glimlachen. 'Lucía Albaycín, neem ik aan?'

'Sí, señor, ik ben blij dat ten minste iemand me nog herkent in dit door God vergeten land.'

'Wat een eer dat u hier bent. Ik heb uw film drie keer gezien,' zei hij. 'Wat kan ik voor u betekenen?'

Een kwartier later had het gezelschap zijn intrek genomen in een paar luxe kamers. Lucía had zelfs een suite gekregen. Ze danste erin rond, pikte appels en sinaasappels van de fruitschaal, plus twee asbakken en een stuk zeep uit de badkamer, en verstopte haar buit in een kast om mee te nemen als ze weer vertrok.

'We moeten iets eten,' zei ze toen de rest van het gezelschap zich in haar kamer verzameld had. 'Bestellen jullie maar voor mij, als jullie weten hoe sardientjes in het Portugees heten, dan ga ik in bad.'

'Hopelijk is Geraldo bereid ons een voorschot te geven, want deze kamers zijn vast net zo duur als het losgeld voor koning Alfonso,' mompelde José, terwijl hij brandewijn achteroversloeg uit de fles die hij in de bar had gevonden.

Toen de roomservice kwam, gingen ze op de vloer van de suite zitten en aten hongerig met hun vingers. Fernanda en Bernardo, die vloeiend Portugees spraken, waren eropuit gestuurd om iets te zoeken wat Lucía vanavond naar haar bespreking kon dragen, aangezien haar flamencojurk in bad lag te weken.

'Hoe zie ik eruit?' vroeg ze een uur later aan Meñique, ronddraaiend in de rood gestippelde jurk die Fernanda op de kinderafdeling van een winkel in de stad had gevonden.

'Prachtig.' Glimlachend gaf hij haar een kus. 'Zal ik met je meegaan?'

'Nee, dit kan ik beter alleen doen.' Ze liep naar de deur.

Met Bernardo als haar bewaker en zo nodig als tolk, wist Lucía het kantoor van de impresario te vinden. De receptioniste beweerde dat hij er niet was, maar Lucía liep onverstoorbaar door.

'Geraldo,' zei ze tegen de man die achter een elegant bureau zat. 'Hier ben ik dan!'

De man met de indrukwekkende snor keek op van zijn papierwerk en nam haar onderzoekend op. Uiteindelijk begon het hem te dagen en gebaarde hij dat de nerveuze receptioniste de kamer kon verlaten. 'Señorita Albaycín, wat fijn om u te ontmoeten,' zei hij in tamelijk goed verstaanbaar Spaans.

'Insgelijks, señor.'

'Gaat u alstublieft zitten, en vergeef me mijn slechte Spaans. Is dit uw vader?' vroeg hij terwijl hij op Bernardo wees, die zich als een schildwacht naast haar had opgesteld.

'Nee. Ik heb hem meegenomen als tolk, maar ik hoor dat dat niet nodig is.' Ze wuifde Bernardo hooghartig weg. 'Bedankt, je kunt wel buiten wachten. Goed, waar is het theater waar ik ga optreden?'

'Ik...' Hij staarde haar aan alsof ze in een droom aan hem verschenen was. 'Ik moet toegeven dat ik verbaasd ben u hier te zien.'

'We zouden u nooit teleurstellen, señor.' Glimlachend nam ze in de stoel tegenover hem plaats. 'Waarom bent u verbaasd?'

'Vanwege Madrid, natuurlijk. De aanval van de nationalisten... Ik had niet gedacht dat u nog zou komen. U zou gisteravond beginnen.'

'Dat weet ik, maar u kunt zich vast wel indenken dat het niet meeviel om het land uit te komen. Nu zijn we er, daar gaat het om. We hebben alleen nog de kleren die we al aanhadden. Ons geld is afgepakt door het leger, dus ik kom u om een voorschot vragen, zodat we hier een onderkomen kunnen betalen.'

'Tja...' De impresario wiste het zweet van zijn voorhoofd. 'Toen ik een paar dagen geleden vernam wat er aan de hand was en ik niets van u hoorde, nam ik aan dat u niet meer zou komen.' Hij schraapte zijn keel. 'Daarom heb ik een ander gezelschap gecontracteerd dat wel beschikbaar was. Gisteravond zijn ze begonnen, en ik heb gehoord dat het erg geslaagd was.'

'Dan ben ik blij voor ze, señor, maar nu zult u ze weer moeten ontslaan, sí? Wij zijn er nu, zoals beloofd.'

'Dat begrijp ik, maar u bent wel later dan afgesproken en ik... Nou ja, ik heb uw contract moeten annuleren.'

Met gefronste wenkbrauwen keek ze hem aan. 'Señor, misschien begrijp ik u niet goed door de taalbarrière. U zei toch niet dat ons contract is geannuleerd?'

'Helaas wel, Señorita Albaycín. We konden het theater gisteravond niet leeg laten staan. Het spijt me dat u zo'n lange reis hebt moeten maken, maar in het contract stond dat u op tijd aanwezig moest zijn voor de repetities, en dat was u niet.' Hij stond op, liep naar een dossierkast en haalde er een document uit. 'Hier.' Over het bureau heen schoof hij het naar haar toe.

Ze keek ernaar, maar de woorden op de pagina zeiden haar niets. Zoals Meñique haar geleerd had, haalde ze diep adem voordat ze weer iets zei. 'Weet u wel wie ik ben?'

'Jawel, señorita, en het is erg betreurenswaardig...'

'Betreurenswaardig? Het is een ramp. Weet u wel wat we hebben moeten doorstaan om naar Lissabon te komen om in uw theater te kunnen optreden?'

'Nee, maar dat laat zich wel raden. Mijn complimenten voor uw moed.'

'Señor.' Lucía stond op, zette haar vuistjes op het met leer beklede bureau en leunde naar voren zodat haar ogen maar een paar centimeter van de zijne verwijderd waren. 'We hebben ons leven gewaagd om ons aan dit contract te houden. Al onze bezittingen zijn ons afgenomen door het leger, en nu zit u daar in uw grote, comfortabele stoel en durft u te zeggen dat ons contract is geannuleerd?!'

'Het spijt me, señorita. Ik hoop dat u begrijpt dat de berichten uit Spanje niet goed waren.'

'Als u maar begrijpt dat we door u geen cent meer hebben en nu ook nog eens zonder werk zitten in een vreemd land!'

Hij keek haar aan en haalde zijn schouders op. 'Daar kan ik niets aan doen.'

Lucía ramde met haar vuisten op de tafel. 'Het zij zo!' Ze draaide zich zo snel om dat haar lange lokken in zijn gezicht zwiepten, liep naar de deur en draaide zich daar naar hem om. 'Het zal u nog berouwen wat u mij vandaag hebt aangedaan.' Met haar vinger wees ze naar hem. 'Ik vervloek u, señor. Ik vervloek u!'

Terwijl ze wegliep, huiverde de impresario onwillekeurig en greep hij naar de karaf brandewijn op zijn bureau.

Terug in het hotel kreeg Sebastian de kluizenkraker opdracht om alle gestolen peseta's uit zijn zakken te halen, min het bedrag dat ze Bernardo hadden betaald om hen hierheen te brengen.

'Wat is de prijs per kamer?' vroeg Meñique aan Lucía.

'Dat heeft de manager niet gezegd. Hij denkt dat ik, als filmster, zo rijk ben dat geld geen rol speelt. Hij moest eens weten!'

Meñique werd eropuit gestuurd om de kamerprijzen af te lezen van het bord achter de receptie. Hoofdschuddend keerde hij terug. 'We hebben genoeg voor één kleine kamer. Voor één nacht.'

'Dan moeten we een manier bedenken om de rest te verdienen,' zei Lucía. 'Meñique, zullen wij beneden in de bar iets gaan drinken?'

'Daar hebben we niet genoeg geld voor.'

'Geen zorgen, we gaan er niet voor betalen. Ik werk mijn make-up even bij en dan gaan we.'

In de grote, elegante bar beneden was het stervensdruk. Lucía speurde het vertrek af, terwijl Meñique met tegenzin voor hen allebei een drankje bestelde. Toen ze allebei op een barkruk zaten, hief ze het glas. 'Op ons, querido, en op onze wonderbaarlijke ontsnapping.' Met haar glas tikte ze het zijne aan. 'Probeer je te ontspannen en eruit te zien alsof je het naar je zin hebt,' voegde ze er met opeengeklemde kaken aan toe.

'Wat doen we hier? We kunnen ons geen uitspattingen veroorloven, Lucía.'

'De crème de la crème van Lissabon komt in deze bar. Er is vast wel iemand die me kent en die ons zal helpen.'

Alsof het zo afgesproken was, klonk er achter haar een diepe, mannelijke stem. 'Señorita Lucía Albaycín! Bent u het echt?'

Ze draaide zich om en keek in de ogen van een man die haar vaag bekend voorkwam. 'Sí, señor, dat klopt.' In een sierlijk gebaar, alsof ze een koningin was, stak ze hem haar hand toe. 'Ken ik u niet ergens van?'

'Nee. Ik ben Manuel Matos. Als ik me niet vergis, kent u mijn broer, Antonio Triana.'

'Antonio! Natuurlijk, wat een geweldige danser is dat. Ik heb een keer met hem opgetreden in Barcelona. Hoe maakt hij het?'

'Ik wacht op bericht van hem uit Spanje. Het schijnen daar roerige tijden te zijn.'

'Ja, maar zoals u ziet niet zo roerig dat wij hier niet veilig naartoe hebben kunnen komen.'

'Dat geeft me weer een beetje hoop dat mijn broer ook veilig is. Gaat u optreden, hier in Lissabon?'

'Dat was wel de bedoeling, maar bij nader inzien vinden we de locatie niet geschikt.'

'Echt niet? Dus u reist straks weer verder? Naar Parijs, misschien?'

'Misschien, al bevalt het mij en mijn gezelschap wel goed in Lissabon.' Ze gebaarde om zich heen in de bar. 'En natuurlijk wordt er hier in het hotel erg goed voor ons gezorgd.'

'Ik zou u graag voorstellen aan mijn vrienden in het Café Arcadio. Daar zijn een heleboel mensen die u vast graag zouden zien optreden voordat u weer vertrekt.'

'Als we daar tijd voor hebben, doen we dat natuurlijk met alle liefde.'

'Morgen zou het kunnen. Schikt zeven uur 's avonds?'

'Valt dat te regelen?' Haar blik viel op Meñique.

'Als u dat wilt, kunnen we vast wel een gaatje voor u vinden in ons drukke schema, señor,' reageerde hij stijfjes.

'Dat moeten we doen, Agustín,' zei Lucía, Meñique nadrukkelijk bij zijn voornaam aansprekend. 'Bij wijze van gunst aan een oude vriend. Dan spreken we om zeven uur af, ja?'

'Ik zal het mijn vrienden laten weten.'

'Als u ons nu wilt excuseren, we hebben nog plannen om uit eten te gaan.' Ze dronk haar glas leeg en stond op.

'Uiteraard. Tot morgen dan.' Manuel maakte nog een buiging voordat Meñique achter Lucía aan de bar uit liep.

'Waar gaan we naartoe?' vroeg hij toen ze het hotel verlieten en de straat op gingen.

'Uit eten natuurlijk.' Ze liep door tot ze het einde van het gebouw bereikt hadden en trok hem mee in de steeg ernaast. 'Er is vast wel een personeelsingang waarlangs we weer naar onze kamer kunnen glippen.'

Meñique pakte haar hand, dwong haar om stil te blijven staan en drukte haar tegen de stenen muur. 'Lucía Albaycín, jij bent echt niet te geloven!'

Toen kuste hij haar.

25

De volgende avond, nadat ze de badkuip in Lucía's suite hadden gebruikt om hun stinkende kostuums te wassen, toog het cuadro door de straten van Lissabon naar het Café Arcadio. Qua pracht en praal kon Lissabon zich zeker meten met Madrid. Aan de statige façade in art-nouveaustijl van het Café Arcadio was duidelijk te zien hoe rijk de clientèle hier was.

Manuel stond hen buiten op te wachten in een smetteloze smoking en een vlinderdasje. 'U bent er!' Hij omarmde Lucía.

'Sí, maar we kunnen niet lang blijven omdat we straks nog ergens moeten optreden, señor. Mogen we binnenkomen?'

'Natuurlijk, maar...'

'Is er een probleem, señor?' Meñique merkte de aarzeling van de man op.

'De manager... Nou ja... Hij blijkt geen liefhebber te zijn van... flamenco.'

'U bedoelt dat hij niet op gitanos gesteld is?' vroeg Lucía fel. 'Dan praat ik wel met hem.' Ze duwde hem opzij en deed de deur van het café open. Binnen was de lucht gevuld met rook en geklets, dat verstomde toen Lucía tussen de tafeltjes door naar de bar achterin liep. 'Waar is de manager?' vroeg ze aan een ober die achter de bar drankjes stond in te schenken.

'Ik...' De ober keek nerveus toe terwijl de andere gitanos om Lucía heen dromden. 'Ik zal even kijken waar hij is.'

'Lucía, niet doen. Er zijn nog meer plekken waar je kunt dansen!' waarschuwde Meñique haar. 'We treden niet op als we ergens niet gewenst zijn.'

'Kijk om je heen, Meñique,' fluisterde ze, met een knikje naar de gasten aan de tafeltjes achter hen. 'Dit zijn rijke payos en wij hebben hun geld hard nodig.'

De manager kwam tevoorschijn, met zijn armen over elkaar geslagen alsof hij zich opmaakte voor een gevecht.

'Señor, ik ben Lucía Albaycín en ik ben met mijn cuadro gekomen om in uw café te dansen.' Ze wees naar Manuel. 'Señor Matos hier heeft me verteld dat u veel klanten hebt die verstand hebben van dans en onze kunst kunnen waarderen.'

'Dat kan wel zo zijn, maar er hebben nog nooit zigeuners opgetreden in mijn café. Trouwens, ik kan u niet betalen.'

'U bedoelt zeker dat u ons niet wílt betalen, want aan uw kostuum en de manier waarop uw klanten gekleed gaan, kan ik zien dat het u aan niets ontbreekt.'

'Señorita Albaycín, het antwoord is nee. Wilt u nu alstublieft het café verlaten voordat ik de politie bel?'

Ze gooide het over een andere boeg. 'Aan uw perfecte Spaans te horen bent u een van ons, sí?'

'Ik kom uit Madrid, ja.'

'En u weet wat er in ons land is gebeurd? Wat we hebben moeten doen om naar Lissabon te komen om hier op te treden?'

'Natuurlijk heb ik van de problemen gehoord, maar ik heb u niet gevraagd om te komen...'

'Dan vraag ik zelf wel aan de klanten of ze mij willen zien dansen. En ik zal hun ook vertellen dat we zijn gedwongen om ons land te verlaten, alleen om vervolgens aan de kant te worden gezet door een landgenoot!' Ze draaide zich om en trok een stoel bij een tafel vandaan. Met Meñiques schouder als steuntje klauterde ze erop en klapte in haar handen in een luide palmas. Terwijl haar voeten op de stoel begonnen te roffelen en het klappen doorging, werd het stil in het vertrek. De mensen aan het tafeltje pakten snel hun glazen op, voordat ze ze omver kon schoppen.

'¡Olé!' riep ze.

'¡Olé!' werd ze bijgevallen door haar cuadro en een enkeling in het publiek.

'Señores y señoras, de manager wil niet dat wij voor u dansen. Maar wij zijn uit Spanje gekomen en hebben ons leven gewaagd om aan ons geliefde vaderland te ontsnappen, met niets meer dan de kleren aan ons lijf.'

Manuel vertaalde Lucía's woorden in het Portugees.

'Dus willen jullie dat mijn vrienden en ik voor u dansen?' Ze keek naar het publiek.

'*Sim*!' werd er geroepen aan een van de tafeltjes.

'Sim!' riep een andere tafel, tot ze de hele bar aan haar kant had.

'Gracias. Dan gaan we dat doen.'

Terwijl er tafeltjes werden weggeschoven om plaats te maken voor het cuadro, nam de manager haar apart. 'Ik ga u niet betalen, señorita.'

'Vanavond dansen we gratis, maar morgen...' Ze porde hem tussen zijn magere ribben. '... zult u me smeken om me te mogen betalen.'

Meñique zag Lucía het brood en de vleeswaren verslinden – het enige maaltje wat ze om drie uur 's nachts nog in het hotel hadden kunnen krijgen. Terwijl hij amper nog op zijn benen kon staan van vermoeidheid, niet alleen door het optreden van vanavond, maar ook door de schrik van de afgelopen dagen, leek zij nergens last van te hebben. Vanaf haar plaatsje op de vloer praatte ze met haar gasten na over haar triomf van vanavond.

Hoe doet ze dat toch, vroeg hij zich af. Ze zag er zo fragiel uit, maar haar lichaam leek goed bestand tegen de manier waarop ze het afstrafte en haar geest en emoties waren net een stalen val die zich sloot rondom nare gebeurtenissen, waardoor ze elke dag weer met frisse zin tegemoet trad.

'Zo! Nu kunnen we hier blijven!' Ze klapte als een kind in haar handen. 'En we kunnen nieuwe kostuums kopen. Morgen moeten we op zoek naar geschikte stof en naar een kleermaker.'

'Misschien kunnen we een goedkoper hotel zoeken, of een appartement voor ons allemaal,' mompelde José.

'Papá, maak je niet zo druk. Gisteren hadden we nog in de gevangenis kunnen belanden omdat we kamers hadden gehuurd waar we geen geld voor hadden. Vanavond zijn we door honderden mensen toegejuicht. En dat nieuws zal snel de ronde doen, dat beloof ik je.' Ze liep naar haar vader toe en omhelsde hem. 'Nog brandewijn?'

'Feest jij maar verder, maar ik ga naar bed.' Meñique gaf Lucía een kus op haar sluike donkere haar en trok zich terug.

Het had er alle schijn van dat Lucía's rotsvaste vertrouwen dat ze een plaatsje in het hart van de Portugezen zou veroveren niet misplaatst was geweest. Week in, week uit stond er een steeds grotere menigte buiten het Café Arcadio. Honderden mensen verdrongen zich om binnen te komen en het fenomeen La Candela met eigen ogen te kunnen aanschouwen. Het leek wel of Lucía door deze nieuwe uitdaging dubbel zo veel felheid en hartstocht in haar optreden legde. Daardoor, en uit medelijden met hun machtige buurland dat door een burgeroorlog op de knieën werd gedwongen, snakte het publiek alleen maar meer naar flamenco. Maar hoewel het personage dat Lucía speelde hier eindelijk de roem kreeg waarnaar ze verlangd had, trok ze zich privé steeds meer terug. Elke ochtend, als ze in haar suite in bed lag, vroeg ze Meñique het nieuws uit Spanje aan haar voor te lezen en haar te vertellen wat hij in de bars in Lissabon hoorde fluisteren.

'In Granada hebben ze Lorca vermoord, onze grootste dichter,' zei hij verbitterd. 'Ze doen er alles aan om ons land te gronde te richten.'

'¡Dios mío! Zijn ze al in Granada? Hoe moet dat dan met mamá? Mijn broers?! Ik leef hier als een koningin, terwijl zij misschien wel verhongeren, of al dood zijn! Misschien moet ik aan Bernardo vragen of hij me met zijn bus wil terugbrengen naar Granada.'

'Lucía, Spanje verkeert in chaos. Je kunt niet terug,' zei hij voor de zoveelste keer.

'Maar ik kan hen toch niet zomaar in de steek laten! Mijn moeder heeft alles opgeofferd voor haar kinderen! Misschien is het in Pamplona anders, maar in Sacromonte gaat familie boven alles.'

'Je moeder is toch niet jouw verantwoordelijkheid, pequeña? Je vader zou voor haar moeten zorgen.'

'Jij weet net zo goed als ik dat papá alleen verliefd is op zijn geld en de fles. Hij heeft zich nooit verantwoordelijk gevoeld voor haar, of voor mij en mijn broers. Wat kunnen we voor hen doen?' Ze wrong in haar handen en kreeg tranen in haar ogen. 'Jij hebt veel hooggeplaatste payovrienden.'

'Die wáren hooggeplaatst, Lucía, maar wie weet hoe diep ze nu gezonken zijn.'

'Kun je hun dan niet schrijven? Om uit te zoeken hoe we de juiste papieren kunnen krijgen om mijn familie hierheen te halen? Alsjeblieft, je moet me helpen. Als je dat niet doet, moet ik terug naar Spanje om hen zelf te zoeken.'

'Dat is te gevaarlijk, pequeña. Franco krijgt steun van Salazar en er zijn overal nationalistische spionnen. Als iemand ons ook maar zou horen fluisteren...'

'Wie is die Salazar? Hoe durft hij ons te bespioneren!' riep ze uit.

'Hij is de minister-president van Portugal, Lucía. Luister je dan nooit als ik iets zeg?'

'Alleen als het begeleid wordt door je gitaar, mi amor,' antwoordde ze eerlijk.

De zondag daarop hadden ze 's avonds geen optreden waarvoor ze op tijd terug moesten zijn en bezweek Meñique dan toch voor Lucía's smeekbedes. Hij leende de auto van Manuel Matos en reed terug naar de Spaanse grens. Het was al meer dan een maand geleden dat ze in Portugal waren aangekomen en hij hoopte maar dat hij de boerderij nog zou kunnen vinden waar ze die eerste nacht hun toevlucht hadden gezocht. Voordat Bernardo en Fernanda uit Lissabon waren vertrokken, had Bernardo gezegd dat ze niet teruggingen naar Spanje. In plaats daarvan zouden ze de oorlog uitzitten bij hun familieleden op de boerderij, op wie hij – had hij laten doorschemeren – tijdens de Grote Oorlog had kunnen rekenen als er iets de grens over gesmokkeld moest worden.

'Zeg maar dat het niet uitmaakt wat het kost om de autoriteiten om te kopen. Wij betalen wel,' had Lucía tegen Meñique gezegd.

Een paar uur later, nadat hij al een paar keer was omgekeerd op wegen vol kuilen, kwam hij aan bij een kleine boerderij die hij tot zijn opluchting herkende. 'Nu maar hopen dat ze er nog zijn,' mompelde hij in zichzelf toen hij uitstapte en aanklopte.

Er deed een bekend gezicht open.

'Fernanda! Godzijdank!' riep hij uit.

'Wat is er? Is Lucía ziek?'

'Nee, nee, dat is het niet. Is Bernardo thuis?'

'Ja, we zitten taart te eten. Kom binnen.'

Hij schoof aan en luisterde naar de grimmige berichten die Bernardo en zijn neef hadden gehoord van de mensen die vanuit hun door de burgeroorlog verscheurde vaderland de grens met Portugal waren overgestoken.

'Het is daar chaos. Ik ben er niet meer geweest sinds de nationalisten de grens bij Badajoz hebben bezet. Het is gewoonweg te gevaarlijk.'

'Dan kunnen jullie ons misschien niet helpen.'

'Wat moet er gebeuren?' Fernanda stootte haar broer aan met haar elleboog. 'Vergeet niet dat we alleen dankzij onze vrienden uit het theater op tijd hebben kunnen ontsnappen.'

'Lucía zegt dat als ik geen manier bedenk om haar familie uit Spanje te helpen ontsnappen, ze zelf naar hen op zoek gaat. En Lucía kennende weten we allemaal dat dat geen loos dreigement is. Geld speelt geen rol.'

Bernardo keek naar Ricardo, zijn neef, die zijn hoofd schudde. 'Zelfs voor ons is het nu te riskant.'

'Met al die connecties die jullie in Spanje hebben moet er toch wel een manier zijn?' drong Fernanda aan. 'Denk je eens in dat het om onze mamá ging, Bernardo. Dan zou je ook alles in het werk stellen om haar te helpen.'

'Ik denk weleens dat je me dood wilt hebben, vrouw,' kaatste haar broer terug.

'We kunnen wel papieren voor hen regelen,' zei Ricardo, 'maar het probleem is Granada zelf. De guardia civil en de *escuadras negras* hebben al de dood van honderden burgers op hun geweten. Ze deinzen er niet voor terug om een man de straat op te trekken en hem voor het oog van zijn kinderen dood te schieten. De gevangenis in de stad zit overvol en niemand is veilig.'

'Hoe komt het dat je zo goed op de hoogte bent?' Meñique keek hem aan.

'Een week geleden is er een familielid van ons vanuit Granada naar de boerderij gekomen.'

'Hoe kan hij ontsnapt zijn, als de grens gesloten is?'

'Hij heeft zich achter in vrachtwagens verstopt en is de grens overgegaan in de buurt van Faro.'

'Dan is er dus wel een mogelijkheid,' concludeerde Meñique.

'Mogelijkheden zijn er altijd,' zei Ricardo. 'Maar cru gezegd, zelfs als we de stad binnen kunnen komen, valt het niet te zeggen of we de familie van Señorita Albaycín daar levend zullen aantreffen. Haar volk – de mensen van Sacromonte – heeft zelfs nog minder vrienden dan gewone burgers, zoals je weet.'

'Dat weet ik inderdaad, maar dat is niets nieuws voor hen. Lucía is ervan overtuigd dat haar moeder nog leeft en meestal zit ze er met dat soort dingen niet ver naast. Misschien kun je eens kijken of je aan de papieren kunt komen die haar familie nodig heeft om over de grens te komen en erover nadenken of je ons wilt helpen.' Meñique haalde de stapel escudo's tevoorschijn die Lucía uit haar vaders verstopplek had gestolen. 'Ik wacht af of je in staat bent om de reis te maken.' Hij legde een kaartje op de stapel bankbiljetten. 'Stuur me maar een telegram met jullie antwoord.'

'We zullen ons best doen.' Bernardo keek van het geld naar zijn zus en zijn neef. 'Tot ziens voor nu.'

Drie dagen later ontving Meñique een telegram.

> WE DOEN HET STOP KOM SNEL VOORDAT WE GAAN STOP BERNARDO STOP

Aan de rest van de groep en aan het publiek dat ze telkens weer in vervoering bracht, liet Lucía niets merken van de angsten die ze uitstond. Maar 's nachts als ze alleen met Meñique was, krulde ze zich als een kind dat bescherming zocht op in zijn armen, zeker naarmate de dagen verstreken en ze maar niets van Bernardo vernamen.

'Wanneer horen we nou iets? Elke dag die voorbijgaat vrees ik het ergste.'

'Denk erom.' Hij tilde haar kin iets op. 'In dit moeilijke leven hier op aarde is hoop het enige wat we hebben.'

'Ja, dat weet ik, en ik moet erin blijven geloven. Te amo, lieveling.'

Hij streelde haar haren terwijl ze in zijn armen in slaap viel en bedacht dat het enige positieve aan deze situatie was dat Lucía nu op haar kwetsbaarst was. Voor het eerst sinds hij haar had leren kennen, had hij het gevoel dat ze een heimelijke angst met elkaar deelden die niet onder woorden gebracht mocht worden en waardoor ze dichter naar elkaar toe waren gegroeid. Nooit eerder had hij het gevoel gehad dat ze aan hem toebehoorde, had hij zich zo met haar verbonden gevoeld als nu ze zo in zijn armen lag. Al was het niet veel, daar was hij dankbaar om.

Zes weken later, op een stormachtige herfstdag in 1936, klopte er een bode op de deur van hun suite. 'Señor, er wachten beneden… gasten op u. De manager stelt voor om hen meteen naar boven te sturen.' De bode slikte moeizaam en keek er beschaamd bij.

'Natuurlijk.' Meñique overhandigde hem een fooi. 'We verwachtten hen al.' Hij deed de deur dicht en ging naar Lucía toe, die nog lag te slapen, ook al was het al na twee uur 's middags. Gisteravond had ze vier keer een toegift gegeven en ze waren vanochtend pas om vijf uur thuisgekomen. 'Pequeña, we hebben bezoek.'

Ze was meteen klaarwakker en keek hem onderzoekend aan. 'Zijn zij het?'

'Dat weet ik niet. Hij heeft geen namen genoemd, maar...'

'Dios mío, als het mamá maar is, en niet Bernardo die komt vertellen dat ze dood is.'

Vijf minuten later had ze een broek en een blouse aangetrokken. Net toen ze de zitkamer binnenkwam, werd er op de deur geklopt.

'Doe jij open, of zal ik het doen?' vroeg Meñique.

'Jij... Nee, ik.' Ze knikte en liep met haar handen tot vuisten gebald naar de deur.

Hij zag dat ze een kruis sloeg voordat ze diep ademhaalde en opendeed. Een paar tellen later hoorde hij een vreugdekreet en leidde ze een uitgemergelde vrouw en een jonge man met een gitaar naar binnen en deed de deur ferm achter hen dicht.

'Mamá is hier! Ze is er! En mijn broertje Pepe ook!'

'Welkom.' Meñique stond op en liep naar hen toe. 'Kan ik u iets te drinken aanbieden, Señora Albaycín?' Hij zag dat María's hele lichaam beefde, puur van de inspanning die het haar kostte om overeind te blijven. De jongen, die er veel gezonder uitzag, glimlachte verlegen naar hem.

'We moeten een feestmaal bestellen! Mamá zegt dat ze al in geen maanden meer een fatsoenlijke maaltijd heeft gehad.' Ze voerde haar moeder mee naar een stoel en hielp haar erin. 'Wat wil je eten, mamá? Zeg het maar, en ik regel het.' Ze knielde en nam haar moeders spichtige handen in die van haar.

Meñique zag dat de vrouw beduusd was en nerveus om zich heen keek in de luxe kamer.

'Wat dan ook.' María schraapte haar keel. 'Het maakt niet uit wat. Brood, misschien. En water.'

'Ik bestel gewoon alles van de menukaart!' riep Lucía uit.

'Nee, echt, alleen wat brood.'

Toen Lucía een piccolo liet komen en begon op te sommen wat ze allemaal wilden hebben, sloeg Meñique haar moeder gade, en de jongen die haar jongste broer moest zijn. Er was geen twijfel mogelijk dat hij de zoon van José was, hij was het evenbeeld van zijn vader. Zijn gitaar klemde hij vast alsof het ding van massief goud was, alsof het de enige bezitting was die hij nog overhad – en dat was waarschijnlijk ook zo.

María's ogen vielen dicht, als luiken voor alle gruwelen waarvan ze getuige waren geweest.

'Zo, het eten komt eraan.' Lucía kwam weer binnen en zag dat haar moeder in slaap was gesukkeld. 'Was het een erg zware reis, Pepe?'

'Nee,' antwoordde de jongen. 'Ik had nog nooit in een auto gezeten, dus het was leuk.'

'Zijn er onderweg nog problemen geweest?' wilde Meñique weten.

'We zijn maar één keer aangehouden. Bernardo, de chauffeur, heeft de *policía* een heleboel peseta's gegeven en toen mochten we doorrijden.' Hij glimlachte. 'Maar ze hadden wel een wapen en waren bereid om te schieten.'

'Bernardo of de politie?'

'Allebei.' De ogen in het magere gezicht werden groot.

'Pepe...' Lucía knielde naast hem en fluisterde om haar moeder niet wakker te maken. 'Waar zijn Eduardo en Carlos? Waarom zijn ze niet meegekomen?'

'Ik weet niet waar mijn broers zijn. Carlos is een paar weken geleden naar zijn meubelzaak in de stad gegaan en niet meer teruggekomen. Eduardo is hem gaan zoeken en ook verdwenen.' Hij haalde zijn schouders op.

'En hun vrouwen en kinderen dan? Waarom zijn die er niet bij?'

'Ze wilden niet weg zonder te weten wat er met hun mannen en vaders is gebeurd.'

Toen Lucía zich omdraaide, zag ze dat haar moeder haar ogen weer open had. 'Ik heb geprobeerd hen over te halen, maar ze wilden echt niet,' zei María.

'Nou, misschien komen ze alsnog als Eduardo en Carlos weer terecht zijn.'

'Als ze ooit nog gevonden worden.' María slaakte een diepe zucht. 'Er worden honderden mannen vermist in Granada, Lucía. Zowel payos als gitanos.' Ze legde een bevende hand op haar hart. 'Drie van mijn zoons verloren aan die stad...' Haar stem stierf weg, alsof ze de kracht of de moed niet had om nog verder uit te weiden. 'Ramón is er ook niet meer. Hij is naar zijn sinaasappelboomgaard gegaan en niet meer teruggekomen...'

'Dios mío,' mompelde Meñique, en hij sloeg een kruis. Nu hij over de tragedie in Spanje hoorde van iemand die zelf zo erg had geleden en zo veel mensen had verloren, was het nog veel indringender dan een artikel in de krant ooit zou kunnen zijn.

Lucía huilde. 'Mamá.' Ze liep naar haar moeder toe en sloeg haar armen om haar magere schouders. 'Gelukkig zijn jij en Pepe nu veilig.'

'Eerst wilde mamá niet mee,' merkte Pepe op, 'maar ik zei dat ik haar daar niet alleen wilde achterlaten, dus is ze voor mij meegegaan.'

'Ik kon niet ook nog de dood van Pepe op mijn geweten hebben,' verzuchtte María. 'In Sacromonte had hij het nooit overleefd. Er was geen eten, er was niets meer, Lucía.'

'Nou, hier wel, mamá. Het komt er zo aan, zo veel als jullie maar op kunnen.'

'Gracias, maar is er misschien een bed zodat ik eerst even kan gaan liggen?'

'Neem het mijne maar. Kom, dan help ik je.'

Meñique keek toe, terwijl Lucía haar moeder zowat naar de slaapkamer moest dragen. Daarna viel zijn blik op Pepe. 'Ik zou wel een glas brandewijn lusten. Wat jij?'

'Nee, señor. Van mijn moeder mag er bij ons thuis niet gedronken worden. En ik ben pas dertien.'

'Neem me niet kwalijk, ik had je ouder geschat.' Met een verontschuldigend glimlachje schonk hij een glas in uit de karaf. 'Zo te horen ben je heel dapper geweest.' Hij sloeg de drank achterover.

'Ik niet, señor. Toen de guardia civil onze straat in trok om jonge mannen met geweld mee te nemen, heeft mamá me in de stal verstopt, onder het stro. Mij vonden ze niet, dus in plaats daarvan hebben ze de muilezel meegenomen.'

'Ik begrijp het.' Meñique merkte dat hij weer glimlachte. Hij mocht die jongen wel; ook al was hij nog jong, zijn rustige manier van doen en droge humor hadden hem duidelijk niet in de steek gelaten de afgelopen maanden, die toch vreselijk en gevaarlijk voor hem moesten zijn geweest. 'Dan heb je geluk gehad.'

'Mamá zei dat dat het enige positieve is aan een gitano zijn. Mijn geboorte is nooit vastgelegd bij de burgerlijke stand.'

'Dat is waar,' beaamde Meñique. 'Speel jij ook?' Hij wees naar de gitaar die de jongen nog steeds vastklemde.

'Ja, maar niet zo goed als u, ik heb uw platen gehoord. Of als papá. Volgens mamá is hij de allerbeste. Is hij hier ook? Ik heb hem nog nooit ontmoet, ziet u. Dat zou ik wel graag willen.'

'Ik denk dat hij wel ergens in het hotel is, ja. Maar gisteravond hebben we tot heel laat gespeeld. Waarschijnlijk ligt hij nog te slapen.' Zo probeerde Meñique wanhopig nog even tijd te winnen totdat hij met Lucía had kunnen praten. Hoewel José zijn gezin in de steek had gelaten, had María hun jongste zoon duidelijk liefde en respect voor zijn vader bijgebracht. Alleen die gedachte zorgde er al voor dat hij tranen in zijn ogen kreeg. Hij stond op en schonk zijn glas nog eens vol, en op dat moment werd er op de deur geklopt door de roomservice.

'¡Dios mío!' Pepes ogen werden groot bij het zien van de twee trolleys vol met eten. 'Dat lijkt wel een feestmaal voor de koning van Spanje!'

Lucía kwam binnen en snoof de etensgeuren op. 'Mamá slaapt al, dus we zullen wat voor haar bewaren. Ik ga de rest van het cuadro wakker maken en hun het geweldige nieuws vertellen.'

'Ja, en zeg dan meteen tegen je vader dat zijn lieve zoon Pepe hier is en hem dolgraag voor de eerste keer wil ontmoeten.'

Lucía merkte de waarschuwende blik in Meñiques ogen op. 'Natuurlijk. Ik weet zeker dat hij er ook naar uitkijkt om jou te zien, Pepe.'

Ze verliet de suite en liep door de met zacht tapijt beklede gang naar de kamer van haar vader. Zonder te kloppen ging ze naar binnen. Daar stonk het naar sigarettenrook en sterke drank. José was nog diep in slaap en snurkte als een knorrend varken. 'Wakker worden, papá. Ik heb een verrassing voor je,' schreeuwde ze in zijn oor. 'Papá!' Zelfs toen ze hem wakker probeerde te schudden, kreunde hij slechts. Dus liep ze naar de waskom, vulde een mok met water en spatte de inhoud in zijn gezicht.

José vloekte, maar was wel meteen klaarwakker. 'Wat is er?' Moeizaam kwam hij overeind.

'Papá, ik moet je iets vertellen.' Ze ging op de rand van zijn matras zitten en pakte zijn handen beet. 'Ik heb Bernardo en zijn neef naar

Granada gestuurd om mamá te redden. En ze is er! In mijn suite! Nu ligt ze te slapen, maar ze heeft slecht nieuws...'

'Wacht even!' Met opgestoken hand legde hij haar het zwijgen op. 'Zei je nou dat je moeder hier in Lissabon is?'

'Ja.'

'Waarom?!'

'Omdat ze nu dood zou zijn als ze in Spanje was gebleven! Een van ons moest iets doen om haar te redden. Eduardo en Carlos worden allebei vermist, net als duizenden anderen in Granada. Het spijt me, maar ik heb het geld dat je onder de vloerplanken had verstopt gebruikt om de reddingsactie te bekostigen.'

Hij staarde haar aan, deed zijn best om zijn kater van zich af te schudden en probeerde te bevatten wat ze tegen hem zei. 'Zijn Eduardo en Carlos dood?'

'Hopelijk niet, maar mamá zegt dat ze al een paar weken niet meer gezien zijn. Luister eens, papá. Ik moet nog iets vertellen voordat ik je naar haar toe breng.'

'Lucía!' Weer stak hij zijn hand op. 'Begrijp je dan niet dat ze me veracht? Ik heb haar in de steek gelaten om met jou naar Barcelona te gaan. Waarschijnlijk gaat ze me meteen te lijf als ze me ziet. Misschien kan ik beter hier blijven.' Hij trok het laken beschermend op tot aan zijn kin.

'Nee, papá, dat doet ze niet. Ze veracht je niet, ze houdt nog steeds van je, al zal ik nooit begrijpen waarom,' zei ze. 'Maar daar wilde ik het niet over hebben.'

'Wat kan er erger zijn dan dat je moeder hier in Lissabon is?'

Het kostte haar moeite om hem geen klap in zijn gezicht te geven. Ondanks alles wat hij voor haar had gedaan, ergerde ze zich mateloos aan zijn halsstarrige weigering om zijn taak als gezinshoofd serieus te nemen. 'Pepe is er ook bij.'

'En wie mag dat dan wel zijn?'

'Je jongste zoon. Toen je met mij naar Barcelona vertrok, was mamá al in verwachting van hem.'

Vol ongeloof keek hij haar aan. 'Het lijkt wel of ik nog slaap en dit allemaal een nare droom is! Toen je moeder in Barcelona naar me toe kwam, heeft ze helemaal niet gezegd dat ze zwanger was.'

'Ze wist niet...'

'Of misschien is dat kind niet van mij.'

De klap van haar vlakke hand op zijn wang galmde door het vertrek toen ze dan toch haar laatste restje zelfbeheersing verloor. 'Hoe durf je, papá? Eerst laat je je vrouw en de moeder van je kinderen in de steek, en dan denk je zo respectloos over haar? Je moest je schamen!' Ze beefde van woede. Als gitana moet je altijd respect hebben voor je vader, maar nu was de maat vol. Ze hield haar vinger vlak bij zijn neus. 'Je kunt maar beter luisteren naar wat ik te vertellen heb. Mamá heeft je zoon grootgebracht met liefde en respect voor zijn vader, ook al heeft hij je nooit ontmoet. Hij weet niets van de "tantes" met wie zijn vader het bed heeft gedeeld, of van je liefde voor sterke drank. Hij weet alleen dat zijn papá een beroemde gitarist is die niet bij zijn gezin kan zijn omdat hij de kost moet verdienen.'

'¡Mierda! Dus ze is hier voor het geld?'

'Heb je nou geen woord gehoord van wat ik net zei, of ben je gewoon zo dom?' schreeuwde ze naar hem. 'Dat jouw hart en ziel een slangenkuil zijn, wil nog niet zeggen dat dat ook voor mamá geldt. Die jongen denkt dat zijn vader er net zo naar uitkijkt om hem te zien als hij ernaar uitkijkt om jou te ontmoeten.'

'Je vergeet één ding, Lucía. Niemand heeft me ooit verteld dat ik nog een zoon heb. Daar kan ik toch niets aan doen?'

'Nee, want jou valt natuurlijk niets te verwijten. Alles wat jou overkomt, is altijd maar de schuld van een ander, nietwaar?' beet ze hem toe. 'Je weet net zo goed als ik dat je je gezin in de steek hebt gelaten. Je hebt mijn moeder uit mijn leven gewist en me niet eens de verjaardagscadeaus gegeven die ze me gestuurd heeft! Ik heb haar meer dan tien jaar niet gezien! En toen ik haar uiteindelijk zelf opzocht, moest ik zweren dat ik je niets over Pepe zou vertellen. Hoe dan ook...' Radeloos schudde ze haar hoofd. 'Meer heb ik er niet over te zeggen. Je doet maar wat je wilt, maar mamá en Pepe blijven hier.'

Toen Lucía de kamer uit liep, voelde het alsof haar bloed kookte. Ze ging naar het raam in de hal, zette het open en haalde een paar keer diep adem. Pas op het moment dat ze voldoende bedaard was om terug te gaan naar haar suite, deed ze de deur open waarachter het geluid van gitaren klonk. Meñique zat samen met Pepe te spelen, allebei verloren in hun eigen wereld. Die aanblik kalmeerde haar en maakte haar aan het glimlachen. Ook al zou haar vader zich misschien niet gedragen als de vader die Pepe nodig had, Meñique zou die leegte enigszins kunnen opvullen.

'Dios mío,' verzuchtte Meñique toen ze klaar waren met spelen. 'Pepe heeft het talent van zijn vader geërfd! Hij zou een aanwinst zijn voor ons cuadro!'

'Hij is pas dertien,' bracht ze hem in herinnering.

'Jij was nog jonger toen je begon met dansen.'

'Gracias, señor.' Pepe keek hem verlegen aan. 'Maar ik heb tot nu toe alleen voor mijn familie en buren gespeeld op bruiloften en fiësta's.'

'Zo zijn we allemaal begonnen,' stelde Meñique de jongen gerust. 'Ik help je wel, en je vader vast ook.'

'Is hij al wakker, Lucía?' vroeg Pepe hoopvol.

'Ja, hij is zich aan het aankleden en komt er zo aan. Hij kijkt er ook naar uit om jou te zien. Wil je tijdens het wachten misschien in bad?' De kamer was doordrongen van de muffe lucht van Pepes ongewassen lichaam.

'In bad? Is hier dan een tobbe?' Verward keek hij om zich heen in de luxe suite.

'Er is een aparte kamer met een watercloset en een badkuip, die je kunt vullen vanuit een kraan.'

'Dat meen je niet!' Zijn ogen werden groot. 'Mag ik eens kijken?'

'Natuurlijk.' Ze stak hem haar hand toe. 'Kom maar mee.'

Meñique keek hen na, voor de zoveelste keer verwonderd over de vele facetten van haar karakter. Tegenover Pepe gedroeg ze zich bijna moederlijk, ze had een fortuin betaald om haar moeder en broertje te redden…

De twintig minuten daarna dwaalde hij in gedachten verzonken door de zitkamer. 'Familie gaat boven alles,' herhaalde hij Lucía's woorden. Hij vroeg zich af of de komst van haar moeder en broertje ten koste zou gaan van hun hechte groep.

Er klonk een aarzelend klopje op de deur. 'Ik ben het, José,' zei een stem daarachter.

'Daar zal ik zo achter komen,' murmelde Meñique terwijl hij open ging doen. 'Hola, José. Wat zie je er netjes uit.'

'Ik kom kennismaken met de zoon waarvan ik niet wist dat ik die had,' fluisterde hij schor. Hij bleef in de deuropening dralen en keek nerveus de suite in.

'Dat hoorde ik, ja.'

'En mijn vrouw? Waar is zij?'

'Ze ligt nog te slapen. Ze is uitgeput van de reis. Kom binnen. Lucía is bij Pepe omdat hij voor het eerst in bad gaat.'

'Hoe is hij?'

'Het is een prima jongen, goed opgevoed door zijn moeder en een getalenteerd gitarist.'

'Denk je dat hij echt van mij is?' fluisterde José. Hij ging zitten, maar stond meteen weer op en begon te ijsberen.

'Beoordeel dat zelf maar als je hem ziet.'

'Mijn andere zoons, Eduardo en Carlos... Volgens Lucía worden ze vermist.' Hij legde een hand tegen zijn voorhoofd. 'Wat een enerverende ochtend. Ik denk dat ik maar een glas brandewijn neem.'

'Doe dat maar niet,' raadde Meñique hem aan. 'De komende uren kun je beter bij de les blijven.'

'Ja, je hebt gelijk, maar...'

Op dat moment kwamen Lucía en de jongen de badkamer uit. Pepe droeg een schone broek en overhemd. 'Ik heb hem wat kleren van jou geleend, Meñique, al is de broek wel te kort,' plaagde ze de jongen. 'Je bent lang, net als je vader. En daar is hij!' Haar ogen waren op José gericht. 'Papá, kom de zoon eens gedag zeggen die je altijd al hebt willen ontmoeten.'

'Ik...' José's blik ging van top tot teen over de jonge man en het begon hem te dagen dat Lucía de waarheid had gesproken. Zijn ogen vulden zich met tranen. 'Mijn zoon! Je ziet er precies uit als ikzelf toen ik zo oud was. Kom hier, *hijo*, laat me je in mijn armen sluiten.'

'Papá...' Pepe liep aarzelend naar hem toe.

José spreidde zijn armen, trok de jongen tegen zich aan en begon onbeschaamd te huilen. 'Al die jaren, niet te geloven! Echt niet te geloven.'

Lucía liep naar Meñique toe, ook verlangend naar een omhelzing. Het deed haar goed om te zien dat José oprecht blij leek te zijn.

Op dat moment ging de deur van de slaapkamer open en verscheen María in de deuropening. Met tranen in haar ogen keek ze naar haar man en zoon.

Lucía ving haar blik en knikte. 'Kijk eens wie er is, papá.'

José draaide zich om naar zijn vrouw. Haar donkere ogen stonden groot en angstig in haar magere gezicht. 'María.'

'Ja, José. Je zult inmiddels wel gehoord hebben dat onze dochter mijn leven en dat van onze zoon heeft gered door ons weg te halen uit Granada.'

'Inderdaad.' Langzaam liep hij naar haar toe, met hangend hoofd alsof hij een mishandelde hond was die op zijn volgende afstraffing wachtte. Op een halve meter afstand bleef hij staan en sloeg zijn ogen naar haar op, worstelend om de juiste woorden te vinden.

De stilte leek eindeloos aan te houden, tot Meñique die verbrak. 'Jullie hebben vast heel wat te bespreken. Zullen we jullie met rust laten en Pepe voorstellen aan de rest van het cuadro?'

'Goed idee!' viel Lucía hem bij. 'Kom, Pepe. Je hebt je tante Juana nog niet ontmoet. Die zal er wel van opkijken hoe lang je al bent.' Ze pakte zijn hand, want hij leek zijn ogen niet van zijn ouders af te kunnen houden. Dit was de eerste keer in zijn jonge leven dat hij hen samen zag. Aan zijn hand trok ze hem mee naar de deur, en Meñique ging achter hen aan. 'Tot straks,' zei ze tegen haar ouders. 'Dan kunnen we vieren dat we weer samen zijn.' Met een laatste bestraffende blik op José loodste ze Pepe en Meñique de kamer uit.

'Wat zei hij, mamá?' fluisterde Lucía toen ze samen op de vloer van de suite zaten om het eerder bestelde eten naar binnen te werken.

'Hij heeft zijn excuses aangeboden.' María haalde haar schouders op en brak een stuk brood af.

'En wat was jouw reactie daarop?'

'Ik heb ze aanvaard. Wat moest ik anders? Er zijn al genoeg van Pepes dromen in duigen gevallen, ik wil er niet nog één kapotmaken. Dat heb ik ook tegen José gezegd.' Ze ging nog zachter praten. 'En zoals je weet ben ik hem ook niet altijd trouw geweest.'

'Nee, mamá, dat moet je niet zeggen. Je man heeft jou en je kinderen veertien jaar lang alleen gelaten! Ramón was er voor je.'

'Ja, maar ik was, en ben, een getrouwde vrouw. Misschien had ik hem moeten afwijzen.'

'Nee, hij heeft je in leven gehouden nadat papá en ik waren vertrokken. Daar moet je je niet schuldig om voelen.'

'Ramón behandelde Pepe als een zoon. Hij hield zo veel van hem en heeft hem grootgebracht alsof het zijn eigen kind was...' gaf María toe.

'Dat heb jij toch ook voor zijn dochters gedaan nadat zij hun moeder hadden verloren?' Geërgerd sloeg Lucía op de vloer. 'Waarom voelen slechte mensen zich nou nooit eens schuldig en nemen ze nooit de verantwoordelijkheid op zich voor het leed dat ze hebben aangericht? Terwijl goede mensen, die niets verkeerds hebben gedaan, zichzelf maar blijven straffen?'

'Je vader is geen slecht mens. Hij is gewoon zwak.'

'Je blijft hem maar in bescherming nemen!'

'Nee, ik begrijp gewoon hoe hij is. Ik was niet goed genoeg voor hem, en daarmee uit.'

Lucía zag dat het geen zin had om hierover door te gaan. 'Dus jullie hebben het bijgelegd?'

'O, ja.' María knikte. 'Je vader heeft gevraagd of we het verleden achter ons kunnen laten en opnieuw kunnen beginnen.'

'Wat heb je daarop gezegd?'

'Dat we het verleden wel achter ons kunnen laten, maar dat ik er de fut niet voor heb om opnieuw te beginnen. Sommige dingen kunnen nooit meer teruggedraaid worden.'

'Zoals?'

María nam een hapje brood en kauwde bedachtzaam. 'Ik wil het bed niet meer met hem delen. Zijn idee van "delen" is anders dan dat van mij. Ik weet dat hij me nooit trouw zou kunnen blijven, ook al denkt hij zelf misschien van wel. Dat verdriet kan ik niet meer aan. Begrijp je dat?'

'Ja, mamá.'

'Stel je eens voor dat Meñique tegen jou zegt dat hij van je houdt en dat je de enige voor hem bent, en dat je er dan achter komt dat hij precies hetzelfde tegen een heleboel andere vrouwen heeft gezegd wanneer het hem zo uitkwam.' María probeerde het brood door te slikken. Haar maag was zo erg gekrompen dat ze amper een hap door haar keel kreeg.

'Dan zou ik 's nachts als hij sliep zijn *cojones* eraf snijden,' zei Lucía fel.

'Dat geloof ik graag, querida, maar ik ben niet zoals jij en ik heb die vernedering keer op keer moeten doorstaan.'

'Misschien is papá veranderd. Dat gebeurt weleens, als mannen ouder worden. Ik zweer dat ik sinds ik in Sacromonte ben geweest, geen vrouw meer in zijn buurt heb gezien.'

'Tja...' María's gezicht betrok toen het brood eindelijk naar binnen gleed. 'Dat is tenminste iets, denk ik. Maak je geen zorgen, Lucía. We hebben afgesproken om samen verder te gaan, al is het maar voor Pepe. Het is belangrijk dat hij in onze liefde gelooft.'

'Hou je nog van hem, mamá?'

'Hij is de liefde van mijn leven en dat zal hij altijd blijven, maar dat wil niet zeggen dat ik me weer door hem laat bedotten. Ik ben ouder geworden en weet nu wat mijn hart wel en niet kan verdragen. Dus ik ga bij Juana op de kamer slapen.'

'Nee, mamá! Je krijgt je eigen kamer. Ik ga zo meteen naar de receptie om het te regelen.'

'Gracias.' María legde haar hand op die van haar dochter. 'Ik weet dat je liever zou zien dat we echt weer bij elkaar kwamen, maar dat is niet mogelijk.'

'Dat begrijp ik, mamá. Natuurlijk. Misschien in de toekomst, sí?'

'Ik heb geleerd om nooit nooit te zeggen, querida mía.' María glimlachte zwakjes. 'Voorlopig ben ik allang blij dat ik veilig ben en dat Pepe zijn vader eindelijk heeft ontmoet. Daar kan ik je niet genoeg voor bedanken.'

'En vanavond, mamá, kun je me voor het eerst in al die jaren zien dansen!'

'Dat ga ik doen. Maar misschien kan ik beter nog even gaan rusten, zodat ik er echt van kan genieten.'

'Maar ik wilde met je gaan winkelen! Een nieuwe jurk voor je kopen.'

'Morgen,' zei María zwakjes terwijl ze opstond. 'Dat komt morgen wel.'

'Ik ben bang dat mamá ziek is,' zei Lucía tegen Meñique, zodra ze alleen in de suite waren met de restanten van het feestmaal.

'Volgens mij verwacht je te veel. Je moeder is niet ziek, ze is gewoon verzwakt omdat ze maandenlang honger heeft geleden, om nog maar te zwijgen van de schok dat ze hier is en haar man na al die jaren weer heeft gezien.'

'Nou, ik hoop maar dat je gelijk hebt. We moeten er alles aan doen om haar aan te laten sterken. Ik weet niet of ze wel zo blij is om hier te zijn.'

'Lucía...' Hij nam een slok van zijn bittere koffie. 'Wij kunnen ons niet voorstellen hoe het is om twee zoons van wie je houdt achter te laten om je derde zoon te redden. Ze is hier voor Pepe, niet voor zichzelf.'

'Sí, maar ik hoop dat zij ook een beetje blij is om hier te zijn. Nu moet ik gaan winkelen om een jurk uit te kiezen die mamá vanavond kan dragen. Ik wil dat ze er op haar mooist uitziet. Ga je met me mee?'

Zoals altijd stemde hij in, al wist hij dat hij zijn broodnodige *siësta* voor hun optreden van vanavond nu zou moeten laten schieten.

Terwijl ze de suite uit liepen, vroeg hij zich af in hoeverre Lucía in emotioneel opzicht volwassen was. Kwam haar wens om haar ouders te herenigen niet voort uit een misplaatst schuldgevoel omdat zij ervoor gezorgd had dat die twee in eerste instantie uit elkaar gingen?

María luisterde naar het gekwebbel van de elegante drinkers in het Café Arcadio. Hoewel ze er geen woord van verstond, zag ze aan de kleren die ze droegen en de dure drank die ze nuttigden wel dat deze payos heel welgesteld waren. Haar contact met de payos was nooit verder gegaan dan dat ze er eentje op straat was gepasseerd. Maar hier zat ze dan, in een jurk die net zo elegant was als die van hen, met haar haren bekoorlijk boven op haar hoofd vastgezet door Juana.

Al die mensen waren hierheen gekomen om haar dochter te zien: Lucía Albaycín, de kleine gitana uit Sacromonte. Het was gewoonweg niet te bevatten dat ze de harten van al die payos had veroverd in een vreemd land!

'Het lijkt wel of ik droom!' bracht Pepe haar gedachten onder woorden. Hij nam een slok van het biertje dat voor hem gekocht was en keek om zich heen in het café. 'De rij voor de ingang wordt almaar langer. Mogen we hier echt wel zijn, mamá, tussen de Portugese payos?'

'Dat mag, allemaal dankzij je zus die ons gered heeft,' zei ze.

'En dankzij papá,' voegde hij eraan toe. 'Hij zei dat het geld om de autoriteiten om te kopen en onze papieren in orde te maken van hem is gekomen.'

'Natuurlijk, ook dankzij hem,' beaamde ze met een zuinig glimlachje.

Alsof het zo afgesproken was, dook José naast hen op. 'Over vijf minuten beginnen we.' Zijn blik gleed over María's lichaam. 'Je ziet er prachtig uit vanavond. Je bent geen spat veranderd sinds je vijftiende.'

'Gracias.' Ze sloeg haar ogen neer en dwong zichzelf zijn compliment te negeren.

'Goed, ik moet me gaan voorbereiden.' Hij maakte een buiging.

'Maar Lucía is er nog niet.'

'Jawel, hoor. Ze gaat elke avond buiten een praatje maken met de mensen die niet naar binnen kunnen.' Na die uitleg liep hij weg naar de andere leden van het cuadro, die achter in het café bij elkaar zaten.

'Lucía is heel beroemd, sí, mamá?'

'Nou en of,' bevestigde ze, met dezelfde verwondering als haar zoon.

De rest van het cuadro nam zijn plaats in, onder luid gejuich en applaus vanuit het publiek.

Toen José en Meñique begonnen met opwarmen, glimlachte Pepe verrukt. 'Wat is papá goed, hè? Misschien nog wel beter dan Meñique.'

Bij het zien van de blik van pure aanbidding in de ogen van haar zoon moest María bijna weer huilen. 'Ja, hij heeft veel talent, net als jij.' Toen hij nog een slok bier wilde nemen, griste ze het flesje resoluut uit zijn handen. 'Nee, querido. Alcohol is slecht voor je vingers.'

'Echt? Waarom zag ik papá dan drinken tijdens de lunch?'

'Omdat hij al alles geleerd heeft wat er te leren valt. Kijk nu maar naar het optreden.'

Nadat José en Meñique nog een paar minuten geïmproviseerd hadden, hielden de vingers van José opeens stil. 'Maar waar is La Candela?' Hij keek om zich heen in het vertrek, terwijl het publiek zijn adem inhield. 'Zonder haar kunnen we niet beginnen.'

'Hier ben ik,' klonk een stem bij de ingang van het café.

Het hele publiek keek om bij het horen van Lucía's stem en begon te juichen en te klappen. Met een geheven hand legde ze hun het zwijgen op en baande zich een weg door de menigte, waarbij de sleep van haar flamencojurk, die niet onderdeed voor die van een koningin, als een serpent achter haar aan kronkelde. Eenmaal op het podium bracht ze vakkundig haar pols in positie. '¡Arriba!'

'¡Olé!' juichte het publiek.

Net als alle anderen in het vertrek raakte María volkomen in de ban van het wezen dat zo vol vuur en hartstocht zat dat ze het amper herkende als haar eigen dochter.

Wat ben je ver gekomen, querida mía, dacht ze terwijl ze naar het uitgelaten applaus van het publiek luisterde en zich bij hen aansloot in een staande ovatie. Je bent verbluffend.

Ook José leek boven zichzelf uit te zijn gestegen. Die avond sloot zijn ritme naadloos aan op dat van zijn dochter en leek hij precies te weten wanneer hij het door haar voeten moest laten overnemen.

'Wat is ze goed!' fluisterde Pepe terwijl Lucía haar alegrías afmaakte en het hele publiek opstond om een toegift te eisen.

Met haar handen legde Lucía hun het zwijgen op. 'Jullie krijgen nog een toegift, maar alleen als mijn speciale gast eerst het podium op komt. Kom maar, Pepe.' Toen ze hem wenkte, werden alle ogen in het café op hem gericht.

'Ik kan het niet, mamá!' piepte hij. 'Ik ben niet goed genoeg!'

María pakte zijn gitaar, die hij van Lucía had moeten meebrengen. 'Ga maar naar je zus toe.'

Bibberend ging hij op weg naar het podium. Meñique stond op en bood hem galant zijn stoel aan. De jongen ging naast zijn vader zitten, die iets in zijn oor fluisterde.

'Señores y señoras, mag ik u voorstellen aan José en Pepe, vader en zoon, die vanavond voor het eerst samen spelen!' kondigde Lucía aan terwijl ze met haar sleep achter haar aan naar de zijkant van het podium verdween.

Nadat Pepe zijn gitaar in positie had gebracht, gaf José een kneepje in de schouder van zijn zoon, knikte en begon te spelen. Na een paar tellen viel Pepe aarzelend in, met zijn blik gericht op de vingers van zijn vader en zijn oren gespitst op het ritme. María hield haar adem in omdat Pepe zijn zenuwen amper de baas leek te zijn. Pas toen zijn ogen dichtvielen en zijn schouders zich ontspanden, kon ook zij opgelucht ademhalen. Ze zag dat José opeens ophield met spelen; hij begreep dat Pepe nu genoeg zelfvertrouwen had om alleen verder te gaan. Verloren in zijn eigen wereldje, net als Lucía altijd was geweest als ze danste, liet Pepe zijn vingers als snelle, behendige spinnetjes over de snaren glijden. Zijn solo leverde hem een daverend applaus op. Meñique, José en Lucía sloten zich bij hem aan en zweepten het ritme op tot een geweldig crescendo, waarna het publiek opsprong en om meer schreeuwde.

Toen José opstond, zijn zoon overeind trok en hem in zijn armen sloot, kon María er niets aan doen dat de tranen over haar wangen stroomden.

LISSABON

AUGUSTUS 1938, TWEE JAAR LATER

26

'We hebben een aanbod gekregen om in Buenos Aires op te treden,' kondigde José aan toen hij bij Lucía en Meñique in hun suite zat.

'Daar is La Argentinita toch geboren?' vroeg Lucía.

'In Argentinië, ja.'

'En waar ligt dat? In de Verenigde Staten?'

'Nee, in Zuid-Amerika. Spaans-Amerika, zogezegd.' Meñique sloeg zijn ogen ten hemel omdat Lucía er weer eens finaal naast zat.

'Spreken ze daar Spaans?'

'Ja. Maar natuurlijk gaan we niet,' zei José.

'Waarom niet?' Ze kneep haar ogen samen. 'We zijn nu al twee jaar in Portugal en ik heb er genoeg van om een banneling te zijn in een land waar ik de taal niet spreek. In Buenos Aires kan ik iedereen tenminste verstaan! Ik wil het doen.'

'We gaan niet, querida,' hield hij vol.

'Waarom niet?!'

'Om daar te komen moeten we een lange boottocht maken. Zoals je maar al te goed weet, kan een gitano nooit het water oversteken en dat navertellen,' antwoordde hij ernstig.

'Begin nou niet weer over dat oude bijgeloof! Ben ik gestorven toen ik de Darro overstak om vanuit Sacromonte de brug naar het Alhambra over te gaan? Dat deden we met zijn honderden, papá, en geen van ons heeft het leven gelaten.'

Eentje wel, dacht María, die stilletjes op de achtergrond een ruche aan Lucía's nieuwe flamencojurk zat te naaien.

'Die rivier is ons al honderden jaren gunstig gezind. Waar wij oversteken is hij maar een paar meter breed, het is geen oceaan waar we wekenlang op moeten leven! En trouwens...'

'Wat, papá?'

'Hier in Lissabon zijn we succesvol. We hebben alles wat ons hartje begeert. In Buenos Aires kent niemand je, Lucía. We zouden weer helemaal opnieuw moeten beginnen.'

'Daar zijn we toch al ons hele leven mee bezig?'

'La Argentinita is daar de koningin...'

'Ben je bang voor haar? Ik niet, hoor! Ik verveel me hier en ook al verdienen we een hoop geld, er zijn nog meer landen die moeten zien wat ik kan.' Aan Meñique vroeg ze: 'Wat vind jij ervan?'

'Het lijkt me een interessante kans,' zei hij diplomatiek.

'Het is veel meer dan dat.' Ze keek hem uitdagend aan en stond op. 'Dit is voorbestemd. Stuur maar een telegram dat ik eraan kom. De rest van jullie moet maar kijken of jullie met me mee willen.'

Toen ze de kamer uit was, keken haar ouders en Meñique elkaar nerveus aan.

'Het is waanzin om hier weg te gaan nu het zo goed gaat,' zei José. 'Naar ons eigen land kunnen we niet terug, maar Portugal is niet zo ver weg en het leven is hier goed.'

'Dat klopt,' moest Meñique toegeven, 'maar ik maak me zorgen om de politieke situatie in de rest van Europa. Hier zijn we ons leven niet zeker, José. Ik heb mijn best gedaan om ons te beschermen tegen informanten, maar omdat Lucía zo beroemd is zijn alle ogen gericht op ons kleine cuadro. Hoe lang zal het nog duren voordat de policía van Salazar argwaan krijgt tegen de gitanos en ons terugstuurt naar Spanje om ons te laten uitmoorden? En wanneer zal Adolf Hitler Frankrijk en Groot-Brittannië zodanig tegen zich in het harnas jagen dat er weer een wereldoorlog uitbreekt?'

'Hombre, je leest te veel kranten en praat te veel met die payovriendjes van je,' zei José geringschattend. 'Er is niets zo gevaarlijk als de oceaan oversteken; je probeert ons de dood in te lokken!'

'Met alle respect, José, ik probeer alleen te doen wat het beste voor ons allemaal is. Ik heb sterk het gevoel dat we uit Portugal moeten vertrekken nu alles nog goed gaat en de grenzen nog open zijn.' Meñique wendde zich tot María. 'Wat vind jij?'

Ze glimlachte dankbaar naar hem. Er werd niet vaak naar haar mening gevraagd en het duurde even voordat ze de juiste woorden had gevonden. 'Ik denk dat Lucía's verlangen naar roem niet te stillen is. Ze is nog jong en wil haar grenzen verleggen. Zoals wij dat vroeger ook wilden.' Daarbij keek ze nadrukkelijk naar José. 'Zij is degene die het publiek wil zien, degene die de kost voor ons verdient. En wat wij er ook van vinden, we moeten zorgen dat ze ook andere landen kan veroveren.' Ze haalde verontschuldigend haar schouders op en richtte zich weer op haar naaiwerk.

'Daar zit wat in,' zei José uiteindelijk. 'Vind je ook niet, Agustín?'

'Ja,' antwoordde hij, opgelucht dat María het met hem eens was, maar gekwetst door haar rake maar niettemin pijnlijke bewering dat het publiek voor Lucía kwam. 'Als blijkt dat ik het mis had, kunnen we altijd een schip terug naar Portugal nemen. Of, als we geluk hebben, naar Spanje, op een dag.'

'Dan doen we het,' verzuchtte José. 'Al weet ik niet of de rest van het cuadro met ons mee zal gaan.'

'Natuurlijk wel.' María's naald bleef in de lucht hangen toen ze naar hen opkeek. 'Zij weten ook wel dat ze zonder Lucía niets voorstellen.'

Maar weet zij ook dat zij zonder ons niets voorstelt, vroeg Meñique zich af.

'¡Dios mío! Wat hebben we ons op de hals gehaald?' Lucía leunde met een kreun over de rand van het bed om over te geven in de emmer die Meñique voor haar had neergezet. 'Waarom zit er zo veel water in de oceaan?'

'Je voelt je vast snel weer beter, pequeña.'

'Nee.' Ze sleepte zich weer het bed in en klampte zich aan de randen van het ledikant vast toen het schip naar rechts helde. 'Dit overleef ik niet, dat weet ik zeker. Nog even, dan doen de haaien zich tegoed aan mijn lichaam en dat is dan mijn eigen schuld omdat ik naar Argentinië wilde.'

'Als je niets eet, wordt het voor de haaien maar een karig maaltje.' Meñique was de enige van het cuadro die niet zeeziek was geworden sinds de Monte Pascoal een week eerder de haven van Lissabon uit was gevaren. 'Ik ga een steward zoeken die hier een beetje kan opruimen. Kan ik nog iets voor je meenemen?' vroeg hij, terwijl hij de deur opendeed.

'Een verlovingsring zou mooi zijn,' riep ze nog voordat de deur achter hem dichtviel.

'Vanavond dineren we bij de kapitein aan tafel,' verkondigde Lucía drie dagen later, terwijl ze haar haren opstak en een beetje rouge aanbracht op haar wangen, die nog steeds bleek zagen omdat ze zo ziek was geweest.

'Voel je je wel goed genoeg, pequeña?' vroeg Meñique.

'Natuurlijk! De kapitein heeft speciaal naar me gevraagd en als ik hem teleurstel, maakt hij misschien wel rechtsomkeert met het schip,' zei ze zonder een spoortje ironie. 'Kom, dan gaan we.'

Het diner aan de kapiteinstafel was een aangename ervaring. De kapitein goot hen vol met de beste wijnen en liet de ene na de andere gang aanrukken, waar alleen Meñique van kon eten. José zat naast hem, druk in gesprek met de kapitein, die een groot liefhebber van flamencomuziek bleek te zijn.

'Hebt u het nieuws uit Engeland ook al gehoord?' wilde de kapitein weten. 'De Engelse premier, Mr. Chamberlain, heeft "*peace for our time*" beloofd. Hij houdt Hitler wel in het gareel.'

'Zie je wel, hombre?' José sloeg Meñique op zijn schouder. 'Vrede! We hadden die verrekte zee toch niet op gehoeven! O, wat verlang ik naar Spanje.'

'Ach, mijn vriend.' De kapitein schonk nog wat brandewijn voor hem in. 'Als je eenmaal hebt kennisgemaakt met al het moois in Buenos Aires en Argentinië, wil je er nooit meer weg.'

'Ik was net in de hut van mamá, maar daar was niemand!' zei Lucía de volgende dag opgetogen.

'Nou en? Ze kan wel overal op het schip zijn.'

'Niet om zes uur 's ochtends. Dus ben ik stilletjes naar de hut van papá geslopen. En raad eens?'

'Vertel.'

'Toen ik de deur opendeed, zag ik hen in elkaars armen in bed liggen. Is het niet geweldig?' Ze deed een snelle zapateado rondom hun eigen bed. 'Ik wist het wel! Ik wist het gewoon.'

'Ja, het is goed nieuws dat ze hun verleden achter zich hebben gelaten. Voorlopig, althans.'

'Meñique!' Ze zette haar handen in haar zij. 'Ware liefde gaat nooit over, sí?'

'Natuurlijk. Nu ga ik een nieuw nummer instuderen met Pepe.' Voordat haar woorden ervoor zouden zorgen dat ook hij zijn maag moest legen in de emmer die nog naast het bed stond, liep hij de hut uit.

Toen de Monte Pascoal langs de kust van Brazilië voer, zorgde het weer ervoor dat de opvarenden weer wat opfleurden. Het cuadro ging het dek op en baadde in de zon, net als de haaien in het water waar ze zo bang voor waren. Op dit moment waren ze er vooral mee bezig om zich voor te bereiden op hun aankomst in Argentinië. Zelfs Lucía, die door haar zeeziekte een tijdlang niet had kunnen oefenen, verwaardigde het zich om met hen te repeteren.

'Meñique?' vroeg ze de avond voordat ze in Buenos Aires zouden afmeren.

'Ja, pequeña?'

'Denk je dat we succesvol kunnen worden in Argentinië?'

'Als iemand het kan, ben jij het.'

Haar kleine hand zocht de zijne. 'Kan ik beter worden dan La Argentinita?'

'Daar kan ik geen antwoord op geven. Dit is haar vaderland.'

'Het lukt me wel,' zei ze zelfverzekerd. 'Buenas noches, querido.' Ze gaf hem een kus op zijn wang en draaide zich om.

De volgende ochtend meerde het schip af in Buenos Aires. Het cuadro stond aan dek, voor de gelegenheid gehuld in hun beste kleding en met hun haar in de olie.

'Zelfs al staat niemand ons op te wachten, we doen alsof dat wel zo is,' fluisterde Lucía tegen Meñique toen de loopplank werd uitgelegd. Ze ging op haar tenen staan om over de zijkant van het schip te kunnen kijken naar de mensen die op de kade samengedromd stonden. 'Ze zien er net zo uit en klinken net als wij!' riep ze opgetogen.

'Lucía! La Candela!' riep iemand onder hen.

'Hoorde ik nou mijn naam?' Ze keek Meñique verrast aan, draaide zich weer om en zwaaide. 'Hier ben ik!' riep ze, bijgevallen door het gekrijs van de meeuwen.

Het Cuadro Albaycín liep over de loopplank. Hun kartonnen koffers waren versierd met bosjes kruiden die er met sjaaltjes aan waren bevestigd om hen voor onheil te behoeden.

'¡Hola, Buenos Aires!' riep Lucía triomfantelijk, terwijl ze voor het eerst voet zette op Argentijnse bodem. 'Ik heb het overleefd!' Ze omhelsde de rest van haar groep.

Vlak voor hun gezichten ging een spervuur aan flitslampen af en een lange man in een zijden pak kwam op hen afgelopen. 'Waar is Lucía Albaycín?' wilde hij weten.

'Hier ben ik.' Ze baande zich een weg door de menigte.

'Bent u het echt?' De man keek naar het piepkleine vrouwtje wier hoofd niet eens tot aan zijn schouder reikte.

'Sí, en wie bent u?'

'Ik ben Santiago Rodríguez, de impresario die u hierheen heeft gehaald, señorita.'

'*Bueno*, u betaalt en wij dansen voor Buenos Aires!'

De toeschouwers begonnen te juichen.

'Hoe voelt het om op Argentijnse bodem te zijn?'

'Heerlijk! Mijn vader, mijn broer, mijn moeder en zelfs mijn handtas zijn zeeziek geweest!' zei ze glimlachend. 'Maar nu hebben we allemaal veilig de overkant gehaald.'

De lampen flitsten weer toen Señor Rodríguez zijn arm om Lucía's kleine gestalte heen sloeg en er opnieuw luid gejuich opsteeg.

'En zo,' mompelde Meñique, 'barst er weer een nieuw circus los.'

TIGGY

SACROMONTE, GRANADA, SPANJE

FEBRUARI 2008

Europese bruine beer
(*Ursus arctos arctos*)

27

'Nu ben ik moe,' zei Angelina, waarmee ze me met een ruk weer in het heden bracht. 'Eerst rusten, dan pas verder.'

Toen ik naar haar keek, zag ik dat haar ogen dicht waren gevallen. Ze was zeker anderhalf uur aan het woord geweest.

Het liefst wilde ik nu terug naar mijn hotel om pen en papier te pakken en alles op te schrijven wat ze me had verteld, zodat ik er geen woord van zou vergeten. De meeste kinderen hadden de luxe dat er een verleden aan hun heden en toekomst kleefde. Ze waren opgegroeid in een omgeving waarin ze geaccepteerd en begrepen werden. Voor mij voelde dit als een stoomcursus over mijn voorgeschiedenis, die niet méér had kunnen verschillen van het leven dat ik had geleid sinds ik hier door Pa was weggehaald. Ik moest zorgen dat die twee Tiggy's weer één werden en wist dat dat tijd zou kosten. Eerst moest ik maar eens zien te wennen aan de huidige Tiggy die ik nog aan het ontdekken was.

'Tijd voor lunch.' Pepe stond op en liep naar de ingang van de grot.

'Mag ik helpen?' Ik liep achter hem aan en kwam uit in een ouderwetse keuken.

'Sí, Erizo. Borden staan daar.' Hij wees naar een kastje van houtsnijwerk dat heel erg leek op mijn beeld van de kastjes die María's zoon Carlos al die jaren geleden had gemaakt.

Zoals gevraagd pakte ik de borden, terwijl hij het eten uit een stokoude koelkast haalde die luid stond te snorren. 'Vind je het erg als ik even rondkijk? Ik wil graag zien waar ik geboren ben.'

'Sí, daar je moet zijn.' Hij wees naar de achterzijde van de grot. 'Nu, Angelina slaapt daar. Lichtschakelaar zit links.'

Ik liep de keuken door en schoof een versleten gordijn opzij. In het pikdonker zocht en vond ik de lichtschakelaar, en het vertrek werd plotseling verlicht door een enkel peertje. Er stond een oud smeedijzeren bed met een kleurrijke gehaakte deken erop. Toen ik naar het witgeschilderde gewelf keek, slaakte ik een verwonderde zucht. Hoe was het mogelijk dat ik me zo helder voor de geest kon halen dat ik als baby'tje door die sterke, veilige armen naar dit plafond werd getild?

Toen ik de slaapkamer uit kwam, werd ik opeens duizelig en vroeg ik Pepe om een glas water.

'Ga zitten, bij Angelina.'

Nadat hij me een glas had gegeven, trok ik mijn stoel in de schaduw van een geurige struik en deed wat hij gezegd had.

Pepe kwam terug met een overvol dienblad, en toen Angelina wakker werd, hielp ik hem alles op tafel te zetten.

'Eten hier is eenvoudig,' zei hij bruusk, alsof ik mijn neus zou ophalen voor het versgebakken brood, het kommetje olijfolie en de schaal rijpe tomaten.

'Dit is juist perfect. Ik ben veganist.'

'Wat is dat?' wilde Pepe weten.

'Ik gebruik geen vlees, vis, melk, boter en kaas.'

'¡Dios mío!' Verbaasd liet hij zijn blik over me heen gaan. 'Geen wonder jij bent zo mager!'

Hoe eenvoudig de maaltijd ook was, ik wist nu al dat ik nooit de smaak van het brood zou vergeten, gedoopt in zelfgeperste olijfolie en met de meest verse tomaten die ik ooit had geproefd. Over de tafel heen keek ik naar Angelina en Pepe en verwonderde me erover hoe verschillend ze eruitzagen, ook al waren ze oom en nicht. Toch was er geen twijfel mogelijk dat ze familie van elkaar waren, door hun vloeiende manier van bewegen en de buigingen van hun stem. Ik vroeg me af welke eigenschappen ik van hen geërfd had.

'Wij moeten snel regelen dat jij ontmoet rest van familie in Sacromonte,' vond Angelina.

'Dan ik speel gitaar,' zei Pepe, die even met zijn vingers knipte en ze daarna gebruikte om zijn krulsnor in model te brengen.

'Ik dacht dat iedereen hier weg was?' vroeg ik.

'Weg uit Sacromonte, maar ze zijn hier niet ver vandaan, in de stad. Wij moeten fiësta organiseren!' Angelina klapte verrukt in haar handen. 'Nu, ik ga siësta houden en jij ook, Erizo. Jij hebt rust nodig. Kom om zes uur terug, dan wij praten verder.'

'En ik maak nog meer eten. Wij wel zorgen dat jij aansterkt, querida,' zei Pepe.

We zetten de schalen en borden op het dienblad en ik droeg de waterkan en de glazen terug naar de keuken.

Bij het gordijn bleef Angelina even staan. 'Ga slapen, Erizo,' herhaalde ze.

Ik knikte naar Pepe en liep terug naar mijn hotel.

Ik was als een blok in slaap gevallen en werd om tien voor zes wakker, plensde koud water in mijn gezicht om helder te worden en haastte me terug naar de blauwe voordeur iets verderop.

'Hola, Erizo.' Angelina stond me al op te wachten. Ze pakte mijn pols beet, legde haar vingers ertegen en knikte. 'Gaat al beter, maar voordat jij weggaat, jij moet nog een poción innemen. Kom mee.' Ze ging me voor over het hellende pad langs haar grot.

Zij aan zij liepen we door de snel invallende schemering. Toen ik omhoogkeek naar de heuvel, zag ik dunne stroompjes rook omhoog kringelen uit vier of vijf schoorstenen. Ook passeerden we een oude vrouw die een sigaret stond te roken buiten haar voordeur en Angelina riep. Ze bleef even staan om een praatje te maken en ik voelde me iets beter nu ik zag dat Sacromonte niet compleet verlaten was. Daarna liepen we verder, tot we aankwamen bij een dichtbebost gebied links van het dorp.

Angelina wees naar de maan die boven ons aan de hemel prijkte. 'Dit, wij noemen Stormmaan. Staat voor wedergeboorte, de komst van de lente, de tijd om het verleden achter te laten en opnieuw te beginnen.'

'Wat toevallig. Ik kan nooit slapen als het volle maan is. En als ik wel indommel, dan heb ik heel vreemde dromen,' zei ik.

'Hebben alle vrouwen, zeker vrouwen met gave. In de gitanocultuur is de zon de god van mannen en de maan godin van vrouwen.'

'Echt?'

'Sí.' Ze glimlachte omdat ik zo verbaasd klonk. 'Hoe kan dat ook anders? Zonder zon en maan zou de mensheid niet kunnen bestaan. Zij zijn onze levenskracht. Er zouden ook geen mensen zijn zonder mannen en vrouwen. Zie je? Ze zijn allebei sterk, maar hebben ieder eigen gaven, of eigen rol in universum. Kom, wij lopen verder.'

Angelina baande zich een weg door de bomen tot we op een open plek aankwamen. Ik zag dat het een begraafplaats was; de grond was bezaaid met ruw uitgehouwen houten kruizen. Angelina leidde me langs de rijen graven tot ze vond wat ze zocht. Om beurten wees ze drie kruizen aan. 'María, jouw *bisabuela*, jouw overgrootmoeder, Lucía, jouw abuela, jouw grootmoeder, en Isadora, jouw *madre*.'

Ze wachtte af terwijl ik voor het graf van mijn moeder knielde, speurend naar haar sterfdatum. In het eenvoudige kruis stond echter alleen haar naam gekerfd.

'Hoe is ze gestorven?'

'Dat ik vertel later, Erizo. Zeg eerst maar gedag.'

'Hallo,' fluisterde ik tegen het met gras begroeide hoopje aarde. 'Ik zou willen dat ik je echt had kunnen leren kennen.'

'Zij was te goed voor deze wereld,' verzuchtte Angelina. 'Zachtaardig en lief, hetzelfde als jij.'

Ik bleef nog een tijdje zitten omdat ik vond dat er meer emoties door me heen zouden moeten gaan aangezien dit zo'n bepalend moment was, maar misschien had ik al te veel indrukken te verwerken gehad, want ik voelde me alleen merkwaardig verdoofd.

Uiteindelijk stond ik op en liepen we verder langs de kruizen. Ik zag de namen van de baby's die María had verloren en daarna die van haar drie zoons en haar kleinkinderen.

'Eduardo en Carlos, zij liggen niet hier. Maar Ramón heeft kruizen gemaakt ter nagedachtenis.' Ze voerde me mee langs nog twee of drie rijen en herhaalde steeds maar: 'Amaya, Amaya, Amaya...'

Er kwam geen eind aan de kruizen – mijn hele familie van de kant van mijn overgrootmoeder leek hier een graf of gedenkplaats te hebben.

Daarna gingen we verder naar de Albaycíns – de familie van mijn overgrootvader José – die al net zo goed vertegenwoordigd waren. Na een tijdje kreeg de gedachte dat mijn wortels zich tot meer dan vijfhonderd jaar terug uitstrekten toch vat op me en roerde er zich iets in mijn hart, alsof ik de nog intacte onzichtbare draad voelde die ons allemaal verbond.

Angelina liep verder door de zee van kruizen tot we de open plek achter ons lieten en in een dichtbegroeid gedeelte van het bos aankwamen. Daar keek ze omlaag en tikte met haar voet op de grond. 'Oké.' Ze knikte. 'Eerste les. Ga liggen, Erizo.'

Toen ik omkeek, zag ik dat zij zich al op haar knieën had laten zakken en zich op haar rug op de vruchtbare grond uitstrekte. Snel volgde ik haar voorbeeld.

'Nu, jij luistert, Erizo.' Om haar woorden kracht bij te zetten, legde ze haar hand om haar oor en knikte naar me.

Ik zag dat ze haar kleine handen als een kussen onder haar hoofd legde en haar ogen sloot. Zelf deed ik dat ook, al wist ik niet zeker waar ik naar moest luisteren.

'Jij voelt aarde,' fluisterde ze, wat me niet veel verder hielp, maar ik deed mijn ogen dicht en ademde langzaam in en uit, in de hoop dat ik zou voelen en horen wat de bedoeling was. Lange tijd hoorde ik alleen de roep van de vogels, die elkaar een goede nacht wensten, het gezoem van insecten en het geritsel van kleine diertjes in het kreupelhout. Op dat geluid concentreerde ik me – het geluid van de natuur – en uiteindelijk zwol het lawaai aan, tot het een kakofonie was in mijn oren. Op dat moment ging er een vreemde gewaarwording door me heen. Het leek wel alsof er iets onder me pulseerde. Eerst klopte het zachtjes, daarna steeds krachtiger. Uiteindelijk werd de hartslag van de aarde één met de mijne en voelde ik dat ik er volmaakt mee in harmonie was.

Ik weet niet hoe lang ik daar zo lag, maar hoe meer ik mezelf toestond om me over te geven en niet bang te zijn, hoe meer ik begon te horen, voelen en zien: het geluid van de rivier ver onder ons voelde aan alsof het zijn frisse, zuiverende water over me heen spoelde en daarna zag ik de prachtige kleuren van alle vissen die erin zwommen. Toen ik mijn ogen opendeed, veranderde de boom boven me in een oude man die zijn armen als takken liet wiegen op de bries. Zijn lange witte haar en baard werden gevormd door duizenden webben van piepkleine spinnetjes die over de met mos bedekte stam van zijn lichaam krioelden. Zijn handen van twijgjes hield hij boven de kleinere takken, alsof deze boomman zich over zijn kinderen ontfermde.

En de sterren... Zo veel had ik er nog nooit gezien, en ik had ze nog nooit zo fel zien schitteren. Toen ik omhoogstaarde, kwam de hemel boven me in beweging, tot ik besefte dat die uit miljarden geesten bestond, ieder met hun eigen energie. Met een schok drong het tot me door dat het in de hemel nog veel drukker was dan op aarde.

Het volgende moment zag ik iets wat ik eerst aanzag voor een vallende ster. Toen het boven de boomtoppen bleef zweven, realiseerde ik me echter dat het dat niet kon zijn, want na een paar tellen schoot de ster opeens omhoog en bleef recht boven me hangen, alsof hij zijn plaats aan de hemel had gevonden.

Meteen gingen mijn gedachten naar de hut van Chilly en zag ik hem in zijn bed liggen – of althans, het lichaam dat hem ooit omhuld had. Zijn huid en botten lagen als een stel afgedankte kleren in zijn ijskoude huisje. Ik wist meteen wat dit betekende.

'Onze neef, Chilly...' zei een stem naast me.

Met een ruk kwam ik overeind en keek Angelina aan. 'Hij is dood.'

'Hij is heengegaan naar Opperwereld.' Er liep een traan langs mijn wang en ze streek die voorzichtig weg. 'Nee, nee, nee. Niet huilen, Erizo.' Ze wees naar boven. 'Chilly is gelukkig. Jij voelt ook. Hier.' Ze legde haar hand op mijn hart en omhelsde me vervolgens.

'Ik zag zijn ziel, zijn... energie ook naar boven vliegen,' zei ik, nog steeds geschokt door alles wat ik had gezien en gevoeld.

'Nu, wij sturen hem liefde en wij bidden voor zijn ziel.'

Ik boog mijn hoofd naar Angelina's voorbeeld en verwonderde me erover hoe sterk het katholieke geloof bij de Spaanse gitanos was, naast hun eigen spirituele opvattingen. Misschien kwam dat omdat de beide religies elkaar niet tegenspraken, hoewel de bijbehorende aardse gebruiken wel van elkaar verschilden. In beide gevallen ging het om geloof in een hogere macht; het geloof dat er in het universum iets bestond wat sterker was dan wijzelf. Hoe de mens dat interpreteerde, verschilde per cultuur. Gitanos leefden samen met de natuur en daarom maakten de geesten die ze vereerden daar deel van uit. Hindoes zagen koeien en olifanten als heilige dieren en het christendom nam aan dat God een menselijke gedaante had.

Angelina gaf aan dat we moesten opstaan en dat deed ik met het gevoel dat mijn zintuigen weer schoon en opgefrist waren. Terwijl ze mijn hand pakte en me zelfverzekerd tussen de bomen door loodste tot we de zwakke lichtjes van het dorp vóór ons zagen, maakte zich een euforisch gevoel van me meester omdat ik er op de een of andere manier in geslaagd was te voelen dat ik één was met – en deel uitmaakte van – het geweldige universum dat we bevolkten. Ik dacht terug aan de woorden van Pa.

Blijf met beide benen op het tapijt van frisse aarde staan, maar verhef je geest naar de vensters van het universum...

Terug bij de voordeur nam Angelina mijn pols nog een keer op. 'Steeds beter. Nu, ik geef jouw poción en dan jij bent snel weer beter.'

Nadat ik onder het toeziend oog van Angelina het smerige drankje naar binnen had gewerkt, legde ze een hand tegen mijn wang. 'Jij bent bloed van mijn bloed. Ik ben blij. Buenas noches.'

Toen ik in mijn grotkamer in bed lag, voelde mijn hart rustiger aan, alsof de gestage hartslag van de aarde mijn eigen hartslag had getemd en gekalmeerd. Mijn gedachten dwaalden weer af naar het moment waarop ik Chilly's ziel de aarde had zien verlaten, en ik zond hem in stilte een boodschap. Het feit dat Angelina het ook had gevoeld, betekende dat al die andere keren dat ik een ziel de oversteek had voelen maken, geen product waren geweest van mijn overactieve verbeelding. En dat wilde weer zeggen dat 'die andere kant' van mezelf net zo echt was als de stevige muren van de grot om me heen.

Alleen daarom was ik al ontzettend blij met mijn besluit om deze reis naar mijn verleden te maken.

28

Een week later had ik het gevoel dat ik een tweede leven had geleefd sinds mijn komst naar Sacromonte. Angelina had geen grapje gemaakt toen ze zei dat ze me alles wilde leren in de tijd die we samen hadden. Voordat we begonnen, liet ze me zweren dat ik niets van wat ze me vertelde in een computer zou vastleggen: 'Onze geheimen moeten geheim blijven, zodat magie op webmachine niet in verkeerde handen valt.'

Dus was ik de heuvel afgelopen naar een winkeltje aan de andere kant van de stadsmuur waar ze alles leken te verkopen, van kattenvoer tot elektronica, en had ik een dik notitieblok en een paar balpennen gekocht. Dat blok was nu al voor twee derde vol. Het was me een raadsel hoe Angelina kon onthouden welke kruiden ze tegen een bepaalde kwaal moest gebruiken, en dan ook nog de exacte hoeveelheden. Aan de andere kant kreeg ik nu een stoomcursus, terwijl zij dit met de paplepel ingegoten had gekregen van Micaela, de bruja die haar begeleid had. Ze was ook bezig me handoplegging te leren.

'Chilly zei dat er kracht uitging van mijn handen. Maar dieren zijn mijn grote passie. Kan ik die kracht daar ook voor gebruiken?' vroeg ik.

'Natuurlijk. Alle wezens op aarde zijn van vlees en bloed. Allemaal zelfde.'

Hoewel ik soms gefrustreerd raakte, leerde ik onder haar hoede hoe ik de energie kon 'voelen' die door elk levend wezen stroomde en hoe ik mijn tintelende handen als een magneet naar de kern van het probleem kon laten glijden, waarna ik de slechte energie kon onttrekken en van me afschudden. Ze spoorde me aan om te oefenen op Pepes stokoude kat die aan artritis leed, maar in de steegjes van Sacromonte bleef ik ook vaak hangen om de zwerfdieren die mijn pad kruisten te helpen. Al kon ik alleen maar hopen dat voorbijgangers niet zouden denken dat ik de dieren aan een restaurant probeerde te verkopen, wanneer ik er gehurkt naast ging zitten.

Na een tijdje merkte ik dat mijn oren gewend raakten aan het Spaans dat Pepe en Angelina onderling spraken en begon ik steeds meer woorden te herkennen.

'Over een week spreek ik het vloeiend – tenminste, als het om Spaanse kruiden gaat,' zei ik grinnikend tegen mezelf toen ik naar de blauwe deur wandelde. Het was weer een prachtige zonnige dag, dus ik wist dat ik Angelina buiten aan de koffie zou aantreffen. Er zou weer een smerig drankje op me staan te wachten, omdat koffie kennelijk niet goed voor me was.

'Hoe gaat het vandaag?' vroeg ze toen ik er was.

'Heel goed, gracias.' Ik pakte mijn drankje – dat rook naar een vreemde combinatie van anijs en schapenmest – en nam met tegenzin een slok. Ik wist toch wel dat ze me zou dwingen om alles op te drinken.

Na een paar uurtjes les en onze gebruikelijke eenvoudige lunch, gingen Angelina en Pepe siësta houden en ging ik terug naar het hotel om een tijdje op het terras te gaan zitten en alles op te schrijven nu het nog vers in mijn hoofd zat. Nadat dat gebeurd was, ging ik ook een dutje doen. 's Avonds was Angelina op haar scherpst, dus moest ik straks ook helder zijn om de stortvloed aan kennis te kunnen verwerken en opschrijven.

Die middag kon ik de slaap echter niet vatten, en ik wist dat dat kwam omdat het tijd werd om contact te zoeken met de buitenwereld. Voor mij was de week voorbijgevlogen, maar er waren vast mensen die zich zorgen om me maakten. Hoe graag ik ook in mijn eigen wereldje wilde blijven, dat was niet eerlijk. Ik moest het thuisfront laten weten dat ik veilig en gezond was.

'Marcella, heb jij een telefoon waarmee ik naar huis kan bellen?' vroeg ik.

'Hier?! Grapje, zeker. Mobieltjes hebben hier maar een heel zwakke ontvangst. In de winkel binnen de stadsmuren is wel telefoon. Die mag je van de eigenaar tegen betaling gebruiken. Mijn fax staat daar ook, voor de reserveringen. Ik ga er elke dag naartoe. Trouwens, ik kan nu wel gaan. Ga je mee?'

'Graag.'

In het winkeltje legde ze uit wat ik wilde en werd ik naar een magazijn achterin geleid, waar een stokoude telefoon stond.

Eenmaal alleen vroeg ik me af welk nummer ik als eerste zou bellen, en ik besloot voor Cals mobieltje te gaan. Door de gebrekkige ontvangst nam hij zelden op, dus zou ik een bericht kunnen inspreken zonder uitgehoord te worden.

Ik belde het nummer en ja hoor, ik werd meteen doorgeschakeld naar de voicemail.

'Hoi Cal, met Tiggy. Ik wil alleen even zeggen dat het hartstikke goed met me gaat. Het spijt me dat ik je zomaar in de steek heb gelaten, maar... ik moest er even tussenuit. Ik laat snel weer wat van me horen, maar maak je maar geen zorgen om me. Ik ben hier heel gelukkig. Doe iedereen de groeten van me. Dag.'

Toen ik de zware hoorn weer op de haak legde, voelde ik me beter omdat ik contact had gezocht. Daarna pakte ik de hoorn weer op omdat ik vond dat ik Ma moest bellen. Het kon geen kwaad als zij wist waar ik was. Nadat ik het nummer had gekozen, werd ik doorgeschakeld naar het antwoordapparaat van Atlantis. Met een brok in mijn keel luisterde ik naar de welkomstboodschap van Pa Salt. Ik nam me voor om tegen Ma te zeggen dat ze die eens moest aanpassen.

'Hoi Ma, met Tiggy. Het gaat heel goed met me. Ik ben nu in Spanje. Ik was toe aan een beetje warmte na al die kou, en het doet me goed. Mijn mobieltje heb ik op Kinnaird laten liggen, maar ik zal proberen snel weer te bellen. Maak je om mij maar geen zorgen. Ik hou van je. Dag.'

Ik legde de hoorn op de haak en mijn hand bleef erboven zweven omdat ik sterk de neiging voelde om ook een bericht op Charlies mobieltje in te spreken.

'Nee, Tiggy, hij is je oude werkgever!' sprak ik mezelf streng toe.

Je wilt met hem praten, hè? Omdat je om hem geeft.

'Nee, niet waar,' zei ik hardop.

Geef het nou maar toe...

Ik zuchtte. Als gevolg van de lessen die ik van Angelina had gekregen, was mijn intuïtie, oftewel mijn innerlijke stem, tot leven gekomen als een vrouwelijke versie van Japie Krekel. Sterker nog, de laatste tijd hield het stemmetje zelden haar mond, waardoor ik er meteen mee om de oren werd geslagen als ik mezelf probeerde voor te liegen.

Oké, dacht ik, nadat ik afgerekend had en de winkel uit liep. Marcella was de stad in gegaan en ik liep alleen terug. 'Ik gaf... Ik bedoel, ik geef nog steeds om hem,' zei ik hardop tegen het stemmetje, 'maar hij is getrouwd en heeft een dochter, hij is verantwoordelijk voor een enorm landgoed dat misschien wel bankroet is, en zijn leven is een puinhoop! Dus wat je ook zegt, deze keer negeer ik je!'

Toen ik opkeek, zag ik twee passerende vrouwen me vreemd aankijken.

'Ik heb een onzichtbare vriendin!' riep ik in het Engels. Daarna zwaaide ik nog even en liep verder de heuvel op naar Sacromonte.

Die avond verklaarde Angelina dat ik klaar was om naar 'de universiteit' te gaan, zoals zij het noemde. Toen ik aankwam, ging Pepe net weg om mijn fiësta voor te bereiden, dat over een paar dagen gepland stond.

'Iedereen komt,' zei hij voordat hij vertrok, en ik voelde zijn opwinding. 'Net als vroeger!'

Angelina en ik gingen samen zitten en ze gaf me uitleg over haar krachtigste vormen van magie, waar ook talismannen, spreuken en beschermende munten bij hoorden. In de donkere grot, slechts bijgelicht door een enkele kaars – dat vond ze prettiger dan het felle licht van een gloeilamp – liet ze me heilige voorwerpen zien die nog van mijn voorouders waren geweest. Toen ik ze in mijn tintelende handen hield, legde ze uit hoe ik contact kon leggen met de 'Anderwereld', een wereld waarin geesten ronddoolden en in mijn oor fluisterden, wat de reden scheen te zijn dat ik dingen 'wist'.

Op het moment dat er vloeken ter sprake kwamen, weigerde ik in eerste instantie. 'Ik dacht dat we genezeressen waren, medicijnvrouwen. Waarom zouden we iemand kwaad doen?'

Somber keek ze me aan. 'Erizo, wereld zit vol licht en duisternis. In mijn leven, ik heb veel duisternis gezien.' Ze deed haar ogen dicht en ik wist dat ze dacht aan het verleden dat haar en dit prachtige land nog steeds achtervolgde. 'In duistere tijden, jij doet wat jij kunt voor overleven, om jouzelf en je dierbaren te beschermen. Nu, wij gaan bos in en ik leer jou woorden van machtigste vloek die bestaat.'

Een kwartier later liet ze me midden op de open plek stilhouden en moest ik me de woorden inprenten die ze in het Spaans fluisterde, met een talisman om mijn hals ter bescherming. Misschien was het maar goed dat ik de woorden niet begreep. Ik mocht ze nooit hardop zeggen, laat staan opschrijven, ik mocht ze alleen in gedachten doornemen tot ze onuitwisbaar in mijn geheugen gegrift stonden.

'Hoe vaak heb jij de vloek gebruikt?' vroeg ik op de terugweg.

'Pas twee keer,' zei ze. 'Eén keer voor mij, één keer voor iemand die mijn hulp nodig had.'

'Wat is er gebeurd met de mensen die je vervloekt hebt?'

'Ze zijn dood,' zei ze onverschillig.

'Juist,' verzuchtte ik, overweldigd en geschokt door de kracht van deze vrouw. Ik hoopte maar dat ik minder sterk was, want over leven en dood beschikken, dat was niet wat ik wilde.

'Jij goed hebt gedaan, Erizo,' zei Angelina twee dagen later. 'Pepe en ik hebben verrassing voor jou. Ga naar Marcella.' Ze werkte me de deur uit, zodat zij aan haar siësta kon beginnen.

Terug in het hotel trof ik Marcella aan, die veelbetekenend naar me glimlachte. 'Kom maar mee, Tiggy.' Ze trok me mee naar het gedeelte van de grot dat dienstdeed als haar woning. De vertrekken waren ingericht met traditionele stoffen en dekens en in een hoek stond een enorme, ouderwetse televisie.

'Daar.' Ze wees naar de bank.

Op de bank lag een prachtige flamencojurk, wit met weelderige paarse ruches langs de rok.

'Pas maar,' moedigde ze me aan. 'Deze jurk heb ik als kind gedragen, maar jou past hij wel. We gaan een echte *bailaora*, een flamencodanseres, van jou maken voor de fiësta vanavond.'

'Is die voor mij?' vroeg ik verbaasd.

'Natuurlijk, het is een fiësta!'

Ze duwde de zachte stof in mijn handen en bracht me naar het badkamertje, waar ik mijn jurk uittrok en dit nieuwe kledingstuk over mijn hoofd trok. Daarna ging ik weer naar Marcella zodat zij de vele knoopjes kon vastmaken, streek ik de rok glad en trok de diepe V-hals recht.

'Hier, kijk maar in de spiegel.' Ze draaide me er met mijn gezicht naartoe.

Toen ik mezelf zag, was ik geschokt door de vrouw die vanuit de spiegel terugstaarde. Deze Tiggy was gebruind door de Spaanse zon en had sprankelende ogen. De jurk accentueerde mijn smalle middel en bescheiden decolleté.

'¡*Linda*!' riep ze uit. 'Beeldschoon! Nu nog schoenen. Angelina heeft me deze voor jou gegeven. Ik wist niet of ze zouden passen, maar nu ik jouw kleine voetjes zie, weet ik dat zij gelijk had.' Ze stak me een paar rode leren schoenen met smalle riempjes toe.

De stevige hakken in Cubaanse stijl waren maar zo'n vijf centimeter hoog, maar aangezien ik altijd platte schoenen droeg, was dat meer dan genoeg. Ik nam ze van haar aan en schoof ze aan mijn voeten, terwijl ik me net Assepoester voelde. Toen ze zich perfect naar mijn voeten vormden, voelde ik iets in mijn nek prikken. 'Van wie zijn deze schoenen?'

'Ze zijn van je grootmoeder Lucía geweest, natuurlijk.'

Om negen uur die avond liepen Marcella en ik de heuvel af naar een van de grotere grotten. Zonder haar had ik die ook wel gevonden, want de muziek schalde door heel Sacromonte en leek als een tastbare aanwezigheid in de lucht te hangen. Onzeker streek ik mijn haar glad, terwijl Marcella me mee de grot in trok, waar het nu al druk was. Ze had mijn lokken met olie in model gebracht en een krul midden op mijn voorhoofd gemaakt, precies zoals bij Lucía op de foto's die ik van haar had gezien.

Bij mijn binnenkomst begon er een zee van mensen te klappen en juichen, en ik werd van de ene naar de andere persoon meegesleurd door een stralende Angelina en Pepe, die allebei gekleed waren in hun beste flamencokleren, net als alle aanwezigen.

'Erizo, dit is kleindochter van neef van jouw moeder, Pilar, en dit zijn Vicente en Gael, Camila, Luis...'

Met een tollend hoofd van alle namen liet ik me meevoeren door de menigte, overweldigd door de oprechte warmte die ik in ieders omhelzing voelde. Toen Vicente – of was het nou Gael? – me een glas manzanilla gaf, zag ik Pepe achter in de grot op een stoel zitten met zijn gitaar op schoot. Naast hem zat een man op een houten kistje.

'¡*Empezamos*!' riep hij. 'We gaan beginnen!'

'¡Olé!' riep het publiek toen er twee jonge danseressen heupwiegend de vloer op kwamen. Ze begonnen aan een dans die Angelina een *chufla bulerías* noemde, 'een eenvoudige dans.' Maar toen ik de vrouwen met opgeheven hoofd en volkomen synchroon in een snel ritme zag tikken met de hiel en bal van hun voet en met hun rok zwaaien zodat de grot gevuld werd met felle kleuren, stond ik versteld van wat ze konden.

En ik maakte hier deel van uit; de gitanocultuur zat me in het bloed en in mijn ziel. Toen een jonge man mijn hand vastpakte, verzette ik me niet, maar ontspande ik me en liet me meevoeren op het ritme van Pepes gitaar en door wat iedereen de duende in mijn binnenste noemde.

Ik weet niet hoe lang ik bleef dansen, maar het leek wel of Lucía's schoenen met me aan de haal gingen. Het kon me niet schelen of ik er belachelijk uitzag toen ik mijn danspartner nadeed en op de oeroude bodem van de grot stampte, met mijn nieuwe familie om me heen. De vloer trilde door al die mannen, vrouwen en kinderen die dansten van pure blijdschap, omdat ze het ritme van de muziek niet konden weerstaan.

'¡Olé!' riep Pepe.

'¡Olé!' schreeuwde ik samen met alle anderen, en daarna liet ik mijn danspartner alleen om wat water te gaan drinken.

'Tiggy!'

Ik voelde een krachtige hand op mijn schouder. En ik wist vrijwel zeker dat ik ze niet allemaal meer op een rijtje had door de alcohol die ik had gedronken, in combinatie met alle rondjes die ik had gedraaid, want terwijl ik omkeek dacht ik dat die stem net zo klonk als die van Charlie Kinnaird.

'Hallo, Tiggy.' Charlie pakte mijn arm en trok me zonder omhaal mee door de massa stampende, klappende dansers.

'Wat doe je in vredesnaam?' probeerde ik mezelf boven de muziek uit verstaanbaar te maken. 'Laat me los!'

Maar dat deed hij niet, en hoe hard ik ook probeerde me los te wurmen en me beklaagde, ik kon alleen maar wachten tot hij me losliet.

Niemand leek ervan op te kijken, maar ik was er inmiddels ook wel achter dat de gitanos een temperamentvol en emotioneel volkje waren, dus waarschijnlijk vonden ze het volkomen normaal hoe wij ons nu gedroegen.

'Ik moet je mee naar buiten nemen, hier kan ik mezelf niet horen nadenken.' Charlie trok zijn trui uit en sloeg die om mijn blote schouders.

Eenmaal buiten keek hij om zich heen, zag het muurtje aan de overkant en trok me daar mee naartoe. Pas daar liet hij mijn arm los, legde zijn handen om mijn middel en tilde me op het muurtje.

'Charlie, wat doe jij hier in vredesnaam?'

'Je moet gaan zitten.' Nu liet hij mijn middel los, maar pakte mijn pols weer beet om mijn hartslag op te nemen.

'Hou op!' Met mijn andere hand sloeg ik zijn vingers weg.

'Maar je hart gaat tekeer!'

'Ja, omdat ik net een uur wild heb staan dansen,' kaatste ik terug. 'Waarom ben je hier?'

'Omdat ik en de rest van de wereld je al de hele week te pakken proberen te krijgen.'

'Hoezo, de rest van de wereld?' Met gefronst voorhoofd keek ik hem aan.

'Cal heeft je mobieltje in je slaapkamer gevonden en we hebben iedereen in je contactenlijst gebeld om te vragen of ze iets van je gehoord hadden. Niet dus. Pas toen je een bericht insprak voor hem en Marina wisten we dat je in Spanje zat.'

'Sorry, Charlie,' verzuchtte ik. 'Even een paar stapjes terug. Wat is er gebeurd? Is er thuis iets aan de hand?'

'Nee, thuis is alles in orde. Het gaat om jou.'

'Hoe bedoel je?'

'Op de ochtend dat je besloot weg te lopen uit het ziekenhuis, heb ik je testuitslagen bekeken. Moet je horen, Tiggy. In een notendop komt het erop neer dat ik denk dat je een ernstige hartaandoening hebt, myocarditis. Je hebt dringend medische hulp nodig.'

'Een ernstige hartaandoening?' vroeg ik zwakjes. 'Ik?'

'Ja. Tenminste, het kan ernstig zijn als er niets aan gedaan wordt.'

'Maar ik voel me prima,' protesteerde ik. 'Sinds ik hier ben, heb ik geen last meer van hartkloppingen.' Voor het eerst keek ik hem recht aan. 'Wil je nou zeggen dat je helemaal hierheen gevlogen bent om me dit te vertellen?'

'Ja, natuurlijk. Ik kon je niet bereiken, dus ik moest wel. Kom nou toch, Tiggy. Je bent al een keer bijna doodgegaan toen je op het landgoed aan het werk was. Dit wilde ik niet ook nog op mijn geweten hebben.'

'Jou valt anders niets te verwijten. Ik ben zelf weggelopen uit het ziekenhuis, zoals jij het noemt.'

'Ja, maar naast mijn plicht als arts voelde ik me ook verantwoordelijk als je werkgever. Ik had geen idee hoe zwaar je het had op Kinnaird. Nu begrijp ik pas waarom je daar weg moest.'

Ik zei niets en vroeg me af of hij op mijn gesprek met zijn vrouw doelde.

'Beryl en Cal hebben me verteld hoe Zed Eszu zich gedragen heeft,' vervolgde hij. 'Ze waren het er allebei over eens dat hij je heeft weggejaagd. Het spijt me zo, Tiggy. Je had ermee naar mij moeten komen. Dat soort gedrag kan echt niet door de beugel.'

'Het is jouw schuld niet. Echt niet, Charlie.'

'Toch wel,' hield hij vol. 'Als ik op Kinnaird was gebleven om alles in goede banen te leiden, had ik er iets aan kunnen doen. Het waren gewoon ongewenste intimiteiten, zo simpel is het. Als ik hem ooit nog zie, dan draai ik hem zijn nek om.'

'Niemand heeft toch tegen hem gezegd waar ik ben, hè?' vroeg ik, oprecht nerveus.

'Natuurlijk niet. Toen ik van Cal hoorde wat er gebeurd was, ben ik meteen naar Kinnaird gereden en heb ik tegen Zed gezegd dat hij daar weg moest. Die middag heeft hij zijn spullen gepakt en is hij er in zijn Range Rover vandoor gegaan. Hij is weg, dat beloof ik.' Hij leek mijn angst te voelen en legde zijn hand op de mijne, waardoor er een hevige tinteling door mijn lichaam ging. 'Hopelijk durf je nu weer terug te komen naar Kinnaird.'

'Dank je.' Voorlopig liet ik hem maar in de waan dat Zed de enige reden was dat ik was weggegaan.

'De politie is naar je op zoek in verband met de schietpartij. Ze hebben de kogelhuls gevonden en daar wordt nu sporenonderzoek op verricht.'

'Is de dader al gevonden?' vroeg ik, met mijn gedachten bij die arme Pegasus.

'Dat weet ik niet, maar ze willen je nog een keer spreken. Wat je medische probleem betreft, ik heb geregeld dat je morgen terecht kunt in het ziekenhuis hier in Granada. We gaan nog een paar onderzoekjes doen om te kijken of je in staat bent om naar huis te vliegen.'

Verbaasd keek ik hem aan. Ook al probeerde hij alleen maar voor me te zorgen, opeens deed hij me griezelig veel aan Zed denken, alweer een man die mijn leven probeerde te bepalen.

‘Het spijt me, maar ik voel me kiplekker en ik ga echt nog niet weg uit Granada.’

‘Nu voel je je misschien goed, maar uit de onderzoeken is naar voren gekomen dat het niet goed met je gaat. Dit is ernstig, Tiggy. Het zou... Nou ja, het zou je dood kunnen worden.’

‘Als kind is mijn hart al zo vaak onderzocht. Toen was het prima in orde, dus waarom zou dat nu niet zo zijn?’

Met een zucht ging hij naast me tegen de muur geleund staan. ‘Luister even naar me, oké? Zonder me in de rede te vallen. Ik wil je gewoon een paar vragen stellen.’

‘Brand maar los,’ zei ik met tegenzin, terwijl ik het ritme van de cajón en het olé-geroep van binnen hoorde. Uitgerekend vanavond wilde ik niet buiten op een muurtje zitten om te praten over een zogenaamde hartafwijking.

‘Wanneer heb je voor het eerst gemerkt dat je hartkloppingen had?’

‘Eh... Ik heb er al een poosje zo nu en dan last van, maar het wordt wel erger als ik een zware aanval van bronchitis heb gehad. En een tijdje terug ben ik snipverkouden geweest en moest ik erg hoesten.’

‘Oké. Kun je nu eens wat verder terugdenken, naar de laatste keer dat je met hoge koorts in bed hebt moeten blijven?’

‘Dat is een makkie. Toen was ik zeventien en zat ik in mijn laatste jaar op kostschool. Mijn temperatuur schoot omhoog en ik moest naar de ziekenboeg. Volgens de dokter had ik keelontsteking, hij heeft me antibiotica voorgeschreven. Uiteindelijk knapte ik weer op, al heeft dat wel even geduurd. Maar dat is al jaren geleden. Sindsdien voel ik me prima.’

‘Is er weleens een scan van je hart gemaakt, tussen die keelontsteking en je opname in het ziekenhuis in Inverness?’

‘Nee.’

‘Tiggy,’ verzuchtte Charlie, ‘myocarditis komt niet zo vaak voor en het is niet altijd duidelijk wat de oorzaak is, maar meestal ontstaat het door een virus. Waarschijnlijk had je daar op je zeventiende last van, maar heeft de dokter dat aangezien voor een keelontsteking.’

‘O, ik begrijp het,’ zei ik, nu een en al oor.

‘Hoe dan ook,’ vervolgde hij, ‘we weten nog niet precies waarom, maar dat virus zorgt ervoor dat de hartspier ontstoken raakt. Als je ziek bent, moet de hartspier extra hard werken. Daarom heb je na je verkoudheid waarschijnlijk last van hartkloppingen gekregen. En door de schrik van de schietpartij, natuurlijk.'

Inmiddels was ik stil. Nu de roes van het feest en de alcohol wat afnam, begon het me te dagen waarom hij hier was. 'Kan ik echt... doodgaan?'

'Zonder de juiste behandeling wel. Dit is ernstig, Tiggy.'

'En valt er met medicijnen iets aan te doen?'

'Misschien, maar het is niet zo zwart-wit. Soms kan het hart zichzelf genezen als het rust krijgt, soms moeten er bètablokkers of ACE-remmers aan te pas komen, en heel soms... Nou ja, soms loopt het niet goed af.'

Ik huiverde, deels uit angst, maar ook omdat de avondlucht fris aanvoelde nu ik weer rustig was.

'Kom, we moeten zorgen dat je het weer warm krijgt.' Hij stak zijn handen uit om me van het muurtje te helpen, maar ik sprong er zelf af. 'Je ziet er trouwens wel heel authentiek uit, net als al die mensen daarbinnen,' merkte hij met een blik op mijn outfit op. 'Verkleedpartijtje?'

'Nee.' Nu moest ik glimlachen. 'Die mensen binnen zijn echte zigeuners. En ik zal het je nog sterker vertellen: ze zijn allemaal familie van me!' Toen hij even niets wist te zeggen, voegde ik eraan toe: 'Nu moet ik naar binnen om afscheid te nemen van mijn nieuwe familie, ook al kan dat misschien mijn dood worden.'

'Natuurlijk. Ik wacht hier wel.'

Eenmaal binnen zag ik dat alle aanwezigen nog steeds aan het stampen, zingen en dansen waren, alsof dit hun laatste dag op aarde was.

Voor mij is dat misschien ook wel zo, dacht ik.

Ik trof Angelina zittend aan naast Pepe, die zijn gitaar had neergelegd en het zweet van zijn gezicht wiste met een grote zakdoek.

'Ik ga naar huis, om te slapen. Hopelijk vinden jullie het niet erg, maar ik ben heel moe. Muchas gracias dat jullie dit voor me geregeld hebben.'

Ze gaven me allebei een zweterige knuffel en twee zoenen op mijn wangen.

'Nu, jij hoort echt bij ons, Erizo. Ga maar naar jouw vriendje toe,' zei Angelina grijnzend.

'Hij is mijn vriendje niet, hij is mijn baas,' zei ik nadrukkelijk.

Met opgetrokken wenkbrauwen haalde ze haar schouders op. 'Buenas noches, Erizo.'

'Wat is dit voor plek?' vroeg Charlie toen we over het slingerpad liepen. 'Bij aankomst zag het er zo verlaten uit. Wonen hier nog steeds mensen?'

'Wel een paar, maar niet veel. Vroeger woonden ze allemaal in deze grotten, maar later zijn ze naar moderne appartementen in de stad verhuisd.'

'Het is echt heel apart,' hijgde hij op weg naar boven. 'Het lijkt wel of er al honderden jaren amper iets veranderd is.' Hij keek naar mij. 'Doe het alsjeblieft wat rustiger aan, Tiggy. Alleen tot je weer beter bent.'

'Ik voel me echt prima,' hield ik vol. 'De lucht hier heeft me goed gedaan, denk ik. Mijn hart is vanavond tijdens het dansen amper overgeslagen.' We liepen verder over het pad dat over de berg langs de grotten slingerde. 'Hoe heb je me eigenlijk gevonden?'

'Zoals ik al zei, wisten we door je telefoontje naar Marina dat je in Spanje was. Daarna heeft Cal in je lades gezocht naar aanwijzingen over waar in Spanje je precies zou kunnen zijn. Hij heeft een paar pagina's gevonden die je van Wikipedia hebt geprint, over een Spaanse danseres. Er stond iets in over Granada en Sacromonte, dus dachten we dat het er dik in zat dat je daarnaartoe was gegaan.' Met een ruk bleef hij staan toen we de bocht om kwamen en het Alhambra aan de overkant in de nachthemel zagen zweven. 'Wauw! Wat een prachtig uitzicht.'

'Dat is het zeker.'

'Ben je er al geweest?'

'Nee, daar ben ik nog niet aan toegekomen. Waar logeer je?'

'In het enige hotel hier, volgens de vrouw achter de informatiebalie op het vliegveld. Het Cuevas El Abanico. Dus daar zijn we maar naartoe gegaan.'

'We?'

'Ja,' zei hij toen we bijna bij het hotel waren. 'Het leek me niet gepast om alleen te komen, dus heb ik een chaperonne meegenomen. Kom maar kijken.' Hij loodste me mee door de poort. 'Misschien ligt ze inmiddels al in bed, maar...'

Ik was nog maar amper binnen, of er kwam een gestalte in een geruite pyjama op me afgerend, die haar armen om me heen sloeg.

'Tiggy! Wat ben ik blij jou te zien.'

'Ik ook om jou te zien, Ally,' zei ik verwonderd. Ik maakte me los uit haar omhelzing om haar eens goed te bekijken. 'Wat zie je er goed uit.' Ik nam haar stralende blauwe ogen, haar dikke roodblonde haar en de forse buik die de knopen van haar pyjamajasje op de proef stelde in me op. 'Jeetje, je bent gigantisch! Het lijkt wel of je op knappen staat. Mocht je nog wel vliegen?'

'Dat ging prima. Ik heb nog een maand voor de boeg, maar thuis in Bergen vloog ik tegen de muren op. Thom, mijn tweelingbroer, kreeg medelijden met me en vroeg of ik mee wilde naar Londen, waar hij moest optreden. Ik heb mijn dokter ervan overtuigd dat een andere omgeving me goed zou doen. Toen belde Charlie me en hoorde ik wat er gebeurd was en dat hij dacht dat je hier zou zijn, dus heb ik mijn ticket omgeboekt en ben ik meteen met hem naar Granada gekomen.'

'O god, Ally. Het gaat echt wel, hoor,' kreunde ik. 'Jij zou veilig thuis in Bergen moeten zitten, niet achter mij aan door Europa moeten jakkeren.'

'We maakten ons allemaal zorgen om je. Als jullie me nu willen excuseren, dan laat ik jullie verder kletsen,' zei Charlie terwijl hij mijn pols nog een keer opnam en knikte. 'Hij is weer rustig.'

'Heeft Charlie uitgelegd hoe ernstig je aandoening is?' wilde Ally weten.

'Jazeker,' zei hij. 'En morgen ga je naar dat ziekenhuis, Tiggy. Al moet ik je er hoogstpersoonlijk naartoe slepen. Oké?'

'Ze gaat wel,' antwoordde Ally in mijn plaats.

'Als er vannacht iets gebeurt, weten jullie me te vinden.'

'Ja. Welterusten, Charlie. En bedankt,' riep Ally hem na toen hij naar zijn kamer achter in de grot liep. Daarna zeiden we geen van beiden iets tot we de deur achter hem dicht hoorden gaan.

'Wil je liever meteen naar bed, Tiggy?'

'Nee, ik ben veel te hyper om te slapen en ik wil alle nieuwtjes van je horen. Laten we daar gaan zitten.' Ik wees naar de kleine zitkamer met de leren banken.

'Niet te lang, anders wordt dokter Charlie boos,' fluisterde ze toen ik haar voorging en zij zich op een van de banken liet zakken.

'Leg nog eens uit hoe jullie me gevonden hebben.'

'Charlie was in alle staten toen hij me belde met jouw mobieltje. Wat een leuke vent is dat.' Ze glimlachte. 'Hij is duidelijk erg op je gesteld.'

'Het spijt me dat ik jullie zo tot last ben.'

'Tiggy, neem nou maar van mij aan dat ik blij was dat ik niet in Bergen hoefde te blijven. Je kent me toch, ik ben dol op actie,' zei ze glimlachend. 'Trouwens, ik was heel ongerust over je, wij allemaal. Ik moet zeggen dat je er veel beter uitziet dan ik verwacht had.'

'Ik voel me ook beter, echt waar. Toen ik hier aankwam, was mijn hartslag nog onregelmatig, maar sindsdien heb ik er veel minder last van.'

'Mooi zo. Charlie zei ook dat die Cal een uitdraai in je lade had gevonden over een flamencodanseres.' Ze wees naar mijn jurk. 'Daarom ben je hier zeker? Om je biologische familie te zoeken?'

'Ja.'

'Oké, maar hoe kwam je er nou bij om het ziekenhuis te verlaten zonder tegen iemand te zeggen waar je heen ging?'

'Ik... Dat is een lang verhaal, Ally. Ik moest gewoon weg.'

'Dat gevoel ken ik. Charlie dacht dat het niet alleen door de schietpartij kwam, maar dat het ook iets te maken had met een wit hert en Zed Eszu.'

'Ja, die dingen speelden zeker ook mee.'

'Ik hoorde dat je Maia gesproken hebt.'

'Yep. Ze heeft alles bevestigd wat ik al voelde. Die baan heb ik natuurlijk afgeslagen.'

'Theo vindt hem een enorme eikel,' zei ze met een verdrietig glimlachje.

Door de manier waarop ze over de overleden vader van haar kind praatte, in de tegenwoordige tijd, kreeg ik een brok in mijn keel. Toen ik naar haar keek, voelde ik dezelfde bewondering voor mijn grote zus als in mijn kindertijd. Omdat ik zo vaak ziek was en dan op de zolderkamer moest uitzieken, had ik urenlang vanaf het zitje in de erker naar Ally zitten kijken, die in haar Laser over het Meer van Genève zoefde. Ik had haar zien kapseizen en zichzelf weer uit het water zien hijsen om opnieuw te beginnen. Daardoor wist ik beter dan wie dan ook hoeveel moed en vastberadenheid ze had getoond om haar doel te bereiken. Als kind was die sterke, capabele zus mijn grote voorbeeld geweest. En dat ze hier vanavond was – zeker aangezien ze hier helemaal niet zou moeten zijn omdat haar baby elk moment zijn opwachting kon maken – ontroerde me diep.

'Zed had iets heel betoverends, Ally. Bij hem lijkt het net alsof...' Ik zocht naar de juiste woorden. 'Nou ja, alsof je de enige persoon in de kamer bent. Hij richt al zijn aandacht op je, tot je je net zo voelt als een konijn dat verstijft in de koplampen van een auto. Hij... hypnotiseert je, en hij neemt met nee geen genoegen.'

'Volgens mij bedoel je dat als hij iets wil, hij zich nergens door laat weerhouden. En om de een of andere reden, waar wij alleen maar naar kunnen gissen, lijkt hij het op de D'Aplièse-zussen gemunt te hebben. Misschien is het toeval, maar ik vind het wel heel vreemd dat ik de boot van Kreeg Eszu naast die van Pa heb gezien, tijdens wat later zijn besloten begrafenis bleek te zijn. Jij bent degene met een sterke intuïtie. Wat denk jij daar nou van?'

'Ik weet het niet, Ally. Echt niet.'

'Vroeger plaagde ik je weleens met dat zweverige gedoe van je, maar...' Ze beet op haar lip. 'Soms zou ik durven zweren dat ik Theo tegen me hoor praten. Dat hij me ergens voor op mijn kop geeft of iets grappigs zegt waardoor ik moet giechelen als ik hem mis.' In haar ogen blonken tranen.

'Dan weet ik zeker dat hij er inderdaad is, Ally.' Opeens trok er een tinteling langs mijn ruggengraat en gingen de haartjes op mijn armen overeind staan. Ik had me altijd afgevraagd wat dat betekende, en Angelina had uitgelegd dat het kwam omdat er een geest in de buurt was. Dus stelde ik me glimlachend open voor de vraag die ik van Theo aan Ally moest stellen. 'Hij wil weten waarom je niet beschermd bent tegen het boze oog.'

De kleur trok weg uit haar gezicht en haar hand ging automatisch naar haar hals. 'Ik... Tiggy, hoe kun jij dat nou weten? Dat gaat over een kettinkje dat hij voor me gekocht heeft, vlak nadat hij me een aanzoek had gedaan. Het was maar een goedkoop ding en een paar weken geleden is het slotje stukgegaan. Ik heb nog geen tijd gehad om het te laten repareren. O, god, Tiggy. O, god.'

Ze keek zo bang dat ik me meteen schuldig voelde, maar hier in de heilige grotten van Sacromonte, gesterkt door de kracht van al mijn voorouders, kon ik er niets aan doen dat Theo doorkwam. 'Hij zegt dat hij Bear een mooie naam vindt.'

'We hadden het er een keer over hoe we onze kinderen later zouden noemen. Ik zei dat ik Teddy wel leuk vond, en hij zei... Hij zei...' Ze snikte. '... dat hij Bear mooier vond.'

'Hij houdt van je, Ally. En hij zegt ook...' Ik moest goed luisteren, want ik voelde de energie zwakker worden. '... dat je voorbereid moet zijn.'

Verward keek ze me aan. 'Wat bedoelt hij daarmee?'

'Ik heb geen idee. Sorry.'

'Ik...' In een ruw gebaar veegde ze de tranen uit haar ogen. 'Ik ben helemaal met stomheid geslagen om wat je net allemaal zei. Allemachtig, Tiggy. Wat een gave heb jij. Ik bedoel, die dingen kon je echt niet weten. Echt niet.'

'Er is hier iets met me gebeurd,' zei ik zacht. 'Het is moeilijk uit te leggen, maar kennelijk stam ik af van een lange lijn helderziende zigeuners. Ik voelde altijd al veel aan, maar sinds ik Angelina heb leren kennen en zij me dingen heeft geleerd, snap ik het allemaal veel beter.'

'Dus je hebt een familielid van je gevonden?' Het was duidelijk dat ze zichzelf weer in de hand probeerde te krijgen.

'Nou en of. Zoals Charlie daarstraks al heeft gezien, heb ik er een heleboel. Vanavond waren ze allemaal op de fiësta, maar ik heb vooral tijd doorgebracht met Angelina en haar oom Pepe, mijn oudoom.'

'Dus... dat verklaart een hoop. Jij stamt af van zigeuners, en we weten allemaal dat jij de waarzegster van onze familie bent.' Ze glimlachte.

'Nou, sinds ik hier ben, heb ik nog geen glazen bol of iets dergelijks gezien.' Opeens voelde ik me prikkelbaar, alsof ik me moest verdedigen. 'Angelina is wat ze noemen een bruja, een medicijnvrouw, die meer weet van kruiden en planten en de geneeskrachtige werking daarvan dan iedereen die ik ken. Ze zorgt al haar hele leven niet alleen voor de zigeuners, maar ook voor de payos, de niet-zigeuners. Ze doet goed werk, en alles wat ze doet is echt, Ally. Dat zweer ik je.'

'Na wat je net over Theo hebt gezegd, neem ik dat direct van je aan,' zei ze huiverend. 'Hoe dan ook, voordat je me nog meer de stuipen op het lijf jaagt, kunnen we maar beter naar bed gaan. Help je me even omhoog?' Ze stak haar hand uit en ik trok haar overeind. Haar gezicht betrok even en ze greep naar haar buik, waarna ze mij aankeek. 'Wil je je nichtje of neefje voelen schoppen?'

'Heel graag.'

Ze leidde mijn hand naar een plekje links van haar navel. Na een paar tellen voelde ik al een schokje tegen mijn handpalm. Het was voor het eerst dat ik een baby in de buik voelde schoppen, en ik kreeg er tranen van in mijn ogen.

Nadat we elkaar omhelsd hadden, liepen we door de smalle gang naar onze kamers.

'Welterusten, Tiggy. Slaap lekker.'

'Jij ook. Het spijt me echt als ik je...'

'Sst.' Ze legde haar vinger tegen haar lippen. 'Als ik het eenmaal een beetje kan bevatten, weet ik zeker dat dit een van de bijzonderste momenten van mijn leven is geweest. O...'

'Wat?'

'Je zei toch dat hij de naam Bear mooi vindt?'

'Ja.'

'Dat is niet echt een meisjesnaam, vind je wel?'

'Nee, inderdaad.' Ik knipoogde even naar haar. 'Welterusten, Ally.'

De volgende dag strompelde ik mijn pikdonkere grot uit, de felle zon in. Aan een van de tafeltjes buiten zat een onwaarschijnlijk gezelschap: mijn baas, mijn zus en mijn pas gevonden gitanofamilie.

'Hallo, schone slaapster,' plaagde Ally me. 'Ik wilde je net wakker komen maken. Het is al middag.'

'Jeetje, wat erg. Zo lang heb ik nog nooit geslapen.'

Angelina mompelde iets en trok expressief haar schouders op.

'Ze zegt dat je je slaap hard nodig hebt,' zei Charlie.

'Spreek je Spaans?' vroeg ik verbaasd.

'Tijdens mijn tussenjaar heb ik in Sevilla gewerkt. Angelina en ik hebben een heel interessant gesprek gevoerd. Ze zegt dat zij ook dokter is.'

'Dat klopt.'

'Ze zei ook dat ze je sinds je hier bent behandelt aan je hartkwaal.'

'Echt?' Ik keek Angelina aan. 'Is dat waar? Dat spul dat ik van jou moet drinken...'

'Sí.' Ze haalde haar schouders op en zei weer iets in het Spaans tegen Charlie, waarbij ze naar mij gebaarde. Dat werkte me danig op de zenuwen, want het meeste kon ik niet verstaan.

‘Ze zegt dat je voorouders je hebben geholpen toen jullie naar het bos zijn gegaan. En dat ze dat nu nog steeds doen.’

‘Is dat zo? Nou, in dat geval ben ik daar heel blij mee. Zeker als het betekent dat ik niet naar het ziekenhuis hoef.’

‘Het spijt me, Tiggy. Ik sta best open voor alternatieve geneeswijzen, maar die onderzoeken moeten toch echt gedaan worden. En als je het niet erg vindt, moeten we zo vertrekken.’

‘Oké dan,’ gaf ik toe.

‘Marcella wil ons met de auto brengen. Ik kom er zo aan.’

Terwijl Charlie naar zijn kamer liep, bleven Angelina, Ally en ik in het zonnetje zitten om warm brood met jam te eten, door mij weggespoeld met nog een dosis van het drankje.

‘Dit zal dan wel goed voor me zijn.’ Ik deed in een overdreven gebaar mijn ogen dicht en werkte de laatste paar slokken naar binnen. ‘Angelina, waarom heb je niet gezegd dat je zag dat ik ziek ben?’

‘Ziekte maakt bang, angst maakt ziek. Beter niet weten. Dan jij wordt snel beter.’

‘Je ziet er in elk geval wel gezond uit,’ viel Ally haar bij. ‘Ik vertelde net aan Angelina en Charlie wat je gisteravond tegen me gezegd hebt en dat je dat niet kon weten.’ Ze legde haar hand op die van mij. ‘Echt waar, Tiggy, ik ben de schok nog steeds niet te boven.’

‘O jee.’ Ik bloosde hevig. ‘Dus nu weet Charlie het ook?’

‘Ja, maar je hoeft je niet te schamen. Het is juist fantastisch wat jij kunt.’

‘Sí.’ Angelina klopte trots op haar borst. ‘Mijn bloed.’

‘Goed, laten we maar gaan,’ zei Charlie, die het terras weer op liep.

Marcella reed als een bezetene door de smalle straten naar de stad en ik bedacht dat als ik ergens een hartaanval van zou krijgen, het haar rijstijl wel was. Zonder zich om haar kleine Punto te bekommeren denderde ze door de bochten en reed bijna een van haar zijspiegels eraf toen een straatje wel erg smal bleek. Charlie, Ally en ik konden pas weer opgelucht ademhalen toen ze door de stadspoort onderaan de heuvel reed en we in de relatief veilige verkeersdrukte van Granada terechtkwamen.

Op mijn horloge zag ik dat het al bijna één uur was. ‘Het duurt vast eeuwen voor we aan de beurt zijn.’

‘We hoeven niet te wachten,’ legde Charlie uit. ‘Ik heb een vriend gebeld die hier iemand op de afdeling Cardiologie kent. Ik zal haar even bellen om te zeggen dat we er zo aankomen.'

Vijf minuten later stapten we uit Marcella's auto en hielp ik Ally om van de passagiersstoel af te komen. Terwijl we het ziekenhuis in liepen, zag ik een erg aantrekkelijke vrouw met glanzende donkere krullen op Charlie afkomen. Ze maakten even een praatje met elkaar, terwijl Ally en ik ons beleefd op de achtergrond hielden.

'Dit is Tiggy,' stelde Charlie ons uiteindelijk in het Engels aan elkaar voor. 'Dit is Rosa, die zo vriendelijk is geweest om ons voor te laten gaan.'

'Hola, Tiggy.' Ze schudde me de hand. 'Dan gaan we maar.'

Rosa en Charlie namen al kletsend het voortouw, terwijl ik met Ally achter hen aan liep en het gevoel had dat ik een kind was dat werd meegesleept naar een tandarts.

We gingen met een lift omhoog en kwamen uit in een kleine wachtruimte, waar Rosa de vrouw achter de balie aansprak. 'Ga maar zitten,' zei ze tegen ons.

Toen we dat hadden gedaan, wendde ik me tot Charlie. 'Wat gaat er precies gebeuren?'

'Eerst wordt er een hartfilmpje gemaakt, dan een scan, en dan wordt je bloed onderzocht. Angelina was het met me eens dat die onderzoeken een goed idee zijn.'

'Maakt ze zich zorgen om me?'

'Eerder het tegenovergestelde. Ze denkt dat je aan de beterende hand bent en wil dat aan mij bewijzen. Het kan in elk geval geen kwaad.'

Er kwam een verpleegster met een klembord naar me toe, die me vroeg met haar mee te gaan. Ik kon bijna de vijandigheid voelen van de andere patiënten die hier waarschijnlijk al uren zaten en vrijwel zeker veel zieker waren dan ik.

Drie uur later, nadat alle onderzoeken en scans achter de rug waren, kleedde ik me aan en ging terug naar de wachtkamer, waar Ally zat. 'Is Charlie weg?'

'Nee. Hij is verdwenen met de beeldschone Rosa en heeft zich niet meer laten zien.' Ze giechelde. 'Misschien heeft ze hem verleid in de onderzoekskamer. Ze keek in elk geval wel alsof ze hem wilde bespringen.'

'Echt?'

'Is je dat niet opgevallen? Zo verrassend is dat toch niet? Hij is heel aantrekkelijk.'

'Hij is wel een beetje oud.' Ik wreef over mijn neus, om te verhullen dat ik misschien een beetje bloosde.

'Oud? Meen je dat nou, Tiggy? Hij is pas achtendertig. Als mensen in de dertig zijn – zoals ik – wil dat nog niet zeggen dat ze dood zijn, hoor.'

'Sorry, ik vergeet vaak dat wij zeven jaar met elkaar schelen. Maar goed, daar is hij al. Dus hij heeft haar avances duidelijk overleefd.'

Charlie had een grote envelop in zijn hand. 'Gaat het, Tiggy?' vroeg hij toen hij ging zitten.

'Yep, beter dan ooit.'

'Inderdaad.' Hij tikte op de envelop. 'Daar lijkt het wel op. Dat het beter gaat, bedoel ik dan. Ik moet de scans nog beter bestuderen, maar de hartspier lijkt een beetje hersteld te zijn. Je hartfilmpje zag er ook normaal uit, al wil ik in Schotland nog wel een holterregistratie bij je doen, gewoon om te kijken of je hartslag nu stabiel is.'

'Wat houdt dat in?'

'Dan krijg je een kastje dat je minstens vierentwintig uur bij je moet dragen, zodat we een goed beeld van de hartfunctie kunnen krijgen.'

'Dus je denkt echt dat er verbetering in zit?' kwam Ally ertussen. Ze draaide niet graag om de hete brij heen.

'Ik durf het bijna niet te zeggen, maar ja. Natuurlijk kan het er ook mee te maken hebben dat Tiggy rust heeft genomen. En soms begint het hart vanzelf te herstellen.'

'Wat? Kan een hart in tien dagen tijd vanzelf beter worden?'

'Normaal gesproken niet, maar...'

'Ik zei toch dat ik me beter voelde,' zei ik zelfvoldaan.

'Denk je dat Angelina's behandeling resultaat heeft gehad?' vroeg Ally door.

'Er heeft in elk geval íéts resultaat gehad,' gaf hij toe. 'Maar nou niet naast je schoenen gaan lopen, jongedame.' Hij zwaaide met een vermanend vingertje naar me. 'De hartspier is nog licht ontstoken, maar ik durf morgen met een gerust hart met je naar huis te vliegen, zodat we je een tijdje goed in de gaten kunnen houden.'

'Het spijt me, maar ik ga niet mee naar Schotland. Ik wil in Granada blijven. Hier heb ik Angelina en Pepe die voor me kunnen zorgen, het is warm en ik heb me in tijden niet zo ontspannen gevoeld. Als het niet goed gaat, kan ik altijd hier naar het ziekenhuis om me door die Rosa van jou te laten onderzoeken.'

Ally en Charlie wisselden een blik uit die me deed denken aan de manier waarop Ma en de oude dokter Gerber keken toen ik nog klein was. Negen van de tien keer voorspelde die blik niet veel goeds.

'We denken echt dat je het beste zo snel mogelijk naar huis kunt vliegen. Ik kan niet bij je blijven, vanwege je-weet-wel.' Ally wees naar haar babybuik. 'Maar Charlie heeft tegen me gezegd dat je rust nodig hebt.'

'Tiggy, myocarditis is...' Charlie zocht naar het juiste woord. '... onvoorspelbaar. Voorlopig wil ik dat je het rustig aan doet, niet dat je 's nachts door het bos loopt te dwalen en met dode mensen praat.'

'Ik vind het niet fijn als je dat zo zegt, Charlie,' zei ik. 'Ik ben hier opgeknapt, dat heb je zelf gezegd.'

'Volgens mij bedoelde hij het niet zo,' schoot Ally hem te hulp. 'Maar we zijn er allebei niet gerust op dat je rust neemt als je hier alleen blijft.'

'Nee, dat klopt. En Beryl heeft al gezegd dat ze met alle liefde voor je wil zorgen in de Lodge. Ze heeft mijn nummer onder een sneltoets staan, zodat er in geval van nood meteen een traumahelikopter kan komen. Waarom gaan jullie voorlopig niet terug naar het hotel? Ik blijf hier nog even. Rosa wil me het laboratorium laten zien. Daar schijnen ze alle nieuwste snufjes te hebben.'

'Dat geloof ik graag,' mompelde Ally. 'Goed, tot straks dan.' Ze hees zichzelf uit haar stoel. 'Ik weet niet hoe het met jou zit, Tiggy, maar ik rammel van de honger. Zullen we nog iets gaan eten in de stad, voordat we weer de berg opgaan?'

Terwijl het bij mij nog stak dat Charlie ons in de steek had gelaten voor de charmante Rosa, vroegen we de weg en liepen naar het bedrijvige Plaza Nueva. Bij elke stap die ik deed, voelde ik de roerige geschiedenis van deze stad, van de gravures van Spaanse granaatappels tot aan de kleurrijke Moorse tegeltjes. Het plein was omringd met indrukwekkende zandstenen gebouwen, drukke cafés en winkels. Er had zich een menigte gevormd om twee flamencodansers die hun kunsten vertoonden in de felle zon. De vestingmuren van het Alhambra torenden boven ons uit, geflankeerd door bomen, alsof ze na duizend jaar nog steeds deze stad moesten bewaken.

We vonden een gezellige bodega aan een van de klinkerstraatjes rondom het plein, die volgepropt was met niet bij elkaar passende tafels en stoelen en waar we de hitte uit de keuken konden voelen. Nadat we een keuze hadden gemaakt uit het heerlijke aanbod van tapas, viel Ally aan op haar chorizo en *empanadillas*, terwijl ik smulde van mijn *patatas bravas* en geroosterde artisjokken, de enige veganistische gerechten op het menu.

'Zo, Tiggy.' Over haar kop koffie heen keek Ally me aan. 'Ik hoop dat je het advies van de artsen opvolgt en morgen terug naar Schotland vliegt.'

'Geen sprake van dat ik nog terugga naar Kinnaird, en daarmee uit.'

'Wat is er toch met je? Ik ben het, Ally. Je weet dat ik een gesloten boek ben, ik zal het aan niemand doorvertellen, dat beloof ik.'

'Ik... Het zit zo, Ally. Er is niets gebeurd tussen mij en Charlie, maar...'

'Ik dacht al zoiets. Ik bedoel, de eerste keer dat hij me belde, was me al wel duidelijk wat hij voor je voelt.'

'Ally! We zijn gewoon vrienden, meer niet. Hij is mijn baas.'

'Nou en? Theo was ook mijn baas.'

'Ook al was Charlie dat niet,' vervolgde ik, 'je moest eens weten hoe ingewikkeld zijn leven is. Om te beginnen is hij getrouwd met een vrouw die echt heel intimiderend is, en ook nog eens zo lang als een boom is.'

'Oké, even eerlijk, Tiggy. Heb je nou wel of niet een affaire met Charlie?'

'Nee!' hield ik vol. 'Echt niet, maar... Hoor eens, ik vertel je dit alleen als je zweert dat je het geen levende ziel zult vertellen.'

'Volgens mij zit niemand in Bergen op verhalen over jouw liefdesleven te wachten.'

'Dat is waar, maar ik wil echt niet dat Ma of de andere zussen erachter komen. De Walkure – dat is mijn bijnaam voor de vrouw van Charlie – denkt ook dat er iets tussen ons gaande is. Ze is me komen opzoeken in het ziekenhuis om te zeggen dat ik niet meer bij haar en Charlie in de buurt mag komen.'

'Juist. Daar weet hij zeker niets van?'

'Nee.'

'Maar je vindt hem wel leuk, toch? Dat zie ik aan je.'

'Natuurlijk! Daarom ben ik weggegaan. Ook al heb ik niets gedaan waarvoor ik me hoef te schamen, ik... Nou ja...' Er kroop een blos naar mijn wangen. 'Ik wilde het wel, Ally. En dat mag niet. Charlie is getrouwd en ik wil geen gezin kapotmaken. Ze hebben ook nog eens een dochter van zestien! Trouwens, moet je zien hoe Rosa op hem reageerde. Ik wil niet de zoveelste vrouw worden die zich aan zijn voeten werpt. Dat zou pas triest zijn.'

'Tiggy, hoeveel vriendjes heb jij nou eigenlijk gehad?'

'Een paar, maar het was nooit echt serieus.'

'Je hebt toch wel... Je weet wel?'

'Ja.' Beschaamd sloeg ik mijn ogen neer. 'Een paar keer maar. Ik vrees dat ik zo'n ouderwets meisje ben dat pas seks wil als er liefde in het spel is.'

'Dat begrijp ik helemaal, en het is niets om je voor te schamen.'

'Echt niet? Soms vind ik mezelf maar sneu en ouderwets. Mijn vriendinnen op de universiteit doken gerust het bed in met een man die ze net op een feestje hadden leren kennen. En waarom ook niet? Mannen doen het ook.'

'Omdat ze geen mannen zijn?' Ze sloeg haar ogen ten hemel. 'Ik snap niks van feministen die mannen nadoen, in plaats van te vertrouwen op hun vrouwelijke kwaliteiten, die volgens mij veel beter zijn. Echt, Tiggy. Als we van onze eigen kracht uitgingen in plaats van mannen na te apen, zouden wij binnen twintig jaar de dienst uitmaken in de wereld. Enfin, ik dwaal af. Dus je hebt niet veel ervaring met mannen, toch?'

'Nee.'

'Nou, ik kan je vertellen dat de man die we twee uur geleden in het ziekenhuis hebben achtergelaten niet alleen fatsoenlijk, aardig en woest aantrekkelijk is.' Ze knipoogde naar me. 'Hij is ook net zo gek op jou als jij op hem. Waarom denk je anders dat hij al die moeite voor je heeft gedaan?'

'Uit professionele overwegingen. Dat heeft hij zelf gezegd.'

'Onzin. Charlie is hier omdat hij heel veel om je geeft. Ik weet bijna zeker dat hij verliefd op je is.'

'Zeg dat nou niet,' smeekte ik haar. 'Daar raak ik alleen maar erger van in de war.'

'Sorry, maar door wat ik de afgelopen maanden heb meegemaakt, ben ik gaan inzien dat je van het moment moet genieten. Het leven is al zo kort. En wat je ook besluit, ik wilde gewoon even zeggen dat zijn gevoelens voor jou wel duidelijk zijn. Geen wonder dat zijn vrouw zo onzeker is.'

'Dan kan ik toch maar beter met de noorderzon vertrekken? Het is veel te ingewikkeld.'

'Dat is het leven meestal, zeker als het om dingen gaat die de moeite waard zijn. Hoe dan ook, je kunt hier niet in je eentje blijven. Dus als je niet terug wilt naar Schotland, wat denk je dan van Atlantis? Ma zou het heerlijk vinden als je er was, en de ziekenhuizen in Genève zijn zo'n beetje de beste van de wereld. Wat zeg je ervan?'

'Ik zie gewoon niet in waarom ik niet hier kan blijven.'

'Nu klink je net als een pruilende kleuter,' verzuchtte ze. 'Ik vind het fijn dat je Angelina zo vertrouwt, maar zelfs zij kan je niet redden als je opeens een hartaanval krijgt. En het is ook niet eerlijk om Marcella hiermee te belasten. Trouwens, het grothotel is heel schattig, maar jij hebt rust nodig en het lijkt me nogal deprimerend om daar de hele dag binnen te liggen. Dus waarom denk je er niet eens over na om terug te gaan naar Genève, zodat Ma al haar opgekropte moedergevoelens op je kan botvieren?'

Ik keek haar aan, dacht even na over wat ze net had gezegd en zuchtte diep. 'Goed dan, maar ik doe het alleen voor jou.'

'Het kan me niet schelen voor wie je het doet. Ik wil gewoon dat je weer opknapt.'

'O, Ally...' Mijn ogen vulden zich met tranen.

'Wat is er?' Boven de tafel pakte ze mijn hand vast.

'Het is alleen... Als kind heb ik al zo'n groot deel van mijn leven voorbij zien gaan door mijn slaapkamerraam op Atlantis. Ik dacht echt dat die tijd achter me lag. Ik heb zo veel ideeën, zo veel toekomstplannen, maar in al die scenario's ben ik gezond. Als dit...' Ik legde mijn hand op mijn hart. '... niet overgaat, dan komt er van al die plannen niets terecht. Ik ben verdorie pas zesentwintig. Ik wil niet als invalide door het leven gaan.'

'Daar gaan we ook maar niet van uit. Voor je toekomstige gezondheid kun je toch wel een paar weken opofferen? Dan heb je meteen de tijd om te bedenken of je terug wilt naar Schotland, of niet.'

'Ik ga niet terug naar Schotland, Ally. Dat kan ik niet.'

'Oké.' Met een zucht wenkte ze de ober voor de rekening. 'Maar nu hebben we tenminste een plan. We gaan op zoek naar een reisbureau in de stad om een vlucht naar Genève voor je te boeken. En daarna gaan we naar de kathedraal van Granada, de laatste rustplaats van mijn grote heldin, koningin Isabella I van Castilië.'

'Is die hier begraven?'

'Ja, naast haar geliefde man Ferdinand. Ben je er klaar voor?' Ze glimlachte.

'Ja.'

De vrouw van het reisbureau keek met gefronst voorhoofd naar haar computerscherm. 'Het is geen gemakkelijke verbinding van Granada naar Genève, señorita.'

'Hoe lang gaat de reis duren?' wilde ik weten.

'Twaalf uur, misschien langer, afhankelijk van de overstaptijd in Barcelona of Madrid.'

'O, ik wist niet...'

'Dat is belachelijk, Tiggy,' kwam Ally tussenbeide. 'Je bent niet in staat om zo lang te reizen.'

'Jij bent vanuit Londen hierheen komen vliegen, terwijl je bijna acht maanden zwanger bent!' wierp ik tegen.

'Dat is anders. Zwangerschap is geen ziekte, zoals een hartaandoening,' bracht ze me in herinnering. 'Laat maar, ik ga Ma bellen. Momentje.' Ze beende het reisbureau uit, daadkrachtig als altijd, en haalde haar mobieltje al uit haar tas.

In een verontschuldigend gebaar naar de vrouw achter de balie haalde ik mijn schouders op, en om mijn schaamte te verbloemen begon ik door reisbrochures te bladeren tot mijn zus terugkwam.

Vijf minuten later stond ze weer voor me, met een tevreden glimlach op haar gezicht. 'Ma zegt dat ze Georg Hoffman gaat bellen om te regelen dat je morgenavond met een privévliegtuig wordt teruggevlogen naar Genève. De details sms't ze straks naar mij.'

'Dat is waanzin, Ally! Dat hoeft helemaal niet en trouwens, daar heb ik helemaal geen geld voor!'

'Ma stond erop. Ze wil dat je zo snel mogelijk terugkomt. En maak je maar niet druk om de kosten. Vergeet niet dat we allemaal de dochters zijn van een steenrijke man, die alles aan ons heeft nagelaten. Soms komt die erfenis goed van pas, zeker als het om kwesties van leven en dood gaat,' zei ze grimmig. 'Nu wil ik er geen woord meer over horen. Laten we naar de kathedraal gaan.'

In de koninklijke kapel was het koel en donker en toen ik omhoogkeek naar de hoge gotische gewelven, vroeg ik me af of mijn familie hier ook al woonde in de tijd van koningin Isabella. Hand in hand liepen we naar de witte marmeren monumenten, waar de gestalten van Isabella en Ferdinand waren afgebeeld met een vredige uitdrukking op hun gezicht. Ik draaide me om naar Ally, van wie ik verwachtte dat ze gebiologeerd naar de beeltenis van Isabella zou staren, maar ze daalde al een trap af. Haastig ging ik haar achterna naar een crypte met een laag plafond onder de torenhoge kathedraal. De lucht was hier koel en de wanden waren vochtig. Voor ons, achter een glazen wand, stond een aantal oude loden grafkisten.

'Daar ligt ze, voorgoed naast Ferdinand,' fluisterde ze. 'En daar ligt hun dochter, die Johanna de Waanzinnige werd genoemd, met haar man. Isabella's kleinzoon ligt hier ook. Hij is in haar armen gestorven toen hij nog maar twee was.'

Ik gaf een kneepje in haar hand. 'Vertel eens wat meer over haar. Nu ik Spaans blijk te zijn, kan ik wel een paar geschiedenislesjes gebruiken.'

'Ik weet nog dat ik een foto van haar in een geschiedenisboek op school zag en vond dat ik een beetje op haar leek. Daarna ben ik meer over haar leven gaan lezen en raakte ik geobsedeerd. Ze was een van de eerste feministen. Ze trok samen met haar man ten strijde, ook al had ze vijf kinderen. Door haar is Spanje enorm rijk geworden en zonder haar had Columbus nooit de Nieuwe Wereld bereikt. Maar toen hij indiaanse slaven mee terugnam, beval ze dat die vrijgelaten moesten worden. Aan de andere kant is ze wel de Spaanse inquisitie begonnen, maar dat is weer een ander verhaal. Enfin...' Haar gezicht betrok en ze greep naar haar buik. 'Volgens mij kunnen we beter teruggaan naar het hotel, zodat ik even kan gaan liggen. Sorry, misschien was het niet zo slim om de toerist uit te hangen nu ik hoogzwanger ben.'

Buiten op het plein, knipperend tegen de felle zon, hoorde ik een krakerige stem roepen: '¡Erizo!'

Geschokt draaide ik me om en zag een bejaarde zigeunervrouw recht naar mij kijken.

‘Erizo,’ zei ze weer.

‘Sí,’ zei ik ademloos. ‘Hoe weet u wie ik ben?’

Zonder iets te zeggen stak ze me een bosje rozemarijn toe, vastgebonden met een touwtje, uit een mand vol met die boeketjes.

Glimlachend nam ik het van haar aan en gaf haar vijf euro. Daarna nam ze mijn hand in haar ruwe hand en mompelde iets in het Spaans, voordat ze weer wegkuierde.

‘Wat was dat nou? Ken je die vrouw?’ wilde Ally weten.

‘Nee,’ zei ik, terwijl ik de rozemarijn tussen mijn vingers wreef en de frisse kruidengeur mijn neusgaten binnendrong. ‘Maar op de een of andere manier kende ze mij wel.’

Bij zonsondergang kwamen we terug in Sacromonte en gingen bij Charlie, Pepe en Angelina op het terras zitten.

‘Wat ruikt het hier lekker,’ merkte Ally op.

‘Gebruik je die kruiden ook in je werk?’ vroeg Charlie aan Angelina.

‘Sí,’ antwoordde ze.

Het viel me op dat Ally over haar buik wreef en zich niet lekker leek te voelen. ‘Gaat het wel?’ fluisterde ik.

‘Ik denk het wel. Ik moet alleen even naar de wc.’

Terwijl ik mijn zus overeind hielp, keek Angelina met toegeknepen ogen naar ons op. ‘Alles goed?’

‘Ja, ik help Ally even om naar de wc te gaan,’ antwoordde ik.

Eenmaal in de grot bleef Ally opeens staan en greep met een van pijn vertrokken gezicht naar haar onderrug en haar buik. Op datzelfde moment gutste er een heldere vloeistof op de stenen vloer tussen haar benen.

‘O god, volgens mij zijn je vliezen gebroken!’ Ik hielp haar in een stoel in de hoek en riep paniekerig om Angelina.

Die verscheen twee tellen later in de keuken, op de voet gevolgd door Charlie. ‘Baby wil eerder komen. Ik heb al honderden gehaald. Geen zorgen, querida.’ Ze leek zelfs opgetogen. ‘En goede Britse dokter is er ook bij. Kan het nog beter?’ Toen ze glimlachte, zag ik Ally’s gezicht ontspannen.

‘Het is al wel lang geleden dat ik een baby gehaald heb, hoor,’ fluisterde Charlie. ‘Zal ik een ambulance bellen?’

‘Die kan niet helemaal komen boven, maar… eens kijken hoeveel vingers jij al bent, querida.’

'Ik ben pas over een maand uitgerekend. Stel nou...' Een plotselinge wee legde haar het zwijgen op, en ze pakte mijn hand stevig vast.

Angelina stond op en hielp ook Ally overeind. Daarna nam ze het gezicht van mijn zus tussen haar handen en keek in haar van pijn doordrongen ogen. 'Geen tijd voor angst,' zei ze resoluut. 'Gebruik energie om baby te helpen. We brengen jou naar mijn slaapkamer. Is comfortabeler.' Ze droeg Ally zowat naar de kamer achter in de grot.

'Al vier vingers ontsluiting!' verkondigde Angelina nadat ze ons allemaal de kamer uit gewerkt had om Ally wat privacy te gunnen. 'Te laat voor ziekenhuis. Maar Charlie, bel *ambulancia* maar, voor geval dat er problemen zijn. Kom mee, Erizo. Wij helpen jouw zus overeind en laten haar lopen. Beste manier om voor te bereiden.'

Ik ging mee en liep met mijn zus heen en weer in de beperkte ruimte van de slaapkamer waar ik geboren was, tot ik het gevoel kreeg dat mijn arm het zou begeven onder haar gewicht. Charlie en Angelina kwamen om beurten binnen – Charlie om Ally's bloeddruk op te nemen en naar het hart van haar en de baby te luisteren, Angelina om haar een tonicum te geven waardoor ze op krachten zou blijven en om te controleren hoe ver de ontsluiting al was gevorderd.

'Ik heb het gevoel dat ik moet persen!' riep Ally na wat wel dagen leek, maar waarschijnlijk maar een paar uur was.

We hielpen haar op het bed en ik stopte wat kussens achter haar rug, terwijl Angelina haar nogmaals onderzocht. 'Nu komt baby snel. Is goed, *Mister* Charlie,' riep Angelina naar hem. 'Zij is bijna helemaal open. Oké, querida, bijna klaar. Nog tien minuten, dan jij mag persen.'

'Maar ik moet nu al!' jammerde Ally.

Het enige wat ik kon doen, was haar hand vasthouden en haar door zweet samengeklitte haar strelen, terwijl de minuten voorbijkropen.

Angelina controleerde Ally's baarmoederhals nog eens en knikte. 'Oké, geen tranen meer. Diep ademhalen en in hand van jouw zus knijpen. Persen als jij weer wee hebt.'

Een paar minuten later, terwijl Ally mijn hand omklemde als een bankschroef, slaakte ze een luide kreet. Nog een paar keer persen, en eindelijk zette ze haar kindje op de wereld.

Omringd door tranen, felicitaties en brede glimlachen tilde Angelina de krijsende baby tussen de benen van de moeder vandaan, zodat ze voor het eerst een glimp kon opvangen van het wondertje dat ze ter wereld had gebracht. 'Het is een jongen,' verklaarde Angelina. 'Omvang normaal.'

Charlie kwam binnen en ging bij Angelina staan om de vitale functies van de baby snel te onderzoeken. 'Zo te zien is hij kerngezond, ondanks zijn beslissing om iets eerder dan gepland ter wereld te komen.' Hij glimlachte opgelucht naar ons allemaal. 'De ambulance staat bij de stadspoort te wachten.'

Met ogen vol vreugdetranen vroeg Ally of ze haar zoon mocht vasthouden.

'Alleen nog even de nageboorte laten komen en de navelstreng doorknippen,' stelde Charlie haar gerust, terwijl hij bij haar kwam staan om haar pols op te nemen. 'Nog een paar minuutjes, dan ligt hij in je armen, beloofd.'

Maar nog voordat hij uitgepraat was, had Angelina het al afgehandeld en de navelstreng doorgebeten met haar eigen tanden. Met nog wat spoortjes bloed eraan wikkelde ze de zuigeling grijnzend in een deken. Op de een of andere manier kwam het tafereel niet macaber of barbaars over, maar volkomen natuurlijk. Ze overhandigde het kronkelende bundeltje aan mijn zus. Op dat moment deed de baby zijn mond open alsof hij weer zou gaan huilen, maar er kwam alleen een zacht geluidje uit dat eerder op een grom leek. Angelina grinnikte en mompelde iets in het Spaans.

'Ze zegt dat de baby denkt dat hij een kleine *oso* is,' vertaalde Charlie.

'Oso?' vroeg Ally, terwijl ze haar zoon omarmde.

'Dat betekent beer,' legde Angelina uit.

'Wat toepasselijk,' zei Ally ademloos. 'En met al dat donkere haar heeft hij er ook wel wat van weg.'

Met tranen in mijn ogen sloeg ik het tafereel gade. Wederom gingen de haartjes op mijn armen overeind staan en wist ik gewoon – ook al konden we hem niet zien – dat Theo erbij was om de eerste momenten van het leven van zijn zoon mee te maken.

'Wil je je neefje vasthouden?' vroeg Ally.

'Heel graag.' Ik nam het bundeltje aan dat ze me toestak en hief het kleine mensje instinctief op naar het witte gewelf van de grot om in stilte een hogere macht te bedanken – wie of wat die dan ook mocht zijn – voor de wonderlijke kringloop van het leven.

Nadat Ally een beetje water had gedronken en Angelina moeder en kind zo goed mogelijk had schoongemaakt, ging ik bij mijn zus op bed zitten. 'Ik ben zo trots op je,' zei ik. 'En ik weet dat Theo dat ook is.'

'Dank je,' zei ze met tranen in haar ogen. 'Eigenlijk viel het best mee. Het was veel makkelijker dan ik gedacht had.'

Zelfs het trauma van een vroegtijdige bevalling bracht mijn ongelofelijk dappere zus dus niet van haar stuk.

'Voor zover ik kan inschatten, is hij volmaakt. Het enige wat we hier niet kunnen doen, is hem wegen,' zei Charlie. 'Ik schat hem op zo'n zes pond.'

'Kan wel! In keuken staat weegschaal,' zei Angelina.

Zodoende werd de kleine Bear zonder plichtplegingen op de grote, roestige weegschaal gelegd waarop normaal gesproken aardappels, wortels of meel werden gewogen.

'Zes pond, honderd gram,' verkondigde Angelina. 'Ally, wil jij met mannen van ambulancia naar ziekenhuis?' vroeg ze, terwijl ik mijn zus haar baby aan de borst zag leggen.

'Als jullie het ermee eens zijn, wil ik liever hier blijven.'

'Oké. Mee eens, Mister Charlie?'

'Jazeker.' Hij had Ally al onderzocht en gezegd dat zij net zo gezond was als de baby. 'Ik zal wel even zeggen dat ze kunnen gaan.'

Nadat we het Ally zo comfortabel mogelijk hadden gemaakt, lieten we haar met rust, zodat ze haar kleine beertje kon leren kennen. Daarna gingen we buiten in de koele avondlucht zitten om op de geboorte te proosten met een glas manzanilla.

'Wel oppassen met alcohol, Tiggy,' waarschuwde Charlie me. 'Deze keer zie ik het door de vingers, omdat het een speciale gelegenheid is.'

'Dank u, dokter.' Ik trok één wenkbrauw naar hem op.

We spraken af dat Angelina vannacht in Pepes bed zou slapen om de wacht te houden over Ally en dat Pepe zijn intrek zou nemen in Ally's kamer in het hotel.

Na de borrel ging ik nog even bij Ally kijken.

'Kun je morgen Thom voor me bellen?' vroeg ze. 'Ik heb hier geen bereik. Zijn nummer staat hierin.' Ze wees naar haar mobieltje, naast het bed. 'En Ma, natuurlijk. We moeten een paspoort aanvragen om die kleine mee naar huis te kunnen nemen. Zeg maar tegen Thom dat mijn geboorteakte in mijn lade met belangrijke papieren ligt, in een doos waar "documenten" op staat.'

'Dat ga ik morgenochtend meteen doen.' Voorzichtig gaf ik moeder en kind een kus. 'Ga nu maar slapen, allebei.' Vlak voordat ik de kamer uit liep, draaide ik me om en glimlachte. 'Nu weten we wat Theo bedoelde toen hij zei dat je voorbereid moest zijn. Slaap lekker.'

Op de terugweg naar het hotel bleef ik even staan om omhoog te kijken naar het Alhambra. Het gebouw stond daar al bijna duizend jaar, net zo solide als de aarde waarop het gebouwd was. Het was getuige geweest van het wel en wee van allerlei mensen – van de Moren duizend jaar geleden, tot Ally's geliefde Isabella van Castilië, tot mij. Opeens bedacht ik dat Ally gelijk had. Ons leven was heel vergankelijk, vergeleken met andere dingen hier op aarde. In de vallei onder me stonden eeuwenoude bomen. En zelfs als die uit de aarde werden gehaald, werden van hun robuuste lichamen nog meubels gemaakt die bleven bestaan, lang nadat de mensen die erop hadden gezeten waren gestorven.

Die gedachte stemde me nederig en liet zien dat mensen helemaal niet zo machtig waren als ze dachten. In werkelijkheid had de aarde het voor het zeggen en zou die ons allemaal overleven. Het enige wat ik kon doen, was mijn plekje in dat grote geheel accepteren. Ik was maar een momentopname en daar was niets mis mee, zolang ik mijn tijd hier maar wijselijk besteedde.

Wat heb ik al veel geleerd sinds ik hier ben, dacht ik toen ik het hotel binnenging.

Het was mijn bedoeling geweest om meteen mijn bed in te duiken, maar mijn hoofd zat nog vol met alle gebeurtenissen van vanavond. Dus nadat ik Marcella welterusten had gewenst, ging ik op het terras naar de sterren staan kijken.

Ik weet niet hoe lang ik daar al stond, in gedachten verzonken, maar ik schrok op door een tikje op mijn schouder. Toen ik me omdraaide, zag ik dat Charlie achter me stond, met een glas brandewijn in zijn hand.

'Hé daar,' zei hij zacht. 'Jij zou al in bed moeten liggen.'

'Ik was nog niet moe,' mompelde ik, me er plotseling van bewust hoe dicht hij bij me stond. 'Vond je het ook niet geweldig om de geboorte van een nieuw leven mee te maken?'

'Nou en of. Daardoor heb ik weer de hoop dat een nieuw begin mogelijk is, in allerlei opzichten.'

Voordat ik goed en wel doorhad wat er gebeurde, boog hij zijn hoofd naar me toe. Bij de aanraking van zijn lippen op de mijne ging er een schokgolf door me heen, maar terwijl de kus dieper werd en mijn lichaam met het zijne versmolt, gingen er alarmbellen af in mijn hoofd.

Hij is getrouwd! Zijn vrouw heeft al haar vermoedens. Tiggy, waar ben je in vredesnaam mee bezig?!

Abrupt maakte ik me van hem los. 'Dit kan niet, Charlie. Je vrouw... Je dochter... Ik... ik kan dit niet.'

Met zichtbare moeite wist hij zichzelf weer in de hand te krijgen, duidelijk geërgerd door wat hij gedaan had. 'Sorry, dat had ik niet moeten doen. Maar als je even naar me luistert...'

'Nee! Ik moet weg. Welterusten.' Met die woorden vluchtte ik weg over het terras, naar mijn veilige kamer.

De volgende ochtend werd ik heel vroeg wakker. De gebeurtenissen van gisteravond kwamen weer naar boven alsof het allemaal een droom was geweest, maar nee. Ik voelde Charlies lippen nog steeds op de mijne.

Met een kreun sprong ik uit bed om me aan te kleden en probeerde ik het uit mijn hoofd te zetten. Daarna ging ik op pad om met Ally's mobieltje naar Thom en Ma te bellen. Op weg naar de stadspoort snoof ik de geur op van de lentebloemen die aan de cactussen en aan de bomen groeiden. Met een bezwaard hart probeerde ik me voor te stellen dat ik straks weer in het besneeuwde Genève zou zijn.

Toen ik eindelijk bereik had, belde ik eerst Thom, Ally's tweelingbroer. Ik moest glimlachen omdat hij precies reageerde zoals Ally zou doen, heel nuchter en doelgericht.

'Goed, ik stap op de eerste de beste vlucht,' zei hij met duidelijk hoorbare blijdschap in zijn stem. 'De kleine Bear – of misschien kan ik beter Bjørn zeggen! – mag niet vliegen zonder paspoort, dus ik zal daarheen moeten komen om Ally te helpen met de aanvraag. We moeten hem ook laten inschrijven in het geboorteregister. Ik zal het dichtstbijzijnde Noorse consulaat opzoeken en alles regelen.'

'Neem ook maar wat babykleertjes mee,' raadde ik hem aan, en ik vertelde hem waar hij Ally's geboorteakte kon vinden. Nadat ik had uitgelegd hoe hij in Sacromonte kon komen, belde ik Ma, en ik hoorde dat ze diep geëmotioneerd was door het nieuws. Per slot van rekening ging dit in wezen om haar eerste kleinkind.

'Ik kan niet wachten om hem en Ally te zien,' zei ze. 'Wens haar maar veel liefs en feliciteer haar namens mij.'

'Dat zal ik doen. Weet je zeker dat je het nog goed vindt als ik naar huis kom?'

'Natuurlijk, ik wil niets liever dan voor jou zorgen. Alleen hoop ik dat je je goed genoeg voelt om de reis aan te kunnen.'

'Jawel hoor, Ma. Dat beloof ik.'

'Je moet om half vijf bij de privéjet op de luchthaven van Granada zijn. Dus ik zie je vanavond weer. Goede reis, chérie.'

In de felle zon liep ik terug over het pad. Ik voelde me nog steeds schuldig over het privévliegtuig, maar verwonderde me er ook over hoe mijn verleden en mijn heden hier met elkaar waren samengekomen.

'De oude en de nieuwe wereld,' mompelde ik toen ik bijna bij het hotel was. Het feit dat Ally's kindje in hetzelfde bed was geboren als ik, maakte het allemaal nog ontroerender. En wat betreft Charlie...

'Tiggy, kan ik je nog even spreken voordat ik vertrek?'

Als je het over de duivel had...

'Ja, natuurlijk.' Ik knikte bruusk en bleef bij de ijzeren poort staan. Het viel me op dat Marcella ons nieuwsgierig gadesloeg.

Hij stond op van de ontbijttafel. 'Zullen we op het muurtje gaan zitten? Dan kunnen we meteen nog een laatste keer van het uitzicht genieten.'

Hij liep de poort door en ging me een eindje voor over het smalle pad, tot we ons buiten het bereik van nieuwsgierige blikken bevonden.

Ik sprong op het muurtje. Mijn benen bungelden in de lucht alsof ik een kind was, terwijl zijn voeten gewoon de grond raakten toen hij ging zitten.

'Over tien minuten moet ik weg, maar...' Hij zuchtte. 'Het wordt tijd dat ik eerlijk tegen je ben, Tiggy.'

'Waarover?'

'De toekomst. Die van jou, die van mij, die van Kinnaird... Anders zou het niet eerlijk zijn tegenover jou. Met jouw scherpe intuïtie had je vast toch al wel door dat er iets aan de hand is.'

'Ja, met Kerst kwam je zo enthousiast over, maar toen vertrok je en... Eerlijk gezegd had ik het gevoel dat je me uit de weg ging.'

'Dat was ook zo. Of eigenlijk ging ik jou niet uit de weg, maar de situatie. Ik wist gewoon niet wat ik moest zeggen. Als ik terug ben, zal ik dit ook met Cal en het andere personeel moeten bespreken. Ik wilde eerst kijken of er nog een andere mogelijkheid was, maar na veel wikken en wegen denk ik niet dat die er is.'

'Je bedoelt dat het landgoed failliet is?'

'Zo ver zou ik niet willen gaan.' Met een wrang glimlachje voegde hij eraan toe: 'Ik bedoel, het geld is op, maar een landgoed van achttienduizend hectare met een mooi gerenoveerd huis erop, ook al rust daar een hypotheek op, is wel iets waard.'

'O, sorry. Zed zei dat het failliet was.'

'Ja, daar had hij het ook al over toen hij aanbood het van me te kopen.'

'O nee hè! Hij zei al dat hij met die gedachte speelde. Je hebt toch geen ja gezegd, hoop ik? Niet dat mij dat iets aangaat, trouwens.' Dat laatste voegde ik er snel aan toe.

'Nee.' Hij grinnikte. 'Al heeft hij me wel een goed bod gedaan. In zekere zin zou ik willen dat ik het kon verkopen, maar dat is nou juist het probleem. Op dit moment kan ik niets doen.'

'Waarom niet?'

'Dat is een lang verhaal. Kort gezegd is het niet zeker of ik het landgoed wel zal erven. Daarom is het niet officieel van mij tot het allemaal voor de rechter is geregeld, en kan ik het dus niet verkopen.'

'Wat?! Maar dat is belachelijk! Jij bent de rechtmatige erfgenaam... De énige erfgenaam.'

'Dat dacht ik dus ook, maar kennelijk had ik het mis.' Hij keek uit over de vredige vallei en het Alhambra boven ons. Aan zijn diepe zucht te horen was hij doodmoe.

'Wie heeft die rechtszaak dan aangespannen?'

'Vind je het erg als ik niet op de details inga? Zoals ik al zei, is het een lang verhaal, en ik moet over vijf minuten naar het vliegveld. Ik zeg dit alleen omdat ik aan handen en voeten gebonden ben tot dit opgelost is. Ik kan alleen proberen te zorgen dat Kinnaird het hoofd boven water houdt. Dat betekent dat al onze plannen in de ijskast komen te staan. Als je bedenkt hoe lang het vaak duurt voordat dit soort zaken in behandeling wordt genomen, kan het nog wel jaren duren voordat er een oplossing komt. Tiggy, denk alsjeblieft niet dat ik van je af wil,' zei hij haastig. 'Je kunt zo lang als je wilt op Kinnaird blijven werken, en natuurlijk wil ik niets liever dan dat je blijft. Maar het zou niet eerlijk zijn om te doen alsof je werkomstandigheden op korte termijn zullen veranderen. Ik weet dat je veel meer in je mars hebt dan de oppas spelen voor vier wilde katten. Daarvoor heb je geen studie van vijf jaar gedaan, toch? Wat ik eigenlijk wil zeggen, is dat je misschien beter op zoek kunt gaan naar een andere baan als je weer beter bent, hoe erg ik dat ook zou vinden. Ik zou het mezelf nooit vergeven als ik je zou belemmeren in wat volgens mij een prachtige carrière kan worden.'

Toen ik naar zijn vrijwel volmaakte profiel keek, kostte het me bijna alles wat ik in me had om zijn hand niet vast te pakken. 'Ik vind het echt heel erg voor je, Charlie. Wat moet dit een nachtmerrie voor je zijn.'

'Het kon beter, maar ik wil niet te veel medelijden met mezelf hebben. Er is niemand dood en mijn gezin en ik hoeven geen honger te lijden. En ach, het gaat maar om driehonderd jaar familiegeschiedenis.' Met een verdrietig glimlachje draaide hij zich naar me toe. 'Maar goed, ik kan maar beter gaan. Marcella heeft aangeboden me naar het vliegveld te brengen. Het allerbelangrijkste vind ik dat je me belooft dat je rust neemt als je op Atlantis bent. Ik zal aan Marina doorgeven hoe ze het beste voor je kan zorgen.'

'Beloofd, maak je om mij maar niet druk. Jij hebt al genoeg aan je hoofd.'

'Zorgen maak ik me toch wel, maar hoe dan ook hoop ik je snel weer te zien op Kinnaird, al is het maar omdat je afscheid komt nemen.'

Toen hij opstond, voelde ik tranen in mijn ogen prikken. 'Dat zal ik doen.'

'Het spijt me ook echt van gisteravond. Dat was niets voor mij. Ik heb al zeventien jaar niemand meer gezoend, behalve mijn vrouw. Het was volkomen ongepast en ik hoop niet dat ik je beledigd heb, vooral niet na alles wat ik heb gezegd over de manier waarop Zed zich heeft gedragen.'

'Nee, echt niet, Charlie.' Ik wilde niet dat hij dacht dat zijn aandacht niet gewenst was, want zo zat het helemaal niet.

In stilte liepen we terug naar het hotel, en op het terras pakte hij zijn reistas op.

Op dat moment dook Angelina ineens naast ons op; het leek wel of ze uit het niets kwam. 'Ik kom gedag zeggen, Mister Charlie. Kom snel terug, dan wij praten verder.' Ze gaf hem op elke wang een kus.

'Dat zal ik doen.'

'Jij moet weten dat zij,' Angelina wees naar mij, 'heeft oplossing voor jouw probleem. Tot ziens.'

Charlie en ik keken elkaar verward aan, terwijl de oude vrouw weer net zo snel het terras verliet als ze was gekomen.

'Juist. Nou, laat af en toe iets van je horen en laat me weten hoe het met je gaat, oké?'

'Dat zal ik doen.'

Marcella kwam bij ons staan. 'Klaar voor de rit van je leven, Charlie?' Ze grinnikte.

'Ik kan niet wachten.' Hij sloeg zijn ogen ten hemel en liep achter haar aan. 'Dag, Tiggy.'

Nadat ze waren vertrokken, schonk ik een glas water voor mezelf in en dronk er gretig van. Ondertussen bedacht ik dat het geen wonder was dat Ulrika zo onzeker was over haar man. Het was duidelijk dat hij een aantrekkingskracht bezat waar vrouwen gevoelig voor waren. Zelf leek hij zich daar echter totaal niet van bewust.

'Misschien is hij daarom wel zo charmant,' mompelde ik, terwijl ik het hotel uit liep om te gaan kijken hoe het met de kersverse moeder en baby ging.

Ik trof Ally aan in een stoel buiten de grot van Pepe en Angelina, met een slapende Bear in haar armen. Onder haar ogen zag ik donkere kringen, ongetwijfeld door de eerste slapeloze nacht waarin ze Bear had moeten voeden, maar ze sprankelden van geluk en voldoening.

'Hoe voel je je?'

'Moe, maar verder helemaal top!'

'Zo zie je er ook uit. Ik ben zo blij voor je. Trouwens, ik heb Thom gebeld en hij zei dat hij meteen een afspraak zou maken met het consulaat.'

'Typisch mijn broer,' zei ze grijnzend.

'Ik betwijfel of hij het redt om vandaag nog naar Sacromonte te komen. Zal ik nog een nachtje blijven, voor het geval dat hij er morgen pas is?'

'Nee, het gaat echt goed met me. Vergeet niet dat ik hier mensen heb die goed voor me zorgen. Ga jij nou maar naar Atlantis en laat je een tijdje door Ma vertroetelen. Over Ma gesproken, heb je haar ook gebeld?'

'Ja, ze was door het dolle heen, dat kun je je wel indenken. Ik moest je namens haar feliciteren.'

'Zeg maar dat ik snel met Bear langskom op Atlantis.'

'Dat zal ik doen. Zo, dan zal ik Pepe maar eens wakker gaan maken.'

'Doe dat maar. Ik wilde toch even gaan rusten, nu de kleine een dutje doet.'

'Ik kom straks nog wel afscheid nemen.' Ik liep naar het hotel en klopte op Pepes deur.

'Hoe laat is het?' mopperde hij toen hij opendeed. Het was duidelijk dat ik hem wakker had gemaakt. Maar zodra hij mijn gezicht zag, omhelsde hij me. 'Oké, querida. Nu, ik moet ontbijt maken voor Angelina. En voor jou en mij.'

Nadat hij zich had aangekleed en we samen naar de blauwe deur waren gelopen, zei hij dat ik op het terras moest gaan zitten en ging hij zelf in de keuken aan de slag. Hij kwam terug met een dienblad met warm brood en koffie.

Angelina kwam achter hem aan. 'Dus jij gaat naar huis.'

Ik knikte. 'Ja, over een paar uur al. Maar ik kom terug zodra het van de artsen mag,' voegde ik er snel aan toe. 'Ik moet nog zo veel van je leren.'

'Sí, en wij ook nog hier zijn als jij terugkomt. Ook al is Pepe dan oud en dik, ik ben zo sterk als paard.' Ze knipoogde.

'Het liefst zou ik hier bij jullie blijven,' gaf ik toe. 'Maar Ally en Charlie denken dat het beter is als ik naar Genève ga.'

'Soms moet je erop vertrouwen dat anderen weten wat goed voor jou is. En voor henzelf.' Ze grinnikte. 'Jij mag mensen die om jou geven niet de kans ontzeggen om jou te verzorgen. Begrijp je?'

'Een beetje, maar ik wil echt niet weg.'

'Dat weet ik. Deze plek zit in jouw hart. Jij bent altijd welkom.'

'Dank je wel.' Terwijl ik op het heerlijke brood kauwde, deed ik mijn best om deze laatste momenten met mijn pas gevonden familie te koesteren. Ik raapte al mijn moed bij elkaar om te vragen naar wat we al voor ons uit schoven sinds ik in Granada was, omdat het verhaal alleen maar verdrietig kon aflopen. 'Voordat ik ga… Willen jullie me alsjeblieft vertellen over mijn vader en moeder? Ik heb nog zo veel vragen en ik kan niet weg zonder dat ik weet…'

‘Ja, Erizo, natuurlijk wij moeten jou vertellen.’ Ze zuchtte diep. ‘Het zijn niet allemaal gelukkige herinneringen. Misschien was het egoïstisch, om het jou niet eerder te vertellen. Maar Pepe en ik denken er liever niet aan.’

Pepe pakte haar hand en we bleven alle drie een tijdlang stilletjes zitten. Uiteindelijk leek hij zichzelf tot de orde te roepen en keek hij met zijn bruine ogen in de mijne. ‘Dan ik begin maar, want ik was er zelf bij. Het was 1944 en terwijl de wereld zichzelf nog steeds kapotmaakte met oorlog, was Lucía in Zuid-Amerika, op het hoogtepunt van haar carrière…’

LUCÍA

MENDOZA, ARGENTINIË

SEPTEMBER 1944

Flamencojurk met sleep (*bata de cola*)
Een dansjurk met een lange, wijde rok,
waarvoor veel bewegingsvaardigheid vereist is.

29

Met zijn ogen half dichtgeknepen tegen de felle septemberzon liep Meñique de veranda op. Hij boog zich over de balustrade en keek uit over de wijngaarden die verspreid in het dal beneden lagen en de besneeuwde toppen van de Andes verder weg. Nog nooit van zijn leven had hij zo'n zuivere lucht ingeademd, en zelfs op deze grote hoogte scheen de zon aangenaam warm op zijn huid. Hij genoot ervan om hier te zijn.

Tot zijn schaamte moest hij toegeven dat Lucía's recente ongeval hem goed was uitgekomen: na jarenlang voortdurend op tournee te zijn geweest in Zuid-Amerika, had het cuadro een optreden gegeven in een afgeladen theater in Buenos Aires, toen Lucía tijdens een wel heel woeste *ferruca* zo hard met haar voet op het podium had gestampt dat ze de planken had versplinterd.

Ze had haar enkel lelijk verstuikt en de arts had haar gewaarschuwd dat het voorgoed afgelopen zou zijn met dansen als ze niet de tijd nam om hem te laten genezen. Zodoende was Lucía eindelijk gedwongen zich bij de situatie neer te leggen en het een tijdje rustig aan te doen. De leden van het cuadro waren voor de rest van het seizoen uit elkaar gegaan en naar plaatsen in Argentinië en Chili gereisd om zelfstandig op te treden.

Het was de eerste keer van al zijn jaren met Lucía dat Meñique haar helemaal voor zichzelf had, en het was verrukkelijk geweest. Misschien lag het aan de sterke pijnstillers die ze gebruikte, of gewoon aan de ongelooflijke spanning waaraan ze haar lichaam blootstelde en die haar eronder had gekregen, maar hij had Lucía nog nooit zo rustig meegemaakt. Als ze voor altijd zo samen konden blijven zou Meñique morgen met haar trouwen.

'Telegram, señor.'

Renata, het dienstmeisje, kwam de veranda op en gaf hem het bericht aan.

'Gracias.'

Hij zag dat het geadresseerd was aan Lucía, die doezelend op haar ligstoel lag. Hij opende het, simpelweg omdat zij het hem toch zou laten voorlezen.

Het was geschreven in het Engels en Meñique ging aan de tafel zitten en begon het te ontcijferen.

ALLE VOORWAARDEN GEACCEPTEERD STOP OVERTOCHT GEBOEKT VAN BA NAAR NY 11 SEPT STOP KIJK ERNAAR UIT JULLIE ALLEN HIER TE BEGROETEN STOP SOL STOP

'¡Mierda!' vloekte Meñique. Zijn hart bonsde van woede. Hij stond op en liep naar Lucía.

'Er is een telegram voor je,' zei hij met een harde stem. Hij zag dat ze wakker schrok. Hij gooide het naar haar toe en in de warme bries dwarrelde het neer op de betegelde veranda.

'O ja?' Lucía ging rechtop zitten en stak haar hand ernaar uit. Ze gaf het aan hem terug, maar hij wilde het niet aanpakken. 'Wat staat erin?'

'Ik denk dat je dat heel goed weet, Lucía.'

'O.' Ze bekeek het telegram nog eens en zocht naar een herkenbaar woord. 'Sol.'

'Ja, Sol. Sol Hurok. Dus je gaat naar New York.'

'Nee, wíj gaan naar New York. Alsof ik jou zou achterlaten! Je zult trots op me zijn. Ik heb het heel goed uitonderhandeld.'

Meñique nam de tijd om diep adem te halen.

'Is het dan nooit bij je opgekomen dat het weleens goed zou kunnen zijn om mij te vertellen wat je van plan was?'

'Niet tot hij mijn voorwaarden geaccepteerd had. De vorige keren dat hij me vroeg, gaf hij af op jou en het cuadro en wilde hij alleen mij hebben.' Lucía stak breed glimlachend haar armen naar hem uit. 'Maar nu kan ik het je wél vertellen.'

Omdat Lucía niet kon lezen wat er in het telegram stond, vermoedde Meñique dat de 'voorwaarden' waren 'geaccepteerd' tijdens een paar telefoontjes laat op de avond toen Lucía had gedacht dat hij sliep.

Meñique ging met trage bewegingen op een stoel zitten. Van zijn eerdere gevoel van tevredenheid was niet veel meer over, om zo veel redenen dat het hem tijd zou kosten om ze allemaal te achterhalen.

'Ben je niet blij, Meñique?' vroeg ze. 'Dit was mijn droom.' Lucía stond op. Ze was nu een en al nerveuze energie en opwinding. Haar kleine voetjes begonnen op de veranda te tikken. 'Stel je toch eens voor? Eindelijk, we gaan naar Noord-Amerika! Zuid-Amerika is van ons, maar nu moeten we La Argentinita de hoofdprijs afnemen!'

'Dus dit heeft allemaal met haar te maken?' vroeg Meñique. Hij keek haar niet aan.

'Het heeft met niets en niemand te maken. Het gaat om een nieuwe plek waar ik mijn danskunst aan de payos kan laten zien. En de payos van New York zijn de rijkste ter wereld.' Lucía liep naar hem toe en sloeg haar armen om zijn schouders. 'Vind je het niet opwindend?' vroeg ze fluisterend in zijn oor. 'Señor Hurok zei dat hij misschien Carnegie Hall voor ons kan afhuren! Kun je je dat voorstellen? Een handvol Spaanse gitanos op het podium van de grootste concertzaal ter wereld!'

'Het bevalt me prima hier in Mendoza, Lucía. Ik zou met alle plezier voor de rest van mijn leven in Zuid-Amerika kunnen blijven.'

'Maar we hebben hier alles gezien wat er te zien valt, alles gedaan wat er te doen is!' Lucía liet hem los en liep heen en weer over de brede veranda met potten vol uitbottende, opvallende rode bloemen van dezelfde kleur als de sjaal om haar hals. 'We zijn in Uruguay, Brazilië, Chili, Colombia geweest,' ze telde de landen af op haar vingers, 'en toen in Ecuador, Venezuela, Santo Domingo, Mexico, Cuba, Peru...'

'Als je nog eens plannen maakt waarvan ik deel uitmaak, Lucía, wil je dan zo eerlijk zijn om het me te vertellen?'

'Maar ik had er niets over gezegd omdat dit een speciale verrassing was! Ik dacht dat je even blij zou zijn als ik!' Lucía kwam zo wanhopig over dat Meñiques woede wat bekoelde. Kennelijk had ze echt gedacht dat hij blij zou zijn.

'Ik vond het geweldig om hier met je samen te zijn, maar ik...' Hij schudde zijn hoofd. '... vraag me af of we ooit ergens tot rust zullen komen. En een leven samen kunnen hebben.'

'Misschien zullen we niet tot rust komen, maar wél een leven samen hebben, een opwindend leven, en ik zal veertienduizend dollar per week verdienen!'

'We hebben niet nóg meer geld nodig, Lucía, we hebben al genoeg.'

'Niets is ooit genoeg. We zijn gitanos. Het leven is een voortdurende zoektocht, we kunnen nooit stil blijven staan, dat weet je.' Lucía keek hem onderzoekend aan. 'Misschien ben je oud aan het worden.'

'Misschien ben ik het gewoon beu om altijd en eeuwig op reis te zijn. Misschien wil ik wel een thuis. Met jou, Lucía... En kinderen, op een dag.'

'Dat kan allemaal, maar laten we eerst ons avontuur afmaken en naar New York gaan.' Lucía liep naar hem toe, ging voor hem op haar knieën zitten en pakte zijn handen vast. 'Ik smeek het je. Ik moet Amerika hebben. Weiger me dit niet.'

'Pequeña...' Meñique haalde nog een keer diep adem. 'Heb ik je ooit iets geweigerd?'

Dit keer hadden ze een kalme zee tijdens de overtocht naar New York, en niemand van het gezelschap, dat tijdens de zes jaar in Zuid-Amerika was uitgegroeid tot zestien personen, werd zeeziek. Lucía had de beste suite van het schip gekregen alsof dat vanzelfsprekend was, en sommige passagiers bogen voor haar of staken hun hand naar haar op om te laten zien dat ze haar herkenden, elke keer dat ze zich verwaardigde aan dek te komen.

'Hoe voel je je?' María trof Meñique over de reling gebogen aan, gewikkeld in een dikke jas en das, die hem welwillend waren uitgeleend door een medepassagier die hem rillend in de herfstbries aan dek had zien staan.

'Triest, omdat we Zuid-Amerika achter ons aan het laten zijn. De warmte, de kleuren...'

'Ja. Ik begrijp het. Dat gevoel heb ik ook. Maar wat kunnen we eraan doen?'

'Niks, María.' Meñique sloeg zijn arm om haar schouders. In de loop der jaren hadden de twee een hechte band gevormd, en ze boden elkaar troost en sterkte wanneer José of Lucía lastig was.

'Ik wil...' begon Meñique.

'Wat wil je?'

'Een eind en een begin,' fluisterde hij. 'Dat we niet meer hoeven te reizen. Een thuis zullen hebben.'

'Sí, ik begrijp het. Ze zeggen dat de oorlog in Europa binnenkort voorbij zal zijn. Ik wil weten wat er met mijn jongens is gebeurd. Ik wil ook naar huis.'

María gaf hem een kneepje in zijn hand. Toen liep ze weg, een eenzame gedaante op het ijskoude dek.

'Wist je dat Antonio Triana me bij Señor Hurok heeft aanbevolen?' vroeg Lucía, terwijl ze zich klaarmaakte voor het diner aan de kapiteinstafel, zware oorringen met diamanten aan haar oren vastmaakte en een bontstola om haar schouders schikte.

'Nee, dat heb je nooit verteld. Ik dacht dat hij met La Argentinita samenwerkte?'

'Dat is ook zo, maar ik heb gehoord dat haar gezondheid achteruitgaat. Hij is op zoek naar een nieuwe partner. En hij heeft mij gekozen!' Lucía giechelde verrukt en wond haar vinger om de zwarte krul midden op haar voorhoofd.

Meñique keek haar aan. 'Ik dacht dat je liever alleen danste?'

'Dat doe ik ook, maar de laatste keer dat ik met Triana in Buenos Aires optrad, voelde ik iets groters dan mezelf, en híj is al beroemd in Amerika.'

'Zeg me alsjeblieft, Lucía, dat we niet helemaal naar New York reizen om La Argentinita's danspartner van haar af te nemen?'

'Natuurlijk niet, maar van Triana kan ik dingen leren. Hij is geniaal.'

'O ja?' Meñique ging achter haar staan en keek naar haar beeld in de spiegel. 'En dat zegt de vrouw die altijd bij hoog en laag beweerd heeft dat elke dans als vanzelf uit haar ziel komt?'

'Ik ben ouder nu en wil nog beter worden. Als Triana me kan leren waardoor La Argentinita zo beroemd is geworden in Amerika, zal ik naar hem luisteren. Je weet dat de dingen veranderd zijn. Met alleen dansen op een podium onder orkestbegeleiding kom je er niet meer. We moeten een spectaculaire show hebben!'

'Hebben we die niet al die jaren aan ons publiek in Zuid-Amerika gegeven?' vroeg Meñique mat. 'Nou, ik heb trek. Ben je al klaar of zal ik alleen naar de eetzaal gaan?'

Lucía sloot een diamanten armband om haar pols, stond op en stak haar hand naar hem uit. 'Ik ben klaar en heb trek in sardientjes.'

Twee dagen later kwam het Cuadro Albaycín in New York aan. Nog nooit had Meñique Lucía zo opgetogen gezien als toen ze opkeek naar de ongelooflijk hoge wolkenkrabbers die in de bewolkte lucht leken te verdwijnen. Ze voeren naar een eilandje in de monding van een reusachtige rivier, langs het symbool van Amerika, de godin van de vrijheid, gehuld in haar grijsgroene gewaden en met de fakkel van de vrijheid in haar hand.

Nadat ze waren aangekomen bij Ellis Island, de haven waar ze van boord zouden gaan, liep Lucía klaar voor een heldenwelkom de loopplank af, alleen om te worden onthaald door immigratieambtenaren, die het gezelschap bevalen mee te gaan naar een gebouw om de noodzakelijke formulieren in te vullen.

'Ik kan niet schrijven! En mijn moeder en vader ook niet!' zei Lucía in het Spaans, terwijl ze de ambtenaren geërgerd aankeek. 'Jullie weten toch wie ik ben?'

'Nee, mevrouwtje, dat weten we niet,' zei een van de mannen, nadat Meñique haar woorden onwillig had vertaald. 'We weten alleen dat u een Spaanse immigrante bent, die de vereiste formulieren moet invullen voordat u de Verenigde Staten van Amerika binnen mag.'

Ondanks Lucía's protesten werd hun allen de toegang tot het land geweigerd. Na contact te hebben opgenomen met Sol Hurok om hem van het oponthoud op de hoogte te stellen, volgde een lange bootreis terug naar Havana. Tijdens die tocht brachten Meñique en de paar andere cuadroleden die konden schrijven urenlang door om Lucía en de rest van het gezelschap te leren hoe ze in ieder geval hun handtekening moesten zetten.

Toen ze twintig dagen later opnieuw in New York aankwamen, was Meñique dolblij dat hij de zee de rug kon toekeren.

Deze keer werden de formaliteiten op Ellis Island vlot afgerond. Het cuadro nam de veerboot naar Manhattan en daar stapten ze in een paar zwart-gele taxi's. Terwijl ze door de stad reden, verbaasde Meñique zich over de enorme gebouwen die in hun honderden glazen ruiten de fletse winterzon weerspiegelden. Hij stapte de taxi uit, zag zijn adem in de ijskoude lucht en probeerde zijn leed te verbergen voor Lucía, die openlijk opgetogen was over de in bont en diamanten uitgedoste paspoppen die ze in de vele etalages zag.

Ze zouden logeren in het Waldorf Astoria-hotel, waar Sol Hurok kamers voor het hele cuadro had geboekt. In de lobby tekende Lucía het register met een opstandige, onleesbare krabbel. Haar vader en de anderen volgden haar voorbeeld, terwijl het personeel en de voorbijlopende gasten de luidruchtige, druk pratende zigeunerband misprijzend bekeken.

Een receptioniste overhandigde Lucía de sleutels van haar suite en ze schreed als een vorstin naar de liften.

Terwijl de liftjongen de knop indrukte, draaide Lucía zich om naar de lobby.

'Hola, New York! Binnenkort kent iedereen hier mijn naam!'

'Zo, u gaat uw Amerikaanse debuut maken in de Beachcomber!' kondigde Antonio Triana aan.

'Wat is dat voor een zaal?' Lucía keek de slanke man met donkere ogen die tegenover haar in de suite zat wantrouwig aan. Zijn broek en gilet waren duidelijk afkomstig van een dure kleermaker en zijn zwarte haar was perfect geolied.

'Een club, heel verfijnd, vaak met veel Hollywoodsterren onder het publiek. Ik heb er zelf gedanst met La Argentinita,' zei Antonio geruststellend.

'Dus het is niet een of andere strandtent?'

'Zeker niet, Señorita Albaycín. De kaartjes voor uw openingsvoorstelling worden voor twintig dollar per stuk verkocht! Nu moet ik gaan, maar vanaf morgen beginnen we met de repetities. Stipt om negen uur 's ochtends.'

Lucía trok een verbijsterd gezicht. 'Maar Señor Triana, we staan nooit voor twaalf uur 's middags op!'

'U bent in New York, Señorita Albaycín. Hier zijn de regels anders. Dus ik zie u en het cuadro morgenochtend om negen uur in de foyer, en dan neem ik jullie mee naar onze repetitiezaal.' Antonio maakte een elegante buiging en liep de kamer uit.

'Negen uur?' Lucía keek Meñique aan. 'Maar dat is midden in de nacht!'

'We moeten doen wat hij van ons wil. Hij kent de regels hier, Lucía.'

'Je hebt gelijk,' zei ze met een zucht. 'Maar vanavond gaan we feesten en wijn drinken!' verklaarde Lucía.

'Ben je klaar voor je debuut in New York?' fluisterde Antonio Triana in Lucía's oor toen ze twee weken later in de coulissen op het podium stonden. Door de kier in de gordijnen zag ze de lichten flikkeren en voor hen hoorde ze het geroezemoes van stemmen in de exclusieve *supper club*. 's Avonds ging het er in de Beachcomber levendig aan toe, en toen ze eerder op weg was naar de podiumdeur had ze tot haar genoegen gezien dat grote drommen mensen wedijverden om binnen te komen.

'Na al die ochtendrepetities ben ik nooit beter voorbereid geweest,' verklaarde ze Antonio.

'Goed, want ik moet je zeggen dat Frank Sinatra, Boris Karloff en Dorothy Lamour vanavond in het publiek zitten.'

'Boris Karloff? De monsterman? Waarom is hij hier? Om me bang te maken, soms?'

'Om jou te zien dansen, Lucía,' zei Antonio glimlachend. 'Maar ik verzeker je dat hij in het dagelijks leven geen monster is. Hij speelt ze alleen goed op het witte doek.' Hij pakte haar hand vast. 'Nou dan, we zullen die rijke Amerikaanse beroemdheden wat van Spanje laten zien. Succes, La Candela.' Lichtjes kuste hij haar vingertoppen. 'Daar gaan we dan.'

Meñique keek toe vanaf zijn stoel aan de zijkant van het podium terwijl Lucía opkwam en door Antonio naar het midden werd geleid. Zoals bij al haar debuutvoorstellingen was Lucía gekleed in een onberispelijk gesneden broek van zwart satijn, een korset dat haar slanke heupen omsloot en een bolerojasje met geprononceerde schouders. Antonio maakte een buiging naar haar, verliet het podium en gaf haar een kushandje. Meñique voelde tentakels van jaloezie over zijn rug kruipen, maar schudde ze af om te voorkomen dat ze tot zijn vingers zouden doordringen.

Hij knikte naar Pepe en de drie gitaristen begonnen te spelen, terwijl Lucía de openingspose van een ferruca aannam, met haar armen hoog boven haar hoofd en haar vingers uitgespreid.

'Succes, mijn liefste,' fluisterde hij. Hij wist dat Lucía nog nooit een verfijnder en veeleisender publiek had gehad om te betoveren.

Een uur later speelde Meñique met vingers die pijn deden het laatste akkoord en hij zag Lucía, nu gekleed in een prachtige paarse flamencojurk, haar bulerías beëindigen. Hij glimlachte heimelijk en wist dat Lucía, ondanks Antonio's zorgvuldige instructies, zijn vaste volgorde grotendeels in de wind geslagen had en zoals gewoonlijk had geïmproviseerd.

Dat is je magie, mi amor, dacht hij. Je bent compleet onvoorspelbaar en ik moet proberen van je te houden zoals je bent.

Meñique, José en Pepe stonden op om een daverend applaus in ontvangst te nemen. Hij zag dat Frank Sinatra was opgestaan, en hoewel Meñique liever niet naar New York was gekomen, kreeg hij tranen in zijn ogen toen Lucía buiging na buiging maakte.

Wat heb je het ver geschopt, dacht hij. En ik kan alleen maar bidden dat het nu eindelijk genoeg zal zijn.

Na opgetogen recensies van Lucía's debuut in de pers lag een optreden in Carnegie Hall in het verschiet. Ze was nu elke ochtend om acht uur op en Meñique had haar nog nooit zo energiek gezien. Het cuadro repeteerde de hele dag en Antonio gaf hun vaardig en geduldig leiding. Het verbaasde Meñique dat Lucía zijn kritiek gedwee accepteerde.

'Ik had je al eerder gezegd dat ik beter wil worden. Ik moet leren wat ze hier in Amerika willen.'

Op een avond zag Meñique dat María nog laat kostuums zat te naaien in de zitkamer van hun suite toen hij de slaapkamer uit kwam om een glas water te gaan halen.

'Het is twee uur 's nachts, María. Waarom ben je nog op?'

'Waarom ben jíj nog op?'

'Ik kan niet in slaap komen.'

'Ik ook niet.' María hield haar vingers stil. 'José is nog niet terug.'

'Oké. Ik begrijp het.'

'Dat denk ik niet. Ik wéét gewoon dat hij weer op het verkeerde pad is. De afgelopen week was hij pas in de kleine uurtjes hier, uren nadat de anderen teruggekomen waren van de repetities.'

'Hij heeft me verteld dat hij achterblijft om de nieuwe nummers van het optreden te repeteren,' antwoordde Meñique naar waarheid.

'Met wie?'

'Sommige van de jongere dansers die zich hier bij het cuadro hebben aangesloten.'

'Precies. En vooral met Lola Montes.' María sloeg haar ogen neer. 'En Martina. Dat zijn heel knappe meiden, nietwaar?'

'María, ik begrijp dat je erover inzit, maar maak je geen zorgen over Lola. Iedereen kan zien dat ze verliefd is op Antonio.'

'Dus dan blijft Martina over.'

'Ik denk echt niet dat...'

'Maar ik wel,' zei María resoluut. 'Ik ken de tekenen, geloof me. En ik kán dit gewoon niet nog eens meemaken. Hij heeft het me beloofd, Meñique, toen ik zei dat hij bij me terug kon komen. Hij zwoer het me op het leven van onze kinderen. Als het waar is, moet ik gaan, terug naar huis, misschien naar Spanje.'

'Terug naar huis, dat zal niet gaan, María, het is nog steeds een chaos, overal in Europa. En ik vraag me af of je door je ervaringen van vroeger niet overgevoelig geworden bent.'

'Ik kan alleen maar hopen dat je gelijk hebt, maar ik ben hier, de hele dag, en ik kan niet zien wat hij doet als hij er niet is. Wil jij mijn oren en ogen niet zijn? Jij bent de enige die ik vertrouw.'

'Wil je dat ik José in de gaten houd?'

'Eigenlijk wel. Nou, dan is het nu tijd dat ik wat ga slapen in mijn lege bed. Welterusten, Meñique.'

Terwijl hij María met haar trotse, elegante gestalte de kamer uit zag lopen, schudde hij vertwijfeld zijn hoofd.

De liefde maakt dwazen van ons allemaal, dacht hij.

'Ze vonden me niet goed!' Lucía plofte op de bank neer en barstte in snikken uit. Meñique kon zich wel voor zijn hoofd slaan omdat hij de recensie in *The New York Times* niet had bekeken voordat Lucía had gezegd dat hij die moest voorlezen. Maar de ovatie die zij en het gezelschap de avond tevoren in Carnegie Hall in ontvangst hadden genomen was zo enthousiast geweest dat hij er niet aan had getwijfeld dat de recensie positief zou zijn.

'Dat is niet zo,' hield Meñique vol, terwijl hij het artikel doorzocht op positieve citaten, waarmee het vol stond.

'*Een verrukkelijk lenig en soepel lichaam dat ze, ondanks de uiterste spanning in haar lijf, altijd onder controle heeft.*'

'*Snel, intens en boordevol fysieke opwinding, maakt ze geheel legitiem en op een bewonderenswaardig artistieke manier gebruik van haar kracht.*'

'*In de alegrías, die ze voortreffelijk danst, was elke vezel van haar lichaam zich bewust van lijn, massa en beweging,*' vertaalde Meñique.

'Ja! Maar ze noemen het een "middelmatige" dansavond, en ze zeggen dat ik de *córdoba* niet had moeten dansen. Die witte kanten jurk was vreselijk! Ik weet dat ik er belachelijk in uitzag.'

'Pequeña, het enige negatieve dat ze over je te zeggen hebben, is dat jouw dansstijl past bij een intiemere sfeer dan die in Carnegie Hall, dat je een zaal moet hebben waar het publiek je van dichtbij kan zien en zich kan verbinden met je passie.'

'En dus halen ze me nu onderuit omdat ik klein ben, omdat ik voor de ogen boven in het theater maar een stipje ben! Maar op de bulerías van Lola Montes hebben ze geen kritiek. Zelfs papá maakte haar meer complimenten dan mij,' zei ze huilend.

'Het publiek aanbad je, Lucía,' zei Meñique mat. 'En daar gaat het om.'

'Als we volgende week op tournee gaan, moet het optreden beginnen met een soleá, vind ik. Antonio vergiste zich, ik kan niet tot iets gevormd worden. Ik ben gewoon wie ik ben, en ik moet dansen wat ik voel.' Lucía was opgestaan en ze liep heen en weer over de vloer.

'Ik weet het, Lucía.' Hij stak zijn armen naar haar uit. 'Je bent zoals je bent. En daarom is het publiek dol op je.'

'Wacht maar tot we op onze Amerikaanse tournee zijn en voor een echt publiek optreden! Iedereen zal mij en wat ik hun stad breng willen zien. Detroit, Chicago, Seattle... Ik ga ze allemaal veroveren!' Lucía maakte zich los uit zijn armen en begon opnieuw heen en weer te lopen door de suite. 'Ik zweer je dat ik die krant zal vervloeken! En nu ga ik naar mamá.'

Ze trok de deur van de suite zo hard achter zich dicht dat de hele kamer ervan schudde.

Ze waren nu vier maanden in New York, en terwijl Lucía de opwindende energie in zich opnam, had Meñique het gevoel dat deze jachtige stad hem langzaam van alle kracht beroofde. Hij was voortdurend verkouden en door het ijskoude weer kon hij maar zelden een dag naar buiten om te gaan wandelen in het groene Central Park, een tamme, kunstmatige versie van zijn geliefde Mendoza.

Hij pakte de krant weer op en herlas een zin in de laatste alinea van *The New York Times*-recensie. Vijf woorden, maar woorden die hem moed gaven en opbeurden.

'Meñique was een uitgesproken succes...' Hij sprak ze uit zonder geluid te maken.

Het was precies wat hij op dat ogenblik nodig had.

Een maand later gingen ze op tournee. Meñique raakte de tel van de dagen kwijt in de weken en maanden die ze doorbrachten in treinen kriskras door het land waarvan het eten, de mensen en de taal allemaal zo nietszeggend waren. Haar belofte getrouw en gestimuleerd door de negatieve recensie, danste Lucía alsof haar leven ervan afhing.

Ook Pepe was opgebloeid en hij speelde met veel meer zelfvertrouwen. Vaak zaten ze nog laat op de avond met zijn tweeën over payokranten gebogen om het nieuws over de oorlog in Europa te lezen. Meñique hielp de jongen met zijn Engels.

Na het zoveelste succesvolle optreden in San Francisco, waar Meñique een gevoel had gekregen alsof de eeuwige mist in zijn botten was doorgedrongen, bezette het gezelschap het merendeel van de zitjes van een nachtrestaurant.

'De sovjets rukken op naar Berlijn,' zei Meñique. Hij liet zijn ogen over de voorpagina van een krant gaan die op het bekraste tafeltje was achtergelaten.

Pepe kwam naast hem zitten en strekte zijn hals om het artikel te lezen.

'Betekent dat dat de oorlog snel voorbij zal zijn?' vroeg hij. 'Ik sprak vanavond een zeeman in de bar die zich voorbereidde om naar Okinawa te gaan. Het schijnt dat er fel gevochten wordt in Japan.'

'We kunnen er alleen voor bidden,' zei Meñique met een schouderophalen, waarop ze allebei nog een smakeloze hamburger bestelden. Meñique wierp een blik op Pepe terwijl die de artikelen in de krant las en dacht dat de erfelijkheid een loopje met hem genomen had, omdat Pepe het temperament van zijn moeder en het uiterlijk van zijn vader had gekregen. Pepe leek de vele bewonderende blikken van de vrouwen onder het publiek niet op te merken. Wat Meñique over José niet kon zeggen...

María kwam naar hun tafeltje gelopen. 'Pepe, querido, Juana wil met je bespreken hoeveel noten je speelt ter introductie van haar bulerías.'

'Sí, mamá.' Pepe stond op en liep weg. María schoof zich tegenover Meñique in het zitje.

'Je hebt prachtig gespeeld, vanavond,' zei María glimlachend. 'Je solo duurde langer dan gewoonlijk.'

'Ik heb erom moeten smeken,' antwoordde Meñique, en hij stak een sigaret op.

‘Ik wist niet dat je rookte.’

‘Dat doe ik normaal gesproken ook niet, het is een slechte gewoonte die ik van Lucía heb overgenomen. Ze rookt minstens twee pakjes per dag.’

Hij keek toe terwijl María zich over de rugleuning van het rode plastic bankje boog en zoekend naar haar man het restaurant rondkeek. Meñique zag dat hij in een zitje naast Martina zat, met zijn arm achteloos en ontspannen op de stoel achter haar.

‘Echt, María, sinds we op deze tournee zijn, heb ik hem echt alleen maar zien praten en drinken, ik zweer het je.’

‘Misschien.’ María glimlachte somber. ‘Maar jij ziet niet alles; er is je iets ontgaan. Veel nachten van deze lange tournee ben ik alleen in slaap gevallen. José is nu een rijke man. En ook beroemd en getalenteerd.’

‘En jij, María, bent nog steeds een heel mooie vrouw. José houdt van je, dat weet ik zeker.’

‘Niet zoals ik van hem houd. Probeer niet om aardig tegen me te zijn, Meñique. Begrijp je dan niet hoe hij me kwelt? Ik ben met hem samen, maar ik weet nu zeker dat hij nooit genoeg aan me zal hebben.’

‘Dat begrijp ik wel, en ik heb het gevoel dat er nooit een eind aan deze tournee komt. Toen we nog in Zuid-Amerika waren, was het spannend. Er was daar zo veel te zien, heerlijk eten, wijn om te drinken. Ze spraken onze taal, begrepen ons…’ Meñique staarde verongelijkt uit het raam in het donker. ‘Hier hebben ze ons niet meer dan een hotdog te bieden.’

‘Ja, ik mis Zuid-Amerika ook, maar Lucía is gelukkig. Ze heeft Amerika veroverd. Ze heeft La Argentinita op haar eigen terrein verslagen. Misschien kan ze het nu kalmer aan doen en zich wat ontspannen.’

‘Nee, María.’ Meñique schudde zijn hoofd. ‘We weten allebei dat dat nooit zal gebeuren. Er zal een andere La Argentinita komen, een ander land om te veroveren… Kan ik je een geheim vertellen?’

‘Ja, natuurlijk.’

‘Ik ben gevraagd voor optredens als soloartiest, in een bekend flamencocafé in Mexico. Ze hadden de recensies in *The New York Times* en de andere kranten gelezen.’

‘Ik begrijp het. Wat ga je doen?’

‘Dat weet ik nog niet. Deze tournee duurt nog maar een paar weken, en wie weet wat daarna komt? Misschien vraag ik Lucía of ze met me mee wil gaan.'

'En de andere cuadroleden?'

'Die zijn niet uitgenodigd.' Meñique pakte zijn glas bier op en nam een teug.

'Ze zal niet met je meegaan, Meñique. Dat weet je zelf ook. Ze kan niet alles wat ze kent achterlaten.'

'Nou,' hij dronk zijn glas leeg, 'dat is dan haar keus.'

'En die van jou,' kaatste María terug.

Terug in New York kreeg het gezelschap een contract aangeboden om op te treden in het 46th Street Theatre, maar bij hun aankomst in het Waldorf Astoria kregen ze te horen dat het was volgeboekt.

'Volgeboekt!' riep Lucía uit, nadat ze door hotelmedewerkers de marmeren ontvangstzaal waren uitgezet. 'Ay! Het staat voor de helft leeg! Jullie zouden blij moeten zijn dat we hier willen logeren.'

Terwijl ze buiten op taxi's stonden te wachten, met een armzalige paraplu als enige bescherming tegen de voorjaarsbuien, sloeg Meñique een arm om haar heen om haar te kalmeren.

'Lucía, misschien zijn ze niet zo blij met wat jij met hun dure houten kasten hebt gedaan, de laatste keer dat we hier waren.'

'Ja, maar hoe had ik anders mijn sardientjes moeten roosteren? Ik had brandhout nodig!' verklaarde ze.

Het cuadro verhuisde naar een paar gerieflijke appartementen aan Fifth Avenue in Manhattan.

'Ik ben blij dat ik hier terug ben. Dit voelt echt als een thuis, hè?' vroeg ze Meñique, terwijl ze wat er in haar vele koffers zat op stapels op de vloer legde.

'Voor mij niet. Ik heb een hekel aan New York. Het is niet mijn stad.'

'Maar de mensen hier houden van je!'

'Lucía, ik moet met je praten.'

'Sí, natuurlijk. Heb je een nieuwe compositie voor onze optredens? Ik zag je iets krabbelen in de trein op de terugweg.' Lucía poseerde voor de spiegel in een prachtige witte bontjas die ze kort daarvoor had uitgepakt. 'Wat vind je van deze?'

'Dat je heel Andalusië een maand lang te eten zou kunnen geven voor het bedrag dat die jas je gekost heeft. Maar hij staat je heel goed, mi amor. Alsjeblieft...' Meñique besefte dat hij op het punt stond te ontploffen. '... kom bij me zitten.'

Lucía voelde hoe gespannen hij was, trok de jas uit en ging naast hem zitten. 'Wat is er?'

'Ik heb een contract in een beroemde flamencobar in Mexico gekregen. Als soloartiest.'

'Hoe lang blijf je weg?'

'Misschien een maand, misschien een jaar, misschien voorgoed...'

Meñique stond op, liep naar het raam en keek neer op de eindeloze stroom langzaam rijdend verkeer op Fifth Avenue. Hij hoorde getoeter, zelfs hier op de dertiende verdieping. 'Lucía, ik wilde alleen... Ik kan dit niet meer.'

'Wat kun je niet meer?'

'Achter jou aan lopen. Ik heb ook talenten, en vaardigheden. Die moet ik allebei gebruiken voor het te laat is.'

'Natuurlijk! We zullen je meer solo's laten spelen tijdens de optredens. Ik zal met papá praten en we zullen alles veranderen, geen probleem,' zei ze en stak een sigaret op.

'Nee, Lucía. Ik denk dat je het niet begrijpt.'

'Wát begrijp ik dan niet? Ik zeg je dat ik je alles kan geven wat je nodig hebt.'

'En ík zeg je dat ik wat jij me kunt geven niet langer nodig heb. Of het niet langer wil. Het gaat niet alleen om mijn muzikale toekomst, Lucía. Het gaat om ónze toekomst.'

'Sí, en ik kijk altijd naar de toekomst. Je weet hoe lang ik je vrouw heb willen zijn, en toch heb je me dat genoegen na al die jaren nog steeds niet gegund. Waarom wil je niet met me trouwen?'

'Ik heb hier vaak over nagedacht.' Meñique draaide zich weer naar haar om. 'En ik denk dat ik eindelijk het antwoord heb.'

'Wat is dat dan? Een andere vrouw, soms?' Lucía's ogen schoten vuur.

'Nee, maar in sommige opzichten zou ik dat wel willen. Lucía...' Hij viel voor haar op zijn knieën en pakte haar handen vast. 'Begrijp je dan niet dat ik met jóú wil trouwen? Maar niet met je familie, je cuadro of je carrière.'

'Nee, dat begrijp ik niet,' gaf ze toe. 'Bevalt mijn familie je niet? Is dat het probleem?'

'Ik vind al je familieleden beste mensen, maar ik hoor er niet bij, en dat zal altijd zo blijven, ook als ik je man word. Je vader gaat over de financiën, hij organiseert de tournees... Hij regelt je leven, maar zelfs dat zou me niet uitmaken als andere dingen goed waren. Ik ben vijfendertig en ik wil met je trouwen, in een huisje ergens in Zuid-Amerika gaan wonen en misschien ooit naar ons geliefde Spanje teruggaan. Ik wil dat we de deur dicht kunnen doen en dat er niemand binnen kan komen als wij dat niet willen. Ik wil dat we kinderen krijgen, ze niet onderweg opvoeden, maar op een behoorlijke manier, ergens waar ze deel van een gemeenschap uitmaken, zoals ik, en jij de eerste tien jaar van je leven, ben opgevoed. Ik wil dat we samen optreden, ergens een plek vinden waar we aan het eind van de middag ons huis uit kunnen lopen en dan terug kunnen komen om 's nachts in ons eigen bed te slapen. Lucía, ik wil dat je echt mijn vrouw wordt. Ik wil ons eigen gezin stichten. Ik wil dat we... tot rust komen, genieten van het succes dat we hebben gehad, voordat we opnieuw vertrekken op een reis vol onzekerheid. Begrijp je, mi amor?'

Lucía, die hem met haar donkere ogen doordringend had aangekeken terwijl hij dat zei, wendde zich af. Ze stond op en sloeg haar armen over elkaar.

'Nee, dat begrijp ik niet. Ik denk dat je me vraagt mijn familie achter te laten en met jou alleen mee te gaan om je vrouw te zijn.'

'Dat maakt deel uit van wat ik je vraag, ja.'

'Hoe zou ik dat ooit kunnen doen? Wat zou het cuadro zonder mij zijn?'

'Martina en Antonio zijn er ook nog, en Juana, Lola, je vader, je broer...'

'Dus je zegt me dat ik overbodig ben? Dat ze het zonder mij ook goed zullen doen?'

'Dat zeg ik niet, Lucía, natuurlijk niet.' Hij zuchtte. 'Ik probeer je uit te leggen dat mensen soms op een punt in hun leven komen waarop ze niet langer op dezelfde weg door kunnen gaan en een brug moeten oversteken om op een andere weg uit te komen. En daar ben ik nu aangeland.' Hij liep naar haar toe en sloeg zijn armen om haar heen. 'Kom met me mee, Lucía. Laten we samen een nieuw leven beginnen. En ik beloof je dat ik, als je ja zegt, met je naar de dichtstbijzijnde kerk zal gaan en morgen met je zal trouwen. Dan zullen we meteen man en vrouw zijn.'

'Chanteer je me nou? Dat heb je al zo vaak gezegd, en er is nog nooit wat van gekomen.' Lucía duwde zijn armen weg. 'Zo wanhopig ben ik niet! En hoe moet het dan met mijn carrière? Wil je dat ik stop met dansen?'

'Natuurlijk niet. Ik heb al gezegd dat ik samen met je wil blijven optreden, alleen niet zo grootscheeps als tot nu toe.'

'Wil je me verstoppen? Me dwingen om half met pensioen te gaan?'

'Nee, Lucía, en ik ben volmaakt gelukkig als jij af en toe een nieuwe cuadro wilt samenstellen om in grote zalen op te treden. Maar geen zeven dagen in de week meer. Ik wil een thuis, zoals ik al zei.'

'Dit bevestigt dat je meer payo dan gitano bent! Wat is er toch met je?'

'Een heleboel, waarschijnlijk,' zei hij met een schouderophalen. 'We zijn allebei wie we zijn, maar ik smeek je uit de grond van mijn hart om na te denken over wat ik tegen je heb gezegd. Ik verlang niet op dezelfde manier als jij naar roem en glorie, maar mijn kleine ego wil ook erkenning krijgen naast de Albaycín-clan. Dat kun je me toch niet verwijten?'

'Zoals gewoonlijk valt je niets te verwijten en ben ik degene die lastig is. De diva! Begrijp je dan niet dat ík het was die ons heeft gebracht waar we nu zijn? Ik!' Lucía sloeg met haar vuist op haar borst. 'Ik ben degene die mamá en Pepe gered heeft in de burgeroorlog, die nooit opgeeft en nooit toegeeft.'

'Ik zou graag geloven dat ik ook heb meegeholpen,' mompelde Meñique.

'Dus je vraagt me te kiezen, sí? Tussen mijn carrière, mijn familie en jou.'

'Ja, Lucía, eindelijk, na al deze jaren, vraag ik je te kiezen. Als je van me houdt, ga je met me mee en dan gaan we trouwen en bouwen we samen een nieuw leven op.'

Ongewoon stil voor haar doen dacht Lucía na over wat Meñique had gezegd.

'Maar hou je dan niet genoeg van me om bij me te blijven?' vroeg ze ten slotte.

De gekwelde uitdrukking die in zijn ogen kwam, was antwoord genoeg voor haar.

30

'De oorlog in Europa is voorbij!'

María stormde het appartement van haar dochter binnen, waar Lucía in het donker op haar zij op de bank lag. Ze trok de gordijnen open en fel licht stroomde de kamer binnen.

'Querida, de hele stad viert feest op Times Square. Alle cuadroleden zijn erheen. Ga je ook mee?'

Ze kreeg geen antwoord. Het bord eten dat María haar de avond daarvoor had gebracht stond onaangeroerd naast een overvolle asbak.

'Nog steeds geen nieuws van hem?' vroeg María, terwijl ze naar haar dochter toe liep.

'Nee.'

'Ik weet zeker dat hij terug zal komen.'

'Nee, deze keer komt hij niet terug, mamá. Hij zei dat hij niet genoeg van me hield om te blijven. Hij wilde dat ik mijn familie zou verlaten, mijn carrière opgeven. Hoe zou ik dat nou kunnen doen?' Lucía ging rechtop zitten, sloeg de koude koffie die urenlang op de vloer had gestaan achterover en stak een sigaret op.

'Onthoud goed, querida, dat dit jouw leven is. Iedereen om je heen zou het begrijpen als je Meñique volgde. Er zijn zo veel mensen die omwille van de liefde dingen moeten doen die ze niet willen.'

'Bedoel je zoals jij en papá? En die nieuwe hoer van hem?' Lucía spuugde op de grond. 'Ik háát de liefde, ik geloof er niet meer in.'

María zweeg. Het duizelde haar na de onthulling van haar dochter. Ook al had ze al maandenlang geweten dat het zo was, Lucía's verbitterde bevestiging kwam keihard bij haar aan.

De twee vrouwen zwegen en gingen allebei op in hun eigen leed.

'Ik weet dat je hem erg mist.' María was de eerste die weer iets zei. 'Je hebt amper gegeten sinds hij weg is.'

'Mijn maag was van streek en ik was misselijk! Dat is alles.'

'Je zult nog wegkwijnen als je niet uitkijkt, querida. Laat hem je dit niet aandoen.'

‘Hij doet me niets aan, mamá! Hij heeft gekozen en is weggegaan. Punt uit. Híj heeft gekozen, zoals alle mannen uiteindelijk doen, en niet ik.’

‘Probeer in ieder geval wat te eten.’ María lepelde een paar sardientjes op en bood ze haar dochter aan.

‘Dat gaat niet. Elke keer dat ik sardientjes zie, moet ik denken aan Meñique, en dat alleen al bezorgt me braakneigingen.’

‘Goed, querida, dan zal ik je voorlopig alleen laten, maar ik ben er als je me nodig hebt. Ik ga niet met de anderen naar Times Square,’ zei María en ze liep naar de deur.

María ging de kamer uit en ze liet Lucía alleen. Lucía stond op en keek naar het slot van de deur. Ze morrelde wat met de sleutel, draaide hem om en hoorde dat het stukje staal soepel in de deurpost gleed.

Ze deed een paar stappen achteruit en wees ernaar alsof het een gifslang was.

‘Dát wilde hij met me. Mij van mijn familie scheiden en onze voordeur voor hen en mijn carrière sluiten. Het is goed dat hij weg is,’ zei ze tegen de bank en de twee fauteuils. ‘Zonder hem ben ik beter af, ja, dat ben ik zeker!’ Niemand reageerde, en ze liep heen en weer in de enorme kamer en vond het aangenaam stil, nu ze het eeuwige achtergrondgeluid van Meñique die zijn gitaar stemde niet meer hoorde en de vloer en de tafel niet meer bezaaid lagen met zijn payokranten.

Ze kon geen rust meer vinden, liep naar het raam en tuurde erdoor naar de jubelende mensenmassa die over Fifth Avenue naar Times Square stroomde. Het verkeer stond stil. Ze opende het raam en het volgende moment werd ze bestookt met een spervuur van getoeter, geschreeuw en gefluit. Het leek alsof heel New York daar beneden feestvierde, en ze vertrok haar gezicht toen ze de paartjes zag die elkaar op straat omhelsden en kusten.

Ze sloot het raam met een klap en trok de gordijnen dicht. Toen kneep ze haar ogen samen en ze sloeg haar armen om haar slanke lichaam. De eeuwige stilte in de kamer was oorverdovend en haast onverdraaglijk. Toen liet ze zich op de bank neerploffen en ze drukte haar gezicht in het kussen en voelde de tranen in haar ogen opwellen.

‘Ik ga niet huilen! Ik mag niet om hem huilen!’ Ze sloeg met een van haar vuisten op het kussen en vroeg zich af of ze zich ooit zo ongelukkig had gevoeld.

Misschien komt hij terug. Hij is wel vaker teruggekomen…
Nee, hij komt niet terug. Hij heeft je een keuze geboden…
Hij houdt van je…
Hij houdt niet genoeg van je…
Ik hou van hem…

'Néé!'

Lucía ging rechtop zitten en haalde diep adem.

'Ik heb mijn hele leven gewerkt om dit alles te bereiken! Als het niet genoeg is, dan…' Heftig schudde ze haar hoofd.

'Ik mis hem…' fluisterde ze. 'Ik heb hem nodig, ik hou van hem…'

Ten slotte gaf ze toe aan haar verdriet, en ze begroef haar gezicht in de kussens van de bank en huilde tranen met tuiten.

'Wat is er met haar?' vroeg José aan zijn vrouw toen het cuadro in Lucía's appartement aan de maaltijd zat na weer een uitverkocht optreden in het 46th Street Theatre.

María gaf niet meteen antwoord en ze bedacht dat haar man nog niet had gevraagd waarom ze niet meer bij hem sliep.

'Je weet wat er met haar is, José. Ze mist Meñique.'

'Dus hoe kunnen we hem dan terughalen?'

'Zo simpel is het leven niet. Dit keer is hij er voorgoed vandoor.'

'Niemand gaat voorgoed weg, zoals je heel goed weet, María,' opperde hij en nam een slok cognac uit de fles.

Voordat ze hem een klap op zijn door de alcohol rood aangelopen wangen zou geven of een mes in zijn verraderlijke hart zou steken, stond María op.

'Soms gebeurt dat wel, José, en Meñique is nu twee maanden weg,' zei ze en stond op. 'Nou, ik ben moe en wens je goedenacht.'

Ze liep de kamer uit, want ze wist dat het geen zin had om met hem te blijven praten wanneer hij dronken was. De volgende ochtend zou hij toch niet meer weten wat hij had gezegd. María ging naar haar eigen slaapkamertje en deed de deur achter zich op slot. Zwaar ademend in het donker probeerde ze haar bonzende hart tot rust te brengen en toen liep ze naar het bed.

'Mamá?' klonk een stem van onder de dekens.

'Lucía? Wat doe jij nou hier?' María stak haar hand uit naar de lichtschakelaar en zag haar dochter in de foetushouding liggen. Zo had ze ook als kind geslapen, naast haar in de grot. 'Ben je ziek, querida?'

'Ja, nee… O, mamá, wat moet ik doen?'

'Aan Meñique?'

'Nee, ik heb het níét over Meñique! Hij heeft zijn besluit genomen en is bij me weggegaan omdat hij niet genoeg van me houdt. En ik wil nooit meer dezelfde lucht als hij inademen.'

'Wat is er dan?'

'Het is…' Lucía ging op haar rug liggen. Haar donkere ogen lagen gekweld in haar magere gezicht. Ze haalde diep adem, zuchtte alsof ze moed verzamelde om de woorden uit te spreken. 'Het geschenk waarmee hij me heeft achtergelaten.'

'Welk geschenk? Ik begrijp je niet.'

'Dit!' Lucía trok de dekens van zich af en wees naar haar buik. Anderen zouden niets aan haar licht gezwollen buik hebben gezien, maar María wist dat haar dochter geen onsje overgewicht had. Als ze op haar rug lag, vormde haar maag meestal een holte tussen haar smalle heupen.

'¡Dios mío!' María sloeg een kruis en hield haar hand voor haar mond. 'Ben je in verwachting?'

'Sí, ik heb het gebroed van de duivel in mijn lijf!'

'Zeg dat niet, Lucía. Dit kind is onschuldig, zoals elke baby, wie de ouders ook zijn en wat ze ook hebben gedaan. Hoeveel maanden heb je nog?'

'Ik weet het niet,' zei Lucía. Ze zuchtte. 'Ik bloed vaak niet. Misschien drie of vier… Ik weet het niet meer.'

'Waarom heb je niets tegen hem gezegd? Of tegen ons? Mijn god, Lucía, je zou moeten rusten, eten, slapen…'

'Ik wist het niet, mamá.' Lucía ging rechtop in de kussens zitten en wees met een priemende vinger naar haar buik. 'Tot dit twee weken geleden op een halve maan begon te lijken.'

'Was je niet misselijk? Voelde je je niet zwak?'

'Sí, maar een tijdje geleden hield het op.'

'Je eet niet meer en zelfs je vader vroeg me vanavond wat er met je was…' María bekeek de bolling. 'Mag ik voelen, Lucía? Om te kijken hoe groot het kind al is?'

'Ik begin een gevoel te krijgen alsof daar een ballon zit die elke dag groter wordt. Ik wil het eruit trekken! O, mamá, hoe heeft dit me kunnen gebeuren?' Lucía jammerde terwijl María haar dochters buik betastte.

'Daar! Ik voelde het zojuist bewegen! Het leeft, gracias a Dios.'

'O ja, het schopt me soms 's nachts.'

'Dan is het minstens vier maanden! Sta op, Lucía, ontspan die sterke spieren van je en laat me je van opzij zien.'

Lucía deed wat haar was gezegd en María bekeek haar verwonderd. 'Nu denk ik vijf maanden. Het is me een raadsel hoe het je gelukt is dit verborgen te houden.'

'Misschien was het je opgevallen dat ik mijn broek niet meer draag. Ik kan hem niet meer dicht krijgen om mijn middel, maar de korsetten van de kostuums houden in ieder geval mijn buik plat.'

'Nee!' María schudde ontzet haar hoofd. 'Je mag geen korsetten meer dragen, Lucía! Het kleintje heeft ruimte nodig om te groeien. En je moet direct ophouden met dansen.'

'Hoe kan dat nou, mamá? Binnenkort gaan we weer op tournee en...'

'Ik zal het je vader vertellen, dan kan hij het morgen annuleren.'

'Nee! Ik blijf hopen dat ik door kan gaan met dansen, dan glijdt het kind er zo uit. Het verbaast me dat het tot nu toe is blijven leven, want ik heb het niks anders gevoerd dan sigaretten en koffie...'

'Genoeg!' María sloeg een kruis. 'Zeg niet zulke verschrikkelijke dingen, Lucía. Je zult nog een vloek over jezelf afroepen. Een kind is het kostbaarste geschenk dat we kunnen krijgen!'

'Maar ik wil niet zo'n geschenk! Ik wil het terugsturen naar waar het vandaan gekomen is, en ik...'

María stapte naar haar dochter toe en legde haar hand over haar mond om haar het spreken fysiek onmogelijk te maken.

'Lucía, luister nou eens een keer naar me. Of je hier nou blij mee bent of niet, je moet jezelf en de baby op de eerste plaats laten komen. Niet alleen het kind, maar ook de moeder kan ziek worden. Begrijp je?' María haalde haar hand weg en hoopte dat ze Lucía tot rede zou kunnen brengen door haar bang te maken voor haar eigen leven.

'Bedoel je dat ik bij de bevalling zou kunnen sterven?'

'De kans dat dat niet zal gebeuren wordt groter als je van nu af aan goed voor jezelf zorgt.'

Lucía keek langzaam naar haar moeder op, en toen liet ze zich in haar uitgestoken armen vallen. 'Wat moet er van ons allemaal worden als ik niet kan dansen?' vroeg ze fluisterend.

'Een kind krijgen is geen levenslange gevangenisstraf. Over een paar maanden zul je die voetjes van je nog sneller bewegen dan nu!'

'Wat zullen we tegen papá zeggen?' Lucía liet zich op het bed neerploffen. 'Hij zal zich een ongeluk schrikken. Het is een schande om een kind te krijgen als je niet getrouwd bent.'

'Lucía.' María ging op het bed naast haar dochter zitten en sloeg een arm om haar heen. 'Je weet net zo goed als ik dat dat niet zo hoeft te zijn. Je moet Meñique vertellen wat er is gebeurd...'

'Nooit! Dat zal ik hem nooit vertellen! En jij moet ook je mond houden!' Lucía schudde de arm van haar moeder af en trok tegen haar van leer. 'Je moet het beloven. Beloof het me nu! Zweer het op Pepes leven!'

'Maar ik begrijp het niet, je houdt van hem, en hij houdt van jou. Hij heeft me zelf gezegd dat hij kinderen wilde...'

'Als hij dat gewild had, was hij bij me gebleven! Ik vervloek hem, mamá. Ik wil hem nooit van mijn leven meer zien.'

'Dat zeg je uit woede en gekwetste trots.' María wees naar haar buik. 'Als hij dit wist, zou hij terugkomen, dat weet ik zeker.'

'Ik wíl hem niet terug! En ik zweer je,' zei Lucía terwijl ze opstond, 'dat ik, als jij het hem vertelt, weg zal lopen en nooit meer zal terugko men. Hoor je me?'

'Ik hoor je.' María zuchtte. 'Maar ik smeek je, denk erover na. Ik snap niet waarom je niet wilt weten dat er een oplossing is waar iedereen tevreden mee zou zijn.'

'Misschien ben jij in staat je hele leven door te brengen met een man die geen respect voor je heeft, maar ík kan dat niet. Ik haat hem, mamá, begrijp je dat?'

María wist dat het geen zin had om verder te ruziën. Net als José had haar dochter een koppig karakter, en zelfs onder deze omstandigheden was ze te trots om Meñique te vragen bij haar terug te komen.

'Dus wat wil je nu gaan doen?' María stelde de vraag in andere woorden. 'Ik bedoel, waar wil je het kind krijgen?'

'Dat weet ik niet. Ik moet nadenken. Hier misschien, verscholen in het appartement?'

'Als je het geheim wilt houden, voorlopig in ieder geval, dan lijkt het me verstandig om uit New York weg te gaan.'

'Omdat die lui van *The New York Times* mijn buik zouden kunnen zien als ik een wandelingetje maak en dan zowel mijn moraal als mijn danskunst zouden bekritiseren?' antwoordde Lucía verbitterd.

'Als het in de krant komt, zal het niet lang duren voordat Meñique het hoort, dat weet ik zeker. Als je besluit om het hem niet te vertellen vaststaat, dan...'

Lucía begon langzaam heen en weer te lopen. 'Laat me denken... Ik moet nadenken. Waar moet ik naartoe? Waar zou jij heen gaan?'

'Terug naar Spanje...' María had het eruit geflapt voordat ze zich kon inhouden.

'Dat is ver weg, mamá.' Lucía glimlachte. 'Maar ze spreken er in ieder geval onze taal.' Ze stapte naar het raam, steunde met haar kleine handen op de vensterbank en drukte haar neus tegen het glas.

'Misschien wil je er een nachtje over slapen, dan praten we morgen verder.' María stond op. Ze wilde haar dochter niet met haar eigen zelfzuchtige wensen en behoeften overhalen. 'De oorlog is in ieder geval voorbij, en we zijn vrij om te reizen naar waar jij heen wilt. Welterusten, querida.'

'Ik heb mijn besluit genomen, mamá, en ik hoop dat je het met me eens zult zijn dat het goed is om dit te doen.'

María lag in haar bed en zag haar dochter boven zich. Lucía had nog steeds de kleren aan die ze de avond tevoren had gedragen en om haar ogen zaten grote, donkerpaarse kringen.

'Ik ga waar jij gaat, querida.'

'Nou, ik vind dat we beter naar huis kunnen gaan.'

'Naar huis?' María keek haar dochter aan en probeerde te achterhalen wat Lucía als haar 'thuis' beschouwde. Ten slotte had het kind gereisd sinds ze tien was.

'Nou, Granada, natuurlijk! Je hebt gelijk, mamá. We moeten terug naar Spanje. Daar hoort mijn hart ook, en zo zal het altijd blijven.' Lucía keek omhoog. 'Ik wil 's ochtends wakker worden, en het Alhambra boven me zien, de geur van de olijfboomgaarden en de bloemen ruiken, ontbijten, lunchen en dineren met jouw madeleines en echt ontzettend dik worden...' Lucía keek grinnikend naar haar bolle buik. 'Dat doen alle *mamás* toch?'

Ook al maakte haar hart een vreugdesprongetje, María wist dat ze er zeker van moest zijn dat Lucía haar jeugdherinneringen niet romantiseerde.

'Querida, je weet toch dat niets in Spanje bij het oude gebleven is? De burgeroorlog en het bewind van Franco daarna hebben het voor het grootste deel kapotgemaakt. Ik weet niet of er nog iemand van ons volk in Sacromonte is achtergebleven, of dat je broers en hun families het overleefd hebben. Ik...'

María's stem klonk hees van emotie.

'Ay, mamá,' zei Lucía, en ze stapte naar haar toe. 'Nu de oorlog voorbij is, moeten we toch gaan kijken hoe het is? Ik zal er met jou zijn. En natuurlijk hoeven we niet in Sacromonte te gaan wonen, ik weet zeker dat we ergens achteraf een aardige *finca* kunnen huren. Niemand zal me in Andalusië zoeken, toch? En bovendien wil ik dat mijn kind geboren wordt in het land waar het thuishoort.'

'Weet je zeker dat je het niet aan Meñique wilt vertellen, Lucía?'

'Nee, mamá! Begrijp je het dan niet? Ik wil zo ver mogelijk van hem weg reizen! En hij zal er nooit aan denken om me in Granada te zoeken. Misschien wil ik ook niet meer dansen,' zei Lucía met een zucht. 'Misschien is die tijd van mijn leven tegelijk met Meñique weggegaan. Dus ik moet een nieuwe start maken. Misschien zal ik veranderen als ik moeder ben, voor altijd mijn rusteloze voeten stilhouden. Jou heeft het wel veranderd, toch, mamá? Jij danste nauwelijks meer nadat je mijn broers en mij gekregen had.'

'Dat was om hele andere redenen, Lucía,' zei María. Ze realiseerde zich nu dat Lucía's beslissing gebaseerd was op niets meer dan zo ver mogelijk weg willen rennen van Meñique en wat zij als verraad en in de steek laten beschouwde. 'Ik was niet zoals jij een wereldberoemde, door duizenden aanbeden danseres, maar gewoon een eenvoudige gitana die dol was op dansen voor de lol.'

'Ik dans ook voor de lol, mamá, en misschien kan ik het mijn kind leren zoals ik het van jou geleerd heb. Misschien kan ik van je leren koken, madeleines en stoofpot met worst maken zoals jij. Dus wat vind je ervan? We moeten zo snel mogelijk vertrekken. Ik wil mijn kind niet op het water krijgen,' zei Lucía rillend. 'Wil jij het papá vertellen?'

'Ay, Lucía.' María verweet zichzelf dat ze een rilling van genoegen over haar rug voelde gaan nu ze zich het ontstelde gezicht van haar echtgenoot als die het nieuws hoorde voorstelde.

'Zeg hem niet waar we naartoe gaan. Vertel dat we naar Buenos Aires of Colombia vertrekken... Waar dan ook. Ik ga er niet van uit dat papá het geheim zal houden voor Meñique.'

'Nou, met jouw toestemming zal ik het Pepe vertellen. Iemand van de familie moet het weten, voor het geval dat ze contact met ons willen opnemen.'

'In Pepe heb ik het volste vertrouwen,' zei Lucía instemmend, en toen glimlachte ze plotseling. 'Spanje, mamá. Ongelooflijk dat we teruggaan, hè?'

'Ja, Lucía, ongelooflijk.'

Lucía stak haar hand uit naar haar moeder. 'Samen staan we sterk. Sí?'

'Sí.' María pakte haar hand stevig vast.

Voordat ze vertrokken uit New York gingen Lucía en María langs bij Bloomingdale's op de hoek van 59th Street en Lexington Avenue, waar ze een koffer vol speelgoed kochten, stoffen om babykleertjes te maken, een Silver Cross-kinderwagen en allerlei dingen die María nooit voor haar eigen kinderen had gehad. Daarna wilde Lucía met alle geweld naar de vrouwenafdeling, waar hun allebei de maat werd genomen voor een paar elegante mantelpakjes en twee jurken. Lucía kocht ook een ronde, breedgerande hoed met een lang lint om de bol. 'Perfect voor de hete zon van Andalusië.'

Ze haalde een stapeltje dollarbiljetten uit haar grote portemonnee en sprak met de verblufte kassier af dat hij de aankopen in koffers zou laten pakken en naar hun hut aan boord van de stoomboot zou laten brengen.

'We willen niet dat papá er lucht van krijgt, toch? Goed, mamá, nu nog één laatste stap in onze gedaanteverwisseling, en we zijn klaar!'

Niettemin was María ontzet toen Lucía haar naar een kapsalon sleepte en opdracht gaf hun haar volgens de laatste mode te knippen en te stylen in *victory rolls*. Terwijl haar lange, ravenzwarte lokken op schouderlengte werden geknipt, sloeg María een kruis. Van Lucía's haar, dat tot over haar middel reikte, werden zelfs nog meer centimeters afgeknipt.

'Ik wil niet dat iemand me tijdens de reis of in Granada herkent.

En dus doen we een tijdje alsof we geen gitana's zijn, maar mondaine payos. Sí, mamá?'

'Sí, Lucía, je zegt het maar,' had María met een zucht gezegd.

31

Na een week op de oceaan kwamen María en Lucía op een prachtige, zonnige meidag in Granada aan. Ze namen hun intrek in het Hotel Alhambra Palace onder María's meisjesnaam. Lucía maakte zich onherkenbaar met behulp van een grote zonnebril en haar nieuwe hoed. Toen ze door de hoge, met veelkleurige Moorse tegels verfraaide lobby vol pluchen zitbanken en potpalmen liepen, kreeg María het gevoel alsof ze een andere tijd was binnengestapt, een tijd die niet was aangetast door oorlog en vernietiging, die werd gekenmerkt door comfort en overvloed en ver van de alledaagse werkelijkheid af stond.

Toen ze in de haven van Barcelona van boord was gegaan, was ze geschokt, omdat de armoede er tastbaar in de lucht hing. Zij en Lucía hadden de trein naar Granada genomen. Tijdens de reis hadden ze het nodige oponthoud gehad en verschillende keren in andere rijtuigen moeten overstappen omdat het spoor kapot was.

María was opgelucht te zien dat de prachtige bouwwerken van Granada er onbeschadigd uitzagen. Op grond van de beelden die ze in New York in de bioscoopjournalen had gezien, van een Europa dat door vuur en vlammen was verslonden, had ze verwacht een smeulende ashoop aan te treffen. Maar het tegenovergestelde was het geval. Er werden nieuwe gebouwen opgetrokken. Mannen van wie ze de ribben kon tellen onder hun hemd vol gaten droegen stenen in de hete zon. Toen ze daar iets over had gezegd tegen hun taxichauffeur, had die neerbuigend zijn wenkbrauwen opgetrokken.

'Dat zijn gevangenen, señora, die hun schulden aan Franco en hun land terugbetalen,' had hij gezegd.

In het hotel had Lucía voor deze ene keer niet met alle geweld een suite gewild. Ze wilde geen aandacht trekken of extra geld uitgeven van het bedrag waarom ze José had moeten smeken voordat ze vertrokken waren. José's eerste aanbod was voor Lucía genoeg geweest om te dreigen dat ze haar vader nooit meer de financiën zou laten controleren. José had zich laten vermurwen en het viervoudige geboden, maar niettemin had Lucía nog eens dat bedrag van hem moeten stelen op de dag dat ze waren vertrokken om aan boord van het schip te gaan. Ze had ook twee van haar kostbare bontjassen verkocht, en een paar met diamanten ingelegde sieraden die ze van een rijke Argentijnse bewonderaar had gekregen.

'Het bezorgt me braakneigingen dat ik moest stelen wat van mij was en mijn bezittingen moest verkopen, zodat papá's vrouw, dochter en kleinkind kunnen overleven,' had Lucía gesputterd toen ze zich in hun hut aan boord van het schip hadden geïnstalleerd.

María vroeg zich af of de breuk tussen vader en dochter ooit nog geheeld zou kunnen worden, maar terwijl ze oostwaarts naar haar geliefde thuisland voeren, had ze het zich niet te veel aangetrokken. De vrijheid en opluchting die ze voelde naarmate het schip dichter bij Spanje kwam, waren overweldigend.

'Wat Lucía ook besluit, ik ga nooit, echt nóóit meer naar hem terug,' zei ze tegen de dolfijnen die met het schip dat de Atlantische Oceaan overstak meezwommen.

Hoewel ze wist waarmee ze geconfronteerd zou worden, had María, ironisch genoeg, van de reis op zich genoten. Bijna alle passagiers gingen terug naar hun geboorteland en de sfeer aan boord was feestelijk.

En met haar nieuwe kleren en eenzelfde kapsel als de andere vrouwen aan boord, had María zich gekoesterd in de anonimiteit van het onopvallend zijn. Tijdens de diners aan de grote, prachtig gedekte ronde tafels had ze zelfs met andere gasten gesproken. Maar terwijl María uit haar gebruikelijke schulp begon te kruipen, trok Lucía zich juist in zichzelf terug. Ze bracht het grootste deel van haar tijd slapend of rokend in haar hut door en weigerde samen met de overige gasten te dineren, zei dat ze zeeziek was of bang om herkend te worden. Geleidelijk aan ging haar gewoonlijk zo zonnige humeur verloren achter een grauwsluier van zwaarmoedigheid en wanhoop.

Hun aankomst op Spaanse bodem had haar niet de stimulans gegeven waarop María had gehoopt. Lucía lag lusteloos in bed een van haar eeuwige sigaretten te roken en María pakte hun koffers uit in de hotelkamer voor twee.

'En nu heb ik trek,' kondigde María aan. 'Ga je mee naar beneden, om na al die jaren onze eerste Spaanse sardientjes te proeven?'

'Ik heb geen trek, mamá,' zei Lucía, maar María bestelde toch sardientjes op hun kamer. Het was een onmogelijke taak aan het worden om Lucía zover te krijgen dat ze iets at, en María maakte zich voortdurend zorgen om haar dochter en het kind in haar buik.

De volgende ochtend liep María de trap naar de lobby af en daar ging ze op zoek naar de conciërge.

'Señor, mijn dochter en ik zijn pas aangekomen uit New York en we willen een finca op het platteland huren. Kent u misschien een bedrijf dat zich met dat soort zaken bezighoudt?'

'Ik zou het niet weten, señora. De mensen proberen al tien jaar wanhopig uit Granada weg te komen, en niet om hier iets te huren.'

'Maar er moeten toch huizen leegstaan?' María was in de wolken dat ze voor het eerst in jaren vloeiend met een onbekende kon spreken en wilde zich niet laten afschepen.

'Sí, die zullen er zeker genoeg zijn, maar ik weet niet of ze goed onderhouden zijn.' De conciërge bekeek haar wat beter, alsof hij nog eens goed nadacht. 'Voor hoeveel personen?'

'Alleen voor mezelf en mijn dochter. We zijn allebei weduwe, en net aangekomen uit New York,' loog María. 'En we kunnen in dollars betalen.'

'Gecondoleerd, señora. Tegenwoordig zitten veel mensen in hetzelfde schuitje. Ik zal zien wat ik voor u kan doen.'

'Gracias, señor,' zei ze.

Een dag later had Alejandro, zoals María hem moest noemen, nieuws voor haar.

'Misschien heb ik iets voor u. Ik zal u er zelf naartoe brengen, dan kunt u het bekijken,' voegde hij eraan toe.

'Wil je mee de finca gaan bekijken?' vroeg ze Lucía, die sinds hun aankomst in Granada nauwelijks haar bed uit was gekomen.

'Nee, mamá, ga jij maar, ik weet zeker dat je een mooi huis voor ons zult uitkiezen.'

Zodoende ging María samen met Alejandro in een auto op weg door Granada. In de straten was bijna geen enkel ander voertuig te bekennen. Iedereen liep of spoorde uitgemergelde muilezels aan karren te trekken. Naarmate ze verder van het hotel vandaan kwamen, maakten de fraaie bouwwerken plaats voor krottenwijken, en waar María zich restaurants en flamencobars herinnerde, waren de ramen dichtgetimmerd en zaten er bedelaars in de deuropeningen van leegstaande gebouwen, die Alejandro's auto met hun ogen volgden. Drie of vier kilometer buiten de stad kwam de weg uit op de weidse groene vlakte die bezaaid was met olijfbomen.

'Misschien bevalt het huis u niet, señora, omdat het zo afgelegen is en u vervoer nodig zult hebben om in de stad te komen,' merkte hij op, terwijl hij een stoffig landweggetje dat zich door een sinaasappelboomgaard slingerde insloeg. Even later hielden ze stil voor een eenvoudig bakstenen huis met één verdieping en dichtgetimmerde ramen om indringers buiten te houden.

'Dit is Villa Elsa, het huis van mijn grootouders, die allebei zijn omgekomen in de burgeroorlog. Mijn zus en ik hebben geprobeerd het te verkopen, maar natuurlijk waren er geen kopers voor,' legde Alejandro uit. Met zijn tweeën beklommen ze de lage houten traptreden naar een met druivenranken overwoekerde veranda aan de voorkant van het huis, die het tegen het helle licht van de avondzon beschermde.

Binnen rook het muf en María zag dat er schimmel op de muren zat. Vanwege de dichtgetimmerde ramen maakte de conciërge gebruik van kaarslicht om haar de zitkamer vol zware houten meubelen, de kleine maar bruikbare keuken en de drie slaapkamers in de verkoelende schaduw van de voetheuvels van het Sierra Nevadagebergte te laten zien.

'Waarschijnlijk is dit niet geschikt voor iemand die in een moderne stad als New York gewoond heeft, maar...'

'Ik vind het perfect, señor, ook al zal er geschrobd moeten worden en zal ik moeten leren autorijden!' zei ze lachend. 'Maar dat kan allebei.' Ze knikte, liep de veranda op en zag uit haar ooghoeken een welbekende vorm hoog boven haar. Ze strekte haar hals ver naar links, keek omhoog en zag het Alhambra in de verte. Haar besluit was genomen. 'We nemen het. Wat wilt u ervoor hebben?'

'Het is een perfecte finca, Lucía! En omdat het huis slecht onderhouden is en Alejandro kennelijk wanhopig, heb ik het bijna voor niets gekregen! Ga morgen maar mee om het te bekijken.'

'Misschien,' zei Lucía met een zucht. Ze lag op haar bed met haar gezicht naar de muur.

'Je kunt er zelfs nog net het Alhambra zien als je naar links kijkt,

Lucía,' bevestigde María, opgemonterd doordat het haar gelukt was zo snel een huis te vinden en helemaal zelf een overeenkomst te sluiten. 'Alejandro behandelde me met zo veel respect dat ik denk dat hij me niet eens voor een gitana hield,' zei ze, trots naar haar beeld in de spiegel kijkend. 'De rollen zijn helemaal omgedraaid! Een payo die óns geld wil!'

'Ik ben blij voor je, mamá.'

'Nou, ik hoop dat je zelf ook blij zult zijn als je het ziet. En autorijden kan zo moeilijk toch niet zijn? Bijna niemand rijdt meer, tegenwoordig, nu er bijna geen brandstof meer te krijgen is. Alejandro zegt dat hij via een vriend die garagehouder is een goedkope auto voor me kan vinden.'

'Dus je hebt een nieuwe bewonderaar.' Lucía liet haar ogen over haar moeder gaan: haar donkere ogen schitterden en in de zomerjurk die ze aanhad kwamen de rondingen van haar weelderige lichaam goed uit. Ze had een nieuw zelfvertrouwen en Lucía kon alleen maar raden dat dat kwam doordat ze eindelijk bij José was weggegaan. Had Lucía zich ook maar zo kunnen voelen omdat ze bij Meñique was weggegaan, dacht ze. Maar ja, híj had háár verlaten...

'Alejandro is getrouwd en hij heeft vijf kinderen, Lucía. Hij is al dankbaar dat hij wat extra inkomsten voor hemzelf en zijn zus heeft. Hij zegt dat we zo veel sinaasappels mogen eten als we op kunnen voordat ze geoogst worden. Stel je voor. Onze eigen sinaasappelboomgaard!' zei María ten slotte, terwijl ze een stapeltje dollarbiljetten aftelde en in haar handtas stopte. 'En nu ga ik Alejandro het voorschot brengen voordat hij van gedachten verandert. Hij zegt dat hij er bij zijn vriend die kassier is een goede wisselkoers voor kan krijgen. Dollars zijn hier kennelijk goud waard!' María keek haar dochter met een stralende glimlach aan en toen liep ze de kamer uit.

Lucía was blij dat ze weg was. Hoewel ze zich gemeen en egoïstisch voelde, had María's enthousiasme alleen maar tot gevolg dat zij haar gebrek eraan extra goed voelde.

'Wat gebeurt er toch met me?' fluisterde ze, terwijl ze naar een groot spinnenweb in een hoek van het plafond staarde. 'Wat is er van me terechtgekomen? Ik ben verdwenen, als de spin die dat web heeft geweven... en nu is er alleen nog een lege huls van me over.'

Lucía sloot haar ogen. Er liepen tranen van zelfmedelijden uit.

Waar ben je, Meñique, dacht ze. Denk jij over mij zoals ik over jou denk? Mis je me…?

Zet je trots aan de kant en vertel hem wat er is gebeurd… Zeg hem dat je je nog niet gerealiseerd had dat hij belangrijker is dan wat dan ook… dat je zonder hem niets bent…

Lucía ging rechtop zitten, zoals ze ontelbare keren had gedaan sinds hij was vertrokken. Ze reikte naar de telefoon naast haar bed en liet haar hand boven de hoorn zweven.

Je weet waar hij is, het telefoonnummer van de bar waar hij speelt… Bel hem op en zeg hem dat je hem nodig hebt, dat zijn kind hem nodig heeft, dat je van hem houdt…

'Ja, ja, ja!'

Lucía pakte de hoorn op. Alles wat ze hoefde te doen, was de telefoniste het nummer geven en zeggen dat ze haar moest doorverbinden. Dan zou ze binnen een paar minuten zijn stem horen en zou haar nachtmerrie voorbij zijn.

Hij heeft je verlaten! De duivelsstem begon de haat die ze voor hem voelde op te rakelen als zand in een ruwe zee. *Hij hield niet genoeg van je… mocht je ook niet graag genoeg… Hij had altijd kritiek op je domheid…*

Lucía liet de hoorn op de haak vallen. 'Nooit!' siste ze. 'Ik zal nooit naar hem terugkruipen, hem smeken of hij weer bij me wil zijn. Hij wil ons niet meer, anders zou hij er niet vandoor gegaan zijn.'

Ze liet zich weer in de kussens zinken, uitgeput door de maalstroom van gedachten waaraan ze niet leek te kunnen ontsnappen. 'Hij heeft jullie twee zelfs van me gestolen,' zei ze, en ze keek naar haar voeten, die aanvoelden alsof ze volledig van haarzelf gescheiden waren, een aparte entiteit vormden die haar ooit op een gelukzalige reis naar de hemel hadden meegenomen, maar nu als een paar dode sardientjes onder aan haar beentjes bungelden. 'Ik wil niet eens meer dansen! Hij heeft me alles, echt alles, afgenomen. En me in plaats daarvan jou gegeven,' zei ze tegen haar bolle buik.

Lucía stak haar hand uit naar het ladekastje naast haar bed, pakte een tablet uit het halflege pakje en nam hem in met een glas water. De payodokter die ze had geconsulteerd voordat ze was vertrokken uit New York had ze voorgeschreven toen ze had gezegd dat ze niet kon slapen.

Tien minuten later gleed ze weg in een gelukzalige bewusteloosheid.

'Opstaan, Lucía!' smeekte María haar dochter. 'Je ligt nu al bijna twee weken in deze kamer! Je bent net zo mager als onze oude muilezel, en je ziet eruit alsof je je al bij onze voorouders daarboven hebt aangesloten! Is dat wat je wilt? Doodgaan?'

María luisterde of ze wat terug zou zeggen. Ze was ten einde raad met Lucía; wat ze ook zei of deed, niets kon haar dochter zover krijgen dat ze uit haar bed kwam. Terwijl zij haar dagen doorbracht met het wegschrobben van wat er na jaren van verwaarlozing was achtergebleven in hun nieuwe huis, bleef Lucía roerloos hier liggen en elke dag werd ze lustelozer. En dus was het tijd om haar laatste troef uit te spelen.

'Ik ga nu naar de finca, en wanneer ik terugkom, wil ik dat je je bed uit bent. Je hebt je niet meer gewassen sinds we hier zijn aangekomen en de kamer stinkt naar zweet. Als je niet opstaat en je aankleedt, heb ik geen andere keus. Dan bel ik Meñique en zeg ik hem waar we zijn en wat er is gebeurd.'

'Nee, mamá!' Lucía's ogen gingen met een ruk open en María zag de angst en afschuw erin. 'Waag het niet!'

'O, jawel! Ik laat je hier niet langer liggen. Ik moet mijn dierbare kleinkind beschermen.' María pakte haar handtas en liep naar de deur. 'Denk eraan hoeveel ik al verloren heb, Lucía. Ik wil niet nóg iemand onder mijn eigen ogen dood zien gaan zonder dat het hoeft. Om twaalf uur vanmiddag ben ik terug. Afgesproken?'

Ze kreeg geen antwoord, dus even later trok ze de deur met een klap achter zich dicht, blij met de relatief zuivere lucht op de gang. Ze had niet overdreven toen ze haar dochter had gezegd dat ze stonk. María liep naar de lift en zag dat haar handen trilden. Ze hoopte maar dat haar dreigement de gewenste uitwerking zou hebben.

Toen ze kort na lunchtijd terugkwam, trof ze Lucía tot haar opluchting tenminste met gekruiste benen op het bed zittend en met een handdoek om haar heen geslagen aan.

'Ik ben op en heb me gewassen, zoals je wilde. En ik heb het dienstmeisje laten komen om de lakens te wisselen, goed?'

'Het is een begin. Dan gaan we nu wat kleren voor je uitzoeken.' Terwijl María Lucía's kast doorzocht, realiseerde ze zich dat ze ergens eigenlijk teleurgesteld was dat ze haar dreigement niet had hoeven uitvoeren. Misschien zou het beter zijn als Meñique wist wat er aan de hand was.

'Het is heet buiten, dus trek dit maar aan.' María legde een katoenen jurk in Lucía's armen. 'Ik wil dat je vanmiddag met me meegaat naar de finca, om te zien waar je kind geboren zal worden. En dan wil ik dat je omhoogkijkt naar het Alhambra en je zult herinneren wie je bent, Lucía.'

'Heb ik een keus?'

'Ja. Je kunt om te beginnen zelf de verantwoordelijkheid nemen, maar als je je met alle geweld als een kind wilt gedragen, zal ik je ook zo moeten behandelen.'

Die middag zette María Lucía naast zich op de passagiersstoel van de oude Lancia die Alejandro via een vriend voor haar op de kop had getikt. Hoewel het ooit een elegant en krachtig vervoermiddel was geweest, hadden jaren van verwaarlozing geleid tot het ontstaan van royale hoeveelheden roest op de ooit koningsblauwe carrosserie, en de motor leek er evenmin goed aan toe te zijn toen moeder en dochter hotsend en botsend naar de finca reden.

'Kon papá ons nu maar zien,' zei Lucía grinnikend, terwijl María op de rem in plaats van de koppeling trapte en ze naar een greppel afbogen.

'Ik begrijp niet waarom je lacht.' María deed alsof ze zich ergerde en ze stuurde de auto weer de weg op. 'Je vader had altijd de grootste moeite om een muilezel met zijn neus de goede kant op te houden.'

Terwijl ze over het pad hobbelden, bad María dat Lucía haar harde werk om voor een thuis voor hen beiden te zorgen zou waarderen.

'Daar is ze! Villa Elsa, genoemd naar Alejandro's grootmoeder. Is ze niet mooi?'

'Niet zo mooi als mijn huis in Mendoza, maar ja, ze is mooi,' voegde Lucía er snel aan toe. Ze realiseerde zich dat haar moeder niet nog meer negativiteit van haar zou tolereren.

María leidde Lucía rond. Ze was trots op de frisse lucht in het huis en het feit dat alle kamers waren gevuld met zacht zomerlicht sinds de planken voor de ramen waren verwijderd.

'Dit wordt de kinderkamer, Lucía,' zei ze. Ze bleef staan in de deuropening van de kleine kamer tussen die van haar en Lucía in. 'Stel je toch eens voor dat jij op een strozak tussen mij en je vader in sliep toen je nog klein was. Wat zijn we dán vooruitgegaan sinds die tijd, en dat alles dankzij jouw verbazingwekkende talent. Zijn de kamers niet groot?'

Lucía deed haar mond open om te zeggen dat de finca nu niet bepaald het Waldorf Astoria was, maar meteen daarop sloot ze hem weer, bang voor het dreigement met het telefoontje.

'En kijk hier eens,' ging María verder, terwijl ze een deur opende en trots de wc en het kleine bad liet zien. 'Dat is allemaal verbonden met de bron, die gevoed wordt door de stroom die van de berg omlaagkomt. Alejandro heeft me verteld dat hij in veertig jaar nog nooit is drooggevallen. Wil je sinaasappelsap?' vroeg ze aan Lucía toen ze bij de keuken waren aangekomen. 'Ik heb het vanochtend geperst.'

'Alsjeblieft,' zei Lucía. María schonk voor hen allebei een glas in en ze gingen ermee op de schaduwrijke veranda voor de finca zitten.

'Zie je?' María wees links en ver boven hen. 'Daar in de verte, dat is het Alhambra. De nacht van het Concurso, dat was voor jou het begin van alles, querida.'

'Ja, zeker. Ten goede en ten kwade,' zei Lucía instemmend.

'Ik ben zo blij dat we alles voor ons en de baby in New York hebben gekocht. In Granada is niets te krijgen, tenzij ik de zwarte markt op ga. En de prijzen...' María schudde haar hoofd en nam een slokje sinaasappelsap. 'Kun je je voorstellen dat de kleine hier over drie maanden zal zijn?'

'Nee. Ik heb het gevoel dat alles in mijn leven in de afgelopen maanden is veranderd, mamá.'

'Dit is de grootste verandering van allemaal, Lucía. Dat ik mijn kinderen heb gehad is de grootste prestatie van mijn leven. Ik ben zo trots... op jullie allemaal.' Nu was het María's beurt om haar tranen te bedwingen.

'Heb je... nog navraag naar Carlos en Eduardo gedaan?' vroeg Lucía aarzelend.

'Ik heb Alejandro gevraagd waar ik moest beginnen. Hij heeft me gezegd dat...' María aarzelde. Het was haar net gelukt Lucía met haar dreigement uit haar depressie te halen, en ze wilde niet dat ze er nu alweer in terug zou vallen.

'Het is goed, mamá, ik kan er wel tegen.'

'Alejandro zegt... Hij zegt dat het moeilijk is om iemand die vermist wordt op te sporen. Rondom de stad,' zei María, en ze slikte iets weg, 'liggen massagraven waarin de guardia civil op het dieptepunt van de burgeroorlog de lijken van mannen, vrouwen en kinderen heeft gedumpt. Hij zei dat er weinig over is geregistreerd. Ik dacht...'

'Ja?'

'Ik zat eraan te denken een wandelingetje naar Sacromonte te maken om te zien of iemand iets weet. Daar heb ik zelfs elke dag sinds ik hier ben aan gedacht, maar ik ben bang voor wat ik er misschien zal vinden. Of niet zal vinden.' María hield haar hand tegen haar voorhoofd. 'Al die jaren heb ik tenminste kunnen geloven dat ik op een dag mijn geliefde jongens en kleinkinderen levend terug zou vinden, maar we zijn nu twee weken hier in Granada en ik durf er niet heen te gaan.'

'Ik ga met je mee, mamá,' zei Lucía, en ze legde een hand op María's hand. 'We zullen het samen onder ogen zien, zoals we elkaar beloofd hebben, sí?'

'Gracias, dochter.'

Lucía vroeg zich af of het kwam door deze prachtige, rustige plek, die haar moeder met haar harde werk had geprobeerd tot hun nieuwe thuis te maken, dat haar stemming was verbeterd. En bovendien, zij leefde nog, te midden van alle verwoestingen die de oorlog in Spanje had aangericht, en ze droeg nieuw leven in haar buik. Terwijl haar broers en hun gezinnen...

'Mamá?'

'Sí, Lucía?'

'Het spijt me dat ik... zo lastig geweest ben sinds we zijn aangekomen.'

'Je was altijd al lastig, querida, maar ik begrijp waarom. Je was in de rouw.'

'Dat is zo, ja. Om alles wat ik was. Maar zoals we al zeiden, dit is het begin van een nieuw leven en ik moet proberen het te accepteren. Wat zo veel anderen niet meer kunnen.'

Een paar dagen later namen María en Lucía hun intrek in Villa Elsa. María haalde de Singer-naaimachine die ze had meegenomen tevoorschijn en ging aan de ruwe houten tafel op de veranda zitten om gordijnen en tafelkleden te maken van de mooie katoenen stoffen die ze uit New York had meegenomen. Lucía vermaakte zich door in de oude auto over het stoffige pad heen en weer te rijden, en een paar uur later was ze een veel betere chauffeuse dan haar moeder ooit zou zijn. María gebruikte de stoffen ook om wat simpele positiekleding voor haar te maken, en met haar grote zonnehoed op en haar buik die onder de golvende rokken opbolde, in een stad bevolkt door mensen die eruitzagen zoals zij, begon Lucía eropuit te gaan om boodschappen te doen. En nu haar moeder thuis het eten klaarmaakte, kreeg Lucía weer trek en kon ze slapen zonder pillen.

'Mamá?'

'Sí, Lucía?' antwoordde ze, toen ze aan een ontbijt van versgebakken brood zaten en de sinaasappelmarmelade proefden die María bij wijze van experiment gemaakt had.

'Ik vind dat we naar Sacromonte moeten gaan voordat ik te dik word om nog van de veranda af te kunnen komen. Ben je er klaar voor?'

'Ik zal er nooit klaar voor zijn, maar ja, je hebt gelijk,' zei María en ze knikte. 'We moeten erheen gaan.'

'En vandaag is de beste dag.' Lucía stak haar hand uit naar haar moeder. 'Ik zal kijken of we nog genoeg benzine hebben.'

Een half uur later reden ze met Lucía's bolle buik tegen het stuur van de auto naar Granada, en daar door de bochtige steegjes omhoog naar Sacromonte. De twee vrouwen lieten de auto bij de stadspoort achter en stapten hand in hand een wereld binnen die ooit de enige was geweest die ze kenden.

'Het ziet er niet anders uit,' zei Lucía opgelucht toen ze over het hoofdpad liepen. 'Behalve dat de oude grot van Chorrojumo dichtgetimmerd is, kijk daar. Zijn familie zal wel vertrokken zijn.'

'Of vermoord...' zei María somber. Ze pakte haar dochters hand steviger vast om steun te zoeken. 'Kijk omhoog, Lucía, ik zie geen rookpluimen uit de schoorstenen komen. Het staat leeg.'

'Het is hartje zomer, mamá, het hoeft niets te betekenen dat we geen rook zien.'

'Het betekent alles, Lucía. Ook op dagen dat het te heet is om adem te halen, zou mijn vuur nog steeds branden om het eten voor mijn familie klaar te maken. Hoor je dat?' fluisterde María, terwijl ze plotseling bleef staan.

'Of ik wát hoor?'

'De stilte, Lucía. Vroeger was het nooit stil in Sacromonte. Dag en nacht kon je er mensen horen lachen, ruziemaken, schreeuwen...' María glimlachte weemoedig. 'Geen wonder dat iedereen wist wat iedereen deed; de grotten weergalmden van al onze geheimen. Privacy bestond hier niet.' María haalde diep adem. 'Oké, we moeten eerst bij de grot van je grootouders gaan kijken.'

De twee vrouwen liepen over het bochtige bergpad omlaag naar de grotten vlak boven de rivier de Darro, waar María's ouders vroeger hun succesvolle smederij hadden gedreven. María gluurde naar binnen en zag dat er van het mooie huis dat haar moeder – God hebbe haar ziel – had ingericht niets meer over was. Al wat er nog van restte, was het omhulsel. De glazen ruiten, de veelkleurige gordijnen en alle meubelen waren al lang verdwenen.

'Ik ben blij dat ze niet meer hebben gezien wat er van hun geliefde Spanje is geworden,' zei María. Ze stonden in de vroegere zitkamer, nu een naar verrotting stinkende lege ruimte waarvan de vloer vol rommel, lege sigarettenpakjes en weggegooide bierflessen lag.

'Nou.' María slikte iets weg. 'Dan gaan we nu naar de grotten van je broers.'

De twee vrouwen liepen wat verder heuvelopwaarts en vonden de ooit zo mooie woningen van Eduardo en Carlos allebei in eenzelfde staat als de grot van haar ouders.

'Er is niks van over...' Met een bruusk gebaar streek María haar tranen weg. 'Het is alsof ze er nooit geweest zijn,' fluisterde ze. Haar stem sloeg over van emotie. 'Alsof het verleden er nooit geweest is. Waar zouden Susana, Elena en mijn prachtige kleinkinderen zijn?'

'Misschien zijn ze geïnterneerd, mamá. Je weet dat veel gitanos dat waren in de oorlog. Meñique zei dat dat in de payokranten stond.'

'Nou, hier zullen we niets meer vinden. Kom, Lucía, we gaan terug. Ik...'

'Mamá, ik weet dat dit moeilijk voor je is, maar nu we hier toch zijn, moeten we toch iemand te spreken zien te krijgen die ons kan vertellen wat er met Eduardo en Carlos is gebeurd? Ik weet zeker dat er iemand is die dat weet. Dus laten we naar onze familiegrot boven op de heuvel gaan en kijken of daar nog iemand woont.'

'Je hebt gelijk. Als ik het nu niet doe, zal ik nooit de moed meer vinden om er nog eens naartoe te gaan.'

'Lieve hemel, hebben we echt elke dag zo ver gelopen om water te gaan halen?' Lucía liep moeizaam puffend naast haar moeder de heuvel op.

'Je bent zwanger, Lucía, dus het is nu zwaarder voor je.'

'En jij ook toen je hier nog woonde, mamá, vaak!' zei Lucía. 'Ik snap niet hoe je dat deed.'

'We doen allemaal wat nodig is als het niet anders kan,' zei María. 'En als we dan beter weten, beseffen we hoe zwaar ons leven was.' María omklemde haar dochters arm toen ze de bocht om liepen en ze hun oude grotwoning in zicht kregen. 'Lucía... Kijk!' María wees naar boven. 'Er komt rook uit de schoorsteen. ¡Dios mío! Er woont nog iemand! Ik...'

'Rustig, mamá,' zei Lucía toen haar moeder haar pas inhield en haar hand geschrokken naar haar mond bracht. Ze liet María voorzichtig plaatsnemen op het muurtje dat als een veiligheidsbarrière boven de olijfboomgaarden op de helling onder de grot stond. 'Blijf hier een tijdje zitten en drink wat water. Het is erg heet vandaag.' Lucía bood haar een veldfles aan uit de mand die ze had meegenomen en haar moeder nam een lange, diepe teug.

'Wie zou het zijn? Wat zullen we vinden achter die gesloten deur?'

'Misschien alleen krakers die de boel hebben overgenomen en niets met onze familie te maken hebben,' zei Lucía met een schouderophalen. 'We moeten niet te veel verwachten.'

'Dat weet ik, dat weet ik, maar...'

'Mamá, wil jij hier blijven terwijl ik ga kijken hoe het er is?'

'Nee, wie er ook in onze grot zit, ik moet het zelf zien.' María wapperde met haar waaier voor haar gezicht. 'Oké, we gaan kijken.'

Luttele seconden later stonden ze voor hun oude voordeur, waarvan de blauwe verf nu afgebladderd en verbleekt was.

'Zal ik aankloppen, of doe jij het, mamá?'

'Ik doe het.'

María probeerde kalm te blijven. Ze wist dat het antwoord op de vragen die ze zich ontelbare keren had gesteld sinds ze uit Sacromonte was vertrokken achter de dikke planken lag. Ze hief haar hevig bevende hand en tikte op het hout.

'Je moet harder kloppen, mamá,' moedigde Lucía haar aan. 'Zelfs een hond met gespitste oren zou dit niet horen.'

María klopte harder en luisterde met ingehouden adem of ze aan de andere kant voetstappen naar de deur hoorde komen. Ze hoorde niets.

'Misschien zijn ze buiten,' zei Lucía met een schouderophalen.

'Nee, geen gitano zou ooit een vuur laten branden in een grot waar niemand is,' zei María beslist. 'Er is daar iemand, zeker weten.' Ze klopte nog een keer aan. Er kwam nog steeds geen antwoord, en dus liep ze naar de glazen ruitjes om te proberen erdoorheen te kijken, maar ze waren bedekt met het dikke kanten gaas dat ze zelf had genaaid en aan de kozijnen vastgemaakt om te voorkomen dat spiedende ogen zoals die van haar nu naar binnen konden kijken.

'Hola!' zei ze en klopte op de ruit. 'Ik ben het, María Amaya Albaycín. Ik heb hier vroeger gewoond. Ik ben teruggekomen om mijn familie te zoeken. Laat me binnen, alsjeblieft! Hallo!'

'En Lucía, haar dochter is ook bij haar. We doen niemand kwaad,' voegde Lucía er klaaglijk aan toe. 'Doe open, alsjeblieft.'

Wat Lucía had gezegd gaf kennelijk de doorslag. Binnen hoorden ze het zware geluid van voetstappen naar de deur komen, de klink werd gelicht en de deur ging op een kiertje open.

Een groen oog tuurde door de kier. Lucía beantwoordde de blik.

'Ik ben Lucía,' zei ze en wees op zichzelf. Toen pakte ze haar moeder beet en ze trok María in de gezichtslijn van het oog. 'En dit is mijn moeder. Wie bent u?'

Eindelijk werd de deur geopend. En daar voor hen zagen ze een bekend gezicht, nu gerimpeld van ouderdom, het haar wit als de sneeuw op de toppen van de Sierra Nevada, het lichaam zo reusachtig dat het de hele deuropening vulde.

'¡Dios mío!' riep de vrouw ontdaan uit en ze staarde hen aan. 'María... en de kleine Lucía, die ik ter wereld heb helpen brengen op de avond van de bruiloft van de kleindochter van Chorrojumo. Ongelooflijk! Echt ongelooflijk!'

'Micaela? Jij bent het!' riep María uit, terwijl de dorpsbruja haar armen spreidde om de beide vrouwen tegen haar enorme boezem te drukken.

'Kom binnen, kom binnen...' zei Micaela. Haar blik flitste nerveus over het stoffige pad en ze stapte opzij om hen binnen te laten. María trok de deur stevig achter zich dicht en zag de schommelstoelen van vurenhout die Carlos voor haar had gemaakt. Ze kreeg tranen in haar ogen. Maar er verscheen ook een hoopvolle uitdrukking in.

'Nou, van alle mensen in de hele wereld... had ik nooit gedacht dat ik jullie twee nog eens terug zou zien,' zei Micaela grinnikend. Haar lach echode tegen de wanden van de grot. 'Wat doen jullie hier?'

'We zijn hier gedeeltelijk vanwege Lucía,' María wees naar Lucía's bolle buik, 'en gedeeltelijk om erachter te komen wat er met mijn jongens en hun gezinnen is gebeurd.'

'Zo.' Micaela legde haar hand op Lucía's buik. 'Je hebt een meisje daarbinnen, een parel en een vechtster. Ze lijkt heel veel op jou, María,' zei ze terloops. 'Wie is de gelukkige papá?'

De vrouwen gaven geen van beiden antwoord, en Micaela knikte.

'Ay, ik begrijp het. Nou, laten we blij zijn dat er binnenkort tenminste één gitano van een nieuwe generatie in deze gruwelijke wereld van ons zal aankomen. Zo veel mensen van ons volk zijn doodgegaan...'

'Weet jij wat er met mijn jongens gebeurd is, Micaela?' María schudde haar hoofd en reikte instinctief naar Lucía's hand.

'Dat kan ik je niet zeggen, María. Als ik me goed herinner, was jij hier nog toen ze allebei de stad in gingen en verdwenen.'

'Ja, dat klopt. En sindsdien zijn ze hier niet meer geweest?'

'Nee, het spijt me, María, maar weinig mannen van ons, die óf met geweld zijn weggevoerd óf simpelweg nooit uit de stad zijn teruggekomen, zijn naar ons teruggestuurd...' Micaela reikte naar María's andere hand.

Lucía keek gefascineerd toe terwijl Micaela's ogen omhoogrolden in haar hoofd, net als de ogen van Chilly wanneer hij een visioen van de Opperwereld kreeg. 'Ze zeggen dat ze daar zijn. Ze zijn daarboven en kijken op dit moment gezond en wel op ons neer.'

'Ik...' María's keel was zo droog dat ze niet meer kon slikken. 'Ik wist het hier, natuurlijk.' Ze klopte op haar hart. 'Maar ik had nog hoop.'

'Wat zouden wij mensen zijn zonder hoop?' zei Micaela met een zucht. 'In Sacromonte, en zelfs in Granada, is er niet één familie die niet iemand heeft verloren. Generaties zijn uitgeroeid... Mannen, vrouwen, kinderen... vermoord om misdaden die ze nooit hebben gepleegd. Payos net zo goed als gitanos. Nou... je hebt gezien hoe het was voor je vertrok, María. En daarna is het alleen maar erger geworden.'

'Maar...' María kon bijna niet meer spreken, haar keel zat nog steeds dicht door de emotie. 'Wat is er met de vrouwen en kinderen van Eduardo en Carlos gebeurd?'

'Nadat jullie waren vertrokken, kwam de guardia civil om de rest van de gitanogemeenschap af te voeren. Ik vind het heel erg voor je, María, maar Susana en Elena zijn allebei gevangengenomen, en hun kinderen...'

'Nee!' María snikte. 'Dus zij zijn ook dood? Hoe kan ik daarmee leven! Dus terwijl ik mijn eigen hachje redde, bleven zij hier achter om te sterven...'

'Nee, mamá, dat is niet zo!' mengde Lucía zich in het gesprek. 'Je bent gevlucht om Pepe te redden, om in ieder geval een van je jongens de kans op een leven te geven. Je hebt zowel de vrouw van Carlos als die van Eduardo gesmeekt om mee te gaan, weet je nog?'

'Je moet het jezelf niet verwijten, jij hebt hun die keus geboden. Ik weet nog dat Elena me dat heeft verteld vlak voordat ze gevangengenomen werd,' zei Micaela.

'Elena was zwanger... Ze was de vrouw van Eduardo, Lucía. Een liever meisje kun je je niet voorstellen. Heeft ze haar kind nog gekregen voordat...' María kon de woorden niet over haar lippen krijgen.

'Sí, María.' Voor het eerst verscheen er een glimlach op Micaela's volle lippen. 'En toen gebeurde het wonder.'

'Wat bedoel je?' vroeg Lucía.

Micaela ging met haar zware lichaam aan de tafel zitten en gaf aan dat moeder en dochter hetzelfde moesten doen.

'In het leven is er altijd een balans. Zelfs wanneer het kwaad overal is, gebeuren er goede, zelfs mooie dingen om de natuurlijke harmonie tot stand te brengen. Een paar weken voordat ze gevangengenomen werd, kreeg Elena een meisje. Ik was bij haar om te helpen, net zoals ik jouw mamá heb geholpen jou te krijgen, Lucía. En het schijnt, María, dat jij gezegend bent, want je hebt niet alleen Lucía, die in veel opzichten speciaal is, gekregen, maar ook je kleindochter, Eduardo's dochter... Zodra ik haar voor het eerst zag, wist ik het.'

'Wist je wat?' vroeg Lucía.

'Dat zij degene was die de gave van het zien geërfd had van je overgrootmoeder. De geesten van de Opperwereld vertelden me dat zij de volgende bruja zou zijn en dat ik haar moest beschermen.'

'Eduardo's dochter had de gave?' vroeg María fluisterend.

'Zeker. En de profetie kwam uit: op dezelfde ochtend dat zij en de anderen gevangengenomen werden, kwam Elena naar me toe met haar kind – ze had haar Angelina genoemd, omdat ze een engelengezichtje had – en ze vroeg me of ik een paar uur voor haar wilde zorgen terwijl zij naar de markt ging. Ik wilde het graag doen – Elena en ik wisten toen allebei al dat ik deel zou uitmaken van Angelina's toekomst. Ik hees de baby op mijn rug en we gingen kruiden en bessen zoeken in het bos. We bleven urenlang weg, want ik was Angelina al aan het leren luisteren naar het ritme van het universum in de aarde, de rivieren en de sterren. Ik wist niet dat de guardia civil terwijl we daar waren naar Sacromonte was gekomen en dat ze Elena, Susana en hun kinderen, die op weg naar de markt waren, hadden opgepakt.'

Lucía realiseerde zich dat ze naar de oude bruja luisterde alsof ze een van haar oude verhalen vertelde. Maar dit was echt gebeurd, en... Lucía moest er niet aan denken waar het verhaal heen ging.

'Bijna iedereen in het dorp was afgevoerd. Alleen de mensen die niet in hun grot waren toen de guardia kwam, wisten te ontkomen,' legde Micaela uit. 'Toen wist ik dat de Opperwereld me het bos in had gestuurd om Angelina te beschermen. Vanaf dat moment, María, heb ik je kleindochter grootgebracht alsof het mijn eigen kind was.'

Het werd stil in de grot, en María en Lucía probeerden te begrijpen wat Micaela hun had verteld. En wat het betekende.

'Ik... Zeg je me nu dat ze nog leeft?' vroeg María fluisterend. Ze durfde het nauwelijks te vragen, want ze dacht dat ze het misschien verkeerd verstaan had.

'O ja, ze is springlevend. Je kleinkind is een mooi, verstandig meisje, María. Ze heeft nu al krachten die veel groter zijn dan die van mij.'

'Waar is ze dan?'

'Buiten, ze zoekt naar eten in het bos, zoals ik haar heb geleerd.'

'Ik... kan het niet geloven! Al die tragedies, en de dochter van Eduardo heeft het overleefd! Dat is echt een wonder, nietwaar, Lucía?'

'Ay, mamá, zeker!'

'Het gebeurde vaak dat ik dacht dat ze ons ontdekt hadden,' ging Micaela verder. 'Maar Angelina's zesde zintuig was de guardia civil altijd één stap voor. Ze zei tegen me wanneer we de grot uit moesten gaan om ons te verstoppen in het bos, tot de "duivelmannen", zoals zij ze noemde, weer waren vertrokken. Ze had het nooit mis, en ik heb geleerd haar ingevingen beter te vertrouwen dan die van mezelf.'

'Dus je bent weggegaan uit je eigen huis en hier ingetrokken?' vroeg María.

'Het was beter dat mijn grot leeg bleef staan. Hij ligt te dicht bij de stadspoort, en ik verstop me niet gemakkelijk.' Micaela grinnikte. 'Terwijl jouw grot ver van de stadspoort vandaan én dicht bij het bos ligt, dus daar konden we wel gemakkelijk wegkomen.'

María bekeek de grote vrouw en was het ermee eens dat Micaela zich moeilijk onzichtbaar kon maken. Maar op een of andere manier was het haar toch gelukt. Het was haar gelukt om Eduardo's dochter Angelina te redden. Haar kleinkind...

'Komt ze gauw terug?' vroeg Lucía. 'Ik zit te springen om kennis te maken met mijn nichtje!'

'Ze komt terug nadat ze met de bomen heeft gesproken om erachter te komen op welke plekken precies ze de magische kruiden kan vinden waarvan ze haar drankjes maakt. Ze is als de wind, een geest die alleen naar haar eigen onfeilbare intuïtie luistert.'

'Hoe kan ik je ooit bedanken, Micaela? Wat jij voor mij, voor deze familie hebt gedaan...'

'Nee, ik heb niets gedaan. Ik ben gered door Angelina. Dat weet ik zeker.'

'En komen er nu weer mensen in Sacromonte wonen?' vroeg Lucía.

'De gemeenschap die hier vroeger woonde bestaat niet meer. Ze zijn allemaal dood of over de hele wereld verstrooid. Sacromonte zal nooit meer zijn zoals het was,' zei Micaela somber.

'Later misschien weer,' wierp María tegen.

'Nu jullie hier zijn, is mijn werk gedaan.' Micaela haalde haar schouders op. 'Daar ben ik jullie dankbaar voor, want ik maakte me zorgen over wat er van Angelina terecht zou komen als ik er niet meer was. Maar ik had gehoord dat er mensen voor Angelina zouden komen als dat nodig was vanwege mij. Mijn hart, het kan me niet langer in leven houden, zie je.' Ze stond op van de tafel, en haar gezicht werd paars van de inspanning. 'Nou, ik heb soep voor de lunch. Hebben jullie trek?'

María en Lucía namen Micaela's aanbod aan, meer bij gebrek aan iets om zich op te concentreren terwijl ze wachtten tot het kleine wonderkind thuis zou komen dan omdat ze honger hadden. María vertelde Micaela over het leven dat ze de afgelopen negen jaar hadden geleid, en dat ze nu in een sinaasappelboomgaard aan de voet van de heuvels van de Sierra Nevada woonden.

'Hola, *maestra*,' zei een hoge stem. De voordeur ging open en een verwaarloosd uitziend kind kwam met een mand boordevol met iets wat op onkruid leek de grot binnen.

María hield haar adem in, want dit kind zag er met haar roodblonde haar en blauwe ogen uit als een rasechte payo.

De wijze, kalme ogen bekeken de twee vrouwen aan de tafel. 'Jullie zijn iets van me, hè?' zei ze zacht, terwijl ze naar hen toe stapte. 'Zijn jullie familie?'

'Ja,' zei María, die opnieuw op het punt stond in tranen uit te barsten. 'Ik ben je grootmoeder en dit is je tante Lucía.'

'Ze hadden me gezegd dat er vandaag iets bijzonders zou gebeuren,' zei Angelina en ze knikte. Het leek alsof ze helemaal niet verbaasd was. 'Zijn zij degenen met wie ik zal leven wanneer u naar de Opperwereld reist, maestra?'

'Ja.' Micaela beantwoordde María's verbaasde blik haast zelfvoldaan. 'Ik heb je grootmoeder en tante alles over je verteld.'

Angelina zette haar mand op de vloer en spreidde haar armen om María en Lucía om beurten te omhelzen. 'Ik ben blij dat jullie gekomen zijn. De maestra begon zich zorgen te maken dat haar tijd op was. Nu kan ze zich zonder angst voorbereiden op haar reis. Is er nog soep?' vroeg ze.

'Sí.' Micaela wilde opstaan, maar Angelina stak haar hand op om haar tegen te houden.

'Ik ga hem wel halen. Ze probeert alles voor me te doen, maar ze moet haar gemak houden. Je zult een meisje krijgen en we zullen de beste vriendinnen zijn,' zei Angelina met een knikje naar Lucía, terwijl ze wat soep in een tinnen kom schepte.

'Dat had Micaela haar al verteld,' zei María. Lucía wist voor deze ene keer niet wat ze tegen dit bijzondere meisje moest terugzeggen en María kon haar alleen verbaasd blijven aanstaren.

Eduardo's kind... Ze zal me gegeven worden...

Angelina ging aan tafel zitten, at haar soep en stelde ontelbare vragen over María en Lucía en haar andere familieleden.

‘Ik heb naast een tante ook een oom, sí?’

‘Ja, Angelina, en hij heet Pepe. Misschien zal hij hier op een dag bij ons op bezoek komen.’

‘Dan zal ik hem allang kennen. De voorspellingen komen uit, maestra,’ zei ze verrukt tegen Micaela. ‘Ik wist dat ze ons niet zouden teleurstellen.’

‘Gaat ze naar school?’ vroeg María aan Micaela.

‘Waarom zou ik?’ antwoordde Angelina. ‘Ik leer alles wat ik nodig heb van maestra en het bos.’

‘Misschien moet je toch leren lezen en schrijven,’ zei Lucía. Ze zocht in haar mand naar haar sigaretten en stak er eentje op. ‘Ik zou soms willen dat ik dat zelf had gedaan.’

‘O, dat kan ik wel, Lucía. Maestra heeft een payo hierheen laten komen om het me te leren.’ Ze keek Lucía, die de rook van haar sigaret inhaleerde, aan. ‘Je weet dat dat slecht voor je hart is. Je zult er eerder door doodgaan. Je moet ermee stoppen.’

‘Ik doe wat ik wil,’ antwoordde Lucía. Nu ergerde ze zich aan dit engelenkind, dat overal het antwoord op leek te weten.

‘We bepalen zelf ons lot. Soms,’ zei ze lachend en wierp Micaela een veelbetekenende blik toe. ‘Wanneer kan ik bij u op bezoek komen?’ vroeg ze aan María. ‘U hebt een mooi huis, lijkt me.’

‘Je moet snel eens langskomen,’ zei María. Opeens voelde ze zich moe. Er was zo veel op haar afgekomen; de pure vitaliteit en levenskracht van dit kind waren bijna overweldigend, en ze moest de definitieve bevestiging van het verlies van haar jongens en hun gezinnen nog verwerken. ‘Micaela en ik zullen afspreken dat we je met de auto komen ophalen.’

‘Dank u,’ zei Angelina beleefd. ‘En nu moet ik een drankje gaan maken voordat de kracht uit mijn kruiden gaat. Het is voor maestra’s hart. Ik zal er ook een voor je baby maken,’ zei ze tegen Lucía. Ze liep met haar mand naar het aanrecht en ging aan het werk met een keukenmes en een snijplank.

Het afscheid was emotioneel en ze spraken af dat ze Angelina een paar dagen later zouden komen ophalen.

‘Bedankt dat jullie gekomen zijn, grootmoeder en tante,’ zei Angelina en ze omhelsde hen. ‘Ik ben er heel blij om. Tot ziens.’

Buiten liepen María en Lucía zwijgend terug naar de auto.

'Ze is... bijzonder,' fluisterde María, meer in zichzelf dan tegen haar dochter.

'Dat is ze zeker, ook al vind ik het ergerlijk als een kind van negen tegen me zegt dat ik moet stoppen met roken,' zei Lucía. Ze trok een grimas en startte de motor. 'Nou ja, we weten in ieder geval in welke kleur we de deken van de baby moeten haken,' voegde ze er met een schor lachje aan toe. 'Ze doet me denken aan Chilly toen hij jong was. Hij was ook zo vroegwijs. Hemel, wat mis ik hem. Nog een dierbare die we zo goed als zeker aan die ellendige burgeroorlog verloren hebben.'

'Moet ik geen telegram aan je vader sturen om hem te vertellen over de dood van zijn zonen en over zijn kleindochter? Dat moet hij toch weten?'

'Waarom niet? Misschien kan zijn nieuwste hoer het hem voorlezen,' zei Lucía lijzig, terwijl ze de auto behoedzaam door de smalle klinkersteegjes stuurde.

'Alsjeblieft,' zei María met een zucht. 'Er is nu wel genoeg haat en verlies in onze levens geweest voor één dag. José is jouw vader en mijn man, wat hij verder ook mag zijn.'

'Weet je eigenlijk wel waar hij is?'

'Pepe heeft me een telegram gestuurd om me te laten weten dat ze volgende week weer op tournee gaan in de Verenigde Staten.'

'Hoe kon je het lezen, mamá?'

'Alejandro heeft het me voorgelezen,' bekende María. 'Hij heeft gezegd dat hij me wil helpen om beter te leren lezen.'

'Zei ik niet dat je een vrijer had?' zei Lucía. Ze giechelde. 'Dat is meer dan ik heb, of,' zei ze en keek naar haar buik, 'nu ooit zal hebben.'

'Je bent nog jong, Lucía! Je leven is nog maar net begonnen.'

'Nee, mamá. Ik denk dat jóúw leven nog maar net begonnen is, maar...' Lucía zweeg een paar tellen. 'Weet Alejandro al dat je gitana bent?'

'Nee.'

'Zou het de dingen tussen jullie veranderen als hij het wist?'

'Ik weet het niet, maar misschien is het veiliger voor jou en de baby als hij daar niet van op de hoogte is?'

'Ik denk dat het voor jou ook beter is,' zei Lucía droogjes. 'Veel mensen zouden zeggen dat we onze cultuur verraden door ons voor te doen als payos, nu we ook al in een gewoon huis wonen, net als zij…'

'Misschien, ja,' verzuchtte María, 'maar als ik terugdenk aan de jaren daar boven in Sacromonte, waar we niet beter werden behandeld dan honden, is het plezierig geweest om zonder vooroordelen te leven. En vanbinnen zijn we nog steeds onszelf, Lucía, of ons haar nu lang of kort is, welke kleren we ook dragen, waar we ook wonen. Het is… gemakkelijker,' gaf María toe.

'Dus je wilt niet meer in je eigen grot gaan wonen, mamá?'

'Ik kan Micaela toch niet op straat zetten, na alles wat ze voor Angelina heeft gedaan? Ik vind dat het zo het beste voor ons allemaal is.'

'Ja, mamá. Voorlopig wel.'

32

Een week later kwam Angelina bij hen in Villa Elsa op bezoek. Net als Lucía toen ze klein was en met haar vader payohuizen had bezocht, had Angelina o en ah geroepen over het moderne comfort. Het fascinerendst vond ze het binnentoilet en het bad, en Lucía zag dat ze in de pot tuurde nadat ze aan de lange ketting had getrokken om door te spoelen.

'Wil je in bad?' vroeg Lucía aan haar. 'Het water is heel warm.'

'Daar ben ik te bang voor, denk ik! Kijk hoe diep het is. Ik kan niet zwemmen en misschien verdrink ik erin.'

'Ik zal bij je blijven en ervoor zorgen dat dat niet gebeurt. En kijk eens.' Lucía liet haar wat bubbelbadschuim zien dat ze had gestolen toen ze in het Waldorf Astoria logeerde. 'Dit is echt iets bijzonders.'

Het meisje giechelde verbaasd en vergenoegd toen ze de grote, roomachtige schuimbellen op het water zag verschijnen.

'Met welke alchemie maak je dit?' vroeg ze, terwijl Lucía haar aanmoedigde om erin te stappen en wat van het schuim op haar neus te doen.

'Amerikaanse alchemie,' zei ze. 'Heb je weleens een film gezien, Angelina?'

'Nee, wat is dat?'

'Bewegende plaatjes op een scherm. Ik heb in een film gespeeld. Misschien laat ik je hem op een dag zien.'

'Angelina is een vreemde mengelmoes,' meende Lucía toen ze terugkwam uit Sacromonte, waar ze het kind bij haar grotwoning had afgeleverd. 'Vroegwijs, maar een puur natuurkind, en het is prachtig dat ze zo onschuldig is.'

'Jij bent ook in de natuur opgegroeid, Lucía, in dezelfde grot als Angelina.'

'Maar ik verstopte me niet voor de wereld, mamá. Die begreep ik maar al te goed, toen ik nog heel klein was al. Ik heb haar gevraagd of ze een tijdje bij ons wil komen logeren. Ze zei van niet, dat ze Micaela niet alleen kan laten, omdat ze te ziek is, maar dat ze ook haar thuis, het bos, zou missen.'

'Nou, op een dag zal ze geen andere keus meer hebben,' zei María. 'Uit wat ze allebei hebben gezegd, begrijp ik dat Micaela niet lang meer te leven heeft.'

'Het lijkt haast alsof dit allemaal door een onzichtbare hand bepaald is,' zei Lucía nadenkend. 'Als wij niet teruggekomen waren, wat zou er dan van het kind geworden zijn?'

'O, ik weet zeker dat ze het overleefd zou hebben,' zei María glimlachend. 'Zo is het voor haar beschikt.'

Na het avondeten stond Lucía op van tafel en geeuwde. 'Ik ga naar bed, mamá. Ik ben moe vanavond.'

'Slaap lekker, querida.'

'Dat zal wel lukken. Welterusten, mamá.'

María bleef nog een tijdje zitten voordat ze de tafel afruimde. Wat was haar dochter veranderd, dacht ze. Het was tegen tienen, de tijd waarop de oude Lucía nog maar net tot leven begon te komen voor een publiek van honderden, soms duizenden. Maar hier ging Lucía vaak vroeg naar bed, en dan sliep ze rustig, de hele nacht. De manier waarop Lucía zich door de jaren heen had ingespannen was angstaanjagend – ze was vaak bezorgd dat haar dochter zich dood zou dansen – maar deze nieuwe Lucía was kalm en aangenaam gezelschap. Voorlopig, tenminste…

Drie weken later zag María toen de zon onderging een eenzame gedaante over het pad naar het huis komen lopen.

'Lucía,' riep María toen ze het vervagende licht op het roodblonde hoofdje zag schijnen, 'Angelina is er.'

María rende de trap af om Angelina te begroeten. Bij haar aangekomen, zag ze dat het kleine meisje haast flauwviel.

'Mag ik een glaasje water?' bracht ze hijgend uit toen María haar de veranda op hielp. 'Het was erg ver lopen om hier te komen.'

'Wat is er gebeurd?' vroeg María, terwijl ze Angelina op een stoel zette en snel wat water uit de kan op de tafel voor haar inschonk.

'Micaela is naar de Opperwereld gegaan, abuela,' vertelde ze haar grootmoeder. 'Vanochtend bij zonsopgang. Ze had tegen me gezegd dat ik direct naar u toe moest gaan als dat zou gebeuren.'

'Je bedoelt...'

'Ja,' bevestigde Angelina. 'Ze is niet meer bij ons op de aarde.'

'Ay! Pequeña, hadden we dat maar geweten, dan waren wij naar jou toe gekomen. Geen wonder dat je zo moe bent, het is heel ver lopen.'

'Een man zei dat ik mocht meerijden op zijn kar, maar toen begon hij me rare dingen te vragen, dus ik sprong eraf.' Angelina dronk een paar grote slokken water. 'Maar ik ben nu hier, en we moeten snel teruggaan, want maestra moet zo snel mogelijk begraven worden, anders komt haar ziel niet tot rust.'

'Natuurlijk, morgenochtend gaan we. Waar is ze...'

'Ik heb haar op haar bed laten liggen.'

'Ben je verdrietig?' vroeg Lucía haar terwijl ze de veranda op kwam.

'Ja. Ik zal haar heel erg missen, maar ik weet dat het haar tijd was om te gaan, dus ik ben ook blij voor haar. Ze voelde zich niet langer op haar gemak in haar lichaam, zie je. Lichamen slijten, en dan moet de ziel verder kunnen gaan om vrij te zijn.'

'Het spijt me zo voor je, Angelina.' Lucía sloeg haar arm om haar heen. 'Maar je bent nu veilig hier bij ons.'

'Gracias, maar jullie weten toch dat ik terug moet naar het bos om mijn vrienden te zien en mijn kruiden te plukken?' zei Angelina, met een uitdrukking van paniek in haar blauwe ogen.

'Dat weten we. En nu zal ik iets te eten voor je maken.'

'Nee, ik kan niet eten zolang de maestra niet in de aarde ligt.'

'Morgenochtend vroeg gaan we naar Sacromonte,' beloofde María.

'Dank u. En nu wil ik gaan slapen.'

'We zullen je de kinderkamer geven. Daar staat een klein bed, helemaal klaar voor jou,' zei María, terwijl het kind opstond, met een vertrokken gezicht omdat ze doodmoe was. 'Kom maar mee.'

'Ligt ze lekker?' vroeg Lucía aan haar moeder toen ze terug op de veranda was.

'Ze kroop onder de deken en twintig tellen later sliep ze. Het arme kind. Ze was zo kalm daarnet, maar ze moet erg van streek zijn. Micaela is alles wat ze ooit heeft gekend.'

'Zo komt ze niet over,' meende Lucía, 'maar ze is ook het vreemdste kind dat ik ooit gekend heb.' Lucía drukte haar sigaret uit en stak een volgende op. 'Waar ik aan zit te denken, is hoe jij en Angelina ooit een gat kunnen graven dat groot genoeg is om Micaela in te begraven en hoe jullie haar ernaartoe gaan dragen.'

'Je hebt gelijk,' stemde María met haar in. 'Dat kunnen we niet. En dus moeten we een paar mannen zien te vinden om ons te helpen. Zie je, Lucía, dat ze soms toch wel handig zijn?' voegde ze er met een flauw glimlachje aan toe.

Kort na zonsopgang maakte Angelina hen allebei wakker. Ze zag er uitgerust en fris als een hoentje uit.

'We moeten gaan,' zei ze. 'De maestra kijkt ernaar uit om haar reis naar de Opperwereld te beginnen.'

Toen de zon boven het Alhambra opkwam, kwamen de drie bij de grot aan.

Gestorven in het bed waarin ze mij heeft helpen bevallen, dacht María, terwijl Angelina de voordeur opende. Binnen was de stank van door de hitte ontbindend vlees al waarneembaar. Lucía schudde haar hoofd.

'Neem me niet kwalijk, maar ik moet overgeven,' zei ze en wendde zich van de voordeur af. 'Angelina, ken je families die hier wonen en jonge mannen hebben die ons kunnen helpen om de maestra te begraven?'

'Sí, Lucía. We zullen het hiernaast proberen.'

María keek toe terwijl Angelina de helling naar de grot achter die van hen opliep.

'Maar die staat toch leeg? Ramón is tien jaar geleden meegenomen door de guardia civil…' zei ze. Angelina klopte op de deur en stapte meteen daarop naar binnen.

'Hij is drie weken geleden teruggekomen… Ramón?' riep ze naar de slaapkamer achter de oude, vertrouwde keuken waarin ze stonden. 'Ik ben het, Angelina. We hebben je hulp nodig.'

Er werd wat gebromd van achter het gordijn en een uitgemergelde man met een lange grijze baard kwam erachter vandaan.

'¡Dios mío!' María bracht haar hand naar haar mond en ze kreeg spontaan tranen in haar ogen. 'Ramón, ben jij het echt?'

'Ik… María! Je bent terug! Hoe? Waarom?'

'Ik dacht dat je dood was! De guardia civil, ze kwamen…'

'Ja, en ze hebben me in de gevangenis gegooid en achtergelaten om te sterven, maar op een of andere manier vertikte ik dat, zoals jullie zien.' Hij kuchte. Het schorre geluid klonk net als het gehoest van Felipe voordat hij was overleden, hoorde María. 'Toen heb ik maandenlang in het payoziekenhuis gelegen, en dat was niet veel beter dan de gevangenis. Maar jij, María, bent mooier dan ooit!'

'Ramón, ongelooflijk dat je nog leeft. Ik...'

'Kom, laat me je in mijn armen nemen, querida.'

Lucía slikte een brok in haar keel weg terwijl haar moeder zich in Ramóns broze, stokkerige armen wierp.

'Dus ze kennen elkaar goed?' Angelina zette grote ogen op en draaide zich om naar Lucía.

'Vroeger, ja.'

'Ze houden van elkaar,' stelde ze vast. 'Dat is mooi, hè?'

'Zeker.' Lucía knikte.

Ramóns emoties werden hem te veel, en ze hielpen hem op een kruk voordat hij in elkaar zou zakken.

'Waar is het meubilair?' vroeg María.

'Geplunderd, lang geleden,' zei Ramón met een zucht. 'Al wat ik nog heb is een strozak, maar ik ben tenminste vrij, en dat is me meer waard dan wat dan ook. Nou, vertel eens waarom jullie hier in mijn keuken zijn?'

'Micaela is vertrokken naar de Opperwereld en we moeten haar begraven. Zijn er nog mannen in Sacromonte die ons kunnen helpen?' vroeg María.

'Ik weet het niet, maar we kunnen rond gaan kijken. Ik kan alleen... niet geloven dat jij terug bent, mijn María.' Ramón keek haar verrukt aan.

'Nog een wonder,' zei Angelina fluisterend tegen Lucía.

De twee vrouwen, het kind en de man die zo zwak als een tachtigjarige was gingen op de stoffige paden van Sacromonte op zoek naar hulp om de bruja die ze vroeger op handen hadden gedragen te begraven. Veel deuren gingen niet onmiddellijk open en de diepe angst die zich van de gebroken gemeenschap meester had gemaakt was tastbaar. Veel huizen stonden leeg, maar toen de mensen die ze zover hadden gekregen uit hun grot te komen hoorden wat er was gebeurd, boden ze graag hun diensten aan. De paar gezonde mannen werden er met schoppen opuit gestuurd om het graf van Micaela te delven, terwijl de vrouwen hun karige middelen bij elkaar legden en het eten voor de bijeenkomst erna bereidden.

Een van de vrouwen had haar muilezel uitgeleend om voor de kar van een andere buur te spannen, en nadat ze Micaela's stoffelijke overschot erop hadden getild, liepen ze in een haveloze stoet naar het bos, waar ze hun bruja te ruste legden.

De bijeenkomst erna werd gehouden in María's grot en een oude gitano die vroeger een van de illegale drankgrotten had gerund, kwam met wat brandewijn om een dronk op Micaela's heengaan uit te brengen. Van de om en nabij vierhonderd voormalige bewoners waren er nu nog maar een stuk of dertig over. María en Lucía kregen heel wat plagerijen over hun nieuwe kapsel te verduren, maar ondanks de gruwelen en verwoestingen van de afgelopen tien jaar, flakkerde de vlam van de gemeenschap nog altijd. Een paar mannen hadden hun gitaar meegebracht, en voor het eerst in jaren vulde het geluid van flamencomuziek de lucht van Sacromonte.

'Lucía! Dans voor ons,' riep een van de mannen. De brandewijn op zijn lege maag was hem direct naar het hoofd gestegen.

'Ik heb een kanonskogel in mijn buik.' Lucía rolde met haar ogen. 'Kan mamá niet dansen? Van haar heb ik alles wat ik kan geleerd.'

'Nee,' zei María, blozend, terwijl de andere vrouwen haar naar voren duwden.

'Sí, sí, sí,' riep de menigte in koor, handenklappend op het ritme. María had geen andere keus dan in te stemmen en doodsbang dat haar voeten en handen zich niet zouden herinneren wat ze moesten doen, voerde ze haar eerste *alegrías por rosas* sinds twintig jaar uit. De rest van de menigte, of in ieder geval degenen die de kracht hadden, dansten na een tijdje met haar mee. De kleine Angelina keek met grote ogen naar het schouwspel.

'Heb je nog nooit een fiësta meegemaakt?' Lucía bukte zich om het te vragen.

'Nee, maar het is het mooiste wat ik ooit heb gezien,' zei ze, met schitterende ogen. 'Dit is geen einde, Lucía, maar een nieuw begin!'

En terwijl María Ramón aanmoedigde om te dansen en hem ondersteunde toen hij dat deed, dacht Lucía dat het ook echt zo was.

‘Lucía, ik wil je iets vragen.’ María dook op bij de geïmproviseerde hangmat die ze met zijn tweeën tussen een paar sinaasappelbomen hadden gespannen, zodat Lucía ’s middags buiten kon uitrusten.

‘Wat dan, mamá?’

‘Ik vroeg me af of je het erg zou vinden als ik Ramón uitnodigde om een poosje bij ons te komen wonen. Hij is doodziek en arm en berooid. Hij heeft iemand nodig die voor hem zorgt.’

‘Natuurlijk vind ik dat niet erg. Nu Angelina bij ons is ingetrokken en de baby eraan komt, beginnen we onze eigen zigeunergemeenschap hier,’ zei Lucía grinnikend.

‘Dank je, querida. Hoewel hij nu ziek is, denkt Angelina dat hij weer helemaal beter kan worden en zich in ieder geval nuttig kan maken.’

‘Nuttig of niet, je wilt hem hier hebben en dat is prima,’ zei Lucía onbevangen. ‘Dus hij gaat op de bank in de zitkamer slapen?’

‘Ik… Nee. Ik dacht dat het gemakkelijker zou zijn als hij…’

‘Ik zei het alleen maar om je te plagen, mamá. Ik weet precies waar hij zal slapen, en dat is in jouw armen. Wat zal Alejandro in hemelsnaam denken als hij weet dat zijn vriendin een ander heeft?’ Lucía wachtte het antwoord niet af, maar klom uit de hangmat en liep het huis in om een glas water te drinken.

‘Dios mío, het is droevig met me gesteld als het liefdesleven van mijn moeder hectischer is dan dat van mij,’ zei ze tegen haar baby.

Op 7 september werd Lucía ’s nachts zwetend en met een onbehaaglijk gevoel wakker. Ze stond op om voor de vijfde keer die nacht haar blaas te legen, maar ze had nog maar een paar stappen gezet, of ze voelde warm vocht langs de binnenkant van haar benen druppelen.

‘Help! Mamá! Ik bloed!’ riep ze in het donker. María en Angelina kwamen uit verschillende kamers aanrennen en knipten het elektrische licht aan.

María keek naar het plasje helder vocht tussen de benen van haar dochter en zuchtte opgelucht. ‘Lucía, je bloedt niet, maar je vliezen zijn gebroken. Dat betekent dat je baby komt.’

‘Ik ga een drankje maken in de keuken,’ zei Angelina. ‘De baby zal er zijn als de zon opkomt,’ kondigde ze aan, en toen liep ze de kamer uit.

Ondanks Lucía’s schelle kreten, die hard genoeg in de kamers weerklonken om eventuele wolven die op de bergtoppen boven hen loerden af te schrikken, kwamen haar buikspieren, die sterk waren geworden in de jaren die ze had gedanst, haar goed van pas toen haar baby haar reis naar het leven begon. Angelina nam het heft in handen. Ze leek intuïtief te weten wat ze met Lucía moest doen; ze liep met haar heen en weer, legde haar neer, stond met haar op, wreef over haar rug en fluisterde de hele tijd geruststellende woordjes dat het goed ging met haar baby en dat ze er snel zou zijn.

María en Angelina hielpen haar op het bed toen Lucía zei dat ze wilde persen, en om vijf uur in de ochtend kwam het kleine meisje ter wereld, op het moment dat de zon opkwam.

'Dat nooit weer!' zei Lucía opgelucht hijgend. 'Dat was de zwaarste bulerías die ik ooit heb uitgevoerd. Waar is mijn kind?'

'Hier,' zei Angelina, die zojuist met haar tanden de navelstreng had doorgebeten, zoals ze Micaela weleens had zien doen. 'Ze is sterk en gezond.'

'Hoe ga je haar noemen?' vroeg María. Ze keek neer op het wonder van de tweede kleindochter die haar was gegund sinds ze in Spanje was aangekomen.

'Isadora, naar de Amerikaanse danseres.'

'Dat is ongewoon,' merkte María op.

'Ja.' Lucía zei niets meer, maar toen ze de pasgeborene in haar armen hield, voerde haar verraderlijke geest haar mee naar haar twintigste verjaardag, toen Meñique haar had meegenomen naar de fototentoonstelling van de danseres Isadora Duncan. Ze had niet mee willen gaan, maar toen ze er eenmaal was, raakte ze in vervoering door de foto's en Duncans levensverhaal.

'Ze was een pionier. Ze verlegde grenzen, net als jij, pequeña,' had Meñique gezegd.

'Ik vind dat ze op haar grootmoeder lijkt,' zei Angelina.

'Gracias a Dios! Daar ben ik blij om, want ik zou niet willen dat welk kind dan ook op mij leek. Hallo, kindje,' zei Lucía, en ze keek naar het gezichtje. 'Ja, je bent zeker een stuk knapper dan je mamá. Ik...'

Toen de baby naar haar opkeek, hield Lucía haar adem in, want ze zag dat het gezichtje, ook al was het nog zo klein, haar heel bekend voorkwam. Maar ze zou niemand ooit van haar leven bekennen op wie de baby echt leek.

De herfst ging over in de winter en de vreemde familie die María en Lucía om zich heen hadden verzameld bleef binnen rond het kleine vuur in de zitkamer. María gebruikte het om op te koken, want ze vond eten dat zo klaargemaakt was beter smaken dan het eten dat ze op het grote ijzeren fornuis in de keuken bereidde. Isadora groeide als kool dankzij de zorg en aandacht van zowel María als Angelina, hoewel Lucía na een eerste poging vierkant had geweigerd haar de borst te geven.

'Waarom zouden we, als we haar alle drie om beurten de fles kunnen geven? Trouwens, ik dacht dat ze mijn arme tepels af zou bijten, zo hard zoog ze eraan. Het deed ontzettend pijn!'

María dacht bij zichzelf dat het veel meer te maken had met het feit dat Lucía 's nachts liever sliep en er gebruik van maakte dat er andere bereidwillige handen waren die wilden opstaan om voor Isadora te zorgen. Het feit dat de baby bij Angelina in de kinderkamer sliep, hielp ook niet veel. Toch bleef María kalm toen ze zag dat het jonge meisje haar ijverig schone luiers omdeed en de fles gaf. Terwijl Lucía op de veranda zat te roken, zong Angelina slaapliedjes voor Isadora en wiegde ze haar in slaap. Sommige vrouwen waren eenvoudig niet geschikt voor het moederschap, en Lucía was er een van.

En terwijl Angelina voor Isadora zorgde, zorgde María met haar eigen liefdevolle handen en geholpen door de drankjes van Angelina voor Ramón, die met de dag sterker werd. De schorre hoest die hen allebei aan de verschrikkelijke gevangenis deed denken, nam af en algauw kon Ramón in de sinaasappelboomgaard gaan wandelen en kritiek leveren op de slechte staat en het gebrek aan onderhoud van de bomen.

'Zal ik Alejandro vragen of je voor de bomen mag zorgen?' stelde María voor toen ze op een kille avond bij het warme vuur zaten.

'Ay, María, ik doe het gratis, want het is een liefhebberij van me en ik heb er verstand van,' zei Ramón met een schouderophalen. 'Dit huis en jij hebben me gered. Het minste wat ik kan doen, is de bomen die op het terrein groeien verzorgen.'

Algauw kwam er een regelmatige stroom bezoekers uit Sacromonte langs, die de berg af kwamen om koffie te drinken bij María in het payohuis en om de kleine bruja te raadplegen vanwege haar helderziendheid en drankjes. Het deed María goed te horen dat er langzamerhand steeds meer bewoners van Sacromonte naar het dorp terugkeerden, na jaren als balling in het buitenland te hebben gewoond. Voedsel was nog steeds duur en delicatessen werden alleen op de zwarte markt verkocht, maar zo nu en dan werd Angelina betaald met een reep chocolade of een fles brandewijn van onzekere herkomst voor Ramón.

Met Kerst maakte María een pelgrimstocht naar de abdij van Sacromonte, waar ze neerknielde om God te danken voor de veilige geboorten van haar kleindochters en haar fantastische nieuwe leven in haar thuisland. Maar toch zei iets haar dat dit leven een tijdelijk hiaat was – een vermoeden dat nog kracht werd bijgezet door een geluid dat ze maandenlang niet gehoord had: het aanhoudende tikken van Lucía's voeten, buiten op de verandategels.

'Mamá,' kondigde Lucía María op een ochtend aan, 'ik ben nu klaar om weer te gaan dansen. Pepe heeft een telegram gestuurd om te zeggen dat het cuadro nog een seizoen in het 46th Street Theatre aangeboden heeft gekregen. En ze zullen drie keer zo veel verdienen als ik terugkom op het podium. Dit is het perfecte moment om terug te gaan, mamá.'

'Maar dat is toch veel te snel? Je kind is nog maar vier maanden oud.'

'Als ik het niet doe, zal ik alles kwijtraken waarvoor ik heb gewerkt.'

'Dat is niet zo, Lucía. Je bent de beroemdste flamencodanseres van Noord- en Zuid-Amerika. Je hoeft je niet te haasten, querida.'

'Het publiek is je zo vergeten, en vooral nu de tijd van La Argentinita voorbij is, duiken er elke dag nieuwe, jongere danseressen op om me naar de kroon te steken. En bovendien mis ik het,' verzuchtte ze.

'Welk deel ervan mis je?'

'Het dansen, natuurlijk! Dat is wie ik ben.'

'Je bent nu ook moeder,' bracht María haar in herinnering, terwijl ze neerkeek op Isadora, die vredig in het halfdonker in haar Silver Cross-kinderwagen lag te slapen.

'Ja dus, waarom zou ik het niet allebei kunnen zijn?'

'Dat kun je, natuurlijk kun je dat. Dus wil je dat ik regel dat we met zijn drieën naar New York terugreizen?'

'Mamá.' Lucía ging in de rieten stoel tegenover haar moeder zitten. 'Ik weet nog goed hoe het was om altijd onderweg te zijn als kind en met papá van stad naar stad te trekken, in wagons of in het veld te slapen, niet naar school te gaan, geen plek te hebben die ik mijn thuis kon noemen.'

'Ik dacht dat het rondtrekkende leven je juist goeddeed, Lucía. Je zei altijd dat je ervan genoot dat je nooit wist wat er de volgende dag zou gebeuren.'

'Ja, dat zei ik ook, maar ik had geen keus. En dat heeft Isadora wel.' Lucía zweeg een paar tellen en keek haar moeder aan. 'Ik weet dat je het hier prachtig vindt, mamá, en dat je heel veel van Isadora houdt. Dus...' Ze zweeg opnieuw voordat ze verderging. 'Als jij nu hier bij haar blijft?'

María deed haar best om geen zucht van opluchting te slaken en concentreerde zich op het laten voorgaan van de behoeften van haar kleinkind.

'En dan ga jij alleen naar New York?'

'Sí, maar ik zal zo vaak mogelijk terugkomen om jullie allebei te zien.'

'Maar Lucía, ze is nog maar zo klein, ze heeft haar moeder nodig. Ik kan jou niet vervangen.'

'O jawel, mamá. Jij bent veel moederlijker en geduldiger dan ik ooit zal zijn. Je weet hoe boos ik word wanneer ze huilt. En trouwens,' voegde Lucía eraan toe, 'het geld is aan het opraken. Ik moet er weer opuit om wat te verdienen. Of in ieder geval bij papá langsgaan om hem om meer te vragen.'

'Hoe lang blijf je weg?'

'Het is een contract voor een half jaar, waarin ik genoeg zal verdienen om dit huis te kopen,' zei Lucía lachend, 'en dan zullen we allemaal onder de pannen zijn, voorgoed. Stel je voor, mamá!'

'Dat zou inderdaad heel goed zijn, ja, Lucía,' stemde María met haar in. Als Lucía zich eenmaal iets in het hoofd had gehaald, wist ze, kon niets in de hemel of de hel haar tegenhouden, en dus had het geen zin om nog langer te ruziën omwille van Isadora.

'Wat jij denkt dat het beste is, querida.'

'Goed. Dan is het geregeld.'

Toen Lucía opstond, zag María de uitdrukking van opluchting in de ogen van haar dochter.

'Hoe kon ik ook ooit verwachten dat ze haar danskunst op zou geven? Het is haar leven,' legde María het later die avond uit aan Ramón.

'Maar ze is moeder nu, María. En haar baby heeft haar nodig.'

'Jouw meisjes zijn ook goed opgegroeid zonder moeder,' bracht María hem in herinnering. 'Zolang een baby iemand heeft die van hem houdt, weet ik zo net nog niet of het er wel toe doet wie dat is.'

'En waar zijn mijn meisjes nu?' vroeg Ramón. Zijn gezicht was een en al treurigheid. 'Ze liggen dood in een massagraf ergens in de stad.'

'Samen met mijn jongens, hun vrouwen en mijn kleinkinderen,' voegde María eraan toe, en ze pakte zijn hand vast.

'Waarom hebben wij het overleefd, terwijl zij de wereld nog moesten veroveren?'

Dat was een vraag die ze allebei dagelijks aan de hemel stelden.

'Ik weet het niet, en we zullen het geen van beiden weten tot wij aan de beurt zijn om naar boven te gaan, maar we kunnen er in ieder geval voor proberen te zorgen dat het de volgende generatie niet overkomt.'

'Hier zijn we dan, en we vergieten tranen om onze verloren kinderen en kleinkinderen, terwijl een moeder van plan is haar eigen kind te verlaten.' Ramón schudde zijn hoofd. 'Beseft Lucía dan niet wat een geschenk ze gekregen heeft?'

María wist dat hij moeite had met Lucía en wat hij beschouwde als haar egoïsme.

'Iedereen heeft sterke en zwakke punten, en die kunnen we alleen accepteren voor wat ze zijn. Trouwens, Lucía heeft gelijk, iemand in dit huishouden moet werk zien te vinden, anders komen we zonder geld te zitten.'

'Van de zomer hoop ik weer werk als arbeider te vinden,' zei Ramón. 'Het is mijn taak om het geld te verdienen. Zo hoort het.'

'Ramón, je weet evengoed als ik dat er duizenden mensen naar Spanje terugkomen die om werk verlegen zitten. Wil je niet proberen te vechten om je eigen sinaasappelboomgaard terug te krijgen?' vroeg María hem opnieuw. 'Het is zó oneerlijk. Je hebt ervoor betaald, jij bent degene die er recht op heeft.'

'Maar welk bewijs heb ik, behalve een velletje papier van de verkoper met het bedrag dat ik ervoor betaald heb? Dat is geen rechtsgeldig document, María… Ik tegen de regering-Franco, die het me in eerste instantie heeft afgenomen.' Ramón schudde zijn hoofd en grinnikte. 'Ik dacht het niet.'

'Maar tenzij iemand de strijd aanbindt, zal er niets veranderen.'

'María, ik denk dat we al genoeg moeten strijden om gewoon te overleven. Misschien ben je zo lang weggeweest dat je niet meer weet wie we zijn: gitanos, de allerlaagsten op de ladder. Niemand luistert naar ons.'

'Omdat we nooit iets zéggen!' María schudde haar hoofd. 'Neem me niet kwalijk, Ramón, maar in Amerika is dat heel anders. Kijk wat Lucía heeft bereikt, ook al is ze een gitana. Overal waar ze ging of stond werd ze gefêteerd.'

'Ja, om haar talent, want ze is uniek en bijzonder. Maar ik? Ik ben een doodgewone arbeider.'

'Ja.' María pakte zijn hand vast. 'En iemand van wie ik hou met heel mijn hart.'

'Zo, jullie hebben genoeg geld voor het komende half jaar huur, eten en een extra bedrag voor alle melk die Isadora opslobbert.' Lucía keek glimlachend naar haar baby, die met blote armpjes en beentjes trappelend in haar luier op de vloer lag. Ze stapte naar haar toe, knielde bij haar neer en kuste de beide voetjes, handjes en wangetjes. 'Ah, mijn lieve schat, mi pequeña. Zorg goed voor haar tot we elkaar weerzien.'

'De taxi is er, Lucía,' riep Ramón.

'Dan moet ik gaan. Tot ziens, Ramón, Angelina...' Lucía kuste hen beiden op de wang. 'Dag, mamá, zorg goed voor jezelf en mijn lieve Isadora.'

'Dat zal ik doen, en God zij met je op je reis, querida. Zorg dat je niets overkomt tot we elkaar weerzien.'

Lucía wierp haar een kushandje toe en trippelde met haar voetjes die in nieuwe leren pumps waren gestoken over de tegels. Ze wuifde nog een laatste keer, stapte in de taxi en weg was ze.

Angelina stond alleen op de veranda en voelde dat haar ogen vol tranen stonden.

Ze zullen elkaar nooit weerzien, dacht ze stil in zichzelf.

33

Hoewel Lucía's vertrek pijn deed, was het zonder haar voortdurende rusteloosheid in de maanden daarna veel rustiger in huis. Ramón, die zich in bijzijn van Lucía altijd opgelaten voelde vanwege José, ontspande zich en richtte zijn vaderlijke instinct op de kleine Isadora.

Door mond-tot-mondreclame begon de stroom bezoekers van Angelina toe te nemen. Iedereen wilde het engelachtige kind raadplegen, want in de gitanowereld had ze naam gemaakt als de grootste bruja van haar generatie. Er begonnen klanten te komen uit ver weg gelegen plaatsen als Barcelona. Op een avond kwam Angelina bij María en Ramón zitten.

'Ik wilde jullie om raad vragen,' zei ze zacht en met haar handen in haar schoot gevouwen. 'Omdat ik nog zo jong ben en veel moet leren, vraag ik niet om betaling. De mensen laten vaak wat geitenmelk of eieren voor me achter, maar ik vraag me af...'

'Of je de verschillende behandelingen en drankjes in rekening moet brengen,' maakte Ramón haar zin af. 'Wat denk jij ervan, María? Wij geven ons geld uit aan benzine om drie keer in de week naar Sacromonte te rijden, zodat Angelina daar kruiden kan gaan zoeken. Die kosten zouden we ten minste moeten dekken.'

'Weet je wat Micaela ervoor vroeg, abuela?' vroeg Angelina aan María.

'Niet precies, nee. Ze weigerde nooit patiënten te behandelen die niet konden betalen, maar als ze dat wel konden, nam ze geld van hen aan, ja. Vooral van de rijke payos die haar kwamen bezoeken.'

'Ik denk niet dat payos die een kind als Angelina komen zien haar zullen betalen,' zei Ramón grinnikend.

'Misschien nog niet, nee,' zei María instemmend, 'maar van hen kreeg Micaela wel het meeste geld.'

'Straks stel je nog voor om Angelina naar het Plaza de las Pasiegas bij de kathedraal te sturen! Dan kan ze voor een paar peseta's rozemarijn uitdelen en mensen de toekomst voorspellen.' Ramón trok zijn wenkbrauwen op.

'Weet je,' zei María later die avond, terwijl ze het kistje met hun geld van onder de vloerplanken haalde en opende, 'jij zei voor de grap dat we Angelina naar het stadsplein moesten sturen om rijke payos te paaien, maar misschien zal dat binnenkort echt nodig zijn. We hebben nog maar voor drie maanden geld.'

'Lucía had toch beloofd dat ze wat zou sturen?'

'Ja, maar dat is nog niet aangekomen. Stel je voor dat het gestolen is? Het is een lange weg van Amerika naar Spanje, en het pakje zal door vele handen gaan. Hoeveel mensen die honger lijden zullen er wel niet in het postkantoor van Granada zijn?'

'Zo dom is Lucía niet, querida. Ze zou het goed camoufleren. Wat is er toch met je, María? Je bent de kluts kwijt.'

'Welnee,' zei María met een zucht. 'Ik mag dan wel geen bruja zijn, maar ik heb gewoon een bang voorgevoel dat er iets verkeerd zal gaan.'

'Dat is echt niks voor jou.' Ramón fronste en nam haar in zijn armen. 'Denk aan wat we allebei al overleefd hebben. Samen kunnen we alles aan. Dat verzeker ik je.'

'Ik hoop het, Ramón. Ik hoop het echt.'

Een week later kwam er een auto die María niet kende de oprit op stuiven. Hij stopte voor het huis en een payovrouw met kort, sluik zwart haar en een grote zonnebril op stapte uit.

'Hola, señora,' zei María glimlachend toen de vrouw de traptreden naar het terras opklom. 'Wat kan ik voor u doen?'

'Bent u Señora Albaycín?' vroeg de vrouw.

'Sí, dat ben ik. En u bent?'

'Señora Velez.'

'Ah! De zus van Alejandro. Komt u binnen, alstublieft. Aangenaam kennis met u te maken. Kan ik u iets te drinken aanbieden?'

'Nee, señora. Ik vrees dat ik hier ben omdat er in de buurt geklaagd wordt over u en uw familie.'

'Geklaagd?' María keek naar de olijf- en sinaasappelboomgaarden aan weerszijden van de finca. 'Maar we hebben geen buren.'

'Ik heb gehoord dat een van uw familieleden dit huis als werkplaats gebruikt.'

‘Neemt u me niet kwalijk, señora, maar wat bedoelt u?’

‘Ze voorspelt de toekomst en brouwt kruidendrankjes die ze verkoopt. Is dat zo?’

‘Ik... Ja, dat is zo, mijn kleindochter van tien helpt mensen die ziek zijn of goede raad nodig hebben. Ze is een bruja, señora.’

‘Dus u zegt dat die zaak geleid wordt door een kind?’ De vrouw zette haar donkere zonnebril af en toonde een paar zwaar opgemaakte, harde groene ogen.

‘Ja, en het klopt dat meer mensen van haar gave hebben gehoord en haar de laatste tijd hebben bezocht.’

‘Wist u dat kinderarbeid onwettig is, señora?’

‘Het is geen werk, ze wordt er niet voor betaald...’

‘Señora Albaycín, u weet dat mijn broer en ik dit huis in goed vertrouwen aan u hebben verhuurd. Mijn broer verzekerde me dat u en uw dochter respectabele vrouwen waren. Hij besefte niet dat u omging met het soort mensen dat nu bij u langskomt. En mijn broer weet evenmin dat er nu een zaak in ons huis gevestigd is waar ook nog eens een kind werkt.’

‘Señora, ik heb u verteld dat mijn kleindochter geen geld voor haar diensten aanneemt, en de mensen die hier komen zijn...’

‘Gitanos. Volgens mij hebben we geluk gehad dat u hier niet met uw hele clan uw intrek hebt genomen!’

Op dat moment verscheen Angelina, met Isadora in haar armen.

‘Hola, señora.’ Angelina keek de vrouw glimlachend aan. ‘Wat kunnen we voor u doen?’

‘Is dit het kind dat de toekomst voorspelt?’

‘Sí, señora,’ antwoordde Angelina. ‘Zal ik de uwe ook voorspellen?’

‘Nee.’ De vrouw huiverde zichtbaar toen ook Ramón op de veranda verscheen om te zien wie de bezoekster was.

‘En wie is dít?’

‘Mijn naam is Ramón, señora. En u bent welkom in ons huis.’ Hij glimlachte en stak zijn hand naar haar uit.

‘Dit is míjn huis, voor het geval u dat nog niet wist. Dus hij woont hier ook?’

‘Ja, señora,’ bevestigde María.

‘Alejandro heeft niets over hem of het kind gezegd. Ik dacht dat alleen uzelf en uw dochter op het huurcontract vermeld stonden. Dus hoeveel meer van jullie verschuilen zich hierbinnen?'

'Alstublieft, het zijn alleen de mensen die u ziet. Mijn dochter is terug naar Amerika gereisd en...' María volgde de vrouw, die naar binnen stapte en alle deuren aarzelend opende, alsof ze verwachtte dat ze aangevallen zou worden door een horde woeste paria's. Nadat ze zich ervan overtuigd had dat er niemand anders was, liet de vrouw haar ogen over de keuken en de zitkamer gaan.

'U ziet, señora, dat ik uw huis mooi gemaakt heb,' zei María.

De vrouw mepte een mier van de keukentafel.

'Afgezien van het feit dat ik zojuist heb ontdekt dat u zonder onze toestemming meer familieleden van u in ons huis hebt laten wonen en dat er een minderjarige werkt, ben ik hierheen gekomen om u te zeggen dat we met ingang van volgende maand de huur verhogen. Mijn broer was altijd gemakkelijk te overreden, maar nu realiseert ook hij zich dat die veel te laag is voor dit huis.'

'Hoeveel gaat u ervoor vragen, señora?'

De vrouw noemde het bedrag en Ramón en María keken elkaar ontzet aan.

'Maar señora, dat is vier keer zo veel als wat we nu betalen! Dat kunnen we ons niet veroorloven en...'

'Misschien kunt u haar zeggen dat ze haar prijzen moet verhogen,' zei de vrouw, met een blik op Angelina.

'Maar we hadden afgesproken...'

'Ja, voor twéé mensen. Nu zijn het er vier, en trouwens, ik weet zeker dat de policía achter ons zal staan als wij hun zeggen dat het huis van onze geliefde grootouders bezet is door gitanokrakers. Dus als jullie niet kunnen betalen wat wij willen, dan moeten jullie aan het eind van de maand hier weg zijn. Ik herinner u eraan dat dat over drie dagen is.' De vrouw draaide zich om, zette haar zonnebril weer op en wilde de veranda af lopen. 'O, en probeer maar niet om spullen uit het huis mee te nemen. We weten precies wat erin staat. Gegroet, señora.'

De vrouw liep naar de auto, en Angelina stapte de veranda af en wees haar na.

'Ik vervloek u, señora,' mompelde ze onhoorbaar. 'Dat u mag rotten in het diepste van de hel!'

'Stil!' zei María toen de vrouw naar hen opkeek, de motor startte en met gierende banden de oprit af reed. 'Dat zal ons toch niet helpen.'

'Moeten we weg uit dit huis?' vroeg Angelina.

'Ja, er zit niks anders op.' María nam de kleine Isadora uit Angelina's tengere armen en keek Ramón radeloos aan. 'Waar moeten we in vredesnaam naartoe?'

'Voorlopig naar Sacromonte, denk ik.'

Angelina klapte in haar handen. 'Nou, ík ben er in ieder geval blij om. Daar ben ik dichter bij het bos, maar ik zal het bad missen.'

'Dat is tenminste ons eigendom, en niemand kan het van ons opeisen,' zei María. 'Ik wist dat er iets zou gebeuren, dat dit te mooi was om waar te zijn.'

'Ja, dat is zo.' Ramón stak zijn hand naar haar uit. 'Je weet dat we daar vroeger gelukkig waren, querida. Ik hoop dat we dat nu weer zijn.'

'Wat doen we als Lucía het geld al heeft opgestuurd en het aankomt nadat we zijn vertrokken?' zei María, die in paniek begon te raken.

'We moeten een telegram aan Pepe sturen, om hem te laten weten wat er is gebeurd en op het postkantoor vragen of ze alle post die voor ons komt willen bewaren. Begrijp je, María?' Ramón reikte naar haar hand en kneep er zachtjes in. 'Voor elk probleem is er altijd een oplossing.'

'Waarom ben je zo positief?'

'Omdat het niet anders kan.'

Drie dagen later ging Ramón, nadat hij een gehuurde muilezel voor zijn kar had gespannen en al hun bezittingen erop had geladen, met klossende hoeven op weg. María reed er in de auto achteraan. Ze hoopte de auto te kunnen verkopen, want in Sacromonte zouden ze hem niet nodig hebben. Hoewel María wist dat het gitano-zijn deels inhield dat je nooit lang op dezelfde plek woonde, treurde ze toch om haar geliefde finca en haar tijd als payo.

Ramón deed zijn best om hun grot leefbaar te maken. Hij witte alle muren en legde ernaast een klein binnenplaatsje aan, waar ze gedurende de lange, hete dagen konden zitten. Hij stelde María zelfs voor de schuur achter de stal weer tot badkamer te verbouwen.

'Ik kan niet voor stromend water zorgen,' zei hij, terwijl hij, María en Angelina naar de gedeukte tinnen badkuip en de commode keken, die hij achter op zijn kar van de vuilnisbelt in de stad had meegenomen, 'maar hier redden we het wel mee.'

‘Gracias, Ramón.’ Angelina sloeg haar armen om hem heen. ‘Die spullen zijn nog prima.’

In veel opzichten, dacht María, terwijl ze met zijn tweeën buiten zaten en de zon boven het Alhambra zagen ondergaan, was hun verhuizing minder pijnlijk gebleken dan ze had gevreesd. Hun oude huis had hen opnieuw verwelkomd en het was geruststellend om onder vrienden te zijn.

Ze hadden Pepe een telegram gestuurd en Ramón ging elke ochtend naar het postkantoor in de stad om te zien of het pakje uit Amerika al was aangekomen. Het was er nog steeds niet.

‘We hebben in ieder geval het geld van de auto, querida, en misschien kan ik binnenkort werk als arbeider vinden,’ bracht Ramón haar in herinnering.

María keek hem aan. Zijn broodmagere lichaam was nog steeds niet hersteld van de tol die de jaren in de gevangenis van hem hadden geëist.

‘Laten we maar hopen dat het pakje een van de volgende weken aankomt,’ zei ze met een zucht.

Vier maanden later was er nog steeds geen pakje of bericht van Pepe. María was weer manden gaan vlechten, maar er waren niet veel mensen in de stad die genoeg geld hadden om er een te kopen.

‘Mag ik met u mee, abuela?’ vroeg Angelina toen María de manden aan een lange stok bond en zich voorbereidde om ze naar het plaza in het centrum van de stad te dragen. ‘Ramón kan wel een paar uur voor Isadora zorgen en je ziet eruit alsof je hulp nodig hebt.’

‘Dank je,’ zei María glimlachend. ‘En ja, misschien kun jij met je knappe gezichtje een paar klanten werven.’

Ze begonnen aan de lange wandeling, en María was blij dat het zomer was. Het was een erg nat voorjaar geweest. De modder was in stroompjes van de berg omlaaggekomen en had een stank veroorzaakt die ze zich nog goed herinnerde van vroeger. Vandaag scheen er een felle julizon, en omdat Angelina kletsend naast haar liep, voelde ze zich wat vrolijker.

‘Maak je geen zorgen, abuela, het geld zal komen, ik beloof het u,’ zei Angelina glimlachend toen ze aankwamen op het Plaza de las Pasiegas, voor de grote kathedraal van Granada.

‘Nu dan.’ Angelina keek om zich heen en wees naar een plek dicht bij de traptreden voor de kathedraal. 'De mis is zo voorbij,' zei ze, nadat ze het mededelingenbord op de voordeur had gelezen. 'Er zullen veel mensen naar buiten komen en misschien willen ze onze manden kopen. Señorita,' zei ze, en liep op een payovrouw die het plein overstak af, 'mijn grootmoeder heeft deze prachtige manden met haar eigen handen gemaakt, wilt u er eentje kopen? Ze zijn heel sterk, weet u,' voegde Angelina eraan toe.

De vrouw schudde haar hoofd, maar Angelina liep achter haar aan. 'Zal ik u dan de toekomst voorspellen?'

De vrouw schudde opnieuw haar hoofd en begon sneller te lopen.

'Maar u wilt toch zeker wel weten of uw dochter zal trouwen met de rijke man die haar het hof maakt? Of dat uw man de promotie op kantoor zal krijgen waar hij op uit is?'

Nadat Angelina dat had gezegd draaide de vrouw zich met een verbluft gezicht naar haar om.

'Hoe weet je dat?'

'Señora, voor een peseta weet ik nog veel meer voor u. Laat me uw hand nu zien en...'

María hield zich op de achtergrond en keek toe terwijl Angelina haar kleine vingers over de handpalm van de vrouw liet gaan en haar geheimen in het oor fluisterde, waarvoor ze op haar tenen moest gaan staan. Een minuut of tien later knikte de vrouw, stak haar hand in haar handtas en pakte haar portemonnee. Ze zag dat de vrouw er een briefje van vijf peseta's uit haalde.

'Heb je terug?' vroeg ze aan Angelina.

'Helaas niet, señora, maar wilt u in plaats daarvan niet een mand van mijn grootmoeder hebben?'

De vrouw leek verbluft en knikte werktuiglijk, waarop Angelina naar María huppelde om een mand te pakken. 'Gracias, señora, en ik wens u en uw familie een lang en gelukkig leven toe.'

'Zie je?' zei Angelina nadat de vrouw vertrokken was. Wapperend met het briefje liep ze terug naar María. 'Ik had je toch gezegd dat je je geen zorgen om geld hoefde te maken?'

Tegen de tijd dat María de bochtige steegjes naar Sacromonte weer met haar opklom, hoefde ze geen manden meer mee te zeulen. In plaats daarvan puilde de zak van haar rok uit van het munt- en papiergeld.

'Zoiets heb ik nog nooit gezien,' zei María die avond tegen Ramón, toen ze zich tegoed deden aan de bloedworst die María had gekocht. 'Ze haalde de ene klant na de andere over om zich de toekomst te laten voorspellen. En ze had zelfs geen rozemarijn om hun te geven.' María glimlachte.

'Misschien hielp het dat ze nog een kind is en eruitziet als een payo,' zei Ramón met een schouderophalen.

'Ja, dat zal wel, maar ze vertelde ze ook allemaal iets herkenbaars over henzelf om hen te paaien.' María schudde haar hoofd. 'Haar gave is angstaanjagend, Ramón. Ik werd bang toen ik haar bezig zag. Ze zei dat ze volgende week weer wil gaan, maar ik weet gewoon niet of het wel goed is om haar geld te laten verdienen met haar krachten. Zo is het met Lucía ook gegaan.'

'En net als Lucía is Angelina ook eigenzinnig. Neem maar van mij aan dat die jongedame een willetje heeft. Trouwens...'

'Wat?'

'Angelina heeft vandaag gedaan wat ze heeft gedaan om jou te troosten. Ze wilde je laten zien dat je je geen zorgen hoeft te maken omdat ze van je houdt. Wat is daar zo verkeerd aan?'

'Ik heb altijd het gevoel gehad dat ik afhankelijk ben van anderen,' zei María met een zucht.

'Nee, María, wij zijn allemaal afhankelijk van jou.' Hij gaf haar een tikje op haar hand. 'En nu is het tijd om naar bed te gaan.'

ISADORA

JUNI 1951, VIJF JAAR LATER

34

'Ben je wakker, Isadora?'

'Nee,' zei ze en begroef haar gezicht in het kussen. 'Ik slaap.'

'Nou, ik weet dat het niet zo is, want je praat met me, en als je je bed niet uitkomt, zal ik je moeten kietelen tot je het wel doet...'

Angelina's vingers kropen onder de deken naar Isadora's middel, waar ze het gevoeligst was voor kietelen. Lichtjes als kleine spinnetjes bewogen ze over haar buikje, tot Isadora begon te giechelen.

'Hou op! Hou op!' riep ze lachend. Ze gooide de deken van zich af en stapte uit haar bed. 'Kijk maar, ik ben al op! Wat wil je van me?'

'Dat je met me mee de stad ingaat voordat abuela en Ramón wakker worden.'

'Maar ze zeggen dat je de payos niet de toekomst mag gaan voorspellen,' zei Isadora. Met haar kleine handjes wreef ze de slaap uit haar ogen.

'Ik heb in het geldblikje gekeken en ze zeggen ook dat er niets voor het avondeten zal zijn als ik het niet doe,' verklaarde Angelina. 'Ga je mee? Alsjeblieft? Ik krijg altijd meer klanten als jij bij me bent,' smeekte ze.

'Goed,' zei Isadora met een zucht. 'Maar moet ik die stomme jurk dan aan? Die is te klein en hij kriebelt.'

'Ja, trek hem aan, want je ziet er zo lief in uit.' Angelina hield de jurk met pofmouwen van bloemetjeskatoen op. Isadora liet Angelina haar nachtpon uit- en de jurk aantrekken.

'Hij is voor baby's,' zei ze nukkig, 'en ik hou niet van jurken, dat had ik je toch gezegd? Au!' riep ze klaaglijk uit toen haar nicht een stijve borstel door haar lange, donkere krullen haalde.

'Daarna koop ik een ijsje voor je, dat beloof ik je,' probeerde Angelina haar te paaien, terwijl ze een roze lint aan één kant van Isadora's haar aanbracht. 'Mooi, en trek nu je schoenen aan, dan gaan we.'

Terwijl ze op hun tenen langs de met een gordijn afgesloten slaapkamer van hun grootmoeder en Ramón liepen, bleef Angelina even staan om wat water uit de kruik in een veldfles te schenken. Toen gingen ze de deur uit en Isadora voelde de hitte van de dag al, hoewel het nog maar net acht uur was.

'Je ziet er knap uit in je jurk,' zei Isadora terwijl ze haar nicht opnam. Heimelijk vond ze Angelina de mooiste vrouw die ze ooit had gezien, en ze wist dat alle jongens in Sacromonte dat ook vonden. Met haar lange, goudkleurige haar, grote blauwe ogen en huid die nooit donker werd in de zon, vond Isadora dat ze leek op de prinses in het sprookjesboek dat Ramón voor haar had gekocht toen hij haar had leren lezen. 'Wil je nog niet gaan trouwen? Je bent toch al bijna zestien?'

'Ik zal nooit trouwen, pequeña.' Beslist schudde Angelina haar hoofd. 'Dat is niets voor mij.'

'Hoe kun je dat nou zeggen? Alle mooie prinsessen ontmoeten hun prins. Zelfs abuela heeft Ramón ontmoet,' zei Isadora giechelend.

'Ik weet het gewoon,' zei Angelina. Ze haalde haar schouders op. 'Ik heb een hoop ander werk te doen, zie je.' Angelina pakte haar hand vast en zwaaide hem gelijk met die van haar omhoog, 'Terwijl jij de jouwe al hebt ontmoet.'

'Dat hoop ik niet. Alle jongens die ik ken zijn lelijk en lomp. Weet je het zeker?'

'Ja, ik weet het zeker.'

'Hoe weet je al die dingen?' vroeg Isadora haar, terwijl ze onder de stadspoort door en omlaag door de steil aflopende klinkersteegjes naar het centrum liepen.

'Geen idee, maar ik weet het gewoon. En soms zou ik willen dat ik het níét wist. Vooral niet als het om verschrikkelijke dingen gaat.'

'Zoals monsters of grote, lange slangen?'

'Ja, die ook.' Angelina glimlachte.

'Ik zou willen dat ik een gave had, net als jij. Dan zou abuela madeleines om bij de thee te eten voor me maken.'

'Doorlopen, pequeña, niet zo treuzelen!'

Isadora wendde haar ogen af van een groene rups die traag tegen een stenen muur op kroop en huppelde heuvelafwaarts naar haar nicht.

Op het stadsplein stond ze lief te glimlachen toen Angelina haar eerste klant overhaalde om zich de toekomst te laten voorspellen. Wat Angelina ook tegen hen zei over wat er met hen zou gebeuren, Isadora wist dat het gesprek tussen hen moest blijven, en dus vermaakte ze zich door rond te kijken in de smalle steegjes die van het plein vandaan leidden. Haar favoriete plek was het café met de open gevel waar ijsjes werden verkocht aan de toeristen die voorbijkwamen. Die ijsjes hadden alle kleuren van de regenboog, en ze had ze bijna allemaal geproefd.

'Vandaag wil ik het groene met stukjes chocolade erin,' zei ze in zichzelf, terwijl ze er verlangend naar keek. 'Wat is het heet,' zei ze. Ze streek over haar voorhoofd en keek om de hoek om te zien of haar vriendje Andrés er was. Andrés was de zoon van de humeurige cafébaas. Hij was zeven, iets meer dan een jaar ouder dan zij. In de weekenden en schoolvakanties werkte Andrés net als zij voor zijn mamá en papá, maar hij liet altijd borden vallen en kon het ijs niet netjes in de hoorntjes krijgen, en dan stuurden zijn ouders hem het plein op om te spelen.

Ze hadden elkaar leren kennen in het steegje naast het café, waar ze zich allebei hadden verscholen voor de brandende middagzon. Andrés had haar een slokje van zijn limonade aangeboden, en ze had prikkels in haar mond gekregen. Vanaf dat moment had ze hartstochtelijk van hem – en limonade – gehouden.

Hij was natuurlijk een payo, dus toen Angelina zei dat ze haar prins al had ontmoet, wist ze dat Andrés het niet kon zijn. Hij was zo knap, met zijn lichtbruine ogen en hoofd vol bruine krullen. Hij was zachtaardig en verstandig en kon veel beter lezen en schrijven dan zij. In tegenstelling tot andere payos, leek hij haar helemaal niet te wantrouwen; hij leek zelfs gefascineerd door het feit dat ze in een grot woonde en een nicht had die de toekomst kon voorspellen.

Soms keek hij haar aan alsof hij haar wilde kussen, met zijn lippen dicht bij die van haar, maar dan bloosde hij, streek met zijn hand over zijn mond en stelde voor te gaan voetballen op het plein.

Isadora had niemand over haar vriendje verteld. Ze wist dat haar familie een hekel aan payos had en hen alleen goed genoeg vond om hen te betalen voor het voorspellen van de toekomst of hun manden. Maar Andrés was anders, en ze wist dat hij haar aardig vond. Hij had gezegd dat hij op een dag met haar zou trouwen en dat ze dan van hun eigen olijfboomgaard zouden leven.

'Maar ik hou niet van olijven,' had ze koppig maar heimelijk opgetogen over zijn woorden gezegd.

‘We kunnen ook andere dingen hebben,’ zei hij snel. ‘Alles wat je maar wilt.’

‘Kunnen we dan elke dag ijs eten?’

‘Ja, natuurlijk.’

‘En kunnen we ook een katje of een baby en een bad hebben?’ vroeg ze en trapte de bal naar hem toe.

‘We zullen al die dingen en nog veel meer hebben. Als we trouwen, zullen we een grote fiësta in jouw grot geven, zoals de feesten waarover je me hebt verteld. We zullen samen dansen en iedereen zal ijs eten.’ Grijnzend had hij de bal naar haar teruggetrapt.

‘Wil je er eentje, señorita?’ vroeg Andrés’ vader van achter de grote vriesvitrine waarin de ijsjes lagen uitgestald.

Isadora ontwaakte uit haar dagdroom. ‘Sí, maar ik heb geen geld, señor.’

‘Hoepel op dan,’ viel hij tegen haar uit. ‘Je schrikt de andere klanten af.’

Isadora haalde haar schouders naar hem op en besloot dat ze hem in ieder geval niet zou uitnodigen, op welke fiësta dan ook. Andrés was nog niet in het café, maar het was ook nog vroeg in de ochtend.

‘Ze schrikt míj niet af,’ zei een diepe stem achter haar. ‘Ik wil graag twee van die daar.’ De man wees naar het groene ijs.

‘Sí, señor.’

Isadora draaide zich om en zag een drom mensen uit de kathedraal komen. De vroege ochtendmis moest zojuist geëindigd zijn. Ze zag de gezichtsuitdrukking van Enrico, Andrés’ vader, veranderen en een en al glimlach voor de payo worden. Terwijl hij de twee hoorntjes vulde, keek Isadora naar de man op. Hij was erg lang en verbrand door de zon en had een paar diepliggende bruine ogen. Hij zag er vriendelijk maar ook een beetje droevig uit, vond ze.

‘Hier, señorita,’ zei hij en gaf haar een van de hoorntjes aan. Verbaasd keek ze hem aan.

‘Voor mij?’ vroeg ze.

‘Sí,’ knikte hij.

‘Gracias a Dios,’ zei ze. Ze nam een likje van het ijs, dat al begon te smelten in de zon en over het hoorntje druppelde. En toen ze een potentiële klant in hem herkende, keek ze hem lief glimlachend aan. ‘Zal ik u de toekomst voorspellen?’ vroeg ze hem in het Spaans.

'No comprendo. *Hablo inglés*,' zei hij.

'U graag toekomst voorspeld?' De woorden waren haar voorgepapegaaid door Angelina, voor het geval ze een Engelssprekende toerist zou tegenkomen op het plein.

'Kun jij me de toekomst dan voorspellen?' De man keek haar aan.

Nu was het Isadora's beurt om te zeggen dat ze hem niet begreep. '*Mi prima*, Angelina.' Isadora wees naar het plein. 'Zij erg goed,' zei ze, en ze strekte haar handpalm uit en deed alsof ze hem las.

'Waarom niet?' De man haalde zijn schouders op, likte aan zijn ijsje en gebaarde dat Isadora hem voor moest gaan.

Angelina was juist klaar met een andere klant en Isadora bleef staan toen ze zag dat er geld van eigenaar wisselde.

'Hier,' zei ze toen de vrouw verder was gelopen, 'ik heb een man voor je. Hij spreekt niet zo goed Spaans,' fluisterde ze snel.

'Hola, señor,' zei Angelina. Ze zette haar stralendste glimlach op. 'Ik zien hand?' vroeg ze in het Engels. 'Dan ik u vertellen over uw dochter.'

'Mijn dochter?'

Isadora zag het verblufte gezicht van de man, zoals al Angelina's klanten keken wanneer ze hun een geheim vertelde dat ze op een of andere manier kende. Ze liep verder en at haar ijsje op in de schaduw van een luifel aan de overkant van het plein. Ze hoopte dat ze een paar centavo's commissie van Angelina zou krijgen omdat ze de man naar haar toe had gebracht. Misschien zou ze er een cadeautje voor haar grootmoeder van kopen. Net toen ze dat dacht en zich ook bedroefd voelde omdat Andrés zich nog niet in het café had laten zien, kwam er een zwart-wit katje uit de steeg naast haar dat zijn magere lijf tegen haar benen begon te wrijven.

'O! Wat ben je lief,' zei Isadora. Ze nam het katje in haar armen en het begon te spinnen. 'Ik zou je mee kunnen nemen naar huis, als geschenk voor abuela,' zei ze, en ze kuste het op het kopje. Ze keek het plein rond en zag de man die ze had meegenomen naar Angelina weglopen. Nog steeds met het katje in haar armen stak ze over naar haar nicht.

'Kijk wat ik gevonden heb.' Isadora keek hoopvol naar haar op, maar Angelina volgde haar klant met haar ogen. 'Kijk!' beval ze. 'Kunnen we hem mee naar huis nemen, Angelina? Alsjeblieft,' smeekte ze.

'Nee, dat gaat niet, en dat weet je. We hebben zelf amper genoeg te eten, laat staan dat we voor dieren kunnen zorgen. Goed, en nu ben ik te moe en het is te warm voor nog meer klanten. We moeten naar huis.'

'En mijn ijsje dan?'

'Je hebt toch al een ijsje gehad, ondeugende meid? Die man heeft er eentje voor je gekocht. Er is te veel narigheid in de wereld... Ay.' Angelina streek mat met haar hand over haar ogen. 'Nou, breng dat katje terug naar waar je het gevonden hebt, en dan gaan we.'

Isadora deed wat ze had gezegd. Ze was uit haar humeur, omdat het zo'n lange, hete weg terug naar huis was, omdat ze Andrés niet had gezien en omdat ze geen huisdier mocht hebben, hoe ze er ook om smeekte.

'Heb je veel verdiend vanochtend?' vroeg ze aan Angelina. Ze was gewend aan het zwijgen van haar nicht wanneer ze terugliepen nadat zij de toekomst had voorspeld. Abuela zei dat het haar energie kostte, en dus probeerde ze haar altijd op te vrolijken wanneer ze terug naar huis liepen.

'Ja, die man heeft me tien peseta's gegeven.'

'Tien peseta's!' Isadora klapte in haar handen. 'Waarom ben je dan niet blij?'

'Omdat ik zou willen dat ik, ook al zijn het maar payos, geen geld van hen zou hoeven aannemen, en dat ik hun gratis de toekomst zou kunnen voorspellen.'

'Je neemt toch ook geen geld aan van de gitanos die bij je komen?'

'Nee, maar dat is omdat die geen geld hébben.' Angelina keek haar flauwtjes glimlachend aan en schudde toen haar hoofd. 'Je bent een goeie meid, Isadora. En het spijt me dat ik soms boos op je word.'

'Ik snap het wel.' Isadora gaf haar een klopje op haar hand. 'Je draagt een grote last,' zei ze ernstig, de woorden herhalend die ze drie nachten geleden van María had gehoord, toen een van haar buren naar hun grot was gekomen om te bedelen om een drankje om haar moeder van zeventig te redden. Angelina had het haar gegeven, maar nadat de vrouw weer was weggegaan, had ze haar hoofd geschud. 'Morgen is ze dood, en ik kan er niets aan doen.'

'Nou, dat is vriendelijk van je om te zeggen, maar mijn geschenk is ook een groot voorrecht. En ik mag niet mopperen.' Opeens bleef ze staan en trok Isadora tegen zich aan. 'Ik hou van je, querida, en we moeten de tijd die ons samen gegund is gelukkig doorbrengen.'

Toen de hitte van juni een maand later overging in een nog hetere juli, trof Isadora toen ze thuiskwam een vreemdeling in de keuken van haar grootmoeder aan. Ze keek op naar María, die met rode ogen in haar houten schommelstoel zat.

'Wat is er? Wat is er gebeurd, abuela?' vroeg ze. Ze negeerde de man, liep de keuken door en ging bij María op schoot zitten.

'Ay, Isadora, ik...' María probeerde kalm te blijven en sloeg haar armen om haar kleindochter heen. 'Ik vind het zo erg, querida, zo erg...'

'Wat is er dan? Wat is er gebeurd? Jullie kijken allemaal zo droevig.' Isadora keek naar de man die met een glas van Ramóns speciale brandewijn in zijn handen aan de tafel zat. 'Wie is hij?'

'Nou, dat is het goede nieuws.' Het lukte María flauwtjes te glimlachen. 'Dit is Pepe, je oom.'

'Pepe! Je bedoelt je zoon die in Amerika woont?' Isadora richtte haar expressieve ogen weer op María. 'Mijn oom?'

'Die bedoel ik, ja.'

'En hij is hierheen gekomen?'

'Hij is hierheen gekomen, ja.' María glimlachte en wees naar Pepe.

'Maar...' Isadora legde een vinger op haar mond, zoals ze deed wanneer ze nadacht. 'Waarom ben je niet blij, abuela? Je hebt zo vaak gezegd dat je hem mist en nu is hij hier.'

'Dat klopt ook...' María knikte. 'En ik ben dolblij om hem te zien, ja.'

Isadora stapte van haar grootmoeders knie af, liep door de keuken naar haar oom en bleef voor hem staan.

'Hola, mijn naam is Isadora, en ik vind het leuk met u kennis te maken.' Stijfjes stak ze haar hand uit.

Pepe gaf haar op zijn beurt een hand en zij schudde hem. 'Ik zie dat mijn nichtje uitstekende manieren heeft geleerd.'

'Dat klopt, ja. Van Angelina. Die neemt haar soms mee de stad in als ze de payos de toekomst gaat voorspellen. Ze spreekt ook een beetje Engels.'

'Nou, kleintje, ik ben geen payo, dus kom hier en omhels je oom Pepe maar eens flink.'

Isadora liet zich door Pepe in zijn armen sluiten. Toen hij haar kuste, voelde ze dat zijn enorme snor haar wang kietelde. 'Kijk, ik heb een cadeau voor je meegebracht, helemaal uit Amerika,' zei hij en stak zijn hand uit naar een doos op de vloer naast hem en gaf hem aan haar.

'Een cadeau? Voor mij? Kijk eens! Het is een doos die in mooi papier verpakt is, abuela! Bedankt, oom Pepe.'

'Nee, Isadora,' zei Pepe glimlachend. 'Je moet het papier eraf halen en zien wat erin zit. Dat is het cadeau.'

'Maar het papier is heel mooi en ik zal het lelijk maken als ik het eraf haal,' zei Isadora fronsend.

'Hier, ik zal het je laten zien.' Pepe pakte de doos en zette hem op de keukentafel. Hij begon de roze linten los te maken en scheurde het papier aan één kant open. 'Zie je? Jij doet de rest.'

Dat deed Isadora en Pepe zei hoe ze het deksel van de doos moest tillen. Haar mond viel open toen ze zag wat erin zat.

'Een pop! En hij ziet eruit als Angelina! Wat is ze mooi. Is ze echt voor mij?'

'Ja, en ik hoop dat je er goed voor zult zorgen. Haar naam is Gloria,' zei Pepe, terwijl Isadora de pop gefascineerd uit de doos tilde.

'Ik heb ze weleens gezien in payowinkels, maar ze kosten heel veel peseta's. Dank je, tío,' zei ze, en ze drukte Gloria tegen zich aan. 'Ik beloof dat ik goed voor haar zal zorgen.' Ze wendde zich tot María. 'Huilde je misschien van geluk, abuela?' vroeg ze hoopvol.

Pepe en María wisselden een blik.

'We waren allebei verdrietig, omdat Pepe me heeft verteld dat jouw mamá, Lucía, naar de hemel is gegaan en nu bij de engelen is.'

'Naar de Opperwereld?' vroeg Isadora, terwijl ze Gloria's armen op en neer bewoog en friemelde aan een piepklein schoentje en een sokje dat van haar piepkleine voetje schoof.

'Ja.'

'Dus ik zal haar nooit meer op aarde zien?'

'Nee, Isadora.'

'Nou, ik zou haar graag gekend hebben, maar ik weet zeker dat ze gelukkig zal zijn waar ze nu is. Angelina zegt dat het heel mooi is in de Opperwereld. Mag ik haar nu Gloria gaan laten zien?'

'Natuurlijk. Ze is op de binnenplaats met haar kruiden bezig.'

Toen Isadora de kamer uit was, keek Pepe zijn moeder glimlachend aan. 'Wat een mooi kind is ze, mamá. Zo natuurlijk, heel anders dan de kinderen in Amerika.'

'Ja, dat is ze zeker. En in veel opzichten ben ik blij dat ze te jong is om zich haar moeder te kunnen herinneren. Haar dood zal haar niet veel leed bezorgen. Maar je was aan het vertellen wat er gebeurd is, Pepe?'

'We waren in Baltimore, en ja, Lucía was uitgeput en ze dronk en rookte te veel, maar niet meer dan normaal. Ze stond op het podium, zoals gewoonlijk, en begon aan haar ferruca. Aan het einde van de dans riep ze "Olé!", en toen viel ze op de vloer. Het publiek dacht dat het deel uitmaakte van haar optreden, en wij ook. Pas toen ze niet meer opstond, wisten we dat er iets aan de hand was. We lieten een ambulance komen, maar nadat ze in het ziekenhuis was aangekomen, werd ze doodverklaard. Ze zeiden dat ze een zware hartaanval had gehad. Ze heeft er zelf niks van gemerkt, mamá.'

María sloeg een kruis. 'Ze heeft zich dood gedanst.'

'Sí, mamá. Ze is in ieder geval gestorven terwijl ze deed wat ze het liefste deed.'

'Maar ze was nog zo jong! Nog geen veertig! En het is zo triest dat ze niet naar Sacromonte terug kon komen om haar dochter te zien.'

'Ja. Ik heb haar dikwijls gevraagd of ze hierheen wilde komen, maar ze wist altijd een excuus te bedenken. Nu ik Isadora heb gezien, denk ik dat ik weet waarom. Ze lijkt als twee druppels water op haar vader!'

'Dat is zo, ja,' beaamde María. 'En ze is ook zoals hij. Vriendelijk en zachtaardig en ontzettend geduldig. Ze loopt altijd als een hondje achter Angelina aan.'

'Mamá, vind jij dat we Meñique moeten vertellen dat hij een dochter heeft?' vroeg Pepe.

'Lucía heeft me altijd laten beloven dat ik dat niet zou doen, maar nu is ze er niet meer... Wat vind jij?'

'Ik heb gehoord dat Meñique nu getrouwd is en in Argentinië woont, met een vrouw en twee kinderen.'

'Dus je bedoelt dat hij zich eindelijk van Lucía losgemaakt heeft?'

'Ja. Zouden we hem en zijn nieuwe gezin eigenlijk wel met zulk nieuws storen? Maar zijn we wel eerlijk tegenover Isadora als we haar nooit vertellen wie haar vader is?'

'Ze heeft Ramón, mij en Angelina hier. Ik moet je nog één ding vragen: ik heb nooit meer een cent van Lucía gezien nadat ze ervandoor was gegaan. Ook al had ik je een telegram gestuurd waarin ik zei dat we verhuisd waren en dat het geld naar het postkantoor opgestuurd moest worden.'

'Ja, mamá, ik heb dat telegram van je ontvangen en ik zweer je dat ik bij haar was en heb gezien dat ze je regelmatig geld heeft gestuurd. Is dat dan nooit bij je aangekomen?'

'Nee. Ook al is Ramón de afgelopen vijf jaar één keer per week naar het postkantoor in de stad gegaan om te kijken. Daar zeiden ze altijd dat er niets was aangekomen.'

'Nou, dan kunnen we aannemen dat er een heel rijke man in het postkantoor werkt en dat hij in een snelle auto rijdt. Waarom heb je me niet gezegd dat je hulp nodig had?'

'Ik wilde niet bij mijn familie bedelen.' María schudde haar hoofd. 'En op een of andere manier hebben we het gered, Pepe.'

'Mamá.' Pepe stond op en liep naar haar toe. 'Het spijt me ontzettend. Als ik het had geweten had ik geholpen, maar ik wist het niet. Maar goed, nu ben ik terug, en ik kan voor je zorgen. Ik heb al mijn spaargeld bij me en als we geen gekke dingen doen, is het genoeg om jaren van te leven. En ook...' Pepe betastte zijn snor.

'Ja?'

'Ik heb papá aan Isadora herinnerd voordat ik vertrok. En toen heb ik hem gevraagd of hij me wat geld voor haar wilde geven. Lucía was tenslotte haar mamá, en alles wat ze heeft verdiend en bezat komt volgens de wet aan haar dochter toe.'

'Je hebt gelijk. En heeft hij het aan jou gegeven?'

'Hij zei dat het een moeilijk jaar was geweest, dat de lonen van het cuadro op waren gegaan aan nieuwe kostuums voor de voorstelling. Hij heeft me wat geld gegeven, maar geen bedragen zoals hij aan Lucía verschuldigd was.'

'Dus hij is nog niets veranderd,' zei María met een diepe zucht.

'Nee, mamá, hij is niets veranderd. Maar voordat ik vertrok, ben ik zo vrij geweest Lucía's bontjassen en al haar sieraden te verkopen. Ik kreeg er niet voor wat ik gekregen zou moeten hebben, maar Isadora heeft nu in ieder geval een aardig bedrag voor haar toekomst. Morgen ga ik naar de bank in de stad om een rekening voor haar te openen. Met wat geluk verandert Spanje ten goede en neemt haar erfenis in waarde toe. Misschien moeten we het haar niet vertellen, maar het haar geven op haar achttiende verjaardag.'

'Ja.' Voor het eerst tijdens het gesprek glimlachte María. 'Dan heeft ze ten minste iets om haar volwassen leven te beginnen. Tot dan kunnen we er maar beter niet aan denken. Hoe lang blijf je, Pepe?'

‘Nou, het cuadro bestaat niet meer. Na Lucía’s dood is iedereen zijn eigen weg gegaan, en ik heb er genoeg van om altijd maar onderweg te zijn.’ Hij pakte zijn moeders handen vast. ‘En dus ben ik voorgoed teruggekomen, mamá.’

‘Dat is nieuws dat me wél blij maakt! En jij kunt in Ramóns grot gaan wonen.’

‘Woont hij hier dan samen met jou?’

‘Ja.’ María knikte. Ze wilde haar liefde voor de man die haar alles had gegeven wat haar echtgenoot had nagelaten niet langer verbergen. ‘Ik hoop dat je het begrijpt, Pepe.’

‘Zeker, mamá. Als kind stond mijn vader bij me op een voetstuk, maar het duurde niet lang voordat ik wist hoe hij werkelijk was.’

‘Zonder Ramón zou ik het niet overleefd hebben,’ zei María schouderophalend. ‘En hoe gaat het met je vader? Waar is hij?’

‘Ik heb hem achtergelaten in San Francisco. Hij houdt van Californië vanwege het weer. Hij heeft werk, hij speelt in een bar in de stad.’

‘Is hij alleen?’ vroeg María. Ze realiseerde zich dat het haar niet langer hartzeer gaf om dat te vragen.

‘Hij… is niet alleen, nee. Zijn laatste vriendin heet Juanita, maar ik weet zeker dat ze geen blijver is.’

‘Het interesseert mij ook niet of ze wel of niet bij hem blijft,’ zei María kordaat, omdat ze dat ook echt zo voelde. ‘En hoe zit het met jou, Pepe? Heb jij geen vriendin?’

‘Nee, mamá, wie zou mij nou willen?’ vroeg hij grinnikend.

‘Zo veel vrouwen! Moet je jezelf zien. Je bent knap, getalenteerd en nog jong.’

‘Misschien ben ik niet het type om te trouwen.’

‘Wacht maar tot de meisjes hier in Sacromonte je hebben gezien. Dan staan ze in de rij voor je aan de deur,’ zei María en ze stond op. ‘Nou, dan moet ik nu gaan opschieten en ons avondeten klaarmaken. Ga eens kijken of Ramón al terug is met het water, wil je?’

‘Ja, mamá.’

Pepe liep de grot uit en de heuvel af. Hij zuchtte en vroeg zich af of hij zijn moeder de waarheid moest vertellen om te voorkomen dat ze zou proberen hem uit te huwelijken. Maar er waren dingen die zelfs een moeder die zielsveel van haar zoon hield niet mocht weten. Als ze wist wat hij was, zou ze zich dood kunnen schrikken. Hij wist dat hij dat geheim de rest van zijn leven met zich mee zou moeten dragen.

Nieuws verspreidde zich snel op de berg, en een dag later al leek het alsof alle gitanos die nog over waren in Granada hun laatste eer kwamen bewijzen aan La Candela, de grootste flamencodanseres die Sacromonte ooit had voortgebracht, en de begrafenis van de as die Pepe had meegenomen bij kwamen wonen. Bij zonsondergang leidden María en Angelina de pelgrimage naar het bos, de vrouwen wenend en rouwliederen zingend terwijl Angelina de spreuken prevelde om Lucía naar de Opperwereld te begeleiden.

Pepe hield het met houtsnijwerk versierde houten kistje met de as van Lucía in zijn ene hand en het handje van haar dochter in de andere. Hij keek naar Isadora, die zich met droge ogen en een somber gezicht op het pad voor hen concentreerde. Zijn hart brak bij de gedachte dat ze haar moeder nooit zou kennen, nooit door haar zou worden vastgehouden, nooit met haar zou dansen…

Toen ze op de open plek in het bos aankwamen, werd iedereen stil. In de rij kruisen waar generaties Albaycíns te ruste waren gelegd, was naast die van Lucía's broers een klein stukje grond in gereedheid gebracht. Terwijl Angelina een gebed opzei, zetten Pepe en María het kistje voorzichtig in de grond en gooiden met hun handen de vruchtbare bruine aarde erover, waarmee María's tranen zich vermengden.

Pepe stond op, sloeg een kruis en keek neer op Lucía's graf. Mijn lieve zus, dacht hij, jij hebt mijn leven op meer manieren gered dan je zelf ooit hebt geweten. Hij liep terug naar Isadora, tilde haar op voor de lange wandeling terug naar de grotten en zond een stil gebed naar de hemel. *Ik zweer je, Lucía, dat ik voor je dochter zal zorgen tot de dag dat ik sterf.*

TIGGY

SACROMONTE, GRANADA, SPANJE

FEBRUARI 2008

Wit edelhert
(*Cervus elaphus*)
Een edelhert met het genetische patroon van leucisme, dat een tekort aan pigment in haar en huid veroorzaakt. In de Britse folklore worden deze zeldzame dieren beschouwd als boodschappers van het hiernamaals.

35

Pepe geeuwde en snoot zijn neus. 'Ik vind dat ik nu wel genoeg heb gezegd,' besloot hij en knikte. 'Angelina neemt over, goed?'

We keken toe terwijl Pepe opstond en de veranda af liep.

'Arme Lucía,' zei ik. Ik moest mezelf letterlijk terugtrekken uit de 'Anderwereld' waarin ik het afgelopen uur had doorgebracht. 'Ze was nog zo jong.'

'Ja, maar ook egoïstisch. Ze leeft alleen om te dansen. Zoals zo veel grote kunstenaars zijn niet de beste echtgenotes of moeders,' zei Angelina.

'Ik denk dat ik wel kan raden welk geheim Pepe voor zijn moeder verborgen wilde houden,' zei ik zacht.

'Ja, ik zie zodra ik hem leer kennen. Tegenwoordig is prima om jezelf te zijn – om te houden van mannen of vrouwen of soms allebei – maar toen was nog niet zo. En helemaal niet in gitanogemeenschap. Arme Pepe, is in verkeerde tijd geboren.'

'Dus hij bleef bij jou, María, Ramón en mijn moeder in Sacromonte?'

'Ja. Verdient brood met gitaar spelen. Op een of andere manier het lukt ons allemaal. Wij hebben arm leven, maar niet ongelukkig. En jij al gehoord Pepe had wat geld meegebracht uit Amerika. Ook dankzij Pepe Isadora krijgt erfenis van haar moeder toen ze achttien werd. Dat hielp familie te worden welvarend.'

'Wat bedoel je?'

'Ik bedoel, zij gebruikt dat geld om te helpen haar man bij uitbreiden van zaak. Jouw vader, Erizo.'

'Wie was hij en wat was hij voor man?' vroeg ik gretig.

'Jij hebt al gehoord zijn naam. Hij is Andrés, de jongen die ze had leren kennen als kind, zijn ouders zijn eigenaar van ijscafé aan stadsplein. Natuurlijk zij niet willen dat hun zoon trouwen gitana, maar Andrés, het maakt hem niet uit. Nadat zij trouwen, zij naar hier verhuizen. Ramón, María, Pepe en ik, wij maken Ramóns oude grot ons huis en maken groter, zodat Isadora zelf gezin met Andrés kan worden. Isadora gebruikt haar geld om Andrés en Ramón te helpen bij opzetten zaak. Daarna Pepe vertelt hem van draagbare drinkkarretjes die hij heeft gezien op straat in New York, en Andrés besluit kopen sinaasappelboomgaard. Ramón teelt en perst sinaasappels, Andrés verkoopt sap in stad. Jouw vader en Pepe ontwerpen koelapparaat dat zij maken vast naast zijn brommer, met verse sap erin. Daarna hij verdient niet veel geld, maar genoeg, met verkopen van sap op plein. Daar zijn nog genoeg rijke payos, en meer toeristen komen. Na een tijdje hij maakt nog twee apparaten en in zomer hij anderen werk geven, verkopen sinaasappelsap en de coca-coladrank die iedereen vindt heel lekker. Andrés, hij is, hoe zeg je, ondernemer.'

'Dus wanneer zijn mijn ouders getrouwd?'

'Toen jouw moeder is achttien.'

'Maar dat betekent...' Ik maakte een hoofdrekensom. '... dat ze mij pas na bijna twintig jaar kregen! Waarom wachtten ze zo lang?'

'Ze wachten niet lang, querida. Vóór alles, zij dromen van gezin, en geen stel verdient dat meer. Zij zo veel van elkaar houden...' Angelina zuchtte. 'Ik probeer natuurlijk helpen, maar het lijkt erop jouw arme moeder kan niet zwanger worden, en zij geven op lang voor jij komt. Dan zij stoppen met proberen en ontspannen en jij besluit te komen, zoals gebeurt wel vaker.'

'Maar als ze gelukkig getrouwd waren, waarom hebben ze mij dan in hemelsnaam aan Pa Salt gegeven?'

'Ay, Erizo, je weet zelfs lang voor burgeroorlog voorbij, Franco maakt erg slecht land van Spanje. De jaren daarna voor veel mensen bijna net zo slecht als tijd daarvoor. Het hele land geldproblemen, en onze soort mensen wordt weer hardst getroffen. Maar had niet uitgemaakt als...'

'Wat, Angelina?'

Ik zag dat de oude vrouw tranen in haar ogen kreeg. Ze probeerde zich te beheersen en ook ik bereidde me voor, nu ik eindelijk te horen zou krijgen wat er was gebeurd.

'Ik gezien slechte tijden in mijn leven, maar vind de tragedie van jouw moeder en vader was het ergst. Ja,' knikte ze, 'echt het ergst.'

'Ik begrijp het, maar je moet me vertellen wat er is gebeurd, Angelina.'

'Nou, eerst ik zal je zeggen dat ik nooit iemand heb gezien zo blij als Isadora de dag dat zij bij mij komt en zegt zij is zwanger. En dan jouw vader komt op zijn oude brommer, zijn armen vol bloemen voor haar. Ik nooit gezien een man zo blij. Maar ik zeg tegen jouw moeder zij oud en moet rustig aan doen. Andrés haar ook behandelen als popje van porselein. Hij overwerken, zodat hij geld opzij kan zetten voor als jij komen. Elke week die voorbijgaat terwijl jij nog bent in haar buik is een wonder voor hen allebei – na verlies van zo veel baby's, jij kunt voorstellen.' Angelina knikte bedroefd. 'En dan op een avond, toen het weer is heel slecht en de wegen overstroomd door te veel regen, jouw vader komt niet thuis. Pepe gaat die avond naar politie, en zij vertellen een man is gevonden dood in greppel, met brommer boven op hem. Het was Andrés... Het apparaat dat hij heeft vastgemaakt voor verkopen van sinaasappelsap is zwaar en politie zegt het maakt brommer wankel bij slecht weer. Ik...'

Ik zag dat Angelina een grote roze zakdoek tevoorschijn haalde en haar neus snoot. Ik kneep in mijn handen en probeerde niet te huilen.

Angelina schudde haar hoofd en huiverde. 'Al die jaren zij proberen te krijgen jou, maar hij niet leven om te zien jij wordt geboren. Voor jouw moeder, Andrés' dood is heel moeilijk; zij kan niet eten of drinken, maar ik haar zeggen zij moet voor baby. Jij komt maand daarna – en ook al moet jij geloven ik probeer alles om te redden jouw moeder, er is niets wat ik kan doen. Ik kan niet stelpen het bloeden, Erizo, en de ambulancemannen die Pepe heeft gebeld ook niet. Zij sterft de dag nadat jij bent geboren.'

'Ik begrijp het.' Er viel niets meer te zeggen. We zwegen allebei een tijdje en ik dacht opnieuw hoe wreed het leven kon zijn.

'Waarom zij?' fluisterde ik, meer tegen mezelf dan tegen Angelina. 'Na al die jaren van proberen, verdienden ze het toch zeker om tijd met hun baby door te kunnen brengen? Ik bedoel met mij?'

'Ja. Het is verschrikkelijk verhaal, en jij begrijpt het breekt mijn hart om te vertellen. Maar toch, misschien hun leven is allebei kort en jij hebt niet voorrecht om hen te kennen en te worden verzorgd door hen, maar ik ken zo veel mensen die lang leven en nooit vinden de liefde die jouw ouders hebben. Laat dat jou troosten, querida, jij had niet gewilder kunnen zijn. Vaak ik voel jouw moeder om me heen. Dan voel ik zij blij – zij altijd zo blij, dat is haar gave... Ik... was dol op haar, ja, dat was ik.' Angelina snoot haar neus hard in de zakdoek en schudde haar hoofd. 'Pepe, ik denk haar dood breekt zijn hart voorgoed. Daarom hij loopt weg bij ons, daarnet. Voor hem is al te veel om erover te praten.'

'Maar...' Ik hield mijn emoties in toom, want ik wist dat ik hier niet lang meer kon blijven en voordat ik vertrok, wilde ik alles weten. 'Hoe ben ik bij Pa Salt terechtgekomen?'

'Hij komt bij mij voor handlezing vlak na dood van jouw moeder. Jij bent er ook, een paar dagen oud nog maar. Hij hoort jouw verhaal en biedt aan jou te adopteren. Jij moet begrijpen, Erizo, Pepe en ik, wij oud en arm. Wij kunnen jou niet geven leven dat jij verdient.'

'Vertrouwde je hem?'

'O ja, ik vertrouw hem,' verzekerde Angelina me. 'Ik vraag raad aan Opperwereld, en zij zeggen tegen mij: "Ja, dit is goed." Jouw vader is – was – heel bijzondere man. Hij zal jou leven geven dat wij niet kunnen. Maar ik laat hem beloven dat hij stuurt jou terug wanneer jij bent ouder. En kijk!' zei ze, flauwtjes glimlachend. 'Hij heeft gedaan wat hij mij heeft beloofd.'

'En María? Leefde zij nog toen ik geboren werd?'

'Ramón is in jaar voor María overleden. Zij allebei lang genoeg leven om te zien Isadora trouwt met jouw vader, maar helaas niet lang genoeg om te zien jij wordt geboren, Erizo.'

'Had mijn moeder mij een naam gegeven voordat ze overleed?'

'Niet echt, nee, maar... wanneer jij wordt geboren, wij allemaal zeggen jij eruitzien als egel, met haar dat omhoogsteekt. Zij – en wij – noemen jou "Erizo", toen jij nog bent bij ons.'

'En daarna kreeg ik de bijnaam Tiggy, naar een egel uit een verhaal.' Ik dacht na over het toeval, als het dat was. 'Wist je dat mijn echte naam Taygete is?'

'Ja, jouw vader vertelt ons hij zal jou noemen naar een van de Zeven Zussen. Ik... Heeft hij meer van jullie gevonden?'

'Nog één meer, ja. Mijn zus Electra is een jaar na mij bij ons gekomen.'

'En de zevende zus?'

'Nee, hij zei dat hij haar niet had gevonden. We zijn maar met zijn zessen.'

'Ik ben verbaasd,' zei ze.

'Waarom?'
'Ik...' Angelina opende haar mond om iets te zeggen, maar sloot hem weer. Ze haalde haar schouders op. 'Soms de boodschappen zijn verward. Goed, Erizo, wil jij zien een foto van jouw mamá en papá?'
'Graag.'
Ik keek toe terwijl ze de ruime zak van haar kaftan doorzocht en er een kleurenfoto uit opdiepte.
Ze gaf me de foto aan en ik voelde dat mijn nekharen overeind gingen staan. Verwonderd bekeek ik de afbeelding.
'Zijn zij dit op hun trouwdag?' stamelde ik.
'Sí. In jaar 1963.'
Het bruidspaar op de foto keek elkaar aan met onschuldige jonge gezichten die straalden van liefde en genegenheid. In de loop der jaren waren de kleuren van de afbeelding vervaagd, maar ik zag dat de man een bos bruine krullen en warme, lichtbruine ogen had en de vrouw...
'Jij kunt zien jij lijkt op haar,' zei Angelina.
En ja, ik zag het. Haar haren waren donkerder dan die van mij, maar de vorm van haar ogen en van haar gezicht kwam me heel bekend voor.
'Mi madre,' fluisterde ik. 'Te amo.'

Het was al na tweeën en ik moest om half vijf op het vliegveld zijn. Ik had een heleboel om over na te denken, maar nu was niet het geschikte moment. Ik liet Angelina dommelend in de zon achter en ging naar het hotel om mijn rugzak op te halen. Toen liep ik terug naar de blauwe deur om afscheid te nemen van haar en het nieuwste lid van onze familie. Bear sabbelde aan Ally's borst.
'Ik kom gedag zeggen, lieve Ally. Zorg goed voor jezelf en de kleine, hè? En ontzettend bedankt dat je me hier bent komen opzoeken.' Ik kuste hen allebei.
'Nee, ik bedank jou en je fantastische familie dat jullie hier bij míj waren. Wat een geschenk neem ik mee naar huis,' zei Ally glimlachend. 'Ik zie je binnenkort op Atlantis, hoop ik?'
'Zeker weten.'
'Gaat het wel?' vroeg ze. 'Je ziet erg bleek.'
'Angelina heeft me zojuist over mijn moeder en vader verteld. En hoe ze zijn overleden.'

'O, Tiggy.' Ally stak haar hand naar me uit. 'Wat erg voor je.'

'Nou, het helpt dat ik ze nooit gekend heb, vind ik. Eerlijk gezegd voel ik me alleen een beetje verdoofd.'

'Dat zal best. Nou, als je wilt, zal ik je op een dag over de familie waar ík geboren ben vertellen, en dan kun jij over die van jou vertellen. Maar ga nu terug naar Atlantis, lieve Tiggy, en zorg dat je weer sterk wordt.'

'Dat doe ik. Dag, Ally. Dag, Bear.'

In de tuin op de binnenplaats maakte ik Angelina wakker, en ik zei tegen haar dat ik vertrok.

'Kom gauw terug, Erizo, wil je? En breng die aardige Mister Charlie dan mee,' zei ze, en knipoogde. Ik bloosde.

Pepe kwam de grot uit met een stapeltje cd's in zijn handen.

'Hier, Erizo,' zei hij en gaf ze me aan, 'je hebt je abuelo Meñique nooit gekend, maar je kunt nog wel luisteren naar de muziek die hij heeft gemaakt. Dan voel je de duende, hier.' Hij legde zijn hand op zijn hart en keek me glimlachend aan. Er verschenen kraaienpootjes om de hoeken van zijn bruine ogen. '*Vaya con Dios*, pas goed op jezelf, querida.'

Angelina en Pepe omhelsden en kusten me op mijn betraande wangen.

Marcella stond bij haar Punto op me te wachten om me naar het vliegveld te brengen. 'Klaar, Tiggy?'

Ik zwaaide en glimlachte nog een laatste keer naar mijn familie. 'Klaar,' zei ik en knikte.

Later die avond vloog ik in het privévliegtuig dat Ma had geregeld naar Atlantis, met mijn hoofd nog steeds vol gedachten over mijn verleden maar ook over mijn heden. Zoals de dingen er nu voor stonden, besloot ik, moest ik maar niet over de toekomst nadenken. Toen Ma me bij de aanlegsteiger verwelkomde en Christian me vanaf de speedboot in haar warme, troostende armen duwde, herinnerde ik me wat Angelina had gezegd over onze dierbaren die de kans willen krijgen om voor ons te zorgen. Ik was hier om een paar weekjes uit te rusten en dat was het.

En dus gaf ik me over aan de geruststellende cocon van mijn herstelperiode op Atlantis. Mijn bed stond midden in de kamer, vanwaar ik het mooiste uitzicht over het Meer van Genève had. Ik lag als een prinses in mijn frisse zolderkamer en merkte dat ik – geestelijk en lichamelijk – veel vermoeider was dan ik had gedacht. Toen ik nadacht over het drama van de afgelopen weken vond ik dat niet verbazingwekkend. En dus luisterde ik naar mijn lichaam en voldeed ik aan de eisen die het stelde. Vaak doezelde ik na de lunch weg op de tonen van Meñiques geruststellende stem en gitaarspel op mijn oude draagbare cd-speler, en dan werd ik een uur later wakker. Claudia, onze fantastische huishoudster, stond erop me mijn ontbijt, lunch en diner boven te brengen, alsook een kop warme havermelk en zelfgebakken koekjes voordat ik ging slapen.

Maar aan het eind van de eerste week werd ik ongedurig. 'Alsjeblieft, Claudia, wil je me niet naar beneden laten komen voor het avondeten?' smeekte ik toen ze me het zoveelste blad eten kwam brengen. 'Je moet doodmoe zijn van dat tien keer per dag de trappen op en af lopen! En ik voel me echt sterker...'

'*Nein, Liebling*. Je moet in bed blijven en uitrusten.'

Het was duidelijk dat Charlie contact met Ma had gehad, en mijn beide verzorgsters volgden zijn advies strikt op en deden er zelfs nog een schepje bovenop – ze hadden me verboden mijn slaapkamer uit te komen en toen ik was aangekomen had ik Ma er zelfs van moeten weerhouden fysiek met me mee te gaan als ik naar de wc moest. Maar terwijl de volgende week verstreek en het me duidelijk werd dat ik aan het kortste eind trok, gaf ik me gewonnen en begon ik te denken dat ik de tijd die ik had beter verstandig kon gebruiken. Angelina zei altijd dat alles wat gebeurde een reden had, en toen ik al mijn in Sacromonte gemaakte aantekeningen uit mijn rugzak haalde en in mijn geheugen begon te prenten, kwam ik tot de conclusie dat ze gelijk had. Door die exercitie begon ik er ook over na te denken hoe ik mijn pas ontdekte vaardigheden precies zou gebruiken. Was het de bedoeling dat ik mijn loopbaan helemaal zou veranderen en me net als mijn voorouders als fulltime herborist en waarzegster zou vestigen? Om van dat soort dingen – of dat nu het voorschrijven van krachtige kruidenmiddelen was, of het opleggen van je hand om gewonde menselijke of dierlijke lichamen te genezen – je beroep te maken, moest je tegenwoordig papieren hebben die aantoonden dat je wist waar je mee bezig was. Met mijn tien dagen bij een stokoude Spaanse zigeunerin zou ik in de moderne bureaucratische wereld geen indruk maken. De brujas van vroeger behandelden klanten die volledig op hun gaven vertrouwden; diploma's om de talenten van de behandelaar te bevestigen waren toen niet nodig.

Ik staarde urenlang uit het raam naar de bergen aan de overkant van het meer en vroeg me af hoe ik van wat ik had geleerd mijn werk kon maken. En hoe meer ik erover nadacht, hoe meer ik me realiseerde dat Chilly gelijk had gehad toen hij had verklaard dat ik het verkeerde pad gekozen had. Het was fantastisch om als fauna-adviseur te werken, maar ik wist nu zeker dat ik mijn vaardigheden op de dieren zelf wilde toepassen.

'Jouw kracht ligt echt in je eigen handen, Tiggy,' mompelde ik, terwijl ik ze ernstig bekeek.

Toen dacht ik aan Fiona en hoe haar door mensen gemaakte medicijn Thistle binnen een paar dagen had genezen. En aan Charlie en Angelina, die zowel moderne als holistische methoden hadden gebruikt om mij en Ally te verplegen. Ik vroeg me af of ik die twee benaderingen zou kunnen combineren…

'Och, ik weet het niet,' verzuchtte ik, teleurgesteld omdat alles me zo duidelijk had geleken toen ik nog voor Margaret werkte. Dieren, frisse Hooglandse lucht en bezig zijn van 's ochtends vroeg tot 's avonds laat. Ik zocht op internet naar cursussen waardoor ik in de 'normale' wereld in aanmerking zou komen om te oefenen op dieren. Tot mijn verbazing vond ik een aantal holistische opleidingen, waaronder een reikiopleiding. En zoals Fiona had gezegd, was er ook een lijst van alternatieve dierenartsen die volgens die principes werkten.

'Zou ik echt weer gaan studeren om me na al die jaren tot dierenarts te laten omscholen?' vroeg ik me kauwend op mijn balpen af. 'Nee!' Teleurgesteld schudde ik mijn hoofd. 'Dan zou ik oud zijn als ik ermee klaar was, en bovendien wil ik ze niet aan stukken snijden en bestuderen hoe hun lymfestelsel werkt. Er moet een andere manier zijn…'

Naarmate ik fysiek sterker werd, was ik 's nachts klaarwakker. Dus nadat Ma bij me was geweest om mijn bloeddruk op te nemen en me goedenacht te wensen, en ik haar zacht door de gang naar haar eigen suite had horen lopen, gaf ik haar een half uur om in slaap te vallen, en dan kwam ik mijn bed uit en begon ik rond te sluipen in het huis. De eerste keer dat ik de aandrang kreeg om dat te doen, dacht ik dat het simpelweg kwam doordat ik me opgesloten voelde, maar toen ik elke nacht opstond om een nieuwe nachtelijke dwaaltocht te ondernemen, kwam het me voor dat ik op zoek was naar iets, of, om preciezer te zijn, naar iemand...

Ik voelde Pa's aanwezigheid in het huis zo sterk dat het leek alsof hij zojuist van zijn bureau was opgestaan om in de keuken een glas water te gaan drinken of de trap op te lopen om naar zijn bed te gaan.

Ik haalde zijn bureauladen overhoop, zocht naar bewijzen dat hij hier kortgeleden nog was geweest, of aanwijzingen die het raadsel van mijn geliefde vader zouden kunnen oplossen.

'Wie was je toch?' vroeg ik, terwijl ik een kleine icoon van de Madonna oppakte en me afvroeg of Pa religieus was geweest. Hij had ons in ieder geval meegenomen naar de kerk toen we klein waren, maar had het aan ons overgelaten of we nog diensten wilden bijwonen toen we ouder werden.

Toen zag ik een verloren bosje kruiden dat door een touwtje bij elkaar gehouden werd. Ik pakte het voorzichtig van de plank en zag de zigeuner weer voor me die me op het stadsplein van Granada had aangeklampt en op een of andere manier had geweten wat mijn bijnaam was.

'Heb je dit gekregen toen je daar was?' fluisterde ik tegen de lucht, terwijl ik mijn ogen dichtkneep en mijn beschermengel om antwoord vroeg. Het probleem was dat ik niet wist of Pa nu een beschermengel wás of niet.

'Als je daarboven bent, zeg dan alsjeblieft iets tegen me,' fluisterde ik.

Maar niemand gaf antwoord.

'Ik smeek je, Ma, ik kan niet langer in dit bed blijven! Alsjeblieft, het is een prachtige dag.' Ik wees naar het fletse maartzonnetje dat de ijsbloemen op het raam deed smelten. 'Na zo veel dagen binnen zal Charlie het vast goed vinden als ik wat frisse lucht binnenkrijg.'

'Ik weet het niet,' zei Ma en ze zuchtte. 'Je loopt niet alleen het risico dat je kouvat, maar daarna moet je al die trappen weer op om terug in bed te komen.'

'Als je echt niet wilt dat ik ze opklim, zal ik me door Christian terug naar boven laten dragen,' stelde ik voor.

'Ik vrees dat Christian er vandaag niet is, maar...' Ik zag dat Ma ergens over nadacht. 'Ik zal het met Claudia en Charlie bespreken, chérie. O, dat was ik bijna vergeten, er is een brief voor je.'

'Dank je.'

Ma liep de kamer uit en ik opende de dunne envelop en zag dat hij uit het buitenland kwam.

26 februari 2008
Majete Wildreservaat
Chikwawa, Malawi

Geachte juffrouw D'Aplièse,

Dank voor uw sollicitatie naar de functie van wildconservator in het Majete Wildreservaat. Naar aanleiding hiervan hebben wij u per e-mail uitgenodigd voor een sollicitatiegesprek op vrijdag 7 maart om 13.00 uur in Londen, maar we hebben nog geen antwoord van u ontvangen. Laat u ons s.v.p. uiterlijk woensdag 5 maart weten of u nog in de baan geïnteresseerd bent en of u op gesprek zult komen. Voor nadere details, zie het bijgevoegde document.

Hoogachtend,
Kitwell Ngwira
Manager Majete Park

Ik slikte, stapte mijn bed uit en pakte mijn oeroude laptop van de universiteit uit mijn la. Ik had helemaal niet meer gedacht aan de e-mail die ik uit frustratie had verstuurd, en sinds ik thuis was, had ik geen reden of zin gehad om mijn mail te checken.

Niet alleen vond ik twee mails waarin ik gevraagd werd over een week op het sollicitatiegesprek te komen, maar ook mailtjes van Maia, Star en CeCe, en drie van Charlie. Ik stelde het openen van Charlies berichten uit en las eerst die van mijn zussen. De verrassendste was van CeCe.

Hoi Tiggy,

Ik had van Ally gehoort dat je ziek ben en thuis op Atlantis bent. Ik hoop dat je snel beter zult zijn. Ik weet dat je altijd er een hekel aan had om ziek te zijn. Misschien had je gehoort dat ik naar Australië verhuisd ben. Ik vind het hier pragtig en ik schilder weer. Ik woon bij mij grootvader en mijn vriendin Chrissy. Er zijn veel dieren hier als je op bezoek wil komen.

Veel liefs,
CeCe xx

'Wauw, CeCe,' mompelde ik in mezelf, 'het is je gelukt, je hebt je thuis gevonden.'

Ik haalde diep adem en begon aan Charlies mailtjes. Ze bestonden alle drie uit een paar korte, beleefde regeltjes waarin hij me vroeg hoe het met me ging, en in het laatste of ik hem toestemming wilde geven om me na mijn verblijf op Atlantis in te plannen voor diverse scans en tests halverwege maart in het ziekenhuis van Inverness.

Met andere woorden, Charlie nam aan dat ik naar Schotland zou terugkomen.

'Je kunt echt beter niet teruggaan, Tiggy,' zei ik tegen mezelf. 'Ik weet zeker dat Cal er niets op tegen zal hebben om Alice te adopteren, en wat jij nog hebt laten liggen in te pakken en op te sturen...'

Omdat ik niet onbeleefd en ondankbaar wilde overkomen na alles wat hij voor me had gedaan, typte ik snel een antwoord, voordat ik van gedachten zou veranderen.

Beste Charlie,

Bedankt voor je mailtjes. Het gaat goed met me en ik rust veel uit. Bedankt ook voor je voorstel om me in te plannen voor die onderzoeken, maar waarschijnlijk zal het gemakkelijker zijn om die hier in Genève te laten doen. Zoals je weet, is de gezondheidszorg hier prima.

Hoop dat het goed met je gaat,

Tiggy

'God,' mompelde ik terwijl ik op 'verzenden' klikte. Ik had er een hekel aan om zo kil en formeel over te komen, maar het zou tot niets leiden als ik me anders opstelde en op deze manier zou ik – vooral omwille van Zara – zijn relatie niet nog slechter maken.

'Goed, Tiggy,' zei Ma toen ze mijn kamer weer binnenkwam. 'Ik heb Charlie zojuist gesproken en hij vindt het goed als je een wandelingetje gaat maken in de buitenlucht.'

'O.' Ik huiverde opnieuw vanwege het mailtje dat ik even daarvoor had verstuurd. 'Mooi.'

'Maar hij is er niet blij mee dat je al die trappen op moet. Dus Claudia en ik hebben besloten dat je de lift moet nemen.'

'De lift? Ik wist niet dat hier een lift was!'

'Die heeft je vader laten installeren, niet lang voordat hij... ons verlaten heeft, want toen kreeg hij zelf moeite met traplopen,' legde Ma uit. 'Dus we trekken je wat warme kleren aan, chérie, en dan breng ik je naar beneden.'

Toen Ma vond dat ik warm genoeg was ingepakt, liep ik met haar de gang in, gefascineerd om me heen kijkend om te zien waar de lift was. Ik wilde naar de trap lopen die naar de verdieping beneden leidde, waar Pa's slaapkamer was, maar Ma hield me tegen.

'De lift is hier, chérie.'

Ze pakte een zilveren sleutel uit de zak van haar rok, liep ermee naar de muur van de gang, stak de sleutel in een slot in een muurpaneel, draaide hem om en lichtte de kleine klink eronder. Het paneel gleed opzij en er kwam een deur van teakhout tevoorschijn. Ze drukte op een glimmende koperen knop ernaast en ik hoorde een zoemend geluid.

'Ongelooflijk dat dit me niet is opgevallen toen ik hier van de zomer was,' zei ik, terwijl we wachtten op de lift. 'En waarom heeft Pa hem tot de zolderverdieping laten gaan, terwijl zijn slaapkamer op de verdieping eronder is?'

'Hij wilde elke verdieping in het huis ermee kunnen bereiken. Tot de lente van vorig jaar was dit een oud dienluik,' antwoordde Ma. De lift kondigde met een zacht klikgeluid aan dat hij was aangekomen, en ze trok de deur open.

Ma en ik waren allebei slank, maar toch moesten we dicht tegen elkaar aan staan. Het interieur was net als de buitendeur van gepolijst hout gemaakt. Het deed me denken aan het type lift dat je in oude grand hotels zag.

Ma sloot de deur en stak haar hand uit naar een van de koperen knoppen. Toen de lift begon te dalen, zag ik dat er vier knoppen waren, maar voor zover ik wist, had het huis maar drie verdiepingen.

'Waar is die knop voor, Ma?' Ik wees naar de onderste knop.

'Voor de kelder. Daar heeft je vader zijn wijn opgeslagen.'

'Ik wist ook niet dat we hier een kelder hadden. Gek dat mijn zusjes en ik die niet gevonden hebben toen we het huis verkenden. Hoe kom je er binnen?'

'Met de lift, natuurlijk,' zei Ma. Op dat moment kwam de lift zacht tot stilstand. We stapten eruit door eenzelfde soort muurpaneel, verstopt in de achtergang naar de keuken.

'Goed, Tiggy, ik ga mijn jas en laarzen uit de vestiaire halen en dan gaan we naar buiten.'

Ma liet me achter en ik liep door naar de entree bij de voordeur, nadenkend over wat ze in de lift had gezegd, waardoor het alarmbelletje voor een leugen bij me was gaan rinkelen. Ik opende de brede voordeur, ademde de heerlijke geur van zuivere, frisse lucht in en probeerde helder na te denken.

Dat moest gewerkt hebben, want opeens dacht ik dat de lift, als die de enige toegang tot de kelder was, er al lang vóór het voorjaar van vorig jaar, toen Ma had gezegd dat Pa hem had laten installeren, geweest moest zijn, want hoe had Pa anders daarvoor in zijn wijnkelder kunnen komen?

Ma sloot zich weer bij me aan en we stapten de verkwikkende maar ijskoude middaglucht in. Ik besloot het, voorlopig tenminste, niet over het liftraadsel te hebben.

'Het is vreemd,' zei ik toen we over het pad naar het meer liepen, 'dat het hier anders ruikt, hoewel het terrein en klimaat op dat van Kinnaird lijken.'

'Ga je terug naar Schotland als je weer helemaal beter bent?' vroeg Ma.

'Ik denk het niet. Het werk is niet wat ik ervan verwacht had.'

'Ik dacht dat je er heel gelukkig was, chérie. Of ben je geschrokken van die schietpartij?'

'Nee, dat was gewoon pech. Ik weet zeker dat die stroper op Pegasus mikte, en niet op mij. Trouwens, Ma, die brief die je me gegeven hebt, was van een wildreservaat in Malawi, met een uitnodiging om volgende week in Londen op sollicitatiegesprek te komen voor de functie van wildconservator.'

'Malawi? Londen, volgende week?' Ma keek me nerveus aan. 'Je wilt toch nog niet weg, hoop ik?'

'Ik zou wel graag naar dat gesprek gaan, ja. Afrika is altijd een droom van me geweest, Ma, dat weet je.'

'Tiggy, je herstelt hier van een zware hartaandoening. Dus naar Afrika gaan zou gewoon... nou, pure waanzin zijn! Wat zou Charlie ervan zeggen?'

'Charlie is niet mijn oppasser, Ma.'

'Hij is je arts, Tiggy, en je moet naar hem luisteren.'

'Toevallig heb ik hem zojuist geschreven dat ik mijn verpleging naar Genève ga overplaatsen. Dat is veel makkelijker dan naar Schotland vliegen.'

'Maar toch overweeg je om naar Londen te vliegen, en daarna misschien naar Malawi?' Ma kneep haar ogen samen. 'Wat is er aan de hand, Tiggy?'

'Niets, Ma. We praten er later nog wel over. Hoe gaat het met Maia?'

Ma begreep het. 'Heel goed. Het is fantastisch dat ze haar geluk gevonden heeft. Ik hoop dat er binnenkort een bruiloft komt.'

'Gaat ze dan met Floriano trouwen?'

'Dat heeft ze niet met zoveel woorden gezegd, maar ik vermoed dat ze graag zelf kinderen wil krijgen, nu ze daar nog jong genoeg voor is.'

'Wauw, Ma, de volgende generatie...'

'Nu we het er toch over hebben, ik hoorde vanochtend dat Ally van plan is over een paar weken langs te komen met de kleine Bear. Ik popel om ze te zien. Ze hoopt dat jij hier dan ook nog zal zijn,' voegde ze er nadrukkelijk aan toe.

'Nou, zelfs als ik naar Londen ga voor dat sollicitatiegesprek, zal ik proberen terug te komen om hen allebei te zien. En als ik niet terugkom, zul jij me tenminste niet missen als je een baby hebt om over te moederen. Jeetje, het lijkt nog maar een dag geleden dat ik zelf een klein meisje was, ziek in bed hier met Electra, die het hele huis bij elkaar krijste!' zei ik glimlachend.

'Nou, laten we hopen dat je nu aan de beterende hand bent. Het wordt koud, Tiggy, we gaan naar binnen.'

'En nu naar bed, jij,' zei Ma toen we het huis in liepen. 'Ik zal je zo een potje thee brengen.'

'Omdat ik nu toch met de lift kan, zou ik graag nog een tijdje met jou en Claudia in de keuken zitten. Boven is het zo eenzaam,' voegde ik er klaaglijk aan toe.

'*D'accord*,' zei Ma. 'Geef me je jas, dan hang ik hem bij die van mij aan de kapstok.'

Ik gaf haar mijn jas en liep door de gang naar de frisse keuken – mijn favoriete ruimte toen ik nog een kind was. Als ik toen ziek was, vond ik het een feest om beneden te mogen komen, waar Claudia op me lette, en haar te helpen met koken terwijl Ma boodschappen deed.

'Weet je, Claudia, als een parfummaker de geur van jouw keuken in flesjes kon stoppen, zou ik er eentje kopen,' zei ik tegen haar, terwijl ik naar haar toe liep om haar vluchtig op de wang te kussen. Ze draaide zich om van een pan heerlijk ruikende soep waarin ze had staan roeren en kreeg pretrimpeltjes in haar gezicht.

'Dat zou dan een reeks van een heleboel verschillende geuren moeten zijn, want het ruikt hier vaak anders in de loop van de dag.' Claudia vulde de waterkoker en zette hem aan.

'Valt je dan niets op, Claudia? Ik ben beneden. Ik heb zojuist een wandelingetje gemaakt met Ma.'

'Jazeker, en daar ben ik blij om. Ik ben het ermee eens dat je frisse lucht nodig hebt. Maar Marina lijkt er bang voor te zijn, zoals de meeste Parijzenaars.'

Ik was gewend aan Claudia's neerbuigende opmerkingen over de Fransen – ze was zelf Duitse en vanaf een bepaalde leeftijd moest je dan vijandig zijn.

'Vind je het niet... moeilijk om hier te werken nu Pa er niet meer is?' vroeg ik haar.

'Natuurlijk, Tiggy, dat vinden we allemaal. Het huis is zijn ziel kwijt... Ik...'

Het was voor het eerst dat ik Claudia bijna in tranen zag uitbarsten. Hoewel ik een hechtere band met haar had gesmeed dan met wie van mijn zussen ook, had ik het nog nooit meegemaakt dat ze zo veel emotie toonde.

'Ik zou alleen willen dat de dingen anders waren,' ging ze verder, terwijl ze gebaarde dat ik aan de tafel moest gaan zitten en meteen daarop twee scones en een potje jam voor me neerzette.

'Je bedoelt dat je zou willen dat Pa Salt nog leefde?'

'Ja, natuurlijk, dat bedoel ik.' Ma was de keuken binnengekomen, en ik zag dat Claudia zich in haar gewoonlijke, bruuske manier van doen hulde. 'Thee?'

Een kwartier later zei Ma dat ik terug naar boven moest gaan om te rusten. Terwijl ik Ma de sleutel van de lift uit het sleutelkistje naast de keukendeur zag pakken, voelde ik me als een gevangene die terug naar haar cel geëscorteerd wordt. Ik stond achter haar in de gang toen ze het paneel ontsloot en het opzij liet glijden. Ik nam de techniek waarmee ze het opentrok zorgvuldig in me op.

'Waarom besloot Pa de lift te verbergen, Ma?' vroeg ik toen we omhooggingen.

'Dat moet je niet aan mij vragen, chérie. Misschien wilde hij niet dat jij en de andere meisjes er de hele tijd mee op en neer zouden gaan,' antwoordde ze. 'Of misschien uit trots. Misschien wilde hij niet dat jullie meisjes wisten hoe ziek hij was.'

'Dus zijn hartaanval kwam niet onverwacht?'

'Ik... Nee, die kwam niet onverwacht, en zo zie je maar weer hoe ernstig een hartaandoening is,' voegde ze er nadrukkelijk aan toe, terwijl we op de zolderverdieping aankwamen. 'Ga nu maar rusten, Tiggy, dan laat ik je misschien weer naar beneden komen voor het avondeten.'

Ze liet me achter bij de deur van mijn slaapkamer en ik ging in de vensterbank zitten om mijn gedachten op een rijtje te zetten. Hoewel ik veel spectaculaire zonsondergangen op Atlantis had gezien, vond ik ze altijd weer prachtig wanneer ze de bergen in vuur en vlam zetten met hun roodgouden licht. Wat nu anders was, was de stilte in het huis; vroeger zou er altijd wel muziek geblèrd hebben in de kamer van een van mijn zusjes, er zou gelach of geruzie te horen zijn geweest, geronk van de speedboot die bij de steiger aanlegde of van de grasmaaier die over het gazon gleed.

Nu voelde het aan alsof Atlantis verlaten was, ook al waren Ma en Claudia in het huis. Het was alsof alle energie van mijn zusjes en Pa was verdwenen en er alleen nog vage herinneringen aan vroeger over waren. Het was deprimerend en ontzettend droevig, en ik vroeg me af hoe Ma en Claudia van dag tot dag met die leegte omgingen. Wat moesten die twee nu nog hier? Claudia had alleen Ma nog om voor te koken, onderhield een huis waar wij zussen nog maar zelden kwamen, en Ma had haar grote lege nest. Atlantis was hun leven geweest; wat er nu voor hen in het vooruitschiet lag, moest aanvoelen als een gapende leegte.

'Ik ben niet graag hier zonder mijn zussen en Pa...' mompelde ik. Ik stapte van de vensterbank en realiseerde me dat ik nu een heel eind hersteld moest zijn. De periode van tweeënhalve week hier had me getoond dat ik het huis van mijn kindertijd ontgroeid was.

'Ik wil terug naar mijn leven,' mompelde ik in mezelf. 'Of, beter gezegd, ik moet een leven zien te vínden.'

Ik klapte mijn laptop open en zocht de brief van het wildreservaat in Malawi nog eens op. Ik herlas hem en toen mailde ik zonder er verder nog over na te denken terug dat ik naar Londen zou komen voor het sollicitatiegesprek.

Het luchtte me op dat ik iets, wat het ook was, had gedaan om vooruit te komen in mijn leven. Toen concentreerde ik me weer op Atlantis. Ik had plannen voor later die nacht...

Tot mijn ergernis was het al na middernacht toen ik Ma's deur dicht hoorde gaan. Ik wachtte ruim twintig minuten en hield mezelf wakker door hardop sommige ingrediënten van Angelina's drankjes op te zeggen en door me de woorden van de verboden vloek te herinneren. Ik had geen idee waarom mijn hersenen zo vastbesloten waren om ze te onthouden, maar ze fluisterden me elke dag in om ze te herhalen.

Ten slotte, na mijn oude Uggs en een dikke wollen trui te hebben aangetrokken, pakte ik de zaklantaarn die Ma op het nachtkastje had achtergelaten. Ik sloop mijn slaapkamer uit, liep op mijn tenen door de gang en knipte de lantaarn aan om de trap naar de benedenverdieping af te dalen. Ik liep naar het sleutelkistje in de keuken, pakte de sleutel waarmee Ma de lift had geopend eruit en ging op zoek naar het paneel in de gang. Het lukte me het te ontsluiten en open te schuiven en ik scheen met de zaklantaarn op de liftdeur. Het was een gok dat Ma het gekletter en gesnor niet zou horen in haar suite op de bovenverdieping, maar in ieder geval lagen haar kamers aan het verste eind van de gang.

Ik drukte op de knop en de liftdeur ging open. Ik stapte erin en scheen met mijn zaklantaarn op de koperen knoppen. Ik drukte op de onderste knop en voelde dat de lift met een schokje omlaagging en luttele seconden later tot stilstand kwam. Ik deed de deur open, maar zag alleen diepe duisternis. Ik knipte mijn zaklantaarn weer aan en deed een stap naar voren, maar toen ik mijn voet op het beton onder me zette, werd de ruimte plotseling hel verlicht.

Ik keek om en zag dat Ma de waarheid had gesproken over wat er was opgeslagen. Het vertrek was meer een modern souterrain dan een vochtige kelder, met lage plafonds maar ruim – misschien zo groot als de keuken erboven. Langs de muren stonden wijnrekken boordevol flessen en ik vond het vreemd dat Pa, die alleen wijn dronk op feest- en vakantiedagen, er zo'n grote collectie opna had gehouden. Ik liep wat heen en weer in het vertrek, streek het stof van een paar oudere flessen en voelde me tegelijk opgelucht en teleurgesteld. Wat ik ook had verwacht te vinden, het leek er niet te zijn.

Toen gingen mijn ogen naar een mot die rond een van de lichtspotjes in het plafond fladderde. Terwijl mijn blik van het plafond omlaagging, zag ik dat er een scheur in een van de muren eronder zat die verdween achter een wijnrek. Ik liep naar het rek toe.

'Dat krijg je nooit van zijn plaats, Tiggy,' mompelde ik, maar ik pakte de middelste twee rijen flessen eraf, en toen scheen ik met mijn zaklantaarn op de muur erachter en verlichtte een paneel dat er precies zo uitzag als het paneel dat de lift zo goed verborgen had. Toen pakte ik de rij flessen eronder uit het rek en ik zag dat er een klein, rond sleutelgat in de muur zat.

Met bonzend hart pakte ik de liftsleutel en ik stak mijn hand door het rek om te zien of hij paste. Dat was zo, en ik hoorde hem met een metalig klikgeluid omdraaien. Ik pakte het klinkje en probeerde het naar voren en opzij te trekken, zoals bij het paneel boven, en er kwam direct beweging in. Maar helaas stond het wijnrek te dicht tegen de muur om verder te kunnen gaan.

'Verdomme!' riep ik uit, en mijn woorden weergalmden in de kelder. Ik begon intussen moe te worden en had mijn laatste beetje energie nodig om het paneel weer op zijn plaats te schuiven, af te sluiten en de wijnflessen terug te leggen waar ik ze gevonden had.

'Niet dat ik erover in zou moeten zitten dat ik doe wat ik wil in een huis waarvan ik gedeeltelijk de eigenaar ben,' stelde ik mezelf gerust, terwijl ik hijgend terugliep naar de lift. Toen ik bij de lift was aangekomen, zag ik dat er een stalen omlijsting om de deur was aangebracht en dat er nog een deur zat, die ik nog niet eerder had opgemerkt omdat die door de stalen constructie aan het oog onttrokken werd. In de muur er vlakbij zag ik een knop waarvan ik aannam dat de deuren ermee gesloten konden worden.

'Wauw, het lijkt wel een bankkluis of zo,' mompelde ik. Ik kwam in de verleiding om op de knop te drukken, maar toen realiseerde ik me dat ik, als de stalen deuren ook echt dicht gingen, hier gevangen zou zijn en geen contact met de buitenwereld zou kunnen maken.

Tien minuten later, na vermoeid in mijn bed te zijn gestapt, lag ik te beramen hoe ik dit in vredesnaam verder zou onderzoeken.

36

De daaropvolgende ochtend kwam Ma met een ontbijtblad in haar handen mijn kamer binnen.

'*Bon matin*, chérie,' zei ze. Ik ging rechtop zitten en ze zette het blad over mijn knieën. 'Heb je goed geslapen?'

Misschien was het mijn verbeelding, maar ik wist zeker dat ik een zweem van argwaan in haar heldere groene ogen zag.

'Ik voel me prima, dank je. Vandaag is toch Claudia's vrije dag?'

'Ja, en ze heeft zelfs drie dagen vrij genomen om bij een familielid van haar op bezoek te gaan. Dus we zijn met z'n tweetjes. Zoals ik CeCe opgebiecht heb toen ik bij haar in Londen was, stelt mijn kookkunst niet veel voor, maar Claudia heeft je speciale eten voor je in de diepvries gezet, dus ik hoef het alleen maar op te warmen.'

'Geen probleem, Ma, en als we het echt niet meer weten, kan ik altijd nog voor ons allebei een notenbrood maken,' zei ik glimlachend.

'Ik hoop dat het niet zover komt,' zei Ma. Ze trok haar neus op. Zoals zo veel Parijzenaars was ze kieskeurig, en een gerecht zonder vlees vond ze bespottelijk. 'Na je ontbijt neem ik je bloeddruk op. Je ziet een beetje bleekjes vandaag, chérie.' Ze keek me onderzoekend aan en ik probeerde niet te blozen. 'Heb je niet goed geslapen?'

'Ik heb prima geslapen, Ma. Eigenlijk vroeg ik me af of je contact met dokter Gerber kunt opnemen en hem kunt vragen of hij een cardioloog kent, hier in Genève.'

'Ah, Tiggy, dokter Gerber is een paar maanden geleden overleden, maar ik zal contact met de praktijk opnemen. Weet je zeker dat je niet meer wilt dat Charlie je verpleging regelt?'

'Ja. Ik wil de behandelaar die ze aanbevelen zo snel mogelijk hier zien. Ik ga naar dat sollicitatiegesprek in Londen, en als ik die baan aangeboden krijg, heb ik natuurlijk een gezondheidsverklaring nodig.'

'Je weet wat ik daarvan vind, Tiggy, maar je bent een volwassen vrouw, en geen kind meer. Dus ja, ik zal inlichtingen voor je inwinnen. Maar ontbijt nu alsjeblieft, dan kom ik later bij je terug.'

Terwijl ik at, dacht ik na over de kelder en de ondoordringbare stalen deuren, en ik besloot Ma er ronduit naar te vragen wanneer ze terug was. Toen hoorde ik de vaste telefoon gaan. Een paar minuten later kwam Ma de kamer weer in, en ze gaf me het toestel aan.

'Het is voor jou. Iemand die zegt dat ze een vriendin van je is.'

'Dank je.' Ik nam de telefoon aan en zei: 'Hallo?'

'Ha Tiggy, met Zara. Hoe gaat het met je?'

'Ha Zara, wat leuk van je te horen,' zei ik glimlachend. 'Het gaat stukken beter, dank je. En hoe gaat het met jou?'

'Goed. Ik ben op het vliegveld van Genève.'

'Wát?'

'Kun je me zeggen hoe ik bij je huis aan het meer kan komen?'

'Ik... Zara, hoe ben je aan dit nummer gekomen?'

'Opgezocht op de mobiel van papa.'

'Juist ja. Weten je vader en moeder waar je bent?'

'Eh... Ik zal je alles uitleggen wanneer ik je zie.'

'Wacht even... Ze is in Genève,' zei ik zonder geluid te maken tegen Ma. 'Waar is Christian?'

'Hij heeft Claudia zojuist op het vliegveld afgezet, dus hij moet er nog in de buurt zijn,' zei ze.

Meteen nadat ik Zara had gezegd dat ze moest wachten bij de informatiebalie in de aankomsthal, belde Ma Christian en zei ze dat hij haar daar moest gaan ophalen.

'Wat doet ze hier, Tiggy? Weten haar ouders het?' vroeg Ma.

'Dat betwijfel ik. Ze is een volleerd wegloopster.'

'Nou, dan moeten we Charlie onmiddellijk bellen.'

'Kun jij dat voor me doen, Ma?'

'Ja, maar... wil je Charlie dan niet zelf spreken?'

'Zeg maar tegen hem dat ik Zara zover zal proberen te krijgen dat ze hem opbelt als ze hier is aangekomen.'

'D'accord, maar... Charlie is zo goed voor je geweest, Tiggy. Waarom wil je hem zelf niet spreken?'

'Ik wil het gewoon... niet.'

'O.' Ma gaf het op. 'Nou, als Zara hier blijft logeren, breng ik haar onder in Ally's kamer, aan jouw gang, chérie.'

'Dank je.'

'Heeft dat meisje problemen, Tiggy?'

'Zara is ontzettend aardig, maar ze zit in een moeilijke familiesituatie.'

'Nou, ik hoop dat haar komst geen invloed op je herstel zal hebben. Haar ouders zijn verantwoordelijk voor haar, niet jij. Dus ik zal haar vader bellen.' Daarop draaide Ma zich om op haar elegante hakken en liep de kamer uit.

'Tiggy!' Zara stapte mijn slaapkamer binnen en kwam naar me toe om me te omhelzen. 'Hoe voel je je?' vroeg ze en ging op mijn bed zitten.

'Heel goed, Zara, maar Ma staat erop dat ik de meeste tijd hier boven doorbreng.'

'Dat is voor je eigen bestwil, Tiggy. We hebben je gezond nodig.'

'Ik ben ook gezond,' zei ik, terwijl ik de geërgerde ondertoon in mijn eigen stem hoorde, 'maar belangrijker is, wat kom jij hier in vredesnaam doen? Ma heeft je vader opgebeld om te zeggen dat je bij ons bent en toen zei hij dat je hem moest bellen zodra je was aangekomen.'

'Eerlijk gezegd sta ik ervan te kijken dat het hem is opgevallen dat ik er niet meer was. Ik was thuis met studieverlof en ik heb hem amper gezien.'

'En je moeder?'

'Dat is echt raar, ze is naar Kinnaird gekomen, Tiggy. Ik bedoel, uit zichzelf. Ik weet niet wat er aan de hand is.' Zara zuchtte. 'Maar er is iets. Je weet dat mama er altijd een hekel aan heeft gehad, en nu zegt ze plotseling tegen papa dat ze het landgoed van hem gaat overnemen omdat hij het te druk heeft om het te beheren.'

'Dat is toch goed? Dan kun jij er ook meer tijd doorbrengen.'

'Ja, dat zou het zijn als ze me had uitgenodigd,' snauwde Zara. 'Maar mama zei dat ik niet met haar mee kon komen, dat ik thuis moest blijven en al het werk moest inhalen dat ik heb gemist in de tijd dat ik niet op school was.'

'Dat kan ik wel begrijpen, Zara. Op Kinnaird zou je maar afgeleid worden.'

'Misschien.' Zara keek uit het raam naar het Meer van Genève. 'Wauw, Tiggy, dit is net een sprookjeskasteel. Het is hier prachtig, en die ma van je is echt lief. Christian zei dat hij me zal leren varen in de speedboot als ik dat wil. Hij is echt knap, hè Tiggy, ook al is hij oud.'

'Dat zal best, ja.' Ik glimlachte om haar opmerking. 'Hij is hier mijn hele leven geweest, voor zover ik me kan herinneren, dus het is me nooit echt opgevallen.'

'Zeg, je zus Electra belde hem toen we onderweg naar hier waren. Hij zal mij niet zien staan als hij gebeld wordt door een wereldberoemd supermodel, hè?' zei Zara met een onverschillig schouderophalen.

'Electra heeft Christian gebeld?' Dat verbaasde me. Ik had al maanden niets meer van mijn zus gehoord.

'Ja, wat is ze voor type?'

'Electra is een natuurkracht,' zei ik. Daar liet ik het bij. We hielden ons allemaal aan de regel om nooit met 'buitenstaanders' over onze beroemde zus te praten. 'Nou, zal ik je dan nu de kamer waar je logeert laten zien? Dan kun je je wat opfrissen na je reis.'

'Oké.'

Ik leidde Zara door de zussengang naar Ally's deur.

'Het moet echt cool geweest zijn om hier met zes meisjes te wonen,' merkte Zara op toen we de kamer binnenstapten. 'Zoals de hele tijd op een leuk internaat zitten. Je zult vast altijd iemand gehad hebben om mee te spelen,' zei ze weemoedig. 'Je kunt nooit eenzaam geweest zijn.'

'Ik was als kind vaak ziek, dus ik was wel vaak alleen, maar je hebt gelijk, het was leuk om mijn zusjes om me heen te hebben. En nu moet je je vader bellen.'

'Oké,' zei Zara. Ik zag aan haar ogen dat ze aarzelde.

We liepen samen naar beneden en ik leidde Zara naar de keuken.

'Chérie, wat doe je nou? Je weet dat het niet de bedoeling is dat...'

'Ach, Ma toch,' zei ik. 'Ik voel me prima, geloof dat nou maar. En ik blijf hier met jullie lunchen nadat Zara haar vader heeft gebeld.' Ik pakte de telefoon en gaf hem aan haar.

'Dank je,' zei Zara en ze liep de keuken uit terwijl ze het nummer intoetste.

'Ik hoop dat ik erop kan vertrouwen dat ze hem ook echt opbelt,' zei ik tegen Ma, die bij de oven neerhurkte en zorgelijk naar wat erin stond tuurde.

'Hoe lang duurt het voordat een notenbrood warm is, Tiggy?'

'Maak je geen zorgen, Ma, ik doe het wel.'

'*Merci*,' zei Ma opgelucht toen Zara de keuken weer binnenkwam.

'Ik kreeg de voicemail van papa, dus heb ik ingesproken dat ik hier bij jou ben en dat het goed met me gaat.'

'Ben jij ook blij met notenbrood, Zara?' vroeg Ma terwijl ze de tafel dekte.

'Heel blij, dank je. Sinds ik Tiggy heb leren kennen, heb ik geprobeerd geen vlees te eten, maar toch heb ik af en toe zin in een boterham met bacon, daar kan ik niks aan doen.'

'Geen zorgen, dat hebben we allemaal weleens, denk ik.' Ik keek haar glimlachend aan. 'Ik heb geen idee waarom in mijn geval, want ik hield niet echt van varkensvlees toen ik nog vlees at. Goed, Ma, kan ik wat groente klaarmaken om erbij te eten?'

Ten slotte gingen we aan tafel en Zara bestookte Ma met vragen over Atlantis en al mijn zussen. Ik zag dat Ma zich begon te ontspannen toen ze haar favoriete herinneringen aan de tijd dat we nog klein waren ophaalde.

'Ik zou willen dat ík samen met jullie was opgevoed,' zei Zara met een zucht terwijl ik de citroentaart die Claudia als dessert had achtergelaten ging halen en Ma's gebruikelijke espresso na de lunch inschonk.

'Dessert, Zara?' vroeg ik haar.

'Nee, dank je,' antwoordde ze. 'Ik moet even naar de wc.'

'Tiggy,' zei Ma nadat Zara de keuken had verlaten, 'ook al is ze een lieve meid, dit is niet wat jij op dit moment nodig hebt. Jij komt altijd met zwerfhonden en -kinderen aanzetten en...'

'Die komen naar míj toe, Ma. Het werkt van twee kanten. En bovendien mag ik Zara graag. Goed, ik wil wat frisse lucht voordat het donker wordt,' zei ik toen Zara weer binnenkwam. 'Heb je zin om met me mee te gaan?'

'Ja, graag.' Zara knikte en we waren de deur uit voordat Ma bezwaar kon maken.

'Wat is het hier rustig,' zei Zara terwijl we over de gazons liepen. Aan de topjes van de grassprieten zaten waterdruppeltjes, die algauw zouden bevriezen en puntige rijpkristallen zouden vormen.

'Dat was het niet toen ik hier opgroeide met mijn vijf zusjes,' relativeerde ik. 'Toen schreeuwde er altijd wel iemand tegen iemand anders. Maar dit is Pa's speciale tuin. Het is jammer dat het maart is en er alleen sneeuwklokjes en winterviooltjes te zien zijn. In de zomer staan alle rozen rond dit prieel vol in bloei.' Ik ging op de bank zitten, terwijl Zara rondliep en eindigde bij het armillarium in het midden van de tuin. Ze wenkte me bij zich om haar uit te leggen wat het was en wat de inscripties betekenden.

'Dus er mist nog een zus? Wauw, Tiggy, wil je haar niet gaan zoeken?'

'Ik weet niet eens of ze wel bestaat. Als dat zo was, zou Pa vast naar haar op zoek gegaan zijn.'

'Tenzij ze niet gevonden wilde worden,' zei ze en ging naast me op de bank zitten. 'Ik had dolgraag een broer en een zus gewild,' voegde ze er weemoedig aan toe.

Omdat het donker en koud werd, gingen we naar binnen en in de gang kwamen we Ma tegen, die de telefoon naar Zara uitstak. 'Het is je vader, chérie,' zei ze. Terwijl Zara met haar vader sprak, duwde ik de deur van de salon open, een vertrek dat me altijd aan Kerst deed denken. Drie comfortabele banken waren in een U-vorm rond de open haard gezet, waar altijd een vuur in kon worden aangestoken. Ik hield een lucifer bij de houtblokken, en aangezien ze weken binnen hadden gelegen en kurkdroog waren, vatten ze onmiddellijk vlam.

'Wat een prachtig uitzicht heb je vanuit deze kamer,' zei Zara terwijl ze binnenkwam en naast me voor het oplaaiende vuur ging zitten.

'Wat zei je vader?'

'Dat ik naar huis moet komen. Hij gaat een vlucht voor morgen voor me boeken, en dan komt hij me ophalen op het vliegveld van Inverness, zodat ik niet opnieuw wegloop.'

'Nou, dat is waarschijnlijk het beste. Maar ik vind dat je met hem moet praten over wat er bij jullie thuis aan de hand is, dat je moeder weg is en hij zelf altijd in het ziekenhuis is.'

'Ga alsjeblieft met me mee,' smeekte Zara, en ze keek me smekend aan met haar blauwe ogen. 'Ik maak me vreselijk zorgen om papa. Hij ziet er verschrikkelijk uit, Tiggy, alsof hij in maanden niet meer heeft geslapen. En hij wil niet naar Kinnaird gaan. Hij vertrouwt je. Hij heeft je nodig...'

'Zara, ik...'

'Alsjeblieft, Tiggy, ga met me mee. Ik heb jou ook nodig, jij bent de enige met wie ik echt kan praten.'

Ik stond op om het vuur op te poken, zodat ik Zara's smekende ogen niet hoefde te zien. Mijn innerlijke stem zei dat het echt een goed idee zou zijn om naar Kinnaird terug te gaan, al was het maar om mijn spullen op te halen en afscheid te nemen van Cal, Thistle en Beryl. Bovendien moest ik de volgende week toch in Engeland zijn voor dat sollicitatiegesprek…

'Oké.' Ik gaf me gewonnen. 'Ik ga met je mee.'

Zara slaakte een vreugdekreet en vloog me om de hals. Ik verweet mezelf de rilling van opwinding die door me heen ging bij de gedachte dat ik Charlie weer zou zien.

37

'Wat een verrassing,' zei Zara toen we de aankomsthal van het vliegveld van Inverness uit liepen. Ze keek naar me op van haar mobiel. 'Papa heeft me een berichtje gestuurd, hij is toch niet hier. Hij moest naar Kinnaird en wij moeten een taxi nemen.'

'Oké,' zei ik en ik volgde Zara prompt naar de taxistandplaats.

Tijdens de rit van anderhalf uur naar Kinnaird zag ik de eerste tekenen van de ontluikende lente. De rivieren die we overstaken stroomden overvloedig van de sneeuw hoger op de bergen, die smolt nu de temperatuur steeg. Het loch lag blauw onder de heldere, zonnige hemel, en hier en daar op de oevers begonnen de eerste narcissen op te komen. Terwijl de taxi de steile oprit naar de Lodge beklom, onthulde de smeltende sneeuw de eerste plekken groen gras.

Zara stond erop mijn rugzak voor me naar de cottage te dragen, waar Cal al in de deuropening op me stond te wachten.

'Hallo, vreemdeling,' zei hij en sloeg zijn grote, sterke armen om me heen. Een paar ogenblikken later werd hij in zijn omhelzing onderbroken door een werveling van grijze vacht die zich op ons stortte. Thistle ging op zijn achterpoten staan, legde moeiteloos zijn voorpoten op mijn schouders en likte verrukt mijn hele gezicht.

'Hij is blij je terug te zien, da's duidelijk,' zei Cal grinnikend. 'Maar ik vind dat we jou en Zara eigenlijk moeten merken, dan weten we waar jullie uithangen en wanneer jullie de hort op zijn. Hoe gaat-ie, Tig?' vroeg hij, terwijl Thistle, die zich ervan had overtuigd dat ik het was, naar Zara sprong om haar te begroeten.

'Stukken beter, dank je. Sorry dat ik je zo veel last bezorgd heb, Cal.'

'Aye, dat heb je zeker, dat zal ik niet ontkennen. De Laird was woest toen je je verdwijntruc deed, maar eind goed, al goed. En dat kan ik nou niet zeggen over hoe het hier gegaan is sinds jij er niet meer bent.

Er is echt een hoop gebeurd, Tig.' Hij liet zijn stem dalen, zodat Zara, die nu met Thistle op de binnenplaats aan het spelen was, hem niet kon horen. 'Heeft Charlie er niks over verteld?'

'Ja, in Spanje. Hij zei iets over een juridisch probleem.'

'En dat is het begin nog maar,' fluisterde hij, terwijl Zara naar de deur van de cottage liep.

'Goed, we gaan naar de wilde katten kijken voor het donker wordt,' zei ik glimlachend tegen haar. 'Hoe gaat het met ze, Cal?'

'O, in topvorm, allemaal. Nog altijd even asociaal, maar ik heb m'n best gedaan.'

Zoals ik wel had verwacht, lieten de katten hun misprijzen van mijn afwezigheid blijken door zich niet te laten zien. Maar uiteindelijk vond Zara Posy zittend in haar favoriete box, en ik probeerde haar eruit te lokken.

'Het is niet echt dankbaar werk om voor ze te zorgen, hè?' zei Zara toen we bij de achterdeur van de Lodge aankwamen. Ze duwde hem open, en binnen konden we duidelijk de stem van een snikkende vrouw horen.

'Nee. Is dat je moeder?' vroeg ik. Ik stond al op de ballen van mijn voeten, klaar om op de loop te gaan.

'Nee hoor,' zei Zara. Ze stapte naar binnen en gebaarde dringend dat ik met haar mee moest komen.

'Echt, ik moet terug naar de cottage...'

'Alsjeblieft, Tiggy, laten we gaan kijken wie het is.'

Zara liep door de gang naar de keuken en ik volgde haar met tegenzin op een paar passen afstand.

'O, Beryl, wat is er aan de hand?' hoorde ik haar vragen, terwijl ik ongezien voor de deur bleef staan.

'Niets, lieverd, niets.'

'Maar je bent duidelijk ergens door van streek. Tiggy is hier ook, hè?' riep Zara naar mij, en dus stapte ik de keuken binnen.

'Ik heb een flinke verkoudheid gehad, daarom tranen mijn ogen, dat is alles. Hallo, Tiggy.'

'Ha, Beryl.' Ik zag dat ze de grootste moeite had om weer kalm te worden.

Ze streek over haar ogen. 'Nou, Zara, kun je een paar eieren voor me uit de voorraadkamer gaan halen?'

‘Oké.’ Zara begreep het en wierp me een verwarde blik toe voor ze de keuken uit liep.

‘Beryl, wat is er? Wat is er gebeurd?’

‘O, Tiggy, wat een ellende toch… Ik had het hem nooit moeten vertellen, dan zou hij niet teruggekomen zijn en had ik de arme Laird niet in deze situatie gebracht. Had ik hem maar niet op de wereld gezet! Hij is door en door slecht. Ik ben hier alleen naartoe gekomen om te zeggen dat ik ontslag neem. Ik ga mijn spullen pakken en dan maak ik dat ik zo snel mogelijk wegkom.’ Ze gaf me een envelop aan. ‘Kun je dit aan de Laird geven? Waarschijnlijk verwacht hij het.’

‘Ik snap echt niet waar je het over hebt, Beryl,’ zei ik, terwijl ik achter haar aan door de gang naar de laarzenkamer liep, waar ze de stevige sneeuwschoenen, dikke parka, hoed en handschoenen aantrok die ze altijd droeg als ze naar huis liep.

‘Daar zul je helaas snel genoeg achter komen!’

‘Ik… Vind je niet dat je moet blijven om er met Charlie over te praten? Wat er ook is, hij kan niet zonder jou hier.’

‘Na wat er gebeurd is, zal hij maar al te blij zijn dat ik vertrek, Tiggy, zo is het gewoon. Ik heb de familie Kinnaird geruïneerd, dat weet ik zeker.’ Met nog een laatste gekwelde blik op mij liep ze de achterdeur uit.

‘Wauw, ze is echt van streek, hè, Tiggy?’ zei Zara, die naast me opdook met de eieren, terwijl de deur achter Beryl dichtviel.

‘Ja, zeker. Ze zei dat ze weggaat.’

‘Nou, dat kan niet. Kinnaird zonder Beryl is als, nou, papa zonder zijn stethoscoop,’ zei Zara. Ze haalde haar schouders op. ‘Dit is echt haar huis, en dat is het altijd geweest.’ Ze keek naar de eieren. ‘Nou, het lijkt erop dat ik vanavond het eten voor mij en papa klaarmaak, tenzij mama natuurlijk op komt dagen…’

We liepen terug naar de keuken en hoorden dat de deur van de zitkamer openging. We gluurden en zagen dat Charlie een man in een tweedpak de gang binnenleidde.

‘Dank je dat je zo snel gekomen bent, James. Nu weet ik in ieder geval welke opties ik heb,’ hoorden we Charlie zeggen toen ze langs de keukendeur liepen.

‘Nou, je zit in een lastig parket, maar we zullen vast een oplossing vinden. Tot ziens, Laird.’

We hoorden de voordeur dichtslaan en meteen daarop hoorden we Charlie diep zuchten. Toen kwam hij door de gang onze richting uit. Zara sprong van achter de keukendeur.

'Hoi pap! We zijn er. Wie was die man?' vroeg ze hem.

'Mijn notaris, Zara. O, hallo, Tiggy,' zei hij, met een stomverbaasd gezicht toen hij mij achter haar zag staan. 'Ik wist niet dat jij hier ook zou zijn.'

'Wat gebeurt er allemaal, pap? We hebben Beryl zojuist gezien en ze huilde tranen met tuiten. Ze zei dat ze weggaat.'

'O god, waar is ze nu dan? Ik ga met haar praten.'

Ik kon niet alleen zien maar ook horen dat Charlie oververmoeid was.

'Dat kan niet meer, want ze is zojuist vertrokken,' zei Zara.

'En ze heeft me dit gegeven.' Ik pakte de envelop en gaf hem aan hem.

'Ik kan wel raden wat erin zit,' zei hij, en hij pakte hem van me aan.

'Kom op, pap, ga je ons nou nog wat vertellen of hoe zit dat? Ik bedoel, zet Beryl nou even uit je hoofd en zeg waar mama is.'

'Ik...' Charlie wierp eerst zijn dochter en toen mij een blik toe, en schudde wanhopig zijn hoofd.

'Pap, hou nou eens op met me te behandelen alsof ik een kind van twee ben. Ik ben een volwassen vrouw en ik wil weten wat er aan de hand is!'

'Goed dan,' zei hij en knikte. 'Zullen we in de grote kamer gaan zitten? Ik ben toe aan een whisky.'

'Gaan jij en Zara maar,' stelde ik voor. 'Ik moet terug naar de cottage.'

'Blijf alsjeblieft bij ons, Tiggy,' smeekte Zara. 'Dat vind je toch goed, pap?'

'Ja.' Charlie keek me flauwtjes glimlachend aan. 'Je was geweldig, Tiggy, en ja, misschien moet jij dit ook horen, want het heeft ook met jouw toekomst te maken.'

In de grote kamer gingen Zara en ik op de bank zitten, terwijl Charlie zich twee vingers whisky inschonk uit de fles in het drankkastje. Hij ging in de leunstoel bij het vuur zitten en nam een flinke slok.

'Goed, je hebt gevraagd of ik je als volwassene wil behandelen, Zara, dus dat ga ik dan ook doen. Eerst het belangrijkste. Het spijt me ontzettend om het je te moeten zeggen, schat, maar je moeder wil scheiden.'

'Oké.' Zara knikte kalmpjes. 'Dat verbaast me niks, pap. Ik zou blind en doof zijn als ik dacht dat jullie gelukkig waren met elkaar.'

'Het spijt me ontzettend, Zara.'

'Waar is mama?'

'Ze is... ergens anders.'

'Ik vroeg waar ze was, pap. Met "ergens anders" neem ik geen genoegen. Ze heeft me verteld dat ze hier op Kinnaird zou zijn. Is dat ook zo?'

'Ze is bij Fraser in zijn cottage, vlak bij de hoofdingang. Hij is de man die jou aan de kant van de weg heeft gevonden met een lekke band, de vorige keer dat je probeerde weg te lopen.'

'O, die!' Zara rolde met haar ogen. 'Ik weet nog dat mama zei dat ze een paar keer met hem was wezen paardrijden. Ze zei dat hij het haar aan het leren was.'

'Misschien, Zara. Dus daar is ze.'

'En Fraser is haar nieuwe vriend?'

'Ja.'

'Pap,' zei Zara. Ze stond op en liep naar hem toe. 'Het spijt me.' Ze sloeg haar armen om hem heen en drukte zich tegen hem aan.

'Je hoeft geen spijt te hebben, Zara. Het ligt niet aan jou dat het er zo voor staat. Je moeder en ik zijn degenen die problemen maken.'

'Op een keer toen ze echt van streek was, heeft ze me verteld dat je alleen met haar getrouwd bent omdat ze zwanger was. Is dat zo?'

'Ik zal de waarheid spreken, Zara. Dat was de reden waarom we zo snel getrouwd zijn, ja, maar ik heb er geen dag spijt van gehad.' Hij stak zijn hand uit naar zijn dochter en pakte die van haar vast. 'Daardoor heb ik jou gekregen, en dat heeft het allemaal de moeite waard gemaakt.'

Ik zag dat Charlie op het punt stond in tranen uit te barsten en vroeg me af of ik niet gewoon de kamer uit moest glippen om hen alleen te laten.

'Nou, als het je een beter gevoel geeft, ik heb jarenlang gewild dat jullie twee zouden scheiden. En als je alleen omwille van mij bij mama gebleven bent, dan had je dat niet hoeven doen. Ook al doet het nu pijn, pap, gescheiden zullen jullie vast veel gelukkiger zijn.'

'Weet je wat, Zara?' Met glinsterende ogen en flauwtjes glimlachend keek Charlie haar aan. 'Je bent ongelooflijk.'

'Ik ben de dochter van mijn vader,' zei ze met een schouderophalen. 'Dus laten we het nu hebben over Beryl en waarom zíj bij ons weg wil.'

'Misschien moet ik nog een whisky hebben voor ik je dat kan vertellen.'

'Laat mij dat maar doen,' zei ik. Ik sprong op en pakte Charlies glas om het nog eens te vullen. 'Weet je heel zeker dat je mij erbij wilt hebben?' vroeg ik, terwijl ik hem het glas weer aangaf.

'Ja, Tiggy, want dit heeft ook te maken met jou en alle andere werknemers van Kinnaird. Ik heb het er in Spanje met je over gehad, maar ik wil dat je precies weet waarom de toekomst zo onzeker is.'

'Wat is er dan, pap?' drong Zara aan. 'Vooruit, zeg het maar!'

'Goed, daar gaat-ie dan. Toen ik nog een kleine jongen was, was Fraser mijn beste vriend. Hij is de zoon van Beryl, Zara.'

'Jezus!' Zara's gezicht drukte pure ontsteltenis uit. 'Dan is het geen wonder dat ze van streek is, nu mama met hem wegloopt en zo.'

'Ja, ze is zeker van streek, maar dat is nog niet het hele verhaal, vrees ik.' Charlie aarzelde een paar seconden voordat hij verderging. 'Hoe dan ook, je weet dat er maar heel weinig kinderen op of in de buurt van het landgoed wonen, dus omdat we van dezelfde leeftijd waren, zoals ik je zojuist verteld heb, waren Fraser en ik onafscheidelijk. We deden alles samen; mijn vader bood zelfs aan voor Fraser te betalen, zodat hij samen met mij naar het internaat zou kunnen toen ik tien was.' Charlie schudde zijn hoofd. 'Ik dacht dat hij het uit goedaardigheid deed, maar...'

'Dat is allemaal goed en wel, pap,' viel Zara hem in de rede, 'maar wat is er nou eigenlijk gebeurd?'

'Fraser en ik kregen een enorme ruzie toen we aan de universiteit van Edinburgh studeerden. Hij nam me Jessie, mijn vriendin, af, of eigenlijk was ze toen mijn verloofde. De twee stopten met studeren en gingen ervandoor naar Canada, waar Jessie vandaan kwam. Een tijdje later leerde ik je moeder kennen, en ik trouwde met haar. Ik moet je eerlijk zeggen dat ik al jaren niet meer aan Fraser had gedacht, dus toen hij met Kerst vorig jaar uit het niets opdook, stond ik perplex.'

'Dat weet ik nog,' mompelde ik in mezelf.

'En nu... heeft hij het weer gedaan en mama van je afgenomen,' zei Zara. 'Wat een rotzak! Ik weet nog dat je zei dat hij je vriend was, maar het lijkt me dat hij alleen maar alles wilde wat jij had.'

‘Daar zul je wel gelijk in hebben,’ zei Charlie met een zucht. ‘Zo was hij. En ik, idioot die ik ben, was altijd zo goed om het hem te geven. Het eigenlijke probleem was dat niemand me ooit de waarheid over Fraser had verteld, hoewel die, achteraf, zonneklaar was.’

‘Wat was de waarheid dan, pap?’

Ik zag dat Charlie onzeker werd en een paar tellen zweeg. Er klopte iets in zijn slaap.

‘Kom op, pap, ik kan er wel tegen. Erger kan het toch niet worden,’ moedigde Zara hem aan.

‘Ik ben bang van wel, schat. Goed... Nou, mijn vader, dus jouw grootvader, was niet erg gelukkig met je grootmoeder. Het komt erop neer dat hij en Beryl, eh... jarenlang minnaars waren.’

‘Grootvader en Beryl?’

‘Ja. Vader leerde haar jaren voordat hij mijn moeder ontmoette kennen, maar Beryl kwam niet uit het soort familie waarvan de ouders van mijn vader vonden dat die geschikt was om de bruid van de Laird te leveren. En dus trouwde hij met mijn moeder, maar algauw volgde Beryl hem naar Kinnaird. En nu komt het, Zara. Beryl werd zwanger en ze kreeg Fraser, een paar maanden voordat mijn moeder mij kreeg.’

Het werd stil in de kamer en we verwerkten Charlies woorden.

‘O god, pap!’ Het was Zara die uiteindelijk de stilte verbrak. ‘Dus jij en Fraser zijn eigenlijk broers?’

‘Halfbroers, ja. En nu ik dit weet, realiseer ik me dat ik het grootste deel van mijn leven mijn kop in het zand heb gestoken. Als je de foto’s van mijn vader bekijkt, zie je dat Fraser, met zijn lengte en voorliefde voor de jacht en whisky, in alle opzichten op hem lijkt. Vermoedelijk zag iedereen het, behalve ik. Wat ben ik toch een stomkop geweest.’

‘Hemel, pap, dat is echt rot voor je. Het spijt me echt.’ Zara omhelsde hem opnieuw.

‘Heeft Fraser wel altijd geweten dat hij jouw halfbroer was?’ vroeg ik aan Charlie.

‘Nee, hij zei dat zijn moeder, Beryl, hem dat had verteld voordat hij en Jessie ervandoor gingen naar Canada. Kortgeleden heeft ze me verteld dat ze dacht dat hij me zoiets vreselijks dan niet aan zou doen, maar dat was natuurlijk niet zo. En evenmin zou het mijn vader tegengehouden hebben. Die deed ook zijn leven lang precies waar hij zin in had.’

'Maar hoe zit het dan met grootmoeder, pap? Wist zij over Beryls affaire met haar man?'

'Dat weet ik niet, Zara. Vergeet niet dat ze om het leven is gekomen bij een auto-ongeluk toen ik zeven was. Dat kwam heel goed uit voor pa,' zei Charlie met een zucht. 'Het is geen wonder dat Beryl dit huis altijd als haar eigendom heeft beschouwd. Het zou best kunnen dat zij de vrouw des huizes werd, alleen niet in naam, nadat mama was overleden en ik samen met Fraser naar het internaat was gestuurd.'

'Heb je een hekel aan je vader?' vroeg Zara. 'Omdat hij je moeder dat heeft aangedaan? Zo zou ik gereageerd hebben. Ik bedoel, ik heb nu een hekel aan mama omdat ze jou dit heeft aangedaan.'

'Nee, Zara, ik heb geen hekel aan hem. Pa was zichzelf, net als Fraser. Maar eerlijk gezegd weet ik niet of ik ooit van hem gehouden heb, of hij van mij. Je eigen familieleden kies je nu eenmaal niet.' Charlie wierp een droevige blik in mijn richting.

'Hoe zit het met Beryl en wat ze heeft gedaan?'

'Ik denk dat zíj wel van mijn vader hield. Dat ze hier was en voor hem zorgde toen hij ouder werd, maakte mijn leven een stuk gemakkelijker. Meer dan wie dan ook had ze, en heeft ze nog steeds, een gebroken hart door zijn dood. En nu is ze helemaal alleen.'

'Nou, het goede nieuws is dat jij dat níét bent, omdat ik nu hier ben, pap, en ik hou ontzettend veel van je,' zei Zara fel. 'Ik zal voor je zorgen, dat beloof ik je.'

Ik wilde Zara om haar hals vallen omdat ze zich zo volwassen opstelde. In een heleboel opzichten was zij het eigenlijke slachtoffer van deze situatie.

'Dank je, schat.' Duidelijk ontroerd kuste Charlie zijn dochter op haar glanzende hoofd. 'Maar ik vrees dat er nog slechter nieuws is.'

'Slechter nog dan wat je me zojuist verteld hebt?' Zara rolde met haar ogen. 'Jezus! Vertel dan maar, pap, nu je toch bezig bent.'

'Dus,' ging Charlie verder, met een stem die beefde, 'eerst kon ik maar niet begrijpen waarom Fraser hier plotseling met Kerstmis kwam aanzetten, maar dat was natuurlijk om te zien of er iets voor hem was nagelaten in het testament.'

'En was dat ook zo?' vroeg Zara.

'Nou, pa was er niet aan toegekomen om een testament op te maken, dus er stond niets op papier. Hoewel ik er kortgeleden achter gekomen ben dat pa jaren geleden de cottage waar Fraser nu woont schriftelijk aan hem had afgestaan. Waarschijnlijk om zijn schuldige geweten te sussen, omdat hij Fraser nooit wettelijk zou kunnen erkennen. Iedereen ging ervan uit dat het landgoed automatisch naar mij, zijn erfgenaam, zou overgaan. Of in ieder geval...' Charlie haalde diep adem. 'En dat gebeurde ook.'

'Wat bedoel je?' vroeg Zara fronsend.

Hemel, nee, dacht ik. Na wat Charlie me in Spanje had verteld, had ik al zo'n vermoeden van wat er komen ging.

'Het probleem is, Zara, dat ik daarnet heb gezegd dat Fraser de oudste zoon van mijn vader is. Aangezien mijn vader geen testament heeft achtergelaten waarin hij het landgoed aan mij nalaat, kan Fraser wettelijk aanspraak maken op Kinnaird.'

Zara vloekte heftig binnensmonds, en ook ik moest me inhouden.

'Dus wat gaat er nu gebeuren?' Zara's elfachtige gezicht toonde haar afschuw.

'Nou, weet je nog dat hij vlak voor nieuwjaar hier naar de Lodge kwam om mij te spreken?'

'Ja, ik hoorde al dat geschreeuw, en toen zei jij dat we naar ons huis in Inverness gingen en ik was echt pis... had er genoeg van,' herinnerde Zara zich. 'En toen kwam ik naar de cottage en ik deed mijn beklag bij jou, Tiggy.'

'Dat klopt, ja,' bevestigde Charlie. 'Fraser zei die dag tegen me dat hij juridisch advies had ingewonnen en dat hij van plan was naar de rechter te stappen om wat hij als zijn rechtmatig aandeel in het landgoed beschouwde op te eisen.'

'Nee!' Zara stond op en begon heen en weer te lopen door de kamer. 'Dit kún je gewoon niet laten gebeuren, pap. Dat kan niet! Fraser is hier in God mag weten hoeveel jaar niet meer geweest!'

'Zo vader, zo zoon...' zei Charlie met een zucht. 'In allerlei opzichten is hij de natuurlijke erfgenaam. Ik...'

'Hou op, pap! Je kunt dit niet zomaar over je kant laten gaan! Kinnaird is van jou, van óns! En het hoeft nog niks te betekenen dat hij wat van hetzelfde DNA als jij heeft.'

'Voor de rechtbank betekent het wel iets, vrees ik, Zara. Ik heb zojuist zelfs een brief van Frasers advocaat gehad met de vraag een speekselmonster en een haarfollikel te leveren, maar uit wat Beryl me heeft verteld, heb ik begrepen dat ze hoogstwaarschijnlijk zullen vaststellen dat Fraser mijn halfbroer is.'

'Maar Fraser is een bastaard! En een rotvent! Door en door,' raasde Zara. Ze stond op en begon door de kamer heen en weer te lopen. 'Jij bent de ware erfgenaam, omdat grootvader en grootmoeder getrouwd waren!'

'Je hebt gelijk dat een onwettige erfgenaam twintig jaar geleden zelfs niet stilzwijgend gedoogd zou zijn, maar in de wereld van vandaag werkt het niet zo. Ik verzeker je dat ik het beste juridische advies heb ingewonnen dat er te krijgen is, elke weg die ik kon bedenken bewandeld heb, maar feiten zijn nu eenmaal feiten. Fraser is mijn oudere broer, de zoon van mijn vader, de Laird, en of hij nu een onwettig kind is of niet, hij zal minstens de helft van het landgoed erven. Als dat gebeurt, zal Kinnaird waarschijnlijk verkocht moeten worden, zodat de baten verdeeld kunnen worden, omdat het voor mij helaas geen optie is om Kinnaird met Fraser te delen. Dan zou ik gewoon moeten vertrekken. Het spijt me ontzettend, Zara. Ik weet wat Kinnaird voor je betekent, maar op het ogenblik zie ik geen uitweg.'

'Weet mama het?' vroeg Zara ten slotte.

'Ja, ze was erbij de dag dat hij het me verteld heeft.'

'O god!' riep Zara uit. 'Dat is het ergste. Dat mam kennelijk nog aan zíjn kant staat ook! Ik bedoel...' Ze begon opnieuw te ijsberen. '... ze weet wat Kinnaird voor mij betekent! En dan gaat ze ervandoor met een man die haar eigen dochter zou kunnen onterven!'

'Om eerlijk te zijn, je moeder heeft wel gezegd dat Fraser, als hij ermee akkoord zou gaan dat ze geen kinderen zouden krijgen, bereid zou zijn jou in zijn testament als zijn erfgenaam aan te wijzen.'

'O god, pap!' zei Zara weer. 'Hoe kún je hier zo kalm onder blijven?'

Ik keek toe terwijl Zara opnieuw woest werd over hoe oneerlijk dit allemaal was. Hoewel mijn eigen bloed ook kookte over de onrechtvaardigheid, hield ik mijn mond. Dit was niet het juiste moment om te zeggen wat ik erover dacht.

'Trouwens, mam is nog jong genoeg om kinderen te krijgen als ze bij Fraser blijft. Dat aanbod is gewoon waardeloos. Wáárdeloos!' riep Zara uit. Tranen van woede stroomden over haar wangen.

'Zara, je had gevraagd of ik je als volwassene wilde behandelen, en dat doe ik ook,' zei Charlie teder. 'Ik begrijp dat je erg van streek bent, maar zo is het gewoon.'

'Ach, pap, toon eens wat lef, wil je? Vecht!' Zara trapte hard tegen de rugleuning van een stoel. 'Ik heb frisse lucht nodig, ik ga naar buiten.'

Nagekeken door ons liep ze naar de deur, opende hem en trok hem met een klap achter haar dicht.

'Het probleem is dat ik al sinds januari heb gevochten en dat het me helemaal niets heeft opgeleverd.' Charlie schudde zijn hoofd. 'Uiteindelijk zal de rechter beslissen, maar het lijkt me hoogst onwaarschijnlijk dat Fraser met lege handen zal vertrekken.'

'Zal ik achter Zara aan gaan?' vroeg ik hem.

'Nee, laat haar maar even afkoelen. Misschien vindt ze het niet leuk, maar ze heeft duidelijk het temperament van haar moeder geërfd.' Charlie trok een grimas. 'Wat een ellende.'

'Ja, dat is het zeker,' stemde ik met hem in.

'Jammer genoeg was Kinnaird lang voordat ik geboren werd eigenlijk al verwoest. Op het ogenblik moeten er miljoenen in geïnvesteerd worden om de schoonheid ervan voor toekomstige generaties te bewaren. Maar wie er ook wint, Fraser heeft net zomin als ik het geld om te doen wat nodig is.'

'Maar hoe zit het dan met al die subsidies die je hebt aangevraagd, Charlie?'

'Ik bedoel het niet betuttelend, Tiggy, maar wat ik ook zal krijgen is een druppel op een gloeiende plaat. Een paar weken geleden nog maar, heb ik een gesprek gehad met iemand van de Scottish National Trust. Als het me wonder boven wonder zou lukken om Kinnaird te behouden, zou dat misschien de manier zijn om er toch nog wat van te maken.'

'Hoezo?'

'Nou, ik kan het aan het rijk "schenken". Met andere woorden, het voor niets weggeven en bedingen dat mijn familie voor altijd op het landgoed, dat wil zeggen hier in de Lodge, mag blijven wonen. Dat is niet ongewoon voor mensen in mijn situatie. Maar goed, op het ogenblik is het echt niet de moeite waard om dat te overwegen. Het zou maanden, zo niet jaren kunnen duren voordat de zaak voor de rechter zou komen.'

'Ik vind het echt verschrikkelijk voor je, Charlie. En vooral wat Ulrika betreft. Onder deze omstandigheden moet je daar kapot van zijn.'

'Ik weet hoe beroerd het voor jou moet lijken en waarom Zara haar moeder nu haat, maar zij, en jij, kennen niet het hele verhaal. Het is gewoon zo dat ik om te beginnen nooit met haar had moeten trouwen. Ik was de relatie met Jessie toen nog aan het verwerken en Ulrika was erg mooi en erg slim, en ja, het had alles met wellust te maken. Toen dat niet zo'n rol meer speelde en Ulrika begreep dat ze weliswaar met een laird getrouwd was, maar dat ik eigenlijk een gewone man was die als arts de kost verdiende, was ze erg...' Charlie zocht naar het juiste woord. '... teleurgesteld.'

'Ik begrijp het.' Ik knikte en dacht dat hij trouw was, ook al moest ik een huivering onderdrukken toen hij zei dat hij uit wellust met zijn vrouw getrouwd was.

'We zijn om de verkeerde redenen met elkaar getrouwd, zo simpel is het,' ging Charlie verder. 'Interessant en ironisch genoeg voel ik me nu opgelucht, ook al zou ik met Fraser op de vuist moeten gaan omdat hij er met mijn vrouw vandoor is gegaan. Eigenlijk, Tiggy, hoop ik dat ze samen gelukkig zullen worden, echt waar. Ik heb er jaren op gewacht dat ze iemand anders zou vinden.'

'Dus je zou nooit van haar gescheiden zijn?'

'Nee. Dat maakt me óf tot een lafaard, óf tot een vader die in ieder geval wilde proberen zijn dochter een stabiele jeugd te geven. Het ergste van alles is dat ik weet dat ik op dat vlak gefaald heb.'

'Je hebt gedaan wat je dacht dat goed was, Charlie, en niemand had meer kunnen doen.'

'Ik ken mijn eigen tekortkomingen ook wel, Tiggy. Zara had gelijk toen ze zei dat ik meer lef moest tonen. Maar ik geef de voorkeur aan een simpel leven, zonder drama's. Helaas heb ik het tegenovergestelde gekregen... Tenminste, in mijn privéleven.'

'Nou, ik denk dat er enorm veel kracht voor nodig is om dag in dag uit jouw werk te doen, Charlie.'

'In ieder geval,' zei hij met een zucht, 'is dit niet jouw probleem, Tiggy, en het spijt me oprecht dat je hier zo diep bij betrokken bent geraakt.'

'Ga nou alsjeblieft geen excuses aanbieden. Uit wat je hebt verteld, begrijp ik dat dit evenmin jouw fout is. En nu ga ik kijken waar Zara gebleven is.' Ik stond op en hij deed hetzelfde.

Hij kwam bij me staan en pakte mijn hand vast. 'Dank je dat je er voor haar was.'

Op dat moment ging de deur naar de grote zitkamer open en stond Ulrika voor ons. Achter haar zag ik Fraser staan.

'Neem me niet kwalijk dat ik je stoor in je liefdesnestje, Charlie,' zei Ulrika, terwijl ze op ons af kwam lopen. Charlie liet direct mijn hand los.

'Tiggy en ik zijn vrienden, Ulrika, zoals ik je al zo vaak verteld heb. Wat wil je?'

'Ik hoorde dat Zara op Kinnaird was. Ik wil haar zien. Waar is ze?'

'Buiten, ze had frisse lucht nodig.'

'Heb je het haar dan verteld?'

'Ja.'

'We hadden toch afgesproken dat we hier samen met haar over zouden praten?'

'Dat klopt, ja, maar ik vrees dat ze zich realiseerde dat er iets aan de hand was, en ze wilde weten wat.'

'Waarom heb je me dan niet gebeld?' Ulrika's mooie blauwe ogen schoten vuur. 'Ik had hier in tien minuten kunnen zijn, zoals je heel goed weet! Lieg niet tegen me, Charlie. Je wilde haar eerst jouw kant van het verhaal vertellen, zodat ze medelijden met je zou krijgen!'

'Met wíé zou ik medelijden krijgen?'

We sprongen allemaal op toen Zara's bleke gezicht in de deuropening van de grote zitkamer verscheen. Ze sloeg haar armen strijdlustig over elkaar. 'Hallo, mama, hallo, Fraser. Leuk jullie te zien.'

'Zara, schat, het spijt me ontzettend.' Ulrika liep naar haar dochter toe en probeerde haar in haar armen te nemen, maar Zara weerde haar af.

'Laat me met rust, mam! Ongelooflijk dat je hém hebt meegenomen.'

'Ha, dat komt juist goed uit,' snauwde Ulrika, en ze wees naar mij, 'nu zíj daar staat, met je vaders hand in die van haar, hondsbrutaal, in míjn huis. Je weet toch, Zara, dat zij en je vader al maandenlang een affaire hebben?'

'Doe niet zo belachelijk, Ulrika,' snauwde Charlie. Hij ging beschermend voor me staan. 'Tiggy heeft niets verkeerds gedaan. We moeten haar zelfs allebei dankbaar zijn dat ze er tijdens dit hele gebeuren is geweest voor Zara.'

'Ja, ze zal wel een engel zijn en ik verwacht niet van je dat je toegeeft wat je hebt gedaan,' beet Ulrika hem toe. 'Ik ben altijd degene die het heeft gedaan. Maar dit keer pik ik het niet meer!'

'Ik moet gaan,' mompelde ik. Ik voelde dat mijn wangen rood werden.

'Nee, Tiggy, ik wil dat je blijft,' zei Zara. Ze stapte naar me toe en pakte mijn hand vast. 'Ook al zouden papa en jij het de hele tijd als konijnen hebben gedaan, dat maakt mij niks uit!'

Ik opende mijn mond om te protesteren, maar sloot hem weer toen Charlie in mijn plaats bezwaar maakte.

'O, in hemelsnaam! Ik zeg het nog één keer, Tiggy en ik hebben geen affaire gehad. En kunnen we ons dan nu als volwassenen in plaats van kleuters gedragen? Dat zijn we toch?'

'Hij liegt, Zara,' zei Ulrika met een zucht, 'maar goed. Ze heeft je kennelijk tegen mij opgezet, en na alles wat ik voor je heb gedaan, ben ik...' Ze wendde zich tot Fraser, die nog niets had gezegd, en drukte haar gezicht tegen zijn borst. 'Ik wil alleen mijn kleine meid terug,' riep ze jammerend uit.

'Ja, dat zal wel, mam. Het probleem is alleen dat ik al jaren je kleine meid niet meer ben. Ik ben volwassen nu, weet je nog?'

'Goed, goed,' kwam Charlie tussenbeide. 'Kalm, iedereen, alsjeblieft. Zara, je moeder wil met je praten en tekst en uitleg geven. Dus zullen wij jullie een tijdje alleen laten?'

'Ik praat niet met mama als híj in de buurt is,' zei Zara. Ze wees naar Fraser, die er als een zwijgende kolos bij stond.

'Dan laat ik het aan jullie over.' Fraser knikte naar Charlie, liet zijn handen van Ulrika's schouders glijden, zette zijn hoed op, draaide zich om en liep naar de deur. 'Ik wacht buiten in de auto op je, oké?'

Op dat moment stapte hij in een bundel zonlicht en er werd een schaduw op de vloer geworpen. Ik zag de bijzondere vorm van zijn hoed scherp afgetekend op het nieuwe tapijt dat Ulrika kortgeleden had laten leggen.

'O god...' mompelde ik in mezelf. Ik schrok zo hevig dat ik even wankelde, terwijl Charlie me naar de deur duwde.

'Jullie gaan het huis toch niet uit, hè?' vroeg Zara aan ons.

'We zijn in de keuken, oké?' antwoordde Charlie.

'Oké.'

Ik zag Fraser door de gang naar buiten lopen en de deur sloeg met een klap achter hem dicht. Toen liep ik achter Charlie aan de keuken in en deed de deur stevig dicht.

Ik realiseerde me pas dat ik de hele tijd mijn adem had ingehouden toen ik een paar keer diep in- en uitademde.

'Gaat het, Tiggy? Je kijkt alsof je een geest hebt gezien.' Charlie zette de waterkoker aan en draaide zich naar me om, terwijl ik me hijgend op een stoel liet neerploffen.

'Misschien is dat ook zo.'

'Wat is er dan?'

'Hij is het. Fraser. O god!' Ik schudde mijn hoofd. 'Híj is het!'

'Sorry, Tiggy, maar ik kan je niet volgen.'

'Die hoed, die ik aan de politie heb beschreven als een deukhoed, híj was het!' herhaalde ik.

'Het spijt me echt, maar ik begrijp je niet. Probeer me eens kalm te vertellen wat je bedoelt.'

'Ik probeer je te vertellen, Charlie, dat het Fraser was die ik die nacht in het dal heb gezien. Híj heeft Pegasus doodgeschoten, en mij bijna!'

'Maar... hoe weet je dat zo zeker?'

'Dat heb ik toch gezegd? Door die hoed die hij nu op zijn hoofd heeft. Ik zag de schaduw ervan op het tapijt en het was precies hetzelfde als toen ik zijn schaduw op de sneeuw zag. Ik weet het honderd procent zeker, Charlie.'

'Dat is een Canadian Mountie-hoed, en tja, hij zal wel dezelfde vorm hebben als een deukhoed. Nou, het zou me niks verbazen,' zei hij. Hij stapte naar me toe, wilde me een kop thee aangeven, bedacht zich toen hij mijn trillende handen zag en zette hem naast me op het kookeiland. 'Weet je zeker dat het goed met je gaat, Tiggy?'

'Ja! Maar wat nu? Ik bedoel, je weet dat ik pacifist ben, maar ik wil hem absoluut niet weg laten komen met het doodschieten van Pegasus! De rechercheur die bij me is geweest in het ziekenhuis zei dat de schutter mij ook had kunnen vermoorden, en dat hij niet alleen veroordeeld zou worden voor het stropen van een zeldzaam hertenras, maar misschien ook voor poging tot moord.'

'Laten we dan onmiddellijk de politie bellen.' Charlie wilde opstaan, maar ik stak mijn arm uit om hem tegen te houden.

'Wacht even, dan bedenken we wat we het beste kunnen doen. Ik bedoel, als de politie hem ondervraagt, zal Fraser het ontkennen, en haar kennende zal Ulrika hem waarschijnlijk een alibi geven. Weet jij nog waar ze was, de avond dat ik beschoten ben?'

'Ik denk op Kinnaird... Ja, daar was ze, want de dag erop moest ze helemaal naar North Yorkshire rijden om Zara op te halen voor haar verlofweekend. Geen wonder dat ze plotseling zo graag de hele tijd hier wilde zijn.' Charlie trok zijn wenkbrauwen op.

'Verdomme,' vloekte ik. 'Nou, gezien de omstandigheden zit het er dik in dat ze zal liegen om hem te beschermen. Maar ik weet dat de politie de kogel die door me heen is gegaan en de patroonhuls nog heeft, en aan de hand daarvan kunnen ze het wapen traceren...'

'Dat waarschijnlijk bij Fraser in de schuur staat terwijl we dit zeggen.'

'Hier kan Fraser de gevangenis voor indraaien,' zei ik.

'Of niet, als Ulrika hem een alibi plus een eersteklas advocaat geeft. Die dingen kunnen twee kanten opgaan, dat kan ik je wel vertellen,' waarschuwde Charlie. 'Ik ben vroeger weleens opgeroepen om te getuigen in een paar moordzaken waarbij het me duidelijk was dat het slachtoffer aan meer dan natuurlijke oorzaken was overleden, maar toch kwam de beklaagde er ongestraft vanaf.'

'O,' zei ik ontmoedigd. 'Maar het zou zijn aanspraak op Kinnaird toch niet helpen als de rechter wist dat hij vervolgd werd voor het doodschieten van een zeldzaam hert, op hetzelfde landgoed waarvan hij de eigenaar wil zijn?'

'Sorry, Tiggy, maar ik vrees dat het zo niet werkt. Het doodschieten van het hert zou in een rechtszaak niet als concreet bewijs beschouwd worden, hoewel het hem in een slecht daglicht zou stellen, dat ben ik met je eens.'

Ons gesprek viel stil omdat we allebei onze adem inhielden.

'Charlie,' zei ik uiteindelijk, 'ik dacht zojuist...'

'Wat?'

'Nou, ik vroeg me af of we er niet op een of andere manier gebruik van kunnen maken dat ik nu weet dat Fraser in het wilde weg op mij geschoten heeft om jou te helpen?'

Charlie keek me aan. 'Door hem te chanteren, bedoel je?'

'Eh... ja, dat dacht ik. Als ik hem nou zeg dat ik hem herkend heb als de man die toen die avond op mij en Pegasus geschoten heeft? En dat ik onmiddellijk de politie wil bellen? Maar dat ik… omdat hij nou eenmaal familie van jou is, en jij geen schandaal wilt, bereid ben om níét naar de politie te gaan, als hij zijn aanspraak op Kinnaird opgeeft en het land verlaat, terugkruipt in het gat waaruit hij tevoorschijn is gekomen. De vraag is, hoe denk je dat hij daarop zou reageren? Zou hij doen alsof zijn neus bloedt of op het volgende vliegtuig naar Canada springen, met Ulrika op sleeptouw?'

'Wie weet? Bullebakken – en laten we eerlijk zijn, dat is Fraser ten voeten uit – zijn in hun hart allemaal lafaards. Maar is dat voor jou niet te veel gevraagd, Tiggy? Wil jij hem niet in de gevangenis zien voor wat hij je heeft aangedaan?'

'Ik heb het toch overleefd? Ik wil de dood van Pegasus wreken, en als wat ik weet Kinnaird kan redden van de ondergang door toedoen van de man die hem heeft vermoord, dan is dat goed genoeg voor mij, én voor hem.'

'Er hangt een heleboel van af of hij dat geweer nog heeft of niet,' zei Charlie nadenkend.

'Weet Cal waar zijn cottage is?'

'Natuurlijk. Waarom vraag je dat?'

Ik strekte mijn hals uit en tuurde door het keukenraam om te zien of Frasers auto nog op het achtererf stond en of hij erin zat. Dat was zo.

'Waarom bel je Cal niet, Charlie, nu Fraser er nog is, om te zeggen dat hij naar Frasers cottage moet gaan. Zeg tegen hem dat hij in de schuur moet kijken of…'

'Ja, het geweer.' Charlie was al opgestaan en liep naar de telefoon in het kantoortje.

'En zeg ook dat hij moet bellen als hij het gevonden heeft,' voegde ik eraan toe. Er begon zich een plan te vormen in mijn hoofd.

'Oké.' Een minuut later was Charlie terug in de keuken. 'Ik heb Cal eropuit gestuurd en hij zal me hier op de vaste telefoon bellen om te laten weten of hij Frasers jachtgeweer gevonden heeft. Goddank is er een redelijk mobiel signaal bij die cottage.' Charlie pakte mijn handen vast. 'Maar Tiggy, wil je hier niet een nachtje over slapen? Misschien kun je dit beter aan de politie overlaten…'

'Er is toch geen betere tijd dan dit moment, nu we Fraser hier vast hebben zitten? Ik moet dit nu doen, voordat ik mijn koelbloedigheid verlies en voordat hij er lucht van krijgt dat ik hem herkend heb en op de loop gaat. Zodra Cal het ons laat weten, moet je Fraser hierheen roepen. Heb je toevallig een taperecorder bij de hand?' vroeg ik op goed geluk.

'Ik heb mijn dictafoon in de auto, die gebruik ik weleens om mijn secretaresse een brief te laten typen. Waarom?'

'Voor het geval dat hij bekent,' zei ik, denkend aan alle slechte detectives die ik als tiener had gelezen. 'Dan hebben we bewijs.'

'Waarschijnlijk zal het niet rechtsgeldig zijn, maar ja, ik begrijp waar je heen wilt. Ik ga hem halen, mijn auto staat voor. Blijf jij bij de telefoon.'

Terwijl hij aanstalten maakte om te gaan, keken we elkaar kinderlijk grijnzend aan, omdat de situatie weliswaar ernstig was, maar ook een surrealistisch tintje had. Het meest surrealistische was misschien wel dat ik me opeens herinnerde wat Angelina bij het afscheid in Granada over mij tegen Charlie had gezegd.

Zij heeft de oplossing voor jouw probleem...

Ik kon alleen maar hopen dat haar voorspelling zou kloppen.

Een paar seconden later ging de telefoon in het kantoortje, en ik liep er snel naartoe om op te nemen.

'Met Cal, Tig. Ik sta hier in de schuur van Fraser, en ik heb z'n jachtgeweer in m'n handen.'

'Jezus, Cal! Ik hoop dat je handschoenen aanhebt, anders vinden ze jouw vingerafdrukken er nog op!'

'Charlie had al gezegd dat ik die aan moest doen. Wat is er in godsnaam aan de hand?'

'Dat vertel ik je later wel, maar blijf precies waar je bent tot we je bellen, oké?'

'Oké. Tot zo dan.'

Ik legde de telefoon neer en hoorde de deur van de grote zitkamer met een klap dichtslaan. Ik gluurde uit het kantoortje en zag Zara door de gang mijn richting op komen lopen. Ze schreeuwde verwensingen naar haar moeder, die kennelijk nog in de kamer was.

'Zara!' siste ik, terwijl ik naar haar toe rende en haar de keuken in trok. 'Luister! Het kan me niet schelen wat je van je moeder vindt, maar je vader en ik hebben een kans om Kinnaird te redden als jij nu terug naar binnen gaat en haar aan de praat houdt.'

'Meen je dat nou, Tiggy? Ik háát haar, ik wil nooit meer dezelfde lucht als zij inademen! Aargggh!'

'Zara.' Charlie kwam binnen met de dictafoon in zijn hand. 'Ga terug naar je moeder in de grote zitkamer, nu! Hoor je me? En blijf daar en houd haar aan de praat tot ik zeg dat je eruit kunt komen!'

'Goed, pap.' Zara knikte, uit het veld geslagen door de ongebruikelijke agressie van haar vader.

'Nou, ze zei tegen me dat ik meer lef moest tonen,' zei Charlie schouderophalend, terwijl Zara rechtsomkeert maakte en terugliep naar de grote zitkamer.

'Goed,' zei ik. 'Verstop snel die dictafoon en...' Ik slikte. '... ga hem dan roepen.'

'Oké,' zei Charlie. Hij zette de dictafoon aan en legde hem achter de broodtrommel. 'Weet je zeker dat je hiertegen opgewassen bent, Tiggy?'

'Ja, zolang jij aan mijn kant staat.'

'Altijd.' Hij glimlachte en liep de kamer uit om Fraser te halen.

Mijn hart bonsde nu echt, en dus keek ik op naar de hemel en vroeg of Pegasus bij me wilde zijn terwijl ik het optreden van mijn leven gaf. Om Kinnaird, Zara en mijn geliefde Charlie te redden...

Ik hoorde de achterdeur open- en weer dichtgaan toen Charlie en Fraser naar de keuken kwamen.

'Je kunt niets zeggen of doen waardoor ik van gedachten zou veranderen,' zei Fraser toen ze binnenkwamen. 'Ik wil waar ik recht op heb, punt uit.' Toen zag hij mij bij het kookeiland zitten en hij wierp me een minachtende blik toe. 'Wat doet zíj nou hier?'

'Tiggy wilde je alleen maar even spreken, Fraser.'

'O ja? Nou, zeg het dan maar.'

Ik keek toe terwijl hij tegenover me ging zitten; het feit dat hij zo zelfverzekerd was dat hij zich er niet eens om bekommerde zijn hoed af te zetten in het bijzijn van zijn slachtoffer, was olie op het vuur van de woede die ik nodig had om te zeggen wat ik te zeggen had.

'Het gaat over de avond dat Pegasus is doodgeschoten,' zei ik. Ik besloot niet om de hete brij heen te draaien. 'Ik heb de politie verteld dat ik de schaduw van mijn belager op de sneeuw heb gezien. Hij droeg een ongewone hoed, een deukhoed. Toen ik eerder vandaag jouw schaduw op het tapijt in de grote kamer zag, realiseerde ik me dat jij het was die Pegasus heeft doodgeschoten en mij bijna heeft vermoord.'

'Wát?' Fraser stond onmiddellijk op. 'Jezus, Charlie, ongelooflijk dat jullie twee zo diep gezonken zijn. Ik ga weg.'

'Goed,' zei ik kalm. 'Mij best. Cal is in je cottage met het jachtgeweer waarvan we denken dat jij ermee op mij en Pegasus geschoten hebt. Ik weet dat de politie de kogel en de patroonhuls heeft, en die hoeven ze alleen maar te matchen met je geweer. Zullen we ze dan maar opbellen en zeggen dat ze je daar kunnen vinden?'

'Ik... Je praat onzin, en dat weet je zelf ook. Ulrika was die avond bij me, vraag het haar maar.'

'Daar zijn we niet echt in geïnteresseerd, hè, Charlie?' zei ik lichthartig. 'Het is aan de politie om jou en Ulrika te ondervragen. Bel ze maar op, Charlie. Dag dan, Fraser,' zei ik. Ik stond op en liep met mijn theekopje naar de gootsteen om het af te wassen, waardoor ik mezelf de gelegenheid gaf om adem te halen en Fraser om na te denken. Ik zag dat Charlie naar de keukendeur liep.

'We weten allebei dat jij het hebt gedaan, Fraser,' zei ik kalm, terwijl ik het kopje op het afdruiprek zette. 'En nu ik er toch over nadenk, herinner ik me plotseling dat het geweer die avond op mij gericht werd. Daar zal de politie vast meer over willen horen. Ze hebben al gezegd dat het als poging tot moord beschouwd kan worden. Als het hert niet tussen ons in was gaan staan, zou ík het geweest kunnen zijn die doodgeschoten werd.'

'Oké, oké, laten we praten,' zei Fraser. Charlie zei niets en bleef met één hand op de deurknop staan. 'Wat wil je?' vroeg Fraser aan mij.

'Gerechtigheid, natuurlijk, voor Pegasus en voor mij,' zei ik, terwijl ik me langzaam omdraaide. Het deed me genoegen te zien dat hij het fatsoen had gehad om zijn hoed af te zetten. 'Maar ik wil ook gerechtigheid voor Charlie. Jij bent alleen uit op een gedeelte van het landgoed omdat het van hem is, niet omdat je er zelf van houdt. Waarschijnlijk zou het verkocht moeten worden om jou je gedeelte te kunnen geven en dan zou de eeuwenoude geschiedenis van Kinnaird naar de knoppen zijn. Dat zou ik echt jammer vinden, jij niet?'

'Jij kleine teef!' mompelde Fraser. Ik zag dat Charlie naar hem toe stapte.

'Genoeg, Fraser!'

'Het is goed, Charlie, hij kan me noemen wat hij wil,' zei ik onbewogen. 'Vooral omdat het allemaal toch opgenomen is. En hij heeft al toegegeven dat hij het was.'

'Ik heb het niet gedaan!'

'Ik denk van wel,' zei ik schouderophalend. 'Maar goed, Fraser, nu is het echt aan jou. Tenslotte zijn Charlie en jij bloedverwanten, en wat je hem ook hebt aangedaan, hij zou zijn halfbroer niet graag in de gevangenis zien, toch, Charlie?'

'Natuurlijk niet, Tiggy.' Charlie schudde zijn hoofd.

'Dus, Fraser, ik ben bereid niet aan de politie te vertellen dat jij die avond op Pegasus en mij geschoten hebt, als jij bereid bent je aanspraak op het landgoed Kinnaird op te geven en het land uit te gaan.'

'Dat is je reinste chantage!' brieste Fraser, maar hij bleef staan waar hij stond.

'Ja, ik ben immoreel,' zei ik, 'maar wat moet ik anders? Dus wat wordt het? De keus is aan jou.'

Charlie en ik keken toe terwijl een heel scala van emoties, van woede tot angst, in Frasers kille blauwe ogen verscheen. Ten slotte stond hij op.

'Je zult er spijt van krijgen dat je dit voor hem gedaan hebt,' schreeuwde Fraser, en hij wees met een priemende vinger naar me. 'Hij is zielig. Vraag het zijn vrouw maar, of mijn ex-vrouw, trouwens. Zij zullen het ook zeggen.' Hij liep naar de deur.

'Ik neem aan dat je besloten hebt het land te verlaten?'

'Ik heb een paar uur nodig om mijn rommel bij elkaar te zoeken. Die krijg ik toch wel van je?'

'Zeker. O, en Cal houdt dat geweer van je bij zich, voor het geval je van gedachten verandert. Oké?'

Fraser keek de keuken rond. Hij beefde van woede, over zijn hele lichaam. Toen wierp hij ons allebei een blik van zo'n diepe haat toe dat ik ervan rilde. Die man was het pure kwaad, en voor het eerst was ik blij dat ik de woorden van de vervloeking kende.

Zonder nog een woord te zeggen, draaide Fraser zich plotseling om, en toen liep hij de kamer uit.

Charlie en ik hoorden zijn voetstappen naar de achterdeur gaan, en we keken hem heimelijk na door het keukenraam. We zagen dat hij in zijn jeep stapte en met gierende banden het erf af reed.

'Ik zal Cal bellen en hem zeggen dat hij als de gesmeerde bliksem moet maken dat hij wegkomt uit die schuur, met het geweer. Ik stuur hem voorlopig naar de boerderij van Lochies ouders, voor het geval dat Fraser besluit naar hem op zoek te gaan. Daar zal hij hem nooit vinden,' riep Charlie, terwijl hij naar het kantoortje liep.

Een paar seconden later kwam Ulrika de keuken binnen, gevolgd door een met haar ogen rollende Zara.

'Zag ik zojuist de auto van Fraser wegrijden?' vroeg Ulrika.

'Ja,' mompelde ik.

'Maar hij zou op me wachten!'

Ik plofte neer op een stoel, want alle adrenaline, of wat het ook was dat me het afgelopen kwartier op de been had gehouden, stroomde uit me weg.

'Gaat het, Tiggy? Je hebt een rare kleur,' zei Zara. Ze stapte naar me toe terwijl Charlie weer opdook en zijn duimen naar me opstak. Ulrika stond er onzeker bij.

'Hebben Zara en jij elkaar gesproken?' vroeg Charlie.

'Ja,' zei Ulrika en ze knikte. 'Zij vindt ook dat het zo het beste is.'

'Ja hoor,' zei Zara. Toen vroeg ze zonder geluid te maken en met haar mond de woorden vormend van achter de rug van haar moeder: 'Wat is er in godsnaam aan de hand?'

'En jij weet absoluut zeker dat je een scheiding wilt, Ulrika?' Charlie keek zijn vrouw doordringend aan.

'Absoluut. We kunnen nu niet meer terug.' Ulrika wierp een blik op mij. 'Je mag hem helemaal van me hebben als je hem wilt. Goed, dan ga ik. Fraser en ik gaan vanavond uit eten.'

'Veel plezier dan,' riep ik haar na, terwijl ze de keuken uit en naar haar jeep toe liep.

De telefoon ging en Charlie liep erheen om op te nemen.

Zara wachtte tot we de achterdeur en de deur van het kantoortje dicht hadden horen slaan. Toen draaide ze zich om naar mij.

'Kun je me dan nu misschien vertellen wat er in vredesnaam aan de hand is? Ik bedoel, ik moest doen alsof ik het oké vond dat mijn moeder die maffe vriend van haar helpt mijn erfenis van onder mijn neus weg te jatten! En alsof ik het ermee eens was om de helft van mijn vakantie in zijn smerige cottage door te brengen, terwijl ik hem alleen maar een paar blauwe ogen wil meppen!'

'Oordeel niet te hard over je moeder, Zara. Je weet toch dat liefde je blind kan maken?' vroeg ik.

'Wat? Hoezo sta je nou opeens aan háár kant?'

'Ik sta niet aan haar kant, Zara, maar... laten we wachten tot je vader er weer is, dan vertellen we je wat er zojuist is gebeurd. En wil je nu een kop thee met veel suiker voor me maken?'

Charlie kwam weer binnen en hij kwam naar me toe om mijn pols te voelen.

'Het was Cal weer. Hij is veilig en wel op de boerderij aangekomen. Nou, het is geen wonder dat je zo'n snelle pols hebt. Naar bed met jou, juffie,' zei hij en sloeg een arm om mijn middel om me van de stoel te helpen opstaan.

Ik verzette me niet. Ik was dood- en doodmoe.

'Wil iemand me nou vertellen wat er in godsnaam aan de hand is?' vroeg Zara klaaglijk.

'Dat zal ik doen nadat ik Tiggy naar bed gebracht heb, ja. Maar laten we het zo zeggen, Zara, het lijkt erop dat deze buitengewone vrouw zojuist je erfenis heeft gered.'

38

Toen ik de volgende ochtend wakker werd, scheen er een zacht licht door de ramen. Ik wierp een blik op de wekker en zag dat het tien voor half negen was. Kennelijk had ik de hele nacht geslapen. Ik kwam langzaam bij mijn positieven en het werd me geleidelijk duidelijk wat er de vorige dag was gebeurd.

'Was jij dat echt?' mompelde ik, toen ik weer voor me zag dat ik als een koele kikker in de keuken had gestaan en tegen Fraser had gezegd dat ik wist dat hij het was die op me had geschoten. Ik had geen idee waar ik de moed om de confrontatie met hem aan te gaan vandaan had gehaald, want ik was absoluut niet strijdlustig.

Nadat ik helemaal wakker was geworden door koud water in mijn gezicht te plenzen, hoorde ik dat er zacht op mijn deur werd geklopt.

'Binnen,' zei ik en ging weer in mijn bed liggen.

Charlie kwam de slaapkamer in met een ontbijtblad met een potje thee, toast en een bloeddrukmeter. En hij had zijn stethoscoop om zijn hals.

'Hoe voel je je, Tiggy? Ik ben een paar keer midden in de nacht bij je geweest om je pols te voelen, maar nu wil ik je bloeddruk meten en naar je hart luisteren.'

'Maar ik voel me echt prima, Charlie. Ik heb goed geslapen.'

'Nou, ik niet,' zei hij en hij zette het dienblad op mijn bed. 'Ik wilde me nog excuseren voor de beproeving die ik je gisteravond heb laten ondergaan. Dat was ontzettend egoïstisch van me. Al die stress was echt het laatste wat je nodig had.'

'Ik voel me goed, eerlijk waar,' zei ik, terwijl Charlie zijn stethoscoop in zijn oren haakte, naar mijn hartslag en borst luisterde en daarna mijn bloeddruk controleerde. 'Zo, en vertel eens, heb je die tests in Genève nog laten doen voordat je vertrok?'

'Nee, ik ben naar hier teruggevlogen met Zara, maar...'

'Geen gemaar, dan regel ik ze morgen voor je in Inverness. Verrassend genoeg zijn je waardes allemaal normaal,' zei Charlie, en hij verwijderde de monitor van mijn arm en schonk een kop thee voor me in.

'Nou, ik heb de afgelopen drie weken voor het grootste deel in bed doorgebracht. En bovendien was gisteravond als een uittredingservaring. Ik kan me niet goed meer herinneren wat ik heb gezegd. Het was alsof iemand anders de woorden die ik moest zeggen voor me uitsprak.'

'Nou, je was het wel degelijk en je was geweldig. Echt waar, Tiggy, ik kan je niet vaak genoeg bedanken. Je hebt er toch geen spijt van, hè? Of denk je dat je de politie moet bellen?'

'Nee, waarom zou ik, als we erdoor van Fraser af konden komen? Dat hij je Kinnaird niet kan afpakken is voor hem een even zware straf als naar de gevangenis gaan. Hij is toch weg, hè?' vroeg ik. Mijn hart maakte een sprongetje.

'Ja, hij is weg, maar Ulrika is hier nog geweest om zeven uur vanochtend. Ze was hysterisch en wilde weten wat ik had gezegd waardoor Fraser zijn spullen had gepakt en er zonder haar in de kleine uurtjes vandoor was gegaan.'

'Heeft hij haar dan niet meegenomen?'

'Nee. Hij heeft haar zelfs gezegd dat het uit is tussen hen en dat hij zonder haar naar Canada terug zou gaan. Ze nam kennelijk aan dat ik haar door de modder had gehaald en dat dat hem had afgeschrikt. Het verbaast me dat je het geschreeuw niet hebt gehoord.'

'Ik heb niks gehoord, nee. Is ze nog hier?' vroeg ik nerveus.

'Nee, ze scheurde weg en zei dat ze me in de rechtbank zou zien. Kinnaird is nog niet uit de problemen,' zei Charlie met een zucht. 'Ulrika zal vast haar aandeel opeisen tijdens de echtscheidingsprocedure.'

'O. Daar had ik nog niet aan gedacht.'

'Nee, maar ja, ik zal gewoon een manier moeten vinden om haar te betalen. Misschien door een paar honderd hectare aan het aangrenzende landgoed te verkopen. Die zitten al jaren achter een stuk land van Kinnaird aan, maar dankzij jou, Tiggy, kunnen we het grootste deel in ieder geval behouden. Maar ontbijt nu eerst maar.'

'Bedankt hiervoor.' Ik keek hem glimlachend aan. Hoewel hij eruitzag alsof hij niet had geslapen, had hij het floers van hopeloosheid niet meer in zijn ogen; ze zagen helderblauw. 'Wat zei Zara toen je haar vertelde wat we hadden gedaan?' vroeg ik met een hap toast in mijn mond.

'De woorden die ze gebruikte zijn niet voor herhaling vatbaar in beschaafd gezelschap... maar met ándere woorden, ze was in de wolken,' zei hij en knikte.

'Heeft ze er nog iets over gezegd dat jij en Ulrika gaan scheiden? Ik weet dat ze zich gisteravond groothield, maar ze moet zich het nieuws aangetrokken hebben.'

'Als ze er verdrietig over is, lukt het haar heel goed om het te verbergen, Tiggy, neem dat maar van me aan. En misschien is het echt gezonder voor haar als ze ons apart ziet. Ze is altijd al een vaderskind geweest, vanaf de tijd dat ze een baby was, en Ulrika denkt waarschijnlijk dat ik dat in de hand gewerkt heb, dat ik Zara slechte dingen heb ingefluisterd, wat absoluut niet zo is. Ik heb altijd gewild dat ze het goed met elkaar konden vinden, maar dat is gewoon nooit zo geweest. Zara heeft wel aangegeven dat ze hier bij mij op Kinnaird wil intrekken. Lochie heeft haar alles verteld over het instituut waar hij zijn opleiding heeft gevolgd. Misschien moet ik er toch eens over nadenken,' zei Charlie. 'Ik bedoel, dat ik en al mijn voorouders naar een internaat zijn geweest, betekent nog niet dat het ook goed is voor Zara, toch? En bovendien zal ik alle hulp die ik kan krijgen nodig hebben als ik ga proberen Kinnaird voor haar te behouden.'

'Dus je gaat hier wonen?' vroeg ik. Ik vroeg me af of ik hem niet verkeerd begrepen had.

'Ja, Tiggy, dat klopt. Nadat ik je gisteravond in bed had gestopt, heb ik nog lang nagedacht, en het goede nieuws is dat ik alles, met behulp van wat whisky, dat geef ik toe, scherp heb kunnen krijgen.'

'Zoals wat?'

'Om te beginnen zit Kinnaird me in het bloed, zo is het gewoon. Misschien besef je pas hoeveel iets voor je betekent wanneer je op het punt staat het te verliezen. Dus dat heb ik in ieder geval aan Fraser te danken. Ik heb besloten een sabbatical van een jaar op te nemen. Dan kan ik me echt op het landgoed concentreren en bepalen wat er precies gedaan kan worden om het te restaureren. En ook om te zien of het goed voor me is om hier fulltime te zijn. Dat ben ik mijn voorouders, en Zara, in ieder geval verschuldigd, en als het niet gaat, kan ik altijd weer in de gezondheidszorg gaan werken. Of misschien zelfs datgene doen waarvan we tegen elkaar gezegd hebben dat we ervan droomden en naar Afrika verdwijnen.' Charlie glimlachte.

'Eh… over Afrika gesproken,' bekende ik, me om een of andere reden schuldig voelend, 'ik heb volgende week een sollicitatiegesprek voor de functie van wildconservator in een reservaat in Malawi.'

'Malawi in Afrika?'

'Ja.'

'O. Juist, ja.' Ik zag de bezorgdheid en een zweem van paniek in zijn ogen. 'Ik begrijp het,' zei hij en slikte. 'Nou, ik had je verteld dat je toekomst op Kinnaird onzeker was, en ik zal echt niet proberen je op andere gedachten te brengen. Maar eerlijk gezegd zou ik me dan de grootste zorgen om je gezondheid maken, want ik betwijfel of daar een behoorlijk ziekenhuis in de buurt zal zijn. En bovendien…'

'Wat?'

'Nou, ik had natuurlijk gehoopt dat je hier zou blijven en mij zou helpen met Kinnaird.'

Er viel een geladen stilte tussen ons, vol van de dingen die we allebei wilden zeggen maar waarvan we niet wisten hoe we erover moesten beginnen. Ik nipte van mijn thee, keek uit het raam en voelde me verschrikkelijk ongemakkelijk. Ik zag dat Charlie opstond en met zijn handen diep in zijn zakken heen en weer begon te lopen.

'Gisteravond, toen jij en ik wat ik voortaan "Frasergate" zal noemen aan het beramen waren, dacht ik dat… nou, dat we een team waren. En dat was echt een geweldig gevoel, Tiggy.'

'Ja, zeker,' gaf ik toe.

'En… Ik weet dat het nog vroeg dag is en dat Kinnaird, zelfs als jij erin geslaagd bent het voor me te behouden, nog altijd gemaakt moet worden tot iets wat in de toekomst levensvatbaar en duurzaam zal zijn, en dat dat misschien gewoon niet mogelijk zal zijn. Plus het feit dat ik een echtscheiding in het vooruitzicht heb die vast beroerd zal verlopen, maar ik hoopte dat jij… eh, nou, met me samen zou zijn.'

'Als werkneemster?' vroeg ik voor alle duidelijkheid. Ik wist dat het onoprecht van me was, maar ik wilde dat hij de woorden echt zou uitspreken.

'Ja, dat natuurlijk ook, maar ik bedoelde… met *míj* samen.'

Charlie liep terug naar het bed en ging erop zitten. Zijn hand kroop naar die van mij, zijn lange vingers smeekten erom geaccepteerd te worden. Ik zag dat mijn handpalm als vanzelf openging en ik pakte zijn vingers stevig vast. We keken elkaar verlegen glimlachend aan. Woorden waren overbodig, want we wisten het allebei.

In voor- en tegenspoed, rijkdom en armoede, ziekte en gezondheid...

Charlie pakte het ontbijtblad van mijn knieën, stak zijn armen uit en trok me naar zich toe. Ik vlijde mijn hoofd tegen zijn borst en hij streelde mijn haar.

'Ik wil de rest van je leven voor je zorgen,' fluisterde hij. 'Ik wil Kinnaird samen met je opbouwen en een gezin worden, een gelukkig gezin. Dat heb ik gewild vanaf het moment dat ik je voor het eerst zag in het ziekenhuis. Ik heb er maandenlang van gedroomd, maar ik zag niet hoe ik het werkelijkheid kon laten worden. Maar nu kan dat wel.'

'Ik heb er ook over gedroomd.' Ik bloosde en hij tilde mijn kin op en keek me in de ogen.

'Echt waar? Dat verbaast me. Ik ben veel ouder dan jij en ik sleep een hoop bagage mee, en het zal veel tijd kosten om alles uit te zoeken... Dat zal niet gemakkelijk zijn, Tiggy, en het laatste wat ik wil is dat jij net als Ulrika een hekel aan me zult krijgen.'

'Ik ben Ulrika niet,' zei ik snel. 'Ik ben wie ik ben, en ik doe niet aan vijandigheid.'

'Nee, jij doet aan magie... Jij bént magie,' zei hij en hij kreeg tranen in zijn ogen. 'God, wat stel ik me aan! Kijk me toch, nou huil ik nog ook. Wil je bij me blijven?'

'Ik...'

Hoe graag ik ook ja wilde zeggen, ik wist dat ik het aan mezelf verplicht was om de tijd te nemen om het allemaal te overdenken. Want deze ontzettend lieve man had veel meegemaakt, en als ik ja zei, moest het voor altijd zijn.

'Geef me een paar uur de tijd, wil je?' vroeg ik hem. 'Ik moet eerst nog iemand zien.'

'Natuurlijk. Mag ik vragen wie?'

'Nee, want als ik je dat zou zeggen, zou je denken dat ik gek was.'

'Dat dacht ik toch al, Tiggy.' Charlie kuste me op mijn voorhoofd. 'Maar ik hou evengoed van je,' zei hij met een brede glimlach.

Hij houdt van me...

'Goed, kun je me dan misschien zeggen waar Chilly begraven is?'

'Natuurlijk.' Charlie knikte en probeerde niet te glimlachen. 'Op onze familiebegraafplaats, natuurlijk. Hij wás tenslotte familie van ons. Dat is achter de kapel.' Hij stond op. 'Ik zie je later. Ik ga naar de cottage van Beryl om haar te vertellen wat er is gebeurd en haar te smeken of ze terug wil komen.'

'Hallo, lieve Chilly,' zei ik. Ik hurkte neer en keek naar het eenvoudige kruis, dat als twee druppels water op de kruisen op de begraafplaats in Sacromonte leek. Alleen zijn voornaam stond erop, want niemand hier wist wat Chilly's achternaam of geboortedatum was. 'Het spijt me ontzettend dat ik hier niet was om behoorlijk afscheid van je te nemen, maar nog bedankt dat je even langsgekomen bent, toen die avond dat je onderweg naar boven was.'

Ik klopte op de sneeuw die op het graf lag met mijn in een handschoen gehulde hand, stond op en keek omhoog, want daar was hij echt. 'De eerste keer dat ik je zag, zei je tegen me dat ik moest weggaan van Kinnaird. Nou, nu ben ik terug, en Charlie heeft me gevraagd te blijven. Dat zou betekenen dat ik mijn Afrika-droom moet opgeven, maar... kun jij de anderen daarboven vragen wat ze ervan vinden?'

Ik kreeg geen antwoord, en dat had ik ook niet verwacht, omdat ik het al kende, hoewel ik zag dat er genoeg problemen in het verschiet lagen. En elke atoom in me trilde van blijdschap en zekerheid.

'Zeg maar tegen Angelina dat ik snel weer bij haar op bezoek kom en dat ik Mister Charlie meeneem,' riep ik, terwijl ik langs de graven van driehonderd jaar Kinnairds terugliep naar de Land Rover.

Hier zal jij op een dag ook liggen, Hotchiwitchi, zei een stem in mijn hoofd terwijl ik in de auto stapte. Ik giechelde, want het zou echt iets voor Chilly zijn geweest om dat te zeggen, en het feit dat ik hier ook echt op een dag zou liggen, betekende dat Charlie en ik voor altijd bij elkaar zouden blijven, hoe lang mijn tijd op aarde ook zou duren. En meer hoefde ik niet te weten.

'Zo, daar hebben we de held van de dag weer,' zei Cal toen ik de cottage binnenkwam, nog steeds met een emotioneel gevoel na de laatste uren en mijn bezoek aan Chilly. 'Hoe voel je je, Tig?'

'Een beetje verdoofd, eerlijk gezegd,' bekende ik en ik ging op de bank zitten.

'Zara is langs geweest en ze heeft me bijgepraat. Je hebt het geweldig gedaan, als je het mij vraagt. Dankzij jou zijn we allemaal gered. En nou doet het nieuws de ronde dat de Laird nog gaat scheiden ook. Is dat waar?'

'Ik kan het niet bevestigen of ontkennen,' antwoordde ik opgewekt.

'Nou, het was tijd dat die twee hun eigen weg gingen,' zei hij. Hij richtte zich in zijn volle lengte op en keek me aan. 'Maar goed, ik moet je nog wat anders laten zien wat je wereld op z'n kop zal zetten. Kun je daar tegen, denk je, Tig?'

'Het is toch niks akeligs, hè?'

'Nee, helemaal niet. Het is een wonder! Kom je mee?'

'Ja, zolang het goed is,' zei ik, ook al was ik intussen doodmoe van alle emotionele en mentale stress.

Een paar minuten later reden we bergafwaarts naar de schuur waarin de drachtige koeien waren ondergebracht.

'Deze kant op.' Cal wees naar een ander schuurtje links van ons. Hij haalde een sleutel uit zijn jaszak en maakte het hangslot open. 'Klaar?' vroeg hij aan me.

'Klaar.'

Cal opende de deur en ik stapte achter hem aan naar binnen. In een hoek hoorde ik een zacht geritsel en in het licht dat door de deuropening kwam zag ik een magere hinde op een bed van stro liggen. Aan haar wanhopige, vergeefse pogingen om op te staan, zag ik dat ze heel zwak was.

'Wat is er met haar gebeurd?' fluisterde ik.

'Ik heb haar gisteravond gevonden in het berkenbosje, Tig. Ze was helemaal de kluts kwijt en zat op haar knieën, met een gezwollen buik, waaraan ik zag dat ze aan het baren was. Lochie en ik konden haar achter in Beryl tillen en toen hebben we haar hiernaartoe gebracht,' fluisterde Cal terug. 'Het jong is er ook niet best aan toe, geboren in de kleine uurtjes, te vroeg waarschijnlijk, maar de laatste keer dat ik ging kijken leefde het nog. Maar nou heeft de moeder het zwaar,' zei hij met een zucht.

We keken naar haar en zagen dat ze weer op het stro was gezakt en zich niet langer kon bewegen.

'Kijk naar haar jong,' spoorde Cal me aan.

'Heb je Fiona gebeld?'

'Nee, je zult zo zien waarom,' zei hij en duwde me voorzichtig naar de hinde.

Ik fluisterde geruststellende woordjes, zowel hardop als in mezelf, en kwam geleidelijk dichter bij haar, met een paar centimeter tegelijk. Ik bleef voor het strobed staan en ging langzaam op mijn knieën zitten.

'Hallo,' fluisterde ik. 'Mijn naam is Tiggy en ik ben hier om je te helpen.'

Ik voelde de koude, vochtige schuurvloer onder mijn knieën, maar verloor haar geen moment uit het oog.

Vertrouw me, ik ben je vriendin, zei mijn innerlijke stem steeds opnieuw tegen de hinde.

Uiteindelijk was het de hinde die haar prachtige, vochtige ogen van mijn ogen afwendde en haar magere lichaam ontspande en ik schoof dichter naar haar toe.

'Kijk in het stro naast haar,' fluisterde Cal achter me. 'Hier, een zaklantaarn.'

Hij gaf me de lamp aan en ik scheen ermee in het halfdonker en zag een paar schriele pootjes tussen de poten van de moeder uit steken. Ik liet het licht over het lijfje van het jong gaan en zag dat het lang uitgestrekt en onheilspellend stil lag. Toen viel mijn mond open van verbazing. Ik vroeg me af of het licht me soms parten speelde en liet het nog een keer over het kalfje gaan.

'O god!' fluisterde ik en ik draaide me om en keek Cal aan.

'Ik weet het, Tig. Had ik je niet gezegd dat het een wonder was?'

Er schoten onwillekeurig tranen in mijn ogen en ik schoof heen en weer op het stro. Ik tuurde over de liggende romp van de hinde om haar kalf beter te kunnen zien.

'Het is wit, Cal, helemaal wit! Ik...'

Cal knikte en ik zag aan zijn ogen dat ook hij ontroerd was. 'Het probleem is alleen, Tig, dat de moeder het misschien niet gaat halen, en het kalf heeft amper bewogen sinds hij geboren is. Hij moet gezoogd worden.'

'Ik probeer er dichter bij te komen,' zei ik. Ik schoof nog wat verder naar voren om mijn hand onder de neus van de hinde te kunnen krijgen, zodat ze me kon ruiken. Ik bleef zo lang mogelijk zo zitten, bracht toen mijn hand omhoog en liet die op haar nek rusten. Toen ze mijn aanraking voelde, keek ze naar me op, en ik voelde alle angst en pijn die zij voelde. En ik wist dat ze niet lang meer op aarde zou zijn.

Ik nam een gemakkelijkere houding aan en keek nog eens naar het kalf dat naast de uitgeputte moeder lag. Ik legde mijn hand op de zachte vacht van zijn flank en begon hem zacht te strelen, bewoog mijn hand onderzoekend over de romp. Ik tilde voorzichtig een van de achterpoten op om de botten te controleren en zag dat hij geen fysieke gebreken had, ook al was hij zwak.

'Hoe is het met hem?' vroeg Cal.

'Helemaal gaaf, maar erg kwetsbaar. Ik weet niet of hij het zal redden, maar...'

Je moet hem redden, Tiggy, zei mijn innerlijke stem.

'Oké, ik ga het proberen.' Ik sloot mijn ogen en vroeg om de hulp die ik nodig had.

Zoals Angelina me had geleerd, stelde ik me voor dat alle levensenergie van het universum in mijn handen stroomde terwijl ik op en neer over het lijfje van het kalf wreef. Ik herhaalde dit proces een keer of vijf, zes, om de kwade energie uit hem te halen en die af te schudden in de ether. Ik wist niet hoe lang ik daar gezeten had, maar toen ik weer bij mijn positieven kwam, zag ik dat zijn ogen open waren en dat hij belangstellend naar me opkeek.

'Hallo,' zei ik.

Het kalf reageerde door zijn poten weg te strekken van de moeder, zodat hij met zijn kop tegen mijn knieën kwam te liggen.

'Wat een knappe jongen ben je,' zei ik, en ik boog me over hem heen om een kus op zijn maagdelijk witte vacht te drukken.

Ik zag dat de moeder moeizaam haar hoofd van het stro ophief. Ze opende haar grote, bedeesde ogen weer en staarde me aan.

'Jij bent ook mooi,' zei ik zacht. Ik keek naar haar lange oogharen en de witte stervorm midden op haar kop. 'Pegasus had jou speciaal gekozen, hè?'

Ik legde mijn andere hand op haar kop en ze hief een van haar magere poten naar me op, alsof ze probeerde me aan te raken. Ik zag dat ze nog maar weinig kracht, of tijd, overhad.

'Maak je geen zorgen,' fluisterde ik, terwijl ik haar kop aaide en me er toen overheen boog om er een kus op te drukken. 'Waar je heen gaat, ben je veilig, en je moet je geen zorgen maken over je kleine. Ik zweer je dat er goed voor hem gezorgd zal worden.'

Ik dacht dat ik een traan in een van de ogen van de hinde zag. Toen ging ze weer op het stro liggen, en ze sloot ze voor de laatste keer.

Mijn eigen tranen druppelden overal op de warme vacht van haar wees geworden zoontje. Het ontging me niet dat mijn eigen geboorte hier in diervorm werd herhaald. Ik zat in die schuur met het kleine hertje tegen mijn knie en samen rouwden we om de moeder die we allebei hadden verloren voordat we haar hadden gekend.

'Gaat het een beetje, Tig?' vroeg Cal ten slotte.

'Jawel. Het is jammer dat de moeder dood is, maar ik denk dat haar kalf het wel zal halen. Kijk!'

Het bokje snuffelde aan mijn hand. Kennelijk was het op zoek naar melk.

'Shit, Tig,' zei Cal met een zucht. 'Dat betekent dat we hem met de hand groot moeten brengen.'

'Heb je flesjes in de andere schuren?'

'Ik ga er een paar halen, en wat melk, hoewel hij dat waarschijnlijk niet zal willen hebben. En ik neem het draagbare gaskacheltje ook mee. Anders vries je hier nog dood.'

'Dank je, Cal,' zei ik, hoewel ik me pas toen hij dat zei realiseerde dat ik fysiek huiverde, maar dat had waarschijnlijk meer met mijn emoties dan met de kou te maken.

'Wat zullen we met je doen?' vroeg ik fluisterend aan het bokje, in een poging het te kalmeren. Het was nu klaarwakker en rammelde van de honger. 'Misschien zouden we je bruin kunnen verven, dan weet niemand behalve wij dat je...'

Twintig minuten later kwam Cal terug, en tegen die tijd was ik dolblij het gaskacheltje te zien. Ik zag ook dat hij Lochie en Zara had meegebracht en ik wenkte hen om naar de zoon van Pegasus te komen kijken.

'Ik heb deze twee hier betrapt terwijl ze voor de Lodge stonden te roken,' zei Cal. Hij wierp Zara een strenge blik toe. 'Ik dacht dat ze wel hallo tegen je wilden zeggen.'

'O, Tiggy,' zei Zara ademloos. Ze kwam naast me zitten. 'Wat lief.'

'Ongelooflijk, Tiggy,' zei Lochie, en hij knielde neer naast Zara. 'Wie had dat gedacht? Mag ik hem aanraken?'

'Ja, hij moet eraan gewend raken om door mensen te worden aangeraakt, wil hij overleven,' zei ik, en ik keek toe hoe Lochie en Zara de pasgeborene gretig aaiden.

'Cal zei dat je hem weer levend hebt gemaakt, Tiggy. Jij kunt goed met dieren overweg, net als mama,' merkte Lochie op. Onzeker legde hij zijn hand op de witte vacht.

'Hier is zijn flesje, Tig,' zei Cal. Hij gaf me de fles aan en schoof het kacheltje over de ongelijke vloer naar ons toe.

Heel voorzichtig duwde ik de speen van de fles tussen de lippen van het kalf, maar het wilde zijn kaken niet ontspannen. Ik probeerde een beetje warme melk op zijn tandvlees te spuiten en bad dat hij het zou accepteren.

'Kom op, lieverd,' fluisterde ik, 'je moet drinken en sterk worden van je mama en papa.'

Na nog een aantal pogingen opende hij tot opluchting van ons allemaal zijn mond, en ten slotte begon hij te sabbelen.

'Hij denkt dat je z'n moeder bent, Tig.' Cal glimlachte, terwijl het kalfje de fles leegdronk en zijn neus tegen mijn hand begon te stoten om meer te vragen. 'De vraag is, wat gaan we nou met ons weeskind doen? Jij kunt hier bijvoorbeeld niet de nacht doorbrengen. Ik wil het niet op m'n geweten hebben dat je nog eens ziek wordt, maar niemand mag lucht van zijn geboorte krijgen, anders hangt zijn mooie kopje aan een muur voor je "hertenvlees" kunt zeggen.'

'Ik kan hem mee naar huis nemen,' stelde Lochie voor. 'Mijn moeder zal blij zijn met een nieuw huisdier, vooral een bijzondere jongen zoals hij.'

Cal en ik keken elkaar aan en zagen het licht van een mogelijke oplossing dagen.

'Weet je dat zeker, Lochie?' vroeg ik. 'Ik bedoel, ik zal elke dag komen kijken, maar het is wel een volledige dagtaak om een jong hertenkalf met de hand groot te brengen.'

'Ik help ook mee,' zei Zara.

'Maak je geen zorgen, Tiggy,' stelde Lochie me gerust. 'Ik weet zeker dat we voor hem kunnen zorgen. Op onze boerderij komt toch geen mens rondkijken, dus daar is hij veilig.'

'Doe nou maar, Tig,' zei Cal. 'Dit keer gaan we niks aan het toeval overlaten. Goed, dan dragen we het jong nu naar Beryl en misschien kan Lochie je dan in de auto naar de boerderij brengen? Hoe sneller we hem hier weg hebben, hoe beter.'

Ik stond op en droeg het kalf, met zijn lange, magere poten bungelend over mijn onder hem gevouwen armen, naar de auto. Terwijl Cal me op de passagiersstoel hielp en Zara op de achterbank ging zitten, stapte Lochie achter het stuur.

'Ik blijf hier en zorg voor zijn moeder,' zei Cal.

'Ga haar nou alsjeblieft niet villen en laten leegbloeden,' smeekte ik hem.

'Tuurlijk niet, Tig. Ik ga haar daarginds in het bos bij de Lodge begraven en ik zal er een paar takken bij zetten.'

'Dank je.'

Ik hield mijn dierbare vrachtje stevig vast terwijl we het hobbelige pad af reden. Bij de ingang van het landgoed sloegen we links af naar de kapel en toen reden we nog een paar kilometer verder de bergen in. Na een tijdje zagen we een lage stenen woonboerderij. Er kringelde rook uit de schoorsteen, het omliggende land was vol witte stippen die nog zichtbaar waren in de vallende avondschemering.

'Het duurt niet lang meer voor het lammerseizoen begint,' merkte Lochie op. Hij bracht Beryl tot stilstand, liep om de auto heen, opende het passagiersportier en hielp mij en het kalf met uitstappen. Ik bleef een paar seconden met mijn dierbare vrachtje in mijn armen staan, keek omhoog en zag dat het bleke sikkeltje van de nieuwe maan de pasgeborene in de wereld verwelkomde. Zara en ik liepen achter Lochie aan naar een keuken met een laag plafond.

Fiona stond bij het fornuis en roerde in een grote steelpan met soep.

'Hallo, Tiggy, Zara.' Ze begroette ons met een glimlach. 'Wat een verrassing! En wat fantastisch om jullie weer eens te zien! En wat heb je daar?' Ze kwam naar ons toe om het beter te kunnen zien.

'Hij is heel speciaal, mam, en jij en pap moeten zweren dat jullie er met niemand over zullen praten,' zei Lochie.

'Alsof je dat nog moet vragen.' Fiona keek met opgetrokken wenkbrauwen naar haar zoon en toen weer naar het kalfje. 'O, lieve hemel, Tiggy, is hij echt wat ik denk dat hij is?'

'Ja, hier, knuffel hem maar even.'

'Ja, graag,' zei Fiona, kennelijk uit het veld geslagen. Ik gaf haar het slungelige bundeltje voorzichtig aan en deed een stap achteruit om te kijken hoe het kalf op een nieuw paar armen zou reageren. Maar toen Fiona het in haar armen nam en het zacht lieve woordjes toefluisterde, verroerde het zich nauwelijks. Ik slaakte een zucht van opluchting, omdat ik aan mijn water voelde dat Fiona de perfecte vervangende moeder was, en de boerderij zelf de perfecte schuilplaats.

'Lochie, pak die pan van het vuur en zet de ketel op,' beval Fiona haar zoon, terwijl ze mij en Zara naar de aftandse keukentafel wenkte en aangaf dat ik naast haar moest komen zitten. 'Ik neem aan dat zijn moeder dood is?'

'Ja, helaas. Maar wel aan een natuurlijke oorzaak.'

'Lochie heeft me verteld dat er op je geschoten is toen je probeerde het witte hert tegen een stroper te beschermen.'

'Ja.'

'Is dat... Ik bedoel, dit moet de zoon van die dode hertenbok zijn. Meestal wordt het leucismegen doorgegeven.'

'Ik denk dat we daarvan uit moeten gaan, ja. Cal zegt dat hij vanochtend geboren is. Ik heb hem de fles kunnen geven, maar zo te zien is hij nog steeds zwak.'

'Maar hij lijkt me heel alert, en dat is een goed teken. Ik zal hem onderzoeken, als je het niet erg vindt.'

'Dat zou ik heel graag willen, ja. Hij was niet alert toen ik hem voor het eerst zag,' zei ik. Fiona pakte haar dokterstas van de vloer bij de achterdeur en haalde haar stethoscoop eruit.

'Cal zei dat Tiggy haar handen op het kalfje legde en hem weer leven inblies,' merkte Zara op terwijl Fiona naar het hart luisterde.

'Ja, ik heb gehoord dat jij helende handen hebt, Tiggy. Is dat zo?' vroeg Fiona.

'Dat zegt Cal ook, ja,' antwoordde Lochie op zijn moeders vraag.

'Lochie, ga jij even met Zara naar de jonge katjes in de schuur kijken? En maak een beetje ruimte voor deze jongen,' stelde Fiona voor.

'Oké.'

Lochie leidde Zara de achterdeur uit en Fiona ging door met haar onderzoek van het kalf.

'Heb je geen zin om voor mij te komen werken? Ik dacht dat we het er de laatste keer dat we elkaar zagen over hadden gehad. Ik ben ervan overtuigd dat de holistische geneeskunde heel goed kan samengaan met de traditionele.'

'O, heel erg graag, Fiona, maar ik heb geen officiële opleiding of diploma.'

'Nou, diploma's zijn te regelen. Het gaat er in de eerste plaats om dat je de gave hebt.'

'Meen je dit echt?' vroeg ik ongelovig.

'Absoluut,' bevestigde ze. 'Laten we eens afspreken om erover te praten, het liefst bij een groot glas wijn. Ziezo.' Fiona stopte haar medische spullen weer in haar tas. 'Hij is prima in vorm. Kun jij hem nu vasthouden? Dan roer ik even in de soep. Lochies vader kan elk moment thuiskomen, en dan verwacht hij dat het eten klaar is.'

Ik besloot dat Fiona McDougal de vrouw was die ik op een dag wilde zijn: echtgenote, moeder, huisvrouw, fulltime dierenarts en een prachtig, geweldig mens.

'Wist je dat de mythische Pegasus eigenlijk een wees was die werd grootgebracht door Athene en de muzen...'

'Dan moeten we hem naar zijn vader noemen, vind ik,' fluisterde ik in zijn vacht. Mijn moederinstinct was gewekt op een manier die me haast bang maakte.

'Blijf je voor het avondeten, Tiggy? Dan kunnen we bespreken hoe je Pegasus verzorgt,' zei Fiona, terwijl een man die me met zijn gedrongen lichaamsbouw en verweerde gezicht aan Cal deed denken binnenkwam.

'Hallo, schat,' zei Fiona glimlachend. Hij kuste haar en trok zijn jas uit. 'Ga jij Lochie en Zara even roepen? Ze zijn in de schuur bij de katjes.'

'Tuurlijk, maar wie is dit? En...' Hij kwam een paar stappen dichterbij om Pegasus te bekijken. '... dat?'

'Hamish, dit is Tiggy. Ze werkt op Kinnaird als fauna-adviseur van de Laird.'

'Hallo, Tiggy, aangenaam kennis met je te maken.' Hamish keek me glimlachend aan en ik zag de warmte in zijn ogen.

'En dat,' ging Fiona verder, 'is Pegasus. Hij is vanochtend geboren en blijft een poosje hier bij ons, waar hij veilig is. En kun je nu de kinderen gaan halen, lieverd, voordat het eten koud wordt?' voegde Fiona eraan toe, terwijl ze de soep in kommen schepte.

Vijf minuten later zaten we met zijn allen om de eikenhouten tafel in de keuken te slurpen van de verrukkelijke groentesoep, waar we dikke hompen warm wit brood in doopten.

'Dus jij bent ook vegetariër, net als mijn vrouw?' vroeg Hamish.

'O, nog veel erger, ik ben veganist,' antwoordde ik grijnzend.

Opeens kwam er een miauwend geluidje uit Zara's richting, en de aandacht aan tafel werd op haar gericht.

'Ik kon hem niet in de schuur laten.' Het sierde Zara dat ze bloosde toen ze haar jack openritste en er een gemberkleurig katje uit haalde. Het had strepen als een piepklein tijgertje en zag er even woest uit. 'Mama heeft een hekel aan katten, maar nu papa naar Kinnaird gaat verhuizen, kunnen we er een of zelfs twee houden in de Lodge. Is hij niet prachtig?' zei ze, over het kopje aaiend.

'Zeker, Zara, maar niet onder het eten,' zei Fiona beslist. 'Zet hem maar op de vloer, dan kan hij hallo tegen Pegasus gaan zeggen.'

Zara deed wat Fiona had gezegd en we keken allemaal toe hoe het katje op zijn korte pootjes rondsprong in de keuken en zich toen bij het fornuis waagde, waarvoor Pegasus op een deken in een diepe slaap lag.

'Wat schattig,' zei Zara. Het katje snuffelde rond het kalf en kroop snorrend tegen de zachte witte vacht. 'Op een dag zal het bij mij thuis ook zo zijn,' verklaarde ze en wendde zich tot Lochie, die haar toegewijd glimlachend aankeek.

Ze ziet er vanavond zo knap uit, dacht ik, omdat ze simpelweg straalt van geluk.

'Dus de Laird komt hier definitief wonen?' vroeg Fiona aan Zara.

'Ja, en ik hopelijk ook, als papa tenminste niet van gedachten verandert. Volgende week gaan we naar het North Highland College in Dornoch om te zien welke opleidingen ze aanbieden. Ik ben echt geïnteresseerd in wildmanagement. Als ik naar die school ga, kan ik op Kinnaird bij papa blijven wonen.'

'Het klopt dat de Laird hierheen komt om het roer over te nemen.' Hamish knikte bevestigend.

'En je moeder, Zara?' vroeg Fiona. 'Is zij gelukkig met die verandering?'

'Mama en papa liggen in een scheiding.' Zara haalde haar schouders op. 'Dus het gaat haar niets aan.'

'O, juist ja. En heb jij daar geen problemen mee?'

'God, nee! Ik zou campagne moeten gaan voeren voor kinderen zoals ik, die vastzitten in een ongelukkig huwelijk. Neem maar van mij aan dat ouders nooit voor ons bij elkaar zouden moeten blijven. Maar goed, gelukkig word ik over een paar dagen zeventien, en ik heb mijn rijexamen al aangevraagd. Als ik slaag, kan ik hierheen rijden en voor Pegasus zorgen terwijl jij aan het werk bent, Fiona. Tot het zover is, breng jij me wel hiernaartoe, hè Lochie?' vroeg ze verlegen. Aan de blik in haar ogen zag ik dat ze Johnnie North helemaal vergeten was.

'Altijd,' antwoordde hij gretig.

'Nou, het belangrijkste is dat we geen van allen een woord over onze pasgeborene zeggen.' Fiona wees naar Pegasus, die wakker was geworden en keek naar het katje dat in de keuken ronddanste en denkbeeldige vliegen achternazat.

'We kunnen een rooster opstellen om hem te voeren,' stelde ik voor. 'Het is niet eerlijk als jij alle nachtdiensten doet, Fiona.'

'Die doe ik dan wel,' bood Lochie aan.

'En ik kom als je overdag aan het werk bent,' bood ik aan. 'Weet je zeker dat je het niet erg vindt om hem hier te hebben?'

'Helemaal niet.' Hamish wees met zijn hoofd naar het reekalfje. 'Hij kan de berg achter het huis op met de lammetjes als die geboren zijn. Ze hebben dezelfde kleur,' voegde hij er met een grijns aan toe.

'Ik maak me zorgen over zijn toekomst,' zei ik. 'Hij moet zo snel mogelijk verwilderen, maar we tekenen zijn doodsvonnis als we dat laten gebeuren. Kijk maar wat er met zijn vader is gebeurd.'

'Dat weet ik, Tiggy, en misschien moet hij zijn hele leven hier blijven,' zei Fiona. 'We moeten gewoon improviseren. We hebben genoeg bos in de buurt. Misschien kunnen we er een paar andere kalfjes bij halen, zodat hij niet alleen is, en Cal kan Lochie helpen het te omheinen...'

'Wat moet Cal omheinen?'

We keken allemaal met een ruk op toen de deur openging, en ik zag Cals grote gestalte in de opening staan.

'Goedenavond allemaal.' Hij kwam binnen, op de voet gevolgd door Charlie. 'De Laird en ik voelden ons buitengesloten op Kinnaird, dus zijn we maar hiernaartoe gekomen om mee te feesten.'

'Kom alsjeblieft binnen uit de kou, jullie twee,' spoorde Fiona hen aan.

'Neem me niet kwalijk dat we zo onaangekondigd binnen komen vallen, maar Cal heeft me verteld over de nieuwe aanwinst. Ik wil hem zien,' zei Charlie. 'Waar is hij?'

‘Welkom, Laird.’ Hamish stond op om hem een hand te geven. ‘Het is een eer dat u hier bent.’

‘Hier is hij, pap,’ zei Zara. Ze pakte het gemberkleurige katje op voor het door de open deur naar buiten kon springen. ‘Hij heet Pegasus, net als zijn vader. Hij is een wonderkind.’

Charlie liep naar het fornuis en boog zich over het reekalf, dat er op alle mogelijke manieren achter probeerde te komen hoe het moest opstaan, zag ik.

‘Hallo,’ fluisterde Charlie, en hij stak zijn hand uit om het te strelen. Pegasus begon er meteen aan te snuffelen en ik wist dat hij honger had.

‘Ik zal een flesje warmen op het fornuis,’ zei ik en stond op.

‘Hier is een steelpan, Tiggy,’ bood Fiona aan. Ze pakte er een van het rek en gaf hem me aan. ‘Goed, jongens, ruimen jullie de tafel af?’

‘En ik ga wat speciaals opentrekken om het te vieren,’ kondigde Hamish aan en hij liep de keuken uit.

‘Hij is echt een wonder,’ zei Charlie zacht en hij keek op naar mij. ‘Is hij gezond?’

‘Als een vis,’ zei Fiona, ‘en uit wat jij zei, Cal, heb ik begrepen dat hij dat te danken heeft aan Tiggy en haar magische handen. Ik moet haar soms bij je weghalen en bij mij laten werken, hoor. Kijk, hij staat al bijna!’ Fiona wees. ‘Kun jij hem helpen, Charlie?’

We keken allemaal toe terwijl Charlie zijn handen voorzichtig om het middel van het reekalfje sloeg en het op zijn poten zette.

Bij de eerste poging zakte hij door zijn poten, maar bij de vierde begrepen ze ten slotte wat ze moesten doen en droegen ze zijn gewicht. De zoon van Pegasus zette zijn eerste aarzelende stappen en plofte toen neer op Charlies knie.

We juichten allemaal en Hamish kwam de keuken weer in met een fles whisky.

‘Hemel, ga je die echt openmaken na al die jaren?’ vroeg Fiona plagerig aan hem.

‘Aye, dat ga ik zeker doen.’ Hamish verbrak het zegel en schonk de vloeistof in zeven glazen, die hij onder ons uitdeelde. ‘Ik heb deze fles jaren geleden gekregen van de oude Laird, nadat ik hem had geholpen om de pasgeboren lammeren uit te graven na een sneeuwbui... Ik zou zo zeggen dat dit het perfecte moment is om hem leeg te drinken. Op een nieuw begin.’

‘Een nieuw begin,’ herhaalden we.

Na zijn whisky achterover te hebben geslagen stak Cal zijn hand in zijn jaszak en hij haalde er een rond voorwerp uit, ongeveer zo groot als een flinke grapefruit en gewikkeld in een mousselinen doek.

‘Wat is dat in hemelsnaam?’ vroeg ik, terwijl hij het met een klap op de tafel zette en alle ogen in de kamer erop gericht werden.

‘Een haggis, lassie. Maar ik denk dat ik nog een borrel nodig heb voor wat er nu komt.’ Hij stak zijn glas uit naar Hamish, die het nog eens goed vol schonk.

‘Ik heb Tig een keer beloofd dat ik, als er ooit nog eens een wit hert op het landgoed gesignaleerd zou worden, naakt rond zou gaan rennen met alleen een haggis om mijn edele delen te bedekken. En ik ben nou eenmaal een man van mijn woord,’ verklaarde hij aan het bijeengekomen gezelschap, terwijl zijn dikke vingers zich naar de knoopjes van zijn overhemd bewogen.

‘Cal, ik vind niet dat ik je aan die belofte moet houden.’ Ik hield hem tegen en iedereen schoot in de lach. ‘En trouwens, ik dacht dat jij wel genoeg voor allebei de Pegasussen gedaan hebt, toch?’

‘Ik denk dat deze jongen hier honger heeft.’ Charlie wees naar het kalf, dat heen en weer bewegend op zijn schoot naar melk zocht.

‘Ga met hem naar de zitkamer hiernaast, daar is het rustiger,’ stelde Fiona voor, terwijl ik het flesje uit het hete water pakte en uitprobeerde op de rug van mijn hand.

‘Bedankt.’ Ik maakte aanstalten om Pegasus van Charlie over te nemen.

‘Ik draag hem wel,’ zei hij. In de zitkamer zette hij Pegasus op mijn knie en het kalf begon begerig aan de speen te sabbelen.

Charlie bleef naar me staan kijken; ik zag dat zijn ogen vochtig waren, net als die van mij.

‘Heb je Beryl nog gezien?’ vroeg ik om de stilte te verbreken.

‘Ja. Na een heleboel tranen en eindeloze excuses van haar kon ik haar toch overhalen om terug te komen.’

‘Gelukkig! Zij is de enige die met die ovens overweg kan.’

‘We zijn het er zelfs over eens geworden dat die weg moeten en dat we er een fornuis voor in de plaats zullen zetten.’ Charlie trok zijn wenkbrauwen op. ‘En die industriële verlichting en dat massieve kookeiland gaan er ook uit. Ik heb de originele vurenhouten tafel in de schuur bewaard, dus die komt ook weer in de keuken te staan.'

'De keuken is het hart van een huis, dat hebben we daarnet gezien,' zei ik instemmend.

'Onderweg hierheen heb ik ook met Cal gesproken. Ik had er al aan gedacht voordat Fraser hier kwam aanzetten met Kerstmis, maar na alle jaren die Cals familie hier in dienst is geweest, wordt het tijd dat hij een eigen lap grond krijgt. Dus ik heb hem gezegd dat hij en Caitlin bij wijze van huwelijkscadeau veertig hectare krijgen, vlak bij de ingang van het landgoed. Er staat een oude *bothy* op – een cottage, bedoel ik, Tiggy – die al jaren leegstaat. Maar met wat werk zouden hij en Caitlin er een heel aardig huis van kunnen maken.'

'Wat lief van je, Charlie, daar zal hij vast ontzettend blij mee geweest zijn.'

'Dat was hij zeker, maar hij heeft het gewoon dubbel en dwars verdiend. Ik heb hem ook verteld dat ik wat land aan mijn buren ga verkopen, en dat dat genoeg zal opleveren om naast de scheiding ook wat extra personeel te betalen, plus een nieuwe Beryl.'

'Wauw, je hebt niet stilgezeten,' zei ik glimlachend.

'Ja, ik moest wel in actie komen, om niet te denken aan waar jij over hebt nagedacht.'

'Juist.'

'Ik bedoel, als je meer tijd nodig hebt…'

'Nee, Charlie.'

'Dus blijf je of ren je naar Afrika en je leeuwen en tijgers?'

Ik keek naar Pegasus, die de hele fles opgeslobberd had en tevreden lag te doezelen. Toen keek ik Charlie weer aan.

'Ik denk dat ik hier ook genoeg wild om te beschermen heb, toch?'

'Dus je bedoelt dat je blijft?'

'Ja. Hoewel ik die leeuwen en tijgers ook graag een keer wil zien.'

'Ik ook.' Voor de tweede keer die dag stak hij zijn hand naar me uit, en ik pakte hem zonder enige aarzeling vast.

Ik keek toe terwijl hij hem teder kuste, en toen hief hij zijn lippen op naar die van mij.

'Ik ben ontzettend blij, Tiggy. Echt waar.'

'Ik ook.'

'Het zal niet gemakkelijk zijn…'

'Dat weet ik.'

'Maar samen kunnen we het in ieder geval proberen, hè? Ik bedoel, het landgoed, de dieren, wij...'

'Ja.'

'Goed dan.' Charlie stond op en trok mij en Pegasus voorzichtig overeind. 'Tijd om te gaan.'

'Waarheen?'

'Terug naar Kinnaird, natuurlijk,' zei hij glimlachend. 'We hebben werk te doen.'

ELECTRA

NEW YORK

FEBRUARI 2008

De zon

39

Ik keek op en zag dat er sneeuw viel die op de vensterbank boven me bleef liggen. Misschien zou dat helpen het doffe geluid van het onophoudelijke verkeer op de straat onder mijn appartement in Manhattan te dempen. Hoewel de verhuurder had gezegd dat het van ramen met driedubbelglas was voorzien, kon niets het geronk van stationair draaiende motoren, afgewisseld met getoeter van geërgerde bestuurders, drieëndertig verdiepingen onder me tegenhouden.

'Hou alsjeblieft op met die herrie!' kreunde ik. Ik realiseerde me dat ik me focuste op het geluid, en dat maakte dat het nog harder klonk. Ik nam een diepe teug uit de fles wodka, maar omdat ik wist dat de drank het ook niet zou tegenhouden, stond ik met moeite op van de keukenvloer en liep ik naar de zitkamer om muziek aan te zetten. 'Born in the U.S.A.' schalde uit de verborgen speakers.

'Hé, ik ben blij voor je dat je weet waar je geboren bent, mister,' schreeuwde ik naar Bruce, terwijl ikzelf en de wodkafles op de muziek door de kamer deinden. 'Want ík heb geen idee!'

Hoewel de muziek op vol volume stond, loeide het getoeter nog steeds in mijn oren, en ik keek nog eens in de porseleinen kom waarin ik mijn speciale medicijn verstopt had. Behalve wat poeder op de rand, dat ik met een natgemaakte vinger opdepte en in mijn tandvlees wreef, was er niets meer over.

Ted, mijn dealer, had er een uur geleden al moeten zijn met een nieuwe voorraad, maar tot dusver had ik hem nog niet gezien. De gemakkelijkste oplossing zou zijn om met de lift naar de lobby beneden te gaan en Bill, de conciërge, een briefje van honderd dollar toe te schuiven, zoals andere bewoners van mijn gebouw soms deden, wist ik. En dan zou er tien minuten later iemand met een 'pakje' aan de deur van mijn appartement komen. Maar hoe wanhopig ik ook was, ik wist dat ik dat risico niet kon nemen. Er hoefde maar iemand iets tegen de pers te fluisteren, en ik stond over de hele wereld op alle voorpagina's. Vooral omdat ik merkambassadeur was van een 'natuurlijk' cosmetisch product dat ze op de markt wilden brengen voor tienermeisjes, en kortgeleden had ik een themanummer voor *Elle* gedaan met veel aandacht voor mijn 'gezonde' leefregels.

'Natuurlijk? Ja hoor...' mompelde ik, terwijl ik wankelend naar de telefoon liep om Bill te vragen of mijn bezoeker er nog steeds niet was. Bij de fotoshoot had de visagiste me verteld dat het allemaal doorgestoken kaart was – de basisingrediënten waren misschien wel natuurlijk, maar de chemicaliën die ze gebruikten om de dierlijke vetten in de lipstick te vervangen maakten het product zo giftig als wat.

'Waarom is alles toch een leugen?' Zwelgend in zelfmedelijden schudde ik mijn hoofd. De schuddende beweging was tegelijkertijd geruststellend en duizelingwekkend, dus ik zakte op de vloer waar ik stond. 'Het leven is gewoon één grote hoop leugens. Zelfs de liefde...'

Toen begon ik te huilen, grote natte tranen welden uit mijn ogen en liepen over mijn neus, en ik vroeg me voor de zoveelste keer af waarom Mitch me maar drie weken nadat hij me ten huwelijk had gevraagd gedumpt had. Nou ja, oké, hij had het aanzoek in bed gedaan, maar ik had geloofd dat hij het meende. Ik had ja gezegd, 'JA!' De dag erop was hij naar LA vertrokken, en ik was zelfs zo stom geweest om in bed te blijven liggen en te bedenken welke ontwerper ik mijn jurk zou laten maken en waar het huwelijk gesloten zou moeten worden. Ik zou graag naar Italië willen, een groot palazzo in de heuvels van Toscane. Toen... stilte. Hoewel ik hem gemaild en ge-sms't had en voicemails had achtergelaten met de vraag of hij me wilde bellen, had ik niets meer van hem gehoord. Oké, hij speelde in de Hollywood Bowl, maar jezus, dan had hij toch wel even tijd om zijn verloofde te bellen?

Ten slotte kreeg ik een berichtje van hem – een sms! – waarin hij zei dat het waarschijnlijk tijd was om het allemaal wat te laten bekoelen, 'liefje', en hij voegde eraan toe dat we het allebei druk hadden en dat het nu niet het juiste moment was om serieuze plannen te maken. Misschien over een paar maanden, na zijn wereldtournee...

'Jezus!' gilde ik en ik keilde de lege wodkafles de kamer in. 'Waarom laat iedereen me stikken?'

Misschien dacht hij dat ik, omdat ik Electra was, gewoon een wandelingetje in de stad kon gaan maken om een nieuwe man aan de haak te slaan. In theorie kon ik dat ook, maar daar ging het niet om. Ik was verliefd op hem geworden, tot over mijn oren. Voor mij had hij niet perfecter kunnen zijn; vijftien jaar ouder, maar topfit en een wereldberoemde rocksuperster die het gewend was om in de schijnwerpers te staan. Hij had de feesten wel gezien, hing liever rond in zijn strandhuis in Malibu. Hij kon zelfs koken, hield van koken, gebruikte geen alcohol of drugs en had een goede invloed op me. Ik hield van zijn kalmte en no-nonsenseaanpak – en ik was het beu dat iedereen me altijd overal mee weg liet komen. Ik had zelfs mijn eigen inname van chemicaliën verminderd en ze niet eens gemist, en ik had besloten naar Californië te verhuizen om met hem samen te kunnen zijn.

'Hij zorgde voor me,' kreunde ik, 'hij wist hoe hij met me om moest gaan...'

Ja, hij was een vaderfiguur, een vervanger van Pa Salt...

'Hou op!' zei ik tegen de stem in mijn hoofd, want in allerlei opzichten klopte er niets van dat idee. En bovendien had ik niks gevoeld toen Pa was overleden, echt niks. Omdat mijn zussen allemaal ziek waren van verdriet, had ik me een rare gevoeld. Ik had wodka geprobeerd, en daardoor had ik moeten huilen, zoals gewoonlijk, maar het had geen echte emoties opgewekt. Wanneer ik aan zijn overlijden dacht, kreeg ik alleen een verdoofd gevoel.

'En misschien voel ik me een beetje schuldig,' fluisterde ik, terwijl ik wankelend opstond en een nog volle wodkafles uit de keukenkast pakte. Ik keek op de klok en zag dat het nu na elven was.

Ik pakte mijn mobiel en belde Ted weer, maar terwijl ik daarmee bezig was, belde de conciërge om te zeggen dat mijn 'gast' er was.

'Stuur hem maar naar boven,' zei ik opgelucht. Ik pakte de dollars die ik nodig had om hem bij de deur te begroeten en de deal te sluiten en ging ongeduldig staan wachten in de hal van het appartement.

'Hoi mop,' zei een man die Ted niet was toen ik de deur opendeed. 'Ted heeft me gestuurd. Hij heeft het druk vanavond.'

Ik werd nijdig omdat Ted iemand anders had gestuurd, die al dan niet betrouwbaar kon zijn, maar ik was zo wanhopig dat ik hem niet ging vertellen dat hij het verkeerde appartement had.

'Bedankt. Dag.' Ik stond op het punt om de deur voor zijn neus dicht te smijten, maar hij stak zijn hand uit om me tegen te houden.

'Hé, heb jij slaapproblemen?' vroeg hij.

'Soms, waarom?'

'Ik heb nog een paar superpillen op recept waar je helemaal out van gaat en waar je van slaapt als een roos.'

Nou, dat was interessant. Mijn arts hier in New York had geweigerd me nog langer valium of slaappillen voor te schrijven. In plaats daarvan had ik wodka gebruikt, vooral nadat Mitch me had gedumpt.

'Wat voor soort?'

'Ik heb ze van een officiële arts. Het zijn echte.' Hij haalde het pakje uit zijn zak en liet het me zien.

'Hoeveel?'

Hij noemde zijn prijs voor een blisterverpakking temazepam. Het was veel te veel, maar daar zat ik niet mee. Het enige wat ik had was geld om over de balk te smijten.

Toen hij weg was, liep ik de woonkamer in, en met trillende vingers en vol verwachting snoof ik een lijntje.

'Gebruik nooit drugs en rij geen motor,' was Pa Salts mantra geweest toen we nog klein waren. Ik had het allebei wel gedaan, en ik wist dat hij het nog steeds niet goed zou keuren. Op het moment dat ik me gekalmeerd op de bank liet neerploffen, ging mijn mobiel. Ik pakte hem zonder erbij na te denken op om te zien of het Mitch was, want misschien was hij van gedachten veranderd en zou hij me smeken of hij bij me terug mocht komen…

Het was Zed Eszu. Ik wachtte tot de telefoon me zei dat ik een voicemail had en luisterde.

'Hai, met mij. Ik ben terug in de stad en vroeg me af of je morgenavond mee wilde gaan naar het ballet. Ik heb een paar kaartjes voor Maria Kowroski in de première van *The Blue Necklace*…'

Ook al was dat op het ogenblik het felst begeerde kaartje in de stad, ik was niet in de stemming om twee uur naar lichamen te kijken die zich in bochten wrongen en een horde journalisten die me zouden vragen waarom ik niet naar de afscheidsconcerten van Mitch was geweest. Ik wist dat Zed me gebruikte om zijn eigen mediaprofiel op te krikken, en een paar keer was het me goed uitgekomen om met hem uit te gaan. Toevallig was hij ook erg goed in bed, en ook al was hij niet mijn type, op een of andere rare manier was er op seksgebied chemie tussen ons, maar we sliepen niet meer met elkaar sinds ik vorige zomer Mitch had leren kennen.

Dat had Pa tenminste goed gevonden. Hij had me opgebeld toen er vorig jaar een foto van mij en Zed op het Met Gala op de voorpagina's had gestaan.

'Electra, ik wil me niet met je privéleven bemoeien, maar blijf alsjeblieft bij die man vandaan. Hij is… gevaarlijk. Hij is niet wat hij lijkt. Ik…'

'Daar hoef jij je echt niet mee te bemoeien,' had ik gezegd. Mijn nekharen waren overeind gaan staan, zoals altijd wanneer Pa me probeerde te zeggen dat ik dit of dat moest doen. Mijn zussen namen elk woord dat hij zei serieus, maar ik vond hem een controlfreak.

Hoewel Zed, evenals de rest van de wereld, had geweten dat ik iets met Mitch had, was hij me blijven bellen, en ik had hem steeds genegeerd. Tot nu toe…

'Misschien moet ik morgenavond toch maar met hem uitgaan,' mompelde ik, en ik snoof nog een lijntje. Wanneer de coke later was uitgewerkt, zouden de slaappillen me wel out helpen gaan, dacht ik. 'Om mijn gezicht op de voorpagina's te krijgen. Dat zou Mitch een lesje leren.'

Ik stak een sigaret op. De coke hakte er nu lekker in en ik voelde me meer als de ruige Electra die ik gewoonlijk was. Ik zette de muziek weer hard, nam nog een teug uit de fles en liep dansend naar de inloopkast in mijn slaapkamer. Ik rommelde in de eindeloze rekken en kwam tot de conclusie dat ik niets had wat sensationeel genoeg was om aan te trekken. Morgenochtend zou ik Amy, mijn assistente, bellen en zeggen dat ze Chanel een fietskoerier met iets van hun nieuwe seizoenscollectie moest laten sturen – over een maand zou ik voor hun modeshow in Parijs op de bühne staan.

Terwijl ik Zed terugstuurde dat ik met hem meeging, besloot ik ook Imelda, mijn publiciteitsagente, te bellen, om haar de media te laten weten dat ik morgenavond in het theater zou verschijnen. Ik was al een tijdje niet uit geweest, had zelfs een paar werkopdrachten uitgesteld, omdat ik er niet tegen zou kunnen om de naam van Mitch te horen. De gedachte dat het leven dat we gehad konden hebben, en waarvan ik had gedroomd sinds het moment waarop ik hem had leren kennen, voorgoed onbereikbaar was, had me verscheurd. Ik had genoten van de kick dat hij nog beroemder was dan ik, dat hij me niet nodig had om zijn zichtbaarheid te vergroten – hij was de tel van de beroemde modellen en actrices die hij had gehad al lang kwijtgeraakt

– en daardoor wist ik zeker dat hij me wilde om wie ik was.

Ik had naar hem opgekeken… Ik hield van hem.

'Val dood, jij! Niemand dumpt Electra!' schreeuwde ik tegen mijn vier smaakvol geverfde beige muren met de onbetaalbare uitleenschilderijen met kronkellijnen in bonte kleuren, maar die er voor mij uitzagen alsof iemand eroverheen had gekotst.

Ik kreeg het verschrikkelijke gevoel dat gepaard ging met het uitwerken van mijn roes, trok mijn topje en trainingsbroek uit en liep naakt de woonkamer in om de temazepam die de man voor me had achtergelaten te pakken, voordat het gevoel me verder in zijn macht zou krijgen. Ik nam er twee in, spoelde ze weg met wodka en ging op mijn bed liggen.

'Laat me nu slapen,' smeekte ik het plafond, iets wat ik niet meer op een natuurlijke manier had gedaan sinds Mitch afscheid van me had genomen. Ik lag op mijn rug, maar het plafond draaide onaangenaam rond, en als ik mijn ogen dichtkneep, werd het alleen maar erger.

'Je moet vanavond door zien te komen, dan ben je morgen weer jezelf,' fluisterde ik. Ik voelde dat er nog meer tranen aankwamen. Waarom werkte er niets meer bij me? Twee temazepammetjes plus de wodka moesten genoeg zijn om een ijsbeer out te krijgen.

'Heb je weleens aan afkicken gedacht?' had mijn therapeute gevraagd, de laatste keer dat ik haar had gezien. Ik had geen antwoord gegeven, was alleen opgestaan en haar kantoor uit gelopen, woedend omdat ze dat had durven voorstellen. Ik had haar ter plekke ontslagen via haar receptioniste. Behalve Mitch kende ik niemand die clean was. Iedereen hield het vol op coke en alcohol…

Ik kon nog net de badkamer halen voordat ik overgaf, en ik verwenste de man die me de temazepam gegeven had. Die was kennelijk gemaakt van kalkstof en God mocht weten wat nog meer, en ik had hem nooit moeten vertrouwen. Ik gaf nog een keer over, en toen moet ik in slaap zijn gevallen, want ik had een rare droom dat Pa er was en mijn hand vasthield en over mijn voorhoofd streek.

'Ik ben er, schat, Pa is er,' zei zijn bekende stem, 'we gaan de hulp die je nodig hebt voor je zoeken, dat beloof ik je…'

'Ja, ik heb hulp nodig,' jammerde ik. 'Help me, Pa. Ik ben zo alleen…'

Getroost sliep ik weer in, maar toen schrok ik wakker doordat ik opnieuw misselijk werd. Dit keer kwam ik niet op tijd bij de toiletpot aan. Daar was ik gewoon te uitgeput voor. Ik probeerde te gaan zitten en keek zoekend naar Pa om me heen, maar ik was weer helemaal alleen en wist dat hij er niet meer was.

NOOT VAN DE AUTEUR

Als ik ga zitten om de dankbetuiging voor een boek te schrijven, is dat altijd een paar maanden nadat ik het manuscript heb afgerond en heb ik altijd het gevoel dat het verhaal zichzelf geschreven heeft. Misschien is het vergelijkbaar met een kind krijgen – ik denk dan in ieder geval niet meer aan de pijn van het eigenlijke proces, vanwege het prachtige, gave eindproduct, of dat nu een baby of een boek is. Maar natuurlijk bestaat elk boek uit negen maanden keihard werken, waarvan de enorme hoeveelheid onderzoek die nodig is om de feiten zo veel mogelijk te laten kloppen een belangrijk deel is. Maar daarnaast is elk boek ook een fictief maar op feiten gebaseerd werk, en daarom moet ik heel af en toe van mijn artistieke vrijheid gebruikmaken om de plot rond te krijgen. Zo gaat Tiggy in dit boek op een gegeven moment samen met Angelina het bos in bij volle maan. Het is dan 2008, maar de nacht waarin het in dat jaar echt volle maan was, valt drie weken later.

Het onderzoek van de rijke gitanocultuur was ook een lastige taak, omdat daar eigenlijk erg weinig over geschreven is; de vele raadselen ervan worden veel vaker mondeling dan schriftelijk overgedragen, maar ik ben dank verschuldigd aan Oscar González, die me heeft rondgeleid in Sacromonte. En ook aan Sarah Douglas, Innes MacNeill, Ryan Munro en Julie Rutherford, die me zo hartelijk verwelkomden op het fantastische Alladale Estate in Schotland, waarop Kinnaird gebaseerd is. De beide onderzoeksreizen waren even verbazingwekkend als verhelderend; zoals bij alle zussenverhalen vond ik dat ik de paden die Tiggy in het verhaal betreedt ook zelf bewandeld moest hebben. Ook dank ik dr. Mark Westwood en Rebecca Westwood, een reikimeester die met haar prachtige holistische diergeneeskundige praktijk de inspiratie voor gedeelten van het verhaal van Tiggy geboden heeft.

Door gezondheidsproblemen is het afgelopen jaar mijn moeilijkste tot nu toe geweest, en dit boek had niet geschreven kunnen worden zonder de hulp van mijn fantastische team, zowel bij het redactiewerk als thuis: Ella Micheler, mijn onderzoeksassistente, en Susan Moss, mijn redacteur en sinds jaar en dag mijn beste vriendin, hebben al het mogelijke gedaan om dit boek op tijd bij de uitgevers te krijgen. Ook Olivia Riley, die alle administratieve zaken coördineert, en Jacquelyn Heslop stonden voor mij persoonlijk en professioneel klaar, en ik ben hun eeuwig dankbaar voor al hun liefde en steun.

Mijn uitgevers overal ter wereld, in het bijzonder Jeremy Trevathan, Claudia Negele, Georg Reuchlein, Nana Vaz de Castro en Annalisa Lottini, zijn niet alleen fantastische uitgevers, maar hebben me daarnaast ook vriendschap en het geloof in mezelf geboden, als schrijver en als mens. Mijn moeder Janet, mijn zus Georgia, en ook Tracy Allebach-Dugan, Thila Bartolomru, Fernando Mercadante, Loen Fragoso, Julia Brahm, Bibi Marino, Tracy Blackwell, Stefano Guisler, Kathleen Doonan, Cathal Dineen, Tracy Rees, MJ Rose, Dan Booker, Ricky Burns, Juliette Hohnen en Tarquin Gorst – jullie stonden allemaal op zo veel verschillende manieren voor me klaar.

Al het personeel van het Royal Marsden Hospital, waar ik zo'n groot deel van het afgelopen jaar heb doorgebracht en waar delen van dit boek geschreven zijn, vooral Asif Chaudry en zijn team, John Williams en zijn lieve meisjes, Joyce Twene-Dove en alle verpleegkundigen die zo briljant voor me gezorgd hebben. Geloof het of niet, maar ik mis jullie allemaal!

Ten slotte dank ik mijn man en mijn literair agent Stephen en mijn kinderen Harry, Isabella, Leonora en Kit. We hebben dit jaar allen een angstaanjagende en veelbewogen reis gemaakt en jullie stonden allemaal klaar om me de moed en kracht te geven om door te zetten. Ik ben heel trots op jullie allemaal en ik weet echt niet wat ik zonder jullie zou moeten beginnen.

En tegen al mijn fantastische lezers zeg ik: als ik het afgelopen jaar één ding heb geleerd, is het dat hier en nu echt alles is wat we hebben. Als jullie kunnen, probeer er dan van te genieten, in welke omstandigheden ook, en blijf altijd hopen – dat is de fundamentele vlam die ons mensen in leven houdt.

Lucinda Riley
Juni 2018

BIBLIOGRAFIE

Munya Andrews, *The Seven Sisters of the Pleiades* (Spinifex Press, 2004).

Antony Beevor, *The Battle for Spain: The Spanish Civil War 1936-1939* (Phoenix, 2006).

Wayne H. Bowen, *Spain during World War II* (University of Missouri Press, 2006).

Anne Dublin, *Dynamic Women Dancers* (Second Story Press, 2009).

John Fletcher, *Deer* (Reaktion Books, 2014).

Bernard Leblon, *Gypsies and Flamenco,* vertaald door Sinéad ní Shuinéar (University of Hertfordshire Press, 1994).

Patrick Jasper Lee, *We Borrow the Earth: An Intimate Portrait of the Gypsy Folk Tradition and Culture* (Ravine Press, 2000).

Paul Preston, *The Spanish Holocaust: Inquisition and Extermination in Twentieth-Century Spain* (HarperPress, 2013).

Paco Sevilla, *Queen of the Gypsies: The Life and Legend of Carmen Amaya* (Sevilla Press, 1999).

Rita Vega de Triana, *Antonio Triana and the Spanish Dance: A Personal Recollection* (Harwood Academic Publishers, 1993).

G. Kenneth Whitehead, *Deer and their Management in the Deer Parks of Great Britain and Ireland* (Country Life Limited, 1950).